ULLSTEIN

Das Buch

Es ist ein dunkler Abend im November und unter dem steinernen Engel auf dem Friedhof neben der Kirche von Eastvale wird ein totes Mädchen gefunden. Die 16-jährige Deborah wurde offensichtlich erwürgt. Als Inspector Alan Banks mit seinen Ermittlungen beginnt, muss er nicht lange nach Verdächtigen suchen: Der Pfarrer der Gemeinde ist in einen Sexskandal verwickelt, der Küster wird verdächtigt, junge Schülerinnen zu belästigen und Deborahs Exfreund scheint mit allen nur denkbaren Gesetzen große Probleme zu haben. Doch anfängliche Spuren erweisen sich als trügerisch, denn die Einwohner von Eastvale schenken einem Fremden wie Banks nicht so leicht ihr Vertrauen. Schließlich ist Banks gezwungen, einen Mann zu verhaften, für dessen Schuld es zwar Beweise, aber kein einziges Motiv gibt. In einem aufsehenerregenden Prozess wird der Hauptverdächtige freigesprochen. Der Inspector muss den Fall erneut aufrollen und enthüllt am Ende ein grauenvolles, schmutziges Verbrechen ...

Der Autor

Peter Robinson, geboren in Yorkshire, lebt seit etwa zwanzig Jahren in Toronto, Kanada. Mit seiner Serie um den sympathischen und sehr menschlichen Inspector Alan Banks feiert er diesseits und jenseits des Atlantiks große Erfolge und erhielt zahlreiche Preise in den USA und Europa. *Der unschuldige Engel* ist der achte Fall der Serie.

Von Peter Robinson sind in unserem Hause bereits erschienen:
Ein unvermeidlicher Mord
In blindem Zorn
In einem heißen Sommer
Kalt wie das Grab
Die letzte Rechnung
Das verschwundene Lächeln

Peter Robinson

Der unschuldige Engel

Roman

Aus dem Englischen von
Andree Hesse

Ullstein

Besuchen Sie uns im Internet:
www.ullstein-taschenbuch.de

Umwelthinweis:
Dieses Buch wurde auf chlor- und säurefreiem Papier gedruckt.

Ullstein Verlag
Ullstein ist ein Verlag der Ullstein Buchverlage GmbH.
Deutsche Erstausgabe
1. Auflage Juli 2004

Titel der amerikanischen Originalausgabe: *Innocent Graves*
(Berkeley Prime Crime, New York)
Übersetzung: Andree Hesse
Redaktion: Maria Buchwald
Umschlaggestaltung: Hauptmann & Kampa Werbeagentur, München – Zürich
Titelabbildung: © photodisc collection
Gesetzt aus der Sabon
Satz: Franzis print & media GmbH, München
Druck und Bindearbeiten: Ebner & Spiegel, Ulm
Printed in Germany
ISBN 3-548-25858-1

Für Sheila

DANKSAGUNG

Vor allem möchte ich einigen Leuten dafür danken, das Manuskript in seinen verschiedenen Fassungen gelesen und kommentiert zu haben: meinem Agenten Dominick Abel, Cynthia Good von Penguin Books Canada, Natalee Rosenstein von Berkley sowie meiner Lektorin Mary Adachi.

Außerdem möchte ich meinen Dank für die fachliche Hilfe aussprechen, die ich von verschiedenen Seiten erhalten habe. Dank, wie immer, an Detective Sergeant Keith Wright von der Nottinghamer Kriminalpolizei, der meine mitunter dummen Fragen mit der ihm eigenen Mischung aus Geduld und Humor beantwortete. Dank gebührt ferner Pamela Newall vom Zentrum für Gerichtsmedizin, die mich davor bewahrte, in Sachen der DNA vollkommen blauäugig zu sein, Paul Bennett für die kritische Lektüre der Gerichtsszenen, John Halladay für weiterführende Informationen zu der juristischen Verfahrensweise sowie Dr. Marta Townsend für ihre Erklärungen zur »Affektübertragung«.

Darüber hinaus möchte ich mich besonders bei Elly Pacey und Nancy Galić für die kroatischen Schimpfwörter und bei Emily Langran für nützliche Tipps in Bezug auf die Umgangssprache der Yorkshirer Schulmädchen bedanken. Und schließlich bin ich John Irvine zu Dank verpflichtet, meinen

Computer trotz gelegentlicher Pannen am Laufen gehalten zu haben.

Für alle Fehler bin wie üblich ausschließlich ich selbst verantwortlich, sie wurden einzig und allein zum Wohle der erzählten Geschichte begangen.

EINS

I

In der Nacht, in der alles begann, zog dichter Nebel talabwärts und hüllte die Stadt Eastvale in einen undurchdringlichen Schleier. Nebel kroch auf dem Marktplatz durch die Spalten zwischen dem Kopfsteinpflaster, Nebel dämpfte den Klang des Gelächters aus dem Queen's Arms und das Licht durch die roten und bernsteinfarbenen Scheiben, Nebel benetzte das kalte Glas verhangener Fenster und suchte sich seinen Weg durch die schmalen Schlitze unter den Türen.

Am dichtesten aber schien der Nebel auf dem Friedhof der St.-Mary's-Kirche zu sein, über den eine schöne Frau mit langem rotbraunem Haar wandelte, barfuß und betrunken, die unsicher ein Weinglas mit Pinot noir in der Hand balancierte.

Sie schlingerte zwischen den gedrungenen, knorrigen Eiben und den mit Moos bedeckten Grabsteinen hindurch. Manchmal glaubte sie Gespenster zu sehen, graue, durchsichtige Gestalten, die durch die Grabmale vor ihr huschten. Aber sie machten ihr keine Angst.

Dann kam sie zum Mausoleum der Inchcliffes.

Gigantisch und prachtvoll ragte es im Nebel vor ihr auf: klassische, in Marmor geformte Linien, mit Unkraut überwucherte Stufen, die hinab zu der schweren Eichentür führten.

Aber sie war gekommen, um den Engel zu besuchen. Sie mochte den Engel. Als wäre nichts Irdisches von Bedeutung, waren seine Augen gen Himmel gerichtet, seine Hände zum Gebet gefaltet. Obwohl er aus massivem Marmor bestand, dachte sie oftmals, er wäre so durchlässig, dass sie ihre Hand hindurchstecken könnte.

Sie schwankte leicht, prostete dem Engel zu und trank den Wein mit einem Schluck aus. Unter ihren Füßen konnte sie das kalte, feuchte Gras auf dem Boden fühlen.

»Hallo, Gabriel!«, sagte sie lallend. »Tut mir Leid, aber ich habe schon wieder gesündigt.« Sie musste aufstoßen und legte eine Hand vor den Mund. »'tschuldigung, aber ich glaube, ich kann einfach nicht ...«

Dann sah sie etwas, ein schwarz-weißes Etwas, das hinter dem Mausoleum hervorragte. Neugierig kniff sie ihre Augen zusammen und stolperte darauf zu. Erst als sie nur noch gut einen Meter davon entfernt war, bemerkte sie, dass es sich um einen schwarzen Schuh und einen weißen Strumpf handelte. Und da drin steckte ein Fuß.

Mit einer Hand vor dem Mund taumelte sie zurück und ging dann im großen Bogen um das Grabmal herum. Alles, was sie erkennen konnte, waren die blassen Beine, das blonde Haar, der geöffnete Ranzen und die kastanienbraune Uniform der Mädchenschule von St. Mary's.

Sie schrie auf und ließ ihr Glas fallen. Es zersprang auf einem Stein.

Dann fiel Rebecca Charters, die Frau des Pfarrers von St. Mary's, mit ihren Knien auf die Glasscherben und musste sich übergeben.

II

Der Nebel schmeckte nach Asche, fand Detective Inspector Alan Banks, während er den Kragen seines Regenmantels hochschlug und den asphaltierten Weg zu dem schwachen, verschleierten Licht hinabeilte. Aber vielleicht bildete er sich das auch nur ein. Obwohl er die Leiche noch nicht gesehen hatte, spürte er bereits, wie sich auf vertraute Weise sein Magen zusammenzog, was jedes Mal bei einem Mordfall passierte.

Als er den Tatort gleich neben dem schmalen Kiesweg hinter einem Gebüsch erreichte, sah er durch die aufgestellte Leinwand die schemenhafte Silhouette von Dr. Glendenning, die sich wie in einer Pantomime in einem jakobinischen Drama über eine auf dem Boden liegende, verschwommene Gestalt beugte.

Der Nebel hatte die übliche Reihenfolge, in der die verschiedenen Zuständigen am Tatort erscheinen, völlig durcheinander gebracht. Banks selbst war bei einem Treffen leitender Polizeibeamter in Northallerton gewesen, als ihn der Anruf erreichte, und folglich fast der Letzte, der eintraf. Peter Darby, der Polizeifotograf, war bereits vor Ort, ebenso Detective Inspector Barry Stott, der aus Gründen, die jedem sofort einleuchteten, der ihn sah, weithin als »Segelohr« bekannt war. Stott, der nach seiner Beförderung vom Detective Sergeant jüngst von Salford nach Eastvale versetzt worden war, ersetzte zeitweilig Detective Sergeant Philip Richmond, der zu Scotland Yard in eine spezielle Computereinheit gewechselt war.

Banks holte tief Luft und ging hinter die Leinwand. Dr. Glendenning schaute auf, eine Zigarette baumelte in seinem Mundwinkel, deren Rauch sich nicht von dem Nebel unterscheiden ließ, der die beiden umgab.

»Ah, Banks …«, sagte er mit seinem singenden Edinburgher Tonfall und schüttelte dann langsam den Kopf.

Banks schaute hinab auf die Leiche. In all seinen Jahren in Eastvale hatte er es mit keinem vergleichbaren Verbrechen zu tun gehabt. In London hatte er natürlich schon Schlimmeres gesehen, was teilweise der Grund gewesen war, seinen Dienst bei der Polizei der Hauptstadt zu quittieren und sich in den Norden versetzen zu lassen. Aber mittlerweile konnte man sich nicht mehr davor verstecken. Nirgendwo. George Orwell hatte Recht, wenn er die Verkommenheit der englischen Gesellschaft anprangerte, und dieser Mordfall zeigte, zu was sie verkommen war.

Das Mädchen, dem Aussehen nach ungefähr fünfzehn oder sechzehn Jahre alt, lag auf dem Rücken im hohen Gras hinter einer gewaltigen, viktorianischen Grabstätte, auf der die Marmorstatue eines Engels thronte. Der Engel hatte ihr den Rücken zugewandt, durch den Nebel konnte Banks die angeschlagenen Federn seiner Flügel erkennen.

Ihre Augen starrten in den Nebel, ihr langes blondes Haar lag um ihren Kopf aufgefächert wie ein Heiligenschein und ihr Gesicht hatte eine rosarote Farbe. Neben ihrem linken Auge war ein kleiner Schnitt, die Haut um ihren Hals war etwas verfärbt. Ein Tropfen Blut in Form einer großen Träne lief aus ihrem linken Nasenloch.

Ihr kastanienbrauner Schulblazer lag aufgebauscht auf dem Boden neben ihr, ihre weiße Bluse war vorne aufgerissen und der Büstenhalter dann entfernt worden – mit Gewalt, wie es den Anschein hatte.

Banks hatte das Bedürfnis, sie zudecken zu wollen. In seinem Beruf hatte er schon mehr gesehen, als einem Menschen gut tat, und es waren solche Kleinigkeiten, die ihn manchmal mehr berührten als Blut und Gedärme. Das Mädchen sah so verwundbar aus, so gefühllos verletzt. Er konnte sich ihre Scham vorstellen, derartig entblößt worden zu sein, konnte sich vorstellen, wie sie erröten und sich schnellstens bedecken würde, wäre sie noch am Leben. Aber jetzt gab es für sie keine Schamgrenze mehr.

Unterhalb der Taille hatte jemand ihren Rock hochgeschoben, um ihre Oberschenkel und ihren Schambereich zu entblößen. Ihre langen Beine waren in einem Fünfundvierziggradwinkel geöffnet. Ihre weißen Strümpfen waren auf die Knöchel hinabgerutscht. Sie trug glänzende schwarze Schuhe, die mit Schnallen an der Seite verschlossen waren.

Neben ihr lag ein geöffneter Ranzen. Auf der einen Seite hatte sich der Riemen aus dem Metallring gelöst. Mit Hilfe eines Stiftes schob Banks die Klappe zurück und las die sorgfältig geschriebene Adresse:

Miss Deborah Catherine Harrison
28 Hawthorn Close
Eastvale
North Yorkshire
England
Vereinigtes Königreich von Großbritannien und Nordirland
Europäische Gemeinschaft
Erde
Sonnensystem
Milchstraße
Universum

Er musste traurig lächeln. Das war die typische Verspieltheit eines Teenagers, genau das Gleiche hatte er während seiner Schulzeit getan.

Was gemeinhin für St. Mary's galt, traf auch auf Hawthorn Close zu: Hier wohnten keine armen Leute. Es war eine wohlhabende Gegend mit stattlichen Häusern, vor allem Einfamilienhäusern, jedes von einem vier- bis achttausend Quadratmeter großen Grundstück umgeben, mit einer langen Auffahrt und einem von Rotbuchen gesäumten Zierrasen. Um dort zu leben, musste man mindestens genug Geld verdienen, um einen Gärtner beschäftigen zu können. Auch die St.-Mary's-Schule kostete Geld – ungefähr 1200 Pfund pro Halbjahr. Als Banks nach Eastvale gezogen war, hatte er sich erkundigt, jedoch schnell festgestellt, dass er es sich nicht leisten konnte, seine Tochter Tracy dort einzuschulen.

Banks ließ sich von einem Beamten der Spurensicherung ein paar Plastikbeutel für Beweismaterial geben, nahm den Ranzen vorsichtig an den Seiten hoch und kippte den Inhalt in einen der Beutel. Alles, was er fand, waren ein paar Schulbücher, auf deren Einband der Name »Deborah Catherine Harrison« geschrieben stand, ein kleines Schachspiel, einige Kosmetikartikel sowie drei lose, in Cellophan verpackte Tampons. Aber warum war der Ranzen offen gewesen?, fragte er sich. Die Schnallen machten einen stabilen Eindruck; er bezweifelte, dass sie sich bei einem Kampf geöffnet hatten. Hatte jemand nach etwas gesucht?

Glendenning beauftragte einen seiner Assistenten, orale, vaginale und anale Abstriche zu machen und Proben vom Schamhaar zu nehmen. Dann stand er mit einem Stöhnen auf. »Ich werde alt, Banks«, sagte er und massierte seine Knie. »Zu alt für solche Sachen.« Er deutete mit dem Kopf auf die Leiche. Groß und weißhaarig, mit einem vom Nikotin verfärbten Schnurrbart, war der Doktor wahrscheinlich Ende fünfzig, vermutete Banks.

Sie entfernten sich ein Stück, so dass die Leinwand ihnen den Blick auf die Leiche versperrte. Wiederholt blitzte Peter Darbys Blitzlicht auf und schuf im Nebel den Effekt eines

Strobolichtes. Banks nahm eine von Glendennings Senior Service. Normalerweise rauchte er Silk Cut Filter, aber in den letzten Monaten hatte er seinen Nikotinkonsum drastisch gesenkt und jetzt nicht einmal eine Schachtel dabei. Tja, dachte er, während Glendenning ihm ein goldenes, mit seinen Initialen versehenes Feuerzeug reichte, in dem vergangenen lauen Sommer ohne Mordermittlungen war es ihm nicht schwer gefallen, weniger zu rauchen. Jetzt aber war November und vor seinen Füßen lag eine Leiche. Er zündete die Zigarette an und hustete.

»Sie sollten sich wegen des Hustens mal untersuchen lassen, mein Junge«, sagte Glendenning. »Könnte ein erstes Anzeichen für Lungenkrebs sein.«

»Es ist nichts. Ich kriege nur eine Grippe, das ist alles.«

»Ach so ... Also, ich nehme an, Sie haben mich nicht nur raus in diese lausige Nacht geschleppt, um über Ihre Gesundheit zu reden, oder?«

»Nein«, sagte Banks. »Was halten Sie davon?«

»Viel kann ich noch nicht sagen, aber in Anbetracht der Hautverfärbung und der Spuren am Hals würde ich sagen: Asphyxie durch Erdrosseln mit einem Strangwerkzeug.«

»Gibt es einen Hinweis auf das Strangwerkzeug?«

»Nun, der Riemen vom Ranzen passt ziemlich gut.«

»Was ist mit der Todeszeit?«

»Noch nicht feststellbar.«

»Ungefähr?«

»Es ist nicht länger als zwei oder drei Stunden her. Aber das sollte vorläufig unter uns bleiben.«

Banks schaute auf seine Uhr. Acht Uhr am Abend. Das bedeutete, dass sie wahrscheinlich zwischen fünf und sechs getötet worden war. Also war sie nicht auf ihrem Heimweg von der Schule gewesen. Auf jeden Fall nicht auf direktem Wege.

»Wurde sie hier getötet?«

»Ja. Ziemlich sicher. Die Hypostase stimmt völlig mit der Position der Leiche überein.«

»Ist die restliche Unterwäsche gefunden worden?«

Glendenning schüttelte den Kopf. »Nur der Büstenhalter.«

»Wann können Sie mit der Obduktion beginnen?«

»Gleich morgen früh. Wollen Sie kommen?«

Banks schluckte, der Nebel kratzte in seiner Kehle. »Wie könnte ich mir das entgehen lassen?«

»Gut. Dann reserviere ich Ihnen einen Platz in der ersten Reihe. Ich fahre nach Hause. Sie können sie jetzt in die Leichenhalle bringen lassen.«

Und mit diesen Worten wandte sich Glendenning um und verschwand im Nebel.

Einen Augenblick lang stand Banks allein da und versuchte, das Mädchen, das er gerade so grausam der Länge nach vor sich ausgestreckt gesehen hatte, zu vergessen, versuchte mit aller Macht, nicht Tracy an ihrer Stelle zu sehen. Behutsam drückte er seine Zigarette an der Seite des Inchcliffe-Mausoleums aus und steckte die Kippe ein. Lieber keine falschen Spuren am Tatort zurücklassen.

Ein paar Meter entfernt bemerkte er einen hellen Fleck im Gras. Es sah aus und roch, als hätte sich jemand übergeben. Außerdem entdeckte er den Stiel und die Scherben eines Weinglases, das anscheinend am Rand einer Grabplatte zerbrochen war. Mit Daumen und Zeigefinger hob er vorsichtig einen der Splitter auf. Er war mit Blut oder Wein befleckt, genau konnte er es nicht sagen.

Er sah Inspector Stott in Hörweite und rief ihn herbei.

»Wissen Sie etwas darüber?«, fragte er.

Stott schaute auf das Glas und das Erbrochene. »Rebecca Charters. Die Frau, die die Leiche entdeckt hat«, sagte er. »Etwas eigenartige Person. Sie ist im Pfarrhaus. Constable Kemp ist bei ihr.«

»Gut. Ich werde später mit ihr reden.« Banks zeigte zum Mausoleum. »Hat schon jemand hineingeschaut?«

»Noch nicht. Ich habe Constable Aiken losgeschickt, um den Schlüssel vom Pfarrer zu holen.«

Banks nickte. »Hören Sie, Barry, jemand muss die Eltern des Mädchens benachrichtigen.«

»Verstehe. Und da ich neu hier bin ...«

»Das habe ich nicht gemeint. Wenn Ihnen die Sache allzu unangenehm ist, dann schicken Sie jemand anderen los. Aber kümmern Sie sich darum.«

»Tut mir Leid«, sagte Stott, nahm seine Brille ab und putzte die Gläser mit einem weißen Taschentuch. »Ich bin ein bisschen ...« Er deutete in Richtung der Leiche. »Selbstverständlich werde ich selbst gehen.«

»Sicher?«

»Ja.«

»Okay. Ich komme bald nach. Bevor Sie gehen, rufen Sie Constable Gay und Sergeant Hatchley an und sagen Sie ihnen, dass sie kommen sollen. Jim muss man vielleicht aus dem Oak holen.«

Stott hob die Augenbrauen. Bei der Erwähnung von Detective Sergeant Jim Hatchley bemerkte Banks einen leichten Anflug von Abneigung bei ihm. Tja, damit musste er zurechtkommen.

»Und schicken Sie so viele Beamte auf die Straße, wie Sie können. Ich möchte, dass so schnell wie möglich jedes Haus in der Gegend abgeklappert wird. Das wird eine lange, harte Nacht, aber wir müssen zügig arbeiten. Die Leute vergessen schnell. Außerdem werden morgen die Geier hier auftauchen.«

»Geier?«

»Presse, Fernsehleute, Schaulustige. Es wird ein regelrechter Zirkus werden, Barry. Stellen Sie sich darauf ein.«

Stott nickte. Constable Aiken kam mit dem Schlüssel zum Mausoleum. Banks lieh sich von einem Beamten der Spurensicherung eine Taschenlampe und stieg gemeinsam mit Stott vorsichtig die mit Unkraut bedeckten Stufen hinunter.

Nach einem kurzen Kampf mit dem Schloss öffnete sich die schwere Holztür, dann fanden sie sich mit den Toten in der Dunkelheit wieder. Sechs massive Särge ruhten auf Böcken. Ein paar Nebelschwaden schlüpften die Stufen hinab, strömten hinter ihnen durch die Tür und kringelten sich um ihre Füße.

Das kleine Grab roch nicht nach Tod, sondern nur nach Erde und Schimmel. Zum Glück waren hier in letzter Zeit keine Inchcliffes mehr beerdigt worden, die Familie hatte Eastvale vor fünfzig Jahren verlassen.

Auf den ersten Blick konnte Banks lediglich die Spinnengewebe sehen, die scheinbar in die bloße Luft gesponnen worden waren. Er musste sich schütteln und leuchtete mit der Taschenlampe über den Boden. In der dem Eingang entferntesten Ecke lagen zwei leere Wodkaflaschen und ein Haufen Zigarettenkippen. Man konnte nur schwer sagen, wie lange sie schon dort lagen, aber mit Sicherheit waren sie nicht fünfzig Jahre alt.

Ansonsten fanden sie dort unten nichts Weiteres von Interesse und mit großer Erleichterung kehrte Banks wieder unter den freien Himmel zurück. So neblig es auch war, nach dem Inneren des Grabes fühlte es sich wie eine klare Nacht an. Banks bat die Beamten der Spurensicherung, die leeren Flaschen und Zigarettenkippen einzutüten und das Grabmal gründlich zu durchsuchen.

»Wir werden auf dem Revier eine Schaltzentrale einrichten müssen«, sagte er, wieder an Stott gewandt, »und einen Bus in der Nähe des Tatortes parken, damit die Leute es leicht haben, sich an uns zu wenden. Kontaktbeamte, Telefonleitungen, Zivilbeamte – das Übliche. Susan Gay soll sich darum kümmern. Und informieren Sie lieber auch den Chief Constable«, fügte Banks mit einem flauen Gefühl im Magen hinzu.

Da sich Detective Superintendent Gristhorpe beim Bau seiner Natursteinmauer ein Bein gebrochen hatte, war zurzeit Banks Leiter der Eastvaler Kriminalpolizei. Formell war eigentlich Detective Chief Superintendent Jack Wormsley vom regionalen Präsidium North Yorkshires in Northallerton für eine Mordermittlung zuständig. Doch aus Erfahrung wusste Banks, dass er außer einem gelegentlichen Telefonanruf nicht viel von Chief Superintendent Wormsley erwarten konnte. Angeblich stand er viel zu kurz vor der Vollendung seines maßstabgetreuen Streichholzmodells des Taj Mahals, um sich von einem ordinären Mord stören zu lassen. Wenn es eine Behinderung geben würde, wusste Banks, dann würde sie von dem neuen Chief Constable kommen: Jeremiah »Jimmy« Riddle, ein penetranter, aufdringlicher Überflieger aus der Schule des Polizeimanagements.

»Außerdem muss der Boden des Friedhofs gründlich abgesucht werden«, fuhr Banks fort, »aber damit beginnen wir besser bei Tageslicht, vielleicht löst sich der Nebel ja über Nacht ein wenig auf. Sorgen Sie auf jeden Fall dafür, dass das gesamte Gelände abgesperrt wird.« Banks sah sich um. »Wie viele Eingänge gibt es?«

»Zwei. Einen an der North Market Street und einen an der Kendal Road, gleich bei der Brücke.«

»Dann ist der Friedhof ja leicht abzusperren. Die Mauern sehen hoch genug aus, um Eindringlinge abzuhalten, aber wir sollten lieber ein paar Männer patrouillieren lassen, nur um sicherzugehen. Das Letzte, was wir brauchen, ist irgendein sensationsgeiler Reporter, der die Morgenzeitungen mit Fotos vom Tatort versorgt. Kann man vom Fluss aus reinkommen?«

Stott schüttelte den Kopf. »Da ist die Mauer auch zu hoch, außerdem sind oben Glasscherben eingelassen.«

»Ein einladendes Örtchen, was?«

»Ich habe gehört, dass es hier Fälle von Vandalismus gegeben hat.«

Banks spähte durch den Nebel zu den Lichtern des Pfarramtes. Sie sahen aus wie Geisteraugen. »Sie sind doch ein Mann der Kirche, oder, Barry?«

Stott nickte. »Ja. Aber meine Gemeinde ist St. Cuthbert's, nicht St. Mary's.«

Banks deutete mit einer Kopfbewegung zum Pfarramt. »Wissen Sie, wer hier Pfarrer ist?«

»Pfarrer Daniel Charters.«

Banks hob seine Augenbrauen. »Dachte ich mir doch. Ich kenne nicht alle Einzelheiten, aber ist er nicht derjenige, der in letzter Zeit ab und zu in den Nachrichten auftauchte?«

»Das ist er«, bestätigte Stott mit zusammengebissenen Zähnen.

»Interessant«, sagte Banks, »sehr interessant.« Und dann schlenderte er in Richtung Pfarramt.

III

Die Frau, die auf Banks' Klopfen hin die Hintertür öffnete, war seiner Schätzung nach Mitte dreißig, hatte glänzendes rotbraunes Haar, das ihr wallend auf die Schultern fiel, einen olivenfarbenen Teint, haselnussbraune Augen und die vollsten, sinnlichsten Lippen, die er jemals gesehen hatte.

Außerdem hatte sie einen benommenen, geistesabwesenden Gesichtsausdruck.

»Ich bin Rebecca Charters«, sagte sie und schüttelte seine Hand. »Bitte kommen Sie herein.«

Banks folgte ihr durch die Diele. Sie war eine große Frau, trug einen schweren schwarzen Schal über ihren Schultern und ein weites, langes blaues Kleid, das über ihre wogenden Hüften bis fast hinab auf die Steinplatten des Korridors reichte. Ihre Füße waren nackt und schmutzig, Grashalme klebten an Knöcheln und Spann. An der Achillessehne ihres rechten Fußes war außerdem ein frischer Schnitt. Während sie ging, wackelten ihre Hüften ein wenig mehr, als er es von der Frau eines Pfarrers erwartet hätte. Und bildete er sich das nur ein oder war sie etwas unsicher auf den Beinen?

Sie führte ihn in ein Wohnzimmer mit hohen Decken und tristen, gestreiften Tapeten. Constable Kemp stand neben der Tür, und Banks sagte ihr, dass sie jetzt gehen könne.

Flaschengrüne Samtvorhänge waren gegen den Nebel vor das Erkerfenster gezogen worden. Genau gegenüber der Tür befand sich ein leerer, gefliester Kamin; davor lag ein großes Bündel aus braun-weißem Fell, das Banks für einen Hund unbestimmter Rasse hielt. Was auch immer es war, er hoffte, dass er dort liegen blieb. Er hatte nichts gegen Hunde, aber er konnte es nicht ertragen, wenn sie sabbernd an ihm hochsprangen. Katzen waren schon eher nach Banks' Geschmack. Er schätzte ihre arrogante Art, ihren Sinn für Unabhängigkeit und ihren Spieltrieb und hätte gerne eine Katze zu Hause gehalten, wenn nicht Sandra, seine Frau, furchtbar allergisch gegen die Tiere gewesen wäre.

Die einzige Wärmequelle im Zimmer war ein kleiner weißer Heizlüfter vor der gegenüberliegenden Wand. Banks war froh, seinen Mantel noch nicht ausgezogen zu haben; er war dankbar für die zusätzliche Wärmeschicht.

Um einen Couchtisch war eine dreiteilige, mit abgewetztem braunem Kordsamt bezogene Sitzgarnitur angeordnet und in einem der Sessel saß ein Mann mit dichten schwarzen und fast zusammengewachsenen Augenbrauen, einer zerfurchten Stirn, einem langen, blassen Gesicht und hervorstehenden Wangenknochen. Er hatte den gehetzten Blick eines besorgten, jungen Geistlichen, wie aus einem alten Film.

Als Banks hereinkam, stand der Mann auf, ein Manöver, bei dem er einem großen, langbeinigen Tier glich, das sich aus seiner Höhle wand, und streckte seine schmale Hand aus.

»Daniel Charters. – Möchten Sie einen Kaffee?«

Während er seine Hand schüttelte, bemerkte Banks die Kanne auf dem Tisch und nickte. »Sehr gerne«, sagte er. »Schwarz, ohne Zucker.«

Banks setzte sich auf das Sofa, Rebecca Charters nahm neben ihm Platz. Auf dem Couchtisch stand außerdem eine leere Flasche rumänischer Pinot noir von Sainsbury.

Während Daniel Charters Kaffee einschenkte, ging Rebecca zu einem Glasschrank, nahm eine Flasche und einen Schwenker heraus und schenkte sich einen großen Brandy ein. Banks bemerkte, dass ihr Mann sie mit einem bösen Blick bedachte, den sie jedoch ignorierte. Der Kaffee war gut. Schon in dem Moment, wo er den ersten Schluck trank, klang Banks' Kratzen im Hals ein wenig ab.

»Mir ist klar, dass Sie einen furchtbaren Schock erlitten haben müssen«, sagte Banks, »aber meinen Sie, Sie können ein paar Fragen beantworten?«

Rebecca nickte.

»Gut. Haben Sie den Fund der Leiche sofort gemeldet?«

»Fast. Als ich die Gestalt gesehen habe, als mir bewusst wurde, was es ist, da … Zuerst wurde mir übel. Dann bin ich hierher zurückgelaufen und habe die Polizei angerufen.«

»Was haben Sie auf dem Friedhof gemacht, in so einer fürchterlichen Nacht?«

»Ich wollte den Engel besuchen.«

Sie sprach so leise, dass Banks glaubte, sie nicht richtig verstanden zu haben. »Wie bitte?«, fragte er.

»Ich sagte, ich wollte den Engel besuchen.« Mit großen, feuchten Augen hielt sie trotzig seinem Blick stand. Sie waren vom Weinen rot unterlaufen. »Was ist falsch daran? Ich mag Friedhöfe. Jedenfalls bisher war es so.«

»Was ist mit dem Glas?«

»Ich hatte ein Glas Wein dabei. Es rutschte mir aus der Hand, dann fiel ich hin. Schauen Sie.« Sie lüftete ihr Kleid bis zu den Knien. Beide waren verbunden, aber das Blut begann bereits durch den Verband zu sickern.

»Vielleicht sollten Sie lieber zum Arzt gehen«, riet Banks.

Rebecca schüttelte den Kopf. »Nicht nötig.«

»Haben Sie die Leiche in irgendeiner Weise berührt?«, fragte Banks.

»Nein. Ich habe nichts angefasst. Ich bin nicht nahe an sie herangegangen.«

»Haben Sie sie erkannt?«

»Nur, dass es ein Mädchen von St. Mary's war.«

»Kannten Sie ein Mädchen namens Deborah Catherine Harrison?«

Rebecca legte eine Hand vor den Mund und nickte. Einen Moment lang glaubte Banks, dass ihr wieder übel werden würde. Ihr Ehemann rührte sich nicht, doch konnte Banks an seinem Gesichtsausdruck ablesen, dass der Name auch ihm etwas sagte.

»War sie es?«, wollte Rebecca wissen.

»Das glauben wir. Aber ich muss Sie bitten, niemandem davon zu erzählen, bis die Identität bestätigt worden ist.«

»Natürlich. Arme Deborah.«

»Also kannten Sie sie?«

»Sie hat im Chor gesungen«, sagte Daniel Charters. »Die Schule und die Kirche sind sehr eng miteinander verbunden. Die Schule hat keine eigene Kapelle, deshalb besuchen sie unsere Gottesdienste. Und eine Reihe der Schülerinnen singt bei uns im Chor.«

»Haben Sie eine Ahnung, was sie zwischen fünf und sechs Uhr auf dem Friedhof getan haben könnte?«

»Es ist eine Abkürzung«, erklärte Rebecca. »Von der Schule zu ihr nach Hause.«

»Aber die Schule ist um halb vier zu Ende.«

Rebecca zuckte mit den Achseln. »Es gibt dort Kurse, Klubs, Sportgruppen und so weiter. Da müssen Sie Dr. Green fragen, die Leiterin.« Sie nahm noch einen Schluck Brandy. Der Hund vor dem Kamin hatte sich die ganze Zeit nicht gerührt. Einen Augenblick lang dachte Banks, dass er vielleicht gestorben war, doch dann bemerkte er, wie sich das Fell gemächlich bewegte, wenn er atmete. Wahrscheinlich war er lediglich alt. Genauso, wie Banks sich momentan fühlte.

»Hat einer von Ihnen am frühen Abend draußen etwas gesehen oder gehört?«, fragte er.

Daniel schüttelte den Kopf und Rebecca sagte: »Ich glaubte, etwas gehört zu haben. Als ich in der Küche war, um den Wein zu öffnen. Es hörte sich an wie ein erstickter Schrei.«

»Und was haben Sie getan?«

»Ich bin ans Fenster gegangen. Natürlich konnte ich bei dem Nebel nichts sehen, und nachdem ich für eine Weile nichts mehr hörte, dachte ich, es müsse ein Vogel oder ein kleines Tier gewesen sein.«

»Erinnern Sie sich, wie spät es war?«

»Ungefähr sechs Uhr, vielleicht fünf nach. Im Fernsehen hatten gerade die Lokalnachrichten begonnen.«

»Und obwohl Sie meinten, einen Schrei gehört zu haben, sind Sie dennoch vierzig Minuten später hinaus auf den dunklen, nebligen Friedhof gegangen?«

Rebecca warf einen Blick auf die leere Weinflasche. »Das hatte ich in dem Moment schon wieder vergessen«, sagte sie. »Außerdem habe ich Ihnen ja gesagt, dass ich es für ein Tier hielt.«

Banks wandte sich an Daniel Charters. »Haben Sie etwas gehört?«

»Er war in seinem Arbeitszimmer, bis ich schreiend zurückkam, als ich die Leiche entdeckt hatte«, antwortete Rebecca. »Das ist das andere Zimmer auf der Vorderseite des Hauses. Von dort konnte er nichts gehört haben.«

»Mr Charters?«

Daniel Charters nickte. »Das stimmt. Ich habe an einer Predigt gearbeitet. Meine Frau hat leider Recht. Ich habe nichts gehört.«

»Hat einer von Ihnen in jüngster Zeit Fremde gesehen, die sich hier in der Gegend herumgetrieben haben?«

Beide schüttelten den Kopf.

»War in letzter Zeit jemand im Mausoleum der Inchcliffes?«

Charters runzelte die Stirn. »Nein. Soweit ich weiß, war seit fünfzig Jahren niemand mehr dort unten. Ich habe den Schlüssel gerade einem Ihrer Männer gegeben.«

»Wo bewahren Sie den Schlüssel normalerweise auf?«

»In der Kirche. An einem Haken in der Sakristei.«

»Also ist er für jedermann zugänglich?«

»Ja. Aber ich verstehe nicht …«

»Irgendjemand war kürzlich dort unten. Wir haben Wodkaflaschen und Zigarettenkippen gefunden. Haben Sie eine Ahnung, wer es gewesen sein könnte?«

»Ich kann mir nicht vorstellen ...« Dann hielt er inne und wurde bleich. »Es sei denn ...«

»Was, Mr Charters?« Banks trank einen Schluck Kaffee.

»Wie Sie wahrscheinlich wissen«, sagte Charters, »stehe ich seit zwei Monaten unter einem gewissen Verdacht. Kennen Sie die Einzelheiten?«

Banks zuckte mit den Achseln. »Nur vage.«

»Die ganze Angelegenheit ist vage. Wie auch immer, wir hatten hier einen kroatischen Flüchtling als Küster angestellt. Er erwies sich als völliger Fehlgriff. Er trank, er war beleidigend und hat den Menschen Angst eingejagt.«

»Inwiefern?«

»Er hat den Schulmädchen lüsterne Blicke zugeworfen und anzügliche Gesten gemacht. Ein Mädchen hat sogar gesehen, wie er auf ein Grab uriniert hat.« Charters schüttelte den Kopf. »Solche Dinge. Soweit wir wissen, hat er sich nie an jemandem vergriffen, aber einige Mädchen haben sich bei Dr. Green beschwert und ich führte deswegen ein langes Gespräch mit ihr. Das Ergebnis war, dass ich beschloss, ihn loszuwerden. Nachdem er verschwunden war, ging er zur Kirchenbehörde und behauptete, ich hätte ihn gefeuert, weil er sich weigerte, geschlechtlich mit mir zu verkehren.«

»Und die Kirchenbehörden haben ihm geglaubt?«

»Es spielt keine Rolle, was sie glauben«, erwiderte Charters mit einem bitteren Blick auf seine Frau. »Sobald eine Anklage im Raum steht, beginnen die Mühlen zu mahlen und Untersuchungen werden angestellt. Und der Angeklagte findet sich umgehend in der Defensive wieder. Sie wissen bestimmt, wie so etwas abläuft, Chief Inspector.«

»Man wird mit Suggestivfragen aufs Glatteis geführt.«

»Ganz genau.«

»Und Sie glauben, er könnte im Mausoleum gewesen sein?«

»Er ist der Einzige, den ich mir vorstellen kann. Und er wusste besser als jeder andere, wo der Schlüssel hängt. Wenn ich mich recht erinnere, war Wodka zudem sein bevorzugtes Getränk, weil er glaubte, er würde davon keine Fahne kriegen.«

»Was denken Sie darüber, Mrs Charters?«

Rebecca schüttelte den Kopf, schaute weg und trank noch mehr Brandy.

»Wie Sie sehen können«, sagte Charters sarkastisch, »ist meine Frau äußerst standhaft gewesen.«

Banks entschloss sich, nicht auf diese spitze Bemerkung einzugehen. »Wie heißt der Mann, den Sie entlassen haben?«

»Ive Jelačić.«

»Wie buchstabiert man das?«

Charters sagte es ihm und erklärte die diakritischen Zeichen. Banks schrieb den Namen auf.

»Wie sieht er aus?«

»Er ist groß, ungefähr so groß wie ich, kräftig gebaut. Er hat schwarzes Haar, das meistens geschnitten werden müsste, einen dunklen Teint und eine leicht gebogene Nase.« Er zuckte mit den Achseln. »Mehr fällt mir nicht ein.«

»Wo ist er jetzt?«

»In Leeds.«

»Hat er Sie jemals bedroht oder belästigt, seitdem Sie ihn gefeuert haben?«

»Ja. Er ist ein paar Mal zurückgekommen.«

»Warum?«

»Um mir einen Handel anzubieten. Er schlug vor, die Anklage fallen zu lassen, wenn ich ihm Geld gebe.«

»Wie viel?«

Charters schnaubte. »Leider mehr, als ich aufbringen kann.«

»Und wie wollte er es anstellen, die Anklage fallen zu lassen?«

»Er wollte aussagen, dass er meine Geste falsch verstanden hat. Kulturelle Unterschiede. Ich sagte ihm, er solle verschwinden. Der Mann ist ein Lügner und ein Trinker, Chief Inspector. Was spielt es für eine Rolle?«

»Es könnte eine große Rolle spielen«, entgegnete Banks langsam, »wenn er den Ruf hatte, die Mädchen von St. Mary's zu belästigen, und zudem sauer auf Sie war. Haben Sie seine Adresse?«

Charters stand auf und öffnete die Schublade einer Kommode. »Müsste ich eigentlich«, murmelte er und blätterte durch einen Stapel Briefe. »In der Sache hat es eine Menge Schriftverkehr gegeben. – Ah, da ist sie ja.«

Banks schaute sich die Adresse an. Sie befand sich in Burmantofts in Leeds, aber die Straße kannte er nicht. »Dürfte ich mal Ihr Telefon benutzen?«, fragte er.

»Bitte«, sagte Charters. »In meinem Arbeitszimmer ist ein Nebenanschluss, wenn Sie ungestört sein wollen. Es ist das Zimmer gleich gegenüber auf dem Flur.«

Banks ging in das Arbeitszimmer und setzte sich an den Schreibtisch. Er war beeindruckt, wie aufgeräumt er war. Anders als bei ihm selbst, wenn er an etwas arbeitete, lagen hier keine losen Papiere herum, keine angeknabberten Stifte, keine aufgeschlagenen Nachschlagewerke, keine Büroklammern oder Gummibänder. Selbst das Lineal war parallel zum Rand der Schreibtischunterlage platziert worden. Ein ordentlicher Mann, dieser Pfarrer Charters. So ordentlich, dass er sogar seinen Schreibtisch aufgeräumt hatte, *nachdem* seine Frau schreiend wegen eines auf dem Friedhof entdeckten Mordes hereingestürzt war?

Banks schaute in seinem Notizbuch nach und rief Detective Inspector Ken Blackstone zu Hause an. Blackstone, ein guter Freund, arbeitete für die West Yorkshirer Kriminalpolizei im Revier Millgarth in Leeds. Banks erklärte, was vorgefallen war, und fragte Blackstone, ob er es veranlassen könnte, dass ein paar Beamte die Adresse aufsuchten, die Charters ihm gegeben hatte. Erstens wollte er wissen, ob Jelačić zu Hause war, und zweitens, ob er für diesen Abend ein Alibi hatte. Blackstone sagte, das wäre kein Problem, und Banks legte auf.

Als er zurück ins Wohnzimmer ging, störte er Daniel und Rebecca Charters offensichtlich mitten in einem hitzigen Streit. Rebecca, so fiel ihm auf, hatte sich Brandy nachgeschenkt.

Da Banks keine weiteren Fragen hatte, kippte er den Rest des lauwarmen Kaffees hinunter und ging wieder hinaus auf den Friedhof.

IV

Kaum war Banks verschwunden, schaute Daniel Charters angewidert auf die leere Weinflasche und die Reste des Brandys, dann sah er Rebecca an. »Ich habe dich gefragt, warum du das getan hast«, sagte er. »Warum um Himmels willen hast du ihn angelogen?«

»Das weißt du ganz genau.«

Daniel beugte sich in seinem Sessel vor und steckte seine Hände zwischen die Knie. »Nein, das weiß ich nicht. Du hast mir nicht einmal die Möglichkeit gegeben zu antworten. Du bist mir sofort mit einer dummen Lüge zuvorgekommen.«

Rebecca nippte an ihrem Brandy. »Mir ist nicht aufgefallen, dass du es eilig hattest, mich zu korrigieren.«

Daniel errötete. »Da war es bereits zu spät. Es hätte verdächtig ausgesehen.«

»Verdächtig? Das ist gut, Daniel. Glaubst du nicht, dass es schon verdächtig genug aussieht?«

Daniel machte ein schmerzverzerrtes Gesicht. »Glaubst du, dass ich es getan habe? Glaubst du wirklich, ich habe das Mädchen da draußen umgebracht?« Er deutete mit einem langen, knochigen Finger in Richtung Friedhof. »Glaubst du, mich beschützt zu haben? Mir ein Alibi gegeben zu haben?«

Rebecca wandte sich ab. »Quatsch!«

»Warum hast du dann gelogen?«

»Um die Angelegenheit einfacher zu machen.«

»Lügen machen nie etwas einfacher.«

Ach, wirklich?, dachte Rebecca spöttisch. Da sieht man mal, wie wenig du weißt. »Wir haben auch schon genug Probleme«, sagte sie seufzend, »ohne dass du in einer Mordermittlung als Verdächtiger giltst.«

»Willst du nicht wissen, wo ich war?«

»Nein. Es ist mir egal, wo du warst.«

»Aber du hast für mich gelogen.«

»Für uns. Ja.« Sie fuhr sich mit einer Hand durchs Haar. »Hör zu, Daniel, was ich da draußen auf dem Friedhof gesehen habe, war schrecklich. Ich bin müde. Ich bin durcheinander und es geht mir nicht gut. Kannst du mich nicht einfach in Ruhe lassen?«

Ein paar Sekunden lang sagte Daniel nichts. Rebecca konnte die Uhr auf dem Kaminsims ticken hören. Ezechiel rührte sich kurz, dann legte er sich wieder schlafen.

»Du glaubst, ich habe es getan, nicht wahr?«, beharrte Daniel.

»Bitte, Daniel, hör auf. Natürlich glaube ich nicht, dass du es getan hast.«

»Ich meine nicht den Mord. Die andere Sache.«

»Ich denke überhaupt nichts in der Art. Das habe ich dir doch schon gesagt. Habe ich nicht zu dir gehalten? Glaubst du, ich wäre immer noch hier, wenn ich denken würde, dass du es getan hast?«

»*Hier?* Du bist nicht *hier*. Du bist nicht mehr hier gewesen, seit es passiert ist. Sicher, körperlich magst du in diesem Zimmer anwesend sein. Ja, das muss ich zugeben. Aber du bist nicht wirklich hier, nicht für mich jedenfalls. Die meiste Zeit hängst du an der Flasche, die restliche Zeit bist du ... Gott weiß wo.«

»Ja, genau, wir wissen ja alle, dass du ein Heiliger bist und während des ganzen Ärgers keinen Tropfen angerührt hast. Tja, vielleicht bin ich nicht so stark wie du, Daniel. Der Rest der Menschheit ist vielleicht auch nicht so verflucht fromm. Ein paar von uns haben eben hin und wieder eine kleine menschliche Schwäche. Aber dir ist das völlig fremd, nicht wahr?«

Mit zitternder Hand schenkte sich Rebecca Brandy nach. Daniel holte aus und schlug ihr das Glas aus der Hand. Der Brandy ergoss sich über den Couchtisch und das Sofa, das Glas fiel auf den Teppich.

Rebecca wusste nicht, was sie sagen sollte. Die Worte blieben ihr im Halse stecken. Es war das erste Mal, seit sie ihn kannte, dass Daniel die Beherrschung verloren hatte.

Sein Gesicht war rot und durch die tiefen Falten auf der Stirn zogen sich seine dichten, dunklen Augenbrauen über der Nase zusammen. »Du hast deine Zweifel, stimmt's?«, drängte er. »Na los! Gib es zu. Ich warte.«

Rebecca beugte sich hinab, hob das Glas auf und schenkte es mit zitternden Händen wieder voll. Dieses Mal rührte sich Daniel nicht.

»Antworte mir«, sagte er. »Sag mir die Wahrheit.«

Rebecca zog die Stille in die Länge, trank dann einen großen Schluck Brandy und flötete im gespielten Ton einer Prostituierten: »Tja, Süßer, du weißt ja, was man sagt, oder? Kein Rauch ohne Feuer.«

V

Banks ließ seinen in der North Market Street vor St. Mary's geparkten Wagen stehen und machte sich zu Fuß auf den Weg nach Hawthorn Close. Auf der Hauptstraße wirkte der Nebel nicht ganz so bedrohlich wie auf dem unbeleuchteten Friedhof, auch wenn die hohen bernsteinfarbenen Straßenlaternen und die blinkenden Warnlichter am Zebrastreifen aussahen wie die martialischen Maschinen aus *Krieg der Welten*.

Warum hatte Rebecca Charters für ihren Mann gelogen? Sie *hatte* gelogen, da war sich Banks sicher, selbst ohne den Beweis des aufgeräumten Schreibtisches. Hatte sie ihm ein Alibi gegeben? Vielleicht würde er sie morgen erneut aufsuchen. Auf jeden Fall war sie eine eigenartige Person. *Ich wollte den Engel besuchen.* Sehr merkwürdig!

Banks schaute auf seine Uhr. Zum Glück war es erst kurz nach neun, so hatte er noch Zeit, schnell in den kleinen Laden an der Ecke der Hawthorn Road zu gehen und eine Schachtel Silk Cut zu kaufen.

Nachdem er ungefähr zweihundert Meter die Hawthorn Road entlanggegangen war, bog er nach rechts in die Hawthorn Close, eine gewundene Straße mit großen Steinhäusern, in denen die Oberschicht Eastvales wohnte.

Er fand das Haus Nummer 28, trat seine Zigarette aus und ging die Kiesauffahrt hinauf, wobei ihm ein vor der

Eingangstür geparkter, funkelnagelneuer Jaguar auffiel. Instinktiv legte er seine Hand auf die Kühlerhaube. Noch etwas warm.

Mit einem grimmigen Blick öffnete Barry Stott die Tür. Banks dankte ihm dafür, die unangenehme Aufgabe erledigt zu haben, und sagte ihm, er könne ins Revier zurückkehren und beginnen, alles Nötige zu organisieren. Dann ging er allein durch den Flur in ein geräumiges Zimmer, in dem bis hin zum Flügel alles in Weiß eingerichtet war. Einen Kontrast dazu bildeten allein die türkischen Teppiche und ein Gemälde, das nach einem echten Chagall aussah und an der Wand über dem Kamin hing, in welchem ein dickes Holzscheit loderte und knisterte. In einem weißen Bücherregal standen die Klassiker in Ausgaben der Folio Society, Verandatüren mit weißen Verzierungen führten hinaus in den dunklen Garten.

Drei Menschen befanden sich in dem Zimmer, sie saßen da und waren dem Anschein nach in einem Zustand des Schocks. Die Frau trug einen grauen Rock und eine blaue Seidenbluse, beides in einer Qualität, die man nur sehr schwer in Eastvale finden konnte. Ihr leicht zerzaustes blondes Haar war auf eine teure Art zerzaust und umrahmte ein ovales Gesicht mit einer blassen, makellosen Haut, blassen blauen Augen, einer perfekt proportionierten Nase und einem ebensolchen Mund. Alles in allem eine elegante und attraktive Frau.

Sie stand auf und schwebte ihm wie in Trance entgegen. »Handelt es sich um einen Irrtum?«, fragte sie. »Bitte sagen Sie mir, dass es sich um einen Irrtum handelt.« In ihrer Stimme lag der Hauch eines französischen Akzents.

Bevor Banks etwas erwidern konnte, fasste einer der Männer sie am Ellbogen und sagte: »Komm, Sylvie. Setz dich.« Dann wandte er sich an Banks. »Ich bin Geoffrey Harrison«, sagte er. »Deborahs Vater. Ich nehme an, es besteht nicht viel Hoffnung, dass es sich um einen Irrtum handelt.«

Banks schüttelte den Kopf.

Geoffrey war ungefähr einsneunzig groß und hatte die langen Arme und breiten Schultern eines guten Werfers. Tatsächlich ähnelte er ein wenig einem berühmten Kricketspieler, dessen Namen Banks aber momentan nicht einfallen wollte. Er trug graue Hosen mit scharfen Bügelfalten und einen grünen Strickpullover mit V-Ausschnitt über einem weißen Hemd. Keine Krawatte. Er hatte gelocktes blondes Haar, das über den Ohren schon etwas ergraute, und ein markantes, gespaltenes Kinn. Alles an seinen Bewegungen und Zügen zeugte von Macht, von einem Menschen, der es gewohnt war, seinen eigenen Weg zu gehen. Banks schätzte ihn auf ungefähr fünfundvierzig Jahre, wahrscheinlich gut zehn Jahre älter als seine Frau.

Plötzlich, wie eine kalte Dusche, überkam Banks die Erkenntnis. Himmel, er hätte es wissen müssen! Diese verfluchte Erkältung legte anscheinend sein Gedächtnis lahm. Der Mann vor ihm war Sir Geoffrey Harrison. *Sir.* Vor ungefähr drei Jahren war er für seine Verdienste um die Industrie geadelt worden; er hatte etwas mit führender Computertechnologie, Elektronik, Microchips und dergleichen zu tun. Und Deborah Harrison war seine Tochter.

»Haben Sie ein aktuelles Foto von Ihrer Tochter, Sir?«, fragte er.

»Dort drüben auf dem Kaminsims. Es wurde im letzten Sommer aufgenommen.«

Banks ging hinüber und betrachtete das Foto eines jungen Mädchens, das auf dem Deck einer Jacht posierte. Wahrscheinlich war es ihr erstes Jahr in einem Bikini, vermutete Banks, und obwohl sie noch kaum die Figur hatte, um ihn auszufüllen, stand er ihr gut. Aber andererseits hätte wohl alles gut ausgesehen an einem solchen Wesen voller Jugend und Energie.

Deborah lächelte und hielt sich mit einer Hand am Mast fest, während sie mit der anderen Hand eine lange Strähne ihres blonden Haares aus dem Gesicht strich. Es fiel einem schwer, zu akzeptieren, dass das Mädchen auf dem Bild, das vor Gesundheit und Leben nur so strotzte, dasselbe war, das nun in der Leichenhalle von Eastvale lag.

»Leider besteht kein Irrtum«, sagte er und warf einen Blick auf das daneben stehende Foto. Es zeigte zwei lächelnde junge Männer in weißen Krickettrikots, die in einem Innenhof standen und von denen einer unverkennbar Sir Geoffrey war. In dem zweiten, der seinen Arm lässig auf Sir Geoffreys Schulter gelegt hatte, erkannte man unschwer den anderen Mann im Zimmer, obwohl die Aufnahme schon ungefähr fünfundzwanzig Jahre alt sein musste. Noch jetzt war er schlank und gut aussehend, auch wenn sein rotblondes Haar über seiner hohen Stirn deutlich zurückging und oben dünner wurde. Seine Kleidung sah aus wie eine sehr teure Freizeitgarderobe: schwarze Kordhosen und ein rostfarbenes Baumwollhemd. An einer Halskette hing eine Brille mit Goldfassung. »Michael Clayton«, stellte er sich vor, stand auf und schüttelte Banks' Hand.

»Michael ist mein Geschäftspartner«, erklärte Sir Geoffrey. »Und mein ältester Freund. Außerdem ist er Deborahs Patenonkel.«

»Ich wohne gleich um die Ecke«, sagte Clayton. »Als Geoff die Nachricht bekam ... Nun, sie riefen mich an und ich kam herüber. Haben Sie schon irgendwelche Hinweise?«

»Es ist noch zu früh, um etwas zu sagen«, meinte Banks. Dann wandte er sich an Sir Geoffrey und Lady Harrison. »Wussten Sie, ob Deborah vorhatte, nach der Schule noch irgendwo hinzugehen?«

Sir Geoffrey brauchte einen Augenblick, um sich wieder zu sammeln. »Nur zum Schachklub«, antwortete er dann.

»Zum Schachklub?«

»Ja. In der Schule. Sie treffen sich jeden Montag.«

»Um wie viel Uhr ist sie dann normalerweise zu Hause?«

Sir Geoffrey schaute seine Frau an. »Normalerweise machen sie um sechs Schluss«, sagte Lady Harrison tonlos. »So um Viertel nach kommt sie nach Hause. Manchmal auch erst zwanzig nach, wenn sie mit ihren Freundinnen herumtrödelt.«

Banks runzelte die Stirn. »Es muss nach acht Uhr gewesen sein, als Inspector Stott Ihnen die schlimme Nachricht überbrachte«, sagte er. »Aber Sie hatten Deborah nicht als vermisst gemeldet. Waren Sie nicht besorgt? Wo vermuteten Sie sie denn?«

Lady Harrison begann zu weinen. Sir Geoffrey nahm ihre Hand. »Wir waren selbst gerade erst nach Hause gekommen«, erklärte er. »Ich war auf einem Geschäftsempfang im Royal Hotel in York und durch den verfluchten Nebel habe ich mich verspätet. Sylvie war in ihrem Fitnesscenter. Deborah hatte einen eigenen Schlüssel. Sie war schließlich sechzehn.«

»Um wie viel Uhr sind Sie zurückgekommen?«

»So um acht Uhr. Wir kamen beide fast gleichzeitig. Wir dachten, Deborah sei vielleicht schon zu Hause gewesen und noch einmal weggegangen, obwohl ihr das gar nicht ähnlich sah, uns nichts wissen zu lassen, noch dazu an einem solchen Abend. Wir haben keine Nachricht gefunden und auch kein Anzeichen dafür, dass sie hier gewesen war. Deborah ... Also, normalerweise hängte sie ihren Schulblazer einfach über eine Stuhllehne, verstehen Sie?«

»Ja.« Banks Tochter Tracy war genauso unordentlich.

»Auf jeden Fall haben wir uns Sorgen gemacht, dass man

sie entführt haben könnte. Wir wollten gerade die Polizei anrufen, als Inspector Stott eintraf.«

»Haben Sie jemals Entführungsdrohungen erhalten?«

»Nein, aber man hört ja immer wieder von solchen Dingen.«

»Könnte Ihre Tochter etwas Wertvolles bei sich gehabt haben? Bargeld, Kreditkarten oder dergleichen?«

»Nein. Warum fragen Sie das?«

»Ihr Schulranzen war geöffnet und ich wüsste gerne, warum.«

Sir Geoffrey schüttelte den Kopf.

Banks wandte sich an Michael Clayton. »Haben Sie Deborah an diesem Abend gesehen?«

»Nein. Ich war zu Hause, bis ich Geoffs Anruf erhielt.«

Sir Geoffrey und Lady Harrison setzten sich mit hängenden Schultern auf die weiße Couch und hielten sich an den Händen wie Teenager. Banks ließ sich auf der Lehne eines Sessels nieder, beugte sich vor und legte die Hände auf seine Knie.

»Inspector Stott teilte uns mit, man hätte Deborah auf dem Friedhof von St. Mary's gefunden«, sagte Sir Geoffrey. »Stimmt das?«

Banks nickte.

Wut überzog Sir Geoffreys Gesicht. »Haben Sie schon mit diesem verfluchten Pfarrer gesprochen? Dem Perversen?«

»Daniel Charters?«

»Genau der. Sie wissen, was man ihm zur Last legt, oder?«

»Er soll einen homosexuellen Annäherungsversuch gemacht haben.«

Sir Geoffrey nickte. »Ganz genau. Wenn ich Sie wäre, würde ich ...«

»Bitte, Geoffrey«, sagte Sylvie und zog an seinem Ärmel. »Beruhige dich. Lass den Chief Inspector reden.«

Sir Geoffrey fuhr sich mit einer Hand durchs Haar. »Ja, natürlich. Verzeihung.«

Warum diese Animosität gegen Charters?, fragte sich Banks. Aber das Thema hob er sich lieber für später auf. Sir Geoffrey war verzweifelt; im Augenblick wäre es keine gute Idee, ihm weiter zuzusetzen.

»Dürfte ich einen Blick in Deborahs Zimmer werfen?«, fragte er.

Sylvie nickte und stand auf. »Ich zeige es Ihnen.«

Banks folgte ihr eine breite, mit weißem Teppich ausgelegte Treppe hinauf. Das muss ja eine fürchterliche Schufterei sein, dieses Haus sauber zu halten, ging ihm durch den Kopf. Sandra würde sich mit weißen Teppichen oder Polstern nie einverstanden erklären. Allerdings nahm er auch nicht an, dass die Harrisons selbst putzten.

Sylvie öffnete die Tür zu Deborahs Zimmer, entschuldigte sich dann und ging wieder hinunter. Banks schaltete das Licht an. Das Zimmer war größer als Tracys, aber ungefähr im gleichen unordentlichen Zustand. Über den ganzen Boden lagen Kleidungsstücke verstreut, das Bett war nicht gemacht und mit einem Haufen zerknitterter Laken bedeckt und hinter der offenen Schranktür hingen auf einer langen Stange Blusen, Jacken und Hosen. Teilweise teure Sachen, stellte Banks fest, als er sich ein paar Designeretiketten ansah.

Deborahs Computer mit integriertem CD-Rom-Laufwerk stand auf dem Schreibtisch unter dem Fenster. In dem Bücherregal daneben befanden sich hauptsächlich Schul- und Computerhandbücher sowie ein paar Unterhaltungsromane. Banks durchsuchte jede Schublade, fand aber nichts Interessantes. Natürlich wäre es hilfreich gewesen, wenn er überhaupt gewusst hätte, wonach er suchte.

Auf den Regalen vor dem Bett waren eine Ministereoanlage, ein kleiner Farbfernseher und ein Videorecorder angeordnet – alle mit Fernbedienungen ausgestattet. Banks warf einen kurzen Blick auf die CDs. Im Gegensatz zu Tracy schien Deborah den raueren Stil der Popmusik, Grunge, vorgezogen zu haben: Hole, Pearl Jam, Nirvana. Neben einem kleineren Poster von River Phoenix war ein großes von Kurt Cobain an die Wand geheftet.

Banks schloss die Tür hinter sich und ging die Stufen wieder hinab. In dem weißen Zimmer konnte er Sylvie weinen und Sir Geoffrey und Michael Clayton gedämpft sprechen hören. Was sie sagten, konnte er nicht verstehen, und als er näher kam, sahen sie ihn durch die geöffnete Tür und baten ihn herein.

»Sir Geoffrey, ich habe nur noch eine Frage, wenn Sie erlauben«, sagte er.

»Bitte.«

»Hat Ihre Tochter ein Tagebuch geführt? Ich weiß, dass meine Tochter es tut. Das scheint unter jungen Mädchen ziemlich beliebt zu sein.«

Sir Geoffrey dachte einen Moment nach. »Ja«, sagte er dann. »Ich glaube. Michael hat ihr letztes Jahr zu Weihnachten eines geschenkt.«

Clayton nickte. »Stimmt. Ein in Leder gebundenes, mit einer Seite für jeden Tag.«

Banks wandte sich wieder an Sir Geoffrey. »Wissen Sie, wo sie es aufbewahrt hat?«

Er runzelte die Stirn. »Leider nein. – Sylvie?«

Sylvie schüttelte den Kopf. »Sie hat mir erzählt, dass sie es verloren hat.«

»Wann war das?«

»Ungefähr zu Beginn des Schuljahres. Ich hatte es eine Weile nicht gesehen, deshalb habe ich sie gefragt, ob sie aufgehört hätte, es zu führen. Warum? Ist das wichtig?«

»Wahrscheinlich nicht«, erwiderte Banks. »Nur ist es manchmal so, dass das, was wir nicht finden, ebenso wichtig ist wie das, was wir finden. Das Problem ist, dass wir das immer erst im Nachhinein wissen. Nun, wie auch immer, ich möchte Sie heute Abend nicht länger belästigen.«

»Inspector Stott sagte, dass ich die Leiche identifizieren muss«, sagte Sir Geoffrey. »Arrangieren Sie das?«

»Selbstverständlich. Noch einmal mein Beileid, Sir.«

Sir Geoffrey nickte und wandte sich dann wieder seiner Frau zu. Und Banks war wie ein Butler entlassen.

VI

Es war bereits nach zwei Uhr morgens, als Banks den dunkelblauen Cavalier, den er schließlich gekauft hatte, um seinen klapperigen Cortina zu ersetzen, vor seinem Haus parkte. Nach Hawthorn Close tat es ihm gut, wieder in der normalen Welt der Reihenhäuser mit den winzigen Gärten und den auf der Straße geparkten Fiestas und Astras zu sein.

Als Erstes ging er auf Zehenspitzen nach oben, um nachzuschauen, ob Tracy da war. Er wusste, dass es dumm war, aber nachdem er vor Deborah Harrisons Leiche gestanden hatte, fühlte er das Bedürfnis, seine eigene Tochter lebendig vor sich zu sehen.

Der bernsteinfarbene Schimmer der Straßenlaterne vor ihrem Fenster erleuchtete den schwachen Umriss der schlafenden Tracy. Hin und wieder drehte sie sich um und seufzte leise auf, als würde sie träumen. Sachte schloss Banks ihre Tür und ging zurück nach unten ins Wohnzimmer, sorgsam darauf bedacht, die knarrende dritte Stufe von oben zu umgehen. Trotz der späten Stunde war er überhaupt nicht müde.

Er schaltete die abgedunkelte Tischlampe an und schenkte sich einen ordentlichen Laphroaig ein in der Hoffnung, damit das Bild der auf dem Friedhof liegenden Deborah Harrison zu verdrängen.

Fünf Minuten später war es Banks noch immer nicht gelungen, sie aus seinem Kopf zu bekommen. Musik würde helfen. »Music alone with sudden charms can bind/The wand'ring sense, and calm the troubled mind«, wie Congreve gesagt hatte. Er würde doch wohl Sandra oder Tracy nicht aufwecken, wenn er eine Platte auflegte, oder?

Er sah seine schnell anwachsende Sammlung durch – vermutlich vermehrten sich seine CDs über Nacht – und entschied sich schließlich für *Vier letzte Lieder* von Richard Strauss.

In der Mitte des zweiten Liedes, »September«, als Gundula Janowitz' kristallklarer Sopran sich in die Höhen der Melodie aufschwang, schenkte er sich noch einen Laphroaig ein und steckte sich eine Zigarette an.

Kaum hatte er drei, vier Züge geraucht, ging die Tür auf und Tracy schaute herein.

»Warum bist du wach?«, flüsterte Banks.

Tracy rieb sich die Augen und trat ins Zimmer. Sie trug ein langes, weites Nachthemd mit dem Bild eines riesigen Pandas auf der Vorderseite. Obwohl sie schon siebzehn war, sah sie darin wie ein kleines Mädchen aus.

»Ich dachte, ich hätte jemanden in meinem Zimmer gehört«, murmelte Tracy. »Ich konnte nicht mehr einschlafen und wollte ein Glas Milch trinken. Ach Dad! Du rauchst ja wieder.«

Banks legte einen Finger an die Lippen. »Psst! Deine

Mutter.« Schuldbewusst schaute er auf die Zigarette. »Na und?«

»Du hast versprochen, es aufzugeben.«

»Ich habe nichts versprochen.« Banks senkte beschämt seinen Kopf. Nur seine jugendliche Tochter konnte ihm solche Gewissensbisse wegen seiner schlechten Angewohnheiten machen, besonders wo sie heutzutage in der Schule ständig mit diesen Nichtraucherkampagnen indoktriniert wurden.

»Doch, hast du.« Tracy kam näher. »Stimmt was nicht? Bist du deshalb noch so spät auf und trinkst und rauchst?«

Sie setzte sich auf die Lehne des Sofas und schaute ihn mit ihren verschlafenen Augen besorgt an, das lange blonde Haar hing ihr zottelig über die schmalen Schultern. Banks' Sohn, Brian, der in Portsmouth Architektur studierte, geriet nach seinem Vater, aber Tracy ähnelte ihrer Mutter.

Seit den erbitterten Streitereien wegen ihres ersten Freundes, dem sie längst den Laufpass gegeben hatte, und den vielen Sommernächten, in denen sie zu spät nach Hause gekommen war, war ein Menge Zeit ins Land gegangen. Mittlerweile hatte Tracy sich entschieden, in diesem Jahr keinen Freund zu haben, sondern alle ihre Anstrengungen darauf zu konzentrieren, ein gutes Abitur zu machen, damit sie auf die Universität gehen konnte, wo sie Geschichte studieren wollte. Banks konnte das nur gutheißen. Als er sie so zart und verletzlich auf der Kante des Sofas hocken sah, schwoll sein Herz vor lauter Vaterstolz auf sie an. Und vor Angst um sie.

»Nein«, sagte er, stand auf und tätschelte ihren Kopf. »Alles in Ordnung. Ich bin nur ein alter Narr, der nicht von seinen schlechten Angewohnheiten loskommt, das ist alles. Soll ich uns beiden einen Kakao machen?«

Tracy nickte, gähnte dann und streckte ihre Arme in die Luft.

Banks lächelte. Gundula Janowitz sang Hermann Hesses Text *Beim Schlafengehen*. Banks hatte diese Lieder schon so oft gehört, dass er sie auswendig kannte:

Nun der Tag mich müd' gemacht,
soll mein sehnliches Verlangen
freundlich die gestirnte Nacht
wie ein müdes Kind empfangen.

Das kann man laut sagen, dachte Banks. Auf dem Weg in die Küche drehte er sich noch einmal nach Tracy um. Mit zusammengekniffenen Augen musterte sie den klein gedruckten Begleittext auf der CD-Hülle und versuchte die Worte zu entziffern.

Sie würde noch früh genug erfahren, was mit Deborah Harrison geschehen war, dachte Banks. Morgen würde es die ganze Stadt wissen. Aber heute Nacht noch nicht. Heute Nacht würden Vater und Tochter eine gute Tasse warmen Kakao genießen in ihrem sicheren, warmen Heim, das wie eine Insel im Nebel trieb.

ZWEI

I

Chief Constable Jeremiah Riddle marschierte bereits wie ein Tiger auf dem Linoleum auf und ab, als Banks am nächsten Morgen sein Büro betrat. Sein Kahlkopf glänzte wie ein neuer Kricketball, der gerade an der Hose des Werfers poliert worden war, seine schwarzen Augen leuchteten wie Gagat aus Whitby, das frisch rasierte Kinn stand hervor wie der Bug eines Schiffes, die Uniform war akkurat gebügelt und ohne einen einzigen sichtbaren Fussel und an seinem Revers heftete demonstrativ ein Trauerflor. Kurz, er sah konzentriert, hellwach und zu allem bereit aus.

Was man von Banks nicht gerade sagen konnte. Alles in allem hatte er nicht mehr als ungefähr drei Stunden – unruhig – geschlafen, vor allem deshalb, weil ihn ein früher Anruf von Ken Blackstone geweckt hatte. Obwohl der Nebel an diesem Morgen schnell in Nieselregen übergegangen war, war er mit der Absicht, einen freien Kopf zu kriegen, die fast zwei Kilometer zum Revier zu Fuß gegangen. Er war sich nicht sicher, ob es ihm gelungen war. Und dass seine Erkältung schlimmer wurde und seinen Kopf zusätzlich vernebelte, half auch nicht gerade.

»Ah, Banks, wird auch Zeit, verdammt nochmal!«, sagte Riddle.

Banks nahm seine Kopfhörer ab und schaltete die

Kassette von Jimi Hendrix aus, die er gerade gehört hatte. Die halsbrecherischen Arpeggios von »Pali Gap« klingelten noch in seinen verstopften Ohren.

»Und müssen Sie unbedingt mit diesen verdammten Dingern auf den Ohren durch die Gegend laufen?«, fuhr Riddle fort. »Wissen Sie denn nicht, wie dämlich das aussieht?«

Banks erkannte eine rhetorische Frage stets sofort und schwieg.

»Ich nehme an, Sie sind sich bewusst, wer der Vater des Opfers ist, oder?«

»Sir Geoffrey Harrison. Ich habe gestern Abend mit ihm gesprochen.«

»Dann werden Sie sich ja darüber im Klaren sein, wie wichtig diese Sache ist – diese ... diese ... furchtbare Tragödie.« Nie um eine hohle Phrase verlegen, dieser Jimmy Riddle, dachte Banks. Riddle strich sich mit einer Hand über seinen Kopf und fuhr fort: »Ich will hundertprozentige Aufmerksamkeit bei dieser Ermittlung, Banks. Nein. Zweihundertprozentige. Haben Sie mich verstanden? Dass sich keiner drückt oder die Sache schleifen lässt!«

Banks nickte. »Ja, Sir.«

»Und was ist mit diesem Bosnier? Jurassic, oder?«

»Jelačić, Sir. Und er ist Kroate.«

»Wie auch immer. Ist er unser Mann?«

»Wir werden auf jeden Fall mit ihm sprechen. Ken Blackstone hat mir gerade berichtet, dass Jelačić der Polizei in Leeds bekannt ist. Trunkenheit und Unruhestiftung, eine Anklage wegen Körperverletzung in einem Pub. Und er ist nicht vor zwei Uhr heute Morgen nach Hause gekommen. Die Polizei in Leeds hat seine Fingerabdrücke, wir müssten sie also vergleichen können, sobald Vic Manson Abdrücke von der Wodkaflasche erhält.«

»Gut.« Riddle grinste. »Das höre ich gerne. Ich will eine schnelle Verhaftung, Banks. Sir Geoffrey ist ein persönlicher Freund von mir. Haben Sie verstanden?«

»Ja, Sir.«

»Gut. Und halten Sie sich bei der Familie zurück. Ich möchte nicht, dass Sie sie während der Trauerzeit belästigen. Habe ich mich klar ausgedrückt?«

»Ja, Sir.«

Riddle glättete seine Uniform, was sie nicht nötig hatte, und wischte imaginäre Schuppen von seinen Schultern. »Ich gehe jetzt, um eine Pressekonferenz zu geben«, sagte er. »Irgendetwas, das ich wissen sollte, um nicht wie ein Vollidiot auszusehen?«

Nichts kann dich davor bewahren, wie ein Vollidiot auszusehen, dachte Banks. »Nein, Sir«, sagte er. »Aber vielleicht möchten Sie kurz in der Schaltzentrale vorbeischauen. Vielleicht hat sich etwas Neues ergeben.«

»Das habe ich bereits getan. Für was halten Sie mich, für einen Dummkopf?«

Banks ließ die Frage im Raum stehen.

Riddle tigerte weiter auf und ab, auch wenn ihm für den Moment die Worte ausgegangen zu sein schienen. Schließlich ging er zur Tür. »In Ordnung. Denken Sie daran, was ich gesagt habe, Banks«, sagte er und deutete mit dem Finger auf ihn. »Ergebnisse. Und zwar schnell.«

Kaum war Riddle verschwunden, spürte Banks, wie er sich entspannte und, ähnlich einer viktorianischen Lady, die sich ihres Korsetts entledigt hatte, wieder besser Luft bekam. In einer Zeitschrift hatte er einmal einen Artikel über so genannte »Alpha-Persönlichkeiten« gelesen: durchsetzungsfähig, ehrgeizig und aufgeblasen. Und verdammt anstrengend, wenn man in einem Raum mit ihnen war.

Banks zündete sich eine Zigarette an, las die Berichte auf

seinem Schreibtisch und schaute auf den *Dalesman*-Kalender an der Wand. Das Novemberblatt zeigte das Dorf Muker in Swaledale, eine Gruppe grauer Kalksteingebäude, eingebettet in ein Tal, in gedämpften Herbstfarben. Er ging hinüber zum Fenster und sah das frühe Morgenlicht durch die Wolkendecke sickern wie schmutziges Spülwasser.

Der Marktplatz mit der normannischen Kirche zur Linken, der Bank, Geschäften und Cafés gegenüber sowie dem Queen's Arms zur Rechten war außer einem knallroten Honda, der neben dem verwitterten Marktkreuz parkte, ein Bild in Schiefergrau. Banks beobachtete eine gebeugte alte Dame, die unter einem schwarzen Regenschirm über das Kopfsteinpflaster humpelte. Er verglich seine Armbanduhr mit der Kirchturmuhr: fünf vor acht, Zeit, seine Papiere zu sammeln und sich zur Morgenbesprechung aufzumachen.

Inspector Stott wartete bereits ungeduldig darauf, in den »Sitzungssaal« zu gehen, der diesen Namen wegen seines gut polierten, ovalen Tisches, zehn dazu passenden harten Stühlen und der weinroten Tapete über der bis zur Hüfte reichenden Holzvertäfelung erhalten hatte.

Detective Constable Susan Gay traf zwei Minuten später ein. Ihr Make-up verbarg nur mühsam die Ringe unter ihren Augen, Gel ließ ihr kurzes, lockiges Haar aussehen, als wäre es noch nass von der Dusche, und ihr dezentes Parfüm brachte einen Hauch Frühling in das Zimmer.

Detective Sergeant Jim Hatchley, groß und schwer wie ein heruntergekommener Rugbystürmer, kam als Letzter. Er hatte sich nicht frisch gemacht. Sein Gesicht sah aus wie ein Klumpen Teig, aus dem Stoppeln hervorstanden, seine Augen waren blutunterlaufen und sein strohiges Haar ungekämmt. Sein marineblauer Anzug war zerknittert und glänzte.

»Okay«, sagte Banks und raffte die Papiere vor sich

zusammen, »es gibt zwei neue Informationen, die wir mit einbeziehen müssen. Ich würde noch nicht von Spuren sprechen, aber man kann nie wissen. Erstens, um bescheiden anzufangen, hat einer unserer unter Harndrang leidenden Constables die vermisste Unterwäsche gefunden, als er kurz hinter einer nahen Eibe verschwand, um sich zu erleichtern. Sie ist mit dem Rest ihrer Kleidung in die Leichenhalle gebracht worden. Die zweite Sache könnte etwas wichtiger sein«, fuhr er fort. »Einige von Ihnen wissen vielleicht bereits, dass vor kurzem ein kroatischer Flüchtling namens Ive Jelačić von Daniel Charter, dem Pfarrer von St. Mary's, seines Postens als Küster enthoben worden ist. Daraufhin hat er den Pfarrer wegen sexueller Belästigung angezeigt. Allem Anschein nach ist dieser Jelačić ein ziemlich zwielichtiger Typ. Laut der West Yorkshirer Kriminalpolizei kam Mr Jelačić nicht vor zwei Uhr in der Nacht nach Hause; er hatte also eine Menge Zeit, um nach einem Mord in Eastvale selbst bei diesem Nebel bis dahin zurückzukehren. Er gab an, er hätte bei einem Freund mit ein paar Landsleuten Karten gespielt.«

Hatchley knurrte. »Diese Ausländer lügen doch wie gedruckt, sobald sie den Mund aufmachen«, sagte er. »Besonders wenn es darum geht, sich gegenseitig zu decken.«

»Die Kriminalpolizei ist bereits dabei, das zu überprüfen«, fuhr Banks fort, »aber leider ist wohl an dem, was Sergeant Hatchley gerade auf seine so unnachahmliche Art und Weise zum Ausdruck gebracht hat, etwas Wahres dran. Das heißt, wir werden sein Alibi mit großen Vorbehalten behandeln müssen. Inspector Blackstone hat versprochen, Jelačić so lange im Auge zu behalten, bis wir dort sind. Ich denke, wir lassen ihn noch ein paar Stunden schmoren.

Aus dem Labor haben wir noch keine Ergebnisse erhalten, aber nach meinen Beobachtungen am Tatort haben wir es hier anscheinend mit einem Sexualmord zu tun. Das Ganze machte einen arrangierten Eindruck. Aber ich möchte betonen: *anscheinend*. Bisher wissen wir einfach noch nicht genug. Es gibt zu viele andere Bereiche, die wir nicht übersehen dürfen.« Er zählte sie mit den Fingern auf: »Schule, Familie, Jelačić, Freunde und vor allem das Paar aus dem Pfarramt. Rebecca Charters hat mich gestern Abend angelogen, als ich fragte, wo ihr Mann zur Tatzeit gewesen sei. Sie hat ihm ein falsches Alibi gegeben, und ich würde gerne wissen, weshalb er es brauchte – besonders angesichts des jüngsten Skandals, in den er verwickelt ist. Außerdem müssen wir wesentlich mehr über Deborah Harrisons Leben in Erfahrung bringen. Wir müssen nicht nur wissen, was sie gestern getan hat, sondern benötigen Kenntnisse über ihre Interessen, ihre Aktivitäten, ihr Sexualleben, wenn sie eines hatte, und ihre Vergangenheit. Wir müssen uns im Klaren darüber sein, was in ihr vorging, was für ein Mensch sie war. – Irgendwelche Fragen?«

Alle schüttelten die Köpfe.

»Gut. Barry, ich möchte, dass Sie und Sergeant Hatchley heute Morgen die Akten aller landesbekannten Sexualstraftäter überprüfen. Sie kennen die Vorgehensweise: Wenn ein Fall ähnlich klingt, stellen Sie Nachforschungen an. Danach fragen Sie in den Restaurants und Cafés in der Umgebung von St. Mary's herum, in Lokalen, die nach acht oder neun Uhr gestern Abend möglicherweise schon geschlossen hatten, als die Beamten ihre Haus-zu-Haus-Befragung durchgeführt haben. Man kann nie wissen, der Täter könnte auf dem Weg zum Friedhof auf eine Tasse Tee eingekehrt sein.«

Stott nickte.

»Außerdem möchte ich, dass Sie so viel Sie können über Jelačić herausfinden: aus seinem Vorstrafenregister, von der Einwanderungsbehörde und so weiter. War er in seiner Heimat vorbestraft? Hat er dort jemals ein Sexualdelikt begangen?«

Stott machte sich auf seinem Block Notizen.

»Susan, ich möchte, dass Sie sich mit mir zusammentun und ein paar näher liegende Dinge überprüfen. Vor allem müssen wir herausfinden, was genau Deborah gestern getan hat, wer sie zuletzt gesehen hat. In Ordnung?«

»Ja, Sir.«

»Wenn es momentan sonst nichts mehr gibt«, sagte Banks, »dann können wir loslegen. Jeder sollte in regelmäßigen Abständen in der Schaltzentrale vorbeischauen und sich erkundigen, ob es Neuigkeiten gibt.«

Da die Aufgaben verteilt waren, strömten sie auseinander. Außer Susan Gay, die sich von dem milchigen Kaffee nachschenkte und wieder hinsetzte.

»Warum ich, Sir?«, fragte sie.

»Wie bitte?«

»Warum bin ich Ihnen bei dieser Sache zugeteilt? Ich bin doch nur Constable. Von Rechts wegen müsste ...«

»Susan, egal welchen Dienstgrad Sie haben, Sie sind eine gute Kriminalbeamtin. Das haben Sie schon oft genug bewiesen. Vergessen Sie das nicht. Und Jim Hatchley auf eine Mädchenschule, ein Pfarramt und Sir Geoffrey Harrison loszulassen ... Da könnte man gleich einen Elefanten in einen Porzellanladen schicken.«

Susan konnte sich ein Lächeln nicht verkneifen. »Was genau werden wir machen?«

»Mit der Familie reden, mit Freundinnen, Lehrern. Wir versuchen herauszufinden, ob wir es hier nicht nur mit dem Sexualmord zu tun haben, nach dem es aussieht, und ob jemand einen *Grund* hatte, Deborah Harrisons Tod zu wollen.«

»Werden Sie die Alibis ihrer Eltern überprüfen?«

Banks hielt für einen Moment inne. »Ja«, sagte er dann, »wahrscheinlich.«

»Das wird dem Chief Constable nicht gefallen, oder?«

»Was wird ihm nicht gefallen?«

»Das alles. Wenn wir unsere Nase in die familiären Angelegenheiten der Harrisons stecken.«

»Vielleicht.«

»Ich meine, auf dem Revier weiß jeder, dass die beiden zu den gleichen Seilschaften gehören, Sir. Der Chief Constable und Sir Geoffrey.«

»Ach, tatsächlich?«

»So geht das Gerücht, Sir.«

»Und Sie machen sich Sorgen um Ihre Karriere.«

»Tja, wie Sie wissen, habe ich meine Prüfung zum Sergeant bestanden. Ich warte nur noch auf eine Chance. Ich meine, ich stehe völlig hinter Ihnen, Sir, aber ich möchte mir auch keine Feinde in den falschen Stellen machen, nicht gerade jetzt.«

Banks lächelte. »Keine Sorge«, sagte er. »Im Zweifelsfall geht es *mir* an die Eier, nicht Ihnen. Ich nehme das auf meine Kappe. Versprochen.«

Susan erwiderte sein Lächeln. »Das ist das erste Mal, dass es von Vorteil für mich ist, keine Eier zu haben.«

II

Als sie am Dienstagmorgen um kurz nach acht Uhr aufwachte, spürte Rebecca Charters hämmernde Schmerzen hinter ihren Augen. Einmal mehr ein Kater!

So war es nicht immer gewesen, erinnerte sie sich. Als sie Daniel vor zwölf Jahren geheiratet hatte, war er ein dynamischer, junger Geistlicher gewesen. Sie hatte seinen leidenschaftlichen Glauben und seine Hingabe ebenso geliebt wie seinen Sinn für Humor und seine Freude am Sinnlichen. Das Liebesspiel war für beide immer ein Vergnügen gewesen. Bis vor kurzem.

Sie stand auf, zog gegen die Kälte ihren Morgenrock an und ging hinüber zum Fenster. Als sie vor sechs Jahren nach St. Mary's gezogen waren, hatten sie ihre Freundinnen alle gewarnt, es wäre deprimierend und Unheil bringend, auf einem Friedhof zu wohnen. Genau wie die Brontës, hatten sie gesagt, und was aus denen geworden sei, habe man ja gesehen.

Aber Rebecca fand es überhaupt nicht deprimierend. Sie fand den Gedanken daran, wie sich die Würmer genau unter der überwucherten Oberfläche an ihre Arbeit machten, seltsam beruhigend und friedlich. Es relativierte die Sichtweise auf das Leben. Außerdem erinnerte es sie an das Gedicht von Marvell, das ihr Patrick zu Anbeginn ihrer Affäre vorgetragen hatte, als alles auch noch ganz anders hätte werden können:

Doch am Ende ist das Getös' nicht weit,
Wie ein Schlachtross eilt heran die Zeit;
Und vor uns, soweit das Auge reicht,
Die Ödnis der grenzenlosen Ewigkeit.
Dein Liebreiz bleibt für immer ungesehen
Und ungehört bleibt mein verliebtes Flehen
in Deiner Marmorgruft; Würmer nur mit viel Geduld
nagen dann an der ach so lang bewahrten Unschuld:
Und Deine wunderliche Ehre zerfällt zu Staub
Und mein Verlangen wird des Feuers Raub.
Ein schöner und heim'liger Ort, das Grabverlies,
Aber niemand, der dich dort in seine Arme schließt.

Wie leicht die Verführung am Ende gewesen war! Das Gedicht hatte funktioniert. Marvell wäre stolz auf sich gewesen.

Rebecca zog den Vorhang zurück. Immer noch schwebte etwas Nebel um die Eibenstämme und die schweren grauen Grabsteine, aber mittlerweile schien es sich eingeregnet zu haben. Von ihrem Fenster aus konnte sie uniformierte Polizeibeamte sehen, die in einem Gittermuster methodisch den Boden um die Kirche absuchten.

Deborah Harrison. Sie hatte Deborah oft gesehen, wenn sie eine Abkürzung über den Friedhof nahm. Bevor der Ärger begann, hatte sie das Mädchen auch in der Kirche und bei den Chorproben gesehen.

Deborahs Vater, Sir Geoffrey, hatte St. Mary's bei den ersten Anzeichen für einen Skandal den Rücken gekehrt. Die Schule hatte zu Daniel gehalten; Sir Geoffrey jedoch, dem der äußere Schein wesentlich wichtiger war als die Wahrheit, hatte sich ostentativ abgewendet und seine Familie und eine Reihe anderer wohlhabender und einflussreicher Mitglieder der Gemeinde mit sich genommen. Und St. Mary's war der wohlhabendste Pfarrbezirk in Eastvale. Auf jeden Fall früher. Jetzt leerten sich die Schatullen schnell.

Rebecca lehnte ihre Stirn an die kalte Scheibe und beobachtete, wie ihr Atem das Fenster beschlug. Sie sah sich Patricks Namen mit einem Fingernagel schreiben und spürte das Verlangen nach ihm in ihren Lenden brennen. Sie hasste sich für diese Gefühle. Patrick war zehn Jahre jünger als sie, gerade mal sechsundzwanzig, aber er war so glühend, so leidenschaftlich und sprach immer so begeistert vom Leben, der Poesie und der Liebe. Obwohl sie nach ihm verlangte, hasste sie ihr Verlangen; obwohl sie die Affäre jeden Tag beenden wollte, sehnte sie sich nach nichts mehr, als sich vollständig in ihm zu verlieren.

Wie das Trinken war Patrick eine Flucht. Sie kannte sich selbst gut genug, um das zu wissen. Eine Flucht vor der vergifteten Atmosphäre in St. Mary's, vor dem, was aus Daniel und ihr geworden war, und, wie sie sich in ihren dunkelsten Momenten eingestehen musste, eine Flucht vor ihren eigenen Ängsten und Verdächtigungen.

Und jetzt das! Es ergab keinen Sinn, versuchte sie sich selbst zu überzeugen. Daniel konnte unmöglich ein Mörder sein. Warum hätte er ein so unschuldiges Mädchen wie Deborah Harrison töten sollen? Ein Mensch, dem man eine Tat zutraute, musste ja nicht zwangsläufig auch für jedes andere Verbrechen verantwortlich sein.

Während sie zuschaute, wie die Polizisten in ihren Regencapes und Gummistiefeln durch das hohe Gras stapften, musste sie den Tatsachen ins Auge sehen: Daniel war erst nach Hause gekommen, *nachdem* sie weggegangen war, um den Engel zu besuchen; er war verschwunden, *bevor* sie meinte, einen Schrei gehört zu haben. Sie hatte nicht gewusst, wo er gewesen war, und als er zurückkehrte, waren seine Schuhe schlammbeschmiert und Blätter und Kiesel steckten in seinen Sohlen.

III

Die Leichenhalle befand sich im Kellergeschoss des Allgemeinen Krankenhauses von Eastvale, einem schmucklosen, viktorianischen Backsteingebäude mit hohen, zugigen Fluren und Krankenzimmern, in denen man nach Susans Auffassung garantiert krank wurde, wenn man es nicht bereits war.

Der weiß gekachelte Obduktionssaal war dagegen kürzlich modernisiert worden. Als würden die Toten eine gesündere Umgebung verdienen als die Lebenden, dachte sie.

Der Saal wurde von einer Klimaanlage gekühlt; in der Mitte standen zwei glänzende Metalltische mit Rinnen an den Seiten und vor einer Wand ein langer Experimentiertisch, über dem Schränke mit Glastüren hingen, in denen anatomische Präparate aufbewahrt wurden. Susan hatte es nie gewagt, sich nach den beiden Gläsern zu erkundigen, die so aussahen, als enthielten sie menschliche Gehirne.

Dr. Glendennings Assistenten hatten Deborah Harrisons Leiche schon aus dem Plastiksack genommen; sie lag jetzt, bekleidet wie auf dem Friedhof, auf einem der Tische.

Es war neun Uhr und aus dem Radio ertönte die Sendung »Aufwachen mit Wogan«. »Müssen wir uns diesen Mist anhören?«, wollte Banks wissen.

»Das ist die *Normalität*, Banks«, sagte Glendenning. »Deswegen haben wir es angeschaltet. Genau in diesem Moment hören Millionen von Menschen diese Sendung zu Hause. Menschen, die nicht gleich die Leiche eines sechzehn Jahre alten Mädchens sezieren müssen. Ich nehme an, Sie würden ein anspruchsvolles Klassikkonzert auf Radio 3 vorziehen, stimmt's? Ich kann nicht behaupten, dass mir die Vorstellung, eine Obduktion zu Elgars *Enigma-Variationen* durchzuführen, besonders gefallen würde.« Glendenning steckte sich eine Zigarette in den Mundwinkel und zog seine Chirurgenhandschuhe an.

Susan lächelte. Banks schaute sie an und zuckte mit den Achseln.

Das Mädchen auf dem Seziertisch war kein menschliches Wesen mehr, sagte sich Susan. Sie war nur noch ein Stück totes Fleisch, genau wie in einer Metzgerei. Sie musste an June Walker aus ihrer früheren Schulklasse denken, die Tochter des Metzgers, und erinnerte sich an den eigenartigen

Geruch, der immer von ihr auszugehen schien. Komisch, sie hatte seit Jahren nicht mehr an June Walker gedacht.

Diesen Geruch – abgestanden und säuerlich, aber auch wieder süß – gab es auch hier, aber er war überlagert von Formaldehyd und Zigarettenqualm, denn sowohl Glendenning als auch Banks rauchten wie verrückt. Sie konnte es ihnen nicht verübeln. Einmal hatte sie einen Film im Fernsehen gesehen, in dem sich eine amerikanische Polizistin Wick oder etwas Ähnliches unter die Nase gerieben hatte, um den Gestank einer verwesenden Leiche zu übertünchen. Aus Angst, dass die anderen über sie lachen könnten, traute sich Susan nicht, so etwas zu tun. Schließlich waren sie hier in Yorkshire und nicht in Amerika.

Doch als sie beobachtete, wie Glendenning die Kleidung des Mädchens auftrennte und untersuchte, um sie dann zum Trocknen und Lagern wegzulegen, hätte sie sich fast gewünscht, Raucherin zu sein. Der Zigarettenqualm ließ sich wenigstens leichter auslüften als der Geruch des Todes, der gewöhnlich noch Tage später in ihrer Kleidung und ihrem Haar zu hängen schien.

Deborahs Slip lag in einem Plastikbeutel auf dem Experimentiertisch. Es waren keineswegs die marineblauen Unterhosen, die »Liebestöter«, die Susan in ihrer Schulzeit getragen hatte, sondern teure, ziemlich sexy aussehende schwarze Seidenslips. Vielleicht waren solche Slips bei den Mädchen von St. Mary's einfach üblich, dachte Susan. Oder hatte Deborah gehofft, damit jemanden zu beeindrucken? Noch wussten sie nicht, ob sie einen Freund gehabt hatte.

Ihr Schulblazer lag in einem separaten Beutel neben dem Slip und daneben lag ihr Schulranzen. Vic Manson, der Experte für Fingerabdrücke, hatte ihn am frühen Morgen zurückgeschickt und gesagt, er hätte deutliche Abdrücke auf einer der Wodkaflaschen gefunden, aber nur verschwommene Fragmente auf der weichen Lederoberfläche des Ranzens. Inspector Stott hatte die Taschen von Deborahs Blazer durchsucht und lediglich ein Portemonnaie mit sechs Pfund und dreiunddreißig Pence, ein altes Kaugummipapier, ihre Hausschlüssel, den Abschnitt einer Kinokarte und eine halb aufgegessene Rolle Polo-Bonbons gefunden.

Nachdem einer seiner Assistenten Fotos gemacht hatte, untersuchte Glendenning das Gesicht, wobei er stecknadelkopfgroße Hämorrhagien im Weißen ihrer Augen, in den Augenlidern und in der Haut ihrer Wangen feststellte. Dann untersuchte er die Striemen am Hals.

»Wie ich bereits gestern Abend sagte«, begann er, »sieht es nach einem eindeutigen Fall von Asphyxie durch Erdrosselung mit einem Stranginstrument aus. Schauen Sie hier.«

Banks und Susan beugten sich über die Leiche. Susan versuchte, nicht in die Augen zu schauen. Glendenning zeigte auf den verfärbten Striemen entlang der Vorderseite der Kehle. »Wer das getan hat, war ziemlich kräftig«, sagte er. »Man kann sehen, wie tief der Riemen ins Fleisch gedrungen ist. Außerdem würde ich sagen, dass unser Täter ein gutes Stück größer als sein Opfer war. Und sie war groß für ihr Alter.« Er wandte sich an Susan. »Ungefähr einsachtundsechzig. Sehen Sie, dass die Wunde an der Unterseite tiefer ist? Das passiert, wenn man einen Lederriemen nach oben zieht.« Er demonstrierte es an einem seiner Assistenten. »Sehen Sie?« Banks und Susan nickten.

»Sind Sie sicher, dass der Riemen des Ranzens das Mordinstrument war?«, fragte Banks.

Glendenning nickte. Er nahm den Riemen und hielt ihn hoch. »Am Rand kann man Blutspuren erkennen, dort, wo die Haut aufgeplatzt ist. Wir müssen es natürlich noch untersuchen, aber ich möchte wetten, dass dies unsere Tatwaffe ist.«

Als Nächstes machte er sich daran, die Plastikbeutel zu entfernen, welche die Hände bedeckten. Behutsam – beinahe wie bei einer Maniküre, dachte Susan – hob er jede Hand und betrachtete die Fingernägel. Deborahs Nägel waren ziemlich lang, fiel Susan auf, und nicht abgekaut wie ihre eigenen in ihrer Schulzeit.

Als Glendenning bei dem Mittelfinger ihrer rechten Hand angekommen war, brummte er etwas vor sich hin, nahm dann ein glänzendes Instrument aus der Schale, fuhr damit unter den Fingernagel und bat einen seiner Assistenten um einen Umschlag.

»Was ist?«, wollte Banks wissen. »Hat sie sich gewehrt?«

»Sieht so aus, als hätte sie mindestens einen ordentlichen Kratzer verursacht. Mit ein bisschen Glück können wir von dieser Probe eine DNA erhalten.«

Nachdem er schnell einen Blick auf Brustkorb und Bauch geworfen hatte, wandte Glendenning seine Aufmerksamkeit dem Schambereich zu. Susan schaute weg, sie wollte keine Zeugin dieser demütigenden Handlung sein, und es war ihr egal, was man von ihr sagte oder dachte.

Aber den Klang von Glendennings Stimme konnte sie nicht ausschalten.

»Mmmh. Interessant«, sagte er. »Keine Anzeichen für einen sexuellen Übergriff. Keine Prellungen. Keine Fleischwunden. Schauen wir mal hinten nach.«

Er drehte die Leiche um; sie klatschte gegen den Tisch wie Fleisch auf einer Schlachtbank. Während der darauf folgenden Stille hörte Susan ihr Herz schnell und laut schlagen.

»Nein, nichts«, verkündete Glendenning schließlich. »Auf jeden Fall nichts Offensichtliches. Ich warte noch auf die Testergebnisse der Abstriche, aber ich gehe jede Wette ein, dass nichts dabei herauskommt.«

Susan drehte sich wieder zu den beiden um. »Sie wurde also nicht vergewaltigt?«, fragte sie.

»Sieht nicht so aus«, antwortete Glendenning. »Natürlich wissen wir das erst mit Sicherheit, wenn wir einen gründlichen Blick auf die Organe geworfen haben. Und um das zu tun ...« Er nahm ein großes Skalpell.

Glendenning beugte sich über die Leiche und machte einen Y-Schnitt von den Schultern bis zur Scham. Mit einem geübten Schwung aus dem Handgelenk umging er dabei das zähe Gewebe des Nabels.

»Gut«, sagte Banks und wandte sich an Susan. »Wir gehen lieber.«

Glendenning schaute von dem klaffenden Schnitt auf. »Bleiben Sie nicht bis zum Ende der Show?«

»Keine Zeit. Wir müssen pünktlich in der Schule sein.«

Glendenning betrachtete die Leiche und schüttelte den Kopf. »Kann ich Ihnen nicht verdenken. An manchen Tagen würde ich am liebsten im Bett bleiben.«

Während die beiden sich entfernten und es Glendenning überließen, ohne ihr Dabeisein Deborah Harrisons innere Organe zu durchforschen, war Susan Banks so dankbar wie noch nie in ihrem Leben. Sie nahm sich vor, ihm ein Pint auszugeben, wenn sie das nächste Mal im Queen's Arms wären. Aber den Grund würde sie ihm nicht verraten.

DREI

I

Die St.-Mary's-Schule war nicht Castle Howard, aber sie sah beeindruckend genug aus, um als Drehort für ein klassisches Drama von der BBC gewählt zu werden.

Banks und Susan fuhren durch das hohe schmiedeeiserne Tor und steuerten die gewundene Auffahrt entlang. Ahornbäume säumten den Weg auf beiden Seiten und hatten einen Teppich aus rostfarbenen und goldenen Blättern gebildet. Wie die Rotorblätter eines Hubschraubers wirbelten die geflügelten Samen im Nieselregen zu Boden.

Als sie durch die Bäume spähten, erhaschten sie einen ersten Blick auf das imposante graue Steingebäude, über dessen von hohen Fenstern und Säulen flankiertem Haupteingang die zentrale Kuppel thronte. Auf den Säulen, vor einem Fries, standen Statuen und an der Vorderseite des Gebäudes wellten sich Doppelstufen hinab wie Hummerkrallen.

Die Mädchenschule von St. Mary's, hatte Banks gelesen, war 1823 auf einem Grund von fast zwanzigtausend Quadratmetern Waldland am Swain gegründet worden. Das 1773 vollendete Hauptgebäude war eigentlich als Landhaus gedacht gewesen, in dem allerdings nie jemand gewohnt hatte. Gerüchten zufolge hatte Lord Satterthwait, für den das Haus gebaut worden war, bei einem allzu gewagten Geschäftsunternehmen in Übersee nicht nur einen großen Teil seines eigenen Vermögens, sondern auch das Geld anderer Honoratioren der Grafschaft verloren und war gezwungen gewesen, in Ungnade die Gegend zu verlassen und nach Amerika zu fliehen.

Auf dem Gelände herrschte an diesem Morgen Stille, nur ein paar Mädchen in kastanienbraunen Blazern sahen Banks vor dem Haus parken und begannen zu tuscheln. Der Wagen war nicht als Polizeiwagen gekennzeichnet, aber Banks und Susan waren Fremde, und mittlerweile musste jeder erfahren haben, dass Deborah Harrison ermordet worden war.

Banks fragte eines der Mädchen, wo sie die Schulleiterin finden könnten, und wurde von ihr durch den Eingang geradewegs in den hinteren Teil des Gebäudes und dann in den letzten Gang auf der rechten Seite gewiesen. Die Räume hatten hohe Stuckdecken und dunkle, polierte Holzvertäfelungen. Susans Schritte hallten beim Gehen. Das war auf jeden Fall eine ganz andere Welt als die düstere Anstaltsatmosphäre der Gesamtschule von Eastvale oder Banks' alte Backsteinschule in Peterborough.

Während sie durch den schmalen Flur gingen, fielen ihnen die Gemälde früherer Schulleiter in vergoldeten Rahmen auf. Die meisten von ihnen waren Männer. Als sie an die Tür kamen, an der »Dr. J. S. Green: Rektorin« stand, klopfte Banks kräftig an.

Da er erwartet hatte, zuerst in ein Vorzimmer gebeten und von einer Sekretärin in Augenschein genommen zu werden, war Banks überrascht, dass er und Susan sich sogleich im Büro der Schulleiterin wiederfanden. Wie der Rest des Gebäudes hatte der Raum hohe Decken mit kunstvollen Simsen, aber mehr war vom antiken Charakter nicht übrig geblieben.

Die Holzvertäfelung, wenn es denn einmal eine gegeben hatte, war entfernt und die Wände mit einem attraktiven Laura-Ashley-Druck tapeziert worden. Eine abgedunkelte elektrische Lampe hing an der alten Kronleuchterfassung und vor der Wand standen mehrere Aktenschränke aus Metall. Ein Erkerfenster dominierte das Zimmer, auf der Sitzbank vor dem Fenster lagen Kissen verstreut, die zu der Tapete passten. Der Ausblick durch die Bäume zum Fluss war selbst im Nieselregen dieses Novembermorgens großartig. Auf der anderen Flussseite befand sich der St.-Mary's-Park mit seinem Teich, Bäumen, Bänken und einem Kinderspielplatz.

»Was denken Sie?«, fragte Dr. Green, nachdem sie sich vorgestellt und die Hände geschüttelt hatten.

»Wie bitte?«, sagte Banks.

Sie nahm ihnen die Mäntel ab und hängte sie an einen Garderobenständer in der Ecke. »Mir ist nur aufgefallen, dass Sie die ›Lage gepeilt haben‹, wie man so schön sagt.«

»Nein«, entgegnete Banks. »Das machen nur die Bösen.«

Sie errötete leicht. »Ach herrje! Wie taktlos von mir. Die Gaunersprache ist wohl nicht meine Stärke.«

Banks lächelte. »Meine auch nicht. Auf jeden Fall ist es sehr hübsch hier.«

Die hoch gewachsene, elegante Julia Green sah genauso nach Laura Ashley aus wie ihre Wände. Der Rock und die Weste, die sie über ihrer weißen Bluse trug, waren aus einem schweren Stoff. Erdfarben dominierten, Braun- und Grüntöne, in denen hier und dort ein gedämpftes Pink oder Gelb aufblitzte wie wilde Blumen, die durchs Unterholz stachen.

Ihr aschblondes Haar war ordentlich aufgesteckt und gelockt, nur ein oder zwei Strähnen hingen lose herab. Sie hatte ein schmales Gesicht, hohe Wangenknochen und eine kleine Nase. Außerdem hatte sie eine zurückhaltende, unnahbare Art, die Banks faszinierte. Sie war vielleicht eine eher blasse und reservierte Schönheit, aber es gab keinen Zweifel an dem intelligenten Funkeln ihrer apfelgrünen Augen. Im Moment waren sie allerdings rot vom Weinen.

»Das ist eine grässliche Sache«, sagte sie. »Sie werden wahrscheinlich ständig mit so etwas zu tun haben.«

»So oft nicht«, stellte Banks richtig. »Und man gewöhnt sich nie daran.«

»Bitte, nehmen Sie Platz.«

Banks und Susan setzten sich auf zwei Stühle gegenüber dem kleinen, stabilen Schreibtisch. Susan holte ihr Notizbuch hervor.

»Ich weiß nicht, ob ich Ihnen helfen kann«, fuhr Dr. Green fort, »aber ich werde mich bemühen.«

»Vielleicht können Sie damit beginnen, uns zu erzählen, was für ein Mädchen Deborah war.«

Sie legte ihre Hände auf den Schreibtisch und verschränkte ihre schlanken Finger ineinander. »Ich kann Ihnen nicht viel erzählen«, sagte sie. »Deborah ist ... war ... eine Tagesschülerin. Wissen Sie, wie dieses System hier funktioniert?«

»Ich kenne mich mit Privatschulen eigentlich nicht besonders aus.«

»*Unabhängige* Schule«, verbesserte sie ihn. »Privatschule klingt so altmodisch, finden Sie nicht? Nun, Sie müssen wissen, dass wir sowohl Tagesschülerinnen als auch Internatsschülerinnen haben. Das Verhältnis variiert von Jahr zu Jahr leicht, doch im Moment haben wir 65 Tagesschülerinnen und 286 Internatsschülerinnen. Wenn ich sage, Deborah war eine Tagesschülerin, dann beschreibe ich damit in keiner Weise ihren Status; ich stelle einfach nur die Tatsache fest, dass sie jeden Tag kam und wieder ging. Aus diesem Grund konnte man keine enge Beziehung zu ihr herstellen.«

»Beziehung?«

»Ja. Wenn man in einer solch unmittelbaren Nähe zu den Schülerinnen lebt, erfährt man natürlich mehr über sie, nicht wahr?«

»Was zum Beispiel?«

»Alles Mögliche. Sei es Elizabeth' Krise wegen ihrer ersten Periode, die Scheidung von Meredith' Eltern oder Barbaras Entfremdung von ihrer Mutter. Solche Probleme entstehen bei den Internatsschülerinnen leider von Zeit zu Zeit zwangsläufig.«

»Sie finden also zum Beispiel auch schnell heraus, wer eine Unruhestifterin ist?«

»Ja. Obwohl wir keine Unruhestifterinnen haben. Nicht wirklich. Im letzten Jahr haben wir ein Mädchen beim Marihuanarauchen im Schlafsaal erwischt und vor einigen Jahren war eines unserer Mädchen aus der Oberstufe schwanger. Aber das sind Ausnahmen, die ganz selten vorkommen.«

»Hatten Sie es hier jemals mit weit verbreiteten Problemen zu tun?«

»Zum Beispiel?«

»Sagen wir Drogen oder Pornografie.«

»Chief Inspector, dies ist keine Gesamtschule.«

»Vielleicht nicht. Aber Mädchen sind Mädchen.«

»Ich weiß nicht, was Sie damit meinen, aber um Ihre Frage zu beantworten: Nein, Probleme dieser Art hat es in St. Mary's nie gegeben.«

»Wohnen Sie selbst auf dem Schulgelände?«

Dr. Green nickte. »Es gibt einen kleinen Wohnblock für Mitglieder des Kollegiums – auf jeden Fall für einige von uns – und dort wohne ich.«

»Allein?«

»Ja, allein.«

»Was können Sie mir also über Deborah Harrison erzählen?«

Die Schulleiterin zuckte mit den Achseln. »Eigentlich nur oberflächliche Dinge. Sie war ein gescheites Mädchen. Sehr intelligent. Ich glaube, es besteht kaum ein Zweifel, dass sie in Oxford oder Cambridge gelandet wäre, würde sie noch leben.«

»Wo lagen ihre Stärken?«

»Sie war so etwas wie ein Allroundtalent, tat sich jedoch besonders in den Naturwissenschaften hervor. In Mathematik und Physik vor allem. Außerdem war sie in den modernen Sprachen gut. Sie war in diesem Jahr gerade in die Oberstufe gekommen. Die Schule bietet in der Oberstufe dreiundzwanzig Hauptkurse an. Deborah hatte vier belegt: Mathematik, Französisch, Deutsch und Physik.«

»Was war sie für eine Persönlichkeit?«

Dr. Green lehnte sich zurück und legte ihre Hände auf die Stuhllehne. »Auch da kann ich mich nur ziemlich oberflächlich äußern.«

»Das ist in Ordnung.«

»Sie machte immer einen heiteren und lebhaften Eindruck. Manche Mädchen können in der Oberstufe ziemlich launisch werden und sich zurückziehen, müssen Sie wissen. Sie machen dann eine sehr schwierige Zeit durch. Aber Deborah zeichnete sich durch Kontaktfreudigkeit aus. Sie war eine hervorragende Sportlerin in Schwimmen, Tennis, Laufen und Leichtathletik. Zudem war sie Reiterin.«

»Ich habe gehört, dass sie dem Schachklub angehörte.«

»Stimmt. Sie war eine gute Spielerin. Eine großartige Strategin.«

»Das klingt so, als würden Sie selbst spielen.«

Sie lächelte. »Ein bisschen.«

»Es wäre sehr nett von Ihnen, wenn Sie mir eine Liste der anderen Mitglieder zur Verfügung stellen könnten.«

»Selbstverständlich.« Die Schulleiterin suchte in einem der Aktenschränke und reichte Banks ein Blatt Papier, auf dem zehn Namen standen. Dann hielt sie inne und kratzte ihre Wange. »Ich muss zugeben, Chief Inspector«, sagte sie, »dass mich Ihre Fragen überraschen.«

»Tatsächlich? Weshalb?«

»Nun, ich habe natürlich keine Ahnung von der Polizeiarbeit, aber es ist mir völlig unverständlich, warum Sie meine Eindrücke von Deborah benötigen, um den Verbrecher festzunehmen, der sie überfallen und ermordet hat.«

»Welche Fragen sollte ich denn Ihrer Meinung nach stellen?«

Sie runzelte die Stirn. »Ich weiß es nicht. Über Fremde in der Gegend, solche Dinge.«

»Haben Sie in der letzten Zeit verdächtige Fremde bemerkt, die sich in der Gegend herumtrieben?«

»Nein.«

Banks putzte sich die Nase. »Entschuldigen Sie. – So, dann wäre die Frage ja geklärt, oder? Kommen wir nun zu Deborahs Fehlern.«

»Fehlern?«

»Ja, war sie boshaft, ungehorsam, unehrlich, eigenwillig?«

»Nicht mehr als jedes andere Kind in diesem Alter. Weniger als die meisten allerdings.« Sie dachte einen Augenblick nach. »Nein, wenn Deborah einen Fehler hatte, dann würde ich sagen, sie neigte dazu, bis zu einem gewissen Maße mit ihren Fähigkeiten zu dominieren. Manchmal konnte es passieren, dass sich die anderen Mädchen durch sie klein fühlten oder ungeschickt. Sie hatte die Tendenz, ihre Mitmenschen herabzusetzen.«

»War sie eine Angeberin?«

»Überhaupt nicht. Nein, das habe ich nicht gemeint. Sie hat nie mit ihren Fähigkeiten angegeben, sie hat sie lediglich vollständig genutzt. Sie war keine, die ihr Licht unter den Scheffel gestellt hat. Meistens hatte man den Eindruck, sie würde gar nicht bemerken, dass sie wesentlich gescheiter und geschickter war als viele andere. Es gefiel ihr zum Beispiel, wenn ihre Schnelligkeit beim Rechnen andere Menschen beeindruckte. Sie konnte im Kopf schneller addieren oder multiplizieren als andere Mädchen mit dem Taschenrechner.«

»Dadurch kann man sich Feinde machen.« Banks erinnerte sich an die Bemerkungen auf seinen Mathematikarbeiten: *Könnte besser sein, mehr Arbeit erforderlich, noch mal nachrechnen!*

»Das war kaum ernst zu nehmen«, fuhr Dr. Green achselzuckend fort. »Das war einfach mädchenhafte Überschwänglichkeit, eine junge Frau, die Freude an ihren Talenten hatte.« Ihre Augen funkelten einen Augenblick. »Haben Sie vergessen, wie es war, jung zu sein, beliebt zu sein, begabt?«

»Dass ich jemals begabt oder beliebt war, bezweifle ich«, sagte Banks mit einem Seitenblick auf Susan, die in ihr Notizbuch lächelte. »Aber ich erinnere mich daran, wie es war, jung zu sein. Ich dachte damals, ich würde ewig leben.«

Nach der betretenen Stille, die darauf folgte, fragte Banks: »War Deborah beliebt bei den anderen Mädchen?«

»Was meinen Sie?«

»Für mich klingt sie nach einem ziemlich selbstgefälligen Fräulein, einer echten Nervensäge. Ich frage mich nur, wie sie mit ihren Klassenkameradinnen zurechtkam.«

»Wirklich, Chief Inspector«, sagte die Schulleiterin mit zusammengepressten Lippen. »Wovon ich gesprochen habe, waren nur sehr unbedeutende Schwächen. Deborah war in erster Linie freundlich, heiter und hilfsbereit.«

»Hatte sie eine besonders gute Freundin?«

»Ja. Megan Preece. Ihr Name steht auf der Liste, die ich Ihnen gegeben habe.«

»Von Daniel Charters habe ich gehört«, fuhr Banks fort, »dass es einigen Ärger mit Ive Jelačić gegeben hat, dem Küster.«

»Stimmt.« Julia Green rieb ihre Wange. »Er hat die Mädchen belästigt. Hat obszöne Dinge gesagt, anzügliche Gesten gemacht – solche Sachen.«

»Hat auch Deborah sich über ihn beschwert?«

»Ja, ich glaube, das hat sie.«

»Ist sie weiterhin in die Kirche gegangen, nachdem Mr Jelačić seine Vorwürfe gegen Daniel Charters erhoben hatte? Ich hatte den Eindruck, dass Deborahs Vater mehr darüber aufgebracht zu sein schien, was Charter vorgeworfen wurde, als darüber, was Jelačić tatsächlich getan hat.«

Julia Green überlegte einen Moment. »Ja«, sagte sie dann, »ja, das stimmt. Ich habe es auch nicht verstanden. Die Schule steht hundertprozentig hinter Pfarrer Charters, doch Sir Geoffrey verbot Deborah, weiterhin im Chor zu singen oder an den Gottesdiensten teilzunehmen.«

»Warum hat er das Ihrer Meinung nach getan?«

»Ich weiß es nicht. Manche Leute reagieren einfach ... tja, sehr komisch bei der kleinsten Andeutung auf Homosexualität bei einem Geistlichen.«

»Hat Deborah ihm gehorcht?«

»Soweit ich weiß, ja. Auf jeden Fall habe ich sie nicht mehr in der Kirche gesehen.«

»Hat Deborah persönliche Dinge in der Schule aufbewahrt?«

»Jedes Mädchen hat seinen Schreibtisch.«

»Es gibt keine Schließfächer oder so etwas?«

Sie schüttelte den Kopf. »Nicht für die Tagesschülerinnen. Sie bringen meistens jeden Tag das mit, was sie brauchen.«

»Dürfen wir uns Deborahs Schreibtisch anschauen?«

»Selbstverständlich. Heute haben wir den Unterricht ausfallen lassen, das Klassenzimmer müsste also leer sein.«

Sie führte die beiden durch ein Labyrinth hoher Gänge in ein kleines Zimmer. Mit der frisch polierten Holzvertäfelung und den großzügig auseinander stehenden Tischen glich es keinem der Klassenzimmer, die Banks bisher gesehen hatte.

»Es ist dieser hier«, sagte Dr. Green und zeigte auf einen Tisch.

Banks hob die aufklappbare Tischplatte an. Viel hatte er nicht erwartet – Schultische waren nicht gerade der privateste Ort –, er war aber dennoch enttäuscht, wie wenig er fand: ein paar Schulbücher, ein Computermagazin, Lehrbücher, Stifte. Außerdem lag ein zerfleddertes Taschenbuch von Jeffrey Archer in dem Fach. Deborahs Intelligenz hatte offensichtlich nicht auf ihren Literaturgeschmack abgefärbt.

Unter der Klappe hatte Deborah das Foto eines verlottert aussehenden Popstars geheftet, den Banks nicht kannte.

Als Julia Green das Bild sah, sagte sie mit einem Lächeln: »So etwas missbilligen wir, aber was soll man machen?«

Banks nickte. Dann untersuchte er die Oberfläche der Schreibtischplatte, um zu schauen, ob Deborah irgendwelche Initialen eingeritzt hatte, so wie er es einst in der Schule getan hatte. Aber er entdeckte nichts.

»Danke«, sagte er zu Dr. Green. »Dürfen wir uns jetzt mit Megan Preece unterhalten? Ist sie hier?«

Dr. Green nickte. Nachdem sie die Mäntel ihrer beiden Besucher und ihren eigenen Regenschirm aus ihrem Büro geholt hatte, führte die Schulleiterin die beiden nach draußen.

»Wohin gehen wir?«, wollte Banks wissen.

»In die Krankenstation der Schule. Megan ist dort. Leider

hatte sie einen ziemlich schlimmen Zusammenbruch, als ich den Schülerinnen heute Morgen in der Aula die Nachricht überbracht habe.«

II

Der Ziegelstein, der um halb zehn am Morgen das Fenster des Pfarramtes durchschlug, weckte Rebecca aus einem unruhigen Dösen, in das sie gefallen war, nachdem sie drei Aspirin mit einem Glas Wasser genommen hatte.

Zuerst blieb sie in der Angst, jemand könnte eingebrochen sein, erschrocken liegen. Ganz langsam, damit die Bettfedern nicht quietschten, richtete sie sich dann auf und lauschte. Aber sie konnte kein weiteres Geräusch hören.

Sie zog ihren Morgenrock an und schaute aus dem Schlafzimmerfenster. Außer dem Nieselregen zwischen den Bäumen und Gräbern und den Polizisten in ihren Capes, die den Boden absuchten, konnte sie nichts entdecken. Auf Zehenspitzen ging sie nach unten, und als sie in das Wohnzimmer kam, sah sie den Schaden.

Über den ganzen Boden lagen Glasscherben verteilt, manche waren sogar auf dem Sofa und dem Couchtisch gelandet. Der Ziegelstein war eindeutig von dem Weg am Fluss aus geworfen worden, von jenseits des kleinen Gartens, wo keine Wachen standen, weil man von dort nicht auf den Friedhof gelangte.

Der Stein war vom Couchtisch gesprungen und vor dem Regal gegenüber liegen geblieben. Ein Stück Papier war darum gewickelt und mit einem Gummiband befestigt. Langsam bückte sich Rebecca, hob den Stein auf und machte das Papier ab.

Wenn du erst einmal den Teufel in dein Herz gelassen hast, wird er jede Zelle deines Körpers verderben, und genau das ist bereits passiert. Du musst deine Sünden beichten. Das ist die einzige Möglichkeit. Ansonsten müssen wir die Dinge selbst in die Hand nehmen.

Es klopfte an der Hintertür. Rebecca stopfte den Zettel in ihre Tasche, zog den Morgenrock zu und schaute dann nach, wer es war.

»Ist alles in Ordnung bei Ihnen?«, fragte einer der uniformierten Constables, die den Friedhof absuchten. »Ich dachte, ich hätte Glas zerbrechen gehört.«

»Das stimmt«, sagte Rebecca. »Aber es ist alles in Ordnung. Nur ein kleiner häuslicher Unfall.«

»Sind Sie sicher?«

»Ja.« Rebecca schob die Tür zu. »Vielen Dank, alles in Ordnung.« Als sie die Tür geschlossen hatte, lehnte sie sich mit dem Rücken dagegen und horchte. Nach ein paar Minuten hörte sie Schritte, die sich auf dem Weg entfernten.

Sie holte Kehrblech und Handfeger, und während sie die Glasscherben zusammenfegte, überlegte sie, womit sie das zerbrochene Fenster abdecken konnte, bevor sie sich eine schwere Erkältung einfing und starb. Aber vielleicht wäre das für alle das Beste, dachte sie. Außerdem wäre es sehr passend. War nicht Emily Brontë an einer Erkältung gestorben, die sie sich bei der Beerdigung ihres Bruders eingefangen hatte? Aber nein. Diese Genugtuung würde sie den erbärmlichen, gemeinen Mistkerlen nicht gönnen.

Gerade als sie versuchte, ein Stück Pappe über das Fenster zu kleben, klingelte das Telefon.

»Kannst du reden?«, fragte die vertraute Stimme.

»Patrick. Ja. Ja, ich kann.«

»Wir haben den Tag freibekommen, Schüler und Lehrer.

Wegen der furchtbaren Sache mit dem Mädchen. Für dich muss es ja besonders schrecklich sein. Wie kommst du zurecht?«

»Ach, es geht so.«

»Ist Daniel ...?«

»Er ist unterwegs. Ein Termin in York. Er konnte nicht absagen.«

»Können wir uns sehen? Ich könnte rüberkommen.«

»Ich weiß nicht«, sagte Rebecca und fühlte sich wie ein dummes Schulmädchen schwindelig vor Verlangen, während sie sprach. »Nein, lieber nicht. Nicht in dieser Situation.«

»Aber ich will dich sehen.«

Rebecca legte eine Hand über die Sprechmuschel und holte tief Luft.

»Willst du mich nicht sehen?«

»Doch, natürlich will ich dich sehen, Patrick. Das weißt du genau. Aber ... hier ist alles voller Polizisten.«

»Wir könnten rausfahren.«

Rebecca schaute sich um. Sie konnte nicht hier bleiben, nicht in diesem Durcheinander, nicht nach dem Drohbrief. Sie würde verrückt werden. Und die Polizei konnte sie auch nicht länger ertragen. Anderseits ließ der bloße Gedanke an Patrick sie erbeben. Gott, wie sie sich hasste, wie sie es hasste, dass ihr Körper so leicht ihre moralischen und guten Vorsätze hintertreiben konnte, dass ihr gestörtes Gewissen immer wieder Wege fand, sich alles schönzureden!

»Gut«, sagte sie. »Aber du darfst nicht hierher kommen. Wegen der Polizisten. Wir dürfen nicht miteinander gesehen werden.«

»Ich hole dich ab ...«

»Nein. Wir treffen uns im Hotel.« Sie schaute auf ihre Uhr. »Um Viertel nach zehn geht ein Bus.«

»In Ordnung. Ich warte auf dich.«

III

»Das sind die Wohnheime für die Internatsschülerinnen«, erklärte Dr. Green und deutete nach vorn, als sie über das Schulgelände gingen. Die beiden großen Gebäude vor ihnen waren wesentlich jüngeren Datums als das Hauptgebäude der Schule; von dem Fundament aus Natursteinen abgesehen, waren sie aus rotem Ziegelstein errichtet und hatten eher funktionalen Charakter als ästhetischen Reiz. »Wie ich bereits sagte, haben wir 286 Internatsschülerinnen. Sie haben Duschen, Zentralheizung und alle Annehmlichkeiten, die moderne Kinder heute benötigen. Sie werden außerdem bemerkt haben, dass wir entlang der Hauptwege eine Reihe Laternen installiert haben. Sie sind jeden Abend bis um zehn Uhr eingeschaltet; um diese Zeit müssen die Mädchen im Bett sein. Die Eltern lassen es sich eine Menge Geld kosten, ihre Kinder hierher zu schicken.«

»Gibt es die Möglichkeit, fernzusehen?«

Sie lächelte. »Ja, das auch.«

»Was ist das für ein Gebäude da drüben?« Banks zeigte durch die Bäume auf ein dreistöckiges, rechteckiges Gebäude, ein Plattenbau in der Farbe von Haferbrei.

»Das ist leider das Wohnhaus der Lehrer«, erwiderte Dr. Green. »Hässlich, nicht wahr? Aber innen ist es eigentlich ganz hübsch. Die Wohnungen sind ziemlich geräumig: Wohnzimmer, Schlafzimmer, Nachtstromspeicher – Luxus.«

»Wer wohnt dort – außer Ihnen?«

»Zurzeit sind sechs Wohnungen belegt. Das variiert. Unser Lehrkörper besteht aus dreißig Mitgliedern – ein sehr gutes Verhältnis – und einige unserer Lehrer wohnen in oder nahe der Stadt. Die Wohnungen sind vor allem für unverheiratete Mitglieder des Kollegiums gedacht, die erst kürzlich in die Gegend gezogen sind, oder, wie in meinem

Fall, für unverheiratete Lehrer, die engen Kontakt zur Schule halten möchten.« Sie neigte ihren Regenschirm und sah Banks unter dem Rand herausfordernd an. »Sie haben mir vorhin die recht indiskrete Frage gestellt, ob ich allein lebe. Die Schule ist mein Leben, Chief Inspector. Ich habe weder die Absicht noch die Zeit für irgendjemand anderen oder irgendetwas anderes.«

Banks nickte. Dann musste er niesen. Susan wünschte ihm Gesundheit.

»Da sind wir«, fuhr Dr. Green fort, trat unter das Vordach des Wohnheims und senkte ihren Regenschirm. Sie schüttelte ihn vorsichtig, bevor sie ihn zusammenklappte. »Die Krankenstation befindet sich im Erdgeschoss. Eine Krankenschwester gehört fest zu unserem Personal, ein Arzt im Ort steht uns nach Bedarf zur Verfügung.«

Sie gingen den Flur hinab und betraten die Krankenstation. Es roch nach Desinfektionsmittel. Nach einem kurzen Gespräch mit der Krankenschwester führte Dr. Green Banks und Susan zu einer Reihe Kabinen; in einer davon lag Megan Preece in einem schmalen Bett.

»Megan geht es gut, sagt die Krankenschwester«, flüsterte Dr. Green. »Aber sie hat einen furchtbaren Schock erlitten und ein leichtes Sedativ bekommen; gehen Sie deshalb bitte behutsam mit ihr um.«

Banks nickte. Obwohl in der Kabine kaum genug Platz für alle drei war, schien Dr. Green dableiben zu wollen.

»Danke«, sagte Banks und schob Susan auf den Stuhl neben Megans Bett. »Wir finden selbst hinaus, wenn wir fertig sind.«

Dr. Green blieb einen Moment stirnrunzelnd stehen, dann nickte sie, machte auf dem Absatz kehrt und entfernte sich mit hörbaren Schritten auf dem Flur.

Während Banks nach einem Stuhl für sich suchte, sprach

Susan bereits beruhigend auf Megan ein. Gemessen an dem Wenigen, das Banks von dem Kopf sehen konnte, der unter der grauen Decke hervorguckte, war Megan ein zierliches Mädchen in ungefähr dem gleichen Alter wie Deborah Harrison und hatte dunkles, lockiges Haar und eine gebräunte Gesichtsfarbe.

Aber Megans Zügen mangelte es an der Ebenmäßigkeit oder Harmonie, derer es bedurft hätte, um sie auf eine konventionelle Art schön aussehen zu lassen wie ihre Freundin Deborah. Megans Nase war etwas zu groß und leicht gebogen, ihre Lippen waren zu schmal und ihr Mund war für die Zähne zu klein. Ihre großen, ernst dreinschauenden erdbraunen Augen waren jedoch eindrucksvoll; sie schienen ihr Gegenüber sofort anzuziehen und für sie einzunehmen.

Banks stellte sich vor, wobei er konstatierte, dass Megan die Anwesenheit eines männlichen Polizisten keine Probleme bereitete, und sagte, dass er ihr ein paar Fragen über Deborah stellen wollte. Megan nickte und bei der Erwähnung des Namens ihrer Freundin wurden ihre Augen feucht.

»Waren Sie sehr eng miteinander befreundet?«, begann er.

Sie nickte. »Wir sind beide Tagesschülerinnen und wir kannten uns schon seit Jahren. Wir wohnen beide in der gleichen Gegend.«

»Ich dachte, Sie wären Internatsschülerin«, sagte Banks. »Warum sind Sie nicht zu Hause?«

»Ich hatte heute Morgen in der Aula einen Schwindelanfall, danach war ich ... ich war völlig durcheinander. Die Krankenschwester meinte, ich sollte mich hier für eine Weile ausruhen, dann könnte ich zum Mittag nach Hause gehen. Aber es ist sowieso niemand zu Hause. Meine Mutter ist in Amerika und mein Vater bei der Arbeit.«

»Verstehe. Können Sie mir erzählen, was gestern nach

dem Schachklub passierte? Sprechen Sie so langsam, wie Sie wollen, wir haben keine Eile.«

Megan kaute auf ihrer Unterlippe. »Also«, begann sie, »nachdem wir die Bretter und Figuren in den Schrank geräumt und nachgeschaut hatten, ob das Zimmer aufgeräumt war, haben wir die Schule verlassen ...«

»Waren Sie im Hauptgebäude?«

»Ja. Wir treffen uns zum Schach in einem der oberen Klassenzimmer.«

»Wie spät war es?«

»Kurz vor sechs Uhr.«

»Wie viele Schülerinnen waren gestern Abend dabei?«

»Nur acht. Leslie und Carol machen bei einer Aufführung der Theatergruppe mit, sie hatten gestern Probe. Die anderen waren alle Internatsschülerinnen.«

»Verstehe. War sonst jemand in der Nähe?«

»Ein paar Leute sind herumgelaufen, wie immer. In der Schule ist immer das Licht an, da sind ständig Leute unterwegs.«

»Okay. Fahren Sie fort.«

»Wir gingen die Auffahrt hinunter zur Kendal Road. Es gibt nämlich nur ein Haupttor. Die Schule ist von Wald umgeben und auf der Westseite ist der Fluss. Es war so neblig, dass wir kaum die Bäume um uns herum sehen konnten. Ich muss zugeben, dass ich ein bisschen Angst bekam, aber Debs schien sich zu amüsieren.«

»Wie meinen Sie das?«

»Ach, sie mochte so etwas – wenn es unheimlich wurde. Sie hat gerne Geistergeschichten auf dem Friedhof erzählt, nur so zum Vergnügen.«

»Wissen Sie, ob sie mal in das Inchcliffe-Mausoleum gegangen ist?«

»Wenn, dann hat sie mir nie davon erzählt.«

»Gut. Fahren Sie fort.«

»Wir überquerten die Straße. Ich wohne auf St. Mary's Hill, hinter den Läden, deshalb haben Debs und ich uns immer auf der Brücke verabschiedet.« Sie legte eine Hand vor ihre Augen.

»Schon gut«, sagte Susan. »Lassen Sie sich Zeit.« Als Banks hinabschaute, sah er, dass Megan an der Seite des Bettes Susans Hand umklammerte.

Megan holte tief Luft. »Das ist alles«, sagte sie dann. »Wir verabschiedeten uns. Debs lief rückwärts, spaßeshalber, daraufhin verschwand sie im Nebel.« Sie runzelte die Stirn.

»War da sonst noch etwas?«, fragte Banks. »Haben Sie in der Nähe jemanden bemerkt?«

»Wie gesagt, es war so neblig, dass man wirklich nur ein paar Meter weit gucken konnte, aber hinter ihr habe ich eine Gestalt gesehen. Ich weiß noch, dass ich es in dem Moment komisch fand, aber ich dachte, das liegt an den Geschichten von Geistern, die im Nebel auftauchen. Damit hatte mir Debs vorher Angst gemacht.«

»Sie meinen, Sie glaubten, Sie würden sich die Gestalt nur einbilden?«

»Ja. Aber ich weiß, dass es keine Einbildung war.«

»Sie machen das gut, Megan. – Was für eine Gestalt war das?«

»Es war ein Mann. Ein großer Mann.«

»Was hat er gemacht?«

»Nichts. Er stand einfach auf der Brücke und schaute den Fluss hinunter in Richtung Stadt.« Sie hielt einen Moment inne, ihre Augen leuchteten auf. »Das war es. Das war das Komische daran. Er schaute von der Brücke in Richtung Stadt, obwohl er doch unmöglich etwas sehen konnte bei dem Nebel, oder? Warum stand er also dort?«

»Hatten Sie das in dem Moment gedacht?«

»Nein, es fiel mir gerade ein.«

»Konnten Sie erkennen, wie er ausgesehen hat?«

»Eigentlich nicht, wegen des Nebels. Ich meine, er war nur eine Silhouette. Seine Züge konnte ich nicht erkennen, außerdem sah ich nur sein Profil. Aber er hatte eine ziemlich große Nase.«

»Konnten Sie erkennen, was er angehabt hat?«

»Einen Anorak, glaube ich. In einer hellen Farbe. Vielleicht orange oder rot.«

»Haben Sie gesehen, ob er sich Deborah genähert hat?«

»Nein. Er war genau hinter ihr. Ich glaube nicht, dass sie ihn gesehen hat, denn sie lief immer noch rückwärts und winkte mir zu. Ich weiß noch, dass ich dachte, wenn sie nicht aufpasst, rennt sie direkt in ihn rein und bekommt bestimmt einen Schreck, aber eigentlich habe ich nicht weiter darüber nachgedacht. Ich meine, er war nicht der Einzige, den wir gesehen hatten.«

»Wen haben Sie noch gesehen?«

»Ganz normale Leute, die über die Straße gegangen sind und so. Ich meine, das Leben geht seinen Gang, oder? Nur weil es neblig ist, kann man ja nicht mit allem aufhören.«

»Das stimmt«, sagte Banks. »Erinnern Sie sich sonst noch an etwas?«

Megan kniff ihre Augen zusammen. »Ich glaube, er hatte dunkles Haar«, sagte sie. »Dann habe ich mich umgedreht und bin nach Hause gegangen. Ich habe mir nichts weiter dabei gedacht. Bis ... bis heute Morgen, als ich hörte ... Ich hätte wissen müssen, dass etwas passieren wird, nicht wahr?«

»Wie hätten Sie das wissen können?«

»Ich hätte es einfach wissen müssen. Arme Debs. Es hätte mich treffen können. Ja, mich hätte es treffen *sollen.*«

»Sagen Sie das nicht, Megan.«

»Aber es stimmt! Debs war so gut, so wunderbar und schön und talentiert. Und jetzt schauen Sie *mich* an. Ich bin nichts dagegen. Ich bin nicht schön. Sie sollte leben. Ich bin diejenige, die hätte sterben sollen. Das ist ungerecht. Warum nimmt Gott immer die Besten?«

»Ich kenne die Antwort darauf nicht«, entgegnete Banks sanft. »Was ich aber weiß, ist, dass jedes Leben wertvoll ist und dass niemand das Recht hat zu entscheiden, wer leben und wer sterben soll.«

»Nur Gott.«

»Nur Gott«, wiederholte Banks und putzte sich in der folgenden Stille die Nase.

Megan nahm ein Papiertaschentuch von dem Tisch neben ihr und betupfte ihre Augen. »Ich muss fürchterlich aussehen«, sagte sie.

Banks lächelte. »So wie ich nach dem Aufstehen«, sagte er. »Als wir Deborah gefunden haben, hatte sie ungefähr sechs Pfund in ihrem Portemonnaie. Hat sie jemals mit einer Menge Geld herumgewedelt?«

»Geld? Nein. Keine von uns hatte jemals mehr als ein paar Pfund dabei.«

»Wissen Sie, ob sie in ihrem Ranzen irgendetwas Wertvolles aufbewahrt hat?«

Megan runzelte die Stirn. »Nein. Nur den üblichen Kram. Lehrbücher, Schulsachen und so etwas.«

»Hat sie erwähnt, dass sie nach dem Schachklub vorhatte, jemanden zu treffen und noch irgendwo hinzugehen, bevor sie nach Hause wollte?«

»Nein. Soweit ich weiß, wollte sie direkt nach Hause gehen.«

»Können Sie uns sonst noch etwas über Deborah erzählen?«

»Was zum Beispiel?«

»Sie waren ihre beste Freundin, oder?«

»Ja.«

»Haben Sie sich jemals gestritten?«

»Manchmal.«

»Weswegen?«

»Eigentlich wegen nichts. Vielleicht hat mich Debs wegen irgendeines Jungen aufgezogen, von dem sie glaubte, dass ich ihn gut finde, oder weil ich nicht so gut in Mathe bin, und ich bin ausgerastet. Aber es hat nie lange gedauert.«

»Das war alles?«

»Ja. Debs konnte einen ganz schön nerven. Sie fand bei jedem den wunden Punkt und ritt immer darauf herum.« Sie legte eine Hand vor den Mund. »Oh, so etwas Gemeines wollte ich nicht sagen, wirklich nicht. Ich wollte nur erklären, dass sie die Schwächen von anderen sofort erkannte und einen damit aufziehen konnte. Es war nie wirklich ernst gemeint.«

»Wissen Sie, ob sie in letzter Zeit irgendetwas beschäftigt hat?«

»Ich glaube nicht. Sie war ein bisschen launisch, mehr nicht.«

»Seit wann?«

»Seit Beginn des neuen Schuljahres.«

»Hat sie gesagt, warum?«

»Nein. Wir haben eine Menge um die Ohren. Eine Menge Arbeit. Und sie war vorher auch schon launisch gewesen.«

»Sie hat keine Probleme erwähnt, irgendetwas, das ihr Sorgen bereitet haben könnte?«

»Nein.«

»Hat sie Feinde gehabt, jemanden, der ihr Böses wollte?«

»Nein. Jeder mochte Debs. Es muss ein Fremder gewesen sein.«

»Hat sie mal von Mr Jelačić gesprochen, dem Küster von St. Mary's?«

»Ist das der Mann, der gefeuert wurde?«

»Genau der.«

»Sie sagte, es wäre ungeheuerlich, wie er immer seine Zunge herausgestreckt hat und seine Lippen leckte, wenn sie vorbeigegangen ist.«

»Hat er Sie auch belästigt?«

»Ich bin nie auf den Friedhof gegangen. Ich wohne auf dieser Seite des Flusses, jenseits der Kendal Road. Für Debs war es eine Abkürzung.«

»Sind Sie sicher, dass Deborah keine anderen Probleme hatte, keine Sorgen? Vielleicht zu Hause?«

»Nein. Sie hat sich über nichts Bestimmtes beklagt. Nur über das Übliche. Zu viel Hausarbeit. Solche Dinge.«

Banks dachte, dass Deborah Harrison wahrscheinlich weniger praktische Gründe zur Sorge hatte als seine eigene Tochter Tracy, die, zumindest zu einer bestimmten Zeit, ständig wegen einer neuen Jacke oder Jeans am Jammern gewesen war, die sie unbedingt haben musste, weil jeder sie trug, oder wegen der Doc-Martin-Boots, die heutzutage einfach *unentbehrlich* wären.

Banks war früher genauso gewesen, und er hatte Tracy die gleiche Antwort gegeben, die ihm seine Mutter und sein Vater gegeben hatten, wenn sie ihm ein Paar solide Schuhe für die Schule gekauft hatten statt der Schlangenlederschuhe mit den dünnen Sohlen, die er haben wollte: »Die können wir uns nicht leisten. Diese müssen reichen. Sie halten auch viel länger.«

Doch Deborah Harrison hatte nichts gewollt, jedenfalls nichts, was einen materiellen Wert hatte.

»Was ist mit Jungen?«, fragte Banks.

Megan errötete. »Dafür haben wir keine Zeit, nicht jetzt

in der Oberstufe. Und Debs hatte immer etwas mit irgendeiner Schulangelegenheit zu tun: Reiten, Sport oder Prüfungen oder so was.«

»Sie hatte also keinen Freund?«

»Ich behaupte nicht, dass sie *nie* einen hatte.«

»Wann hatte sie zuletzt einen?«

»Im Sommer.«

»Wie hieß er?«

»Sie hat mir nur erzählt, dass er John hieß. Sie sind nicht lange miteinander gegangen. Sie meinte, er wäre echt cool, aber zu doof, deshalb hat sie Schluss mit ihm gemacht.«

»Hat sie Ihnen sonst noch etwas von ihm erzählt?«

Megan errötete erneut. »Nein.«

»Sicher?«

»Ja. Mehr weiß ich nicht. Sein Name war John und er war ein Doofmann.«

»Wo hat sie ihn kennen gelernt?«

»Keine Ahnung. Hat sie nicht gesagt. Ich war den ganzen Sommer mit meinen Eltern in Amerika, ich habe sie erst wiedergesehen, als die Schule begann. Aber da hatte sie schon Schluss mit ihm gemacht.«

»War das ihr erster Freund?«

»Das glaube ich nicht, aber es war nie etwas Ernstes.«

»Woher wissen Sie das?«

»Das hätte sie mir erzählt.«

»Hat sie Ihnen alles erzählt?«

Megan dachte einen Moment lang über die Frage nach. »Nein«, sagte sie dann, »das glaube ich nicht. Debs konnte sehr geheimnistuerisch sein. Aber wenn sie einen Freund gehabt hätte, hätte sie es mir erzählt. Oder ich hätte es einfach gemerkt.«

»War sie in letzter Zeit geheimnistuerisch?«

Megan runzelte die Stirn. »Ja, war sie. Und ich hatte die Nase voll davon.«

»Hat sie Ihnen gesagt, worum es ging?«

»Nein. Sonst wäre es ja kein Geheimnis mehr, oder?«

»Hat sie Ihnen gesagt, wen oder was es betraf?«

Megan schüttelte den Kopf. »Nein.«

»Hat Sie überhaupt irgendetwas darüber gesagt?«

»Nur, dass sie fand, es wäre an der Zeit, es jemandem zu erzählen, um dann zu beobachten, was passiert.«

»Wann hat sie Ihnen das erzählt?«

»In dem Moment, als sie ging, auf der Brücke.«

»Als sie rückwärts lief?«

»Ja. Es war ... es waren ihre letzten Worte.« Ihre Augen füllten sich mit Tränen. »Ich bin müde.«

»In Ordnung«, sagte Banks. »Tut mir Leid, Megan. Ich versuche es kurz zu machen. Aber Sie müssen sich darüber im Klaren sein, dass das sehr wichtig ist. Wenn es sich um ein Geheimnis über jemanden handelte, der nicht wollte, dass es gelüftet wird ... Und wenn dieser Jemand wusste, was Deborah wusste ... Verstehen Sie, was ich meine?«

Megan nickte.

»Wie lange hat sie schon von diesem Geheimnis gesprochen?«

»Seit Beginn des Schuljahres.«

»Das ist eine ziemlich lange Zeit.«

»Ja. Manchmal hat sie ein oder zwei Wochen nichts davon gesagt und dann fing sie wieder damit an.«

»Ob sie es jemand anderem erzählt hat?«

»Nein. Ich war ihre beste Freundin.«

»Können Sie uns sonst noch etwas erzählen, Megan? Irgendetwas?«

Megan schüttelte den Kopf. »Ich glaube nicht.«

Banks und Susan standen auf. »Ruhen Sie sich jetzt ein

wenig aus«, sagte Banks. »Und glauben Sie mir, wir tun unser Bestes, um herauszufinden, wer das getan hat.«

Sie verabschiedeten sich bei der Krankenschwester, nahmen ihre Mäntel und gingen hinaus in den Nieselregen.

»Was denken Sie?«, fragte Banks Susan, als sie zurück zum Wagen gingen.

»Über Megan? Ich glaube, sie hat uns so ziemlich alles erzählt, was sie wusste.«

»Ist Ihnen aufgefallen, wie sie rot geworden ist und weggeguckt hat, als ich sie nach dem Freund fragte? Ich glaube, hinter der Beziehung steckte mehr, als sie uns erzählt hat.«

»Also, Sir«, sagte Susan, »aus meiner Erfahrung würde ich sagen, dass Deborah wahrscheinlich schlicht erzählt hatte, er habe seine Vorzüge, aber er sei doof.«

»Glauben Sie, dass Deborah mit diesem John geschlafen hat?«

»Kann sein, aber das habe ich nicht gemeint. Vielleicht hat sie es behauptet, vielleicht hat sie auch nur angedeutet, dass sie mit ihm geschlafen hat, so wie es Jugendliche machen. Es bedeutet nicht, dass sie es wirklich getan hat.«

»Und Megan hat das Thema verlegen gemacht?«

»Ja. Ich schätze, dass Megan ein bisschen schüchtern ist, wenn es um Jungen geht.«

»Würden Sie auch sagen, dass sie das hässliche Entlein in der Freundschaft war?«

»Ganz so würde ich es nicht ausdrücken, Sir.«

Banks lächelte. »Tut mir Leid. Das kommt wohl daher, dass ich mal wieder auf einem Schulgelände war. Da kommen Erinnerungen hoch. Wenn man als Teenager zwei Mädchen kennen gelernt hat, war eine von den beiden mit Sicherheit hässlich.«

»Und wenn man zwei Jungen kennen gelernt hat, war

einer mit Sicherheit eine Flasche und der andere eine Klette. Wenn man richtig Glück hatte, kriegte man eine Mischung aus beiden.«

Banks lachte.

»Tut mir Leid, Sir«, fuhr Susan fort, »ich weiß nicht, worauf Sie hinauswollen. Sie glauben doch bestimmt nicht, dass Megan Preece etwas mit dem Mord an Deborah zu tun hatte?«

»Nein. Natürlich nicht. Ich denke nur laut, das ist alles.«

Sie stiegen in den ungekennzeichneten Polizeiwagen. Als der Motor ansprang, ertönte im Radio Vaughan Williams' *Suite für Bratsche und Orchester*, die schöne, melancholische »Ballade«. Die Musik passte perfekt zu den fallenden Blättern und dem Novembernieselregen, dachte Banks.

»Ich versuche nur, die Freundschaft der beiden zu verstehen, um herauszufinden, wie Deborah mit Menschen umgegangen ist«, erklärte er. »So wie ich das sehe, war Megan die weniger attraktive der beiden Freundinnen. Deshalb hat sie Deborah wahrscheinlich sowohl angebetet als auch beneidet. Sie wusste, dass sie von Deborahs Aussehen und Talenten überschattet und ausgestochen wurde, und war im Großen und Ganzen wohl damit zufrieden, sich in der Ehre zu sonnen, die Auserwählte zu sein, die beste Freundin der Göttin. – Würden Sie mir so weit zustimmen?«

»Ja, Sir. Megan war eine Freundin, die Deborah nur noch besser aussehen ließ.«

»Genau. Aber es hörte sich auch so an, als konnte Deborah eine Nervensäge und ziemlich grausam sein. Wenn sie ihre beste Freundin so ärgern konnte, wie sie es getan hat, dann könnte sie auch einen gefährlicheren Feind gereizt haben, meinen Sie nicht?«

»Das ist möglich, Sir. Aber seien Sie mir nicht böse, es

ist etwas weit hergeholt. Ich glaube weiterhin, dass wir nach einem Fremden suchen. Und nach unserem bisherigen Wissensstand könnte der Fremde auf der Brücke Ive Jelačić gewesen sein.«

»Stimmt«, sagte Banks. »Es könnte aber auch Megans Einbildung gewesen sein, zumindest teilweise. Aber wir werden uns später Mr Jelačić vorknöpfen. Er kann uns nicht weglaufen. Ken Blackstone lässt ihn überwachen. Was denken Sie über dieses Geheimnis?«

»Nicht viel. Das ist typisch für Schulmädchen. Wie Megan sagte, es hat wahrscheinlich nichts bedeutet.«

»Für sie vielleicht nicht. Aber vielleicht für jemand anderen. Schauen Sie mal, ist das nicht ...« Er zeigte nach vorn.

Als sie nach links in die North Market Street gebogen waren, hatte Banks eine Frau in einem langen marineblauen Mantel an der Bushaltestelle stehen sehen.

»Wer?«, fragte Susan.

»Ach so, das hatte ich vergessen. Sie haben sie ja noch gar nicht kennen gelernt. Rebecca Charters, die Frau des Pfarrers. Das war sie bestimmt. Wo die wohl hinwill?«

»Merkwürdig, merkwürdig«, sagte Susan.

VIER

I

»Äh, Sir«, sagte Sergeant Hatchley mit einem Blick auf seine Uhr. »Meinen Sie nicht, wir könnten kurz Mittag essen gehen?«

Barry Stott seufzte. »Na gut. Kommen Sie.«

Dies war der erste wichtige Fall des Inspectors nach seiner Beförderung und Versetzung, und er beabsichtigte, das Beste daraus zu machen. Der einzige Stolperstein dabei war dieser faule Yorkshirer Fleischkloß neben ihm: Detective Sergeant Hatchley.

Stott hätte lieber mit Constable Susan Gay zusammengearbeitet. Nicht weil sie schöner als Hatchley war – sie war eigentlich nicht sein Typ –, sondern weil sie klüger und eifriger war und nicht solche Probleme machte.

So wie jetzt. Wenn es nach ihm gegangen wäre, hätte Stott das Mittagessen ausfallen lassen und sich etwas zum Mitnehmen aus einem der Cafés in der North Market Street geholt. Der Morgen war reine Zeitverschwendung gewesen; in den Akten der Sexualstraftäter hatten sie keine Spuren gefunden, und alles, was Stott von der Einwanderungsbehörde über Jelačić herausbekommen hatte, war, dass es sich bei ihm um einen Techniker aus Split handelte, der vor zwei Jahren nach England gekommen war. Und seitdem hatte er eine Reihe merkwürdiger Jobs gehabt und es nie lange bei einer Arbeitsstelle ausgehalten. Kurz davor, selbst nach Kroatien zu reisen, dachte Stott, dass es nicht danach aussah, als würde es leicht werden, etwas über Jelačićs Vorstrafen zu erfahren, wenn er welche hatte.

Hier draußen jedoch, in der Nähe des Tatortes, sah er wenigstens eine reelle Chance, etwas zu erreichen. Irgendjemand musste doch einen Fremden in der Gegend bemerkt haben, Nebel hin, Nebel her. Oder einen geparkten Wagen, der dort nicht hingehörte. St. Mary's war schließlich eine vornehme Gegend, und die Leute, die es sich leisten konnten, hier zu wohnen, waren auf der Hut vor Fremden. Und Stott war sich sicher, dass ein Fremder Deborah Harrison ermordet hatte.

Sie standen an der nordwestlichen Ecke der Kendal Road und der North Market Street im Regen vor dem Nag's Head, schräg gegenüber der St.-Mary's-Kirche, und Stott war so weit, alles zu tun, um Hatchley zum Schweigen zu bringen.

Einen solchen Pub würde man in einer so wohlhabenden Gegend nicht erwarten, dachte Stott: kein dicker Teppich, kein poliertes Messing und glänzendes Holz und kein Topf mit warmem Glühwein auf der Theke. Tatsächlich sah der Pub richtig schäbig aus. Da er an einer wichtigen Verkehrskreuzung lag, vermutete Stott, dass vor allem Durchreisende hier einkehrten. Die Kendal Road führte vom Lake District bis an die Ostküste und die Market Street war eine der wichtigsten Nord-Süd-Verbindungen. Versteckt in den Wohnstraßen hatten die Einheimischen bestimmt ihre eigenen, gemütlichen Pubs. Und wenn nicht, dann fuhren sie hinaus in die Country Clubs.

Im Barbereich waren ungefähr sechs Gäste. Mit Unbehagen bemerkte Stott, dass es nach Zigarettenqualm und Bier roch. Dies war auf jeden Fall kein Pub nach seinem

Geschmack, falls es denn so einen Pub überhaupt gab. Er ging viel lieber in die Kirche. In Stotts Augen waren Pubs lediglich Brutstätten für Ärger.

Pubs waren Orte, in denen Schlägereien begannen – und er hatte ein paar Narben aus seiner Zeit als Streifenpolizist, die das bewiesen –, in Pubs wurden krumme Geschäfte gemacht und Diebesgut verhökert, es waren Orte, in denen offen Drogen verkauft wurden, in denen Prostituierte ihrem schmutzigen Gewerbe nachgingen und Krankheiten und Elend verbreiteten. Schließt die Pubs, und die Kriminellen sind gezwungen, nach draußen zu gehen, direkt in die offenen Arme der Polizei. Zumindest waren das Inspector Stotts Gedanken, als er an diesem Mittag im Nag's Head die Nase rümpfte.

Dagegen schien sich Sergeant Hatchley hier ganz zu Hause zu fühlen. Er rieb seine riesigen Pranken aneinander und sagte: »Ah, schon besser. Gegen die Kälte gibt es nichts Besseres als ein Essen im Pub – was meinen Sie, Sir?«

»Beeilen wir uns, Sergeant.«

»Ja, Sir. – Alf! Komm her, Kumpel. An die Arbeit. Hier kommt man ja um vor Durst.«

Wenn es einen Wirt in Eastvale – nein, in ganz Swainsdale – gegeben hätte, den Hatchley nicht mit Namen kannte, wäre Stott überrascht gewesen.

Nachdem Alf endlich auftauchte, wartete Stott, während der Wirt und Hatchley ein paar Nettigkeiten austauschten, und bestellte dann ein Käse-Schinken Sandwich und eine Tasse Tee. Alf hob seine Augenbrauen, sagte aber nichts.

»Ich nehme eine ordentliche Portion von diesem großartigen Yorkshire-Pudding mit Roastbeef, Erbsen und Bratensoße«, sagte Hatchley. »Und natürlich ein Pint Bitter.«

Das schien Alf schon besser zu gefallen.

Mit einem Pint in der Hand marschierte Hatchley zu

einem Tisch am Fenster. Durch die verschmierte Scheibe konnten sie auf der anderen Seite der Kreuzung die vom Regen dunkel gewordenen Bäume im Park und die Mauern der St.-Mary's-Kirche sehen, deren viereckiger Turm hinter den Bäumen hervorschaute.

Der Nieselregen hatte die Schaulustigen nicht vertrieben. An einigen Stellen entlang der zwei Meter hohen Mauer sprangen immer wieder Leute hoch und hielten sich mit den Fingerspitzen fest, um auf den Friedhof zu spähen.

Eine Gruppe von ungefähr zehn Personen stand am Eingang an der Kendal Road. Journalisten. Eine von ihnen, eine Frau, hatte sich mit einem Mikrofon vor einer Videokamera aufgestellt, die zum Schutz vor dem Regen in einen schwarzen Plastiksack gehüllt war. Ein Mann hielt eine helle Leuchte über ihren Kopf. Yorkshire-Fernsehen, dachte Stott. Oder BBC Nord. Und Zeitungsreporter. Schon bald würden sie die Tat für »Crimewatch« nachinszenieren. Banks hatte Recht, die Geier waren gekommen.

»Wir hatten noch gar keine Möglichkeit, uns kennen zu lernen, nicht wahr, Sir?«, sagte Hatchley und zündete sich eine Zigarette an. »Und ich finde immer, dass es hilft, ein bisschen etwas voneinander zu wissen, wenn man zusammenarbeitet – was meinen Sie?«

»Wahrscheinlich«, sagte Stott, verzog innerlich das Gesicht und versuchte, dem Zigarettenqualm auszuweichen. Es funktionierte nicht. Er dachte, es müsste so etwas wie Murphys Gesetz sein: Wo auch immer ein Nichtraucher saß, der Qualm zog in seine Richtung, ganz egal woher der Luftzug kam.

»Wo kommen Sie her, Sir?«, fragte Hatchley.

»Spalding, Lincolnshire.«

»Wäre ich nie drauf gekommen. Auf jeden Fall nicht nach Ihrem Dialekt.«

»Wir sind weggezogen, als ich Kind war.«

»Wohin?«

»Überallhin. Zypern, Deutschland. Mein Vater war in der Armee.« Stott erinnerte sich an das Leiden, das mit jedem Umzug verbunden war. Kaum hatte er irgendwo Freunde gewonnen, schien er sich von ihnen trennen und von vorn beginnen zu müssen. Seine Kindheit hatte aus einer nicht enden wollenden Anzahl neuer Gruppen von Fremden bestanden, denen er sich immer wieder erneut beweisen musste. Grausame Fremde mit eigenen Aufnahmeritualen, die nur darauf warteten, ihn zu demütigen. Er erinnerte sich an die Prügel, die Hänseleien, die Einsamkeit.

»Ach, Soldat?«

»Er war Major.«

»Ziemlich hohes Tier, was?« Hatchley nahm einen Schluck Bier. »Wo lebt er jetzt?«

»Worthing. Er ist vor ein paar Jahren pensioniert worden.«

»Hoffentlich nicht unehrenhaft entlassen, Sir.«

»Nein.«

»Sagen Sie mal, Sir«, begann Hatchley, »ich habe mir diesen Inspectorlehrgang durch den Kopf gehen lassen. Ich hätte Lust, es mal zu versuchen. Ist es leicht?«

Stott schüttelte den Kopf. Alle Beförderungslehrgänge waren hart und beinhalteten mehrere Schritte, von einem Multiple-Choice-Test zu Gesetzestexten über Rollenspiele bis hin zur abschließenden mündlichen Prüfung vor einem Assistent Chief Constable und einem Chief Superintendent. Stott war es schon ein Rätsel, wie Hatchley jemals die Prüfung zum Sergeant bestanden hatte.

»Viel Glück«, murmelte er, als eine kränklich aussehende Frau ihr Essen und Stotts Tee servierte, der im Grunde nur ein Pott lauwarmes Wasser war, in dem er einen Teebeutel eintauchen konnte. Und mit dem Schinken waren sie auch geizig gewesen. »Ungefähr einer von vier Bewerbern schafft es«, fügte er hinzu.

Wie alt mochte Hatchley sein?, fragte er sich. Wohl nicht älter als Mitte dreißig. Vielleicht fünf oder sechs Jahre älter als Stott selbst. Aber man musste sich ihn einmal anschauen: schlecht in Form, ein massiger Mann mit Haaren wie Stroh, Schweinsäuglein, Sommersprossen über die ganze fleischige Nase verteilt, vom Tabak verfärbte Zähne. Außerdem schien er nur *eine* Garderobe zu besitzen, einen glänzenden und zerknitterten Anzug, und auf seinem Schlips waren Eierflecken. Stott konnte sich kaum vorstellen, dass Hatchley befördert wurde, wenn er in diesem Aufzug vor die Prüfungskommission trat.

Stott war stolz auf seine Garderobe. Er besaß fünf Anzüge – zwei graue, zwei marineblaue und einen braunen mit Fischgrätenmuster – und er trug sie im Wechsel. An einem Donnerstag war der mit dem Fischgrätenmuster an der Reihe. Außerdem trug er den alten, gestreiften Regimentsschlips seines Vaters und für gewöhnlich ein frisch gebügeltes weißes Hemd mit gestärktem Kragen.

Er achtete immer darauf, dass er frisch rasiert war und dass sein Haar auf der linken Seite ordentlich gescheitelt und auf jeder Seite schräg nach hinten gekämmt war. Wenn notwendig, benutzte er Spray oder Haarcreme. Ihm war bewusst, dass er durch seine abstehenden Ohren seltsam aussah, besonders in der Kombination mit seiner Brille. Das war schon in seiner Kindheit so gewesen und er war deshalb gehänselt worden. Heutzutage konnte man operativ etwas gegen abstehende Ohren unternehmen, hatte er gehört. Wenn es noch nicht zu spät war, würde er sich vielleicht bald zu einem Eingriff entscheiden. Schließlich konnte ein unvorteilhaftes Erscheinungsbild einer Karriere abträglich sein. Und Barry Stott fühlte sich für das Büro des Polizeichefs auserkoren.

Genüsslich ließ sich Hatchley seinen Yorkshire-Pudding schmecken und fügte dem Eierfleck auf seiner Krawatte noch etwas Bratensoße hinzu. Als er fertig war, zündete er sich eine weitere Zigarette an, inhalierte tief und blies den Rauch mit einem Seufzer derart tiefer Zufriedenheit aus, wie sie Stott nach einem rein körperlichen Genuss noch nie erlebt hatte. Einer der wahren Primitiven seiner Art, dieser Sergeant Hatchley.

»Machen wir weiter, Sergeant«, sagte er, schob seinen Teller weg und stand auf.

»Darf ich erst aufrauchen, Sir? Die Zigarette danach ist das Beste an einem guten Mahl, wenn Sie wissen, was ich meine.« Er zwinkerte.

Stott merkte, wie er rot wurde. »Sie können draußen rauchen«, entgegnete er barsch.

Hatchley zuckte mit den Achseln, kippte den Rest seines Bieres herunter und folgte dann Stott zur Tür.

»Tschüss, Alf«, sagte er auf dem Weg nach draußen. »Ich hoffe, unsere Jungs haben dich gestern Abend nicht dabei erwischt, wie du nach der Sperrstunde Getränke ausgeschenkt hast.«

»Welche Jungs?«, meinte Alf.

Hatchley drehte sich um und ging zur Theke. »Polizei. War gestern keiner hier und hat Fragen gestellt? Ob du irgendwelche Fremden gesehen hast und so?«

Alf schüttelte den Kopf. »Nee. Gestern Abend war nichts los. Ich habe um zehn zugemacht. Sauwetter.«

Als Stott an die Theke kam, hatte Hatchley wundersamerweise ein neues Bier in der Hand und seine Zigarette war wieder auf die ursprüngliche Länge angewachsen.

Stott schluckte seinen Ärger hinunter.

»Aber davor hattest du geöffnet?«, fragte Hatchley.

Alf schnaubte. »Ja. Hat sich aber kaum gelohnt.«

»Waren Fremde hier?«

»Hier kommen eine Menge Fremde rein«, erwiderte er. »Vertreter und so weiter. Touristen. Wanderer.«

»Ja, das weiß ich«, sagte Hatchley. »Aber wie war es gestern, so am späten Nachmittag, frühen Abend?«

»Nee. Bei dem Wetter ist keiner unterwegs gewesen.«

»War überhaupt jemand da?«

Alf kratzte seine stoppelige Wange. »Ein Kerl. Trank zwei Pints und einen Whisky und ist wieder gegangen. Das war's.«

»Ein Stammgast?«

»Nee. Wir haben wenig Stammgäste. Die Leute hier in der Gegend sind zu etepetete für so ein Lokal.«

Stott verlor allmählich die Geduld. Dieser Alf war offensichtlich ein Schwachkopf, von ihm würden sie nichts Brauchbares erfahren. »Aber Sie haben doch gerade gesagt, gestern waren keine Fremden hier«, wandte er gereizt ein.

»Er war auch kein Fremder.«

»Was war er dann?«

»Was fragen Sie mich.«

»Aber Sie haben gesagt, sie kannten ihn.«

Alf schaute Hatchley an und rümpfte angewidert seine Nase, bevor er sich wieder an Stott wandte und antwortete. »Habe ich nicht«, widersprach er. »Ich sagte, er war kein Stammgast, aber er war auch kein richtiger Fremder. Das ist was anderes.«

»Sie haben ihn also schon einmal gesehen?«

Alf spuckte auf den Boden hinter der Theke. »Natürlich habe ich ihn schon mal gesehen. Ist doch logisch, oder? Wenn ich ihn noch nie gesehen hätte, wäre er ein Fremder, oder?«

Hatchley übernahm das Gespräch wieder. »In Ordnung,

Alf«, sagte er. »Du hast Recht. Gutes Argument. Wie oft hast du ihn schon gesehen?«

»Nicht oft. Aber im letzten Jahr war er drei oder vier Mal hier. Er kam immer mit einem Mädchen. Echt hübsches Ding. Aber in der letzten Zeit war er nicht mehr da.«

»Weißt du, wer er ist?«

»Nein. Er hat sich immer abgekapselt.«

»Hast du eine Ahnung, wo er wohnt?«

»In Timbuktu vielleicht, was weiß ich.«

»Meinen Sie, dass er Afrikaner war?«, schaltete sich Stott ein.

Alf bedachte ihn mit einem vernichtenden Blick. »Das ist nur so eine Redensart. Hat meine Mutter immer gesagt.«

»Wie hat er ausgesehen?«, fragte Hatchley.

»Tja, er war ein großer Kerl, daran erinnere ich mich. Auf jeden Fall über eins achtzig. Dichtes schwarzes Haar, ein bisschen zu lang über dem Kragen für meinen Geschmack. Und eine ziemlich lange Nase.«

»Hast du mit ihm gesprochen?«

»Nur beim Bedienen und ein paar Bemerkungen über das Wetter. Er wollte anscheinend nicht reden. Hat sein Bier rüber zum Kamin genommen und nur dagesessen und in sein Glas gestarrt. Wenn ich mich recht erinnere, hat er sich ab und zu was in den Bart gemurmelt.«

»Er hat Selbstgespräche geführt?«

»Na ja, nicht die ganze Zeit. Und es war auch kein richtiges Gespräch oder so. Nein, er hat nur ab und zu was gemurmelt, als würde er laut denken, wie man das manchmal macht.«

»Hast du gehört, was er gesagt hat?«

»Nee. Er war zu weit weg.«

»Hatte er einen bestimmten Akzent?«, schaltete sich Stott ein.

»Ist mir nicht aufgefallen.«

»Kennen Sie Ive Jelačić, den ehemaligen Küster von St. Mary's gegenüber?«

»Nee. Der trank im Pig and Whistle.«

»Woher wissen Sie das?«

»Der Wirt, Stan, hat's mir erzählt, nachdem es in der Zeitung stand, über ihn und diesen komischen Pfarrer.«

»Haben Sie Mr Jelačić mal gesehen?«

»Nur von weitem.«

»Könnte er das gestern gewesen sein?«

»Könnte er wohl gewesen sein. Gleiche Größe und Haarfarbe.«

»Wissen Sie, ob dieser Gast einen Wagen hatte?«

»Woher soll ich das wissen?« Alf rieb sein Kinn. »Wenn ich es mir so überlege, sah er eher so aus, als wäre er zu Fuß unterwegs gewesen. Seine Klamotten waren ein bisschen feucht und er war außer Atem.«

»Um wie viel Uhr war das, Alf?«, fragte Hatchley.

»So um fünf.«

»Wann ist er gegangen?«

»Kurz vor sechs. Wie gesagt, er trank nur zwei Pints und einen doppelten Whisky. Einen für unterwegs, hat er gesagt, und ihn ex runtergekippt, dann war er schon weg.« Alf machte den Trinkvorgang nach.

Stott wurde hellhörig. Die Zeiten stimmten, vorausgesetzt, das Mädchen war auf dem Heimweg vom Schachklub ermordet worden. Würde sich so ein Mensch verhalten, bevor er ein sechzehnjähriges Schulmädchen auf einem nebligen Friedhof vergewaltigte und ermordete?, fragte sich Stott. Hatte er sich vorher Mut angetrunken? Er versuchte sich daran zu erinnern, was er in den Kursen über Kriminalpsychologie gelernt hatte.

Das Problem war, dass man so gut wie jedes Verhalten

für möglich halten konnte, wenn man es mit einen Psychopathen zu tun hatte. Manche von ihnen saßen vor einem netten kleinen Gemetzel gern bei einem Bier und einer Zigarette, andere kauften ihrer Mutter eine Pralinenschachtel oder einen Blumenstrauß. Man konnte es nie vorhersagen. Der Mörder hatte also vielleicht kurz im Nag's Head vorbeigeschaut. Warum nicht? Vielleicht wollte er einfach eine Weile dasitzen und sich im Selbstgespräch darüber klar werden, was er vorhatte?

»Haben Sie gesehen, in welche Richtung er weggegangen ist?«, fragte Stott.

»Nee. Sie können nicht von mir erwarten, dass ich hinter jedem Gast herjage und gucke, wohin er geht, oder?«

»Was hat er angehabt?«, fragte Stott.

»Einen orangefarbenen Anorak. Sah teuer aus. So ein Gore-Tex-Zeug. Mit vielen Taschen und Reißverschlüssen.«

»Fällt Ihnen sonst noch etwas zu seinem Äußeren ein?«

»Leute zu beschreiben war noch nie meine Stärke.«

»Glauben Sie, Sie könnten mit einem Polizeizeichner zusammenarbeiten?«

»Keine Ahnung. Habe ich nie versucht.«

»Würden Sie es versuchen?«

Alf zuckte mit den Achseln.

»Sergeant«, sagte Stott, »gehen Sie los und versuchen Sie, so schnell wie möglich einen Polizeizeichner zu holen, ja? Ich werde hier warten.«

Allein dafür, Sergeant Hatchleys Gesicht zu sehen, als er hinaus in den Regen trottete, lohnte es sich, den abgestandenen Rauch und den Biergestank im Nag's Head noch eine Weile zu ertragen.

II

Sie hatten schon in jeder erdenklichen Stellung Liebe gemacht: von der Seite, von hinten, von vorne, verkehrt herum. Außerdem hatten sie es an ungefähr jedem Ort getan, den man sich denken konnte: in ihrem Bett, in seinem Bett, in Hotelzimmern, auf einem Feld, in der Enge seines Orions, vor einer Mauer, unter dem Küchentisch. Manchmal schien es eine Ewigkeit zu dauern, manchmal war es schon vorbei, noch ehe es richtig begann. Manchmal dauerte das Vorspiel so lange, dass Rebecca glaubte, innerlich zu zerreißen, manchmal wurden sie von ihrem Trieb übermannt und fielen übereinander her und hatten nicht einmal Zeit, sich vollständig auszuziehen.

Dieses Mal war es eilig gewesen. Danach lag Rebecca auf dem Bett eines Hotelzimmers in Richmond und rang völlig verschwitzt nach Atem. Ihr Rock war um die Taille aufgebauscht, ihre Unterhose hing um einen nackten Knöchel, ihre Bluse war offen, ein paar Knöpfe waren in der Hitze des Gefechts abgerissen und ihr Büstenhalter war hochgeschoben und ihre Brüste entblößt.

Patricks Kopf lag neben ihrer Schulter. Sie konnte seinen warmen Atem auf ihrer Haut spüren. Beiden pochte das Herz. Rebecca legte eine Hand auf seine kräftige Schulter und streichelte mit der anderen das Haar über seinem Ohr. Sie fühlte die Stoppeln in seinem Nacken, wo das Haar vor kurzem geschnitten worden war. Ihr war absolut klar, dass das keine Liebe war. Aber es war ein verdammt guter Ersatz.

Aber wie jedes Mal nach dem Sex mit Patrick begann schnell das Schamgefühl und eine Melancholie wie ein dichter Nebel aufzuziehen und sie, die noch vor wenigen Augenblicken in himmlischer Wonne bis in die letzte Faser erregt gewesen war, zu betäuben. Das schlechte Gewissen begann ihre Freude zu verdrängen.

Patrick drehte sich weg und griff nach seinen Zigaretten. Dass er nach dem Sex rauchte, war das Einzige, was ihr nicht an ihm gefiel; sie hatte aber noch nicht den Mut gehabt, ihn zu bitten, es zu unterlassen. Außerdem setzte er seine Brille auf. Obwohl sie wusste, dass er ohne sie nichts sehen konnte, musste sie manchmal lachen, weil er so komisch aussah, wenn er nackt war und nur die Brille aufhatte.

»Was ist?«, fragte Patrick. Er spürte, dass etwas nicht stimmte. »Hat es dir nicht gefallen?«

»Doch, natürlich. Das weißt du genau. Es gefällt mir immer ... mit dir. Nein ... es ist nur, dass ... ich mich so verdammt schuldig fühle.«

»Dann verlasse ihn. Komm zu mir.«

»Sei nicht töricht, Patrick. Stell dir nur einmal den Skandal vor: Lehrer zieht mit der Frau des Pfarrers zusammen! Du würdest sofort deinen Job verlieren. Und wo sollen wir wohnen?«

»Ach, sei nicht so fantasielos. Wir würden es schon hinkriegen. Wir würden eine Wohnung in der Stadt nehmen. Ich kann einen anderen Job bekommen. Oder wir ziehen weg.«

Rebecca schüttelte den Kopf. »Nein, nein, nein.«

»Warum nicht? Liebst du mich nicht?«

Rebecca antwortete nicht.

»Du liebst mich nicht, stimmt's?«, beharrte er.

»Natürlich liebe ich dich«, log Rebecca. So war es einfacher.

»Dann verlasse ihn.«

»Das kann ich nicht.«

»Du liebst ihn nicht.«

»Das ... das ... weiß ich nicht.« Doch Rebecca liebte Daniel. Irgendwo in ihrem Inneren, das wusste sie, war das Gefühl noch da. Zwar angeschlagen und halb aufgelöst, aber es war noch da. Das konnte sie Patrick nicht erklären.

»Ich sollte dir das nicht erzählen, aber ...«

Rebecca spürte, wie bei diesen Worten ein Schauer über ihren Rücken lief, der nichts mit ihrem Sex zu tun hatte. »Ja?«, hauchte sie. »Was denn?«

»Gestern Abend war dein Mann bei mir.«

»Daniel war bei dir? Weshalb?«

»Er wollte mit mir reden.«

Rebecca richtete sich auf. Schnell zog sie ihren BH und ihren Rock herunter, um sich zu bedecken, und hielt, so gut sie konnte, ihre Bluse zusammen. »Worüber?«, wollte sie wissen. Sie fühlte sich verlegen und dumm.

»Über uns.« Patrick schnippte seine Asche in den Aschenbecher auf dem Nachttisch. Es war ein kleines Zimmer, die Vorhänge waren zugezogen und Rebecca bekam Platzangst.

»Aber er weiß nichts von uns.«

»Doch, tut er. Er sagte, dass er es schon eine Weile wüsste. Er hatte etwas vermutet und dich dann beobachtet. Er hat uns zusammen gesehen.«

»Mein Gott!«

»Er wollte nicht, dass ich dir erzähle, dass er bei mir war.«

»Was hat er gewollt?«

»Er bat mich, dich nicht mehr zu sehen.«

»Was hast du gesagt?«

»Die Wahrheit. Dass wir uns lieben. Dass du zum ersten Mal dein wahres erotisches Wesen entdeckst. Und dass du, sobald wir es hinkriegen, ihn verlassen wirst und wir zusammenleben werden.«

Rebecca konnte nicht glauben, was sie da hörte. Daniel wusste Bescheid? Wusste es schon seit einer Ewigkeit? »Du verdammter Idiot!« Sie schwang ihre Beine über die Bettkante und zog die Unterhose hoch. Dann knöpfte sie hastig ihre Bluse zu, zog ihre Jacke an und ging zur Garderobe, wo ihr Mantel hing. »Du verdammter Idiot!«, murmelte sie erneut. »Daniel. Ich muss zu ihm.«

Patrick richtete sich auf und drückte seine Zigarette aus. »Was soll das bedeuten? Es ist doch die Wahrheit, oder?«

»Du Idiot! Du hast alles kaputtgemacht.«

Er stand auf und ging zu ihr. Sie fand, dass er plötzlich lächerlich aussah mit der Brille und dem schlaffen Penis zwischen seinen dünnen, haarigen Beinen.

»Rebecca«, sagte er und packte ihre Arme. »Er macht sich nur Sorgen darum, wie es aussieht. Ihn interessiert nur der äußere Schein. Verstehst du nicht? Er will, dass alles normal wirkt und dass du dich wie die pflichtbewusste Frau des Pfarrers benimmst. Aber das bist nicht du. Das bist nicht wirklich du. Ich kenne dich, Rebecca. Ich kenne dein wahres Ich. Wir haben es zusammen entdeckt. Du bist ein wildes, leidenschaftliches, sensibles Geschöpf und keine vertrocknete Pfarrersfrau, verdammt!«

»Lass mich gehen!«

Sie riss sich aus seiner Umklammerung los, schlüpfte in ihren Mantel und machte die Tür auf.

»Geh nicht, Rebecca«, sagte er. »Bleib bei mir. Du darfst keine Angst davor haben, dein wahres Ich zu entdecken. Folge deiner Leidenschaft, deinen Gefühlen.«

»Ach, halt die Klappe, du aufgeblasener Affe! Es war ein Fick, mehr nicht. Du kapierst gar nichts, oder?«

»Warte! Ich fahre dich!«, rief er, als sie durch die Tür ging.

»Nicht nötig«, sagte sie über die Schulter. »Ich nehme den Bus.« Und dann schlug sie die Tür hinter sich zu.

III

Ein paar uniformierte Constables hielten die Presse von Sir Geoffreys Haus fern. Als Banks und Susan am frühen Nachmittag dort ankamen, trieben sich nur ungefähr sechs Reporter vor der Auffahrt herum. Sie feuerten ein paar Fragen ab, doch Banks ignorierte sie. Es war noch zu früh, um der Presse Erklärungen abzugeben. Außer natürlich man war Chief Constable Riddle.

Die einzige neue Information, die Banks erhalten hatte, war, dass die Abstriche, die von Deborah genommen worden waren, keine Samenspuren zum Vorschein gebracht hatten, und das würde er der Presse bestimmt nicht sagen. Außerdem hatte er herausgefunden, dass Sir Geoffreys Empfang im Royal Hotel in York um vier Uhr beendet war, er also selbst bei dem Nebel eine Menge Zeit gehabt hatte, bis um sechs nach Hause zu kommen. Lady Harrison war tatsächlich im Fitnesscenter gewesen, sie war dort allerdings erst um halb sieben angekommen.

Im Nebel der letzten Nacht war Banks gar nicht aufgefallen, dass das Haus eine große Rasenfläche und schöne Blumenbeete besaß, die eindeutig das Werk eines Gärtners waren. Allein den Rasen zu pflegen, war ein Ganztagsjob. Das Haus selbst war ein protziges, viktorianisches Steingebäude mit Giebeln und allem Drum und Dran und wahrscheinlich im letzten Jahrhundert für einen der neureichen Wollhändler gebaut worden.

Sir Geoffrey persönlich öffnete auf Banks' Klingeln hin die Tür und winkte die beiden herein. Banks stellte Susan vor.

»Gibt es Neuigkeiten?«, fragte Sir Geoffrey.

Banks schüttelte den Kopf. »Noch nicht, Sir. Tut mir Leid.«

Sir Geoffrey machte einen abgespannten und niedergeschlagenen Eindruck und die großen Tränensäcke unter seinen Augen sahen wie Schwellungen aus. Banks folgte ihm in das weiße Zimmer mit den Bücherregalen, dem Chagall und dem Flügel. In einem der Sessel saß Michael Clayton; auch er sah aus, als hätte er seit einer Woche keinen Schlaf bekommen.

»Michael, ich glaube, du hast Detective Chief Inspector Banks bereits gestern Abend kennen gelernt«, sagte Sir Geoffrey.

»Ja«, sagte Clayton. »Und Detective Constable Gay kenne ich auch. Ich weiß gar nicht, ob ich mich jemals bei Ihnen bedankt habe.«

Susan lächelte. »Ich habe nur meine Arbeit gemacht, Sir.«

Banks sah sie fragend an.

»Mr Clayton sind im August sein Wagen und ein wertvolles Notebook gestohlen worden«, erklärte sie. »Wir konnten beides zurückbringen. Jemand hatte versucht, den Computer auf dem Eastvaler Schwarzmarkt zu verkaufen.«

»Ich glaube, ich habe es gestern Abend gar nicht erwähnt«, fuhr Sir Geoffrey fort, »aber außer dass er ein lieber Freund ist, ist Michael der wissenschaftliche Kopf hinter HarClay Industries. Ich kümmere mich nur um den Verkauf und die Marktstrategie.« Er klopfte Clayton auf die Schulter. »Ich weiß nicht, was wir ohne ihn täten. Bitte, nehmen Sie doch Platz.«

»Wo ist Ihre Frau, Sir?«, fragte Banks.

»Sylvie ruht sich aus. Wir haben gestern Nacht kaum Schlaf bekommen. Sie ist erschöpft. Ich auch. Wir ... äh ... entschuldigen Sie. Hier ist alles ein bisschen durcheinander. Wie kann ich Ihnen helfen?«

»Wir brauchen nicht lange. Nur ein paar Fragen.«

Sir Geoffrey nickte schwach. »Ich werde mich bemühen.«

»Danke«, sagte Banks. »Wir haben mit ein paar Personen aus Deborahs Schule gesprochen, und sie haben übereinstimmend gesagt, dass Deborah ein heiteres und talentiertes Mädchen war.«

Sir Geoffrey nickte. »Sylvie und ich waren sehr stolz auf sie.«

»Aber selbst die besten Menschen machen sich Feinde«, fuhr Banks fort. »Oftmals unbeabsichtigt. Fallen Ihnen Feinde ein, die sich Deborah gemacht haben könnte?«

Sir Geoffrey schloss die Augen und dachte einen Moment nach, dann schüttelte er den Kopf. »Nein. Sie kam mit ihren Mitschülerinnen und Lehrern gut aus – ich bin mir sicher, dass sie das alle bestätigen werden – und außer ihrer Familie gab es sonst eigentlich niemanden in ihrem Leben.«

»Ich habe gehört, dass sie dazu neigte, hin und wieder ein bisschen anzugeben. Würden Sie sagen, dass das zutrifft?«

Sir Geoffrey lächelte. »Ja, Deborah konnte eine Angeberin sein und manchmal auch ein kleiner Teufel. Aber welches Kind kann das nicht?«

Banks musste an Tracy denken und lächelte. »Und Deborah war tatsächlich in gewisser Weise noch ein Kind«, spann er den Faden weiter. »Ihr war vielleicht nicht immer bewusst, welche Auswirkungen ihr Verhalten auf andere hatte. Verstehen Sie, was ich meine?«

Sir Geoffrey nickte. »Aber ich verstehe nicht, wohin uns das führen soll«, antwortete er. »Es sei denn, Sie wollen andeuten, dass jemand aus der Schule etwas mit ihrem Tod zu tun hat. Oder dieser verfluchte Pfarrer von St. Mary's.«

»Daniel Charters?«

»Genau der.«

»Was haben Sie eigentlich gegen ihn?«

»Der Mann ist pervers. Er hat seine Macht missbraucht.«

Banks schüttelte den Kopf. »Die Verdächtigungen gegen ihn sind nicht bewiesen. Sollte nicht jeder so lange für unschuldig gehalten werden, bis seine Schuld bewiesen ist?«

»Theoretisch vielleicht. Aber ein Mann in seiner Position sollte über jeden Verdacht erhaben sein.«

»Der Mann, der Pfarrer Charters angezeigt hat, heißt Ive Jelačić. Würde es Sie überraschen zu erfahren, dass er Ihrer Tochter gegenüber anzügliche Gesten gemacht hat und dass sie sich bei Dr. Green beschwert hat, der Leiterin von St. Mary's?«

»Das hat sie mir nie erzählt. Und wenn sie es mir erzählt hätte, hätte ich dem Kerl das Genick gebrochen.«

Banks wandte sich an Clayton. »Hat sich Deborah jemals Ihnen anvertraut?«

Clayton hob seine Augenbrauen. »Mir? Um Himmels willen, nein! Ich nehme an, in ihren Augen war ich genauso uncool wie ihre Eltern.«

»Uncool?«

»Sie kennen doch Teenager, Chief Inspector. Für die sind wir steinalte und senile Geschöpfe.«

»Wahrscheinlich.« Banks holte tief Luft und wandte sich wieder an Sir Geoffrey. »Es ist leider ein bisschen delikat, aber ich muss Sie fragen, wo Sie gestern waren, nachdem der Empfang im Royal Hotel um vier Uhr zu Ende war.«

»Großer Gott, Mann! Sie können doch nicht ernsthaft ...«

»Geoff, er muss das fragen. Er macht nur seine Arbeit«, sagte Michael Clayton und legte eine Hand auf Sir Geoffreys Arm. »Es ist nicht schön, aber es muss sein.«

Sir Geoffrey fuhr sich mit einer Hand durch sein Haar. »Wahrscheinlich hast du Recht. Wenn Sie es unbedingt wissen müssen: Ich hatte ein privates Treffen mit einem Kunden. Mit einem Mann von der Regierung namens Oliver Jackson. Das war eine sehr vertrauliche Angelegenheit, und ich möchte nicht, dass irgendjemand anderes von diesem Treffen erfährt. Solche Dinge können Auswirkungen auf Aktienpreise und eine ganze Reihe von Marktfaktoren haben. Ganz zu schweigen von internationalen Beziehungen. Verstehen Sie das?«

Banks nickte. »Da ist nur noch eine Sache ...«

Sir Geoffrey seufzte. »Bitte, wenn es sein muss.«

»Ich habe mich gefragt, ob Deborah wohl einen Freund hatte.«

»Einen Freund?«

»Ja. Für ein Mädchen von sechzehn Jahren ist es doch nur natürlich, Interesse am anderen Geschlecht zu haben. Ganz harmlose Dinge, wie zum Beispiel mit einem Jungen ins Kino zu gehen. In ihrer Blazertasche steckte ein Kartenabriss vom Regal.«

Sir Geoffrey schüttelte den Kopf. »Sie ist oft mit ihrer Mutter ins Kino gegangen. Die beiden ... Deborah hatte keinen Freund, Chief Inspector. Sie sind völlig auf dem Holzweg. Für Jungen hatte sie keine Zeit.«

»Hatte sie denn nie einen Freund?«

»Nur Pierre, wenn das überhaupt zählt.«

»Pierre?«

»In Bordeaux, genauer gesagt in Montclair. Die Familie meiner Frau besitzt ein Landhaus in der Nähe von Bordeaux. Dort verbringen wir oft unseren Urlaub. Pierre ist der Sohn der Nachbarn. Das war natürlich alles ganz harmlos.«

»Natürlich«, sagte Banks. »Und weit weg.«

»Ja ... nun. Hören Sie, was diesen Jelačić angeht, das ist eine beunruhigende Neuigkeit. Werden Sie ihn verhaften?«

»Wir ermitteln in vielen Richtungen«, erwiderte Banks, während er und Susan zur Tür gingen, und ärgerte sich über sich selbst, weil er klang, als würde er mit der Presse reden.

Draußen schlüpften sie durch die Reporter vor dem Tor und gingen im Regen zu Banks' Wagen.

»Interessant, oder?« meinte Banks, nachdem sie eingestiegen waren. »Die Sache mit dem Freund.«

»Ja, Sir. Entweder wusste er wirklich nichts oder er hat gelogen.«

»Aber warum sollte er lügen?«

»Vielleicht hat es Deborah wirklich vor ihm geheim gehalten? Wenn er ein strenger Vater ist, könnte ich es verstehen.«

»Möglich. Und sein Alibi?«

»Klingt plausibel«, sagte Susan. »Mir ist aufgefallen, dass Sie seine Frau nicht nach ihrem Alibi gefragt haben.«

»Alles zu seiner Zeit, Susan, alles zu seiner Zeit. Außerdem glaube ich kaum, dass Sylvie Harrison ihre eigene Tochter ermordet hat. Sie ist auch gar nicht groß oder kräftig genug.«

»Wenn sie ein Fitnesscenter besucht, ist sie wahrscheinlich kräftig genug«, gab Susan zu bedenken. »Vielleicht stand sie auf einem Stein?«

Banks nieste in ein Taschentuch.

»Gesundheit, Sir!«, sagte Susan.

Sie fuhren in Richtung North Market Street. »Wissen Sie was«, sagte Banks, »ich glaube, es steckt noch viel mehr hinter Deborahs Leben, als die Leute wissen oder sagen. Ich möchte mich noch einmal mit ihrer Mutter unterhalten, wenn möglich allein. Michael Clayton hatte Recht, Teenager haben nicht viel Zeit für Erwachsene, aber Töchter vertrauen sich manchmal ihren Müttern an. Und ich möchte diesen John finden, wenn es ihn gibt.«

»Ich bin mir sicher, dass es ihn gibt, Sir. Deborah war ein attraktives Mädchen. Es würde mich wirklich sehr überraschen, wenn sie überhaupt nichts mit Jungen zu tun gehabt hat.«

Banks' Autotelefon piepte. Er nahm ab.

»Hier ist Inspector Stott.«

»Was gibt's, Barry?«

»Ich denke, wir sollten uns auf dem Revier treffen. Wir

haben die Beschreibung eines möglichen Verdächtigen im Mordfall Deborah Harrison und es könnte sich um Jelačić handeln. Außerdem hat Vic Manson angerufen. Die Wodkaflaschen sind voll mit Jelačićs Fingerabdrücken.«

»Wir sind auf dem Weg.« Banks schaltete das Telefon aus und trat aufs Gaspedal.

IV

Während des gesamten Heimweges in dem schaukelnden Bus kaute Rebecca an den Fingernägeln. Nicht ein einziges Mal schaute sie durch die vom Regen verschmierten Scheiben hinaus auf die vorbeiziehende Herbstlandschaft, auf die gedämpft goldenen, rostfarbenen und zitronengelben Blätter, die, zerbrechlich und spröde wie der Hof des Mondes, noch an den Bäumen am Wegesrand hingen, auf das sanfte Grün und Braun der Felder oder die kreuz und quer verlaufenden Natursteinmauern. Sie bemerkte nicht, wie sich das Tal im Westen mit seinen allmählich steiler werdenden Hängen teilweise im Nebel und im Nieselregen verlor, so dass es aussah wie ein chinesisches Aquarell.

Rebecca kaute nur an ihren Nägeln und wünschte, dass dieses festsitzende, zerreißende und aufwühlende Gefühl in ihr verschwinden würde. Auf der ganzen Fahrt war sie kurz davor, loszuheulen, und sie wusste, wenn sie erst einmal begann, würde sie nie wieder aufhören können. Sie holte immer wieder tief Luft und hielt kurz den Atem an, um sich zu beruhigen. Das half.

Als der Bus nach Eastvale hineinrumpelte, hatte sie sich wieder ein wenig gefasst, fühlte sich aber immer noch so niedergeschmettert, als wäre ihre gesamte Welt plötzlich zerstört worden. Sie nahm an, dass es einfach irgendwann hatte passieren müssen – sie hatte mit einer Lüge gelebt, sie hatte in gestundeter Zeit gelebt oder welches Klischee auch immer ihr noch einfallen mochte, um die letzten Monate ihres Lebens zu beschreiben.

Wenn sie nun darauf zurückschaute, hatte ihr Leben nur noch aus einer Folge von Katern bestanden; ob sie nun vom Trinken oder ihrer Untreue herrührten, schien keinen Unterschied zu machen. Alle Freuden, die sie im Trinken oder im Sex gefunden hatte, waren so vergänglich und so schnell von den Schmerzen verdrängt worden, von Kopfschmerzen, Bauchschmerzen, schlechtem Gewissen und Schamgefühl, dass sie es nicht länger wert waren. Aber war es nun zu spät? Hatte sie Daniel verloren?

Der Bus war fast da.

Sie drückte auf die Klingel, und als sie darauf wartete, dass der Bus anhielt, hatte sie das Gefühl, der Fahrer und die anderen Fahrgäste würden sie komisch anschauen. Was dachten sie von ihr? Roch sie nach Sex? Bevor sie Patrick in Richmond verlassen hatte, hatte sie sich nicht gewaschen, sie hatte sich einfach so schnell wie möglich angezogen und war verschwunden. Und unter ihrem Mantel hatte sie ihre zerrissene Bluse an. Aber was konnte sie dagegen tun? Wenn Daniel zu Hause war, würde er es bemerken. Doch was spielte das jetzt noch für eine Rolle? Er wusste es sowieso. Trotzdem konnte sie den Gedanken nicht ertragen, dass er wusste, dass sie an diesem Nachmittag mit Patrick zusammen gewesen war.

Als sich der Bus der Haltestelle näherte, sah sie die Traube der Reporter vor der Kirchenmauer und wusste, warum die Fahrgäste sie anschauten. Sie wollte in St. Mary's aussteigen, dem Tatort des schrecklichsten Verbrechens, das Eastvale seit Jahrzehnten erlebt hatte.

Der Bus bremste ruckartig, und Rebacca wäre fast nach vorn getaumelt, hätte sie sich nicht an einer Metallstange festgehalten. Als sich die Türen öffneten, sprang sie hinaus, stürzte an dem Polizisten vor dem Tor vorbei und lief dann über den Friedhof zum Pfarrhaus.

Nachdem sie das Haus erreicht hatte, stieß sie die Tür auf und rief nach Daniel. Stille. Gott sei Dank war er nicht zu Hause. Sie zog rasch ihre zerrissene Bluse aus, lief hinauf ins Badezimmer und wusch den Sexgeruch von ihrem Körper. Danach würde sie Daniel gegenübertreten können. Sie würde es tun müssen.

V

Ive Jelačić wohnte in der sechsten Etage eines zehnstöckigen Mietshauses in Burmantofts unweit der York Road. Im grauen Nieselregen des Novembers erinnerte Banks das Gewirr der hohen Mietskasernen an ein Foto von Arbeiterquartieren in einer sibirischen Stadt, das er einmal in einer Zeitung gesehen hatte.

»Reizend, nicht wahr?«, sagte Detective Inspector Ken Blackstone, der draußen auf sie wartete. Er schaute auf seine Uhr. »Die Wohnungsbaugesellschaft musste auf allen Dächern rutschige Kuppeln anbringen, damit die Jugendlichen nicht mehr von oben auf die Balkone klettern und durch die Fenster einbrechen.«

Blackstones wie üblich tadellose Garderobe machte Banks bewusst, dass sein eigener Hemdkragen offen war und seine Krawatte ein bisschen schief hing. Mit seiner Drahtgestellbrille, der Gesichtsfarbe eines Bücherwurms und dem dünner werdenden rotblonden, über den Ohren etwas gelockten Haar sah Blackstone aus wie ein Gelehrter und tatsächlich war er so etwas wie ein Experte für Kunst und Kunstraub. Allerdings wurde seine besondere Fachkenntnis in Leeds nicht gerade häufig gebraucht. Niemand hatte in letzter Zeit einen Atkinson Grimshaws geklaut, und nur ein Dummkopf würde versuchen, eine Skulptur von Henry Moore zu fälschen.

»Jelačićs Alibi ist bestätigt worden«, erzählte Blackstone, als sie zum Eingang gingen. »Was auch immer es wert ist. Außerdem haben wir uns in seiner Wohnung umgesehen. Nichts.«

»Was ist sein Alibi *deiner* Meinung nach wert?«, fragte Banks.

Blackstone schürzte seine Adonislippen. »Meiner Meinung nach? Ungefähr so viel wie ein Furz in einer Badewanne. Er war mit drei Männern zusammen, alles Kroaten. Stipe Pavič, Mile Pavelič and Vjeko Batorac. Die würden auch schwören, dass die Nacht ein Tag war, um sich gegenseitig vor der Polizei zu schützen. – Hier ist es. Glaube mir, der Lift funktioniert nicht.«

Banks schaute durch die geöffneten Schiebetüren. Die Innenwände des Fahrstuhls waren mit grellen Graffiti beschmiert, und selbst von dort, wo er stand, konnte er Klebstoff und Urin riechen. Sie nahmen stattdessen die Treppe und überraschten im dritten Stock ein paar Jugendliche beim Schnüffeln von Lösungsmittel. Sie liefen davon, denn sie wussten genau, dass die einzigen Leute in der Gegend, die so wie Blackstone angezogen waren, Polizisten sein mussten.

Es gab nur wenige Momente, in denen Banks sein Rauchen bereute, und das Hinaufsteigen in den sechsten Stock war einer davon. Nach Atem ringend und leicht schwitzend erreichte er schließlich den Außengang, der an den Wohnungstüren vorbeiführte.

Die Tür von Nummer 604 war einmal rot gewesen, mittlerweile war der größte Teil der Farbe abgeblättert. Außerdem sah sie so aus, als wäre sie als Zielscheibe zum Messerwerfen benutzt worden. Jelačić öffnete nach dem ersten Klopfen; er trug Jeans und ein Netzunterhemd. Sein Oberkörper sah kräftig und muskulös aus, unter seinen Achseln quollen dicke schwarze Haarbüschel hervor. Mit seinem dichten, recht langen Haar und der Hakennase ähnelte er eindeutig der Beschreibung des Mannes, der gestern Abend in St. Mary's gesehen worden war.

»Was wollen schon wieder von mir?«, sagte er, trat zur Seite, um sie hereinzulassen, und musterte Susan länger als nötig. »Ich Ihnen schon gesagt, ich nichts getan.«

Die Wohnung war so klein, dass sie mit vier Leuten überfüllt war, und so aufgeräumt, dass es Banks überraschte. Wenn er auch sonst nichts taugen mochte, Ive Jelačić war ein ordentlicher Hausmann. In einer Ecke stand ein Bügelbrett, auf dem ein Hemd ausgebreitet war, und in der gegenüberliegenden Ecke stand ein kleiner Fernseher. Videorecorder oder Stereoanlage waren nicht zu sehen. Ansonsten war das Zimmer nur mit einem ramponierten Sofa und einem Tisch mit drei Stühlen eingerichtet. Auf dem Sims über der elektrischen Heizung standen Familienfotos und ein paar religiöse Ikonen.

»Wovon leben Sie im Moment, Mr Jelačić?«, fragte Banks.

»Stütze.«

»Besitzen Sie einen Wagen?«

»Wieso?«

»Beantworten Sie einfach die Frage.«

»*Da*. Ist alter Ford Fiesta.«

»Sind Sie gestern nach Eastvale gefahren?«

Jelačić schaute Blackstone an. »*Ne*. Habe ihm schon gesagt. Ich Karten gespielt. Vjeko hat bestätigt. Und Stipe und Mile.«

Jelačić setzte sich auf das Sofa, das er fast vollständig einnahm, und zündete sich eine Zigarette an. Sofort begann sich das ganze Zimmer mit Rauch zu füllen. Blackstone blieb mit dem Rücken an die Tür gelehnt stehen, Banks und Susan nahmen auf den Holzstühlen Platz. Banks fiel bald auf, dass Jelačić Susans Körper taxierte, und daran, wie sie ihren Rock so weit wie möglich über ihre Knie zog und ihre Knie zusammenpresste, merkte er, dass es auch Susan auffiel. Dennoch gaffte Jelačić weiter.

»Es ist nur so«, sagte Banks, »dass die Menschen häufig lügen, um ihre Freunde zu decken, wenn sie glauben, ein Freund stecke in Schwierigkeiten.«

Jelačić beugte sich aggressiv nach vorn, wobei sich die Muskeln seiner Arme und Schultern wölbten. »Sie sagen meine Freunde Lügner! *Jebem ti mater*! Sagen ihnen das in Gesicht. Faschistenpolizei. *Šupak*.«

Banks hielt ein Foto von Deborah Harrison hoch. »Kennen Sie dieses Mädchen?«

Einen Augenblick starrte Jelačić noch Banks an, ehe er auf das Foto schaute. Er schüttelte den Kopf.

»Sind Sie sicher?«

»*Da*.«

»Sie ging auf die St.-Mary's-Schule, sang im Kirchenchor und ging für gewöhnlich über den Friedhof nach Hause.«

Er schüttelte erneut den Kopf.

»Ich glaube, dass Sie lügen, Mr Jelačić. Dieses Mädchen hat sich nämlich über Sie beschwert. Sie sagte, Sie hätten sie ständig mit lüsternen, sexuellen Kommentaren und Gesten belästigt. Was sagen Sie dazu?«

»Stimmt nicht.«

»Pfarrer Charters sagte, Sie wären die meiste Zeit betrunken gewesen, hätten Ihre Arbeit nicht vernünftig gemacht und die Mädchen belästigt. Stimmt das?«

»*Ne*. Er Lügner. Alle Leute von St. Mary's Lügner, bringen Ive Probleme und sind schuld, dass Arbeit verloren.«

»Sind Sie jemals im Inchcliffe-Mausoleum gewesen?«

»*Nikada*. Ist immer geschlossen.«

Banks schaute Blackstone an und verdrehte seine Augen. »Ach, kommen Sie, Ive. Wir haben Ihre Fingerabdrücke auf den leeren Wodkaflaschen im Mausoleum gefunden.«

»*Vrag ti nosi*!«

»Wir wissen, dass Sie dort unten waren. Warum?«

Jelačić hielt einen Moment inne und schmollte. »Na gut«, sagte er dann. »Ich unten manchmal im Sommer, wenn zu heiß. Nur für kühle Luft, verstehen? Vielleicht ich ein bisschen trinken und rauchen. Ist nicht Verbrechen.«

»Haben Sie auch mal jemanden mit hinuntergenommen? Mädchen?«

»*Nikada*.«

Banks wedelte mit dem Foto. »Und Sie schwören, dass Sie dieses Mädchen nicht kennen?«

Jelačić lehnte sich im Sofa zurück. »Vielleicht ich sie mal gesehen, wenn ich arbeite und sie vorbeigehen.«

»Sie geben also zu, dass Sie sie gesehen haben könnten?«

»*Da*. Aber mehr nicht.«

»Mr Jelačić, was haben Sie gestern Abend angehabt?«

Jelačić deutete zum Kleiderhaken neben der Tür. Dort hing eine rote Windjacke.

»Schuhe?«

Stirnrunzelnd erhob sich Jelačić und holte ein paar alte Turnschuhe, die auf der Matte unter dem Haken standen. Banks schaute sich die Sohlen an und meinte, Kieselsteine im Profil eingeklemmt zu sehen, überdies – vielleicht – Reste von Blättern. Die Seiten waren zudem mit Schlamm beschmutzt.

»Wie sind Ihre Schuhe so schmutzig geworden?«, fragte er.

»Ich gehen von Mile.«

»Sie sind nicht gefahren?«

Jelačić zuckte mit den Achseln. »Ist nicht weit.«

»Wir würden gerne Ihre Schuhe und die Windjacke zur Überprüfung mitnehmen«, sagte Banks. »Es wäre am einfachsten, wenn Sie uns dazu die Erlaubnis geben. Sie erhalten eine Quittung.«

»Und wenn nicht?«

»Dann werden wir einen Gerichtsbeschluss bekommen.«

»Okay. Nehmen Sie. Ich nichts zu verstecken.«

»Standen Sie gestern Abend so um sechs Uhr auf der Brücke der Kendal Road?«

»*Ne*. Ich bei Mile. Wir spielen Karten bis spät.«

»Haben Sie zwei Pints Bier und einen doppelten Whisky im Nag's Head gegenüber dem St.-Mary's-Park getrunken?«

»Ich Ihnen sagen. Ich zu Mile und wir spielen Karten und trinken.«

»Daniel Charters hat uns erzählt, dass Sie nach Eastvale zurückgekommen sind, um Geld von ihm zu erpressen. Stimmt das?«

»*Vražje*! Ich Ihnen sagen, der Mann Werkzeug von Teufel, böser Lügner.«

»Es stimmt also nicht, dass Sie ihm anboten, für Geld die Anzeige zurückzuziehen?«

»Stimmt nicht. *Ne*. Und ich nichts mehr sagen.« Jelačić schaute wieder Susan an und ließ seinen Blick langsam von ihren Füßen bis zu ihren Brüsten wandern, wo er verharrte. Er leckte sich zwar nicht wirklich die Lippen, aber er hätte es genauso gut tun können. Banks sah, wie Susan vor Verlegenheit und Wut rot wurde.

»Gut, lassen Sie mich nur noch einmal klarstellen, was Sie uns erzählt haben«, sagte Banks. »Gestern Abend haben

Sie mit Freunden Karten gespielt, die für Sie bürgen werden, richtig?«

Jelačić nickte.

»Das Mädchen auf dem Foto kennen Sie nicht, Sie könnten sie aber beim Vorbeigehen gesehen haben.«

»*Da.*«

»Aber Sie haben ihr ganz bestimmt keine anzüglichen Blicke zugeworfen oder irgendwelche zweideutigen Gesten gemacht.«

»*Ne.*«

»Und nachdem Sie ungerechterweise entlassen wurden, sind Sie nie nach Eastvale zurückgekommen und haben auch nicht versucht, Geld von Pfarrer Daniel Charters zu erpressen.«

»*Nikada.*«

»Na gut«, sagte Banks und stand auf. »Das war's. Wir werden jetzt gehen.«

Jelačić sah überrascht aus. »Sie gehen?«

»Keine Sorge, wir werden auf Ihre Sachen gut aufpassen und sie Ihnen zurückbringen, sobald unsere Untersuchungen abgeschlossen sind. Danke für Ihre Kooperation, Mr Jelačić. Guten Tag.«

Und dann ließen sie ihn mit offenem Mund stehen.

»Der verlogenste Schwachsinn, den ich je in meinem Leben gehört habe«, sagte Blackstone, als sie das Treppenhaus hinuntergingen. Ein Hund ließ sich nicht von ihnen stören und pinkelte lässig weiter gegen die Wand.

Banks zündete sich eine Zigarette an. »Ja, stimmt. Was meinen Sie, Susan?«

»Ob er es getan hat oder nicht«, sagte Susan mit zusammengebissenen Zähnen, »ich finde, der Scheißkerl sollte an seinen Eiern über den Balkon gehängt werden.«

FÜNF

1

Es war schon nach sechs und Daniel war immer noch nicht zurück. Rebecca lief nervös im Haus auf und ab. Sie könnte mit der Zubereitung des Abendessens beginnen. Dabei würde sie vielleicht auf andere Gedanken kommen. Wäre das alles vor ein paar Tagen passiert, wäre sie hinausgegangen, um den Engel zu besuchen, und hätte angesichts seines in Marmor gemeißelten, gen Himmel gerichteten Blickes ihren Ängsten und Gefühlen freien Lauf gelassen. Aber nach dem, was sie dort gesehen hatte, war ihr das Inchcliffe-Mausoleum verleidet worden.

Sie zog ihre gestreifte Metzgerschürze an – ein Geburtstagsgeschenk von Daniel, als er noch seinen Sinn für Humor hatte – und suchte im Kühlschrank nach den Resten des Sonntagsbratens. Sie würde Auflauf mit Hackfleisch und Kartoffeln machen. Im Kühlschrank lag eine Flasche weißer Sauvignon von Marks and Sparks. Nach kurzem Zögern öffnete Rebecca die Flasche und schenkte sich ein großzügiges Glas ein, bevor sie sich daranmachte, das restliche Fleisch durch den Wolf zu drehen.

Sie war bei ihrem zweiten Glas und hatte gerade die Kartoffeln aufgesetzt, als sie hörte, wie die Tür aufging. Daniel. Ihre Knie wurden weich. Plötzlich konnte sie ihm nicht gegenübertreten, wusste nicht mehr, was sie sagen sollte. Er rief ihren Namen, und sie brachte es nur mit Mühe fertig, ihm zu sagen, dass sie in der Küche war. Schnell kippte sie den Rest des Weines herunter und schenkte sich ein weiteres Glas ein. Ihre Hand zitterte dabei so sehr, dass sie ein paar Tropfen auf dem Tisch verschüttete. Manchmal konnte man einfach nicht schnell genug betrunken werden.

»Was ist mit dem Wohnzimmerfenster passiert?«, fragte Daniel, als er in die Küche kam.

Rebecca starrte in den Topf mit den Kartoffeln und wartete ungeduldig darauf, dass das Wasser kochte. »Irgendjemand hat einen Ziegelstein hereingeschmissen«, antwortete sie. Von dem Zettel sagte sie nichts.

»Wo war die Polizei?«

»Beim Inchcliffe-Mausoleum.«

»Das ist ja fabelhaft. Hier wimmelt es von Polizisten und trotzdem ist so etwas möglich!« Daniel lehnte sich mit den Oberschenkeln gegen den stabilen Holztisch.

»Daniel, ein junges Mädchen ist ermordet worden. Und ich habe sie gefunden.«

Daniel rieb seine Stirn. »Ich weiß. Tut mir Leid. Ich bin nicht ganz da. Das war ein schlimmer Tag.«

»Wie war das Treffen?«

»Wenigstens haben sie sich dazu durchgerungen, mich im Moment nicht rauszuschmeißen«, erwiderte Daniel. Während des letzten Monats hatte sich ein nervöses Zucken neben seinem linken Auge herausgebildet. Jetzt zuckte es wieder. »Aber der Bischof ist sehr bedrückt wegen des Mordes, besonders, weil er auf dem Grund und Boden der Kirche passiert ist. Das ist ein weiterer Nagel für meinen Sarg. Schlimmer kann es kaum noch werden.«

»Fordere das Schicksal nicht heraus.«

»Schicksal? Ha! Ich weiß nicht, ob ich noch an das Schicksal glaube. Oder überhaupt an irgendetwas. Ich habe

Hunger.« Er ging zum Kühlschrank, fand etwas alten Cheddar und schnitt sich ein Stück ab. »Und du?«

Rebecca schüttelte den Kopf. So wie sich ihr Magen anfühlte, glaubte sie nicht, jemals wieder etwas essen zu können. Die Kartoffeln begannen zu kochen. Sie drehte die Wärme herunter und wischte ihre Hände an der Schürze ab. Die Anspannung hatte derart zugenommen, dass sie sich wie ein Vulkan kurz vor dem Ausbruch vorkam. Sie konnte es nicht mehr länger ertragen.

»Daniel?« Sie drehte sich um und sah ihn an.

»Was?«

»Ich ... ich ... Heute bin ...«

Die Türklingel schellte.

»Verdammt!« Rebacca knallte ihre Faust auf den Tisch. »Wer kann das sein?«

»Ich schaue nach.« Daniel ging an die Tür.

Rebecca umklammerte die Tischkante. Sie hatte das Gefühl, der Raum würde sich drehen, und diesmal lag es nicht am Alkohol.

»Becky!« Der besorgte Ton in seiner Stimme holte sie wieder zurück. »Stimmt was nicht?«

Sie schloss ihre Augen und schüttelte den Kopf. Es ging schon wieder. »Mir geht es gut. Entschuldige. Mir ist nur etwas schummerig geworden, das ist alles.« Als sie die Augen öffnete, sah sie Daniel neben dem Polizeibeamten stehen, der sie in der vergangenen Nacht aufgesucht hatte.

Er war kleiner, als man es von einem Polizisten erwarten würde, fiel ihr auf, schlank und drahtig, und strahlte eine gewisse Spannkraft aus. Sein kurz geschorenes schwarzes Haar war an den Schläfen leicht ergraut und seine blauen Augen tanzten und sprühten vor Energie. Neben seinem rechten Auge war eine kleine, gebogene Narbe zu sehen.

»Detective Chief Inspector Banks ist wieder da«, sagte Daniel. »Er möchte uns noch ein paar Fragen stellen.«

Rebecca nickte, legte ihre Schürze ab und folgte ihnen in das Wohnzimmer. Das Weinglas ließ sie auf dem Küchentisch stehen. Die Aussprache wurde wieder aufgeschoben. Vielleicht könnte sie sich durch eine weitere kummervolle und schuldbeladene Nacht trinken.

»Es tut mir Leid, erneut zu stören«, sagte Banks, nachdem sich alle hingesetzt hatten. Er nieste, holte ein großes Taschentuch hervor und putzte seine Nase. »Entschuldigung. Ich fürchte, ich habe mir eine Erkältung zugezogen. Nun, ich will gleich zum Thema kommen. Ich sehe, dass Sie gerade mit dem Abendessen beschäftigt sind. Ich habe mich nur gefragt, ob Sie mir vielleicht heute die Wahrheit über gestern Abend erzählen wollen.«

Einen Augenblick lang war Rebecca völlig konsterniert darüber, dass Banks ohne Umschweife auf den Punkt kam. »Die Wahrheit?«, wiederholte sie.

»Ja. Sie sind eine schlechte Lügnerin, Mrs Charters. Und das können Sie als Kompliment nehmen.« Er schaute zu Daniel. »Als ich Ihren Mann gestern fragte, wo er gewesen wäre, als Sie den Schrei gehört haben, sind Sie ihm ein bisschen zu schnell mit einer Antwort zuvorgekommen.«

»Bin ich das?«

»Ja. Und dann fühlte er sich gezwungen, ebenfalls zu lügen, um Sie zu decken. In gewisser Weise ist das alles sehr bewundernswert, aber ich kann es nicht durchgehen lassen. Nicht, wenn ein totes, sechzehnjähriges Mädchen in der Eastvaler Leichenhalle liegt.«

Rebecca hatte es völlig die Sprache verschlagen. Was zum Teufel ging hier vor? Ihr Kopf drehte sich, sie suchte nach Worten, aber bevor sie irgendetwas sagen konnte, schaltete sich eine wesentlich ruhigere Stimme als ihre eigene ein.

»Chief Inspector«, sagte Daniel Charters, »das ist leider ganz und gar mein Fehler. Ich hätte Rebecca korrigieren müssen und die Lüge nie im Raum stehen lassen dürfen. Denn für eine Lüge gab es keinerlei Grund, glauben Sie mir. Ich habe nichts zu verbergen.«

Banks nickte. Er wartete auf mehr.

Daniel seufzte und fuhr fort: »Ja, ich war nicht zu Hause, als meine Frau den Schrei hörte, aber ich kann Ihnen versichern, dass meine Abwesenheit absolut nichts mit dem Mord an dem armen Mädchen zu tun hatte.«

»Wo waren Sie?«, fragte Banks.

Rebecca bemerkte, wie Daniel einen Augenblick nachdenklich seine Lippen zusammenpresste. »Das möchte ich lieber nicht sagen.«

»Es würde uns sehr helfen, wenn wir Ihre Aussage überprüfen könnten.«

Daniel schüttelte den Kopf. »Leider bin ich nicht dazu in der Lage, mein Alibi zu beweisen, selbst wenn ich es Ihnen erzähle.«

»Sie könnten es *uns* versuchen lassen.«

Er lächelte traurig. »Das ist nett von Ihnen, aber …«

An der Tür klingelte es wieder.

»Ich gehe«, sagte Rebecca.

»Wer auch immer es ist«, sagte Daniel zu ihr, »sieh zu, dass du ihn loswirst.«

Rebecca ließ die beiden allein und öffnete die Eingangstür. Patrick Metcalfe stand vor ihr. Er sah aus, als wäre er seit Stunden ohne Mantel durch den Regen gelaufen.

»O mein Gott!«, rief Rebecca und versuchte, die Tür zu schließen. »Bitte, geh weg. Verstehst du nicht, dass du schon genug Ärger angerichtet hast?«

»Lass mich rein, Rebecca. Ich möchte mit euch beiden sprechen. Ihr müsst mich anhören.«

Er drückte gegen die Tür, und Rebecca war nicht kräftig genug, um sie zurückzuschieben. Plötzlich hörte sie Banks' ruhige Stimme hinter sich. »Warum lassen Sie ihn nicht herein, Mrs Charters? Wer auch immer es ist. Je mehr, desto besser.«

II

Um halb sieben war selbst Barry Stott wo weit, Feierabend zu machen. Erst hatte es so ausgesehen, als würde der Nieselregen aufhören, doch als es dunkel wurde, hatte er sich zu einem regelrechten Wolkenbruch entwickelt, und mittlerweile waren sowohl Stott als auch Sergeant Hatchley bis aus die Knochen durchnässt. Auch der beste Regenmantel und die solidesten Schuhe – und Stotts Sachen waren von hervorragender Qualität – konnten dem Regenguss nicht mehr trotzen. Wenn nur Jelačić aufgegeben und gestanden hätte, anstatt stur seine Unschuld zu beteuern, wie Banks erzählt hatte, ja dann wäre das Leben wesentlich einfacher gewesen.

Sie zeigten das auf Alfs Beschreibung basierende Phantombild des Polizeizeichners, dessen Herstellung eine furchtbar langwierige und frustrierende Angelegenheit gewesen war, in den Geschäften herum, die etwas abseits der Kendal Road lagen. Der Zeitungshändler hatte niemanden gesehen, der Lebensmittelladen war geschlossen, und die Friseuse ließ sich lang und breit darüber aus, in welch traurigem Zustand das Äußere des Verdächtigen war, gab jedoch an, montags geschlossen zu haben und an den anderen Tagen keinen Fremden gesehen zu haben, der sich in der Gegend herumgetrieben hätte.

Wie die meisten Teestuben in Yorkshire hatte auch die in der Kendal Road zur Teestunde geschlossen, aber das Peking Moon, das chinesische Restaurant nebenan, hatte gerade aufgemacht. Es war, wie Hatchley erklärte, ein recht teures und feines chinesisches Restaurant und kein Lokal, in dem sich die Jugendlichen am Freitagabend schnell ein Chop Suey holten, nachdem sie einen über den Durst getrunken hatten.

»Ich frage mich, warum sie nicht den Namen geändert haben«, sagte Sergeant Hatchley, als sie sich der Tür näherten. »Heißt Peking heute nicht Beijing? Eine echter Chinese findet sich ja gar nicht zurecht, wenn er das Schild sieht.«

Stott wandte sich an Hatchley, bevor der die Tür aufschob. »Ich weiß genau, was Sie denken, Sergeant. Und Sie können es vergessen. Wir werden hier nichts essen. Auf keinen Fall. Verstanden?«

Hatchley sah gekränkt aus. »Habe nicht im Entferntesten dran gedacht, Sir. Ich mag chinesisches Essen gar nicht. Das hält nicht lange vor. Wenn ich chinesisch esse, habe ich nach zehn Minuten schon wieder Hunger.«

»Gut. Solange wir beide uns verstehen …«

Als sie hineingingen, klingelte die Glocke über der Tür. Wie in vielen chinesischen Restaurants war die Einrichtung einfach und wohnlich, an den Wänden hingen eine Reihe antiker chinesischer Landschaften, auf denen winzige menschliche Figuren von mit Nadelbäumen bedeckten Bergen überragt wurden, und auf den Tischen lagen schlichte rote Decken. Im Hintergrund spielte leise eine klimpernde Musik. So leise, dass Stott nicht sagen konnte, ob es Pop oder klassische Musik war. Oder chinesische.

Ein Kellner in einem weißen Jackett kam auf sie zu. »Jim, altes Haus! Was kann ich für dich tun?«, fragte er trotz seiner asiatischen Augen und seiner dunklen Hautfarbe mit einem waschechten Cockneyakzent.

»Detective Inspector Stott – und das ist Um Lei Tung«, stellte Hatchley die beiden einander vor. Er lachte und der Kellner fiel in sein Lachen ein.

Stott brodelte innerlich und seine Wut verwandelte sich wie immer schnell von Feuer zu Eis.

»War nur ein Witz, Sir«, fuhr Hatchley fort. »Sein Name ist Joe Sung. Er hat die Neonlichter von Whitechapel für die grünen Weiden von Eastvale eingetauscht. Joe wollte auch einmal Polizist werden, Sir, aber ich konnte ihn davon überzeugen, dass er besser daran täte, in seiner Branche zu bleiben. Seinem Vater gehört der Laden. Eine kleine Goldgrube.«

»Vielleicht überlegen Sie es sich noch einmal anders«, sagte Stott lächelnd und schüttelte Joes Hand. »Wir brauchen … äh … eine ethnisch gemischte Polizei. Besonders in Yorkshire.«

»Genau«, sagte Hatchley. »Ich habe ihm gesagt: ›Du weißt nicht, was schlimmer ist, die Vorurteile oder die Überheblichkeit.‹«

Joe lachte.

Erneut fühlte Stott die Wut in sich aufsteigen und begann zu frieren. Ignoranten wie Hatchley symbolisierten alles, was bei der heutigen Polizei im Argen lag. Aber die Tage von Typen wie ihm waren gezählt. »Dürften wir Ihnen ein paar Fragen stellen?«, sagte er zu Joe Sung.

»Nur zu, Kumpel.« Joe deutete in das leere Restaurant. »Ihr seht ja, dass nichts los ist. Hier, haut euch hin.« Er bedeutete ihnen, sich mit ihm an einen der Tische zu setzen.

»Denken Sie daran, was ich gesagt habe, Sergeant«, zischte Stott Hatchley ins Ohr, als sie ihm folgten. »Das hier ist nicht schon wieder eine Essenspause.«

»Nein, Sir.« Doch Hatchley nahm gleich den Aschenbecher auf dem Tisch als Einladung, sich eine Zigarette anzustecken.

»Worum geht's?«, fragte Joe, nachdem sie sich hingesetzt hatten. »Offizieller Besuch? Wegen des Mordes?«

»Ja«, bestätigte Stott.

Joe schüttelte den Kopf. »Schreckliche Sache. Ich kannte das Mädchen.«

»Sie kannten sie?«

»Nun ja, nicht wirklich. Ich habe nicht mit ihr gesprochen oder so. Aber sie hat hier mit ihren Freundinnen gegessen. Ich traute meinen Augen nicht, als ich das Foto in der *Evening Post* gesehen habe.«

Stott wusste nicht, wie es passiert war, aber plötzlich stand eine Vorspeisenplatte vor ihnen auf dem Tisch: Frühlingsrollen, Knoblauchgarnelen, Fleischbällchen. Stott bemerkte nur noch den sich entfernenden Rücken eines anderen Kellners. Er hatte nichts gehört. Hatchley nahm eine Garnele und steckte sie zwischen zwei Zigarettenzügen in den Mund.

»Wann hat sie hier gegessen?«, fragte Stott.

»Sie kamen ab und zu her. Eine Gruppe Mädchen von der Schule. Vielleicht haben sie die monatlichen Schecks von ihren Vätern auf den Kopf gehauen. Auf jeden Fall waren sie normalerweise ruhig, haben keinen Ärger gemacht und auch nicht erwartet, dass sie Bier bekommen. Sie war ein oder zwei Mal dabei, diese Deborah Harrison, die ermordet wurde. Ich habe sie wiedererkannt.«

»Können Sie uns etwas über das Mädchen erzählen?«

»Nee, eigentlich nicht. Außer dass sie ein echt gut aussehendes Mädchen war. Deshalb habe ich mich auch gleich an sie erinnert.«

»Ist Ihnen jemals aufgefallen, dass jemand ein ungewöhnliches Interesse an ihr zeigte? Oder an den anderen Mädchen von St. Mary's?«

»Tja, manchmal sind sie schon angestarrt worden. Unter ihnen gibt es ein paar echte Granaten und ein Mädchen in Schuluniform hat immer etwas. – Tut mir Leid. Das war geschmacklos.«

»Überhaupt nicht, Joe«, beruhigte ihn Hatchley. »Ich weiß, was du meinst, und ich bin mir sicher, der Inspector weiß es auch.«

Stott sagte nichts. Wie durch ein Wunder hatten sich drei Flaschen Bier und drei Gläser auf dem Tisch eingefunden.

»Um das Essen runterzuspülen«, sagte Joe grinsend. »Geht aufs Haus.«

Stott ignorierte das Bier. Hatchley nahm eine Flasche und ignorierte das Glas. Soll er trinken, dachte Stott. Meinetwegen. Er selbst würde das Bier nicht anrühren. Hatchley musste man nur den kleinen Finger reichen und er nahm die ganze Hand. Wenn er nur in Chief Inspector Banks nicht so einen starken Verbündeten hätte! Diese Beziehung konnte Stott überhaupt nicht verstehen. Banks machte doch den Eindruck eines intelligenten, zivilisierten Polizisten. Was fand er bloß an einem Rüpel wie Hatchley?

Im Moment musste Stott allerdings an wichtigere Dinge denken als an Hatchleys Ess- und Trinkgewohnheiten. »Sie haben also nichts Ungewöhnliches an dem Mädchen bemerkt und niemand hat ein ungebührliches Interesse an ihr oder ihren Freundinnen gezeigt?«, fragte er.

»Richtig«, antwortete Joe. »Alles im Rahmen.«

»Hat sie hier mal jemanden getroffen? Jemand anderes als ihre Schulfreundinnen?«

»Nein. Sie kamen und gingen immer als Gruppe. Jungens waren nie dabei, wenn Sie darauf hinauswollen. Zu nah an der Schule, wenn Sie mich fragen. Man kann ja nie wissen, ob einer der Lehrer reinkommt und sie erwischt. Die essen nämlich auch manchmal hier.«

Stott warf Hatchley einen Blick zu, der das Phantombild des Fremden im Nag's Head hervorzog. »Haben Sie den Mann schon einmal gesehen?«, fragte er.

Joe starrte das Bild an und schüttelte den Kopf. »Abgesehen vom Haar sieht es ihm nicht besonders ähnlich«, sagte er, »aber erst gestern Abend war ein Kerl hier, der ein bisschen so aussah.«

Stotts Puls begann zu rasen. »Was hat er angehabt?«

»Einen orangefarbenen Anorak.«

»Groß?«

»Ja, ziemlich. Bestimmt über einsachtzig.«

»Um wie viel Uhr kam er herein?«

»So um halb sieben. Ich erinnere mich, weil er zu der Zeit der einzige Gast war. Fürchterlicher Abend!«

Die Zeit passte, dachte Stott und spürte, wie seine Aufregung wuchs. Der Mörder hatte ein paar Gläser im Nag's Head getrunken, Deborah Harrison umgebracht und war dann zum Abendessen hierher gekommen.

»Hat er etwas Ungewöhnliches gesagt oder getan?«

»Er schien ein bisschen unruhig zu sein. Ich habe gesehen, wie er ab und zu vor sich hin gemurmelt hat.«

»Haben Sie gehört, was er sagte?«

»Nein.«

»Wer hat ihn bedient?«

»Ich. Wegen des Nebels haben wir nur mit kleiner Belegschaft gearbeitet. Er hatte auf jeden Fall ordentlich Hunger. Als Vorspeise wählte er Frühlingsrollen, dann hat er Rindfleisch orange *und* Sezuan-Garnelen bestellt, dazu eine Schüssel Reis und ein Pint Lager. Und er hat alles aufgegessen.«

»Haben Sie mit ihm gesprochen?«

»Nur als ich seine Bestellung aufnahm. Er hat keinen gesprächigen Eindruck gemacht, deshalb habe ich ihn in Ruhe gelassen. In der Gastronomie lernt man schnell, wer reden und wer einfach seine Ruhe will. Dieser Kerl wollte in Ruhe gelassen werden.«

Stott sah die für ihn gedachte Bierflasche in Hatchleys Hand verschwinden. Er überging es. »Ist Ihnen sonst noch etwas an ihm aufgefallen?«

»Ja. Er hatte einen kleinen Schnitt, gleich hier, auf seiner linken Wange.« Joe berührte die Stelle an seiner eigenen Wange.

Stott konnte seine Aufregung kaum im Zaum halten. Laut Obduktionsbericht war unter dem Fingernagel des Mittelfingers von Deborah Harrisons rechter Hand Haut und Gewebe gefunden worden. Sie hatte ihren Angreifer gekratzt. Es konnte sich nur um Jelačić handeln. »Wie lange ist er geblieben?«, fragte Stott.

»Nur solange es dauerte, zu bestellen und zu essen. Ungefähr eine Dreiviertelstunde.«

»War er mit einem Wagen hier?«

»Wenn, dann habe ich ihn nicht gesehen. Aber irgendwie hatte ich den Eindruck, dass er zu Fuß unterwegs war. Ich meine, wer fährt bei dem Wetter los, nur um allein chinesisch essen zu gehen? So gut das Essen hier auch ist. Ich würde mir telefonisch etwas bei einem Außerhausservice bestellen und es mir bringen lassen.«

»Guter Punkt«, sagte Stott. »Haben Sie gesehen, wohin er gegangen ist?«

»Leider nicht.«

Aus dem Augenwinkel bemerkte Stott, wie die letzte Frühlingsrolle zwischen zwei Wurstfingern verschwand.

»Haben Sie den Mann vorher schon einmal gesehen?«, fragte er.

Joe schüttelte den Kopf.

Stott lächelte. »Seinen Namen hat er nicht zufällig erwähnt, oder?«

Joe grinste zurück. »Tut mir Leid. Seine Adresse auch nicht. Nein. Wie gesagt, manche Gäste sind gesprächig, aber dieser war es nicht.« Er hielt inne. »Aber da fällt mir was ein.«

»Was?«

Joe stand auf. »Wenn mich mein Gedächtnis nicht täuscht, hat er mit Karte gezahlt. Dadurch müsste man seinen Namen rauskriegen. Die Belege der letzten Tage habe ich noch. Soll ich mal nachschauen?«

Stott schickte ein stilles Dankesgebet an Gott.

Joe kam mit einem Bündel Visabelege zurück und begann sie durchzugehen. »Der nicht, der nicht ... nein ... nein. Ja. Das ist er.« Er reichte ihn weiter.

Gespannt nahm Stott den Papierstreifen, doch sobald er ihn betrachtete, sank seine Laune. Die Unterschrift war ein unlesbares Durcheinander aus Schlaufen und Schnörkeln. Doch auf der oberen linken Ecke war der Name ganz deutlich gedruckt. Und es war nicht der von Ive Jelačić.

Neben ihm hörte er das Glucksen einer sich leerenden Bierflasche, gefolgt von einem durchdringenden Rülpser.

III

»Schön«, sagte Banks. »wo wir uns jetzt alle wieder ein bisschen beruhigt haben, können wir vielleicht Wahrheit oder Pflicht spielen. Und ich sage Ihnen, Sie sollten es als Ihre Pflicht betrachten, mir jetzt die Wahrheit zu erzählen. Verstanden?«

Die drei blassen, unglücklich dreinschauenden Menschen im kühlen Wohnzimmer des Pfarrhauses nickten unisono. Das braun-weiße Bündel vor dem Kamin kratzte sich kurz und verfiel dann wieder in einen reglosen Schlaf.

Kaum war Banks in der Diele aufgetaucht, hatte Patrick Metcalfe versucht, sich aus dem Staub zu machen. Vielleicht glaubte er, die Kraft seiner Liebe könnte betrogene Ehemänner bezwingen, aber er musste gewusst haben, dass er keine Chance gegen den langen Arm des Gesetzes hatte. Als er sich umdrehte, um wegzulaufen, rutschte er auf der Türschwelle aus und stürzte drei Steinstufen hinab auf den Gartenpfad, wo er im Regen der Länge nach auf die abgewetzten Platten fiel und sich fluchend das Knie hielt. Mit festem Griff half ihm Banks ins Haus und setzte ihn in einen der Sessel.

Jetzt saß er mit klatschnassem Haar da und machte ein mürrisches Gesicht. Bei seiner schlaksigen Statur und den eingefallenen Wangen fiel es ihm nicht schwer, die Leidensmiene aufzusetzen. Unaufhörlich warf er Rebecca Charters mit seinen rührseligen Augen bedeutungsschwangere Blicke zu, doch sie wendete sich ab.

Rebecca hatte die Weinflasche aus der Küche geholt und ihr Glas erneut gefüllt. Allmählich wurde ihr Blick etwas verschwommen. Daniel Charters saß mit einem permanenten, in seine hohe Stirn gemeißelten Runzeln und dem Zucken neben seinem linken Auge einfach da, die Beine übereinander geschlagen, während sein Gesicht ständig blasser wurde, und sah aus wie ein alter Mann, dem die letzte Stunde geschlagen hat.

»Na gut, Mr Charters«, sagte Banks. »Bevor wir so unhöflich unterbrochen wurden, wollten Sie mir gerade erzählen, wo Sie gestern Abend gewesen sind.«

»Er war bei mir«, platzte der Neuankömmling heraus.

»Und Sie sind?«

»Patrick Metcalfe. Ich bin Geschichtslehrer an der St.-Mary's-Schule.«

»Sie kannten also Deborah Harrison?«

»*Kennen* ist zu viel gesagt. Sie hatte letztes Jahr Geschichte bei mir.«

»Und Sie behaupten, Mr Charters war gestern Abend bei Ihnen?«

»Ja.«

»Um wie viel Uhr ist er gekommen?«

Metcalfe zuckte mit den Achseln. »So um Viertel vor sechs. Ich hatte gerade vorgehabt, mir etwas zum Abendessen in die Mikrowelle zu schieben, und normalerweise esse ich so um sechs.«

»Stimmt das mit der Zeit, Mr Charters?«

Charters nickte bedrückt.

Banks wandte sich wieder an Metcalfe. »Wo wohnen Sie?«

»In einer der Schulwohnungen. Auf dem Gelände von St. Mary's.«

»Allein?«

»Ja. Allein.« Sehnsüchtig schaute Metcalfe Rebecca Charters an, die in ihr Weinglas starrte.

»Um wie viel Uhr ist Mr Charters gegangen?«, fragte Banks.

»Gegen zehn vor sechs. Er ist nicht länger als fünf Minuten geblieben. Er hat gemerkt, dass mich nicht interessierte, was er zu sagen hatte.«

Was bedeutete, dass Charters' Verbleib für den entscheidenden Zeitraum um sechs Uhr ungeklärt war. Banks konnte sehen, wie Rebecca bei der Information die Stirn runzelte. Sie hatte für ihren Mann gelogen, dann gab ihm jemand anderes eine Art Alibi, das sich auch gleich wieder in Luft auflöste. Wusste sie, wo er sich zwischen sechs Uhr und der Zeit, in der er nach Hause gekommen war, aufgehalten hatte?

Außerdem, dachte Banks, stand auch Patrick Metcalfe ohne Alibi da. Und Rebecca im Grunde ebenso; er hatte nur ihre Aussage, dass sie gegen sechs Uhr so etwas wie einen Schrei gehört hatte.

»Was haben Sie angehabt?«, fragte Banks Charters.

»Angehabt? Einen Mantel.«

»Farbe?«

»Beige.«

»Darf ich ihn sehen?«

Charters ging los und holte den Mantel aus dem Schrank in der Diele. Banks untersuchte ihn genau, konnte aber weder Blutspuren noch Erdflecken entdecken. »Haben Sie etwas dagegen, wenn ich ihn für weitere Untersuchungen mitnehme?«, fragte er. »Sie erhalten selbstverständlich eine Quittung.«

Charters schaute ihn erschrocken an. »Muss ich meinen Anwalt anrufen?«

»Nicht, wenn Sie nichts zu verbergen haben.«

»Ich habe nichts zu verbergen. Bitte. Nehmen Sie ihn mit.«

»Danke. Wohin sind Sie gegangen, nachdem Sie Mr Metcalfe verlassen hatten?«

»Ich hatte kein bestimmtes Ziel. Ich bin einfach umhergelaufen.«

»Wo?«

»Auf dem Schulgelände. Am Fluss.«

»Haben Sie jemanden gesehen?«

»Es waren ein paar Leute unterwegs, ja.«

»Auch auf oder nahe der Brücke?«

Er dachte einen Moment nach. »Ja«, sagte er. »Wenn ich

jetzt daran denke, habe ich tatsächlich jemanden gesehen. Als ich aus dem Haupttor der Schule kam und die Straße überquerte, ist vor mir ein Mann zur Brücke gegangen.«

»Konnten Sie ihn erkennen?«

»Nein. Er hielt auf der Brücke an und ich bin an ihm vorbeigegangen. Er hatte ungefähr meine Größe – eins sechsundachtzig – und er trug einen orangefarbenen Anorak. Das konnte ich von hinten sehen. Sein Haar war dunkel und ziemlich lang.«

»Sind Sie sicher, dass es ein Mann war?«

»Ja. Selbst im Nebel konnte ich das an seinem Gang erkennen. Es war irgendwie ... ich weiß nicht, wie ich es erklären soll ... aber ich bin mir absolut sicher, dass es ein Mann war.«

Da war der mysteriöse Fremde, von dem Stott und Hatchley im Nag's Head gehört hatten, also erneut gesichtet worden. Interessant. »Können Sie mir mehr über ihn erzählen?«

»Leider nicht«, erwiderte Charters. »Mir sind andere Dinge durch den Kopf gegangen.«

»Könnte es auch eine rote Windjacke anstelle eines orangefarbenen Anoraks gewesen sein?«

Charters runzelte die Stirn. »Könnte sein. So genau habe ich nicht darauf geachtet.«

»Ich hoffe, Ihnen ist klar, Mr Charters, dass Sie uns, wenn Sie weiterhin lügen, zudem eine möglicherweise wichtige Aussage unterschlagen.«

Charters sagte nichts.

»Wohin sind Sie dann gegangen?«, wollte Banks wissen.

»Ich bin ein Stückchen die North Market Street entlanggegangen und dann über die Constance Avenue zurück zum Fluss und nach Hause.« Er schaute Rebecca an und schaute dann wieder weg. »Aber als ich hier angekommen bin, wollte ich ... ich wollte nicht reingehen ... nicht gleich. Also bin ich noch gut zehn Minuten oder so weitergelaufen, dann umgekehrt und nach Hause gekommen.«

»Das ist alles?«

»Ja.«

»Sind Sie auch auf dem Friedhof gewesen?«

»Nein. Leider nicht. Vielleicht hätte ich dann den Mord an dem armen Mädchen verhindern können.«

»Um wie viel Uhr ist denn nun Ihr Mann nach Hause gekommen, Mrs Charters?«

»Er war schon zu Hause, als ich vom Friedhof kam.«

»Und da war es ungefähr Viertel vor sieben?«

»Ja.«

»Und was haben Sie getan, nachdem Mr Charters Ihre Wohnung verlassen hat?«, wollte Banks von Metcalfe wissen.

»Nichts Besonderes. Ich habe mein Abendessen warm gemacht. Ich habe daran gedacht, hierher zu kommen und dieser lächerlichen Farce ein Ende zu machen, aber dann habe ich es mir anders überlegt.«

»Welcher lächerlichen Farce?«

Einen Moment lang schwiegen alle drei, als wäre schließlich jemand zu weit gegangen und sie würden nun überlegen, wie sie das Ganze vertuschen könnten. Doch dann ergriff Daniel Charters das Wort. »Ich wollte mit Metcalfe sprechen, um ihn davon zu überzeugen, sich nicht mehr mit meiner Frau zu treffen«, erklärte er.

Banks schaute Metcalfe an. »Stimmt das?«

»Ja.«

»Und wie lautete Ihre Antwort?«

Metcalfe sah Charters höhnisch an. »Ich sagte ihm, dass mich sein Gerede nicht interessiert, dass es zu spät ist. Rebecca und ich lieben uns und wir werden zusammen weggehen.«

Banks schaute zu Rebecca. Sie hatte ihren Kopf gesenkt, so dass er ihren Gesichtsausdruck nicht sehen konnte, sondern nur eine Wand aus rotbraunem Haar, das ihr bis zu den Knien reichte. Ihr Weinglas stand seit einigen Minuten unberührt auf dem Tisch.

»Sag es ihm«, drängte Metcalfe sie. »Los, Rebecca! Sag ihm, dass es die Wahrheit ist. Erzähle ihm, was für eine Heuchelei diese Ehe ist, wie sie dich erstickt und dein wahres Wesen zerstört. Sag ihm, dass du deinen Ehemann nicht mehr …«

»Nein!«

»Was?«

Rebecca hob ihren Kopf und starrte Metcalfe an. Tränen der Wut funkelten in ihren dunklen Augen. »Ich sagte nein, Patrick.« Sie schien die Kontrolle über die Situation zu gewinnen, der Tränenfluss versiegte. Sie sprach mit leiser Stimme. »Ich habe bereits versucht, es dir zu erklären, aber du wolltest nicht zuhören. Du willst es nicht verstehen. Ich will mich gar nicht rechtfertigen. Was ich getan habe, war falsch. Furchtbar falsch.« Sie schaute ihren Mann an, der keine Regung zeigte, dann wieder Metcalfe. »Aber es ist allein meine Schuld, meine Sünde. Wenn ich nicht stark genug war, um zu meinem Mann zu halten, als er mich am meisten brauchte, wenn ich zugelassen habe, dass unsere Ehe durch Misstrauen und Argwohn vergiftet wird, dann ist das mein Fehler, meine Schuld. Aber ich werde sie nicht noch durch Lügen verschlimmern.«

Sie wandte sich an Banks. »Ja, Chief Inspector, ich hatte eine Affäre mit Patrick. Ich habe ihn Mitte des letzten Monats bei einer Abendgesellschaft kennen gelernt, die wir für das Kollegium und die Oberstufe der St.-Mary's-Schule veranstaltet haben. Er war charmant, interessant, leidenschaftlich und ich war von ihm begeistert. Daniel und ich steckten bereits in einer schwierigen Phase, wie Sie sich vielleicht vorstellen können, und während ich hätte stark sein müssen, war ich schwach. Ich bin nicht stolz auf mich; ich möchte nur, dass Sie wissen, dass ich Sie deshalb angelogen habe, weil ich befürchtete, zu viele Fragen würden genau zu einer solchen Situation führen, wie wir sie jetzt haben. Jetzt ist es passiert, und obwohl ich eine solche Situation unter allen Umständen vermeiden wollte, bin ich nun froh, glauben Sie mir. In letzter Zeit hat es in diesem Haus bereits viel zu viele Verdächtigungen gegeben. Ich kann nicht glauben, dass mein Mann etwas mit diesem Mord zu tun hat, und genauso wenig kann ich glauben, dass er zu dem fähig ist, was ihm dieser verleumderische Mann unterstellt.«

Sie wandte sich wieder an Metcalfe, die Tränen standen ihr noch in den Augen und befeuchteten die langen, dunklen Wimpern. »Wenn ich dir etwas Falsches versprochen habe, dann tut es mir Leid, Patrick. Das wollte ich nicht. Ich war einfach eine dumme Frau, die eine vorübergehende Ausflucht gesucht hat. Aber du warst nur eine Ablenkung. Ich wollte nicht, dass du dich in mich verliebst. Und ich glaube, wenn du ehrlich mit dir bist, musst du dir eingestehen, dass du überhaupt nicht in mich verliebt bist. Ich glaube, du bist nur in die Idee von der Liebe verliebt, aber du bist viel zu sehr mit dir selbst beschäftigt, um jemals einen anderen Menschen als dich selbst zu lieben.«

Metcalfe stand auf. »Das ist nicht wahr, Rebecca. Ich liebe dich wirklich. Merkst du nicht, wie du dich selbst belügst? Wenn du hier bleibst, wirst du verkümmern und sterben, bevor du ...«

Ein schriller Ton kam von einem der Sessel, und Banks sah, dass Daniel Charters sich zusammenkrümmte, den Kopf in seine Hände legte und zu weinen begann wie ein

Kind. Rebecca sprang auf und legte einen Arm um seine Schulter.

»Er steht ja nicht mal auf Frauen«, fuhr Metcalfe fort. »Du glaubst doch nicht …«

Banks nahm Charters' Mantel, packte Metcalfe am Kragen und schob ihn zur Haustür. Obwohl Metcalfe ein paar Zentimeter größer war als Banks, wehrte er sich kaum, sondern brummte nur etwas über die Brutaliät der Polizei.

Draußen schloss Banks die Tür hinter ihnen, führte Metcalfe den Pfad hinab und stieß ihn durch die Pforte auf den Weg am Fluss. »Hauen Sie ab!«, sagte er.

Grummelnd ging Metcalfe in Richtung Schule. Als er die Pforte schloss, schaute sich Banks noch einmal um und sah durch das Fenster Rebecca und Daniel. Rebecca drückte den Kopf ihres Mannes wie ein Baby an sich und streichelte sein Haar. Ihre Lippen bewegten sich, als würde sie ihn trösten.

Banks war mit dem Pfarrhaus noch nicht fertig, die beiden waren noch nicht aus dem Schneider, aber die Sache konnte warten. Als würde er die Erleuchtung suchen, schaute er hoch in den dunklen Himmel, spürte aber nur die kühlen Regentropfen auf seinem Gesicht. Er nieste. Dann richtete er seinen Kragen auf und machte sich entlang des Flusses auf den Weg zur Kendal Road Bridge.

SECHS

I

Owen Pierce hatte gerade eine Flasche Wein aufgemacht und die aufgewärmten Reste des Rindereintopfes vom Wochenende aus dem Ofen geholt, als es an der Tür klingelte.

Fluchend schob er den Eintopf zurück in den Ofen, um ihn warm zu halten, und trottete zur Wohnungstür. Durch die Milchglasscheibe am Ende des Flures konnte er zwei Gestalten erkennen: eine große, breite und eine kleinere, schlanke.

Als er die Tür öffnete, glaubte er im ersten Moment, es handele sich um Zeugen Jehovas oder Mormonen. Welche Leute in Anzügen klingeln sonst paarweise an der Tür? Aber diese beiden sahen etwas anders aus. Gut, der eine sah wie ein Bibelverkäufer aus – abstehende Ohren, Brille, adrett und sauber gekleidet –, aber der andere wirkte eher wie ein Schlägertyp.

»Mr Pierce? Mr Owen Pierce?«, fragte der Bibelverkäufer.

»Ja, das bin ich. Hören Sie, ich wollte gerade zu Abend essen. Was ist? Was wollen Sie? Wenn Sie Bibeln verkaufen …«

»Wir sind Polizeibeamte, Sir«, fuhr der Mann fort. »Mein Name ist Detective Inspector Stott und das ist Detective Sergeant Hatchley. Dürfen wir hereinkommen?« Sie zückten ihre Dienstausweise, und Owen trat beiseite, um sie hereinzulassen.

Kaum waren sie im Wohnzimmer, begann der große Typ herumzuschnüffeln.

»Hübsche Wohnung«, sagte Stott, während sein Partner im Zimmer herumstrich, Vasen hochnahm und einen Blick hineinwarf, Schubladen aufzog und Bücher inspizierte.

»Was soll denn das?«, meinte Owen. »Darf er hier einfach in meinen Sachen rumschnüffeln? Hier gibt es keine Drogen, wenn Sie danach suchen.«

»Kümmern Sie sich nicht um Sergeant Hatchley. Das ist so seine Art. Eine unersättliche Neugier.«

»Brauchen Sie dafür nicht einen Durchsuchungsbefehl?«

»Tja, Owen«, sagte Stott, »die Sache ist die: Wir könnten natürlich zum Staatsanwalt gehen und dort würden wir natürlich einen Durchsuchungsbefehl für Ihre Wohnung erhalten, aber das kostet eine Menge Zeit. Während ich mich um die Formalitäten kümmere, müsste Sergeant Hatchley hier bei Ihnen bleiben. Ich glaube, so ist es besser für alle Beteiligten. Sie haben ja auch nichts zu verbergen, oder?«

»Nein, nein, darum geht es nicht. Es ist nur ...«

»Gut«, unterbrach ihn Stott mit einem Lächeln. »Dann ist ja alles in Ordnung, oder?«

»Ich nehme an.«

»Was dagegen, wenn ich mich setze?«

»Fühlen Sie sich wie zu Hause.«

Stott setzte sich in einen Sessel neben dem imitierten Kamin und Owen nahm ihm gegenüber auf dem Sofa Platz. Auf der Glasplatte des Couchtisches zwischen ihnen stand ein halb leerer Becher Kaffee, daneben lagen ein paar unbezahlte Rechnungen und die neueste Ausgabe der *Radio Times*.

»Hören Sie«, sagte Owen, »ich fürchte, ich blicke nicht ganz durch. Worum geht es denn eigentlich?«

»Rein routinemäßige Ermittlungen, Sir. Sie haben da einen hässlichen Kratzer im Gesicht. Würden Sie mir sagen, woher Sie ihn haben?«

Owen legte eine Hand auf seine Wange. »Keine Ahnung«, erwiderte er. »Als ich heute Morgen aufgestanden bin, war er da.«

»Waren Sie gestern Abend in der Gegend von St. Mary's in Eastvale?«

»Lassen Sie mich nachdenken ... Ja, ich glaube, da war ich.« Er schaute kurz hinüber zu Hatchley, der ganz fasziniert von dem Druck von Renoirs *Badende* über dem Kamin zu sein schien.

»Weshalb?«

»Was? Entschuldigen Sie.«

»Achten Sie bitte im Moment gar nicht auf Sergeant Hatchley«, sagte Stott. »Schauen Sie mich an. Ich habe Sie gefragt, weshalb Sie in St. Mary's waren.«

Owen zuckte mit den Achseln. »Es gab keinen bestimmten Grund. Ich bin einfach spazieren gegangen.«

»Spazieren gegangen? Bei dem Wetter?«

»Also, wenn man sich vom Wetter bestimmen lässt, dann würde man in Yorkshire so gut wie nie spazieren gehen können, oder?«

»Trotzdem. St. Mary's ist ziemlich weit weg von hier.«

»Nicht mehr als fünf Kilometer – eine Strecke. Und der Weg am Fluss entlang ist sehr schön. Selbst im Nebel.«

Hatchley fischte eine Ausgabe des *Playboy* aus dem Zeitungsständer und hielt sie hoch, um sie Stott zu zeigen. Stott runzelte die Stirn und nahm das Magazin in die Hand. Auf dem Cover war eine wohl proportionierte Blondine in einem knappen rosafarbenen Spitzenslip mit schwarzem

Rand, einem kurzen Unterrock, Strumpfhosen und Strapsen zu sehen. Sie kniete auf einem Sofa und ihr Hintern war dem Betrachter zugewandt. Auch ihr Gesicht blickte in die Kamera: glänzende rote Lippen, Augen in einem unmöglichen Grünton, ein etwas vernebelter Blick, als wäre sie gerade aus einem tiefen Schlaf erwacht. Ein schmaler Träger war über ihren rechten Oberarm gerutscht.

»Den habe ich gekauft, weil ich einen der Artikel lesen wollte«, sagte Owen und spürte, wie er rot wurde. Er war zwar nicht mit etwas Abartigem oder Perversem erwischt worden, aber immerhin mit etwas Niveaulosem, das seiner Intelligenz nicht gerecht wurde und eigentlich unter seiner Würde war. »Der *Playboy* ist ja nicht illegal. Den können Sie bei jedem Zeitungshändler kaufen. Das ist keine Pornografie.«

»Das ist Ansichtssache, Sir«, entgegnete Stott. Mit Daumen und Zeigefinger, als würde er etwas in den Mülleimer fallen lassen, reichte er das Magazin zurück an Hatchley.

»Und hier sind Videobänder, die, den Titeln nach zu urteilen, voller Sexkram sind, Sir«, verkündete Hatchley. »Einer heißt *Hitzefrei*. Außerdem sollten Sie mal einen Blick auf manche Posen in diesen so genannten Kunstbüchern werfen.«

»Ich bin Amateurfotograf«, sagte Owen. »Das ist mein Hobby. Was erwarten Sie denn? Geht es darum? Pornografie? Denn dann …«

Stott winkte ab. »Nein«, sagte er. »Das spielt eigentlich keine Rolle. Aber es könnte wichtig sein. Wir werden sehen. Wohnen Sie hier allein, Mr Pierce?«

»Ja.«

»Welcher Arbeit gehen Sie nach?«

»Ich bin Dozent an der Berufsfachschule in Eastvale. Für Englisch.«

»Waren Sie mal verheiratet?«

»Nein.«

»Freundinnen?«

»Manchmal.«

»Aber mit denen lebten Sie nicht zusammen?«

»Nein.«

»Videos und Magazine bieten Ihnen genug Befriedigung, was?«

»Jetzt hören Sie mal ...«

Stott hob seine Hand. »Tut mir Leid«, sagte er. »Tut mir Leid, das hätte ich nicht sagen dürfen. Das war geschmacklos von mir. Unpassend.«

Warum konnte Owen ihm die Entschuldigung nicht ganz abnehmen? Er hatte den starken Verdacht, dass Stott die Bemerkung allein deshalb gemacht hatte, um ihn aus der Reserve zu locken. Er hoffte, die Prüfung bestanden zu haben, auch wenn er keine Ahnung hatte, was eigentlich dahinter stand. Allmählich fühlte er sich immer mehr wie Joseph K. in Franz Kafkas *Prozess* und rutschte nervös auf dem Sofa umher. »Warum wollen Sie das alles wissen?«, fragte er erneut. »Sie wollten mir doch sagen, worum es geht.«

»Wollte ich das? Gut, würden Sie uns zuerst einmal erlauben, schnell einen Blick auf die restliche Wohnung zu werfen? Dann müssen wir vielleicht nicht wiederkommen.«

»Bitte«, sagte Owen und begleitete sie, als sie sich an die Arbeit machten. Es war keine gründliche Durchsuchung, und Owen hatte das Gefühl, dass er sich, indem er ihnen die Erlaubnis gegeben hatte, eine Menge Ärger erspart hatte. Im Fernsehen hatte er gesehen, was Durchsuchungsteams in einer Wohnung anrichten konnten. In die Schlafzimmer, von denen eines vollständig leer stand, warfen sie nur einen flüchtigen Blick und schauten in seiner Kommode und im Kleiderschrank nach. Im Arbeitszimmer bewunderte

Stott das Aquarium mit den Tropenfischen, während Hatchley natürlich durch Owens Fotoarchiv stöberte und die schwarz-weißen Aktstudien von Michelle fand. Er zeigte sie Stott, der die Stirn runzelte.

»Wer ist das?«, wollte Stott wissen.

Owen zuckte mit den Achseln. »Nur ein Modell.«

»Wie ist ihr Name?«

»Tut mir Leid, daran kann ich mich nicht erinnern.«

»Sie sieht sehr jung aus.«

»Sie war zweiundzwanzig, als die Fotos gemacht wurden.«

»Mmmh, nicht jünger?«, murmelte Stott und reichte die Fotos zurück an Hatchley. »Wahrscheinlich künstlerische Freiheit. Entdecken Sie eine Ähnlichkeit, Sergeant?«, fragte er Hatchley.

»Ja, Sir, tue ich.«

»Ähnlichkeit mit wem?«

»Was dagegen, wenn wir diese Fotos auch mitnehmen?«, fragte Stott.

»Ja, ich habe etwas dagegen. Das sind die einzigen Abzüge, die ich besitze, und die Negative habe ich verloren.«

»Verstehe, Sir. Sie wollen sie aus sentimentalen Gründen behalten. Wir werden gut auf die Bilder aufpassen. Aber Sekunde ... sagten Sie nicht gerade, sie wäre nur ein Modell gewesen?«

»Ja, das sagte ich. Und ich sagte nicht, dass ich sie aus sentimentalen Gründen behalten will. Sie gehören in meine Mappe. Für Ausstellungen und solche Zwecke.«

»Aha, verstehe. Dürften wir dann vielleicht wenigstens ein Bild davon mitnehmen?«

»Meinetwegen. Wenn es sein muss.«

Hatchley blätterte durch ein paar weitere Kunstbände, die auf einem Regal über dem Archivschrank standen. Einer von ihnen widmete sich erotischer Kunst aus Japan, und auf der Seite, die er aufschlug, war eine Kohlezeichnung von zwei jungen, eng umschlungen auf einem Bett liegenden Mädchen zu sehen. Die beiden hatten sich entweder das Schamhaar rasiert oder sie waren so jung, dass ihnen noch keines gewachsen war. Schwer zu sagen. Er hielt Stott das Bild unter die Nase.

»So ähnlich wie die Bücher in dem anderen Zimmer, Sir«, sagte er.

Stott rümpfte die Nase.

»Und einige von den Romanen, die er liest, standen mal auf dem Index«, fuhr Hatchley fort. »*Lady Chatterley, Naked Lunch, Ulysses, Das Venusdelta*, ein bisschen was von De Sade ...«

»Gott im Himmel!«, unterbrach ihn Owen. »Ich glaube es nicht. Ich bin Englischlehrer, Sie verdammter Ignorant! Davon lebe ich.«

»Jetzt hören Sie mir mal zu, Kumpel«, sagte Hatchley und baute sich vor ihm auf. »Der letzte Kerl, der so mit mir geredet hat, hatte einen hässlichen Unfall im Treppenhaus des Polizeireviers.«

»Wollen Sie mir drohen?«

Hatchley schob sein Kinn vor. »Das können Sie verstehen, wie Sie wollen.«

»Hören Sie auf, Sergeant!«, schaltete sich Stott ein. »Ich werde nicht zulassen, dass Sie auf diese Weise mit einem Mitglied der Öffentlichkeit reden. Entschuldigen Sie sich auf der Stelle bei Mr Pierce.«

»Ja, Sir«, erwiderte Hatchley. Er schaute Pierce an und sagte: »Entschuldigen Sie, Sir.«

»Wenn Sie mich fragen«, sagte Owen, »sind Sie beide diejenigen, die hier pervers sind. Wie Hexenjäger, die überall das Werk des Teufels sehen.«

»Vielleicht ist es auch überall«, entgegnete Stott ruhig. »Haben Sie jemals darüber nachgedacht?«

»Es ist nur schwer zu glauben, dass heutzutage immer noch jemand glaubt, *Lady Chatterley* und *Ulysses* seien anstößige Bücher.«

Sie nahmen wieder im Wohnzimmer Platz. »Warum erzählen Sie mir jetzt nicht einfach alles, was Sie gestern Abend in St. Mary's getan haben«, sagte Stott. »Sergeant Hatchley wird mitschreiben. Keine Eile. Lassen Sie sich Zeit.«

Owen erzählte ihnen von seinem Spaziergang, von den Drinks im Nag's Head, vom Essen im Peking Moon und seinem Heimweg. Während er sprach, schaute ihn Stott direkt an. Das ernste, dreieckige Gesicht zeigte keine Regung und in den Augen lag ein kalter Blick. Die Ohren des Mannes hätten Owen fast zum Lachen gebracht, aber er riss sich zusammen. Der große Kerl, Hatchley, kritzelte in ein Notizbuch mit Spiralbindung. Owen war überrascht, dass er überhaupt schreiben konnte.

»Haben Sie die Angewohnheit, Selbstgespräche zu führen, Mr Pierce?«, fragte Stott, als er fertig war.

Owen errötete. »Ich würde es nicht gerade Selbstgespräche nennen. Manchmal bin ich einfach in Gedanken verloren und vergesse, dass andere Leute in der Nähe sind. Passiert Ihnen das nie?«

»Nein«, sagte Stott. »Das passiert mir nie.«

Nachdem sie ihn gebeten hatten, ein oder zwei wahllose Punkte noch einmal zu erläutern, klappte Hatchley schließlich sein Notizbuch zu und Stott stand auf. »Das wäre im Moment alles«, erklärte er.

»Im Moment?«

»Vielleicht müssen wir noch einmal mit Ihnen sprechen. Keine Ahnung. Zuerst müssen wir ein paar Dinge überprüfen. Haben Sie etwas dagegen, wenn wir auf dem Weg nach draußen einen Blick in den Schrank im Flur werfen?«

»Weshalb?«

»Routine.«

»Bitte schön. Ich kann Sie wahrscheinlich sowieso nicht davon abhalten.«

Stott und Hatchley durchsuchten die Reihe der Mäntel und Jacken und zogen Owens neuen orangefarbenen Anorak heraus. »Haben Sie den gestern Abend getragen?«

»Ja, habe ich. Aber ...«

»Und diese Schuhe?«

»Ja, die auch. Hören Sie ...«

»Was dagegen, wenn wir die Sachen mitnehmen, Sir?«

»Aber warum?«

»Ausschlussverfahren.«

»Sie meinen, es könnte helfen, diese Sache aufzuklären?«

Stott lächelte. »Ja, das könnte es. Wir werden sie Ihnen, so bald wir können, zurückbringen. Könnten Sie mir wohl eine Plastiktüte geben, während der Sergeant Ihnen eine Quittung ausstellt?«

Owen holte einen Mülleimerbeutel aus der Küche und beobachtete, wie Stott die Schuhe und den Anorak hineinsteckte, während Hatchley die Quittung ausstellte. Dann nahm er den Papierstreifen entgegen und unterzeichnete einen Beleg, der die Sachen als seine deklarierte.

Stott wandte sich an Hatchley. »Dann gehen wir mal lieber wieder, Sergeant«, sagte er. »Wir haben bereits genug von Mr Pierce' kostbarer Zeit geraubt.«

Hatchley nahm den Plastikbeutel, während Stott das Foto in seine Aktentasche steckte, dann gingen beide zur Tür.

»Wollen Sie mir nicht verraten, worum es eigentlich geht?«, fragte Owen erneut, als er die Wohnungstür für sie öffnete. Es regnete immer noch.

Stott drehte sich stirnrunzelnd um. »Das ist das Merkwürdige an der Sache, Owen«, erklärte er. »Dass Sie das nicht wissen.« Dann schüttelte er langsam den Kopf. »Wer würde glauben, dass Sie keine Zeitungen lesen? Das ist merkwürdig für einen gebildeten Mann, wie Sie es sind.«

II

Tracys Zimmer, erleuchtet von einer abgedunkelten Tischlampe, war genau wie das von Deborah Harrison ein typisches Teenagerzimmer mit Postern von Popstars an den Wänden, einem tragbaren Kassettenrecorder, einem schmalen, normalerweise ungemachten Bett und auf dem ganzen Boden verstreuten Klamotten.

In Tracys Zimmer stand zudem ein Schreibtisch vor einer Wand und in ihren Regalen hatte sie vielleicht mehr Bücher als die meisten Mädchen ihres Alters. Sie deckten die gesamte Skala von Kenneth Grahames *Der Wind in den Weiden* bis zur *Pelican-Weltgeschichte* ab. Eine Sammlung Puppen und Teddybären saß auf dem untersten Brett des Bücherregals; sie erinnerten Banks immer daran, dass seine Tochter der Kindheit noch gar nicht so lange entwachsen war. Eines Tages würden sie verschwinden, so wie die meisten seiner eigenen Spielzeuge: das Fort mit den Soldaten, die elektrische Hornby-Eisenbahn, der Meccano-Modellbaukasten. Er hatte keine Ahnung, wohin die Sachen verschwunden waren. Gemeinsam mit seiner kindlichen Unschuld.

Tracy lag in schwarzen Leggings und einem schlampigen Sweatshirt auf dem Bett. Sie sah aus, als hätte sie geweint. Als Banks im Büro die Nachricht von seiner Frau Sandra erhalten hatte, dass Tracy bedrückt war und mit ihm reden wollte, war er geradewegs nach Hause geeilt.

Jetzt saß Banks auf der Kante des Bettes und streichelte das Haar seiner Tochter, das zum Pferdeschwanz zurückgebunden war. »Was ist denn, Liebes?«, fragte er.

»Du hast mir nichts erzählt«, klagte Tracy. »Gestern Nacht.«

»Meinst du von dem Mord?«

»Ja. Ach, schon gut. Ich weiß, warum du mir nichts erzählt hast.« Sie schniefte. »Du wolltest mich schonen. Das kann ich dir nicht übel nehmen. Ich bin nicht böse auf dich oder so. Aber ich wünschte, du hättest es mir erzählt. Dann wäre es nicht so ein Schock gewesen, als in der Schule alle Mädchen damit anfingen.«

»Tut mir Leid«, sagte Banks. »Ich wusste, dass du es am Ende herausfinden würdest und dass es dich bedrücken würde. Wahrscheinlich habe ich nur versucht, dich noch einmal friedlich schlafen zu lassen, bevor du dich damit auseinander setzen musst. Vielleicht war es egoistisch von mir.«

»Nein. Wirklich nicht. Es ist in Ordnung.«

»Was ist denn dann los?«

Tracy schwieg einen Moment. Von unten hörte Banks Lachen und Musik. »Ich kannte sie«, sagte sie schließlich.

»Wen?«

»Deborah Harrison. Ich kannte sie.«

Abgesehen davon, dass beide attraktive blonde Teenager waren, waren Tracy und Deborah ungefähr so weit voneinander entfernt, wie man es durch Herkunft und Schichtzugehörigkeit nur sein konnte. Deborah hatte die teure Eliteschule von St. Mary's besucht, wo sie sorgsam auf Oxford oder Cambridge vorbereitet worden war, während Tracy auf die Gesamtschule von Eastvale ging, wo sie sich ihren Weg durch überfüllte Klassen, massive Teilnahmslosigkeit und unfähige Lehrer kämpfen musste, um ein einigermaßen vernünftiges Abitur zu machen, mit dem sie nur auf eine unbedeutende Universität würde gehen können. Und jetzt behauptete Tracy, dass sie Deborah kannte.

»Woher?«, fragte er.

Tracy richtete sich auf und setzte sich im Schneidersitz aufs Bett. Die Daunendecke zog sie wie einen Schal über ihre Schultern. »Du darfst aber nicht böse auf mich sein, Dad, ja? Versprochen?«

Banks lächelte. »Ich habe das Gefühl, dass mir das nicht gefallen wird, aber ich gebe dir mein Wort.«

Tracy holte tief Luft. »Es war im Sommer«, beichtete sie dann. »Ein paar Mal hing ich mit den Leuten im Swainsdale-Center am Busbahnhof herum.«

»Du hingst mit diesen Halbstarken herum? Himmelherrgott! Tracy, ich ...«

»Siehst du! Ich wusste, dass du böse wirst.«

Banks holte tief Luft. »Ich bin nicht böse. Nur überrascht, mehr nicht. Wie konntest du das tun? Diese Jugendlichen haben mit Drogen, Vandalismus und allem Möglichen zu tun.«

»Ach, wir haben nichts angestellt, Daddy. Aber wo soll man in diesem Kaff sonst hingehen? Und sie sind eigentlich nicht so übel. Ich weiß, ein paar von ihnen sehen ziemlich seltsam und furchterregend aus, aber das sind sie eigentlich gar nicht. Was hast *du* denn als Jugendlicher gemacht, wenn du nicht wusstest, wohin mit dir?«

Am liebsten hätte Banks geantwortet: »Museen, Kunstausstellungen, lange Spaziergänge, Lesen, Konzertbesuche.« Aber das konnte er nicht. Er und seine Freunde hatten sich vor allem an Straßenecken, auf unbebauten Grundstücken oder auf leeren Schulhöfen herumgetrieben. Manchmal waren sie sogar in abbruchreife Häuser eingebrochen und hatten dort gespielt.

»Okay«, sagte er. »Lassen wir das im Moment mal beiseite. Erzähl weiter.«

»Einmal ist Deborah Harrison zum Einkaufen im Swainsdale-Center gewesen und eines der Mädchen kannte sie flüchtig von Dressur- oder Schwimmwettbewerben und da sind sie ins Gespräch gekommen. Ein paar Tage später kam sie wieder vorbei – sie war ein bisschen schlampiger angezogen – und von da an kam sie öfters. Ich glaube, es hat sie einfach gelangweilt, die ganze Zeit zu Hause zu lernen, und sie wollte mal eine Weile abhängen.«

»Und was war mir ihren Freundinnen?«

»Ich glaube, sie hatte eigentlich keine. Sie hat gesagt, fast alle ihre Mitschülerinnen wären über den Sommer weg. Die meisten Internatsschülerinnen sind natürlich nach Hause gefahren und die Tagesschülerinnen sind nach Amerika oder Südfrankreich gedüst. – Warum können wir nicht mal solche Reisen machen, Dad?«

»Du warst doch dieses Jahr in Frankreich.«

Sie gab ihm einen Klaps auf den Arm. »Das war nur Spaß. Ich habe es nicht ernst gemeint.«

»Wann ist Deborah zum ersten Mal zu der Gruppe gestoßen?«

»Anfang August, glaube ich.«

»Und wie haben die anderen sie behandelt?«

»Sie haben sie manchmal aufgezogen, weil sie ein bisschen etepetete ist, aber das hat sie ganz gut weggesteckt. Irgendjemand muss ja so sein, hat sie gesagt, und außerdem wäre es auch gar nicht so toll.«

»Was hat sie damit gemeint?«

»Das war einfach ihre Art, zu reden.«

»Hat sie mit ihrem Reichtum geprotzt?«

»Nein. Habe ich nicht erlebt.«

»Wie lange hing sie mit der Gruppe zusammen?«

»Ungefähr drei Wochen, aber nur ab und zu.«

»Hast du sie seitdem wieder gesehen?«

Tracy schüttelte den Kopf. »Sie wollte wohl ums Verrecken nicht mehr mit uns gesehen werden, nachdem die Schule in St. Mary's wieder begonnen hatte.« Sie hielt inne und legte eine Hand vor den Mund. »Entschuldige, Dad. Ich habe mich einfach noch nicht an den Gedanken gewöhnt, dass sie jetzt tot ist.«

Banks tätschelte ihren Arm. »Schon gut, Liebes. Das braucht Zeit. Wie gut hast du sie gekannt?«

»Nicht besonders gut, aber wir haben uns ein-, zweimal unterhalten. Wenn man sie ein bisschen kannte, war sie eigentlich ganz okay. Ich meine, so versnobt war sie gar nicht. Und sie war ziemlich intelligent.«

»Habt ihr auch über die Schule gesprochen?«

»Manchmal.«

»Was hat sie von St. Mary's gehalten?«

»Sie fand es in Ordnung dort. Immerhin sind die Lehrer ziemlich gut und die Klassen nicht zu groß. Sie sagte, sie hätten dort ein Lehrer-Schüler-Verhältnis von eins zu zehn. In meiner Schule ist es wahrscheinlich eins zu fünfhundert.«

»Hat sie von bestimmten Lehrern gesprochen?«

»Kann ich mich nicht dran erinnern.«

»Patrick Metcalfe. Kommt dir der Name bekannt vor?«

Tracy schüttelte den Kopf. »Nein.«

»Was hat sie denn über die Schule gesagt?«

»Eigentlich nicht viel. Nur so etwas wie: ›Du wärst überrascht, wenn du wüsstest, was sich dort für Dinge abspielen.‹ So etwas in der Art. Echt dramatisch.«

»Was hat sie in deinen Augen damit gemeint?«

Tracy schaute hinab und rieb ihre Hand gegen das Knie.

»Tja, da wohnen eine Menge Mädchen, alle zusammen in den Wohnheimen. Ich dachte, sie meint, dass manche auch lesbisch sind und so.«

»Hat sie angedeutet, dass manche Lehrer eine Art sexuelles Verhältnis zu den Schülerinnen hatten?«

»Nein, Dad. Ehrlich, ich habe keine Ahnung. Ich meine, sie hat nie wirklich etwas erzählt. Auf jeden Fall nichts Bestimmtes. Sie hat immer nur Andeutungen gemacht. Aber so war sie mit allen Sachen.«

»Wie?«

»Als würde sie mehr wissen, als sie sagt. Und als wenn wir armselige Idioten wären, die nur die Oberfläche sehen, sie aber wüsste, was wirklich hinter den Kulissen passiert. So, als ob wir alle die Fassade glauben würden und nur sie wüsste, welche Wahrheit wirklich dahinter steckt. Ich will kein schlechtes Bild von ihr malen. Sie war echt nett, aber sie hatte einfach diesen Tonfall drauf, als wüsste sie mehr als jeder andere.«

»Hat sie auch über ihre Familie gesprochen?«

»Ab und zu hat sie die Geschäfte ihres Vaters erwähnt.«

»Was hat sie davon erzählt?«

»Ich habe einmal gesagt, dass es doch interessant sein muss, einen so berühmten Vater wie Sir Geoffrey zu haben, der zum Ritter geschlagen wurde.«

So viel also zum Thema, einen einfachen Polizeibeamten zum Vater zu haben, dachte Banks und unterdrückte seine Enttäuschung. »Was hat sie gesagt?«

»Das Übliche. So etwas wie: ›Ach, du wärst geschockt, wenn du nur einen Bruchteil von dem wüsstest, was ich weiß.‹«

»Und weiter ist sie nicht darauf eingegangen?«

»Nein. War mir auch egal. Ich dachte, sie meint die Nachteile der Technologie, das ganze Kriegszeug, die Raketen und Bomben und so. Es weiß ja jeder, dass Sir Geoffreys Firmen mit solchen Sachen zu tun haben. Das steht ja fast jeden Tag in der Zeitung.«

»Aber mehr hat sie darüber nicht gesagt?«

»Nein.«

»Hat sie mal von Pfarrer Daniel Charters oder Ive Jelačić gesprochen?«

»Den Leuten von der St.-Mary's-Kirche?«

»Genau.«

»Mir gegenüber nicht. Wenn du mich fragst, war sie vor allem an Jungens interessiert.«

»An Jungens? An einem bestimmten?«

»Tja, man könnte sagen, sie hat sich mit John Spinks angefreundet.« Tracy verzog das Gesicht. »Ich meine, von allen Jungs ...«

Banks beugte sich vor. Die Bettfedern quietschten. »Erzähl mir von John Spinks«, bat er.

SIEBEN

I

Die Eastvaler Berufsfachschule war ein Mischmasch aus hässlichen Backstein- und Betongebäuden am äußersten südlichen Stadtrand, das von den letzten Wohnhäusern durch sumpfiges Brachland getrennt war. Außer dem Featherstone Arms auf der anderen Straßenseite und einem Industriegebiet sowie einem riesigen Reitstall ungefähr einen Kilometer entfernt gab es in der Gegend nicht mehr viel.

Auch die Schule selbst war ein trauriger Laden, dachte Owen bei einem Pint und einer dünnen Lasagne zum Mittag im Pub, und wenn er einen besseren Job kriegen könnte, würde er dort nicht unterrichten. Das Problem war nur, dass er mit einem Magister aus Leeds und einem weiteren von einer unbedeutenden kanadischen Universität nie einen besseren Job kriegen würde. Also war er dazu gezwungen, den Betriebswirtschafts-, Buchhaltungs- und Landwirtschaftsstudenten beizubringen, wie man vernünftige Sätze schrieb – eine Fähigkeit, von der sie im Grunde nichts wissen wollten. Von den literarischen Ambitionen, die er noch vor wenigen Jahren gehabt hatte, war er jetzt weit entfernt.

Aber im Moment hatte er dringendere Probleme als seine Dozentenkarriere: Er hatte die Polizei belogen und wahrscheinlich vermuteten sie das auch.

Zugegeben, es war keine schlimme Lüge gewesen. Außerdem hatte es die Polizei nicht zu interessieren. Er hatte gesagt, nie mit einer Frau zusammengewohnt zu haben, doch das stimmte nicht. Er hatte mit Michelle zusammengelebt, vor fünf Jahren. Und Michelle war die Frau auf den schwarz-weißen Aktfotografien.

Deshalb war Owen eigentlich nicht überrascht, als Stott und Hatchley in den Pub kamen und ihn baten, sie aufs Revier zu begleiten, um eine paar Punkte zu klären. Er war nervös, ja, aber nicht überrascht. Sie sagten, der Seminarleiter hätte ihnen erzählt, wo sie ihn finden könnten, und wären geradewegs herübergekommen.

Während des ersten Teils der Fahrt sprach keiner von ihnen. Sergeant Hatchley fuhr den ungekennzeichneten Rover und Inspector Stott saß auf dem Beifahrersitz. Owen konnte den akkurat geschnittenen Haaransatz in seinem Nacken und die wie Becherhenkel geformten Ohren sehen, auf denen die Brillenbügel saßen. Als sie sich dem Marktplatz näherten, betrachtete Owen durch das Fenster die düsteren, schattenhaften Gestalten, die ihre Hüte festhielten und von Laden zu Laden eilten.

»Ich nehme an, Sie hätten wohl nichts dagegen«, sagte Stott und wandte sich leicht um, »wenn wir es veranlassen würden, ein paar Proben zu nehmen?«

»Was für Proben?«

»Ach, nur das Übliche. Blut, Haare.«

»Muss das sein?«

»Lassen Sie es mich so ausdrücken: Sie sind nicht verhaftet, aber das Verbrechen, das wir untersuchen, ist tatsächlich sehr schwerwiegend. Es wäre für alle Beteiligten das Beste, wenn Sie uns Ihr Einverständnis geben und eine entsprechende Erklärung unterzeichnen würden. Zum Zwecke eines Ausschlussverfahrens.«

»Und wenn ich mich weigere? Was werden Sie dann tun?

Werden Sie mich mit Gewalt festhalten, mir Haare ausreißen und eine Nadel in den Arm stechen?«

»Keineswegs. Der Superintendent würde eine Probennahme bewilligen. Aber das würde keinen guten Eindruck machen, oder? Besonders wenn der Fall vor Gericht kommt. Er hat sich geweigert, Proben nehmen zu lassen? Der Richter könnte das als Schuldeingeständnis werten. Außerdem werden die Proben natürlich vernichtet, sobald Sie von der Ermittlung ausgeschlossen sind. Keine Aufzeichnungen. Was sagen Sie?«

»Na gut.«

»Danke, Sir.« Stott drehte sich wieder nach vorn und nahm das Autotelefon. »Ich erlaube mir nur, Dr. Burns anzurufen und ihn zu bitten, aufs Revier zu kommen.«

Die Angelegenheit wurde schnell und gekonnt in einem freien Büro auf dem Polizeirevier erledigt. Owen unterschrieb die erforderlichen Formulare, rollte seinen Ärmel hoch und schaute weg. Er spürte nur einen kurzen, heftigen Stich, als die Nadel eindrang. Dann zog der Arzt ein paar Haare von seinem Kopf. Das tat ein bisschen mehr weh.

Das Verhörzimmer, in das sie ihn als Nächstes brachten, war ein trostloser Ort. Ein grauer Metalltisch, drei Stühle, von denen zwei am Boden befestigt waren, schmutzige Fenster aus dickem, mit Draht durchzogenem Glas sowie eine tote, an eine der anstaltsgrünen Wände geschmierte Fliege.

Es roch nach abgestandenem Rauch. Ein schwerer blauer Glasaschenbecher stand auf dem Tisch; er war leer, aber mit alten Ascheresten verdreckt.

Stott setzte sich Owen gegenüber, während Sergeant Hatchley den freien Stuhl nahm und ihn vor die Wand nahe der Tür stellte, außerhalb von Owens Blickfeld. Er setzte sich rücklings auf den Stuhl und verschränkte seine dicken Arme auf der Lehne.

Zuerst legte Stott den gelbbraunen Ordner, den er mitgebracht hatte, auf den Tisch und rückte seine Brille zurecht. Dann schaltete er einen Doppelkassettenrecorder an, überprüfte ihn und diktierte das Datum, die Zeit und die Namen der Anwesenden.

»Nur ein paar Fragen, Owen«, sagte er. »Bisher sind Sie sehr kooperativ gewesen. Ich hoffe, wir müssen Sie nicht lange hier behalten.«

»Das hoffe ich auch«, erwiderte Owen und schaute sich in dem schmutzigen Zimmer um. »Sollte ich meinen Anwalt anrufen?«

»Ach, das denke ich nicht«, antwortete Stott. »Sie können es natürlich tun, wenn Sie wollen. Das Recht dazu haben Sie.« Er lächelte. »Aber Sie sind ja nicht verhaftet. Sie können jederzeit gehen. Außerdem, haben Sie denn einen Anwalt? Die meisten Leute haben keinen.«

Gute Frage. Owen hatte keinen Anwalt. Aber er kannte einen. Ein alter Bekannter von der Uni hatte nach den ersten Semestern Englischstudium auf Jura umgesattelt und praktizierte jetzt in Eastvale. Sie hatten sich jahrelang nicht gesehen, bis Owen ihm vor ein paar Monaten zufällig in einem Pub über den Weg gelaufen war. Er hieß Gordon Wharton. Owen wusste nicht mehr, auf welche Art Recht er sich spezialisiert hatte, aber sollte diese Angelegenheit ausarten, konnte er sich zumindest erst einmal an ihn wenden. Im Moment aber konnte er Stott nur zustimmen. Er war nicht verhaftet worden und er sah nicht ein, warum er einen Anwalt engagieren sollte.

»Lassen Sie mich die Karten auf den Tisch legen, Owen. Sie haben uns gegenüber zugegeben, am Montagabend in der Gegend von St. Mary's gewesen zu sein. Stimmt das?«

»Ja.«

»Weshalb?«

»Das habe ich Ihnen bereits erzählt. Ich bin spazieren gegangen.«

»Sollen wir es für die Aufnahme noch einmal durchgehen?«

Owen zuckte mit den Achseln. »Da gibt es eigentlich nichts zum Durchgehen.« Er konnte die Blätter vor Stott sehen, die wie ein Terminkalender angelegt waren. Einige der Zeiten und Bemerkungen waren mit roten Fragezeichen versehen.

»Um wie viel Uhr sind Sie zu diesem Spaziergang aufgebrochen?«

»Gleich nachdem ich von der Arbeit nach Hause gekommen war. Gegen vier. Vielleicht war es auch schon halb fünf.«

»Wie weit ist es bis St. Mary's?«

»Am Fluss entlang? Ungefähr fünf Kilometer von meiner Wohnung aus. Und meine Wohnung ist ungefähr einen Kilometer vom Fluss entfernt.«

»Also ungefähr zwölf Kilometer hin und zurück, ja?«

»Ja. So ungefähr.«

»Und bevor Sie im Peking Moon aßen, tranken Sie zwei Pints Bitter und einen Scotch im Nag's Head, richtig?«

»Ich habe nicht mitgezählt, aber ich hatte ein paar Drinks, ja.«

»Und Sie verließen den Pub so gegen Viertel nach sechs?«

»Ich habe nicht auf die Zeit geachtet.«

»Das hat uns der Wirt erzählt.«

»Dann wird es wohl stimmen.«

»Und Sie aßen ungefähr um halb sieben im Peking Moon, ist das korrekt?«

»So ungefähr, ja. Wie gesagt, ich habe nicht auf die Zeit geachtet.«

»Was haben Sie zwischen Viertel nach sechs und halb sieben getan?«

»Ich bin umhergegangen. Ich stand auf der Brücke.«

»Sind Sie auf dem Friedhof von St. Mary's gewesen?«

»Nein, bin ich nicht. Hören Sie, wenn Sie mir den Mord an diesem Mädchen anhängen wollen, dann sind Sie völlig auf dem Holzweg. Warum sollte ich so etwas tun? Vielleicht sollte ich doch besser einen Anwalt anrufen.«

»Aha!« Stott schaute kurz über Owens Schulter zu Sergeant Hatchley. »Dann liest er also doch die Zeitung.«

»Das habe ich getan, nachdem Sie gestern weg waren. Natürlich habe ich es gelesen.«

Stott wandte sich wieder an ihn. »Aber vorher nicht?«

»Dann hätte ich ja gewusst, wovon Sie sprechen, oder?«

Stott rückte sein Brille gerade. »Was hat Sie dazu veranlasst, zwischen unserem Besuch und dieser speziellen Nachricht einen Zusammenhang zu sehen?«

Owen zögerte. War das eine Fangfrage? »Angesichts der Fragen, die Sie mir gestellt haben«, antwortete er langsam, »lag es nahe. Trotzdem weiß ich nichts über die Sache. Ich weiß nur, dass ich an dem Abend in St. Mary's war. Das habe ich nie geleugnet. Und wo wir schon mal beim Thema sind – wie sind Sie eigentlich auf mich gekommen?«

Stott lächelte. »Das ist wirklich ganz einfach. Wir haben herumgefragt. In kleinen, wohlhabenden Vierteln wie St. Mary's fallen Fremde auf. Zudem haben Sie einen orangefarbenen Anorak getragen und im Peking Moon mit Ihrer Visakarte bezahlt.«

Owen beugte sich vor und knallte seine Hände auf die kalte Metallplatte. »Da!«, sagte er. »Das ist doch der Beweis, oder?«

Stott sah ihn mit leerem Blick an. »Welcher Beweis?«

»Dafür, dass ich es nicht getan haben kann. Wenn ich getan hätte, wessen Sie mich anscheinend anklagen, dann wäre ich kaum so dumm gewesen, mit einer Kreditkarte zu zahlen, die meinen Namen verrät, oder?«

Stott zuckte mit den Achseln. »Kriminelle machen Fehler,

genau wie jeder andere. Sonst würden wir ja nie welche schnappen, oder? Und im Moment klage ich Sie keines Vergehens an, Owen. Aber Sie verstehen unser Problem, nicht wahr? Ihre Geschichte klingt dünn, sehr dünn. Ich meine, wenn Sie aus einem wirklich glaubhaften Grund in der Gegend gewesen wären ... Vielleicht, um jemanden zu treffen? Kannten Sie Deborah Harrison, Owen?«

»Nein.«

»Haben Sie sie beobachtet, sind Sie ihr gefolgt?«

Owen lehnte sich zurück. »Ich habe Ihnen erzählt, warum ich dort war. Was soll ich machen, wenn Ihnen meine Gründe nicht gefallen? Ich habe nicht daran gedacht, dass ich mich jemandem erklären müsste.«

»Haben Sie jemanden gesehen, der sich verdächtig verhalten hat?«

»Kann ich mich nicht dran erinnern.«

»Haben Sie Deborah Harrison gesehen?«

»Nein.«

»Und der Kratzer auf Ihrer Wange«, fuhr Stott fort. »Erinnern Sie sich jetzt, woher Sie ihn haben?«

Owen legte eine Hand auf seine Wange und zuckte mit den Achseln. »Ich habe mich beim Rasieren geschnitten, nehme ich an.«

»Ein bisschen weit oben für eine Rasur, oder?«

»Wie gesagt, ich weiß es nicht mehr. Weshalb?«

»Was ist mit den Aktfotos, die wir in Ihrer Wohnung gefunden haben?«

»Was ist mit ihnen? Es sind Figurstudien, sonst nichts.«

Sergeant Hatchley sprach zum ersten Mal und die raue Stimme hinter ihm erschreckte Owen. »Kommen Sie schon, Junge, nicht so schüchtern. Was ist los mit Ihnen? Schauen Sie sich nicht gerne ein schönes Paar Titten an? Sie sind doch nicht schwul, oder?«

Owen drehte sich halb auf seinem Stuhl um. »Nein. Ich habe nie behauptet, dass ich mir nicht gerne nackte Frauen anschaue. Natürlich gefällt mir das. Ich bin völlig normal.«

»Und einige Mädchen in dem Magazin kommen mir sehr jung vor«, sagte Stott.

Owen wandte sich wieder an ihn. »Seit wann ist es ein Verbrechen, den *Playboy* zu kaufen? Sie leben wohl noch im Mittelalter. Herrgott nochmal, das sind Modells! Die kriegen Geld dafür, so zu posieren.«

»Und Videos mögen Sie auch, nicht wahr, Owen? Da sind diese Videos in Ihrem Schrank, Ihre Privatvideos, die Sie sich anschauen können, wann immer Sie wollen. Einschließlich *Hitzefrei*.«

»Das hat mir ein Freund geschenkt, es sollte ein Scherz sein. Ich habe ihm mal erzählt, dass ich noch nie einen Porno, äh, noch nie Sexvideos gesehen habe, und da hat er mir die Kassette geschenkt und gesagt, dass es mir gefallen würde.«

»Ich sage Ihnen was, Owen«, sagte Stott. »Ich mache mir meine Gedanken bei einem Kerl, der sich so ein Zeug anschaut und solche Kunstbände und Bilder mag wie Sie. Besonders, wenn er auch noch Aktfotos von jungen Mädchen macht.«

»Dies ist ein freies Land. Ich bin ein normaler, männlicher Single. Außerdem bin ich zufällig Amateurfotograf. Und ich habe das Recht, mir jegliche Art von Videos anzuschauen, solange sie legal sind.« Owen spürte, dass er vor Verlegenheit rot wurde. Gott, wie er sich wünschte, Chris Lorimer von der Berufsschule hätte ihm nicht dieses verfluchte Video gegeben!

»*Hitzefrei*«, sagte Hatchley leise hinter ihm. »Das ist ein bisschen übertrieben, finden Sie nicht?«

»Das habe ich mir nicht einmal angeguckt.«

»Aber Sie verstehen, worauf Sergeant Hatchley hinauswill, oder, Owen?«, hakte Stott nach. »Das Video sieht vulgär aus: der Inhalt, das Bild. Alles ein bisschen merkwürdig. Ausgesprochen verdächtig.«

»Tja, dagegen kann ich nichts machen. Es ist nicht verdächtig. Ich bin völlig unschuldig und das ist die Wahrheit.«

»Wer ist das Mädchen auf den Fotos? Die, die so aussieht wie fünfzehn.«

»Sie war zweiundzwanzig. Sie war nur ein Modell. Es ist ein paar Jahre her, ich kann mich nicht an ihren Namen erinnern.«

»Das ist komisch.«

»Was?«

»Dass Sie sich an ihr Alter erinnern, aber nicht an ihren Namen.«

Owen spürte, wie sein Herz wild pochte. Ein paar Sekunden musterte ihn Stott eindringlich, dann stand er abrupt auf. »Sie können jetzt gehen«, sagte er. »Ich bin froh, dass wir uns kurz unterhalten konnten.«

Owen war verwirrt. »Das war's?«

»Im Moment ja. Wir werden uns bei Ihnen melden.«

Owen konnte kaum schnell genug aufstehen. Er schlug mit dem Knie gegen die Unterseite des Metalltisches und fluchte. Dann rieb er sein Knie und bewegte sich rückwärts auf die Tür zu. Sein Gesicht glühte. »Ich kann wirklich gehen?«

»Ja. Aber halten Sie sich zur Verfügung.«

Als er das Polizeirevier verließ und über die Market Street nach Hause ging, zitterte Owen. Durfte die Polizei einen wirklich so behandeln, wenn man aus freiem Willen ihre Fragen beantwortete? Er hatte das Gefühl, dass seine Rechte mit Füßen getreten worden waren. Vielleicht war es nun tatsächlich an der Zeit, Gordon Wharton aufzusuchen.

Das Erste, was er tat, als er nach Hause kam, war, die

Ausgabe des *Playboy* zu zerreißen und die Schnipsel im Mülleimer zu verbrennen, Cormac McCarthys Geschichte hin oder her. Als Nächstes nahm er das Video, das ihm Chris Lorimer gegeben hatte, zog das Band heraus, zerbrach das Plastikgehäuse und warf alles in den Mülleimer, um es ebenfalls zu verbrennen. Jetzt konnten sie es wenigstens nicht mehr als Beweis gegen ihn verwenden.

Schließlich ging er ins Schlafzimmer und nahm die restlichen Aktfotos von Michelle aus dem Schrank. Er hielt sie in den Händen, bereit, sie in Stücke zu reißen und mit dem anderen Zeug zu verbrennen; aber während er sie in den Händen hielt, musste er sie unweigerlich anschauen.

Es waren einfache, geschmackvolle Schwarz-Weiß-Studien, und an dem Funkeln in Michelles Augen und der Form ihres Mundes konnte er sehen, dass sie sich ein Lachen verkniff. Er erinnerte sich, wie sie geklagt hatte, sie bekäme eine Gänsehaut, weil er zu lange für das Lichtarrangement brauchte, und er erinnerte sich an den Wein und das wilde Liebesspiel danach. Sie war gerne nackt fotografiert worden, es hatte sie erregt.

Seine Hände begannen wieder zu zittern. Gott, sie sah so schön aus, so vollkommen, so jung, so verdammt unschuldig! Immer noch zitternd stieß er die Fotos zurück in den Schrank und wandte sich mit brennenden Tränen in den Augen ab.

II

Während Stott und Hatchley Owen Pierce verhörten, fuhr Banks hinaus nach St. Mary's, um Lady Sylvie Harrison zu besuchen. Er hätte ihrer Reaktionen und Beobachtungen wegen gerne Susan dabeigehabt, aber er wusste, dass er Chief

Constable Riddles Zorn riskierte, wenn er die Harrisons weiter bedrängte, und wollte nicht, dass Susan Probleme bekam.

Sie hatte Recht. Sie hatte hart gearbeitet und die Prüfung zum Sergeant bestanden, ihr fehlte nur noch die Ernennung, und er würde es sich selbst nur schwerlich verzeihen, wenn er ihr die Chancen auf eine schnelle Beförderung zerstörte. Allerdings machte es ihn traurig, sie zu verlieren. Detective Constables wurden nur selten auf geradem Weg zum Detective Sergeant befördert und so gut wie nie auf dem gleichen Revier. Normalerweise mussten sie für mindestens ein Jahr zurück zur Schutzpolizei und sich dann erneut bei der Kriminalpolizei bewerben.

Bevor er sich auf den Weg gemacht hatte, hatte Banks bei den Harrisons angerufen und konnte sein Glück kaum fassen: Sir Geoffrey war mit Michael Clayton unterwegs und Lady Harrison war allein zu Hause. Nein, hatte sie mit ihrem leichten französischen Akzent gesagt, sie hätte keinerlei Einwände, in Abwesenheit ihres Mannes mit Banks zu sprechen.

Während er die North Market Street entlangfuhr, vorbei an den Touristenläden und dem Gemeindezentrum, in dem Sandra arbeitete, hörte Banks die Kassette von Ute Lemper, die Michael Nymans musikalische Adaptionen von Paul Celans Gedichten sang. Eine merkwürdige Musik; es hatte eine gewisse Zeit gedauert, bis er sich daran gewöhnt hatte, doch jetzt liebte er sie über alles und fand, dass sie von einer Art unheimlichen Melancholie erfüllt war.

Es war ein kühler Tag, grau und windig, und das Laub wirbelte über die Bürgersteige. Aber wenigstens hatte es aufgehört zu regnen. Gerade als das Stück »Corona« zu Ende ging, hielt Banks am Ende der Auffahrt der Harrisons an.

Lady Harrison hatte ihn wohl kommen hören, denn sie

öffnete die große weiße Tür für ihn, kaum dass er aus dem Wagen stieg. Sie trug Jeans und einen blauen Kaschmirpullover. Während sie in der Eingangstür stand, legte sie gegen die Kälte die Arme um sich.

Sie hatte ihr Bestes getan, um die Spuren der Trauer und des Schmerzes in ihrem Gesicht zu verdecken; aber wie entfernte Gestalten, die sich im Nebel abzeichnen, waren sie auch durch ihr Make-up sichtbar.

Nachdem sie seinen Mantel aufgehängt hatte, führte sie ihn dieses Mal nicht in das weiße Zimmer, sondern in die Küche, die nach Banks' Dafürhalten in einer Art französischem Landhausstil eingerichtet war: Holzpaneele und gedrechselte Regale, Kupferpfannen und -töpfe an Wandhaken, Becher mit Blumenmuster auf Holzpflöcken, ein paar Topfpflanzen, eine rot-weiß karierte Decke auf dem Tisch und darauf eine Vase mit Chrysanthemen. Die Küche roch nach Kräutern und Gewürzen, am hervorstechendsten waren Zimt und Rosmarin. Auf dem Herd begann gerade ein Wasserkessel zu kochen.

»Nehmen Sie Platz«, sagte sie.

Banks setzte sich auf einen Holzstuhl am Küchentisch. Die Stuhlbeine kratzten über den Terrakottaboden.

»Tee? Ich wollte gerade welchen machen.«

»Gerne«, erwiderte Banks.

»Ceylon, Darjeeling, Earl Grey oder Lapsang Souchong?«

»Lapsang, wenn es Ihnen recht ist.«

Sie lächelte. »Genau die Sorte, die ich mir machen wollte.«

Ihre Bewegungen waren teilnahmslos, und Banks fiel auf, dass ihr Lächeln ihre Augen nicht erreichte. Es würde wahrscheinlich noch lange dauern, bis das wieder der Fall sein würde.

»Sind Sie sicher, dass Sie allein klarkommen, Lady Harrison?«, fragte er.

»Ja. Im Grunde war es meine Idee, ich habe Geoffrey weggeschickt. Er begann, mir auf die Nerven zu gehen. Ich brauchte etwas Ruhe, um ... um mich an all das zu gewöhnen. Es macht ja auch keinen Sinn, wenn wir beide mit Jammermiene durchs Haus laufen, oder? Er ist ein Mensch der Tat und gewohnt, immer in Bewegung zu sein. Und bitte«, fügte sie mit einem flüchtigen Lächeln hinzu, »sagen Sie Sylvie zu mir.«

»Gut«, stimmte er zu. »Dann Sylvie.«

Sie gab die Teeblätter in eine vorgewärmte Kanne, ein ziemlich unförmiges Stück mit einem blauen krakeligen Muster und einem dicken, geraden Ausguss. Dann setzte sie sich Banks gegenüber und ließ den Tee ziehen.

»Es tut mir Leid, Sie in Ihrer Trauer stören zu müssen«, sagte Banks, »aber es gibt immer noch eine Menge Fragen, die beantwortet werden sollten.«

»Selbstverständlich«, sagte Sylvie. »Aber Geoffrey hat mir heute Morgen erzählt, dass sie bereits einen Verdächtigen haben. Stimmt das?«

Interessant, dachte Banks. Ihm war nicht klar gewesen, dass es in der vergangenen Nacht noch ein vertrauliches Treffen gegeben hatte. Sobald Stott Owen Pierce aufgespürt und seinen Anorak zur Analyse ins Labor geschickt hatte, hatte Banks natürlich Chief Constable Riddle von den Vorgängen unterrichtet und Riddle hatte anscheinend keine Zeit verschwendet und sogleich Sir Geoffrey Bericht erstattet. Ach, privilegiert müsste man sein!

»Wir sind in unseren Ermittlungen auf jemanden gestoßen, ja«, gab er zu und bereute diese abgedroschene Phrase sofort. »Ich meine, wir haben gestern Abend mit jemandem gesprochen, der Montagabend in der Gegend gesehen wurde. Detective Inspector Stott vernimmt ihn gerade erneut.«

»War es nicht der Mann aus der Kirche, der, der entlassen wurde?«

»Wir glauben nicht, behalten ihn aber im Auge.«

»Glauben Sie, dass es diese andere Person getan hat?«

»Ich weiß es nicht. Noch habe ich nicht mit ihm gesprochen. Wir gehen sehr vorsichtig vor, sehr behutsam. Wenn er der Täter ist, dann wollen wir sicher sein, dass wir keinen Fehler machen, der auf uns zurückfällt, wenn der Fall vor Gericht kommt.«

»Manchmal hat man den Eindruck«, sagte Sylvie nachdenklich, »das System behandelt die Kriminellen besser als die Opfer. Finden Sie nicht auch?«

Wem sagen Sie das, dachte Banks. Wenn die Ermittler der Meinung sind, den Richtigen geschnappt zu haben, müssen sie als Nächstes die Staatsanwaltschaft davon überzeugen, dass es einen Fall gibt und Anklage erhoben wird, was nicht immer eine leichte Aufgabe ist. Und nachdem sie dann alle Hürden überwunden haben, kommt es nicht selten vor, dass sie zuschauen müssen, wie der Anwalt des Angeklagten die Beweise in der Luft zerreißt. »Manchmal«, stimmte er zu. »Hat Deborah mal von einem Owen Pierce gesprochen?«

Sylvie runzelte die Stirn. »Nein, den Namen habe ich noch nie gehört.«

Banks beschrieb Pierce, aber die Beschreibung sagte ihr nichts.

Sie schenkte Tee ein, wobei sie ihren Kopf leicht neigte und sich auf die Zungenspitze biss. Der Lapsang roch und schmeckte gut, sein rauchiges Aroma war genau das Richtige an einem grauen, kalten Novembertag. Die Fenster klapperten, draußen pfiff der Wind durch die Bäume und wirbelte Staub und Laub auf. Sylvie Harrison legte beide Hände um ihren Becher, als wollte sie sie wärmen. »Was wollen Sie von mir wissen?«, fragte sie.

»Ich versuche, so viel ich kann darüber herauszufinden, was für ein Mensch Deborah war. Aber es gibt immer noch einige Lücken.«

»Zum Beispiel?«

»Ihre Beziehungen zu Jungen zum Beispiel.«

»Ach, Jungen! Deborah war in der Schule viel zu beschäftigt, um Zeit dafür zu haben. Die hätte sie später noch zur Genüge gehabt. Nachdem sie ihre Ausbildung abgeschlossen hätte.«

»Trotzdem. Da war der Sommer.«

Sylvie wich seinem Blick nicht aus. »Sie hatte keinen Freund.«

Banks hielt inne. Er hatte das Gefühl, mit jedem weiteren Wort das Grab für seine Karriere zu schaufeln. »Das entspricht nicht dem, was ich gehört habe«, sagte er langsam. »Mir hat jemand erzählt, dass sie im August einen Freund hatte.«

Sylvie wurde blass. Sie presste ihre Lippen so fest aufeinander, dass sie fast weiß wurden.

»Sie hatte also einen Freund?«, fragte Banks erneut.

Sylvie seufzte und nickte dann. »Ja. Im Sommer. Aber sie hat mit ihm Schluss gemacht.«

»War sein Name John Spinks?«

Sie hob ihre Augenbrauen. »Woher wissen Sie das?«

»Sie wussten von ihm?«

Sie nickte. »Ja. Ein höchst unangenehmer Mensch.«

»Warum war Ihrer Meinung nach ein so intelligentes, hübsches Mädchen wie Deborah mit so jemandem zusammen?«

Ein distanzierter Blick trat in ihre Augen. »Ich weiß es nicht. Ich nehme an, er war gut aussehend, vielleicht in gewisser Weise aufregend. Manchmal macht man Fehler«, sagte sie mit einem Achselzucken, das Banks typisch französisch fand. »Manchmal macht man sich selbst zum

Narren und verkehrt aus völlig falschen Gründen mit den falschen Leuten.«

»Welche Gründe?«

Sie zuckte erneut die Achseln. »Die Gründe einer Frau. Einer jungen Frau.«

»Hatte Deborah Sex mit John Spinks?«

Sylvie hielt einen Moment inne, dann nickte sie. »Ja«, bekannte sie seufzend. »Eines Tages bin ich unerwartet nach Hause gekommen und habe die beiden in Deborahs Zimmer erwischt. Ich war außer mir vor Wut. Ich schrie ihn an und warf ihn hinaus und sagte ihm, er solle sich nie wieder hier blicken lassen.«

»Wie hat er reagiert?«

Sie errötete. »Er beschimpfte mich auf eine Art, die ich vor Ihnen nicht wiederholen möchte.«

»Ist er gewalttätig geworden?«

»Er hat mich nicht geschlagen, wenn Sie das meinen.« Sie deutete mit dem Kopf zur Diele. »Dort stand eine Vase neben der Tür, keine besonders wertvolle, aber eine sehr schöne Vase, ein Geschenk meines Vater. Er hob sie mit beiden Händen hoch und warf sie heftig gegen die Wand. Eine kleine Scherbe ist weggebrochen und hat mein Kinn getroffen und mich geschnitten.« Sie strich über die kleine Narbe.

»Ist er danach gegangen?«

»Ja.«

»Haben Sie Sir Geoffrey davon erzählt?«

»Nein.«

»Warum nicht?«

Es dauerte einen Augenblick, ehe sie antwortete. »Sie müssen verstehen, dass Sir Geoffrey in mancher Hinsicht sehr altmodisch sein kann, besonders was Deborah betrifft. Ich habe ihm nicht einmal erzählt, dass sie sich mit dem

Jungen trifft. In Anbetracht von Spinks' Charakter und Herkunft hätte er ihr das Leben sehr schwer gemacht, wenn er es gewusst hätte. Ich ... nun ... ich bin eine Frau, und ich glaube, in gewisser Hinsicht habe ich besser verstanden, in welcher Phase sie war – auf jeden Fall besser, als Sir Geoffrey sie verstanden hätte. Ich habe es zwar nicht gebilligt, aber ich wusste, dass sie diese Seite ausleben musste. Wenn man sie davon abgehalten hätte, wäre sie nur umso entschlossener gewesen. Auf lange Sicht hätte es wahrscheinlich noch mehr Schaden angerichtet. Verstehen Sie, was ich meine?«

»Ich denke schon. Hat Deborah diesen Spinks weiterhin getroffen?«

»Nein, das glaube ich nicht. Nicht nachdem er die Vase kaputtgemacht hat. Was passiert ist, hat sie sehr mitgenommen, wir haben lange darüber gesprochen. Sie sagte, dass es ihr wirklich Leid täte, und entschuldigte sich bei mir. Ich glaube, dass sie akzeptierte, was ich ihr gesagt habe, dass es nämlich reine Zeitverschwendung wäre, diesen Spinks weiterhin zu treffen. Sie sagte, sie habe nun erkannt, was für ein Mensch er war, und würde nie wieder etwas mit ihm zu tun haben wollen. Sie hatte gehört, wie er mich auf die unflätigste Art und Weise beschimpfte. Sie hatte gesehen, wie er die Vase an die Wand schmiss, und sie hatte gesehen, wie die Scherbe mich verletzte und ich blutete.« Sylvie berührte wieder die kleine Narbe. »Ich glaube, es hat sie wirklich schockiert, ihn in einem anderen Licht zu sehen. Im Inneren war Deborah ein gutes Mädchen, Chief Inspector. Vielleicht stur und eigenwillig, aber im Grunde genommen vernünftig. Und wie eine Menge Mädchen in ihrem Alter war sie sehr naiv, was Männer anbelangte.«

»Inwiefern?«

»Sie verstand nicht, wie sie Frauen benutzen, sie manipulieren, und sie verstand ihre Machtgier nicht. Ich wollte, dass sie lernte, sich selbst wertzuschätzen. In der Sexualität, wenn es so weit wäre, wie auch in allen anderen Dingen. Wenn eine Frau ihr sexuelles Ich nicht respektiert, wird sie ihr gesamtes Leben hindurch das Opfer eines jeden Mannes sein. Und sich diesem ... diesem *Tier* hinzugeben, war ein schlechter Anfang für sie. Männer verstehen nicht immer, wie wichtig diese Zeit im Leben einer Frau ist.«

»War sie noch Jungfrau, bevor sie Spinks kennen gelernt hat?«

Sylvie nickte und verzog angewidert ihren Mund. »In der Nacht nach dem Streit hat sie mir alles erzählt. Er hatte einen Wagen gestohlen, wie so viele Jugendliche heutzutage. Sie haben eine Spritztour ins Heidemoor gemacht ...« Ihre Fäuste ballten sich beim Sprechen. »Und da hat er sie auf dem Rücksitz des Wagens genommen.«

»Hatten Sie ihn vor dieser Sache schon einmal gesehen?«

Sie nickte. »Nur ein Mal. Das war zwei oder drei Wochen vorher. Deborah hatte ihn mit nach Hause gebracht. Es war ein sonniger Tag. Sie grillten draußen, als ich vom Einkaufen in Leeds nach Hause kam.«

»Und was ist passiert?«

»Bei der Gelegenheit? Eigentlich nicht viel. Sie tranken – zweifellos auf Betreiben des Jungen. Deborah hatte eine Flasche Wein aus der Kelterei meines Vaters aus dem Keller geholt. Ich war ein bisschen verärgert, aber nicht sehr. Sie müssen wissen, Chief Inspector, dass ich in Frankreich aufgewachsen bin. Wir tranken Wein zu jeder Mahlzeit, als Kinder haben wir ihn mit Wasser verdünnt. Für uns ist es keine so große Sünde, wenn man als Minderjähriger Wein trinkt, wie für Sie Engländer.«

»Welchen Eindruck hatten Sie von John Spinks?«

»Er war ein sehr einsilbiger Junge. Er hatte eigentlich

nicht das Geringste zu sagen. Ich muss zugeben, dass ich ihn von Anfang an nicht mochte. Nennen Sie mich einen Snob, wenn Sie wollen, aber es stimmt. Nachdem er gegangen war, sagte ich Deborah, dass er nicht gut genug für sie wäre und dass sie sich lieber von ihm trennen sollte.«

»Wie hat sie darauf reagiert?«

Sylvie lächelte traurig. »So wie jedes sechzehnjährige Mädchen reagieren würde. Sie sagte mir, sie würde verkehren, mit wem sie wollte, und ich sollte mich um meine Sachen kümmern und damit aufhören, über ihr Leben bestimmen zu wollen.«

»Genau das Gleiche, was meine Tochter in einer solchen Situation gesagt hätte«, erklärte Banks. »Können Sie mir sonst noch etwas von Spinks berichten?«

Sylvie trank einen Schluck Tee, dann stand sie auf und holte ihre Handtasche. Sie fasste hinein und holte eine Schachtel Dunhill hervor. »Sie haben doch nichts dagegen, wenn ich rauche, oder?«, fragte sie. »Warum ich in meinem eigenen Haus um Erlaubnis frage, weiß ich auch nicht. Es ist nur, heutzutage ... diese Nichtraucherkampagnen ... die lassen einen nicht kalt. Nur in Stressmomenten falle ich wieder in diese Angewohnheit zurück.«

»Ich weiß, was Sie meinen«, sagte Banks und zog mit einem verschwörerischen Lächeln seine Silk Cut hervor. »Darf ich Ihnen Gesellschaft leisten?«

»Das wäre noch besser. Sir Geoffrey wird natürlich durchdrehen. Er glaubt, ich hätte aufgehört.«

Der Ausdruck »durchdrehen«, eine für Yorkshire typische Redewendung, klang komisch in dem leichten französischen Tonfall, fand Banks.

»Ihr Mann hat mir erzählt, dass Sie aus Bordeaux stammen«, sagte Banks und ließ sich von ihr mit einem schmalen, goldenen Feuerzeug Feuer geben.

Sylvie nickte. »Mein Vater ist in der Weinbranche. Ein *négociant*. Einer von *la noblesse du bouchon*.«

»Mein Französisch ist leider ziemlich eingerostet.«

»Wörtlich bedeutet es ›der Flaschenkorkenadel‹. Das ist ein Sammelbegriff für die *négociants* eines großen Weinanbaugebietes, wie Bordeaux.«

»Ich nehme an, es bedeutet, dass er reich ist.«

Sie rümpfte die Nase. »Sehr. Ich habe Geoffrey kennen gelernt, als er durch unsere Gegend reiste und eine Weinprobe machte. Das muss, oh, siebzehn Jahre her sein. Ich war damals erst neunzehn. Geoffrey war dreißig.«

»Und Sir Geoffrey hat sich in die Tochter des *négociant* verliebt? Wie romantisch!«

Sylvie förderte ein weiteres trauriges Lächeln zu Tage. »Ja, es war romantisch.« Dann nahm sie einen tiefen Zug von ihrer Zigarette und blies den Rauch durch die Nase aus. »Sie wollten wissen, ob ich Ihnen noch etwas über Spinks sagen kann, Chief Inspector. Ja, das kann ich. Aus dem Haus sind Sachen verschwunden.«

»Verschwunden? Was zum Beispiel?«

Sie zuckte mit den Achseln. »Eine silberne Schnupftabakdose. Nicht besonders wertvoll, aber für ein ungeübtes Auge sieht sie vielleicht antik aus. Etwas ausländische Währung. Ein Paar silberne Ohrringe. Solche kleinen Dinge.«

»Seit Deborah sich mit Spinks getroffen hat?«

Sie nickte. »Ja. Da bin ich mir ziemlich sicher. Deborah hätte so etwas nicht getan. Ich will nicht behaupten, dass sie eine Heilige war, das war sie ganz bestimmt nicht, aber immerhin war sie ehrlich. Sie war keine Diebin.«

»Haben Sie Deborah wegen der gestohlenen Sachen zur Rede gestellt?«

»Ja.«

»Und was hat sie gesagt?«

»Sie sagte, sie wüsste nichts über die verschwundenen Sachen, aber sie würde mit ihm reden.«

»Hat sie Ihnen erzählt, was er gesagt hat?«

»Sie erklärte, er hätte es geleugnet.«

»Hat Spinks nach dem Tag, an dem Sie ihn hinausgeworfen haben, jemals wieder ein Mitglied Ihrer Familie belästigt?«

Sylvie runzelte die Stirn und drückte ihre Zigarette aus. Sie rieb mit dem Handrücken über ihre Lippen, als wollte sie den Geschmack loswerden. »Er hat Drohungen ausgesprochen. Eines Tages, als sowohl Deborah als auch Sir Geoffrey unterwegs waren, kam er hierher.«

»Was hat er getan?«

»Getan hat er nichts. Auf jeden Fall ist er nicht handgreiflich geworden, wenn Sie das meinen. Wenn er das getan hätte, hätte ich keine Sekunde gezögert, die Polizei zu rufen. Ich habe versucht, ihm die Tür vor der Nase zuzumachen, aber er hat sich hereingedrängt und nach Geld gefragt.«

»Haben Sie ihm welches gegeben?«

»Nein.«

»Was hat er gesagt?«

»Er hat gedroht, wenn ich ihm kein Geld geben würde, würde er weiterhin Deborah treffen und er würde sie schwängern und sich so zu einem Mitglied der Familie machen.« Sie erschauderte. »Er war widerlich.«

»Und Sie haben ihm dennoch kein Geld gegeben?«

»Nein. Dann hat er gedroht, wenn ich ihm kein Geld gebe, würde er überall herumerzählen, dass er Sir Geoffreys Tochter entjungfert hat. Dass sie nichts als eine Schlampe wäre. Er sagte, er würde das auch in St. Mary's verbreiten und dafür sorgen, dass sie von der Schule gewiesen wird. Außerdem würde er dafür sorgen, dass die Leute in der

Geschäftswelt davon erfahren, so dass alle hinter seinem Rücken über Geoffrey lachen würden.«

»Was haben Sie getan?«

»Nichts. Ich war zu schockiert. Zum Glück war Michael gerade hier. Er hat das geregelt.«

»Und wie hat er das gemacht?«

»Ich weiß es nicht. Das müssen Sie ihn fragen. Ich war so durcheinander, dass ich nach oben gegangen bin. Alles, was ich sagen kann, ist, dass ich danach nichts mehr von der Sache gehört habe. Spinks verschwand aus unserem Leben, als wäre er nie da gewesen. Natürlich nicht, ohne einigen Schaden zu hinterlassen.«

»Hat er jemals gedroht, Deborah körperlich etwas anzutun?«

Sylvie schüttelte den Kopf. »Nicht dass ich wüsste.«

»Aber er schien auf jeden Fall zu Gewalttätigkeiten fähig zu sein?«

Sie berührte wieder ihre Narbe. »Ja. Glauben Sie ...?«

»Das weiß ich wirklich nicht«, erwiderte Banks. »Aber möglich ist alles. Wusste Mr Clayton von Anfang an von Spinks?«

»Ja. Als die beiden draußen grillten, kam er zufällig vorbei. Er sagte Spinks etwas wegen des Trinkens und Spinks reagierte sehr unverschämt. Michael war damals einer Meinung mit mir, dass Deborah zu schade für den Jungen wäre. Ich habe ihm auch erzählt ... dass ich die beiden im Bett überrascht hatte. Ich musste es einfach jemandem erzählen.«

Clayton schien verdammt häufig zufällig in Sir Geoffreys Haus aufzutauchen, dachte Banks. Besonders dann, wenn Sir Geoffrey unterwegs und nur Sylvie da war.

»Hat Mr Clayton selbst Familie?«, fragte er.

»Michael? Nein. Er und seine Frau, Gillian, haben sich vor

drei Jahren getrennt. Die Ehe war kinderlos.« Sie lächelte. »Ich glaube, zum Teil bestand das Problem darin, dass Michael mit seiner Arbeit verheiratet ist. Manchmal habe ich den Eindruck, seine Computer sind direkt mit seinem Gehirn verkabelt. Jetzt hat er eine Freundin in Seattle und das scheint ideal für ihn zu sein. Eine Fernbeziehung. Er reist ziemlich oft geschäftlich nach Seattle.«

»Wie lange kennen sich er und Sir Geoffrey schon?«

»Seit Oxford. Sie waren immer unzertrennlich. Michael war auch dabei, als ich Geoffrey kennen lernte.«

Banks hielt einen Moment inne und nippte an seinem lauwarmen Tee. »Kennen Sie die Lehrer von St. Mary's?«, wollte er wissen.

»Manche von ihnen. Wenn man so viel Geld für die Schule ausgibt, auf die man sein Kind schickt, wie wir es tun, möchte man auch ein gewisses Mitspracherecht haben, wie sie geführt wird.«

»Und?«

»Und St. Mary's ist eine ausgezeichnete Schule. Wunderbare Einrichtungen, eine gute Lehrerschaft, eine gesunde Atmosphäre ... Ich könnte so weitermachen.«

»Hatten Sie jemals das Gefühl, dort geht etwas Unangenehmes vor sich?«

»Unangenehmes?«

»Entschuldigen Sie, aber genauer kann ich es nicht sagen. Aber wenn jemand, oder auch eine Gruppe, in der Schule in etwas verwickelt war – in etwas Illegales wie Drogen – und wenn Deborah das herausgefunden hätte ... Schließlich ist sie auf dem Heimweg von der Schule überfallen worden. Jemand hätte ihr von dort folgen können.«

Sylvie schüttelte langsam den Kopf. »Das sind Dinge, die sich Polizisten ausdenken. Nein, ich habe nie den leisesten Anflug eines Gerüchtes gehört, dass in St. Mary's irgendetwas nicht in Ordnung wäre. Und ich glaube, dass man davon hört, wenn solche Dinge vor sich gehen.«

»Haben Sie Grund zu der Annahme gehabt, dass John Spinks oder jemand anderes Deborah mit Drogen in Berührung gebracht hat?«

Sie seufzte. »Ich kann nicht behaupten, dass ich mir deswegen keine Sorgen gemacht hätte.« Dann schüttelte sie den Kopf. »Aber ich glaube nicht. Ich habe nie Anzeichen dafür gesehen. Deborah war ein sehr aktives Mädchen. Sie hat ihre körperliche Gesundheit, ihre sportlichen Fähigkeiten viel zu sehr geschätzt, um sie durch Drogen zu zerstören.«

»Kennen Sie Patrick Metcalfe?«

»Ich habe ihn kennen gelernt, ja.«

»Hat Deborah mal von ihm gesprochen?«

»Nein, daran kann ich mich nicht erinnern.«

»Hat sie ihn gemocht?«

»Sie sagte weder das eine noch das andere. Sie kam in Geschichte ganz gut zurecht, obwohl es nicht ihr bestes Fach war. Aber warum fragen Sie?«

»Er ist einfach nur ein Teil des Gesamtbildes, das ist alles. Wahrscheinlich kein wichtiger Teil. – Hatte Deborah noch Kontakt zur Kirche, nachdem Sie und Ihr Mann nicht mehr hingegangen sind?«

»Das glaube ich nicht. Geoffrey hat hartnäckig darauf bestanden, dass wir alle fern bleiben. Aber die Schule und die Kirche blieben eng verbunden. Vielleicht hatte sie doch noch etwas Kontakt.« Sie rieb sich die Augen und stand auf. »Bitte entschuldigen Sie mich, Chief Inspector, aber ich fühle mich sehr müde. Ich glaube, ich habe Ihnen im Moment alles erzählt. Und ich hoffe, dass Sie diskret sind. Es wäre mir lieb, wenn Sie Geoffrey nicht erzählen, was ich Ihnen heute gesagt habe.«

Banks lächelte. »Natürlich nicht. Wenn Sie ihm auch

nicht erzählen, dass ich hier gewesen bin. Mein Chef ist leider ...«

Doch bevor er den Satz beenden konnte, ging die Eingangstür auf und Sir Geoffrey rief: »Ich bin wieder da, Liebling! Wie geht es dir?«

III

Auf der Rückseite des Eastvaler Busbahnhofes, hinter dem Lärm der heulenden Motoren und dem Gestank von Dieselabgasen, führten ein paar schwere Glastüren an der kleinen Bude eines Zeitungshändlers vorbei zu einem Aufzug, der selten funktionierte.

Am oberen Ende der Treppe mündete ein mit Geschäften gesäumter Gang in eine offene, mit Glas überdachte Einkaufszone, deren zentraler Springbrunnen von ein paar kleinen, schäbigen Bäumen in Holzkübeln umgeben war. Das Swainsdale-Center.

Mehrere weitere Gänge, die von anderen Straßeneingängen ausgingen, liefen wie Speichen in diesem Zentrum zusammen. Überall gab es Geschäfte – HMV, Boots, W. H. Smith, Curry's, Dixon's –, aber an diesem Mittwochabend um halb sieben war keines mehr geöffnet. Einzig und allein das kleine Café machte noch Umsatz – wenn man zwei Tassen Tee und einen Keks in den letzten zwei Stunden »Umsatz« nennen konnte.

Die Jugendlichen trieben sich am Springbrunnen herum, lehnten sich für gewöhnlich gegen die Bäume oder saßen auf den Bänken, die für kleine, alte Damen aufgestellt worden waren. Jetzt wagte es keine kleine, alte Dame, in ihre Nähe zu kommen.

Auf dem Grund des Beckens, in das die Fontäne spritzte, glitzerte eine Reihe Pennys. Gott weiß, warum die Leute meinten, sie müssten Münzen ins Wasser werfen, dachte Banks. Aber vor allem war das kleine Becken verdreckt mit dahintreibenden Zigarettenkippen, Cellophan, Verpackungen von Marsriegeln, Bierdosen, Plastiktüten, die Spuren von Lösungsmittel enthielten, und dem einen oder anderen benutzten Kondom.

Als er näher kam, durchzuckte Banks plötzlich eine Angst. Er stellte sich vor, dass Tracy inmitten dieser wilden Clique stand und eine von denen war, die rauchten, Bier tranken, sich gegenseitig albern schubsten und ab und zu Obszönitäten oder jähe Schreie ausstießen – sich eben so benahmen, wie Jugendliche es tun.

Dann erinnerte er sich daran – wie er es in den letzten Tagen ständig tun musste –, dass er in ihrem Alter nicht wesentlich anders gewesen war und dass die meisten Jugendlichen unter der Prahlerei und der rauen Schale im Grunde recht anständig waren.

Außer John Spinks.

Laut Tracy war Spinks wegen seiner oft erzählten, aber nie bewiesenen kriminellen Heldengeschichten so etwas wie der Star der Gruppe. Ihrer Meinung nach hatte er die meisten der Geschichten erfunden, doch selbst sie musste zugeben, dass er den anderen gelegentlich Zigaretten und Bier ausgab. Da er nicht arbeitete und vom Arbeitsamt nicht so viel Geld bekommen konnte, musste er sein Einkommen logischerweise durch kriminelle Aktivitäten aufbessern. Und es schien ihm nie an ein paar Pfund für eine neue Lederjacke zu mangeln.

Er lebte gemeinsam mit seiner Mutter in der Siedlung im Ostend, einem verfallenden Zeugnis des sozialen Optimismus der sechziger Jahre, aber er redete nie viel von seinem Zuhause.

Einmal hatte er damit geprahlt, bei einer »Acid-House-Party« in Manchester gewesen zu sein, hatte Tracy erzählt, und behauptet, dort Ecstasy genommen zu haben. Er hatte auch Klebstoffschnüffeln versucht, war aber zu der Überzeugung gelangt, dass es Kinderkram war und Pickel verursachte. Er war stolz auf seine reine Gesichtshaut.

Spinks, einen Kopf größer als die anderen, war nach Tracys Beschreibung sofort zu erkennen. Sein hellbraunes Haar war hinten und an den Seiten kurz, oben aber lang, und eine Locke bedeckte einen Teil seiner linken Gesichtshälfte. Er trug Jeans, Turnschuhe mit offenen Schnürsenkeln und eine halblange Armeejacke.

Als Banks und Hatchley auf ihn zutraten, ihre Dienstausweise zeigten und um ein persönliches, kleines Gespräch baten, lief er weder weg noch beschimpfte er sie oder protestierte, sondern zuckte nur mit den Achseln und sagte: »Klar.« Dann grinste er seine Kumpels von der Seite an und folgte ihnen.

Sie gingen in das Café, setzten sich an einen Tisch und Hatchley holte drei Kaffee und ein paar Schokoladenkekse. Die Besitzerin strahlte; das war mehr Umsatz, als sie seit einer Ewigkeit gemacht hatte.

Irgendwie hatte Tracy Recht: Spinks ähnelte einem Darsteller aus der Fernsehserie »Neighbours«. Er hatte ein markantes Gesicht mit glatter Haut, volle, für einen Jungen vielleicht etwas zu rote Lippen, braune Augen, die wahrscheinlich das Herz eines jungen Mädchens schmelzen lassen konnten, und gerade weiße Zähne, die vorne nur leicht vom Tabak verfärbt waren. Er nahm die Zigarette, die Banks ihm anbot, und brach den Filter ab, bevor er sie rauchte.

»Sie sind also Tracy Banks' Vater?«, fragte er.

»Das stimmt.«

»Sie hat gesagt, ihr Vater wäre Polizist. Hübsches Ding, die Kleine. Für eine Weile hatte ich ein Auge auf sie geworfen. Da fällt mir ein, ich habe sie seit ein paar Wochen nicht mehr gesehen. Was treibt sie denn so?«

Banks lächelte. Es hatte nicht lange gedauert, bis sich hinter dem guten Aussehen der eingebildete und großspurige kleine Schleimer offenbarte. Jetzt wusste er, dass er sich, egal was er tun musste, um Spinks zum Reden zu kriegen, nicht schlecht fühlen würde.

Als Banks nicht antwortete, stockte Spinks nur kurz. »Sagen Sie Tracy doch, sie soll mal abends vorbeikommen«, warf er dann lässig ein. »Sie weiß ja, wo sie mich findet. Wir könnten es uns ein bisschen gemütlich machen. Verstehen Sie, was ich meine?«

»Noch so eine Bemerkung«, schaltete sich Hatchley ein, »und du wischst dir während des restlichen Gesprächs Blut aus deiner Fresse.«

»Ach, jetzt kommen die Drohungen, was?« Er zuckte mit den Achseln. »Was soll's? Ich hatte die kleine Nutte schon und sie war nicht ...«

Die Frau hinter dem Tresen schaute erst in dem Moment herüber, nachdem Spinks' Gesicht auf den Tisch geknallt war, und eilte mit einem Lappen herbei, um den Blutfluss aus seiner Nase zu stillen.

»Das ist Amtsmissbrauch«, protestierte Spinks. Der kalte, nasse Lappen dämpfte seine Worte. »Der hat mir meine Scheißnase gebrochen, verdammte Kacke! Haben Sie das gesehen?«

»Ich?«, entgegnete die Frau. »Ich habe nichts gesehen. Und es gibt keinen Grund, in meinem Café vulgär zu werden. – Den Lappen können Sie behalten.«

»Komisch«, meinte Banks, »ich habe auch gerade woanders hingeguckt.« Er beugte sich vor. »Und jetzt hör mir gut zu, du kleines Arschgesicht, noch einmal von vorn. Aber diesmal stelle ich die Fragen und du antwortest. Ist das klar?«

Spinks fluchte grummelnd durch den Lappen.

»Ob das klar ist?«, fragte Banks erneut.

Spinks nahm den Lappen weg. Der Blutfluss schien abgeklungen zu sein und während des Gesprächs betupfte er nur noch ab und zu beleidigt seine Nase. »Sie haben mir einen Zahn locker geschlagen«, jammerte er. »Das kostet Geld. Ich habe nur Spaß gemacht, als ich über Ihre ...«

»Deborah Harrison«, sagte Banks. »Sagt dir der Name etwas?«

Spinks wandte seinen Blick ab. »Klar. Das ist doch die Schülerin von St. Mary's, die sich neulich umbringen ließ. Die Nachrichten waren voll davon.«

»Sie hat sich nicht ›umbringen lassen‹. Jemand hat sie ermordet.«

»Wie auch immer.« Die Haarlocke fiel ständig in Spinks' Auge, und er hatte die Angewohnheit entwickelt, mit dem Kopf zu zucken, um sie wieder an ihren Platz zu werfen. »Schauen Sie mich nicht so an. Ich habe sie nicht umgebracht.«

»Wo warst du Montagabend gegen sechs Uhr?«

»War das der Tag, wo es total neblig war?«

»Ja.«

»Ich war hier.« Er deutete nach draußen zu seiner Clique. »Sie können jeden fragen. Na los, fragen Sie sie!«

Banks gab Sergeant Hatchley ein Zeichen, der hinausging, um mit den Jugendlichen zu sprechen.

»Außerdem«, fuhr Spinks fort, »warum hätte ich sie umbringen sollen?«

»Du warst im Sommer mit ihr zusammen und ihr habt euch nicht gerade freundschaftlich getrennt. Du warst wütend auf sie und wolltest Rache.«

Er untersuchte seinen Zahn und zuckte zusammen. »Das ist totaler Schwachsinn. Außerdem durften sie Ihnen das gar nicht erzählen.«

»Wer?«

»Na, die französische Tussi und dieser verfluchte Clayton. Sie haben sich eine Menge Mühe gemacht, damit *ich* niemandem etwas erzähle, und jetzt quatschen sie es selber aus. Ziemlich bescheuert. Macht keinen Sinn. Es sei denn, sie wollen *mir* die Sache anhängen.« Er betupfte seine rote Nase.

Hatchley kam zurück und nickte.

»Sagen sie die Wahrheit?«, fragte Banks.

»Schwer zu sagen. Genau wie die Kumpels von Jelačić würden sie wahrscheinlich behaupten, schwarz war weiß, wenn ihr Obermacker hier es ihnen gesagt hat.«

Banks musterte Spinks, der keine Regung zeigte, aber weiterhin seine Nase betupfte und mit der Zunge seinen Zahn untersuchte. »Was hat Michael Clayton getan, um dich vom Reden abzuhalten?«, fragte er.

Spinks schaute hinab auf den blutbefleckten Lappen. »Können Sie sich vorstellen, wie es klingen würde, wenn eine Zeitung Wind davon bekäme, dass ein Asozialer aus dem Ostend wie ich die Tochter von Sir Geoffrey Harrison gevögelt hat?«

»Das ist der Grund. Ich will aber wissen, *was* er getan hat.«

»Kohle rübergeschoben.«

»Wer?«

»Clayton.«

»Michael Clayton hat dir Geld gegeben, damit du dich von Deborah Harrison fern hältst?«

»Das habe ich gesagt, ja.«

»Wie viel?«

»Hundert Eier.«

»Also gibst du zu, Lady Harrison erpresst zu haben?«

»Nicht im Geringsten. Hören Sie, wenn man eine Geschichte an die Zeitung verkauft, dann bezahlen sie einen dafür, richtig? Warum sollte man also nicht bezahlt werden, wenn man der Zeitung *keine* Geschichte verkauft?«

»Deine Logik ist phänomenal, John. Du hast deine Zeit in der Schule wirklich genutzt.«

Spinks lachte. »Schule? Da war ich kaum.«

»War Deborah zu Hause, als du dort warst und Geld wolltest?«

»Nee. Nur die beiden. Clayton und die alte Schachtel.« Er schlug einen vornehmen Ton an. »Es war nämlich Deborahs Reittag, müssen Sie wissen. Dressur. Sie hat ein Pferd draußen in Middleham. Deborah hat es immer gemocht, wenn warmes Fleisch zwischen ihren Schenkeln pochte.«

»Die beiden haben also mit dir gesprochen?«

»Stimmt.«

»Und nachdem Lady Harrison nach oben gegangen war, hat dir Michael Clayton eine geknallt und hundert Pfund gegeben.«

»Wie gesagt, wir haben uns geeinigt. Dann kam ihre Ladyschaft zurück und sagte, wenn sie jemals hören würde, dass ich über ihre Tochter gesprochen habe, dann würde sie es Sir Geoffrey erzählen und der würde mich wahrscheinlich umbringen lassen.«

»Du hast sie erpresst und sie hat dir mit Mord gedroht?«

»Ja. Diese reichen Wichser kommen mit allem durch. Genau wie die Bullenschweine.«

»Spar dir deine geistreichen Bemerkungen. – Hast du Deborah danach noch gesehen?«

»Nein.«

»Hattest du mal etwas mit der St.-Mary's-Kirche zu tun, mit Daniel Charters und seiner Frau oder mit Ive Jelačić?«

»Mit der Kirche? Ich? Das soll wohl ein Witz sein!«

»Hat Deborah mal von einem wichtigen Geheimnis gesprochen, das sie hatte?«

»Was für ein Geheimnis?«

»Du bist nicht besonders kooperativ, Johnny.«

»Ich weiß von keinem Geheimnis. Und ich heiße John. Was haben Sie vor? Wollen Sie mich verhaften?«

Banks trank einen Schluck Kaffee. »Weiß ich noch nicht. Wenn du Deborah nicht ermordet hast, wer hat es deiner Meinung nach dann getan?«

»Irgendein Irrer.«

»Warum bist du dir da so sicher?«

»Das haben sie in der Glotze gesagt.«

»Glaubst du alles, was in der Glotze gesagt wird?«

»Tja, wenn es kein Irrer war, wer war es dann?«

Banks seufzte und zündete sich eine weitere Zigarette an. Dieses Mal bot er Spinks keine an. »Das frage ich *dich*.« Er schnippte mit den Fingern. »Aufwachen, John Boy!«

Spinks betupfte seine Nase, sie hatte jetzt aufgehört zu bluten. »Woher soll ich das wissen?«

»Du kanntest sie. Du hast Zeit mit ihr verbracht. Hatte sie Feinde? Hat sie mit dir über ihr Leben gesprochen?«

»Was? Nein. Wir haben vor allem gefickt, wenn Sie die Wahrheit wissen wollen. Ansonsten war sie langweilig. Hat immer nur über Pferde und die Schule gelabert. Und sie hatte an allem etwas auszusetzen, was ich gesagt habe und wie ich es gesagt habe.«

»Tja, sie war eine gebildete Frau, John. Mir ist klar, dass es schwer für dich gewesen sein muss, mit ihrem Intellekt mitzuhalten.«

»Wie gesagt, sie war nur für *eine* Sache zu gebrauchen.«

»Ich habe gehört, du hast mal einen Wagen geklaut und mit Deborah eine Spritztour gemacht.«

»Ich ... Moment mal. Ich habe keine Ahnung, wer solche miesen Gerüchte über mich verbreitet, aber ich habe nie einen Wagen gestohlen. Ich kann nicht mal fahren.« Er holte einen Beutel Drum aus seiner Jackentasche und drehte sich eine Zigarette.

»Wie steht's mit Drogen?«

»Habe ich nie angerührt. Sauber bleiben, das ist mein Motto.«

»Wenn wir mal einen Blick in seine Taschen werfen würden«, sagte Sergeant Hatchley, »werden wir bestimmt genug finden, um ihn einzulochen. Jede Wette.«

Einen Augenblick starrte Banks Spinks an, als würde er über diese Idee nachdenken. Er sah, dass sich in den Augen des Jungen etwas rührte. Schlechtes Gewissen. Angst.

»Nein«, entschied er und stand auf. »Den Papierkram ist er nicht wert. Für den Moment lassen wir ihn in Ruhe. Aber«, fuhr er fort, »wir werden wahrscheinlich wiederkommen, also lauf nicht zu weit weg. Es sieht nicht gut aus, musst du wissen. Du verlierst schnell die Beherrschung, haben wir gehört, und du hattest jeden Grund, sauer auf das Opfer zu sein. Und noch etwas.«

Spinks hob die Augenbrauen. Banks beugte sich nach vorn, legte seine Hände auf den Tisch und senkte seine Stimme. »Wenn ich dich jemals im Umkreis von einem Kilometer von meiner Tochter erwische, dann wirst du glauben, die blutige Nase, die dir Sergeant Hachtley verpasst hat, war ein freundlicher Klaps auf die Schulter. Alles klar?«

IV

Zu Hause am späteren Abend, nach dem Abendessen, nachdem Tracy hinauf in ihr Zimmer gegangen war, um ihre Hausaufgaben zu machen, hatten Banks und Sandra schließlich ein paar Stunden für sich. Aus den Lautsprechern erklang leise Elgars erste Sinfonie und Banks schenkte sich einen kleinen Laphroaig und Sandra einen Drambuie auf Eis ein. Er würde heute Abend nicht rauchen, nicht zu Hause, beschloss er, obwohl der torfige Geschmack des Scotchs fast nach der Gesellschaft einer Zigarette schrie.

Als Erstes erzählte Banks Sandra von Spinks und seinem Besuch bei Sylvie Harrison.

»Ich denke, der Chief Constable hat die Familie zur Sperrzone erklärt«, entgegnete sie.

»Stimmt.« Banks zuckte mit den Achseln. »Ich bin auch nur mit knapper Not entkommen. Sir Geoffrey kam nach Hause und hat mich dabei erwischt, wie ich mit ihr gesprochen habe. Ein Wort in Jimmy Riddles Ohr und ich bin unten durch. Zum Glück wollte Lady Harrison nicht, dass er erfährt, dass wir über Deborahs Freund gesprochen haben; deshalb hat sie ihm erzählt, ich wäre nur kurz vorbeigekommen, um von den Fortschritten der Ermittlung zu berichten. Dass sie geraucht hatte, hat ihn mehr geärgert als meine Anwesenheit.«

»Dieser Spinks«, sagte Sandra, »das scheint ja ein ganz übler Kerl zu sein. Glaubst du, dass Tracy etwas mit ihm zu tun hatte?«

Banks schüttelte den Kopf. »Er gehörte nur zur Clique. Sie ist zu vernünftig, um sich mit ihm einzulassen.«

»Deborah Harrison war es anscheinend nicht.«

»Wir machen alle Fehler.« Banks stand auf und ging in den Flur.

»Hey, quäl dich nicht«, sagte Sandra mit einem Lächeln. »Rauche eine Zigarette, wenn du willst. Ich hatte einen harten Tag in der Galerie. Vielleicht leiste ich dir sogar Gesellschaft.« Sandra hatte vor einigen Jahren mit dem Rauchen aufgehört; sie schien allerdings hin und wieder eine Zigarette rauchen zu können, ohne wieder ganz damit anzufangen. Banks beneidete sie darum.

Aber wie sich herausstellte, wollte Banks nicht seine Zigaretten holen, sondern das Foto, das Stott und Hatchley bei Owen Pierce gefunden hatten. Aber angesichts der großzügigen Erlaubnis wurde er schwach und zog seine Schachtel Silk Cut aus der Manteltasche.

Nachdem sich beide eine Zigarette angesteckt hatten und während das Adagio der Sinfonie begann, nahm Banks das Foto aus dem Umschlag und reichte es Sandra.

»Was hältst du davon?«, fragte er.

»Sehr hübsch. Aber mit Sicherheit nicht dein Typ. Ihre Brüste sind zu klein für deinen Geschmack.«

»Das habe ich nicht gemeint. Und gegen kleine Brüste habe ich nichts.«

Sandra knuffte ihn mit dem Ellbogen und lächelte. »Ich mache nur Spaß.«

»Meinst du, das habe ich nicht gemerkt? – Aber mal ehrlich, was hältst du davon? Als Fachfrau?«

Sandra runzelte die Stirn. »Das ist nicht *sie*, oder? Es ist nicht das Mädchen, das ermordet wurde, oder?«

»Nein. Aber siehst du da eine Ähnlichkeit?«

Sandra rutschte zur Seite und hielt das Foto unter die abgedunkelte Lampe. »Ja, ein bisschen. Das Foto in der Zeitung war allerdings nicht besonders gut. Und jugendliche Mädchen sind irgendwie noch etwas unfertig. Wenn sie eine ähnliche Haarfarbe und einen ähnlichen Stil haben und wenn sie ungefähr von gleicher Größe und Figur sind, dann kann man ziemlich schnell eine Übereinstimmung herstellen.«

»Diese hier war anscheinend kein Teenager mehr. Sie war zweiundzwanzig, als das Foto aufgenommen wurde.«

Sandra hob ihre dunklen Augenbrauen. »Könnten wir doch nur alle so viel jünger aussehen, als wir sind.«

»Was hältst du stilistisch davon?«

»Als Fotografie ist es gut. Sehr gut sogar. Eine ausgezeichnete Bildkomposition. Die Pose sieht natürlich aus und das Licht ist meisterhaft gesetzt. Siehst du, wie es diese Mulde unter den Brüsten und die leichte Wölbung des Bauches hervorhebt? Man kann sogar sehen, wo das Licht die winzigen Haare auf ihrer Haut einfängt. Und das Bild hat eine Stimmung, eine Einheit. Sie lächelt so geheimnisvoll. Ein bisschen wie Mona Lisa. Das lässt auf ein enges Verhältnis zum Fotografen schließen.«

»Meinst du, sie hat ihn gekannt?«

Während Elgars Musik leise im Hintergrund spielte, studierte Sandra das Foto eine Weile schweigend. »Die beiden waren ein Liebespaar«, erklärte sie schließlich. »Jede Wette, die beiden waren ein Liebespaar.«

»Weibliche Intuition?«

Sandra stieß erneut ihren Ellbogen in seine Rippen. Diesmal härter. Dann gab sie ihm das Foto zurück. »Nein. Schau dir nur ihre Augen an, Alan. Das Lachen, die Art, wie sie ihn ansieht. Es liegt auf der Hand.«

Als er sich das Foto genauer anschaute, wusste Banks, dass Sandra Recht hatte. Ein Mann und eine Frau schauten sich nur dann auf diese Weise an, wenn sie miteinander geschlafen hatten oder wenn sie miteinander schlafen wollten. Er konnte nicht erklären, warum, und er hatte mit Sicherheit keinen Beweis dafür, aber genau wie Sandra wusste er es einfach. Und Barry Stott hatte gesagt, dass

Pierce geleugnet hatte, die Frau zu kennen. Dann bestand die nächste Aufgabe also darin, sie zu finden und zu ergründen, warum er geleugnet hatte. Auf die ersten Laborergebnisse würde er noch warten, aber dann würde Banks selbst ein langes Gespräch mit Owen Pierce führen müssen.

ACHT

I

Der Mann, der am Samstagnachmittag um zwei Uhr im Verhörzimmer vor Banks saß, sah sehr verärgert aus. Banks konnte es ihm nicht verdenken. Er wäre auch sauer gewesen, wenn an seinem freien Tag zwei massige Polizisten vorbeigekommen wären und ihn auf das Polizeirevier geschleppt hätten, noch dazu am Volkstrauertag.

Aber es half nichts. Banks wäre auch lieber zu Hause geblieben und hätte sich wie jeden 11. November Brittens *War Requiem* angehört, aber das musste warten. Neue Infomationen waren eingetroffen. Es war für ihn an der Zeit, sich persönlich mit Owen Pierce zu unterhalten.

»Entspannen Sie sich, Owen«, sagte Banks. »Wir werden hier wahrscheinlich ein Weile miteinander verbringen; es macht also keinen Sinn, wenn Sie Ihren Blutdruck schon jetzt in die Höhe schießen lassen.«

»Warum fangen Sie dann nicht einfach an?«, entgegnete Owen. »Ich könnte meine Zeit auch angenehmer verbringen.«

Banks seufzte. »Ich auch, Owen, ich auch.« Er legte neue Bänder in den Doppelkassettenrecorder, erklärte Owen dann, dass das Gespräch aufgezeichnet werde, und diktierte die Namen der Anwesenden sowie die Zeit, den Ort und das Datum.

Susan Gay war die einzige noch anwesende Person. Sie hatte hauptsächlich eine beobachtende Rolle, aber Banks würde ihr die Möglichkeit geben, ein oder zwei Fragen zu stellen. Da bisher nur Stott und Hatchley mit Pierce gesprochen hatten, versuchten sie es nun mit einem »frischen Team«, und Banks hatte am Morgen bereits ein paar Stunden damit verbracht, die Abschriften der früheren Gespräche zu lesen.

»Na gut«, begann Banks, »zuerst möchte ich Sie darauf hinweisen, dass Sie nichts sagen *müssen*. Wenn Sie aber jetzt einen Sachverhalt unerwähnt lassen, den Sie später zu Ihrer Verteidigung vorbringen, könnte der Richter zu dem Entschluss kommen, dass die Nichterwähnung des Sachverhaltes die mögliche Anklage gegen Sie erhärtet. Von diesem Gespräch wird ein Bericht angefertigt, der als Beweismittel verwendet werden kann, falls Sie vor Gericht kommen.«

Owen schluckte. »Bedeutet das, ich bin verhaftet?«

»Nein«, sagte Banks. »Das ist eine reine Formalität, damit wir alle Bescheid wissen. Mir wurde gesagt, dass Sie über Ihr Recht auf einen Anwalt informiert wurden, stimmt das?«

»Ja.«

»Und Sie haben darauf verzichtet?«

»Im Moment ja. Ich kann nur wiederholen, dass ich nichts getan habe. Weshalb sollte ich also für einen Anwalt zahlen?«

»Verstehe. Anwälte können sehr teuer sein. Na gut, Owen, können wir dann bitte noch einmal den vergangenen Montagabend durchgehen?«

Owen seufzte und erzählte genau das Gleiche, was er Stott bei den beiden früheren Gesprächen erzählt hatte.

»Und Sie hatten nie, zu keiner Zeit des Tages, Kontakt zu dem Opfer, Deborah Harrison?«

»Nein. Wie denn? Ich wusste überhaupt nicht, wer sie war.«

»Sie sind sich ganz sicher, dass Sie das Mädchen nicht getroffen haben?«

»Wie gesagt, ja.«

»Warum hielten Sie sich in der Gegend auf?«

»Ich bin einfach spazieren gegangen.«

»Ach, hören Sie doch auf! Glauben Sie, ich bin von gestern, Owen, oder was? Sie haben sich mit Deborah getroffen, richtig? Sie kannten sie.«

»Das ist doch lächerlich. Woher sollte ich ein Mädchen wie sie kennen?«

Banks griff in seine Aktentasche und schob das Foto über den Tisch. »Wer ist das?«, fragte er.

»Irgendein Modell.«

»Schauen Sie sich das Foto an, Owen. Schauen Sie es sich genau an. Sie kennen sie. Jeder Idiot kann das sehen.«

Banks beobachtete, wie Owen blass wurde und sich mit der Zunge über die Lippen fuhr. »Ich weiß nicht, was Sie meinen«, entgegnete er dann. »Sie war nur ein Modell.«

»Nur ein Modell. Blödsinn! Haben Sie nicht ihre Ähnlichkeit mit dem ermordeten Mädchen bemerkt?« Banks legte ein Foto von Deborah Harrison daneben.

Owen schaute weg. »Nein, habe ich nicht.«

»Schauen Sie es sich noch einmal an.«

Owen betrachtete es und schüttelte den Kopf. »Nein.«

»Und Sie behaupten weiterhin, dass Sie Deborah Harrison niemals getroffen haben?«

»Richtig.« Er schaute auf seine Uhr. »Hören Sie, wann ist diese Farce vorbei? Ich habe Arbeit zu erledigen.«

Banks schaute hinüber zu Susan und nickte. Sie beugte sich vor und legte zwei beschriftete Päckchen auf den Tisch.

»Die Sache ist die, Owen«, sagte Banks, »dass diese Beweise das Gegenteil verraten.«

»Beweise? Welche Beweise?«

»Haare, Owen, Haare.« Banks tippte auf den ersten Umschlag. »Um es kurz zu machen, dieser Umschlag enthält Haarproben, die wir an dem Anorak gefunden haben, den Sie am Montagabend bei Ihrem Spaziergang getragen haben und den wir mit Ihrer Erlaubnis untersucht haben. Eine Reihe dieser Haare stammen, so haben unsere Fachleute festgestellt, vom Kopfhaar Deborah Harrisons.«

Owen umklammerte die Tischkante. »Das kann nicht sein! Das muss ein Irrtum sein.«

Banks schüttelte mit ernster Miene den Kopf. »Ich könnte Sie natürlich mit den wissenschaftlichen Details über die Medulla und den Kortex und so weiter langweilen, aber Sie können mir glauben. Die Haare stammen von Deborah Harrison.«

Owen sagte nichts. Susan schob das andere Päckchen nach vorn. »Und dieser Umschlag«, fuhr Banks fort, »enthält Haarproben, die von Deborah Harrisons Schulblazer genommen worden sind. Merkwürdigerweise sind einige dieser Haare eindeutig als Ihre identifiziert worden; sie entsprechen den Proben, die wir neulich mit Ihrer Genehmigung von Ihnen genommen haben.« Banks lehnte sich zurück und verschränkte seine Arme. »Ich denke, Sie haben uns einiges zu erklären, finden Sie nicht, Owen?«

»Sie versuchen, mir die Sache anzuhängen. Diese Haare sind nicht meine. Das ist schlichtweg unmöglich. Sie lügen, damit ich gestehe, stimmt's?«

»Was gestehen, Owen?«

Owen lächelte. »So einfach legen Sie mich nicht herein.«

Banks beugte sich vor. »Lesen Sie es mir von den Lippen ab, Owen«, sagte er. »Wir lügen nicht. Diese Haare sind Ihre.«

Owen fuhr sich mit einer Hand durchs Haar. »Moment mal. Es muss eine einfache Erklärung dafür geben. Bestimmt.«

»Das hoffe ich«, erwiderte Banks. »Die würde ich wirklich gerne hören.«

Owen biss sich auf die Unterlippe und konzentrierte sich. »Das Einzige, was mir einfällt«, sagte er nach einer Weile, »ist, dass mich jemand angerempelt hat, als ich auf der Brücke stand. Das ging alles ganz schnell. Ich hatte den Fluss hinabgeschaut, und als ich mich umgedreht habe, ist sie voll in mich reingerannt. Ich konnte sie nicht genau erkennen, weil sie gleich wieder im Nebel verschwunden ist und ich sie nur von hinten gesehen habe, aber ich glaube, sie hatte langes blondes Haar und trug einen dunklen Blazer und einen dunklen Rock. Das könnte sie gewesen sein, oder? So könnte es doch passiert sein, oder?«

Banks runzelte die Stirn und schaute in seine Notizen. »Das verstehe ich nicht, Owen. Als Sie mit Inspector Stott und Sergeant Hatchley gesprochen haben, haben Sie nichts davon gesagt.«

»Ich weiß.« Owen schaute weg. »Beim ersten Mal hatte ich es einfach vergessen. Und dann, äh … als ich mich daran erinnerte, nachdem ich die Zeitung gelesen hatte und wusste, warum die beiden mich befragt hatten … na ja, da ich zuerst nichts davon gesagt hatte, hatte ich Angst, dass es schlecht aussehen könnte, wenn ich plötzlich mit der Sache komme.«

»Schlecht aussehen? Aber wieso denn, Owen? Warum hätte es schlecht ausgesehen, wenn Sie einfach gesagt hätten, dass das Mädchen Sie angerempelt hat? Wovor hatten Sie Angst?«

»Ja, schon, aber ob es wirklich Deborah Harrison gewesen ist … keine Ahnung. Woher sollte ich das wissen? Nichts zu sagen, schien mir einfach das Beste zu sein. Es kam mir nicht wichtig vor. Es tut mir Leid, wenn ich Ihnen Probleme gemacht habe.«

»*Uns* Probleme gemacht? Nicht wirklich, Owen. Aber Ihnen macht es einige Probleme. Denn es ist doch komisch, dass Sie den Vorfall gerade jetzt erwähnen, wo wir die Auswertung der Haarproben haben, oder?«

»Ja, aber ... wie gesagt. Sie können das doch überprüfen, oder? Hat ihre Freundin mich nicht gesehen? Ich konnte sie gerade noch im Nebel erkennen.«

Banks tippte auf die beiden Umschläge. »Und wenn sie Sie gesehen hat? Das hilft Ihnen auch nicht, oder? Das macht die Sache im Grunde noch schlimmer.«

»Aber dass ich auf der Brücke war, habe ich nie geleugnet.«

»Nein. Aber Sie haben uns im Glauben gelassen, dass Sie Deborah Harrison nicht gesehen haben. Jetzt ändern Sie Ihre Geschichte. Ich wüsste gern, warum.«

»Ich war einfach durcheinander.«

»Das verstehe ich, Owen. Aber warum haben Sie den Beamten, die zuerst mit Ihnen gesprochen haben, nicht erzählt, dass Sie an dem Abend Deborah Harrison gesehen haben?«

»Das habe ich Ihnen doch gesagt. Ich hatte es vergessen. Schließlich hatte ich keine Ahnung, warum die Beamten mit mir sprechen wollten. Später dann, als es mir klar wurde ... Ich hatte Angst, dass ich genau in eine solche Situation gerate, wenn ich es Ihnen erzähle. Dass Sie es missverstehen, so wie jetzt.«

»Missverstehen?«

»Ja. Falsch interpretieren, verzerren, verdrehen, missverstehen eben.«

»Ich kenne die Bedeutung des Wortes, Owen«, sagte Banks. »Sie müssen mich nicht belehren. Mir ist nur nicht klar, wie das Wort auf Ihren Fall angewendet werden kann.«

»Entschuldigen Sie. Schreiben Sie das einfach der Pedanterie eines Englischlehrers zu. Ich wollte nur sagen, dass ich glaube, Sie haben zu viel in diese Sache hineingelesen. Wenn man es mal genau nimmt, ist das doch kaum ein richtiger Beweis, oder? Das müssen Sie zugeben.« Owen versuchte ein Lächeln, aber es gelang ihm nur ein schiefes Grinsen. »Ich meine, ein paar Haare. Das ist doch kaum genug, um vor Gericht zu überzeugen, oder?«

»Kommen Sie mir nicht klugscheißerisch, Freundchen!«

»Aber ... aber nein. Ich wollte nur darauf hinweisen.«

»Allerdings wissen wir nicht, *wie* die Haare dorthin gelangt sind, wo sie waren, oder?«

»Das habe ich ja gerade gesagt. Vielleicht ist es passiert, als sie mich angerempelt hat.«

»Wenn es Deborah Harrison war, die Sie angerempelt hat.«

»Ich habe keine andere Erklärung.«

»Aber ich. Sie haben uns schon vorher belogen, Owen. Sie haben Inspector Stott und Sergeant Hatchley belogen. Warum sollten wir Ihnen jetzt glauben?«

Owen schluckte. Sein Adamsapfel hüpfte auf und ab. »Belogen?«

»Nun, Sie haben uns nicht erzählt, dass Sie Deborah gesehen haben. Oder meinetwegen, dass sie Sie angerempelt hat. Das ist in gewisser Weise eine Lüge, oder? In Ihren Augen ist das vielleicht nur ein Versäumnis. Und Sie behaupten außerdem, dass Sie das Mädchen auf dem Foto nicht kennen, obwohl Sie sie kennen, nicht wahr?«

»Nein, ich ...«

Banks seufzte. »Hören Sie, Owen, ich gebe Ihnen noch eine letzte Chance, Ihren Kopf selbst aus der Schlinge zu ziehen, bevor es zu spät ist. Wir haben noch einmal mit dem Wirt im Nag's Head gesprochen und ihm das Foto von diesem ›Modell‹ gezeigt. Er sagt, Sie waren des Öfteren gemeinsam mit ihr in dem Pub. Er hat Sie beide zusammen gesehen. Was haben Sie dazu zu sagen?«

Banks bemerkte, wie auf Owens Stirn Schweiß zu perlen begann. »Na gut. Ich kenne sie. Kannte sie, besser gesagt. Aber ich verstehe nicht, warum das irgendwie wichtig sein soll. Sie war meine Freundin. Wir haben zusammengelebt. Sind Sie jetzt zufrieden?«

»Wer ist sie? Wo ist sie jetzt? Was ist mit ihr geschehen?«

Owen legte seine Hände auf die Ohren. »Ich kann nicht glauben, was ich da höre. Sie nehmen doch wohl nicht an, dass ich auch Michelle umgebracht habe, oder?«

»Auch? Genau wie wen?«

»Um Himmels willen! Das war doch nur eine Redewendung.«

»Ich hätte gedacht, ein so pedantischer Englischlehrer wie Sie würde vorsichtiger mit seinen Redewendungen umgehen.«

»Ja, nun, ich bin durcheinander.«

»Diese Michelle, was ist passiert?«

»Wir haben fast fünf Jahre zusammengelebt, im Sommer haben wir uns getrennt. So einfach ist das.«

»Und wo ist sie jetzt?«

»Sie lebt in London. In Swiss Cottage.«

»Warum haben Sie sich getrennt?«

»Warum trennt man sich?«

»Unvereinbare Differenzen?«, schlug Banks vor.

Owen lachte heiser. »Ja. Das kommt hin. Unvereinbare Differenzen. So könnte man es nennen.«

»Und wie würden *Sie* es nennen?«

»Das geht Sie nichts an. Aber da ist noch etwas. Es hat mit all dem hier nichts zu tun, aber wenn es hilft ...«

»Ja?«

»Es geht darum, warum ich spazieren gegangen bin. Es war nämlich der Jahrestag. Der Tag, an dem ich sie kennen gelernt habe. Ich war ein bisschen geknickt, ein bisschen traurig. Wir sind immer am Fluss spazieren gegangen, bis nach St. Mary's und noch weiter, und manchmal sind wir ins Nag's Head gegangen, um etwas zu trinken. Ich habe also nur deshalb diesen langen Spaziergang gemacht, um die Erinnerung aus dem Kopf zu kriegen.«

»Waren Sie betrübt?«

»Natürlich war ich betrübt. Ich habe sie geliebt.«

»Haben Sie es aus dem Kopf gekriegt?«

»In gewissem Maße.«

»Und wie haben Sie es aus dem Kopf gekriegt?«

»Ach, das ist doch absurd. Sie haben immer nur das eine im Sinn. Es bringt nichts, weiter mit Ihnen zu reden.«

»Vielleicht, Owen. Aber Sie müssen zugeben, dass die Sache nicht besonders gut aussieht. Sie haben uns *vier Mal* belogen.« Er zählte die Lügen mit den Fingern auf. »Einmal damit, warum Sie spazieren gegangen sind; einmal damit, Deborah Harrison nie getroffen zu haben; einmal damit, das Mädchen auf dem Foto nicht zu kennen; und schließlich damit, nie mit jemandem zusammengelebt zu haben. Alles Lügen, Owen. Verstehen Sie, wie das für mich aussehen muss?«

»Aber das waren doch alles ... ganz harmlose Lügen. Ja, richtig, ich habe gelogen. Ich gebe es zu. Aber mehr auch nicht. Ich habe niemandem etwas angetan.«

In dem Moment klopfte es leise an der Tür, so wie Banks es vorher abgemacht hatte. Er schaltete den Kassettenrecorder aus und bat die Person herein. Inspector Stott trat ein, grüßte mit einem Nicken kurz Owen Pierce und entschuldigte sich für die Störung. Dann reichte er Banks einen Bericht und stellte sich neben die Tür.

Banks schaute sich die Papiere an, nahm sich Zeit und

tat so, als würde er die Information noch nicht kennen, die sie enthielten. Als er fertig war, reichte er sie an Susan weiter. Während der ganzen Zeit war er sich Owens Unbehagen und Unruhe bewusst. Susan las den Bericht und hob die Augenbrauen. Banks fand, dass sie ein bisschen übertrieben und sich wie Ärzte verhielten, die sich gerade Röntgenaufnahmen angesehen und dabei entdeckt hatten, dass ihr Patient an einem inoperablen Tumor litt. Aber es funktionierte. Jetzt schwitzte Pierce wirklich.

Banks schaltete den Kassettenrecorder wieder an, erklärte knapp, weshalb er ihn ausgestellt hatte, und fügte hinzu, dass nun auch Detective Inspector Stott anwesend war. »Die Ergebnisse der Bluttests«, sagte er zu Owen.

»Welche Bluttests?«

»Erinnern Sie sich, dass wir Ihnen neulich Blut abgenommen haben?«

»Ja, aber ...«

»Mit Ihrer Erlaubnis.«

»Ich weiß, aber ...«

»Nun, wir haben auf Ihrem Anorak auch einen kleinen, getrockneten Blutfleck gefunden, und laut diesem Bericht, Owen, ist es Deborah Harrisons Blutgruppe und nicht Ihre. Können Sie das erklären?«

»Ich ... Ich ...«

Während Owen mühsam nach einer Erklärung suchte, schwiegen die drei Ermittler. Dann ergriff Banks erneut das Wort. »Kommen Sie, Owen«, sagte er. »Erzählen Sie es uns. Es wird Ihnen gut tun.«

Owen schlug mit der Faust auf den Tisch. »Es gibt nichts zu erzählen! Ich habe ein Mädchen gesehen. Sie hat mich angerempelt. Dann ist sie weggelaufen. Es *könnte* Deborah Harrison gewesen sein. Es war neblig. Ich konnte sie nicht genau erkennen. Mehr ist nicht passiert. Ich habe keine Ahnung, wie das Blut dort hingekommen ist. Sie versuchen, mich in die Enge zu treiben. Sie wollen mir Beweise unterjubeln.«

»Allmählich klingen Sie ein bisschen verzweifelt, Owen«, sagte Banks. »Sie klammern sich an Strohhalme. Warum beruhigen Sie sich nicht und erzählen uns alles?«

»Aber *warum* sollte ich das Mädchen umgebracht haben? Welchen Grund sollte ich denn gehabt haben? Wieso glauben Sie mir nicht?«

»Weil Sie uns nicht die Wahrheit gesagt haben. Das bedeutet, Sie haben etwas zu verbergen. Und dann ist da noch etwas.«

»Was?«

»Wir haben Ihr Blut unter Deborahs Fingernägeln gefunden. Was haben Sie dazu zu sagen?«

»Nichts«, antwortete Owen. »Ich will einen Anwalt. Sofort. Ohne einen Anwalt sage ich kein Wort mehr.«

»Das ist Ihr gutes Recht«, meinte Banks. »Aber hören Sie mir einen Moment zu, bevor Sie noch etwas tun oder sagen. Sie werden sich wesentlich besser fühlen, wenn Sie uns einfach erzählen, was passiert ist. Und auf lange Sicht wird es günstiger für Sie sein. Als Sie Deborah Harrison auf der Brücke gesehen haben, da hat sie Sie an diese Michelle erinnert, nicht wahr? Das Mädchen, wegen dem Sie niedergeschlagen waren. Haben Sie Deborah anstelle von Michelle bestraft, Owen? Steckt das dahinter? Was hat sie Ihnen angetan?«

Owen brach den Blickkontakt ab. »Nichts«, erwiderte er. »Das sind alles reine Spekulationen. Totaler Blödsinn.«

»Sie sind ihr auf den Friedhof gefolgt und haben sie angesprochen, richtig?«, fuhr Banks ruhig fort und setzte seine Ellbogen auf den Tisch. »Vielleicht haben Sie ihr einen Fünfer angeboten, damit sie Sie arrogant abwimmelte, so dass Sie sich vormachen konnten, Sie hätten es mit Michelle zu tun. Was auch immer. Es spielt keine Rolle. Aber sie hat nicht so reagiert, wie Sie wollten. Deborah kriegte es mit der Angst zu tun. Sie zerrten sie vom Weg, hinter das Inchcliffe-Mausoleum. Dort war es dunkel und neblig und ruhig. Sie wollten sie bestrafen, nicht wahr? Wollten sie gehörig bestrafen, um ihr zu zeigen, dass sie Ihnen das nicht antun konnte, ohne ungestraft davonzukommen. Ihre ganze aufgestaute Wut machte sich Luft, nicht wahr, Owen? Was ist passiert? Kamen Sie nicht darüber hinweg? Was hat Michelle Ihnen angetan? *Sie* war es, die Sie erwürgt haben, nicht wahr? Warum haben Sie fälschlich behauptet, sie nicht zu kennen?«

Owen legte seinen Kopf in die Hände und stöhnte. Banks sammelte seine Papiere zusammen, stand auf und gab Stott ein Zeichen. »Owen Pierce«, sagte Stott, »auf Ihre Rechte sind Sie bereits hingewiesen worden, nun werden wir Sie verhaften. Ich möchte Sie bitten, mit mir zum Strafvollzugsbeamten zu kommen. Haben Sie mich verstanden, Owen?«

II

Stott hatte es auf dem Weg nach unten »Vollzugsabteilung« genannt und auf dem Schild an der Tür stand »Arrestzelle«, aber für Owen war es nichts weniger als der Eingang zur Hölle. Von aller Hoffnung verlassen ...

Es handelte sich um einen höhlenartigen Raum im Keller des Eastvaler Polizeireviers, der voller Lärm und Betriebsamkeit war. Am Samstagnachmittag war in der Vollzugsabteilung immer am meisten los. Zusätzlich zu den üblichen samstäglichen Fällen von Ladendiebstahl, Rowdytum und Trunkenheit hatte Eastvale United gerade ein Heimspiel gegen den Erzrivalen aus Ripon und sowohl auf dem Spielfeld wie auch außerhalb hatte es bereits eine Menge Gewaltausbrüche gegeben.

Anscheinend war einmal versucht worden, dem Raum mit zitronengelber Farbe eine heitere Atmosphäre zu geben, mittlerweile sah der abblätternde Anstrich jedoch wie ein einziger Nikotinfleck aus. Owen saß zwischen Stott und Hatchley auf einer harten Bank gegenüber einigen erhöhten, zusammengeschobenen und am Boden befestigten Tischen, welche die gesamte Länge des Raumes wie einen Tresen säumten. Unter der Leitung des für den Vollzug zuständigen Sergeants waren hinter den Tischen ungefähr sechs oder sieben uniformierte Polizeibeamte gräuschvoll damit beschäftigt, auf Schreibmaschinen zu tippen, Formulare auszufüllen und Leute zu befragen. Der Kontrast zwischen dem spürbaren Angstgeruch und dieser glatten, bürokratischen Aktivität besaß für Owen einen ganz besonderen Schrecken und erinnerte ihn an die Notaufnahme eines Krankenhauses, wo offene Fleischwunden bluteten und hochmoderne Geräte summten und piepten.

Im Moment hing ein Betrunkener mit blutigem Gesicht über dem Tresen und trällerte dem Sergeant »Danny Boy« vor, der versuchte, seine Personalien herauszubekommen. Auf den Bänken in Owens Nähe saßen ein paar düstere Skinheads, denen die Schnürsenkel ihrer Kampfstiefel fehlten, ein Mann, der in jeder Hinsicht einem Bankangestellten glich und vielleicht, so dachte Owen, etwas unterschlagen hatte, sowie eine nervös aussehende, schick gekleidete junge Frau, die an ihrer Lippe kaute. Eine Kleptomanin?

Ein anderer Mann am Tresen warf einem der Beamten vor, dass man es nur auf ihn abgesehen hätte, weil er schwarz war. Der Betrunkene hielt in seinem Lied inne und schaute hinüber. »Das ist auch verdammt richtig so!«, schrie er. »Geh doch zurück in den Scheißdschungel, wo du herkommst, Bimbo!« Dann übergab er sich in einem grellen Schwall über den ganzen Tisch, sank hinab auf seine Knie, krallte die Hände in seinen Bauch und begann zu wimmern. Fluchend machte der Sergeant einen Satz zurück, war aber nicht schnell genug, um zu verhindern, dass einige Spritzer des Erbrochenen auf seiner Uniform landeten.

»Schmeißt das Arschloch raus!«, brüllte er. Bei der unheimlichen Akustik des Raumes schwoll seine Stimme an, hallte durchdringend und erstarb dann plötzlich.

Adrenalin schoss durch Owens Adern. Er holte ein paar Mal tief Luft, um sich zu beruhigen, und wäre durch den Gestank des Erbrochenen und durch das ammoniakhaltige Putzmittel, das ihm in die Nase stieg, fast ohnmächtig geworden.

Ein Beamter schrieb mit einem schwarzen Filzstift Namen, Nummern, Anklagen und Zeiten an eine weiße Tafel. Poster bedeckten die Wände: Eines warnte mit einer Grafik vor den möglichen Folgen von Alkohol am Steuer, eines informierte Häftlinge über ihre Rechte, ein drittes stellte Zeichensprache dar und ein weiteres wies die Beamten an, wegen möglicher Infizierung mit Aids oder Hepatitis B Handschuhe zu tragen, wenn sie mit Erbrochenem oder Blut in Berührung kamen.

Zwei Beamte schleppten den Betrunkenen hinaus, und ein anderer begann, die Sauerei mit einem Mopp, einem Lappen und einem Eimer Lysol aufzuwischen. Er trug Plastikhandschuhe. Auf das ausgebleichte grüne Linoleum war Blut getropft. Selbst die Skinheads sahen unter diesen Umständen eingeschüchtert aus.

Owen versuchte sich die ganze Zeit einzureden, dass der Alptraum jeden Moment enden und er aufwachen und sich wie der Rest der Menschheit beim samstäglichen Einkauf wiederfinden würde. Vielleicht würde er zu HMV im Swainsdale-Center gehen und sich die neue CD von Van

Morrison kaufen. Dann vielleicht ein, zwei Pints und zur Feier des Tages ein schönes Essen beim Chinesen oder beim Inder. Allein, so wie er es am liebsten mochte.

Oder vielleicht würden sich die Polizisten wie in einem Stück von Dennis Potter gleich ihre Uniformen vom Leibe reißen und ihre Clownskostüme darunter präsentieren und Stott würde anfangen zu singen und zu tanzen.

Sobald der leitende Sergeant frei war, ging Stott zu ihm, sprach kurz mit ihm und bedeutete Owen, an den Tresen zu kommen. Daraufhin verschwand Stott.

»Leeren Sie bitte Ihre Taschen«, sagte der Sergeant, nachdem er Owens Personalien aufgenommen hatte.

Owen leerte seine Taschen auf den Tisch. Viel steckte nicht in ihnen: Schlüssel, Brieftasche, drei Pfund und achtundsechzig Pence Kleingeld, Scheckbuch, Bankautomaten- und Kreditkarte, ein paar zusammengeknüllte Einkaufszettel und ein alter Busfahrschein, der schon ein paar Mal mitgewaschen worden war, sein goldener Cross-Füllfederhalter, der kleine Terminkalender samt Adressbuch von Lett's, an dessen Rücken ein Bleistift klemmte, drei Stück Dentyne-Kaugummi sowie ein paar Fussel.

Der Sergeant blätterte durch Owens Terminkalender. Bis auf einige Adresseneinträge war er leer. Als Nächstes schaute er in Owens Brieftasche. »Auch nicht viel«, stellte er fest und legte sie zu den anderen Sachen in einen Plastikbeutel. Er hielt den Füller zwischen Daumen und Zeigefinger und verkündete: »Nach Gold aussehender Füllfederhalter.«

»Es *ist* Gold«, berichtigte Owen. »Der sieht nicht nur nach Gold aus.«

»Leider haben wir hier keinen Schätzer, Kumpel«, sagte der Sergeant. »Nach Gold aussehend.« Er ließ den Füller in den Beutel fallen.

Bevor sie den Beutel versiegelten, tastete ein Constable

Owen ab, um nachzuprüfen, ob er noch etwas versteckt hatte.

»Sollen wir in seinem Arsch nachschauen, Sir?«, fragte er den Sergeant, als er fertig war.

Der Sergeant schaute erst Owen, dann den Constable an, als würde er den Vorschlag ernsthaft in Erwägung ziehen. »Nee«, entschied er. »Ich habe keinen Bock auf rektale Untersuchungen. Drecksarbeit. Man weiß nie, was man findet. Bringen Sie ihn ins Studio.«

Du lieber Gott, dachte Owen, die hatten richtig Gefallen an der Sache! Sie mussten gar nicht unhöflich, gewalttätig oder brutal werden – an einer gehässigen Bemerkung oder einem fiesen Witz hatten sie noch größeren Spaß. Sie hatten ihn bereits eingeschätzt und abgeurteilt. In ihren Augen war er schuldig, der Rest war reine Formsache. Und wenn sie das glaubten, würde es dann nicht auch jeder andere glauben?

Wenn man ihn ins Gefängnis stecken würde, dachte er mit plötzlich aufflackernder Angst, würde es noch schlimmer werden. Er hatte gehört, wie es in einem Gefängnis zuging, er wusste, dass Leute wie der Yorkshire Ripper und Dennis Nilson zu ihrem eigenen Schutz in Einzelhaft gehalten werden mussten, dass Jeffrey Dahmer im Gefängnis ermordet worden war und Frederick West sich aufgehängt hatte.

Einzelhaft war wahrscheinlich besser als ein Arschfick von einem dreihundert Pfund schweren Hell's Angel mit tätowiertem Schwanz, dachte Owen. Aber könnte er die Einsamkeit ertragen, das Gefühl, hoffnungslos von allem abgeschnitten zu sein, was ihm lieb und teuer war, von der gesamten zivilisierten Welt verlassen zu sein? Er schätzte sein Leben als Einzelgänger, aber das war seine eigene Entscheidung. Konnte er es ertragen, wenn es ihm auferlegt wurde?

Der Constable führte ihn in einen anderen Raum, wo seine Fingerabdrücke genommen und mit einer auf einem

Stativ befestigten Kamera Fotos gemacht wurden. Das »Studio«. Noch so ein grausamer Witz.

»Gut, Kumpel«, sagte der Constable. »Dann machen Sie mal Gürtel und Schnürsenkel ab.«

»Was? Warum ...?«

»Vorschriften. Damit Sie sich nicht aufhängen.«

»Aber ich werde mich nicht selbst umbringen. Ich habe alles gesagt. Ich bin unschuldig.«

»Ja, ja. Spielt keine Rolle. Ich mache nur meinen Job. Wenn Sie einen Schlips tragen würden, würden wir Ihnen den auch abnehmen. Ich habe mal einen Kerl gesehen, der sich mit seinem Schlips aufgehängt hat. Ein gepunkteter Schlips, hübsches Stück. Sie hätten ihn sehen sollen, die Augen standen vor und die Zunge hing raus. Und der Gestank, man glaubt es nicht! Hässliche Geschichte. Keine Sorge, Kumpel, Sie kriegen Ihre Sachen wieder – das heißt, wenn Sie sie jemals wieder brauchen sollten.«

Er lachte herzhaft, während Owen den Gürtel aus seiner Jeans und die Schnürsenkel aus seinen weißen Turnschuhen zog.

Zurück am Tresen, gab ihm der Sergeant eine Broschüre über Rechtsbeihilfe und ein Papier, das ihn auf seine Rechte hinwies: einen Anwalt anzurufen, einen Freund zu informieren, das Strafgesetzbuch zu konsultieren. Dann ging er weg und kritzelte etwas an die Tafel.

»Ich möchte meinen Anwalt anrufen«, erklärte Owen.

Der Sergeant zuckte mit den Schultern und deutete wieder auf den Constable, der Owen zu einem Telefon eskortierte. Er griff in die Innentasche seiner Jacke nach seinem Adressbuch, in das er aus reiner Höflichkeit Whartons Nummer geschrieben hatte; dann fiel ihm jedoch ein, dass es ihm mit seinen anderen Sachen abgenommen worden war. Er wandte sich an den Constable.

»Die Telefonnummer«, sagte er. »Sie steht in meinem Kalender. Kann ich ihn kurz zurückhaben?«

»Tut mir Leid«, entgegnete der Constable. »Das ist gegen die Vorschriften. Das ist jetzt alles unter Verschluss.«

»Aber ich weiß die Nummer meines Anwalts nicht auswendig.«

»Dann versuchen Sie es mal hiermit.« Er zog ein Telefonbuch mit Eselsohren aus einer Schublade des Tresens. »Das haut meistens hin.«

Owen blätterte im Telefonbuch und fand Gordon Whartons Büronummer. Er erreichte nur einen Anrufbeantworter, und obwohl es schon später Samstagnachmittag war, hinterließ er eine Nachricht, in der er auf die Dringlichkeit seines Falles hinwies. Dann versuchte er es unter der angegebenen Privatnummer, aber niemand meldete sich. »Und jetzt?«, fragte er den Constable.

»Ab in die Zelle.« Neben ihm tauchte ein weiterer Constable auf. Behutsam führten die beiden ihn an den Ellbogen in den Gang. »Keine Angst«, sagte der erste Beamte. »Die Zelle ist eigentlich recht komfortabel. Eher wie ein Zimmer im Krankenhaus. Es ist der modernste Teil des ganzes Gebäudes.«

Als die drei den Flur hinabgingen, hallten die Schritte der Polizeistiefel von den grünlich blauen Wänden und der hohen Decke. Am Ende des Ganges zog der Constable einen Schlüssel hervor und öffnete eine schwere Tür.

Richtig, die Zelle war nicht der dunkle, tropfende Kerker, den sich Owen vorgestellt hatte. Sie war tatsächlich sehr sauber, wie ein öffentliches Pissoir weiß gefliest und von Glühlampen hell erleuchtet, die mit Maschendraht geschützt waren.

Die Zelle enthielt ein schmales, an Wand und Boden befestigtes Bett mit einer dünnen Matratze, ein Waschbecken und eine brillenlose Toilette aus orangefarbenem Kunststoff. Es gab nur ein Fenster, weit oben in der Wand und tief eingelassen, das ungefähr dreißig Zentimeter groß und fast ebenso dick war. In der Tür befand sich eine Klappe, durch die man den Häftling beobachten konnte. Unter dem Geruch nach Desinfektionsmittel lauerte ein leichter Mief nach altem Schweiß.

»Tut mir Leid, dass es keinen Fernseher gibt«, sagte einer der Wärter, »aber Sie können etwas zum Lesen haben, wenn Sie wollen. Vielleicht ein Buch oder eine Zeitschrift?« Er wandte sich an seinen Kollegen. »Jock hier hat bestimmt noch ein oder zwei Ausgaben vom *Playboy* in seinem Schreibtisch versteckt.«

Owen ging auf die spöttische Bemerkung nicht ein. Er schüttelte nur den Kopf und schaute sich erstaunt in der Zelle um.

»Hunger?«, fragte der Wärter.

Als er darüber nachdachte, bemerkte Owen, dass er tatsächlich hungrig war. Er bejahte.

»Das Tagesgericht ist heute Steak und Nierenpastete. Oder Fish and Chips, Wurst und …«

»Steak und Nierenpastete klingt gut«, sagte Owen.

»Einen Becher Tee? Mit Milch und Zucker?«

Owen nickte. Das ist doch völlig absurd, dachte er und konnte kaum ein Lachen unterdrücken. Da sitze ich hier in einer Zelle im Keller des Eastvaler Polizeireviers und gebe eine Bestellung für Steak und Nierenpastete und einen Becher Tee auf!

»Sie werden nicht lange hier bleiben«, sagte der Wärter. »Und wenn nicht gerade Wochenende wäre, hätten wir Sie morgen vor dem Hahnenkrähen schon wieder oben. Und nur damit Sie wissen, dass Sie ordentlich behandelt werden: Sie kriegen drei anständige Mahlzeiten am Tag, ein bisschen

Bewegung, wenn erwünscht, was zum Lesen, Stift und Papier, wenn Sie wollen ...«

»Wir dürfen ihm keinen Stift geben, Ted«, warf Jock ein. »Er könnte ... du weißt schon ... Erinnerst du dich an den Kerl, der ...?« Er fuhr sich mit seinem Zeigefinger über die Kehle und machte einen glucksenden Laut.

»Ach ja, stimmt.« Ted wandte sich wieder an Owen. »Wir hatten hier mal einen Kerl, der hat versucht, sich die Kehle mit einem Füller aufzuschlitzen. Hässliche Sache. Und ein anderer hat sich einen Bleistift genau ins Auge gerammt. Einen gelben HB-Bleistift, wenn ich mich richtig erinnere.« Er schüttelte langsam den Kopf. »Tut mir Leid, mein Freund, Sie müssen auf eine Schreiberlaubnis warten. Es ist ja unsere Verantwortung, verstehen Sie. Aber wenn Sie irgendetwas anderes wollen, lassen Sie es uns wissen. Wie ich immer sage, einfach nur klingeln und nach dem Zimmerservice fragen.«

Die beiden lachten und gingen hinaus auf den Flur. Hinter ihnen knallte die schwere Tür zu.

III

»Und was denken Sie, Sir?«, fragte Susan über den Lärm hinweg und reichte Banks das Pint, das sie ihm gerade ausgegeben hatte.

»Danke. Sieht aus, als hätte ich mich getäuscht, nicht wahr?«, sagte Banks achselzuckend.

Dröhnende Gespräche und schallendes Gelächter erfüllten am Samstagabend das Queen's Arms. Da das Gerücht durchgesickert war, dass der »Würger von Eastvale« in Untersuchungshaft saß, war die Welt wieder in Ordnung. Eltern konnten wieder ruhig schlafen, so gut wie jedes Telefon, Fax und Modem in der Stadt war von der Presse belegt, und diejenigen Polizisten, die keinen Dienst hatten, feierten ihren Erfolg. Es fehlten nur noch Feuerwerk und Blaskapelle.

Banks saß neben Susan Gay, Hatchley und Stott nicht weit von ihnen. Stott strahlte wie ein Honigkuchenpferd.

Kurz vorher hatte Chief Constable Riddle das Revier besucht, auf diverse Schultern geklopft und vor den Medien geprahlt. Er hatte sich weder die Gelegenheit entgehen lassen, Banks für die Belästigung der Harrisons zu verwarnen, noch hatte er es versäumt, Stott für seine Hauptrolle bei dieser wahrscheinlich schnellsten Verhaftung eines Sexualmörders aller Zeiten zu loben.

Dieses Mal wollte Riddle persönlich die Harrisons aufsuchen und ihnen erzählen, dass er vor allem dank der Bemühungen des neuen Mitglieds der Eastvaler Kriminalpolizei, Detective Inspector Barry Stott, einen Mann wegen des Mordes an Deborah verhaftet hatte.

Selbstverständlich würde man Riddle selbst dann niemals trinkend in einem Pub mit den gemeinen Fußsoldaten sehen, wenn er nicht mehrere Fernsehinterviews arrangiert hatte. Gott sei Dank für die kleinen Gnaden, dachte Banks.

Während er an seinem Pint nippte und die Gespräche und das Lachen um ihn herum mal lauter, mal leiser wurden, fragte sich Banks, warum er so deprimiert war. Da er nie davor zurückschreckte, mit sich selbst ins Gericht zu gehen, vermutete er als Erstes, dass es wohl an der Eifersucht auf den gelobten Kollegen lag.

Aber stimmte das wirklich? Banks musste zugeben, dass es für den Chief Constable und ein oder zwei andere, die ihn auf dem Kieker hatten, unweigerlich so aussehen musste. Doch in den Augen der Medien hatte Detective Chief Inspector Alan Banks die erfolgreichste Ermittlung in der

Geschichte der Eastvaler Kriminalpolizei geleitet. *Seine* Truppen hatten die Schlacht gewonnen. Er war der General. Warum also war er dermaßen deprimiert?

»Aber die Beweislage ist doch ziemlich eindeutig, oder, Sir?«, schrie Susan in sein Ohr.

Banks nickte. Das war sie. Den Dreck an seinen Schuhen hätte sich Pierce auch auf dem Weg am Fluss einfangen können, die Blut- und Haarproben passten jedoch eindeutig, egal von welcher Seite man es betrachtete. Seine und ihre. Der Verdächtige war ein etwas merkwürdiger Kauz. Zudem ein Lügner. War ohne stichhaltigen Grund zur Tatzeit in der Gegend gesehen worden. Ja, selbst die Staatsanwaltschaft würde mit diesem Fall keine Probleme haben, musste Banks zugeben. Besser konnte es nicht sein. Und wenn nun auch noch die DNA-Analyse positiv ausfiel ...

Er schaute Susan an. Ein ernster Ausdruck in ihrem runden Gesicht mit der pfirsich- und cremefarbenen Haut, eine kleine Stupsnase, dichte blonde Locken. Vor ihr stand ein Glas Mineralwasser.

Banks lächelte und versuchte seine düstere Stimmung zu verscheuchen. »Ich gebe Ihnen einen Drink aus, Susan«, sagte er. »Einen *echten* Drink. Was hätten Sie gerne?«

»Lieber nicht, Sir, wirklich ...«, wehrte Susan ab. »Ich meine, offiziell ...«

»Ach was – *offiziell*. Sie sind nicht im Dienst. Außerdem befiehlt Ihnen Ihr Vorgesetzter, dass es an der Zeit ist, einen echten Drink zu nehmen. Was soll's sein?«

Susan errötete und wendete lächelnd ihre blaugrauen Augen ab. »Tja, in dem Fall nehme ich einen Port mit Lemon, Sir.«

»Also Port mit Lemon.«

»Lassen Sie *mich* gehen, Sir.«

»Nein, bleiben Sie hier. Halten Sie meinen Platz frei.«

Banks stand auf und drängelte sich durch die Menge, wobei er ab und zu lächelnd und nickend grüßte. Ein oder zwei Leute klopften ihm auf die Schulter und gratulierten ihm dazu, so schnell den Mörder geschnappt zu haben.

Mit seinem Pint in der einen Hand und Susans Port mit Lemon in der anderen bahnte er sich entschuldigend seinen Weg zurück. Auf halbem Wege spürte er, wie ihm jemand auf die Schulter tippte, und als er sich umdrehte, sah er Rebecca Charters vor sich stehen, deren langes rotbraunes Haar ihr blasses Gesicht umrahmte.

Banks lächelte. »Das ist gar nicht Ihre Gegend hier, oder?«, sagte er.

»Ich habe zuerst im Revier vorbeigeschaut. Der Mann an der Anmeldung sagte mir, dass Sie hier alle am Feiern sind. Ich habe gehört, dass Sie jemanden wegen des Mordes an Deborah Harrison verhaftet haben. Stimmt das?«

Banks nickte. »Ja. Auf jeden Fall einen Verdächtigen.«

»Heißt das, dass Sie uns jetzt in Ruhe lassen? Dass wieder alles zur Normalität zurückkehren kann?«

»Was auch immer das bedeutet«, sagte Banks. »Warum? Was macht Ihnen Sorgen?«

»Mir macht gar nichts Sorgen. Es wäre nur nett, zu wissen, ob wir unser Leben nun wieder in Ruhe weiterführen können, anstatt jede Privatangelegenheit mit der Polizei teilen zu müssen.«

»Das war nie meine Absicht, Mrs Charters. Hören Sie, es ist ein bisschen blöd, hier so herumzustehen. Möchten Sie etwas trinken?«

Er konnte sehen, dass Rebecca die Einladung ernsthaft, ja fast sehnsüchtig überdachte. Sie blickte auf die Flaschen, die hinter der Bar aufgereiht waren, dann schüttelte sie plötzlich den Kopf. »Nein, danke. Auch das will ich hinter mir lassen.«

»Schön«, antwortete Banks. »Schön für Sie.«

»Woher zum Teufel wollen Sie das wissen?«, sagte sie und stürmte hinaus.

Banks zuckte mit den Achseln und ging zurück zum Tisch, wo gerade jeder, selbst Inspector Stott, über einen von Hatchleys Witzen lachte. Banks bedauerte nicht, ihn verpasst zu haben, er hatte alle seine Witze schon gehört, mindestens fünf Mal.

Als er wieder auf seinen Platz rutschte, dankte ihm Susan für den Drink. »Was hatte sie denn?«, fragte sie.

»Ich bin mir nicht sicher«, sagte Banks. »Ich vermute, ich habe Sie gekränkt. Oder sie ist reizbar geworden, weil sie nichts mehr trinkt.«

»Solange sie sich nicht beim Chief Constable beschwert ... Was passiert als Nächstes, Sir?«

»Als Nächstes müssen wir, glaube ich, mehr darüber herausfinden, was für ein Mensch Pierce ist. Wir haben immer noch kein Motiv. Er hat uns gefragt, weshalb er ein solches Verbrechen hätte begehen sollen, und es ist unsere Pflicht, diese Frage zu beantworten. Wenn nicht für ihn, dann für den Richter.«

»Aber Sir, wenn es ein Sexualmord war, brauchen wir doch eigentlich kein Motiv, oder? Da kann man doch keine rationale Erklärung erwarten.«

»Kam Ihnen Owen Pierce verrückt vor?«

»Das ist eine sehr schwierige Frage«, erwiderte Susan langsam. »Über eine solche Frage streiten sich die Fachleute vor Gericht.«

»Ich verlange keine offizielle Aussage. Wir sind hier unter uns. Mich interessiert Ihre persönliche Beobachtung, Ihre Intuition als Polizistin.«

Susan nippte an ihrem Port mit Lemon. »Also, um mal damit anzufangen: Er war nervös, unruhig, aggressiv und durcheinander.«

»Würden Sie sich nicht genauso fühlen, wenn Sie unter Mordanklage ständen und verhört würden?«

Susan zuckte mit den Achseln. »Keine Ahnung, Sir. Ich war noch nie in der Situation. Aber wenn man nichts zu verbergen hat ... Wenn man die Wahrheit sagt ... Warum nervös werden?«

»Weil jeder *glaubt*, dass man es getan hat. Und weil man völlig machtlos ist. Wir haben die Macht. Im Grunde haben wir Pierce so lange unter Druck gesetzt, bis er so durcheinander war, dass er sich wie ein Schuldiger verhalten hat.«

»Wollen Sie damit sagen, Sie glauben nicht, dass er es getan hat, Sir?«

Banks kratzte die Narbe neben seinem rechten Auge. Sie juckte. Manchmal bedeutete das etwas, manchmal nicht. Er wünschte nur, er wüsste, wann es etwas bedeutete und wann nicht. »Nein. Ich will nur sagen, dass jeder *irgendetwas* zu verbergen hat. Jeder kriegt sofort ein schlechtes Gewissen, wenn er von der Polizei angehalten und verhört wird, egal ob er etwas verbrochen hat oder nicht. Unter einem solchen Druck würde so gut wie jeder reagieren wie Pierce.« Banks zündete sich eine Zigarette an und blies langsam den Rauch aus, sorgsam darauf bedacht, Susan nicht vollzuqualmen, und trank dann einen großen Schluck Bier.

»Aber Sie zweifeln an seiner Schuld?«

Banks schnalzte mit der Zunge. »Das dürfte ich eigentlich nicht, oder? Immerhin habe ich ihn verhaftet. Der Fall scheint abgeschlossen zu sein. Trotzdem bin ich etwas skeptisch. Die ganze Sache mit Pierce ist unglaublich schnell gegangen. Es gibt aber immer noch eine Menge ungelöster Probleme. Zum Beispiel was Deborah angeht. Erinnern Sie sich? Jelačićs Alibi ist im Grunde nicht wasserdicht. Und dann haben wir da das Dreiecksverhältnis von Daniel und

Rebecca Charters und Patrick Metcalfe. Eine der brisantesten Verbindungen, die mir je untergekommen sind. Und dann John Spinks, auch einer, der zu Gewaltausbrüchen neigt. Nehmen Sie dazu den geöffneten Ranzen sowie Michael Clayton, der die Hälfte seiner Zeit mit Sylvie Harrison verbringt, während ihr Mann unterwegs ist, und es bleiben eine Menge unbeantworteter Fragen.«

»Ja, Sir, aber sind diese Fragen denn noch von Bedeutung, wo wir jetzt Pierce und die Haar- und Blutproben haben?«

Banks zuckte mit den Achseln. »Haar- und Blutproben sind nicht unfehlbar. Aber Sie haben wahrscheinlich Recht. Manchmal würde ich mir wünschen, ich könnte die offizielle Version einfach so hinnehmen.«

»Aber Sie stimmen doch zu, dass Pierce es getan haben *könnte*?«

»Aber ja. Wahrscheinlich hat er es auch getan. Wir haben weder an Charters' noch an Jelačićs Kleidung Spuren gefunden. Und Pierce war auf jeden Fall in der Gegend. Außerdem hat er etwas an sich, was auf eine merkwürdige Weise mit dem Verbrechen *harmonisiert*. Ich weiß nicht, wie ich es besser ausdrücken soll.«

»Interessant, was Sie da sagen, Sir. Ich muss zugeben, dass ich ihn ein bisschen unheimlich fand.«

»Ja. Ein Teil von ihm kann das, was mit Deborah Harrison geschehen ist, nachvollziehen, zumindest in der Fantasie. Bei unserem Gespräch habe ich versucht, seine dunkle Seite zum Vorschein zu bringen.« Banks schüttelte sich leicht.

»Was meinen Sie, Sir?«

»Jeder hat seine dunkle Seite, Susan. Müssen Sie nicht bei Owen Pierce an Ihre eigene denken?«

Susan machte große Augen. »Nein, Sir, ich glaube nicht. Ich finde, wir haben einfach unseren Job gemacht. Wir haben die Beweise, wir haben einen Verdächtigen in Untersuchungshaft. Ich denke, wir sollten es dabei belassen und weitermachen.«

Banks hielt einen Moment inne und musste dann lächeln. »Sie haben natürlich Recht«, sagte er. »Aber wir haben noch eine ganze Menge Arbeit vor uns. Was würden Sie von einer Reise nach London am Montag halten?«

»London? Ich, Sir?«

»Ja. Ich würde gerne diese Michelle aufsuchen, um mal zu hören, wie *ihre* Version der Geschichte lautet. Er hat sein Bestes getan, um diese Beziehung vor uns geheim zu halten; das muss seine Gründe haben. Außerdem hätte ich gerne Ihre Eindrücke, von Frau zu Frau sozusagen, wenn das nicht zu sexistisch klingt.«

»Klingt es nicht, Sir. Natürlich, ich würde sehr gerne mitkommen.«

»Gut.« Banks schaute auf seine Uhr und trank sein Pint aus. »Ich gehe jetzt lieber nach Hause. Schlafen Sie morgen gut aus. Sie werden es genießen.«

Susan lächelte. »Das werde ich bestimmt, Sir. Gute Nacht.«

Banks zog seinen Mantel an, verabschiedete sich bei allen und ließ ein paar weitere Schulterklopfer über sich ergehen, als er durch das Gedränge zur Tür ging. Einen Augenblick lang blieb er vor der Market Street auf dem Kopfsteinpflaster des Marktplatzes stehen und beobachtete seinen Atem in der klaren, kalten Luft.

Heute war so viel passiert, dass er kaum die Zeit gehabt hatte, den klaren blauen Himmel und den Herbstwind zu bemerken, der die Blätter von den Bäumen fegte. Jetzt war es dunkel und seit Tagen sah man zum ersten Mal wieder die Sterne. Ein Vers aus der Aufführung der Eastvaler Laienspielgruppe vom letzten Monat kam ihm in den Sinn:

»Der Fehler, lieber Brutus, liegt nicht in unseren Sternen, sondern in uns selbst.« Banks musste wieder an diese neblige Nacht auf dem Friedhof denken und fragte sich, was dort wirklich passiert war. Vielleicht würde er es nie erfahren.

Um zu Fuß nach Hause zu gehen, war die Nacht beinahe zu kalt, er hatte jedoch drei Pints getrunken, zu viel, um noch zu fahren. Er wollte sowieso einen klaren Kopf bekommen, sagte er sich. Mit klammen Händen setzte er seinen Kopfhörer auf und schaltete den Walkman in seiner Manteltasche an. Nachdem es eine Weile nur gerauscht hatte, fuhr er bei den ersten schrillen Tönen der lauten, verzerrten elektrischen Gitarre erschrocken zusammen. Er hatte ganz vergessen, dass er zu Beginn der Woche die Kassette von Jimi Hendrix eingelegt hatte, die ihn auf seinem Weg zur Arbeit aufwecken sollte. Seitdem hatte er seinen Walkman nicht mehr benutzt. Er machte sich lächelnd auf den Heimweg. Warum nicht? »Hear My Train a' Coming« war jetzt genau der richtige Song, Brittens *War Requiem* konnte er noch später hören.

NEUN

I

Am Montag, den 13. November, kam der um neun Uhr sechsunddreißig in York abfahrende Intercity um zwölf Uhr fünf im Londoner Bahnhof King's Cross an, mit zwanzig Minuten Verspätung. Ein Problem mit Weichen bei Peterborough, erklärte der Zugführer über die Sprechanlage. Nicht zum ersten Mal betrachtete Banks die trostlose, postindustrielle Landschaft seiner Heimatstadt mit einer Mischung aus Nostalgie und Schrecken. *Peterborough*. Ausgerechnet hier musste er herkommen. Immerhin hatte sich aber die Fußballmannschaft, deren Anhänger er in seiner Jugend gewesen war, wieder aus dem Tabellenkeller der Zweiten Liga nach oben gekämpft.

Gemäß der Wettervorhersage regnete es. Kein richtiger Schauer oder Sturm, sondern ein gleichmäßiger Nieselregen, typisch für den November, der den Eindruck machte, als wollte er für immer aus dem bleiernen Himmel fallen. Es hatte in Eastvale geregnet, als Banks und Susan am Morgen nach York fuhren; es hatte in York geregnet, als sie in den Zug stiegen; und es regnete in London, als sie am Oxford Circus aus der U-Bahn-Station kamen. Wenigstens war es ein bisschen wärmer geworden als am Wochenende: Anstatt eines dicken Wintermantels reichte ein leichter Trenchcoat.

Um die Angelegenheit zu vereinfachen, hatte Michelle

Chappel am Telefon vorgeschlagen, dass sie während ihrer Mittagspause, die um halb eins begann, in einem kleinen Pastarestaurant in einer Nebenstraße der Regent Street miteinander sprechen könnten, denn sie arbeitete ganz in der Nähe als Büroleiterin einer Firma für hochwertige Schreibwaren.

Da die Befragung rein informell war und Michelle selbst keines Verbrechens verdächtigt wurde, stimmte Banks zu. So konnten sie mit etwas Glück bis zum späten Nachmittag ihre Arbeit erledigt haben und zurück in Eastvale sein.

Wie gewöhnlich war die Regent Street dicht bevölkert, selbst bei dem Regen, und Banks musste einer Menge seine Augen bedrohenden Schirmspitzen ausweichen, während er und Susan zu ihrer Verabredung in einer Seitenstraße unweit Dickins & Jones unterwegs waren.

Sie kamen ungefähr fünf Minuten zu spät und Banks sah Michelle Chappel an einem Fenstertisch sitzen. Mit einer Behändigkeit, die Peterborough United am letzten Wochenende hätte gebrauchen können, ließ er den Kellner links stehen, der mit großen Speisekarten in der Hand den Eingang blockierte und etwas von fünfzehn- bis zwanzigminütigen Wartezeiten brummte.

Die Einrichtung des Restaurants war schlicht – wacklige Tische und Stühle, viel zerkratztes Holz, Aquarelle von Venedig und Florenz in vergoldeten Rahmen, fleckige weiße Tischtücher –, doch als Banks auf die mit Kreide an eine schwarze Tafel geschriebene Liste der Tagesmenüs schaute, war ihm schnell klar, dass es sich um die Sorte Londoner Schlichtheit handelte, für die man tief in die Tasche greifen musste.

Der kleine Speisesaal war voll, Michelle hatte aber zwei Plätze für sie freigehalten. Die Kellner hasteten mit Schweißperlen auf der Stirn umher, Weinkaraffen erschienen wie aus dem Nichts auf den Tischen und der Geruch von Knoblauch, Tomaten und Oregano durchdrang die Luft. Doch trotz der Hektik war es nicht übermäßig laut, und nachdem sie sich vorgestellt und Platz genommen hatten, mussten sie nicht schreien, um sich zu verständigen.

»Ich habe Mr Littlewood gesagt, dass ich vielleicht ein paar Minuten später zurückkomme«, sagte Michelle. »Er hat nichts dagegen.«

»Gut«, erwiderte Banks. »Aber wir werden uns bemühen, nicht zu viel von Ihrer Zeit in Anspruch zu nehmen.«

»Schon in Ordnung.«

Michelle sah noch genauso aus wie auf dem Foto, nur dass ihr Haar jetzt kurz geschnitten und über ihren zarten Ohren ausrasiert war und einen zerfransten Pony hatte. Die ausgeprägte Knochenstruktur war immer noch an ihren Wangen und ihrem Kiefer sichtbar, die blasse, fast transparente Haut war immer noch makellos, und obwohl sie saß, stand außer Frage, dass sie ihre schlanke, sportliche Figur behalten hatte. Sie trug eine taillierte rote Jacke über einer schwarzen Seidenbluse, die bis zur Mulde ihres langen, schwanengleichen Halses zugeknöpft war. An ihren winzigen, blassen Ohren tanzten bei jedem Mal, wenn sie ihren Kopf bewegte, zwei silberne Engelsohrringe.

»Sie haben am Telefon gesagt, dass Sie mich von einem Foto von Owen erkennen würden«, sagte Michelle zu Banks, die sich durchaus bewusst war, dass er sie musterte. »Die Aufnahmen sind zwei Jahre alt. Habe ich mich sehr verändert?«

Banks schüttelte den Kopf.

»Ich nehme an, es war eines der Aktfotos.«

»Ja.«

»Dann werden Sie mir leider, was den Rest angeht, einfach glauben müssen.« Sie lächelte und einen Moment lang funkelte in ihren Augen ihr Humor auf, genau wie ihn Owen Pierce auf Film festgehalten hatte. Sie berührte ihr Haar. »Vor einem halben Jahr habe ich mir die Haare schneiden lassen. Ich wollte einfach mal etwas anderes. Möchten Sie essen?«

Sowohl Banks als auch Susan hatten im Zug nichts gegessen und waren am Verhungern. Nachdem er eine Weile die Speisekarte studiert hatte, entschied sich Banks für die Gourmetpizza mit Ziegenkäse, Oliven, getrockneten Tomaten und italienischer Salami. Schließlich waren sie in London, dachte er, und London hatte eben seine Preise. Warum also nicht? Susan nahm Cannelloni. Die beiden bestellten zusammen einen halben Liter Rotwein. Michelle trank bereits weißen. Sie bestellte Linguine mit Muschelsauce.

Nachdem das erledigt war, lehnten sie sich zurück, um zu reden. Gäste kamen und gingen; da es auf ein Uhr zuging, verließen jedoch die meisten das Restaurant. Hinter den etwas schmuddeligen weißen Spitzengardinen verschmierte der nicht nachlassende Nieselregen die Fenster.

»Ich bin mir nicht sicher, was Sie von mir wollen«, sagte Michelle. »Sie haben mir am Telefon nicht viel verraten.«

»Ich bin mir auch nicht ganz sicher, Miss Chappel«, erwiderte Banks. »Ich hoffe einfach, dass ich es weiß, wenn ich es höre.«

»Sagen Sie doch Michelle zu mir.«

Banks nickte.

»Sie sagten, Owen ist verhaftet worden?«

»Das ist richtig.«

»Wie lautet die Anklage?«

»Sie wissen es nicht?«

»Ich habe seinen Namen nicht in den Zeitungen gelesen und Sie haben es mir am Telefon nicht gesagt. Woher soll ich es wissen?«

»Natürlich.« Banks schaute Susan an und nickte.

»Die Sache ist leider sehr ernst, Michelle«, sagte Susan. »Owen steht unter Mordanklage. Es tut mir Leid.«

»Mord? Aber wen ... Moment mal ... doch nicht dieses Schulmädchen?«

»Deborah Harrison. Ja.«

»Darüber habe ich gelesen.« Michelle schüttelte langsam den Kopf. »Verdammt nochmal! Also hat er ...« Sie schaute wieder Banks an. »Und was kann ich Ihrer Meinung nach für Sie tun?«

»Wir würden gerne wissen, was Sie uns über ihn erzählen können. Er wollte weder zugeben, dass er Sie kennt, noch uns sagen, wer Sie sind.«

»Das kann ich mir vorstellen.«

»Ist zwischen Ihnen beiden etwas passiert?«

Michelle runzelte die Stirn. »Was wissen Sie bereits?«

»Nicht viel. Angesichts der Schwere des Verbrechens müssen wir wenigstens ein bisschen begreifen, was für ein Mensch er ist. Wir haben bereits gehört, dass er ein ziemlicher Einzelgänger ist, so etwas wie ein komischer Kauz in den Augen von manchen Leuten.«

»Tatsächlich? Das war er nicht immer. Nicht am Anfang. Owen konnte auch lustig sein. Zumindest für eine Weile, dann ...« Ihr Blick verfinsterte sich.

»Was dann?«

»Ach ... dann ist er einfach anders geworden. Menschen verändern sich. Das ist alles.«

»Aber Sie verstehen unser Problem, oder?«, sagte Banks. »Er hat keine Familie oder nahe Verwandtschaft und niemand in Eastvale scheint ihn besonders gut zu kennen. Wir haben gehofft, Sie könnten uns etwas über seinen Charakter erzählen.«

»Wird er Unzurechnungsfähigkeit geltend machen?«

»Nein, das nicht. Warum fragen Sie?«

»Ich meine, warum wollen Sie etwas über ihn wissen?«

»Schauen Sie, Sie brauchen sich keine Sorgen zu machen. Wir werden Sie nicht in den Zeugenstand bitten.«

»Oh, das wäre mir egal.«

»Was dann?«

Michelle beugte sich vor und setzte die Ellbogen auf den Tisch. »Um die Wahrheit zu sagen«, begann sie mit gesenkter Stimme, »ich wäre alles andere als unglücklich darüber, vor Gericht zu gehen.«

Banks runzelte die Stirn. »Das verstehe ich nicht, Michelle. Was ist zwischen Ihnen beiden vorgefallen? Wir wissen nur, dass Sie sich im Sommer getrennt haben und dass Owen nicht zugeben wollte, dass er Sie kennt. Er hat behauptet, es wären Fotos eines anonymen Modells.«

Michelle schnaubte. »Das kann ich mir vorstellen.«

»Weshalb hat er das behauptet?«

»Weshalb? Ich sage Ihnen, weshalb. Weil er auch versucht hat, mich umzubringen, deshalb.«

II

Vom Polizeirevier zum Rathaus war es kaum einen Kilometer weit, und nachdem er während des ganzen Wochenendes in einer Zelle eingesperrt gewesen war, hätte Owen den Spaziergang dahin zu schätzen gewusst. Doch zwei Beamte eskortierten ihn geradewegs zu einem Bus, der direkt vor dem Revier stand. Bevor sie durch die Tür gingen, warf ihm einer der beiden einen muffigen, alten Regenmantel über den Kopf.

Obwohl es von der Vordertür bis zum Bus keine Entfernung war, hatte Owen auf dem Weg das schreckliche Gefühl, von einem riesigen Mob verschluckt zu werden, und er hatte Mühe, nicht in die Hose zu machen.

Er konnte hören, wie Leute Fragen schrien, Beleidigungen brüllten und ihn verfluchten. Eine Gruppe, dem Klang nach zu urteilen alles Frauen, stimmte einen Sprechchor an: »Hängt ihn auf! Hängt ihn auf!« Vor großen Menschenmassen hatte sich Owen schon immer gefürchtet, bei einem Fußballspiel oder einem Konzert fühlte er sich nie wohl. Für Owen waren solche Massen im Grunde nicht menschlich, es waren hirnlose Bestien mit der Kraft einer elementaren Gewalt. Der Regenmantel über seinem Kopf roch nach der Angst anderer Häftlinge.

Zum Glück dauerte dieser Spießrutenlauf nicht lange. Bevor Owen tatsächlich die Kontrolle über seine Gedärme verlor und sich vollständig zum Idioten machte, wurde er in den Bus gestoßen, dann hörte er die Tür zuknallen. Die Rufe und Sprechchöre waren jetzt abgedämpft und der Motor des Busses übertönte sie bald völlig.

Am Ziel der kurzen Reise war es nicht ganz so schlimm. Er wurde durch eine kleinere Menge geschoben und dann in ein Vorzimmer geführt. Als Owen endlich wieder den Regenmantel abnehmen konnte, war die erste Person, die er sah, Gordon Wharton. Nicht der schönste Anblick der Welt, aber unter diesen Umständen ein willkommener.

Wharton lehnte sich in seinem Sessel zurück, zupfte die Bügelfalte seiner Nadelstreifenhose zurecht und schlug die Beine übereinander. Eine affektierte Geste, fand Owen, und eine, die zu seinem hochnäsigen Gesichtsausdruck, den geröteten Wangen und der Art passte, wie er die paar übrig gebliebenen, fettigen Haarsträhnen quer über seinen glänzenden Schädel kämmte. Obwohl er wahrscheinlich ungefähr im gleichen Alter war wie Owen, sah er wesentlich älter aus. Zum Teil lag es an seiner Fettleibigkeit, dachte Owen, zum Teil an seiner Kahlköpfigkeit und vielleicht auch an den Zeichen von Überarbeitung. Warum musste der einzige Anwalt, den er kannte, gerade dieser Wharton sein?

Er war der Streber der Uni gewesen, hatte nie Zeit für einen Drink im Pub oder einen Kinobesuch gehabt und Owen hatte ihn nie besonders gemocht. Er hatte das Gefühl, dass diese Abneigung auf Gegenseitigkeit beruhte. Der einzige Grund, warum sie überhaupt Kontakt miteinander gehabt hatten, war, dass sie im ersten Jahr das gleiche Nebenfach belegt hatten. Und dann waren beide aus beruflichen Gründen in Eastvale gelandet und sich damals im Pub nur zufällig über den Weg gelaufen.

Da er am Samstag nicht in der Stadt gewesen war, war Wharton schließlich am Sonntagmorgen aufs Revier gekommen, um Owen zu treffen. Ihn auf Kaution herauszuholen, hatte er allerdings nicht vermocht.

»Alles klar?«, fragte Wharton.

Owen holte ein paar Mal tief Luft. »Geht so. Was wollen die machen, mich vierteilen?«

Wharton zuckte mit den Achseln.

»Was niemand zu kapieren scheint, ist, dass ich unschuldig bin.«

Wharton legte seine Fingerspitzen aneinander und schaute hinab. »Owen, du bist nicht der erste Unschuldige, der für das eine oder andere Verbrechen verhaftet wurde, und du wirst auch nicht der letzte sein. Aus diesem Grund haben wir das Gesetz. Jeder ist so lange unschuldig, bis seine Schuld bewiesen ist. Die Polizei interessiert nur, ob sie genug Beweise für eine Anklage hat. Jetzt muss das Gericht entscheiden. Vertraue der Justiz.«

Owen schnaubte. »Der britischen Justiz? Die hat mich bisher nicht besonders gut behandelt, oder?«

»Du kannst so viel schimpfen, wie du willst, aber es ist das beste Rechtssystem der Welt. In vielen anderen Ländern wärst du schon längst auf dem Weg zum Henker oder würdest in irgendeiner stinkigen Zelle schmachten. Am besten akzeptierst du einfach deine Situation. Unter den jetzigen Umständen bringt dir das ganze Lamentieren nichts. Das führt nur zu Selbstmitleid. Und jetzt lass uns mal überlegen, was wir noch berücksichtigen müssen.«

Dieser aufgeblasene Affe!, dachte Owen. »Du hast gut reden«, sagte er. »Du sitzt ja auch nicht im Gefängnis. Werde ich heute auf Kaution freigelassen?«

Wharton schüttelte den Kopf. »Das bezweifle ich. Nicht bei einer solchen Anklage.«

»Hör zu, wenn du die Polizei davon überzeugen könntest, ein bisschen mehr herumzuschnüffeln, dann würden sie mit Sicherheit den wirklichen Mörder finden.«

Wharton beugte sich vor und legte seine Hände auf den Tisch. Owen fiel auf, wie die goldenen Manschettenknöpfe im Licht funkelten. »Owen«, sagte er und machte eine dramatische Pause, »dir scheint der Ernst deiner Lage immer noch nicht klar zu sein. Du bist für das schlimmste Verbrechen verhaftet worden, das es gibt: Mord. Niemand wir dich einfach so gehen lassen.«

»Auf welcher Seite stehst du eigentlich?«

Wharton hob seine Hand. »Lass mich ausreden. Soweit es die Polizei betrifft, haben sie bereits ihren Mann. Warum sollten sie ihre Zeit damit verschwenden, nach einer Alternative zu suchen? Du musst den Tatsachen ins Auge sehen, Owen. Du bist wegen Mordes verhaftet worden, du sitzt in Untersuchungshaft, in ein oder zwei Wochen wird die Staatsanwaltschaft Anklage gegen dich erheben und du wirst vor Gericht kommen. Ich werde alles in meiner Macht Stehende tun, um dir zu helfen; unter anderem werde ich den besten Strafverteidiger engagieren, den ich finden kann, um dich zu vertreten, aber du *musst* die Situation akzeptieren. Verstehst du mich?«

Owen war sich nicht sicher, ob er ihn verstand, nickte aber trotzdem.

»Gut«, sagte Wharton.

»Aber was wird heute passieren? Was macht es für einen Sinn, hierher zu kommen, wenn man mich doch nur wieder zurück ins Gefängnis steckt?«

»Um zu klären, ob du in Untersuchungshaft oder auf Kaution freikommst. Aber wie ich schon sagte, auf das Letztere würde ich mich nicht verlassen. Dann wird ein Termin für die Vorverhandlung festgesetzt.«

»Wie lange werde ich darauf warten müssen?«

»Mmmmh. Schwer zu sagen. Üblicherweise gibt es eine Frist von sechsundfünfzig Tagen.« Wharton setzte ein schiefes Lächeln auf. »Leider bist du nicht der einzige angebliche Kriminelle. Wir haben Rückstände aufzuholen.«

Owens Brustkorb zog sich zusammen. »Willst du damit sagen, ich muss möglicherweise bis Februar im Gefängnis bleiben, ehe ich überhaupt eine Vorverhandlung bekomme?«

»Mindestens. Allerdings nicht im Revier in Eastvale. Wahrscheinlich in irgendeinem Gefängnis wie Armley. Aber keine Sorge, die wissen dort ganz genau, dass sie dich von den anderen Gefangenen fern halten müssen. Man weiß ja, wie moralisch Kriminelle werden, wenn es um Sexualverbrechen geht. Du wirst in Einzelhaft kommen. Aber zerbrich dir darüber jetzt nicht den Kopf. Nimm die Dinge, wie sie kommen, Owen. Ein Tag nach dem anderen, Schritt für Schritt. Das ist mein Rat. Ich werde für dich arbeiten, keine Angst.«

Warum beruhigte ihn dieser Gedanke nicht so, wie er es tun sollte, fragte sich Owen.

Ein Gerichtsdiener schaute durch die Tür. »Bitte, Gentlemen.«

Wharton lächelte und nahm seine schwarze Lederaktentasche. »Dann mal los, Owen«, sagte er. »Auf in den Kampf.«

III

Kurz nach Michelles Bemerkung, dass Owen Pierce versucht habe, sie umzubringen, wurde das Essen serviert, und sie schwiegen, bis der Kellner ihnen die heißen Teller gereicht und den Brotkorb aufgefüllt hatte. Mittlerweile war es nach ein Uhr. Banks wusste, dass Michelle zu spät zur Arbeit zurückkommen würde, aber es schien sie nicht zu stören. Sie wollte ihnen unbedingt das Schlimmste über Owen Pierce erzählen.

Banks wartete, bis alle ihr Essen probiert und kommentiert hatten, ehe er fortfuhr: »Sie sagten vorhin, dass Owen am Anfang ein lustiger Mensch war und sich dann geändert hat. Inwiefern hat er sich verändert? Hatte das etwas damit zu tun, was passiert ist? Ist er gewalttätig geworden?«

»Nein. Also nicht wirklich *gewalttätig*. Auf jeden Fall nicht vor dem Ende.«

»Vor dem Ende?«

»Der Tag, an dem ich ihn verlassen habe. Oder eher die Nacht davor.«

»Wenn er davor nicht gewalttätig gewesen ist, was hat denn dann nicht gestimmt? Wie hat er sich verändert?«

»Er ist einfach unmöglich geworden. Schlecht gelaunt. Irrational. Eifersüchtig.« Sie hielt inne und aß einen Happen Linguine und trank danach einen Schluck Weißwein.

»War er jähzornig?«

Michelle nickte. Ihre Engelsohrringe tanzten. »Er wurde es zunehmend. Zum Ende wurde es schlimmer. Er wurde immer besitzergreifender und eifersüchtiger. Wegen nichts ist er ausgerastet.«

»Haben Sie ihn deshalb verlassen? Aus Angst vor Gewalttätigkeiten?«, schaltete sich Susan ein. »Hatten Sie Angst, dass er Ihnen etwas antut?«

Michelle schaute Susan an. »Nein«, sagte sie. »Eigentlich nicht. Er hat mir natürlich Angst gemacht, besonders in der letzten Nacht, aber ... wie soll ich es erklären?«

»Wir hören zu.« Aus dem Augenwinkel heraus beobachtete Susan, wie Banks an seiner Pizza knabberte. »Was ist passiert? Wollen Sie es uns erzählen?«

Michelle trank noch einen Schluck Wein, blickte sie dann an und nickte. Während sie sprach, schaute sie zwischen den beiden hin und her. »Na gut. Ich war lange mit einer Freundin aus gewesen. Owen hatte auf mich gewartet. Und er hatte getrunken.«

»Hat er für gewöhnlich viel getrunken?«, fragte Banks.

Michelle spießte ein paar Linguine auf und drehte sie um ihre Gabel. »Nein, normalerweise nicht, aber in der letzten Zeit war es mehr geworden. Besonders wenn er depressiv war, was er eigentlich ständig war. Auf jeden Fall konnte ich an dem Abend seine Whiskyfahne riechen.«

Banks nippte an seinem Rotwein. Er schmeckte wässerig. »Hatten Sie auch viel getrunken?«, fragte er.

»Nur ein paar Gläser Wein.«

Banks nickte. »Und was ist dann passiert?«

»Er begann, mich furchtbar zu beschimpfen und mir alle möglichen widerlichen Dinge zu unterstellen, und dann hat er ... er ...«

»Was hat er, Michelle?«

»Sag es, Michelle!« Sie holte tief Luft und rieb sich mit dem Handrücken über ihre Augen. »Er hat versucht, mich mit Gewalt zu nehmen.«

»Er hat versucht, Sie zu vergewaltigen?«

»Ja. Er hat versucht, mich zu vergewaltigen.« Sie weinte nicht, aber ihre Augen glänzten vor Wut.

»War dies das erste Mal, dass er so etwas versucht hat?«

»Natürlich. Glauben Sie, ich wäre auch nur einen Augenblick länger bei jemandem geblieben, der mir so etwas antut?« Obwohl sie nicht aufgegessen hatte, schob sie ihren Teller zur Seite und trank noch etwas Wein.

»Ich kann Ihre Situation nicht beurteilen«, sagte Banks. »Manchmal kommen die Menschen, besonders Frauen, von solchen Beziehungen nicht los. Sie wissen nicht, was sie machen sollen.«

»Ja, kann sein, aber ich nicht. So bin ich nicht. Ich habe lange versucht, ihn zufrieden zu stellen, ihm nachzugeben ... aber es wurde immer schwieriger. Ich war mit meiner Weisheit am Ende. Seine Forderungen wurden mir zu viel. Und das war dann der Gipfel. Besonders fertig gemacht hat mich, wie er mich beschimpft hat und was für schmutzige Sachen er mir unterstellt hat.«

»Also haben Sie sich ihm widersetzt?«

»Ja. Ich fand es furchtbar, dass jemand solche schrecklichen Sachen zu mir sagen konnte, mir solche Scheußlichkeiten an den Kopf werfen konnte und es dann mit mir treiben wollte ... wie die Tiere.«

»Haben Sie sich gewehrt?«

Michelle nickte.

»Und dann?«

»Das ist nicht ganz klar. Ich weiß nur, dass er mich mindestens ein Mal geschlagen hat, dann ist alles dunkel geworden.«

»Er hat Sie geschlagen, nachdem Sie sich geweigert hatten, Sex mit ihm zu haben?«

»Ja. Ich erinnnere mich nur noch, dass ich hingefallen bin und dann bewusstlos war … ich weiß nicht … vielleicht nur für ein paar Sekunden.«

»Und was geschah als Nächstes?«

»Ich spürte seine Hände um meinen Hals.«

»Owen hat versucht, Sie zu erwürgen?«

»Ja. Er hatte seine Hände um meinen Hals gelegt und drückte zu.«

»Wie haben Sie ihn abgewehrt?«

»Gar nicht. Mir fehlte die Kraft. Ich muss wieder in Ohnmacht gefallen sein.«

»Und dann?«

»Ich bin aufgewacht. Es war hell, früher Morgen, und ich lag immer noch dort auf dem Boden, wo ich hingefallen war. Ich war ganz steif und mein Kopf tat weh. Meine Sachen waren zerrissen. Ich hatte schreckliche Kopfschmerzen.«

»Wo war Owen?«

»Er lag schlafend im Bett, vielleicht war er auch bewusstlos. Ich habe sein Schnarchen gehört und nachgeschaut.«

»Hat er sich in irgendeiner Weise sexuell an Ihnen vergangen?«

»Ja. Ich glaube, er hatte Sex mit mir.«

»Sie wissen es nicht mit Sicherheit?«

»Nein. Ich war nicht bei Bewusstsein. Aber ich bin mir ziemlich sicher, dass er es getan hat.«

»Woher wussten Sie das?«

Sie schaute Banks direkt in die Augen. Trotz der dramatischen Vorgänge, die sie erzählte, verriet ihr Blick keine tiefen Gefühle. Sie wirkte nicht gerade kalt und nüchtern, aber sie war auch nicht übermäßig aufgeregt. Die wenigen verbliebenen Gäste hätten bestimmt nie vermutet, über welche schrecklichen Dinge das Trio am Fenster gerade sprach.

»So etwas weiß eine Frau einfach«, antwortete sie und wandte sich dann an Susan. »Ich war wund ... unten ... verstehen Sie?«

Susan nickte und berührte ihren Arm.

Banks aß seine Pizza auf und schaute sich danach um, ob jemand rauchte. Tatsächlich taten das ein oder zwei Gäste. Im Restaurant war es ruhig geworden, und als Banks einen Kellner wegen eines Aschenbechers herbeiwinkte, bekam er sogar einen.

»Was haben Sie als Nächstes getan?«, fragte Banks Michelle.

»Ich habe die paar Sachen zusammengepackt, die ich hatte, und bin gegangen.«

»Wohin?«

»Ich bin einfach umhergelaufen. Ich wusste nicht, wohin. Wenigstens war Sommer. Und es regnete nicht. Ich weiß noch, dass ich in einem Park in der Sonne geschlafen habe.«

»Und in der Nacht?«

»Ich habe versucht, im Bahnhof zu schlafen, aber die Polizei hat mich immer wieder verjagt. Dann habe ich mich in Ladeneingänge gesetzt, irgendwo, wo ich geschützt war. Ich hatte Angst.«

»Und am nächsten Tag?«

»Ich habe meinen Stolz unterdrückt, bin zurück zu meinen Eltern gegangen und habe überlegt, was ich machen soll. Einen Monat spater habe ich den Job hier unten bekommen.«

»Was haben Sie Ihren Eltern erzählt?«, fragte Susan.

»Die Wahrheit konnte ich ihnen kaum erzählen, oder? Ich schämte mich zu sehr. Das konnte ich niemandem erzählen. Ich habe ihnen gesagt, dass ich einfach nicht glücklich gewesen wäre mit Owen, und das haben sie geglaubt. Im Grunde wollten sie nichts anderes hören. Sie hatten ihn nur einmal getroffen und von Anfang an nicht gemocht. In ihren Augen war er zu alt für mich. Ich brauchte ihnen nur zu sagen, was sie hören wollten, und bei ihnen zu Kreuze kriechen. Sie haben immer geglaubt, was ich ihnen erzählt habe.«

»Warum haben Sie den Vorfall nicht der Polizei gemeldet?«, wollte Banks wissen.

»Das habe ich Ihnen doch gesagt. Ich schämte mich zu sehr. Detective Constable Gay wird das bestimmt verstehen.«

Susan nickte. »Ja.«

»Ach, ich weiß, was ich hätte tun müssen«, fuhr Michelle fort. »Besonders jetzt, nachdem das mit diesem armen Schulmädchen passiert ist. Irgendwie fühle ich mich furchtbar schuldig, beinahe verantwortlich. Aber man kann doch nicht vorhersehen, was ein Mensch tun wird, wie weit er gehen wird, oder? Ich wusste, dass Owen nicht ganz normal war, dass er gefährlich sein konnte. Ich hätte nur wissen müssen, wie gefährlich er wirklich werden kann, und ich hätte ihn bei der Polizei anzeigen müssen. Aber ich hatte Angst.« Sie schaute wieder Susan an. »Außerdem hatte ich von den schrecklichen Dingen gehört, die man vor Gericht den Mädchen antut, die eine solche Anzeige machen. Dass es so hingestellt wird, als sei man selbst die Schuldige, als sei man einfach eine Schlampe, und dass dann alle möglichen Ärzte kommen und ... Ich ... ich dachte, das würde ich nicht durchstehen. Ich meine, ich habe ja mit Owen zusammengelebt. Und am Anfang hatte ich mich ihm freiwillig hingegeben. Wie hätte man das vor Gericht beurteilt? Man hätte gesagt, dass ich ihn so weit gebracht hätte, das hätte man gesagt.«

»Heutzutage haben es Vergewaltiger nicht mehr so leicht vor Gericht, Michelle«, wandte Susan ein. »Es wäre sicherlich nicht so gewesen.«

»Aber woher sollte ich das wissen?«

»War das der einzige Grund, warum Sie den Vorfall nicht angezeigt haben?«, fragte Banks. »Aus Angst vor der Polizei und dem Gericht?«

»Nun, hauptsächlich. Aber dann gab es ja auch noch Owen, nicht wahr? Ich meine, nachdem einem ein Mensch so etwas angetan hat, so etwas Brutales, da muss man sich doch fragen, zu was er sonst noch fähig ist, oder? Man hört immer wieder von Männern, die Frauen auflauern, und was sie ihnen antun. Ich habe mich geschämt, aber ich hatte auch Angst. Angst davor, was er tun könnte.« Sie schaute auf ihre Uhr. »Mein Gott, schon nach zwei!«, sagte sie. »Ich muss jetzt wirklich gehen. Mr Littlewoods Großzügigkeit hat auch ihre Grenzen.«

»Angesicht dessen, was Sie uns gerade erzählt haben«, sagte Banks, »würden wir gerne eine vollständige Aussage von Ihnen haben. Wenn Sie keine Einwände haben, könnten wir sie aufnehmen, nachdem Sie heute Feierabend haben.«

Michelle biss sich auf die Unterlippe und dachte einen Augenblick nach.

»Okay«, sagte sie. »Von mir aus. Machen wir es. Bringen wir es hinter uns. Ich bin um halb sechs fertig.«

»Wir werden warten.«

Als sie ging, schauten sie ihr hinterher, dann zündete sich Banks noch eine Zigarette an und beide bestellten einen Cappuccino. »Tja«, sagte Banks, »sieht so aus, als müssten wir uns den Nachmittag in der Großstadt um die Ohren schlagen. Wollen Sie die Kronjuwelen sehen? Oder das Black Museum besichtigen? Wir könnten natürlich auch schon Weihnachtseinkäufe tätigen.«

Susan lachte. »Nein danke, Sir. Aber was halten Sie davon, wenn wir Phil Richmond bei Scotland Yard anrufen? Vielleicht kann er sich für ein Stündchen freimachen.«

»In Ordnung«, sagte Banks. »Rufen Sie ihn doch an.«

»Ja, Sir. Haben Sie ein Zehnpennystück?«

IV

Das Armley-Gefängnis zeichnete sich vor ihm ab wie eine mittelalterliche Festung. Durch das Gitterfenster, das ihn vom Fahrer des Busses trennte, konnte Owen nur einen Teil des Gebäudes sehen, aber er kannte es bereits gut genug. Als er in Leeds auf der Universität war, hatte er es häufig gesehen.

Auf einem Hügel westlich des Stadtzentrums gelegen, handelte es sich bei dem Gefängnis um ein gewaltiges, ausuferndes Gebäude aus der viktorianischen Zeit mit Zinnen und Türmen und neueren Abschnitten, das ständig im Bau zu sein schien. Im Grunde war es eine Touristenattraktion. Hier hatte Peter Sutcliffe, der »Yorkshire Ripper«, 1981 seine Untersuchungshaft abgesessen.

Wenigstens hatte der Busfahrer Sinn für Humor. Als der Bus mit seiner mit schweren Handschellen gefesselten Ladung Häftlinge durch das riesige Tor fuhr, schmetterte Elvis Presley »Jailhouse Rock«. Owen fragte sich, ob er wie ein Fremdenführer, der immer die gleichen Witze erzählte, den Song auf jeder Fahrt spielte.

In dem niedrigen Anmeldungszimmer wurden die Handschellen entfernt, und Owen musste erleben, wie er von der Obhut der Polizei in die der Gefängniswärter übergeben wurde. Genauso gut hätte er auch ein auf dem Markt verkauftes Rind oder Schwein sein können. Als Nächstes bekam er eine Nummer, die er gar nicht erst versuchte zu behalten, dann wurde er, nachdem seine Habseligkeiten ähnlich wie in der Arrestzelle des Polizeireviers katalogisiert und in einer Schachtel verstaut worden waren, in eine Kabine geführt, wo er sich ausziehen musste und durchsucht wurde.

Danach erklärte der Direktor, dass Owen, da er als ein Insasse der Kategorie A klassifiziert worden war, dreiundzwanzigeinhalb Stunden des Tages allein in seiner Zelle verbringen musste, während er sie die andere halbe Stunde unter Aufsicht verlassen durfte. Ihm wurde erlaubt, so viele Zigaretten zu erwerben, wie er wollte – als würde Owen diese Aussicht reizen –, und er erhielt Zugang zu Schreibpapier und Büchern.

Die ganze Angelegenheit erinnerte Owen an die Szene aus Stanley Kubricks Film *A Clockwork Orange*, in der Alex ins Gefängnis eingeliefert wird. Dieser Raum hatte die gleiche graue unmenschliche Atmosphäre, ein perfekter Ort für Demütigungen. Er war jetzt eine Nummer und kein Mensch mehr.

Nach einer flüchtigen ärztlichen Untersuchung (»Leiden Sie an Herzrasen oder Kurzatmigkeit?«), die zweifellos nur deshalb durchgeführt wurde, um die Behörden zu schützen, sollte er in der Nacht tot in seiner Zelle umfallen, wurde ihm befohlen, ein Bad in ungefähr zwanzig Zentimeter hohem, lauwarmem Wasser zu nehmen. Die Wanne war ein altes Modell mit verrosteten Seiten und Krallenfüßen. Nachdem er sich abgetrocknet hatte, wurde ihm seine Gefängnisuniform ausgehändigt: braune Hosen und ein blaues gestreiftes Hemd, das sich grob anfühlte und auf der Haut kratzte.

Danach erhielt er ein ähnlich raues Bettzeug und wurde

zu seiner Zelle geführt. Es war ein spezieller Trakt des Gefängnisses mit schwarzen Metalltreppen und -laufstegen und erinnerte an einen Druck von M.C. Escher. Die Wände waren mit fleckigem Anstaltsgrün gestrichen und unter den hohen Decken hallte jeder Schritt wider.

Die Zelle war etwas geräumiger als die im Eastvaler Polizeirevier, allerdings wesentlich düsterer. Im Laufe der Zeit und durch den Dreck waren die weiß getünchten Wände grau geworden, der Boden bestand aus blankem Stein. Das einzige Fenster befand sich hoch oben in der Wand. Ungefähr so groß wie ein Taschentuch, schien es aus bruchsicherem Glas zu bestehen. Licht kam nur von einer schwachen Glühlampe an der Decke, deren Schirm mit Maschendraht bedeckt war. In der Ecke hinter der Tür gab es zwar ein Waschbecken, Seife und Handtuch, aber in der ganzen Zelle keine Toilette. Als er sich umschaute, entdeckte Owen einen Eimer neben dem Bett.

Zur Einrichtung gehörten zudem ein Tisch und ein Stuhl. Der Tisch war so klein, dass er beim Sitzen kaum seine Beine darunter kriegte. Außerdem wackelte er, doch ein paar aus seinem Kalender gerissene, gefaltete und unter das eine Bein geschobene Seiten behoben das schnell.

Er hatte um Papier sowie Bücher aus der Gefängnisbibliothek gebeten; wenn möglich wollte er Science-Fiction-Bücher haben, durch die er wenigstens in Gedanken seiner eintönigen Umgebung entfliehen konnte. In seiner Jugend war Science-Fiction seine Leidenschaft gewesen, seitdem hatte er aber kein solches Buch mehr gelesen. Doch jetzt hatte er merkwürdigerweise das Bedürfnis, sie wieder zu lesen. Außerdem wollte ihm Wharton seinen Walkman und wenn möglich ein paar Kassetten vorbeibringen.

Eine Weile ging er auf und ab, dann versuchte er das Ausmaß seiner Zelle zu schätzen. Er kam zu dem Schluss, dass sie ungefähr zweieinhalb mal drei Meter groß war. Als Nächstes legte er sich auf die harte, schmale Matratze und starrte die Risse in der Decke an. Er hatte erwartet, durchgestrichene »Tage« an den Wänden zu finden, wie er es in Filmen gesehen hatte, aber er konnte keine entdecken. Es gab auch nicht die Spur eines Graffito und keinen mit einem Fingernagel eingeritzten Namen, an dem er hätte sehen können, wer als Letzter hier gewesen war.

Vielleicht war es sogar der Ripper gewesen. Owen erschauderte. Ein dummer Gedanke, sagte er sich selbst. Es war Jahre her, dass Sutcliffe hier inhaftiert gewesen war. Dutzende von Häftlingen mussten seitdem in dieser Zelle gesessen haben. Dennoch ... eine Zelle, in der es spukte, das hatte ihm gerade noch gefehlt.

Es war an der Zeit, seine Fantasie zu zügeln und sich über seine Situation klar zu werden. Er war sich völlig bewusst, was mit ihm passieren könnte, im *schlimmstmöglichen Fall*, wie Wharton es am Morgen ausgedrückt hatte, und darüber durfte man gar nicht nachdenken.

Wharton hatte bereits mit seiner Einschätzung des Schiedsgerichts Recht gehabt. Die ganze Angelegenheit war in wenigen Minuten vorbei gewesen und Owen hatte sich in Untersuchungshaft in Erwartung eines Mordprozesses wiedergefunden. So viel zu Wahrheit und Gerechtigkeit.

Was ihm jetzt am meisten Sorgen machte, waren die praktischen Dinge: sein Job, das Haus, das Aquarium, sein Wagen. Wharton hatte seine Schlüssel genommen und versichert, er werde sich um alles kümmern, aber trotzdem ... Hatte jemand seinen Fachbereich an der Berufsschule informiert? Und wenn, was hatte der Leiter getan? Es dürfte nicht besonders schwierig sein, seine Seminare unter den Kollegen aufzuteilen, bis sie von einem Aushilfsdozenten übernommen werden konnten; aber was wäre, wenn sich diese Angelegenheit über Monate hinzog? Er war nicht fest angestellt, die Schule konnte ihn also jederzeit entlassen. Ob er wohl, wenn er seinen Job wegen dieser Farce, wegen dieses absurden Irrtums verlor, eine Entschädigung erhalten würde?

Das Haus würde seines bleiben, solange sein Bankkonto die Daueraufträge für seine Hypothek abdeckte, und das müsste lange genug so sein. Schließlich hatte er einmal ziemlich anständig verdient und nur sehr geringe Ausgaben. Er hoffte, dass sein Nachbar Ivor, der auch einen Schlüssel hatte, sich um die Fische kümmern würde.

Die Schritte auf dem Gang unterbrachen seinen Gedankenstrom, dann hörte er den Schlüssel im Schloss. Es war bereits Essenszeit. Der Wärter hatte ihm außerdem einen Filzstift, einen Schreibblock und Umschläge sowie eine überraschend zerlesene Ausgabe von Wordsworth' *Gesammelten Gedichten* und die *Gründungstrilogie* von Isaac Asimov mitgebracht.

Nachdem er aufgegessen und die Tür sich wieder hinter dem Wärter geschlossen hatte, nahm Owen den Stift und setzte sich an den Tisch. Wem er schreiben sollte, wusste er nicht, aber er könnte sich die Zeit damit verkürzen, ein Tagebuch über seine Erlebnisse und Eindrücke zu führen. Wer weiß, vielleicht würde es eines Tages veröffentlicht werden.

Sechsundfünfzig Tage oder länger, hatte Wharton gesagt. Okay, wenn er schon nichts dagegen unternehmen konnte, dann sollte er sich am besten gleich damit abfinden.

ZEHN

I

Die Büros der Eastvaler Staatsanwaltschaft befanden sich in der obersten Etage eines zugigen, alten dreistöckigen Gebäudes in der North Market Street zwischen Gemeindezentrum und Rathaus. Das Erdgeschoss wurde von einer auf Kunden mit Übergröße spezialisierten Boutique und einem Laden, der importierte belgische Schokolade verkaufte, eingenommen. Irgendwo im Haus hatte ein Zahnarzt seine Praxis. Manchmal konnte man, während man gerade einen Fall besprach, den Bohrer hören.

Der für die Pierce-Akten zuständige Chefankläger war Stafford Oakes, ein schäbiger, kleiner Kerl mit Ellbogenflicken, schmierigem Haar, einer spitzen Nase und Adleraugen. Banks hatte schon bei einer Reihe von Fällen mit Oakes zusammengearbeitet und großen Respekt für ihn entwickelt.

Banks war in Begleitung von Inspector Stott, und neben Oakes saß seine Kollegin Denise Campbell, deren teure und elegante Designergarderobe im starken Kontrast zu Oakes' Klamotten aus dem Schlussverkauf stand. Denise war eine attraktive und ehrgeizige junge Anwältin mit kurzem schwarzem Haar und blasser Haut. Banks hatte sie noch nie lächeln sehen, für ihr Alter machte sie einen viel zu steifen, prüden und korrekten Eindruck.

Da die Staatsanwaltschaft häufig eine negative Haltung an den Tag legte, wenn ein Fall vor Gericht kommen sollte, begegnete ihr die Polizei im Allgemeinen mit Misstrauen, und tatsächlich hatte sich Banks schon mehr als einmal mit Oakes über dieses Thema gestritten. Im Großen und Ganzen aber war Oakes ein fairer Mann, der normalerweise – im Gegensatz zu vielen anderen Staatsanwälten – einer Anklage nicht mehr Schaden zufügte als die Verteidigung. Hin und wieder hatte Banks sogar schon ein Bier mit ihm getrunken und dabei Erfahrungen aus dem Schlachtfeld London ausgetauscht, wo beide früher gearbeitet hatten.

Oakes' Büro war genauso unordentlich wie er selbst, überall lagen Briefe und Akten herum. Da Oakes koffeinabhängig war und sich nicht darum scherte, wo er seinen Becher abstellte, trugen viele der Papiere sein Markenzeichen: Kaffeeränder, die wie die olympischen Ringe verbunden waren. Heute stand sein Becher auf dem Obduktionsbericht von Deborah Harrison.

Es waren nur noch wenige Wochen bis Weihnachten; vor mehr als zwei Wochen hatten sie sich zum ersten Mal telefonisch besprochen. Die DNA-Tests hatten bestätigt, dass es sich bei dem Blut auf Owens Anorak tatsächlich um Deborahs handelte und dass das Gewebe, das unter ihrem Fingernagel gefunden worden war, von Owen stammte. Banks hatte Oakes alle Zeugenaussagen und gerichtsmedizinischen Testergebnisse geschickt. Mittlerweile hatte auch Pierce' Verteidigungsteam Kopien der Akten erhalten.

»Das gefällt mir«, sagte Oakes und tippte auf den dicken Aktenstapel auf seinem Schreibtisch. »Besonders gefällt mir diese DNA-Analyse. Da könnte ich mich richtig dran festbeißen. Kein Geständnis, sagen Sie?«

»Nein«, antwortete Banks.

»Schön.« Er schlürfte etwas Kaffee. »Geständnisse machen nur Probleme, wenn Sie mich fragen. Ohne ist man besser dran. Was meinen Sie, Denise?«

»Wir hatten auch schon Erfolg mit Geständnissen. Begrenzten, muss ich allerdings zugeben. Meistens nehmen die Leute sie zurück und behaupten, die Polizei hätte sie gefälscht oder aus ihnen herausgeprügelt.« Sie schaute Banks mit ernster Miene an. »Aber selbst wissenschaftliche Beweise sind nicht völlig problemlos. Es kommt darauf an, wie sie zustande gekommen sind und wer sie präsentiert.«

»Ach ja, ich weiß«, sagte Oakes und winkte ab. »Erinnern Sie sich an diesen zaudernden Trottel aus dem Innes-Fall, mit dem wir in Richmond zu tun hatten?« Er schaute Banks und Stott an und verdrehte seine Augen. »Eigentlich ein glasklarer Fall. Es ging um Blutspuren. Nachdem die Verteidigung mit dem Kerl fertig war, war er mit den Nerven am Ende. Der war sich nicht mal mehr sicher, ob zwei und zwei vier ergeben. Aber was ich sagen will: Ein guter, solider Fall basiert auf Fakten. Wie die DNA. Das mögen die Richter, das mögen die Geschworenen. Fakten. Unanfechtbar. Schön. Eben Fakten. Habe ich Recht, Denise?«

Denise Campbell nickte.

»Na schön«, fuhr Oakes nach einem weiteren Schluck Kaffee fort, »ich gehe davon aus, dass Mr Pierce seine Erlaubnis für die Entnahme von Blut- und Haarproben gegeben hat, oder?«

»Ja«, sagte Banks. »Die Proben wurden von einem zugelassenen Polizeiarzt genommen. Sie müssten Kopien von den unterschriebenen Einverständniserklärungen haben.«

Oakes runzelte die Stirn und wühlte in dem Aktenstoß. »Ah, ja«, brummte er und zog ein paar mit Kaffeerändern verzierte Blätter hervor. »Da sind sie ja. Schön, schön. Und seinen Anorak haben Sie auf legalem Wege erhalten?«

Banks schaute Stott an. »Ja«, erwiderte der. »Er hat uns die Erlaubnis gegeben, ihn für Tests mitzunehmen, und wir haben ihm eine Quittung ausgehändigt.«

»Aber Sie sind nicht mit einem Durchsuchungsbefehl in seine Wohnung gegangen?«

»Nein«, sagte Stott. »In dem Stadium der Ermittlungen wollten wir einfach nur mit Mr Pierce sprechen. Als ich dann den orangefarbenen Anorak sah und mir die Beschreibung eines Mannes in einem ähnlichen Anorak, der in der Nähe des Tatortes gesehen worden war, einfiel, ergriff ich die Initiative und ...«

Oakes winkte wieder ab. »Ja, ja, ja, Inspector. Schön und gut. Sie sitzen hier nicht im Zeugenstand. Erparen Sie mir die Einzelheiten. Das Ganze ist ein bisschen dürftig, aber es muss genügen.«

Stott saß mit rotem Gesicht und zusammengepressten Lippen steif auf seinem Stuhl. Banks konnte sich ein Lächeln nicht verkneifen. Da hatte der Neue eine erste Kostprobe von Stafford Oakes erhalten.

Oakes blätterte durch den Stapel auf seinem Tisch. »Das meiste ist brauchbar«, erklärte er. »DNA-, Haar- und Blutanalyse. Brauchbar. Ich verstehe natürlich selbst kein Wort von dem ganzen Kram, aber wenn wir den richtigen Fachmann in den Zeugenstand kriegen, können wir es sogar dem durchschnittlichen *Sun*-Leser verkaufen. Das ist die Hauptsache, verstehen Sie: eine einfache Sprache, ohne herablassend zu wirken.« Er legte einen dicken Stoß Papiere zur Seite und wedelte mit ein paar Aussagen. »Und das hier«, fuhr er fort, »das ist auch nicht übel. Ihr Pfarrer da, wie heißt er noch ... Daniel Charters ... hat unseren Mann ungefähr zur richtigen Zeit auf der Brücke gesehen.« Er legte einen Zeigefinger an die Nase. »Allerdings habe ich gehört, Banks, dass es moralische Bedenken gegen den Mann gibt.«

»Daniel Charters wird ein homosexueller Annäherungsversuch bei einem ehemaligen Angestellten der Kirche vorgeworfen«, sagte Banks. »Ein kroatischer Flüchtling namens Ive Jelačić, der in diesem Fall auch unter Verdacht stand, bis wir auf Pierce gestoßen sind. Aber falls es von Interesse ist – ich glaube nicht, dass Charters es getan hat.«

»Es spielt keine Rolle, was *Sie* glauben. Oder, Denise?«

»Nein«, sagte Denise.

»Da, meine verehrte Kollegin stimmt mir zu. Nein, Banks, das Einzige, was eine Rolle spielt, ist, was die Geschworenen glauben. Ein Pfarrer mit dem Hauch von einem Skandal an der Kutte stinkt zum Himmel.« Er schüttelte den Kopf und schnalzte abschätzig mit der Zunge. »Die Geschworenen werden sich sagen, da haben wir einen echten Heuchler, einen Mann, der die Tugenden der Keuschheit predigt, einen Mann, der zu einer Kirche gehört, die nicht einmal homosexuelle Pastoren weiht, und gerade der lässt sich sozusagen mit der Hand am Rock des Chorknaben erwischen. Verstehen Sie, was ich meine? Das ist genau das richtige Material für die Klatschpresse.«

»Da Owen Pierce offen zugibt, zu der Zeit auf der Brücke gewesen zu sein«, sagte Banks, »ist das sowieso reine Theorie.«

»Ah-ah-ah«, sagte Oakes und hob einen Finger. »Dem würde ich nicht zu viel Beachtung schenken. Die Aussage ist ungefähr genauso unnütz wie ein Geständnis. Und denken Sie daran, er hat das gesagt, bevor er mit seinem Anwalt gesprochen hat. Bis zum Prozess kann sich noch eine Menge ändern. Glauben Sie mir, wir brauchen so viel Beweise, wie wir kriegen können.«

»Charters ist nicht der Einzige, der Pierce um diese Zeit auf der Brücke gesehen hat. Deborahs Freundin Megan Preece hat ihn auch gesehen.«

Oakes schüttelte den Kopf. »Ich habe ihre Aussage gelesen. Sie ist sich nicht absolut sicher, dass er es war. Das ist auch nichts. Es gibt nichts Schlimmeres als Kinder im Zeugenstand. Ach, wir nehmen Ihren Pfarrer. Machen Sie sich darum keine Sorgen. Ich male nur den Teufel an die Wand. Ich muss alle Eventualitäten vorhersehen.« Er überflog andere Aussagen. »Der Wirt vom Nag's Head sagt aus, dass Pierce kurz vorher im Pub gewesen ist, sehe ich. Ich nehme an, er ist verlässlich?«

Banks schaute wieder Stott an. »Tja«, sagte Stott steif. »Er kam mir ein bisschen langsam vor, aber da an dem Abend nicht viel los war und Pierce anscheinend sein einziger Gast gewesen ist, können wir uns auf ihn verlassen, nehme ich an.«

»Schön. Und was war noch mal dieser andere Laden ... Ach ja, das Peking Moon. Ein chinesisches Restaurant.« Er rümpfte die Nase. »Ein Chinese, nehme ich an?«

»Geboren und aufgewachsen in Whitechapel«, sagte Stott.

»Also ein Chinese mit Cockneyakzent?«

»Genau.«

Oakes schüttelte den Kopf. »Geschworene mögen Chinesen nicht. Sie trauen ihnen nicht über den Weg. Die haben immer noch dieses alte Schlitzaugenbild im Kopf: undurchschaubar, gelbe Gefahr und so weiter. Ich persönlich verstehe es nicht, aber man kriegt diese rassistische Einstellung anscheinend nicht so schnell aus den Köpfen der Leute, wie man möchte, und per Gesetz kann man sie auch nicht verbieten. Na ja, wir machen das Beste draus. Ist er ein helles Köpfchen?«

»Er kann sich gut ausdrücken«, sagte Stott.

»Schön, das hilft. Außer er ist natürlich zu clever. Die Geschworenen mögen keine Leute, die ihnen zu *clever* kommen. Besonders wenn es Ausländer sind. Von den Experten erwarten sie es natürlich, aber nicht von unserem Wald-und-Wiesen-Kneipier.« Er stand auf, ging zur Kaffeemaschine auf dem Aktenschrank und füllte seinen Becher nach. »Was mir aber wirklich Kopfzerbrechen macht«, fuhr er fort, »ist dieses andere Zeug hier.« Er langte wieder in den Aktenhaufen und zog eine paar weitere Papiere hervor. »Sie haben eine Aussage von einer gewissen Michelle Chappel aufgenommen, einer Exfreundin von Pierce. Das ist natürlich alles völlig korrekt, aber die ganze Sache ist bedenklich.« Er schnalzte mit der Zunge und legte eine Hand auf die Papiere, als wollte er auf die Bibel schwören. »Extrem bedenklich.«

»Inwiefern?«, fragte Banks.

Oakes setzte sich wieder in seinen Sessel, verschränkte die Hände hinter dem Kopf und zitierte in Richtung der rissigen Decke: »›Ein Richter in einem Strafprozess kann jederzeit nach eigenem Ermessen einen Beweisantrag ablehnen, wenn nach seiner Auffassung die vorverurteilende Wirkung des Beweismaterials größer ist als sein Nutzen für das Verfahren.‹ Lord Diplock, Regina v. Sang, 1979.«

»Und das ist Ihrer Meinung nach bei Michelle Chappels Aussage der Fall?«, fragte Banks.

»Ich sage nur, es könnte ein Problem sein. ›Die Geschworenen sollten keine Informationen über den Angeklagten erhalten, die sie möglicherweise nachteilig in Bezug auf den Angeklagten beeinflussen, da dies in keinem Verhältnis zu dem wahren Nutzen des beantragten Beweismaterials, welches diese Informationen enthält, für das Verfahren steht.‹ Gleiche Quelle. Und das bezieht sich normalerweise auf analoges Beweismaterial. Sie unterstellen hier, indem Sie versuchen, die Aussage der Frau als Beweismaterial einzuführen, dass Pierce genau der Mensch ist, der ein solches

Verbrechen begehen würde. Das ist freudianischer Schnickschnack und außer im Fernsehen mögen die Geschworenen das nicht. Und, viel wichtiger, eine Menge Richter mögen es auch nicht.«

Banks zuckte mit den Achseln. »Das Analogieverbot kenne ich«, sagte er, »aber wir versuchen mit dieser Aussage zu beweisen, dass in Pierce' Vergangenheit schon einmal Gewalt gegen Frauen vorkam. Und zwischen den beiden Opfern gibt es eine auffallende äußerliche Ähnlichkeit. Wir versuchen, ein Motiv zu ermitteln.«

Oakes' Augenbrauen schossen in die Höhe. »Ja, ja, das ist alles schön und gut, Banks. Aber Sie sind ja auch ein fantasievoller Kerl, einer, der eine Menge Romane liest, nicht wahr? Wenn Sie das Analogieverbot verstehen, dann müssen Sie auch verstehen, dass das, was Sie hier tun, lediglich aussagt, dass Pierce ein Mensch ist, der schon einmal auf ähnliche Weise gehandelt hat wie derjenige, der das betreffende Verbrechen begangen hat. Und darüber hinaus handelt es sich bei der mutmaßlichen Vergewaltigung um eine nicht zur Anzeige gebrachte Tat, von der wir allein aufgrund der Aussage einer Frau wissen, die den Mann möglicherweise nur deshalb verachtet, weil er sie zurückgewiesen hat.« Er schnalzte erneut mir der Zunge und trank einen Schluck Kaffee. »Andererseits«, sinnierte er, »sind schon merkwürdigere Dinge passiert.«

»Zu welcher Schlussfolgerung kommen Sie also?«, fragte Banks.

»Meine Schlussfolgerung?« Er schlug mit der flachen Hand auf den Stapel kaffeebefleckter Akten. »Ach, sei's drum, wir versuchen es. Warum nicht? Schlimmstenfalls wird ihre Aussage nicht als Beweismaterial zugelassen.« Er lachte leise. »Früher konnte es ein Pluspunkt für die Verteidigung sein, wenn Beweisanträge der Anklage abgewiesen wurden. Aber das war einmal. Abhängig vom Richter, hat man in diesen Dingen manchmal einen gewissen Spielraum, besonders in einem so ernsten Fall wie diesem. Ich habe mehr als einmal erlebt, das vergleichendes Beweismaterial zugelassen wurde. Das Verbot besagt eigentlich nur, dass die bloße Tatsache, dass der Angeklagte schon einmal ein ähnliches Verhalten gezeigt hat wie die kriminelle Tat, für die er vor Gericht steht, nicht relevant ist. Wenn es jedoch eine derart auffällige Ähnlichkeit gibt, welche die beiden Ereignisse in überzeugender Weise in ein ganzes System von Taten einbindet und ein deutliches Muster erkennen lässt, das über den reinen Zufall hinausgeht, dann könnte ein solches Beweismaterial zugelassen werden. – Können Sie mir folgen?«

»Ich glaube schon«, sagte Banks.

»Wenn wir versuchen zu zeigen, dass die beiden Übergriffe Teile eines solchen Musters sind«, fuhr Oakes fort, »dann könnten wir diese Aussage der Frau vielleicht als Beweismaterial durchkriegen. Abhängig vom Richter natürlich. Kennen Sie einen Psychologen, den Sie dafür zu Rate ziehen können? Was ist mit dieser jungen Frau, mit der ich Sie mal im Queen's Arms gesehen habe? Ziemlich junges Ding. Eine Rothaarige. War die nicht Psychologin?«

»Jenny Fuller?«

»Genau die.«

»Sie ist Psychologin. Aber sie hat gerade einen Lehrauftrag in Amerika und kommt erst nach Weihnachten zurück.«

»Das reicht doch völlig. Keine Eile, mein Lieber, keine Eile. Für einen Prozess haben wir bereits genug. Wir brauchen nur etwas, um den Beweisantrag leichter durchzukriegen.«

»Dann werden Sie also Anklage erheben?«

Oakes trank ein paar Schlucke Kaffee, schaute auf die Papiere und schniefte einige Male. »Ich denke schon«, sagte er nach einer Ewigkeit. Dann nickte er. »Doch, doch, ich glaube, wir haben da einen guten Fall. Was meinen Sie, Denise?«

Denise Campbell nickte. »Schnappen wir uns den Scheißkerl«, sagte sie. Dann errötete sie und legte eine Hand vor den Mund, als hätte sie gerade aufgestoßen.

II

Anfang Februar fand Owens Vorverhandlung statt. Die ganze Angelegenheit war äußerst unspektakulär und erinnerte eher an ein Fakultätstreffen der Universität als an eine Verhandlung, bei der gravierende Entscheidungen getroffen werden. Niemand trug Perücken oder Roben.

Eines bitterkalten Morgens musste er vor drei Friedensrichtern erscheinen und auf Whartons Rat vollzogen sie die Verhandlung im »neuen Stil«. Das bedeutete, dass die Anklageschrift verlesen wurde und die Verteidigung weder Einwände erhob noch Anträge stellte. Im Grunde gaben sie ihre Zustimmung zu dem Verfahren. Und genau wie Wharton es vorhergesagt hatte, stimmten die Richter darin überein, dass es sich um einen dringlichen Fall handelte und Owen einen Prozess vor dem Bezirksgericht bekam. Der Prozesstermin wurde für Ende März festgelegt. Es gab ein paar Zuschauer im Gerichtssaal und Owens Name war der Öffentlichkeit nun bekannt, allerdings wurden der Presse lediglich die Anklage und wenige Einzelheiten bekannt gegeben, nicht aber die tatsächliche Beweislage.

Zum Glück hatte sich Owen schnell an die Monotonie

des Gefängnisalltags gewöhnt: Licht an, aufstehen, Licht aus, schlafen. Nach den ersten Wochen hatte er jegliches Zeitgefühl verloren. Jeden Tag durfte er nur für eine halbe Stunde seine Zelle verlassen, um auf den trostlosen Hof zu gehen. Dort bekam er kaum jemals ein anderes Gesicht zu sehen als diejenigen seiner Wachen, und allein im Kreis herumzulaufen, war keine Freude.

Das Essen erinnerte ihn an die Schulspeisung: trockene Pastete, graues, zähes Fleisch, klumpiger Vanillepudding. Normalerweise ließ er das meiste stehen. Trotzdem fühlte er sich ständig verstopft.

Alle Zellen um ihn herum waren belegt. Nachts hörte er Stimmen, manchmal sogar ein Weinen, und eines Abends versuchte der Häftling in der Nachbarzelle ein Gespräch mit ihm zu beginnen und wollte wissen, warum er hier war. Doch Owen antwortete nicht. Worüber wollte der Mann reden? Wollte er Erfahrungen über Vergewaltigung und Verstümmelung austauschen?

Vor allem hörte er die Kassetten, die Wharton ihm gebracht hatte, und las Gedichte oder Science-Fiction. Wordsworth konnte er nach dem ersten Monat schon fast auswendig.

Aus unerfindlichen Gründen spielte die Gefängnisleitung alle paar Tage »Zellchen wechsel dich« mit ihm. Die einzelnen Zellen unterschieden sich nur durch die Gerüche. In einer roch die Matratze sauer nach frischen Spermaspuren, in einer anderen schien das Waschbecken Dämpfe von Erbrochenem auszudünsten. Aber vielleicht bildete er sich das nur ein. Vor allem stank es nach Desinfektionsmittel und Urin. In einer Zelle bemerkte er mitten in der Nacht, dass es weder eine Toilette noch einen Eimer gab. Er rief den Wärter, der ihm sagte, er solle auf den Boden pinkeln. Er pinkelte ins Waschbecken.

Im Laufe der Zeit machten ihn vor allem die Kleinigkeiten fertig: das Kratzen der Gefängniskleidung; die Unmöglichkeit, zu kochen oder Tee zu machen; der schlechte Kaffee; das immer gleiche Essen … Je länger er darüber nachdachte, desto bedeutender wurden diese Nebensächlichkeiten. Es waren die wesentlichen Bestandteile seiner Freiheit, Dinge, die er normalerweise als selbstverständlich betrachtete. Jetzt, wo sie ihm fehlten, gewannen sie in seinen Gedanken eine immer größere Bedeutung.

Natürlich war alles relativ. Für ein verhungerndes Kind in einem äthiopischen Dorf zum Beispiel wäre das Gefängnisessen ein Luxus gewesen und die ein oder zwei Stunden Ruhe von der Qual des Hungers würden Freiheit bedeutet haben. Menschen, die verhungern, waren nicht wirklich frei. Aber für jemanden wie Owen, einen gebildeten Menschen aus der Mittelschicht, der in England lebte und dem es an nichts fehlte, bestand Freiheit aus einer Vielzahl von Kleinigkeiten, von denen eine abstrakter als die andere war. Im Grunde ging es vor allem darum, die Wahl zu haben.

Eingeschlossen in seiner engen, einsamen Zelle hatte Owen aber wenigstens seine Ruhe. Hier war er sicher vor den Bürokraten, den Reportern und den Frauen, die ihn mit blankem Hass in den Augen angestarrt hatten. Er war geschützt vor der Masse draußen, die sein Blut wollte, und vor den Polizeibeamten, die unbedingt die Hülle seines Lebens aufreißen und ihre Hände tief in die glitschige Dunkelheit dahinter stecken wollten.

Mittlerweile war seine Zelle der einzige Ort, an dem er sich sicher fühlte. Die Monotonie und die Isolation schützten ihn vor der boshaften Absurdität der Welt draußen.

III

Jenny Fuller stürzte zehn Minuten zu spät ins Queen's Arms, schälte sich aus ihrem schwarzen Mantel und legte ihn sorgfältig über die Lehne eines Stuhls. Sie warf ihren Kopf zurück, um ihr wallendes feuerrotes Haar in Form zu bringen, setzte sich dann und klopfte auf ihre Brust. »Außer Atem. Entschuldige, dass ich zu spät komme. Geht das auf Spesen?«

Dr. Jennifer Fuller war Dozentin für Psychologie an der Universität von York. Im Laufe der Jahre hatte sie sich zunehmend auf Kriminal- und Devianzpsychologie konzentriert. Mittlerweile hatte sie sogar begonnen, auf diesem Gebiet zu publizieren, und sich schnell einen Namen gemacht. Deshalb war sie den Sommer über auch in Amerika gewesen. Banks hatte schon bei einigen Fällen mit ihr zusammengearbeitet, und aus einer anfänglichen gegenseitigen Anziehung war eine dauerhafte Freundschaft geworden, die beide erfreute und überraschte.

Banks lachte. »Leider nicht.«

»Schade. In Amerika habe ich mich gerade daran gewöhnt. Da geht alles auf Spesen.«

»Dann gebe ich wenigstens die erste Runde aus.«

»Wie nett. Für mich bitte einen kleinen Brandy zum Aufwärmen.«

»Und zum Essen?«

»Brathuhn.«

Auf dem Weg zum Tresen erkannte Banks ein paar lokale Ladenbesitzer und den Filialleiter der NatWest Bank, die Mittagspause machten. Cyril hatte zudem ein hübsches Feuer im Kamin gemacht. Der Tisch davor war bereits von einer Gruppe Wanderer in Wanderstiefeln und wasserdichter Kleidung besetzt, so dass sich Jenny und Banks an den Nachbartisch gesetzt hatten, nahe dem Fenster. Regen spritzte gegen die roten und bernsteinfarbenen Butzenkaros und verschmierte die klaren Scheiben. Mit den Getränken bestellte Banks Jennys Huhn und Scampi mit Pommes frites für sich.

Als Banks mit den Getränken zurückkam, rieb Jenny ihre Hände aneinander, schüttelte sich und nahm dann ihr Brandyglas. »Cheers!«, sagte sie. Sie stießen an. »Hattest du ein schönes Weihnachtsfest?«

»Das Übliche. Meine Eltern waren an Heiligabend da, Sandras am ersten und zweiten Feiertag.«

»Und wie geht es Sandra?«

»Gut.«

Jenny trank noch einen Schluck Brandy. »Du hast also deinen Mann hinter Schloss und Riegel gebracht«, stellte sie fest. »Da kannst du dir ja noch einen Orden anhängen lassen.«

Banks nickte. »Sieht so aus.«

»Ich nehme an, dass du darüber mit mir sprechen möchtest und dass es nicht nur ein Trick ist, in das Vergnügen meiner Gesellschaft zu kommen, oder?«

Banks lächelte. »Ja zur ersten Frage. Was nicht heißt, dass ich Letzterem abgeneigt bin.«

»Hör auf, du Charmeur! Du treibst einer Dame ja die Schamesröte ins Gesicht. – Wie kann ich dir helfen?«

Banks zündete sich eine Zigarette an. »Ich weiß nicht, ob du mir helfen kannst. Oder ob du mir helfen willst. Hör mir erst einmal zu und sage mir, ob ich mich verrenne.«

Jenny nickte. »Okay.«

Banks erzählte, was sie über Owen Pierce und Michelle Chappel wussten, betonte, dass Owen nur widerwillig zugegeben hatte, Michelle zu kennen, erwähnte ihre Ähnlichkeit mit Deborah Harrison und beschrieb schließlich, was Owen Michelle laut ihrer Aussage angetan hatte.

Als er geendet hatte, sagte Jenny für eine Weile nichts, kaute auf ihrer Unterlippe und dachte nach. Banks trank einen Schluck Bier. »Ich habe versucht, eine Art psychologisches Szenario für diese Tat zu entwerfen«, sagte er. »Owen Pierce hatte Mittel und Gelegenheit, außerdem ist der DNA-Beweis ziemlich zwingend. Aber ich suche nach einem Motiv.«

»Mittlerweile müsstest du wissen, dass man bei solchen Taten nicht immer ein Motiv findet, Alan. Das sind motivlose, befremdliche Morde. Auf jeden Fall haben die Täter oft kein Motiv, das du oder ich als logisch oder gar nachvollziehbar betrachten würden, wie Wut oder Rache.«

»Stimmt. Aber hör mir noch einen Moment zu, Jenny. Er sagt, er war niedergeschlagen wegen dieser Michelle, wütend auf sie. Er geht spazieren und während des Spaziergangs sieht er sie mitten im Nebel vor sich: Michelle. Gut, vielleicht nicht wirklich Michelle, aber ihr Ebenbild. Eine jüngere Version, unschuldiger, vielleicht verletzlicher, weniger bedrohlich. Er folgt ihr auf den Friedhof, spricht sie an, sie sagt etwas und entfacht seinen Zorn. Er war Michelle gegenüber schon einmal gewalttätig geworden, denk daran. Es ist also nichts Neues für ihn. Ergibt das einen Sinn?«

Jenny runzelte die Stirn. »Das könnte sein«, sagte sie. »Manchmal verhalten wir uns Menschen gegenüber, als hätten wir es mit jemand anderem zu tun. Wir leben etwas an einem Stellvertreter aus. Man nennt das ›Übertragung‹, ein unterbewusster Abwehrmechanismus, bei dem Gefühle und Wünsche von einem Objekt oder einer Person auf eine andere übertragen werden, die weniger bedrohlich erscheint. Ich glaube, Freud hat das als eine der Neurosen definiert, aber ich habe Freud im Moment nicht vollkommen parat. Deine Frage lautet wohl, ob ich glaube, dass Owen Pierce seine Gefühle für Michelle auf Deborah übertragen haben könnte aufgrund einer vagen, äußerlichen Ähnlichkeit ...«

»Und aufgrund seines Gemütszustandes zu der Zeit.«

»Gut, das auch. Und beides hat ihn dazu gebracht, sie umzubringen. Eigentlich hat er aber Michelle getötet.«

»Genau. Was denkst du darüber?«

»Ich glaube, du bist auf dem richtigen Weg, auf jeden Fall ansatzweise.«

»Du glaubst nicht, dass ich mich in etwas verrenne?«

»Überhaupt nicht.« Ihr Essen wurde serviert. »Noch einen Drink zum Essen?«

»Gerne. Wenn eine Frau mich einladen will, sage ich nicht nein.«

Als Jenny zur Theke ging, schaute ihr Banks hinterher. Sie bewegte sich elegant und hatte eine großartige Figur: lange Beine, eine schmale Taille und einen Hintern wie zwei Pflaumen in einer nassen Papiertüte. In ihrem Gang lag zudem frischer Schwung und Zuversicht. Anscheinend hatte ihr der Sommer in Kalifornien gut getan.

Sie trug eine enge schwarze Jeans und eine jadegrüne Jacke aus Naturseide über einer weißen Bluse. Dem Schnitt und dem Stoff der Jacke nach zu urteilen, die tailliert und über der Wölbung ihrer Hüften leicht ausgestellt war, hatte sie sie am Rodeo Drive oder einem ähnlichen Ort ein kleines Vermögen gekostet. Aber für hübsche Kleidung hatte Jenny schon immer etwas übrig gehabt.

Banks bemerkte, wie sie ein paar Worte mit einem jungen Mann wechselte, der aussah wie ein Bankangestellter, während sie wartete, dass Cyril das Pint zapfte. Der arme Kerl, dachte Banks, er hatte keine Chancen. Doch Jenny lächelte. Warum war er selbst heute noch eifersüchtig, wenn er sie mit einem anderen Mann flirten sah?

Sie kam mit einem Pint Bitter für Banks und einem

Campari Soda für sich zurück. Er dankte ihr. »Verabredet?«, sagte er und deutete mit einer Kopfbewegung auf den Mann.

Jenny lachte. »Ich könnte seine Mutter sein. Außerdem ist er nicht mein Typ.« Jenny war im Dezember fünfunddreißig geworden, der junge Mann war ungefähr vierundzwanzig. Doch Banks wusste, dass Jenny bisher noch nicht herausgefunden hatte, was ihr »Typ« war.

Wenn Jenny lächelte, leuchteten ihre grünen Augen auf und die Lachfältchen kräuselten sich. Ihre Sonnenbräune brachte die Sommersprossen auf ihrer Nase und ihren Wangen zur Geltung.

»Wie war es in Kalifornien?«, fragte er.

»Nur Sonne und Surfer. Genau wie in ›Baywatch‹.«

»Wirklich?«

Sie rümpfte die Nase. »Nein, eigentlich nicht. Du würdest es hassen«, versicherte sie. »Rauchen ist überall verboten.«

»Und die halten es für das Paradies. Bist du dort auf den Geschmack von Brathuhn gekommen?«

»Quatsch! Ich hatte schon immer eine Schwäche für mageres, fettfreies Fleisch mit viel Kruste und Cholesterin. Das entspricht meinen inneren Widersprüchen.« Sie schnitt ein Stück fetttriefende Hühnerbrust ab und steckte es in den Mund.

Banks lachte. Sie aßen schweigend, dann zündete sich Banks eine Zigarette an. »Zurück zu Pierce«, sagte er. »Mir ist klar, dass das etwas überfallartig kommt, aber ich hätte gerne, dass du etwas für die Staatsanwaltschaft ausarbeitest.«

»Worüber?«

»Worüber wir gerade gesprochen haben. Übertragung zum Beispiel. Erzähl mir mehr darüber.«

Jenny nippte an ihrem Campari Soda. Banks' Pint war

noch halb voll und ein weiteres Bier wollte er sich zum Mittag nicht mehr zugestehen.

»Okay«, sagte Jenny. »Nehmen wir an, er kann seine Wut nur schwer unter Kontrolle halten. Es ist eine Binsenweisheit, dass Menschen oft auf Frustration reagieren, indem sie wütend werden, und wenn ihre Wut wirklich intensiv ist und ihre Selbstbeherrschung außerdem durch andere Umstände geschwächt ist – sagen wir, durch Alkohol oder Müdigkeit –, dann kann es zu einem körperlichen Angriff und sogar zu Mord führen. Das scheint im Fall von Michelle passiert zu sein, aber was ist mit Deborah? Hatte er getrunken?«

»Zwei Bier und einen Whisky.«

»Okay. Dann nehmen wir an, dass wir es tatsächlich mit einer Übertragung zu tun haben, um mit der Situation zurechtzukommen. Ein Abwehrmechanismus, wenn du so willst.«

»Abwehr von was?«

»Im Grunde von Stress. Wenn eine Situation ernsthaft dein inneres Gleichgewicht bedroht, dein Ego, deine Selbstachtung, dann nimmst du eine Abwehrhaltung ein. Du verteidigst dein Selbst gegen die Bedrohung.«

»Auf welche Weise?«

»Auf jede erdenkliche Weise. Verleugnung der Realität. Rationalisierung. Fantasie. Verdrängung. Das tun wir alle. Im Grunde läuft es darauf hinaus, dass man sich von den Ängsten und Spannungen befreit, die den Schmerz verursacht haben.«

»Sexuelle Spannungen?«

»Kann sein. Aber das ist nur *eine* Möglichkeit.«

»Und Übertragung ist eine dieser Abwehrmechanismen?«

»Genau. Man überträgt die starken Gefühle von der Person, auf die sie ursprünglich gerichtet waren, auf eine andere Person. Oftmals geht es dabei um sehr komplizierte Gefühle wie Feindseligkeit oder Angst. Das ist ein unterbewusster Prozess.«

»Willst du damit sagen, er war für seine Handlungen nicht verantwortlich?«

»Interessante Frage. Aber ich glaube nicht. Ich weiß nicht genau, wie das Strafgesetz es sieht, aber meiner Meinung nach ist ein Mensch, der an Übertragung leidet, voll verantwortlich für seine Taten, besonders für Gewalttaten. Ich glaube nur, dass er den inneren Prozess nicht kennt, der ihn dazu bringt, das tun zu wollen, was er tut.«

»Was wahrscheinlich fast immer auf die meisten von uns zutrifft, oder?«

»Ja. Auf weniger extreme Weise.«

»Okay. Mach weiter.«

»Übertragung geht häufig einher mit Projektion. Man gibt anderen die Schuld für seine Probleme.«

»Frauen?«

»Kann sein. In extremen Fällen führt es zu einer Art Paranoia. Man gelangt zu der Überzeugung, dass bestimmte Kräfte oder Gruppen gegen uns arbeiten. Er *könnte* aus seinen Ängsten und Feindseligkeiten gegen Frauen im Allgemeinen eine solche Projektion hergestellt haben. Das tun eine Menge Männer. Zum Beispiel dieser Frankokanadier, der in der Universität von Montreal all diese Frauen erschossen hat.«

»Und könnte er angesichts des Jahrestages ihrer Beziehung, der Wirkung des Alkohols und der Ähnlichkeit der beiden Frauen auch seine feindseligen Gefühle für Michelle auf Deborah übertragen haben?«

»Möglicherweise, ja. Es gibt eine Untersuchung von einem Psychologen namens Masserman von 1961, in der er aufzeigt, dass Menschen unter anhaltender Frustration eher dazu bereit sind, Ersatzziele zu akzeptieren.«

»Deborah für Michelle?«

»Ja. Allerdings bin ich nicht mehr ganz firm in dieser Materie. Ich werde ein paar Tage brauchen, um etwas auszuarbeiten.«

»Wie sieht es mit nächster Woche aus?«

Jenny lächelte. »Mal sehen, was ich tun kann.«

»Ruf mich einfach an, wenn du noch etwas wissen willst.«

»Kann ich Kopien von den Aussagen haben?«

»Kein Problem.«

»Okay. Aber jetzt muss ich wirklich los.« Sie stand auf und nahm ihren Mantel. Dann beugte sie sich hinab und gab Banks einen schnellen Kuss auf die Wange.

Nachdem sie gegangen war, zündete er sich eine Zigarette an, gelobte, dass es die letzte für heute sein würde, und betrachtete den Rest seines Bieres. Noch ein kleines könnte nicht schaden, dachte er und ging an die Theke, um eines zu bestellen. Da er Bier ungern aus kleinen Gläsern trank, ließ er es sich in sein Pintglas zapfen.

IV

Eines Nachmittags, ungefähr drei oder vier Wochen nach seiner Vorverhandlung – er verlor sein Zeitgefühl –, wurde Owen von seiner Zelle in ein Verhörzimmer des Gefängnisses geführt, wo er zum ersten Mal die Anwältin traf, die Gordon Wharton engagiert hatte, um seine Verteidigung zu übernehmen.

Shirley Castle war Anfang vierzig, schätzte Owen, und in jeder Hinsicht eine attraktive Frau. Außerdem war sie die erste Frau, die er seit seiner Vorverhandlung gesehen hatte. Sie hatte glänzendes, dunkles und schulterlanges Haar, das ein blasses, ovales Gesicht umrahmte. Ihre Mandelaugen hatten einen eigenartigen Violettton, der so ungewöhnlich war, dass Owen sich fragte, ob sie gefärbte Kontaktlinsen trug. Sie hatte einen grauen Faltenrock und eine blassrosa Bluse an, die bis zum Kinn zugeknöpft war. Ihr Parfüm roch unaufdringlich und teuer.

Wharton saß mit einer schmierigen, besitzergreifenden Haltung neben ihr und aalte sich im Glanz ihrer Anwesenheit, als wollte er sagen: »Da, schau mal, was ich dir mitgebracht habe, mein Junge. Ist das nicht ein Knaller?!«

Shirley Castle zog die Kappe von ihrem Montblanc-Füller, raffte ein paar Papiere zusammen und legte los.

»Es sieht nicht besonders gut für Sie aus, Owen«, sagte sie. »Ich möchte Ihnen keine falschen Hoffnungen oder Illusionen machen. Wir haben einen mühsamen Kampf vor uns.«

»Aber es gibt nur Indizienbeweise.«

Sie sah ihn an. »Das Problem ist, dass man darauf eine sehr gute Anklage aufbauen kann. Sehen Sie es mal so.« Sie begann, die Punkte an ihren langen Fingern aufzuzählen. »Erstens, Sie hatten die Gelegenheit. Zweitens, ein Motiv ist bei einem solchen Verbrechen, wenn überhaupt, derart unklar, dass die Anklage im Grunde keines ermitteln muss. Und drittens, es gibt positive DNA-, Haar- und Blutanalysen.«

»Aber das kann ich alles erklären. Das habe ich auch bereits getan. Vor allem habe ich nie geleugnet, in der Gegend gewesen zu sein. Außerdem habe ich der Polizei gesagt, dass das Mädchen mich angerempelt hat. Vielleicht sind dabei Haare und Blut ausgetauscht worden.«

»Vielleicht. Aber die Polizei glaubt Ihnen nicht«, entgegnete sie. »Und ehrlich gesagt, ich kann es ihr nicht verdenken, besonders da Sie mit der Erklärung erst in letzter

Minute herausgerückt sind. Nein, Owen, ich fürchte, wir werden bei dieser Sache bis aufs Blut kämpfen müssen.«

»Sucht die Polizei noch den wirklichen Mörder?«

»Warum sollte sie? Die Beamten glauben, dass sie ihn bereits haben.«

»Gibt es da draußen niemanden, der versucht, meine Unschuld zu beweisen?«

»Leider nein.«

»Können Sie einen Privatdetektiv oder so engagieren?«

Shirley Castle lachte. Es klang schriller, perlender und lebhafter, als er es sich bei ihrer unnahbaren Ausstrahlung vorgestellt hätte. Aber es war ein nervöses Lachen, daran gab es keinen Zweifel. »Um was zu tun?«, fragte sie.

»Um den wahren Mörder zu finden. Um meine Unschuld zu beweisen.«

»Ganz so funktioniert es nicht.«

»Wie funktioniert es dann?«

Sie lehnte sich zurück und runzelte die Stirn. »Wir gehen vor Gericht und bekämpfen die Anklage, so gut wir können. Einen anderen Weg gibt es nicht. Nur in ›Perry Mason‹ tauchen der Anwalt und der Privatschnüffler in die Unterwelt ab und spüren den *wahren* Mörder auf.«

»Dann lassen Sie mich einfach meine Geschichte erzählen. Ich bin mir sicher, dass man mir glauben wird.«

»Ich bin mir noch nicht sicher, ob ich Sie überhaupt in den Zeugenstand lasse.«

»Wieso das denn?«

Shirley Castle runzelte die Stirn. »Kreuzverhöre können sehr unangenehm sein.«

»Macht Ihnen etwas Kopfzerbrechen?«

»Ja, allerdings. Aus der Akte der Staatsanwaltschaft geht hervor, dass die Anklage einen ähnlichen Tatbestand einbeziehen und zudem ein *Motiv* für den Mord ermitteln will.«

»Aber Sie sagten eben, sie brauchen kein Motiv.«

»Die Anklage wird aber umso stärker sein, wenn sie eines hat.«

»Von welchem Tatbestand ist die Rede?«

Shirley Castle legte ihr Kinn auf eine Hand. »Erzählen Sie mir von Michelle Chappel, Owen.«

Owen schluckte. Sein Mund war trocken. »Was ist mir ihr?«

»Erzählen Sie mir von Ihrer Beziehung. Und warum Sie die Polizei hinsichtlich der Aktfotos angelogen und geleugnet haben, sie zu kennen. Sie wollten nicht, dass die Polizei sie findet und mit ihr spricht, nicht wahr?«

»Das kann man so sagen. Michelle ... nun, sagen wir, wir haben uns im Schlechten getrennt. Sie würde nichts Gutes über mich zu sagen haben.«

»So wie ich gehört habe, war es zu Gewalt gekommen, vielleicht zu einem Mordversuch?«

»Das ist absurd! Haben Sie mit ihr gesprochen?«

»Nein«, erwiderte sie. »Aber die Polizei. Ich habe gerade die Aussage gelesen und sie ist sehr interessant. Lesen Sie selbst.« Sie ließ ein paar Blätter vor ihm auf den Schreibtisch fallen.

Als er die Abschrift des aufgezeichneten Gesprächs mit Michelle las, überkam Owen zunehmende Panik.

F: Miss Chappel, würden Sie uns erzählen, wie und wann Sie Mr Pierce kennen gelernt haben?

A: Ja. In einem Kurs. Er war mein Lehrer. Ich war seine Schülerin.

F: Wie alt waren Sie damals?

A: Siebzehn.

F: War das an der Eastvaler Berufsfachschule?

A: Ja.

F: Wie alt war Owen Pierce, als Sie ihn kennen gelernt haben?

A: Zweiunddreißig, dreiunddreißig. Ich bin mir nicht ganz sicher.

F: Also war er fast alt genug, um Ihr Vater zu sein?

A: Theoretisch ja. Ich nehme an, dass ein Sechzehnjähriger Vater werden kann.

F: Haben Sie zu Hause gelebt?

A: Ja. Bis ich achtzehn war.

F: Wohin sind Sie dann gezogen?

A: Zu Owen.

F: Wie lange haben Sie mit ihm zusammengewohnt?

A: Fünf Jahre.

F: Wie hat Mr Pierce Sie angesprochen?

A: Eines Tages hat er nach dem Kurs vorgeschlagen, gemeinsam einen Kaffee zu trinken. Später hat er mich zum Essen eingeladen.

F: Hatten Sie gute Noten?

A: Ja.

F: Haben Sie begonnen, sich regelmäßig zu treffen?

A: Ja. Wir sind ein paar Mal essen, ins Kino oder etwas trinken gegangen. Manchmal sind wir mit seinem Wagen aufs Land gefahren und irgendwo in einem Dorfpub eingekehrt.

F: Wie lange hat es gedauert, bis Sie ein Liebespaar wurden?

A: Nachdem wir das erste Mal ausgegangen sind, ging es sehr schnell.

F: Wochen? Tage?

A: Tage.

F: Und nachdem Sie zu ihm gezogen sind, lief die Beziehung gut?

A: Ja, am Anfang. Ich meine, Sie müssen bedenken, dass

ich sehr jung war. Außerdem war ich wohl so etwas wie eine Außenseiterin. Zu Hause war ich nicht sehr glücklich und enge Freunde hatte ich eigentlich auch nicht. Die meisten Leute in meinem Alter fand ich unreif. Außerdem war ich sehr schüchtern und Owen war nett zu mir. Durch seine Aufmerksamkeit fühlte ich mich wohl geschmeichelt. Als ich davon sprach, von zu Hause wegzugehen, hat er mich gefragt, ob ich nicht zu ihm ziehen wollte, und das schien eine gute Idee zu sein. Mit ihm habe ich mich sicher gefühlt.

F: Waren Sie noch seine Schülerin, als Sie zu ihm gezogen sind?

A: Ja, ich war im Kurs für Geschäftsverkehr.

F: Hatten Sie weiterhin gute Noten?

A: Sehr gute.

F: Verdientermaßen?

A: Ich denke schon. Hören Sie, obwohl es mir bestimmt nicht geschadet hat, mit meinem Lehrer zu schlafen, bin ich keineswegs dumm.

F: Glauben Sie, dass Sie für Ihren Erfolg einen Preis zahlen mussten?

A: Wie meinen Sie das?

F: Hat Owen jemals vorgeschlagen oder versucht, den Akt auf unnatürliche Weise zu vollziehen?

A: Meinen Sie, ob er abartig war?

F: So was in der Art.

A: Nein, das würde ich nicht sagen. Ich meine, er mochte es, wenn ich bestimmte Unterwäsche trug. Sie wissen schon, Seidenstrümpfe, Strapse, Reizwäsche. Er mochte es, wenn ich sie anbehielt beim ... Sie wissen schon.

F: Beim Geschlechtsverkehr?

A: Ja.

F: War das alles?

A: Alles? Was alles?

F: Die Reizwäsche. Hat er jemals etwas von Ihnen verlangt, was Sie nicht wollten?

A: Er wollte es von hinten machen, wie Hunde. Das hat mir nicht gefallen.

F: Aber haben Sie getan, was er wollte?

A: Also, ich … am Anfang ja. Ich wollte ihn zufrieden stellen.

F: Weil Sie sich Sorgen um Ihre Noten gemacht haben?

A: Ein bisschen, wahrscheinlich.

F: Hat er Interesse an Pornografie gezeigt?

A: Einmal haben wir uns ein Sexvideo angesehen. Sie wissen schon. Mir hat es eigentlich nicht gefallen. Im Grunde fand ich es ziemlich vulgär, aber ihn schien es anzumachen.

F: Wie hat er sich verhalten, als Sie das Video angesehen haben?

A: Also, er war, äh, vielleicht ein bisschen wilder als sonst. Er wollte ausprobieren, was die Leute in dem Film gemacht haben.

F: Gegen Ihren Willen?

A: Nein, aber ich fand es ein bisschen seltsam.

F: Ist er zum Zwecke der sexuellen Stimulation jemals gewalttätig geworden?

A: Manchmal hat er mich gefesselt.

F: Wie haben Sie darauf reagiert?

A: Was sollte ich machen? Er war stärker als ich. Ich wollte ihn zufrieden stellen. Es war unbehaglich und hat mir ein bisschen Angst gemacht, aber wehgetan hat es eigentlich nicht. Im Grunde war es nur ein Spiel. Er hatte das in diesem dummen Film gesehen und es hat ihn angemacht.

F: Hat er Sie geschlagen? Gepeitscht?

A: Nein.

F: Abgesehen davon, dass er Sie gefesselt hat, war er also nicht gewalttätig?

A: Nein ... am Anfang nicht. Doch dann fühlte ich mich bei ihm wie in einem Gefängnis. Jedes Mal wenn ich ausgegangen bin, musste ich Rechenschaft ablegen. An manchen Abenden hat er mich nicht einmal gehen lassen.

F: Wie hat er Sie davon abgehalten?

A: Er hat so ein Theater gemacht, dass mir die Lust vergangen ist. Ich fühlte mich eingesperrt, immer unter Beobachtung. Ich bekam keine Luft mehr. Ich hatte Angst vor seinen Wutanfällen. Im Kleinen habe ich angefangen, dagegen zu rebellieren; ich habe andere Freunde getroffen und so und das hat ihn noch besitzergreifender gemacht.

F: Haben Sie ihn deshalb verlassen? Aus Angst vor Gewalt?

A: Teilweise ... Es war beängstigend, besonders in der letzten Nacht, aber ...

F: Können Sie uns von dieser letzten Nacht erzählen, Michelle?

Im Folgenden erzählte Michelle von der Nacht, in der nach ihrer Aussage Owen sie vergewaltigt und zudem versucht hatte, sie zu erwürgen. Blass schob Owen die Blätter beiseite und schaute Shirley Castle an.

»Und?«, fragte sie. »Was sagen Sie dazu?«

Owen schüttelte langsam den Kopf. »Ich weiß nicht, was ich sagen soll.«

»Also ist es nicht wahr?«

»Manches vielleicht. Aber bei ihr hört sich selbst die Wahrheit anders an. So wie sie es hinstellt, komme ich schlecht dabei weg.«

»Inwiefern?

»In jeder Weise. Der Sex zum Beispiel. Sie stellt mich als

Perversen hin, dabei war das meiste ihre Idee. Sie stand darauf, auf das Fesseln, die Obszönitäten. Das hat sie angemacht. Und das Video hat ihr auch gefallen.«

»Haben Sie sie in dieser letzten Nacht geschlagen?«

»Ich habe sie weggeschubst. Aus Selbstschutz. Sie war völlig übergeschnappt, total ausgerastet. Sie hätte mich umgebracht, wenn ich sie nicht weggeschubst hätte.«

»Und als sie hingefallen ist, hat sie sich den Kopf angestoßen?«

»Ja.«

»Und das Bewusstsein verloren?«

»Ja, aber ... O Gott!« Owen legte seinen Kopf in die Hände. »Ich weiß, wie das klingen muss, aber ich habe in meinem ganzen Leben noch nie jemandem wehgetan, auf jeden Fall nicht absichtlich.«

»Hatten Sie Sex mit ihr, nachdem sie sich selbst bewusstlos geschlagen hatte?«

»Nein. Das ist eine Lüge. Wofür halten Sie mich?«

»Ich versuche nur, die Wahrheit herauszukriegen, Owen. Hatten Sie zu irgendeinem Zeitpunkt dieses Abends versucht, Michelle zum Sex zu zwingen?«

»Nein. Ich meine, ja. Nein, ich habe es nicht versucht, ich habe nur gesagt, dass ich mit ihr schlafen will. Ich wollte nur sehen, wie sie darauf reagiert. Das war ein Test. Ich habe sie nicht gezwungen.«

Shirley runzelte die Stirn. »Sie haben Annäherungsversuche unternommen? Ich befürchte, ich verstehe Sie nicht, Owen. Das müssen Sie mir erklären.«

Wie konnte er ihr von dieser Nacht erzählen? Als würde er einen Trickfilm anschauen, war in seinem Kopf noch alles lebendig: die knalligen Farben, die übertriebene Gewalt, das Gefühl, nur Zuschauer zu sein, unfähig, den Film zu stoppen, unfähig sogar, aus dem Kino zu gehen.

»Wie hat es angefangen, Owen?«

Owen versuchte es zu erklären. Während des letzten Jahres ihrer Beziehung war er Michelle gegenüber immer misstrauischer geworden, erzählte er. Er hatte den Verdacht, dass sie einen anderen Mann traf oder sogar mehrere Männer. Als sie an dem betreffenden Abend sagte, sie wolle sich mit einer Freundin treffen, folgte er ihr in die Eastvaler Innenstadt und sah, dass sie einen Mann in einem Pub traf. Während die beiden in enger Vertrautheit sprachen und tranken, saß Owen geschützt hinter einer Milchglastrennwand und beobachtete ihre Schatten. Als der Pub schloss, folgte er ihnen zu einem Haus, das nicht weit von seinem eigenen entfernt war, und beobachtete von draußen, wie das Licht im Schlafzimmer anging, dann die Vorhänge geschlossen wurden und jemand das Licht wieder ausmachte.

Er kehrte nach Hause zurück, lief unruhig umher und trank Whisky, bis Michelle nach halb drei Uhr am Morgen heimkam. Anstatt sie sofort mit seiner Entdeckung zu konfrontieren, machte er sexuelle Annäherungsversuche, um zu sehen, wie sie reagierte.

Sie schubste ihn weg und behauptete, zu müde zu sein, weil ihr ihre Freundin den ganzen Abend ihr Leid geklagt hätte. Er konnte den anderen Mann an ihr riechen, ihre Kleider und ihr Haar rochen nach abgestandenem Bier und Qualm und dieser Kneipengestank vermischte sich mit dem Sexgeruch. Sie hatte nicht einmal den Anstand besessen, sich danach zu duschen.

Dann erzählte er ihr, was er gesehen hatte, was er beobachtet hatte. Sie rastete aus, ging auf ihn los und schrie, dass sie nicht sein Eigentum wäre und dass sie, da er schlecht im Bett wäre, das verdammte Recht hätte, sich jemanden zu suchen, der gut sei. Es war, als würde man beobachten, wie sich ein Fremder aus der Hülle des Menschen schälte, den man zu kennen glaubte.

Er beschimpfte sie als Schlampe, als Hure, sagte, dass er wüsste, wie sie ihn schon die ganze Zeit betrogen hätte, in der sie zusammen waren, dass sie ihn nur benutzt und nie wirklich geliebt hätte. Einen Moment lang hielt sie in ihrem Angriff inne und ein anderer Blick trat in ihre Augen: kalt und hasserfüllt. Sie nahm eine Schere vom Tisch und stürzte sich auf ihn. Er packte ihren Arm und verdrehte ihn, bis sie die Schere fallen ließ.

Dann ging sie wieder auf ihn los, trat, kratzte und schlug wild um sich. Er hielt die Hände vor sein Gesicht, um die Schläge abzuwehren, und versuchte, sie zu beruhigen. Aber sie hörte nicht mehr auf. Um sich wenigstens ein wenig Platz zu verschaffen, schubste er sie schließlich aus Verzweiflung weg und da fiel sie hintenüber und stieß mit den Kopf gegen ein Stuhlbein.

Er versuchte das alles, so ruhig er konnte, Shirley Castle zu erzählen. Er wusste, dass es ohne den ganzen Hintergrund der Beziehung, von der anfänglichen Ahnungslosigkeit bis zur bitteren Erkenntnis, dass alles eine Lüge gewesen war, ziemlich dürftig klingen musste.

Was er ihr allerdings nicht erzählen konnte, was er sich kaum selbst einzugestehen traute, war, dass er Michelle, nachdem sie auf den Boden gefallen war und mit ausgebreiteten Armen und übereinander geschlagenen Beinen vor ihm lag, begehrt hatte. Obwohl er sie verabscheute, hatte er an ihren Kleidern gezerrt, aber dann, halb verrückt vor Eifersucht und Hass, seine Hände um ihren Hals gelegt, um sie für das zu erwürgen, was sie ihm angetan hatte, dafür, dass sie zerstört und entweiht hatte, was er für seine große Liebe gehalten hatte. Er hasste sich selbst dafür, dass er sie begehrte, und er hasste sie, weil sie das Begehren in ihm auslöste.

In diesem Moment kehrte sich die ganze Kraft seiner Liebe in Hass um und überwältige ihn. Und er wusste, dass ihre Worte, ihre Gesten, ihr Liebesspiel, ihre Versprechungen, dass alles eine Lüge gewesen war. Aber er ließ von ihr ab, er konnte sie nicht töten. Er stand auf und ging mit wackligen Beinen zum Bett, wo er zusammenbrach. Sie atmete noch, es war kein Blut geflossen, er hatte sie nicht vergewaltigt.

Am Morgen fand er sie über ihre Beule klagend im Gästezimmer. Sie versuchte, sich an ihn heranzumachen, beteuerte, alles zu tun, was er wollte – alles –, und begann, sich unter der dünnen Decke zu rekeln. Früher hatte das immer funktioniert, aber dieses Mal hatte Owen mehr als genug.

Er wusste, dass er für immer seine Selbstachtung verlieren würde, wenn er sich wieder auf sie einließ, wenn er auch nur einen Tag länger mit ihr zusammenleben würde. Als er sie bat zu gehen, schrie und bettelte sie, doch er warf sie mit nur einem Koffer hinaus. Er hörte nichts mehr von ihr, bis ein Brief mit einer Adresse in Swiss Cottage ankam, in dem sie verlangte, dass er ihr den Rest ihrer Sachen schicken sollte. Das tat er.

Nach seiner Erzählung schwieg Shirley Castle eine Weile. Owen konnte ihren Blick nicht einschätzen. Er wusste nicht, ob sie ihm glaubte oder nicht.

»Owen«, sagte sie schließlich, »was auch immer die Wahrheit ist, Michelles Aussage ist sehr vernichtend. Sie können sich vorstellen, wie die Staatsanwaltschaft die Anklage aufbauen wird. Ein von Pornografie besessener Mann, besonders wenn junge Mädchen darin vorkommen, der auch vor sexueller Gewalt gegen Frauen nicht zurückschreckt ... Verstehen Sie, was ich sagen will?«

»Aber das ist nicht wahr!«, protestierte Owen. »Nichts davon ist wahr. Ich bin nicht von Pornografie besessen.«

Shirley hob eine Hand. »Ich prangere Sie nicht an, Owen. Ich versuche Ihnen nur deutlich zu machen, wie die Anklage die Fakten verdrehen wird, wenn sie die Möglichkeit dazu hat.«

Owen legte seine Hände auf den Tisch und starrte auf die Adern in seinen Handgelenken. »Ich habe keine Ahnung, was Sie von mir denken müssen«, sagte er mit einer Stimme, die kaum mehr als ein Flüstern war, »aber ich möchte, dass Sie wissen, dass ich nicht das Monster bin, für das man mich hält. Das ist eine verzerrte Sichtweise. Wenn ich nur bestimmte Dinge über Ihr Leben oder über das von jemand anderem wüsste, wenn Ihre Fantasien für alle offen lägen ... nun, ich würde mir vielleicht ein Bild machen, das falsch sein könnte. Verstehen Sie, was ich meine?«

Er hätte schwören können, ein amüsiertes Funkeln in ihren Augen und vielleicht eine leichte Röte auf ihren Wangen gesehen zu haben. »Sie müssen mich nicht für Sie einnehmen, Owen«, sagte sie. »Ich bin aus beruflichen Gründen hier. Es ist nicht meine Aufgabe, über Ihr Privatleben zu urteilen, sondern die Gegenseite zu widerlegen. Sie müssen nicht meine Zustimmung suchen.«

»Ich will aber«, erwiderte Owen. »Verdammt, ich will Ihre Zustimmung! Sie sind doch keine Maschine, oder? Sie müssen auch Meinungen und Gefühle haben.«

Shirley Castle antwortete nicht. Stattdessen schob sie ihre Papiere zurück in ihre Aktentasche. »Ich habe noch eine wichtige Frage, bevor ich gehe, Owen«, sagte sie dann. »Warum sollte Michelle tun, was sie getan hat? Warum sollte sie der Polizei diese Dinge über Sie erzählen, wenn sie nicht stimmen? Aus welchem Grund möchte sie, dass Sie ins Gefängnis kommen?«

»Aber verstehen Sie denn nicht? Michelle nutzt die Menschen aus. Sie hat mich von Anfang an ausgenutzt. Für ihre Ausbildung, um vor ihren herrischen Eltern zu fliehen, vor ihrem Wohnviertel, in ein besseres Leben. Sie hat mir ein paar Köder hingeworfen und ich habe es für Liebe gehalten. Noch jetzt fällt es mir schwer, zu glauben, dass man so lange mit einem Menschen zusammenleben kann, ohne zu begreifen, um was es ihm wirklich geht, ohne ihn überhaupt zu kennen. Aber so war es. Vielleicht wollte ich es nicht wahrnehmen. Während der ganzen Zeit, in der wir zusammen waren, hatte sie etwas mit anderen Männern, und ich muss zugeben, dass ich eifersüchtig und besitzergreifend wurde. Aber sie kümmerte sich nicht darum. Sie dachte, sie könnte sich alles erlauben und müsste sich nur für mich ausziehen und schon wäre wieder alles in Ordnung. Im Grunde ist sie ein kaltes, berechnendes Ungeheuer. Sie hat kein Gewissen. Verstehen Sie das? Manchmal erkennt man das Puzzle erst, wenn das letzte Teil eingesetzt ist. Und genau das ist in dieser letzten Nacht passiert. Das letzte Teil des Puzzles. Sie hat mich die ganze Zeit belogen, hat andere Männer getroffen und nur das gemacht, was sie wollte, und meine Wohnung – *unsere* Wohnung – als Schlupfloch benutzt. Am Anfang, bevor ich begann, die Wahrheit zu vermuten, habe ich ihr alle Freiheiten gegeben, die sie wollte. Schließlich war sie jung. Wie kann man die Liebe einer jüngeren Frau behalten, wenn man versucht, sie in einen Käfig zu sperren? Sobald ich wachsamer wurde, zeigten sich die Risse.«

Shirley Castle schüttelte den Kopf. »Das kann ich alles verstehen, Owen, aber es beantwortet meine Frage nicht. Warum versucht sie Ihnen so sehr zu schaden?«

»Warum? Weil ich sie ertappt habe«, antwortete Owen und erinnerte sich an den einen ruhigen Moment während des letzten Streits, in dem er begriffen hatte, wie sie wirklich war. »Weil ich sie durchschaut habe. Ich habe ihr wahres Gesicht gesehen. Und weil ich sie abgewiesen habe. Ich habe sie rausgeschmissen. Obwohl sie noch in der Nacht, nachdem sie gerade mit ihrem Freund zusammen gewesen war, nichts von mir wissen wollte, hat sie mir am nächsten Morgen ihren Körper angeboten. Aber ich habe ihn nicht genommen. Sie bettelte, dass ich ihr vergeben und sie dableiben lassen sollte. Aber ich habe sie rausgeschmissen. Sie ist wie ein gemeines Kind, das seinen Willen nicht bekommen hat. Sie kann mir nicht verzeihen, dass ich die Wahrheit erkannt habe und die Stirn hatte, sie hinauszuwerfen, bevor sie mich verlassen konnte.«

Shirley Castle nickte langsam. »Tja, Owen, das ist alles schön und gut«, sagte sie. »Aber zu Ihrem Besten sollten wir lieber hoffen, dass Michelle nicht in die Nähe des Zeugenstandes kommt.«

ELF

I

Das Parkett knarrte, als sich eines regnerischen Apriltages alle Anwesenden im Gerichtssaal erhoben. In der Pracht scharlachroten Moirés und weißen Leinens trat Richter Simmonds ein. Er war ein hutzeliger, alter Mann mit tief in die Runzeln und Hautfalten eingegrabenen Reptilienaugen. Bevor er Platz nahm, schaute er sich ausdruckslos im Gerichtssaal um.

Als sich alle im überfüllten Saal wieder hinsetzten, stöhnten die Bänke. Owen fiel auf, dass der Gerichtssaal nach der gleichen Politur mit Zitrusduft roch, die seine Mutter immer benutzt hatte. Das machte ihn traurig.

»Der Angeklagte soll sich erheben.«

Jetzt ging es also los! Owen stand auf.

»Sind Sie Owen Pierce?«, fragte der Protokollführer.

»Das bin ich.«

Dann verlas der Protokollführer die Anklageschrift und fragte Owen, für was er sich bekenne.

»Für nicht schuldig«, antwortete Owen so fest und zuversichtlich, wie es ihm unter den Blicken aller Anwesenden möglich war.

Während er sprach, musterte er die Geschworenen: sieben Männer und fünf Frauen, die alle wie für einen Tag im Büro gekleidet waren. Ein beleibter Mann mit Doppelkinn betrachtete ihn fast ehrfürchtig. Eine junge Frau mit Schmolllippen konnte ihm nicht in die Augen sehen, sondern schaute hinab auf ihre im Schoß gefalteten Hände. Die meisten warfen wenigstens einen flüchtigen Blick auf ihn. Manche waren nervös, andere sahen aus, als hätten sie sich bereits ein Urteil gebildet.

Er wusste, dass es irrational war, aber er beschloss, ein Mitglied der Geschworenen als seinen Gradmesser während der Verhandlung auszuwählen, einen Menschen, an dessen Gesichtsausdruck er ablesen konnte, wie die Sache stand – für oder gegen ihn. Nicht die stirnrunzelnde Frau in dem puderblauen Kostüm oder den Kerl, dem die Haare ausgingen und der ihn an seinen Versicherungsvertreter erinnerte; nicht das konventionell hübsche Mädchen mit dem Pagenschnitt oder den kräftigen Ringertypen, dessen ziegelsteinroter Nacken aus dem engen Kragen quoll. Es war gar nicht so einfach, jemanden zu finden.

Schließlich entschied er sich für eine Frau. Aus irgendeinem Grund musste es eine Frau sein. Sie war Ende dreißig, schätzte er, hatte ein Mondgesicht und kurzes mausgraues Haar. Ihr Mund war ein breiter roter Strich und sie hatte große Augen.

Aber es war weniger ihre äußere Erscheinung als ihre Ausstrahlung, die ihn dazu veranlasste, gerade sie auszuwählen. Diese Frau, stellte er sich vor, war gut und ehrlich. Und mehr noch, sie konnte die Wahrheit von einer Lüge unterscheiden. Im Moment schien es sie zu verwirren und einzuschüchtern, eine solch verantwortungsvolle Rolle innezuhaben, aber im Verlaufe des Prozesses, das wusste er, würde sie gewissenhaft zuhören, abwägen, urteilen und entscheiden. Ihre Entscheidung würde die richtige sein, und an ihrem Gesichtsausdruck würde er ablesen können, welche sie getroffen hatte. Ja, er würde sie genau im Auge behalten. Er wollte sie »Minerva« nennen.

Noch ehe es Owen begriff, hatte Jerome Lawrence, der Staatsanwalt, mit seiner Eröffnungsrede begonnen. Lawrence war ein kleiner, dunkler Mann mit ruhelosen Knopfaugen, der nie frisch rasiert aussah und dessen dunkle Stoppeln wie Schuhcreme auf Wangen und Kinn glänzten. Irgendwie schien er perfekt in seine Robe zu passen, in der er noch mehr als die anderen Würdenträger im Saal wie eine Fledermaus aussah, jederzeit bereit, die Flügel zu schlagen und in die Nacht zu entgleiten. Wie Shirley Castle arbeitete er beim Sprechen viel mit seinen Händen, wobei seine Robe auf ungeheuer nervtötende Weise raschelte.

»Die Staatsanwaltschaft wird zu beweisen wissen«, sagte er in seinem ausgeprägten Oxfordenglisch, »dass der Angeklagte des abscheulichsten, niederträchtigsten, brutalsten, unmenschlichsten Verbrechens schuldig ist, das man sich vorstellen kann: des Mordes an einem Kind, an einem unschuldigen, gerade sechzehn Jahre alten Mädchen, welches noch das ganze Leben vor sich hatte.«

Und für den Rest des Tages konnte Owen nur noch mit offenem Mund der Schilderung seiner selbst als unmenschliches Ungeheuer zuhören.

Obwohl der Aufmarsch der Zeugen recht dramatisch mit Rebecca Charters begann, die tränenreich wiedergab, wie sie Deborah Harrisons Leiche entdeckt hatte, wurden ihm in den ersten Tagen einige Dinge klar. Die erste und wahrscheinlich wichtigste Erkenntnis war, dass man sich selbst bei seinem eigenen Mordprozess langweilen konnte.

Zeugen kamen und gingen, Menschen, die er nie gesehen hatte, Menschen, die ihn nicht kannten: Pfarrer, Ladenbesitzer, Lehrer, Schülerinnen, Polizisten, Kneipenwirte. Manche von ihnen schienen aus Gründen, die Owen unersichtlich waren, ganze Stunden im Zeugenstand zu verbringen. Die meisten von ihnen wurden von Jerome Lawrence oder Shirley Castle befragt, manchmal aber schickten die beiden auch ihre Assistenten vor.

Mit unfehlbarer Regelmäßigkeit stellte einer der Anwälte einen Paragrafen des Gesetzes zur Diskussion, was bedeutete, dass die Geschworenen hinausgeschickt werden mussten, manchmal für Stunden, und beiden Seiten schien nichts mehr zu behagen als diese Verzögerung, die zumeist eine Vertagung mit sich brachte. Außerdem wurde die Verhandlung für ein oder zwei Tage ausgesetzt, weil einer der Geschworenen krank war und für einen weiteren wegen eines Trauerfalls. Jeden Abend wurde Owen zurück in seine kleine Zelle im Gefängnis von Armley gebracht. Mittlerweile hatte er sich so an die Zelle gewöhnt, dass er sie schon fast als sein Zuhause betrachtete. Wie sein eigentliches Zuhause aussah, hatte er fast vergessen.

Soweit Owen es beurteilen konnte, verlief der Prozess in den ersten paar Wochen recht gut für ihn. Shirley Castle hatte den Polizisten mit den Segelohren in die Mangel genommen, weil er nicht erklären konnte, weshalb er Owen anfänglich überhaupt aufgesucht hatte. Detective Inspector Stott wurde hingestellt wie einer von der Gestapo.

Als Detective Chief Inspector Banks aufgerufen wurde, wusste Owen nicht mehr, welcher Tag es war.

II

»Glauben Sie, Chief Inspector, Sie würden in der gleichen Situation *jeden* aufzählen können, den Sie in einem bestimmten Zeitabschnitt auf der Straße gesehen haben?«

Banks zuckte mit den Achseln. Er sagte den zweiten Tag als Zeuge aus und Shirley Castle hatte ihn ins Kreuzverhör genommen. »Ich hoffe, dass ich meine Pflicht tun und versuchen würde, mich an alles zu erinnern, was während der entscheidenden Zeit passiert ist«, antwortete er schließlich.

»Aber Sie sind auch Polizeibeamter, Chief Inspector. Sie haben eine besondere Ausbildung. Auf derartige Fakten und Details zu achten, gehört zu Ihrem Job. Ich bin mir sicher, dass ich mich an die meisten Menschen, die mir auf der Straße begegnen, nicht erinnern würde. Und ich kann mir vorstellen, dass es den Geschworenen genauso geht.« An dieser Stelle hielt Shirley Castle inne, um ihren Blick über die Geschworenenbank schweifen zu lassen. Die meisten von ihnen schienen ihr zuzustimmen, dachte Banks. »Dennoch erwarten Sie von Mr Pierce, sich an jedes Gesicht, an jedes Detail zu erinnern«, fuhr sie fort. »Ich frage Sie erneut, Chief Inspector, halten Sie das wirklich für angemessen?«

»Vielleicht nicht zur Hauptverkehrszeit auf einer belebten Durchgangsstraße«, erwiderte Banks, »aber wir haben es mit einem nebeligen Abend in einem ruhigen Vorort zu tun. Ja, ich glaube, ich würde mich daran erinnern, wenn ich eine bestimmte Person gesehen hätte. Und Mr Pierce erinnerte sich ja auch, sobald ...«

»Danke, das genügt, Chief Inspector. Sie haben meine Frage beantwortet.«

Als er sah, wie Shirley Castle bei seiner Antwort ins Schwimmen kam, konnte sich Banks eine gewisse Genugtuung nicht verkneifen. Ihr war ein kleiner Fehler unterlaufen: Sie hatte die Antwort auf die Frage, die sie gestellt hatte, nicht bereits gekannt.

Eilig fuhr sie fort: »Wie Mr Sung, der Inhaber des Restaurants Peking Moon, bereits bezeugt hat und der Herr Staatsanwalt während seiner Befragung herausgefunden hat, benutzte Mr Pierce zum Bezahlen seiner dort eingenommenen Mahlzeit seine Kreditkarte. Wenn der zeitliche Ablauf der Ereignisse korrekt ist – und ich betone: *wenn* –, dann hat der Restaurantbesuch kurz *nach* dem Mord an Deborah Harrison stattgefunden, nicht wahr?«

»Ja.«

»Nun, Chief Inspector, würden Sie mit Ihrer Berufserfahrung nicht sagen, dass ein Krimineller, jemand, der gerade ein Verbrechen der abscheulichsten und brutalsten Art begangen hat, ein wenig mehr darauf bedacht wäre, seine Spuren zu verwischen?«

»So clever sind die meisten Kriminellen nicht«, entgegnete Banks. »Deswegen werden sie geschnappt.«

Die Zuschauer lachten.

»Mein Mandant ist jedoch *keineswegs* dumm«, erklärte sie nachdrücklich, ohne sich von der Unterbrechung stören zu lassen. »Ist es nicht äußerst unwahrscheinlich, dass er chinesisch essen geht und mit seiner Kreditkarte bezahlt, nachdem er einen Mord begangen hat? Ganz zu schweigen davon, dass er bei alldem einen leuchtenden orangefarbenen Anorak trägt. Warum sollte er so töricht sein, die Aufmerksamkeit in einer derart offensichtlichen Weise auf sich zu ziehen, wenn er das Verbrechen begangen hat, dessen er angeklagt ist?«

»Vielleicht war er verzweifelt«, antwortete Banks. »Vielleicht war er nicht bei klarem Verstand. Mr Sung hat ausgesagt, er führte Selbst...«

»Nicht bei klarem Verstand«, wiederholte sie mit einem wohl bedachten verächtlichen Unterton. »Ist es nicht eine Tatsache, Chief Inspector, dass diejenigen, die solche willkürlichen Verbrechen begehen, in Wirklichkeit bei sehr klarem Verstand sind? Dass sie nur selten gefasst werden, häufig nur durch Zufall? Dass sie mit größter Sorgfalt darauf bedacht sind, einer Entdeckung zu entgehen?«

Banks spielte mit seiner Krawatte. Er hasste es, eine

Krawatte umzubinden, und konnte es nur ertragen, wenn er den obersten Knopf seines Hemdes offen ließ. »Bestimmte Theorien gehen davon aus, ja. Aber das Verhalten eines Kriminellen ist nicht so einfach vorhersehbar. Wenn es so einfach wäre, wäre auch unsere Arbeit einfacher.« Er lächelte die Geschworenen an, von denen ein oder zwei sein Lächeln erwiderten.

»Ich bitte Sie, Chief Inspector, entscheiden Sie sich: Entweder sie sind dumm und leicht zu fassen, wie Sie vorhin sagten, oder sie sind unberechenbar und unmöglich zu fassen. Wie denn nun?«

»Manche sind dumm, manche nicht. Wie ich schon sagte, Mörder agieren nicht immer rational. Diese Tat war nicht rational. Es ist unmöglich, vorherzusagen, was ein Mörder tun wird oder warum er etwas auf die Weise getan hat, wie er es getan hat.«

»Aber gehört es nicht zu Ihren Aufgaben, Verbrechen zu rekonstruieren, Chief Inspector?«

»Das überlassen wir heutzutage Fernsehsendungen wie ›Crimewatch‹.«

Im Zuschauerraum wurde Gelächter hörbar. Richter Simmonds verwarnte Banks für seine Respektlosigkeit.

»Worauf ich hinauswill«, fuhr Shirley Castle ohne die Miene zu verziehen fort, »ist, dass Sie anscheinend sehr wenig darüber wissen, was auf dem Friedhof von St. Mary's vorgefallen ist oder mit welcher Art von Täter Sie es zu tun haben. Ist es nicht so?«

»Wir wissen, dass Deborah Harrison mit dem Riemen ihres Schulranzens erdrosselt und dass ihre Kleidung derangiert worden ist.«

»Aber entspricht es nicht der Wahrheit, dass Sie sich einfach auf die erstbeste Person, die in der Gegend gesehen worden ist, versteift haben, auf jemanden, der Ihnen ins

Konzept passte, und dass Owen Pierce unglücklicherweise zur falschen Zeit am falschen Ort gewesen ist?«

»Ich würde eher sagen, dass Deborah Harrison zur falschen Zeit am falschen Ort gewesen ist.«

»Sind Ihnen nicht bestimmte Elemente der Tat merkwürdig vorgekommen?«

»Welche Elemente?«

Shirley Castle sah in ihren Notizen nach. »Soviel ich weiß«, sagte sie, »war der Schulranzen des Opfers *geöffnet*. Erscheint Ihnen das nicht merkwürdig?«

»Er könnte sich geöffnet haben, als sie sich gewehrt hat.«

»Schwerlich«, meinte Shirley Castle abschätzig. »Der Ranzen war mit zwei stabilen Schnallen verschlossen. Wir haben es überprüft, glauben Sie mir, und er geht nur auf, wenn man ihn *absichtlich* öffnet.«

»Vielleicht wollte der Mörder etwas von ihr.«

»Was zum Beispiel, Chief Inspector? Sie werden doch nicht von einem Raubüberfall ausgehen wollen, oder? Was sollte man im Ranzen einer Schülerin suchen?«

»Es ist nicht ausgeschlossen. Aber ich ...«

»Wie viel Geld könnte eine Schülerin bei sich haben? Soviel ich weiß, hatte Deborah Harrison sechs Pfund in ihrem Portemonnaie, als sie gefunden wurde. Wenn Raub das Motiv war, warum wurden diese sechs Pfund nicht auch gestohlen? Und würde es nicht mehr Sinn machen, den ganzen Ranzen mitzunehmen? Warum sollte sich der Mörder länger als nötig am Tatort herumtreiben?«

»Welche Frage möchten Sie zuerst beantwortet haben?«

Shirley Castle sah ihn streng an. »Warum sollte Deborah Harrisons Mörder am Tatort bleiben und ihren Ranzen durchsuchen, anstatt ihn mitzunehmen?«

»Keine Ahnung. Vielleicht suchte er nach einer Art Trophäe. Nach einem persönlichen Gegenstand des Opfers.«

»Ist denn etwas vermisst worden?«

»Das wissen wir nicht. Niemand kann mit Genauigkeit ...«

»Sie wissen es nicht. Wir haben gehört, dass Sie sich große Mühe gegeben haben zu beweisen, dass Mr Pierce zur Tatzeit in der Nähe von St. Mary's gesehen wurde, Chief Inspector, aber lassen Sie mich Ihnen eine Frage stellen: Hat jemand gesehen, dass Mr Pierce tatsächlich den Friedhof von St. Mary's betreten hat?«

»Er wurde ...«

»Ein einfaches Ja oder Nein genügt.«

Einen Moment schwieg Banks. »Nein«, sagte er dann.

»Ist es nicht auch möglich, Chief Inspector, dass Deborah Harrison zuerst irgendwo anders hingegangen und später zum Friedhof zurückgekehrt ist, nachdem Mr Pierce bereits ins Peking Moon gegangen war?«

»Das ist möglich. Aber ...«

»Und dass Deborah Harrison von jemandem ermordet worden ist, den sie kannte, vielleicht wegen einer Sache, die sie in ihrem Ranzen mit sich führte?«

Genau das war mein erster Gedanke, dachte Banks. »Ich finde, das ist eine ziemlich abwegige Erklärung.«

»Abwegiger, als Mr Pierce des Mordes anzuklagen?« Sie deutete theatralisch auf Pierce. »Haben Sie die Ermittlung auch in andere Richtungen verfolgt, während Sie damit beschäftigt waren, meinen Mandanten zu belästigen?«

»Wir haben unsere Ermittlungen fortgesetzt. Und beläst...«

Sie rümpfte die Nase. »Sie haben Ihre Ermittlungen fortgesetzt. Was bedeutet das?«

»Wir haben versucht, so viel wie möglich über das Opfer und ihr Leben herauszufinden. Durch Gespräche mit ihren Freundinnen und ihrer Familie haben wir versucht zu ermitteln, ob sie Feinde hatte, ob es jemanden gab, der ihren Tod wollte. Wir haben alle Spuren am Tatort gesammelt, die wir finden konnten, und sie so schnell wie möglich analysiert. Wir haben nichts Konkretes gefunden, bis wir auf Mr Pierce gestoßen sind.«

»Und nachdem Sie auf Mr Pierce gestoßen sind?«

Banks wusste, dass die meisten Ermittlungen zum Erliegen kommen, sobald die Polizei der Meinung ist, den Täter gefunden zu haben. Und so gerne er auch Alternativen verfolgt hätte, es gab andere Arbeit zu erledigen und außerdem gab es Chief Constable Riddle. »Ich habe andere Ermittlungsstränge verfolgt, bis es offensichtlich wurde …«

»Sie verfolgten andere Ermittlungsstränge? Sobald Sie das erste Mal mit ihm gesprochen hatten, legten Sie sich auf Mr Pierce' Schuld fest, war es nicht so?«

»Einspruch!«

»Stattgegeben. – Miss Castle, bitte unterlassen Sie es, den Zeugen zu beleidigen.«

Shirley Castle verneigte sich. »Euer Ehren, Chief Inspector Banks, ich bitte um Verzeihung. Lassen Sie mich die Frage anders stellen: Mit welcher Einstellung begegneten Sie Mr Pierce?«

»Wir kamen zu der Erkenntnis, dass er ein Hauptverdächtiger ist, und da es keine gegenteiligen Beweise gab, gingen wir daran, auf der üblichen und anerkannten Grundlage eine Anklage gegen ihn vorzubereiten.«

»Ich danke Ihnen, Chief Inspector«, sagte Shirley Castle, nahm Platz und versuchte, gelangweilt auszusehen. »Keine weiteren Fragen.«

»Dann schlage ich vor«, sagte Richter Simmonds, »dass wir die Verhandlung über das Wochenende vertagen. Das Gericht tritt am Montagmorgen um halb elf wieder zusammen.«

III

Am Montagmorgen passierte genau das, was Owen befürchtet hatte.

Als er später, zurück in seiner Zelle, versuchte, die Abfolge der Ereignisse zu rekonstruieren, war er sich nicht mehr sicher, ob es Jerome Lawrence tatsächlich gelungen war, Michelles Namen aufzurufen, bevor Shirley Castle einspringen konnte. Wie auch immer, Richter Simmonds hatte sich geduldig ihren Einspruch angehört und dann die Geschworenen wegen einer weiteren Vorvernehmung entlassen.

Es folgte ein juristisches Gefeilsche, dem Owen, so gebildet er auch war, nur halb folgen konnte, da es in einer furchtbar schwülstigen Juristensprache abgehalten wurde und zahllose Präzedenzfälle zitiert wurden. Er verstand jedoch, dass beide Seiten ihre Sichtweise dem Richter darlegten. Jerome Lawrence argumentierte, dass Michelles Aussage wichtig wäre, weil sie das Muster eines gewalttätigen Verhaltens bewiese, welches wie selbstverständlich zu dem Mord an Deborah Harrison geführt habe, und Shirley Castle entgegnete, dass es sich bei dem eingereichten Beweismittel lediglich um die rachsüchtige Fantasie einer unseriösen Zeugin handele, welches rein gar nichts bewiese, und dass die vorverurteilende Wirkung der Aussage bei weitem jeden Nutzen für das Verfahren überwog, den sie haben könnte.

Als Richter Simmonds die Argumente abwägte, hielt Owen den Atem an. Er wusste, dass von diesem Moment seine gesamte Zukunft abhängen konnte. Sein Mund war ausgetrocknet, er presste die Lippen zusammen und sein Magen rumorte. Wenn Simmonds den Beweisantrag ablehnte, wusste Owen, würde nichts von dem, was in der

Abwesenheit der Geschworenen verhandelt worden war, an die Öffentlichkeit dringen. Nur sehr wenige Menschen würden jemals wissen, was zwischen ihm und Michelle vorgefallen war. Wenn Simmonds dem Antrag aber stattgab, würde es die ganze Welt erfahren. Und die Geschworenen. Er drückte seine Daumen so fest, dass sie weiß wurden.

Schließlich verzog Simmonds seine Lippen, runzelte die Stirn und erklärte das Beweismittel für unzulässig.

Owen atmete auf. Das Blut rauschte durch seinen Kopf, er spürte, wie sich sein gesamter Körper entspannte: Kiefer, Magen, Daumen. Er hatte das Gefühl, ohnmächtig zu werden.

Shirley Castle drehte sich diskret mit erhobenem Daumen zu ihm um und warf ihm ein kurzes Siegeslächeln zu. Die Geschworenen wurden wieder hereingeführt und Jerome Lawrence rief seinen nächsten Zeugen auf.

Dr. Charles Stewart Glendenning gab eine imposante Figur ab. Der groß gewachsene Pathologe mit dem vollem weißen Haar und einem vom Nikotin verfärbten Schnurrbart hatte eine aufrechte Körperhaltung und genau den richtigen schottischen Einschlag in seiner Stimme, der ihn als Menschen auswies, mit dem nicht zu spaßen war. Die ernste Miene in seinem über die Jahre in Würde gealterten Gesicht ergänzte den Eindruck, dass man es mit einem vollendeten Fachmann zu tun hatte.

Er betrat den Zeugenstand, als wäre er sein zweites Zuhause, und legte den Eid ab. Owen bemerkte, dass er seine Hand nicht auf die Bibel legte und dass sich seine Formulierung etwas von der der anderen Zeugen unterschied. Ein Atheist? Angesichts der Beweise für die Unmenschlichkeit, mit der Menschen einander behandelten und die er über die Jahre gesehen haben musste, überraschte es Owen nicht.

Nachdem er den restlichen Vormittag damit zubrachte, Dr. Glendennings Referenzen und Verantwortungsbereiche darzulegen, begann Jerome Lawrence nach der Mittagspause schließlich mit seiner Befragung.

»Rebecca Charters hat bereits beschrieben, wie sie die Leiche gefunden und die Polizei gerufen hat«, sagte er. »Würden Sie, Doktor, uns nun bitte den Zustand der Leiche am Tatort beschreiben?«

»Das Opfer lag auf dem Rücken. Ihre Bluse war geöffnet, ihr Büstenhalter zerrissen und ihre Brüste entblößt. Ihr Rock war bis über die Taille geschoben worden, so dass ihr Schambereich in der für ein Sexualverbrechen typischen Weise entblößt war. Ihre Unterwäsche fehlte. Soviel ich weiß, wurde sie später in der Nähe des Tatortes gefunden. Nach näherer Untersuchung ihres Gesichts bemerkte ich eine rötlich violette Farbe und Spuren einer Blutung aus der Nase als Folge des Todes durch Asphyxie. Neben ihrem linken Auge hatte sie außerdem einen kleinen, frischen Kratzer.«

»Würden Sie uns erzählen, was Sie bei der Obduktion entdeckt haben?«

»Das Mädchen befand sich – hatte sich in dem guten Gesundheitszustand befunden, den man von einem sechzehnjährigen Mädchen erwartet. In ihren Organen gab es keine Anzeichen für eine Vergiftung. Nach weiterer Untersuchung bestätigte sich meine schon vorher getroffene Schlussfolgerung, dass der Tod durch Asphyxie aufgrund von Strangulation verursacht worden war.«

»Wären Sie bitte so nett, den Geschworenen den Begriff Asphyxie etwas näher zu erläutern, Doktor?«, bat Lawrence.

Glendenning nickte. »Manche Strangulationsopfer sterben an einer Inhibition des zentralen Nervensystems, also an Herzstillstand, verursacht durch Druck auf die Karotiden im Hals.« Er berührte die Stelle unterhalb seines Kiefers. »In diesem Fall jedoch ist das Opfer gestorben, weil die Adern im Hals blockiert wurden und die Zunge in die Kehle zurückgedrückt wurde, wodurch die Luftaufnahme abgeschnitten war. Dafür gibt es bestimmte, typische Anzeichen. Menschen, die an einer Hemmung des Nervensystems sterben, sind blass; diejenigen, die durch Asphyxie sterben, haben eine rötlich violette Verfärbung. Außerdem treten im Falle der Asphyxie petechiale Hämorrhagen auf, kleine punktförmige Blutungen im Weißen der Augen, in den Augenlidern und der Gesichtshaut. Entgegen der Populärliteratur tritt die Zunge nicht hervor.«

Owen schaute kurz hinüber zu Sir Geoffrey und Lady Harrison, den Eltern des Opfers, die der Verhandlung fast jeden Tag beigewohnt hatten. Lady Harrison wandte sich an ihren Mann und berührte für einen Moment mit ihrem Kopf seine Schulter. Beide waren bleich.

In diesem Augenblick hatte Owen das Gefühl, die kaltblütige Logik der Strategie der Staatsanwaltschaft wie die dramatische Struktur eines Theaterstücks oder eines Romans erahnen zu können, und es lief ihm kalt den Rücken hinunter.

Nach Rebecca Charters' emotionaler Beschreibung ihrer Entdeckung der Leiche und Banks' fundiertem, professionellem Bericht über die polizeiliche Ermittlung hätten die Geschworenen, wenn alles nach Plan gelaufen wäre, Michelles Aussage gehört. Sie hätten nur eine süße, unschuldige junge Frau im Zeugenstand gesehen und gehört, wie dieses Monster auf der Anklagebank versucht hatte, sie zu erwürgen. (Er war sich sicher, dass sie bei der Darstellung der Attacke ihre langen, schlanken Finger an ihren Hals gelegt hätte.) Danach hätten sie die grausamen, medizinischen Details über die Auswirkung einer Erdrosselung erfahren. Und welche Meinung hätten sie nach alldem von Owen gehabt?

»Ich danke Ihnen, Doktor Glendenning«, fuhr Lawrence fort. »Können Sie uns erzählen, wie das Opfer in diesem Fall erdrosselt worden ist?«

»Ja. Mit einem Band. Einem Riemen des Ranzens, um genau zu sein.«

»Und wurde dieser Riemen in der Nähe des Tatortes gefunden?«

»Ja. Er war immer noch am Ranzen des Opfers befestigt.«

»Haben Sie als Fachmann irgendeinen Grund, daran zu zweifeln, dass er als Mordwaffe benutzt worden ist?«

»Nein, keinen. Wir haben eine Reihe von Tests durchgeführt. Der Riemen des Ranzens passt eindeutig in die Einkerbungen am Hals des Opfers. Er wurde leicht nach oben gezogen und hat am unteren Rand in die Haut geschnitten, was darauf schließen lässt, dass sie von hinten erdrosselt worden ist und dass ihr Mörder größer war als sie. Am Rand des Riemens haben wir Blutspuren gefunden.«

»Wie viel größer war der Mörder?«, fragte Jerome Lawrence.

»Das Opfer war einen Meter achtundsechzig groß. Ich würde also sagen, dass der Mörder mindestens fünfzehn Zentimeter größer war, vielleicht mehr.«

»Und der Angeklagte ist einen Meter sechsundachtzig groß, wie bereits dargelegt worden ist?«

»Ich glaube, ja.«

»War dazu eine große Kraftanstrengung nötig?«

»Eine gewisse, ja. Aber keine übermenschliche.«

»Machte es die Art des Angriffs dem Opfer schwer, sich gegen ihren Mörder zu wehren?«

»Fast unmöglich. Sie konnte nicht viel tun. Es könnte ihr natürlich gelungen sein, zu kratzen oder mit dem Absatz nach hinten gegen die Schienbeine zu treten.«

»Sie erwähnten ›kratzen‹. Wäre das möglich gewesen, wenn sie von hinten erdrosselt worden ist?«

»Aber ja. Es ist durchaus denkbar, dass sie nach hinten gefasst und ihren Angreifer gekratzt hat.«

»Konnten Sie feststellen, ob sie auf dem Friedhof von St. Mary's oder an anderer Stelle ermordet worden ist?«

»Ja, und zwar durch das Ausmaß der lividen Verfärbung der Leiche, den so genannten Totenflecken. Das bedeutet ...« Er wandte sich ohne Lawrence' Aufforderung für seine Erklärung an die Geschworenen, »... dass das Blut, wenn das Herz aufhört zu schlagen, den Gesetzen der Schwerkraft gehorchend einfach in die untersten, den Boden nahen Bereichen des Körpers sinkt. Es sammelt sich und verfärbt die Partien, die keinen Kontakt zum Boden haben. Die Stellen des Körpers, die Kontakt zum Boden haben, bleiben natürlich weiß, weil der Druck dem Blut nicht erlaubt, sich in den Kapillaren auszubreiten. In diesem Fall haben die Verfärbungen des Nackens, des Rückens und der Rückseiten der Beine darauf schließen lassen, dass die Verstorbene seit ihrem Tod an der gleichen Stelle gelegen hat. Außerdem befand sich die Verfärbung in einem frühen Stadium, sie konnte also noch nicht lange dort gelegen haben. Normalerweise beginnt die livide Verfärbung ungefähr eine halbe bis eine Stunde nach dem Tod, entwickelt sich voll nach drei bis vier Stunden und erreicht ihr Endstadium nach acht bis zehn Stunden. Die Totenflecken waren noch nicht ausgeprägt, man konnte sie noch wegdrücken.«

»Würden Sie dem Gericht zuliebe erklären, was Sie mit ›wegdrücken‹ meinen?«

»Selbstverständlich. Wenn man einen Totenfleck berührt,

bevor das Blut in den Gefäßen geronnen ist, wird er weiß. Wenn man seine Fingerspitze wieder entfernt, nimmt die Stelle ihre Verfärbung wieder an. Nach vier oder fünf Stunden verhärten sich die Totenflecken, das Blut ist geronnen und die Flecken können nicht mehr weggedrückt werden.«

»Und was sagt Ihnen das?«

»Unter anderem hilft es, die Todeszeit festzustellen. Wie gesagt, die livide Verfärbung hatte gerade erst begonnen und die Leichenstarre hatte noch nicht eingesetzt. Sie beginnt für gewöhnlich ungefähr zwei oder drei Stunden nach dem Tod in den Augenlidern. Außerdem habe ich die Körpertemperatur gemessen und mit Hilfe einer mathematischen Formel errechnet, dass der Tod irgendwann zwischen fünf Uhr und ihrer Entdeckung eingetreten sein muss.«

»Nicht früher?«

»Nach meiner Auffassung wäre das wirklich äußerst unwahrscheinlich.«

»Und da Megan Preece, die Freundin des Opfers, aussagt, sich um sechs Uhr nahe der Brücke von Deborah getrennt zu haben, und angesichts der Tatsache, dass Daniel Charters Owen Pierce um ...«

»Einspruch!«

»Stattgegeben.« Richter Simmonds drohte mit einem knochigen Finger. »Mr Lawrence, bitte zügeln Sie sich!«

Lawrence verneigte sich. »Euer Ehren. Ich danke Ihnen, Dr. Glendenning. Ich habe keine weiteren Fragen.«

Shirley Castle erhob sich zum Kreuzverhör. »Ich habe nur ein paar Fragen, Doktor«, sagte sie forsch. »Im Grunde Nebensächlichkeiten. Ich werde Sie nicht lange aufhalten.«

Dr. Glendenning neigte seinen Kopf und lächelte sie liebenswürdig an.

»Ich nehme an, Sie haben am Tatort die Entnahme von

oralen, vaginalen und analen Abstrichen angeordnet?«, begann Shirley Castle.

»Das habe ich.«

»Und haben Sie Samenspuren gefunden?«

»Nein, keine.«

»Überhaupt keine?«

»Das ist korrekt.«

»Haben Sie bei der Obduktion Anzeichen für einen erzwungenen Verkehr entdeckt?«

»Ich habe überhaupt keine Anzeichen für einen Verkehr gefunden, weder für einen erzwungenen noch für einen sonstigen.«

Shirley Castle runzelte die Stirn. »Dennoch haben Sie vorhin in Ihrer Aussage von einem ›Sexualverbrechen‹ gesprochen. Erscheint Ihnen der Mangel an Beweisen bei einem solchen Verbrechen nicht ungewöhnlich?«

»Eigentlich nicht. Es gibt viele Arten von Sexualverbrechen. Nach meiner Erfahrung erinnerte die Art, wie die Kleidung durcheinander gebracht worden war, an ein Sexualverbrechen.«

»Und wir haben ja bereits von Ihren hervorragenden Referenzen als Experte für derartige Fälle gehört. Wie exakt ist Ihre Schätzung der Todeszeit?«

»Dabei muss man immer von Näherungswerten ausgehen«, gab Glendenning zu. »Es gibt ungeheuer viele Variablen.«

»Können Sie dem Gericht ein Beispiel geben, wie Sie für gewöhnlich die Todeszeit bestimmen?«

»Selbstverständlich. Wie ich bereits bemerkt habe, gibt es eine Reihe zu beachtender Faktoren, als da wären Leichenstarre, Hautverfärbung und Mageninhalt; am genauesten ist jedoch meistens die Körpertemperatur. Wenn die Temperatur zur Todeszeit normal ist – also siebenunddreißig

Grad Celsius –, kann man angesichts der Tatsache, dass es vierundzwanzig bis sechsunddreißig Stunden dauert, bis die Leiche die Temperatur ihrer Umgebung angenommen hat, die Todeszeit errechnen.«

»Vierundzwanzig bis sechsunddreißig Stunden«, wiederholte Shirley Castle und wandte sich stirnrunzelnd an die Jury. »Das heißt also, zwischen einem und anderthalb Tagen. In einer derart breiten Spanne sind ziemlich viele Fehler möglich, oder?«

Glendenning lächelte. »Ich sagte ja, dass man nur von Näherungswerten ausgehen kann.«

»Ja, aber Sie sagten nicht, wie furchtbar ungenau die Berechnung ist.«

»Einspruch!«

»Stattgegeben, Mr Lawrence.«

Shirley Castle verneigte sich. »Ich bitte um Verzeihung. Doktor Glendenning, wie lange hat es gedauert, bis Deborah Harrisons Körpertemperatur sich der Temperatur der Umgebung angeglichen hat?«

»Nun, auch das kann man nur schwer mit Genauigkeit sagen. Sie war gesund, normal, schlank, teilweise unbekleidet und es war ein feuchter Abend mit einer Temperatur von zehn Grad Celsius. Ich würde sagen, es ging eher schnell.«

»Sagen wir achtundzwanzig Stunden? Sechsundzwanzig?«

»So ungefähr.«

»So ungefähr. Na gut. Sinkt die Temperatur der Leiche in einem gleichmäßigen Tempo?«

»Nein, das tut sie nicht. Sie sinkt in einer Sinuskurve.«

»Und wie kommen Sie von der Temperatur auf die Todeszeit?«

»Durch die Glaister-Formel. In diesem Fall betrug die Temperatur des Opfers fünfunddreißig Komma fünf Grad

Celsius. Man subtrahiert diesen Wert von der normalen Körpertemperatur von siebenunddreißig Grad und multipliziert den Zwischenwert mit eins Komma eins. Das Ergebnis lautete in diesem Fall: eins Komma sechs fünf Stunden. Zieht man die Temperatur der Umgebung in Betracht, dann kommt man zu dem Schluss, dass der Tod zwischen einer und zwei Stunden bevor ich am Tatort war, eingetreten ist.«

»Was beeinflusst das Tempo, mit dem die Temperatur sinkt?«

»Das kann man nur schwer genau sagen. Eine Reihe von Faktoren.«

Shirley Castle holte tief Luft und beugte sich vor. »Aber, Dr. Glendenning, es ist *keineswegs* schwer zu sagen, dass schlanke Menschen *schneller* abkühlen als dicke, und Deborah Harrison war schlank. Auf der anderen Seite kühlen gesunde Menschen *langsamer* ab als durch Krankheit geschwächte und Deborah Harrison war gesund. Nackte Leichen kühler schneller ab als bekleidete und Deborah Harrison war nur *teilweise* bekleidet. Leichen kühlen schneller im Wasser als an der Luft ab und durch die Feuchtigkeit des Nebels war Deborah Harrison beiden Elementen ausgesetzt. Habe ich Recht?«

»Das sind alles relevante Faktoren«, räumte Glendenning ein.

»Laut der vorliegenden Beweislage«, fuhr Shirley Castle fort, »ist Deborah Harrison um sechs Uhr das letzte Mal lebend gesehen worden, was ausschließt, dass sie vor sechs Uhr ermordet worden ist. Würden Sie mir zustimmen?«

Glendenning hob die Augenbrauen. »Da stimme ich Ihnen zu, ja.«

»Die Leiche ist jedoch von Rebecca Charters um Viertel vor sieben entdeckt worden. Ist das korrekt?«

»So habe ich gehört.«

»Und die ersten Polizeibeamten trafen eine Minute vor sieben ein?«

»Einspruch!«

»Ja, Mr Lawrence?«, fragte Richter Simmonds.

»Ich wüsste gerne, welchen Zweck Miss Castle mit diesen Fragen verfolgt, Euer Ehren.«

»Die Verteidigung erbittet Euer Ehren um Nachsicht. Der Zweck der Fragen wird in Kürze deutlich werden.«

»Beeilen Sie sich, Miss Castle.«

»Ja, Euer Ehren. Deborah Harrison ist gegen sechs Uhr zum letzten Mal gesehen worden, ihre Leiche ist aber erst um Viertel vor sieben auf dem Friedhof von St. Mary's gefunden worden. Das heißt, sie könnte innerhalb einer Zeitspanne von fünfundvierzig Minuten ermordet worden sein. Laut Ihren Aussagen in Bezug auf die Todeszeit, Doktor, *könnte* sie noch nach halb sieben ermordet worden sein, nicht wahr?«

Glendenning nickte. »Ja, das könnte sein.«

»Im Grunde *könnte* der Tod sogar erst um zwanzig vor sieben eingetreten sein, nicht wahr?«

»Ja. Aber ich glaube, Rebecca Charters hörte ...«

»Ich bitte Sie, Doktor Glendenning. Rebecca Charters hat bereits zugegeben, dass das, was sie gehört hat, auch gut und gerne ein Tier oder etwas anderes gewesen sein kann. Aber angesichts der Tatsache, dass niemand Owen Pierce beim Betreten des Friedhofs von St. Mary's *gesehen* hat, und da der Tod auch erst um zwanzig Minuten vor sieben eingetreten sein könnte, zu einer Zeit also, als Mr Pierce noch im Peking Moon war, gibt es keinen konkreten Beweis, dass er zur Tatzeit am Tatort gewesen ist, nicht wahr, Doktor?«

»Das ist nicht ...«

»Und da weder Deborah Harrison *noch* Owen Pierce

beim Betreten des Friedhofs gesehen worden sind«, machte Shirley schnell weiter, bevor sie jemand stoppen konnte, »könnte Deborah zuerst auch irgendwo anders hingegangen sein, nicht wahr?«

»Es ist nicht meine Aufgabe, solche Spekulationen anzustellen«, sagte Glendenning. »Ich bin hier, um über medizinische Fakten auszusagen.«

»Ach ja«, sagte Shirley Castle. »Solche Fakten wie die Todeszeit. Sie geben der Bedeutung von Fakten eine Menge Spielraum, nicht wahr, Doktor?«

»Einspruch!«

»Stattgegeben. – Wollen Sie weitermachen, Miss Castle?«

»Ich habe keine weiteren Fragen, Euer Ehren«, sagte sie und nahm Platz.

Sehr clever, dachte Owen und sah, als er sich umwandte, wie der Geschworene, der einem Ringer glich, versuchte, einen Eifleck von seiner Krawatte zu kratzen.

IV

Eine Woche später, nach weiteren juristischen Streitereien und einem Aufmarsch langweiliger, unwichtiger wissenschaftlicher Zeugen, vom Experten für Fingerabdrücke bis zu dem Beamten, der für die Archivierung der gerichtsmedizinischen Beweisstücke zuständig war, beobachtete Owen, wie Shirley Castle den Haarexperten einschüchterte, bis er sich schließlich in seine Wissenschaftssprache flüchtete und zugab, dass es praktisch unmöglich war, ohne jeden Zweifel zu beweisen, welche Herkunft die auf der Kleidung des Opfers oder des Verdächtigen gefundenen Haare wirklich hatten.

Der letzte Zeuge der Anklage war der Biologe und DNA-Experte Dr. Tasker, ein Akademiker mit schmalem Gesicht und dünnem Haar von ungefähr vierzig Jahren, wie Owen schätzte. Er schien sich auf seinem Gebiet auszukennen, war aber in seinen Ausführungen so unverbindlich, dass Jerome Lawrence manchmal der Geduldsfaden riss.

Owen fragte sich, ob sich die Geschworenen genauso langweilten bei den endlosen Beschreibungen von Autoradiographien und Restriktionsenzymen, bei der Ausführung über die wissenschaftliche Stichhaltigkeit polymeraser Kettenreaktionen und der Bedeutung der Short Tandem Repeats, der Minisatelliten der DNA, und bei der scheinbar stundenlangen Erklärung, welch äußerste Sorgfalt gegen die mögliche Kontamination von Laborproben aufgewendet wird.

Als sich Shirley Castle am nächsten Nachmittag zum Kreuzverhör erhob, schien Tasker ein wenig Ehrfurcht vor ihr zu haben, und wenn sich Owen nicht täuschte, war er auch ein klein wenig verknallt in sie. Vielleicht merkte sie es. Als sie begann, sprach sie entspannt, freundlich und hatte sogar einen leicht flirtenden Unterton.

»Dr. Tasker«, sagte sie mit einem Lächeln, »ich bin mir sicher, Sie haben gestern das Gericht mit Ihrer Darstellung der DNA-Analyse zutiefst beeindruckt. Ohne uns mit der Wissenschaft zu blenden, haben Sie anscheinend bewiesen, dass die von dem Blutfleck auf Mr Pierces Anorak stammende DNA tatsächlich die DNA von Deborah Harrison war. Ist das richtig?«

Tasker nickte. »Die aus dem getrockneten Blutfleck auf Mr Pierce' Anorak gewonnene DNA ist mit einer Wahrscheinlichkeit von fünfzig Millionen zu eins Deborah Harrisons DNA und die von der Gewebeprobe unter dem Fingernagel des Opfers genommene DNA ist mit einer

Wahrscheinlichkeit von fünfzig Millionen zu eins Owen Pierce' DNA. Wir können nur sagen, wie selten ein solches Ergebnis verglichen mit dem Rest der Bevölkerung ist.«

»Trotzdem«, lächelte Shirley Castle. »Das sind beeindruckende Quoten, nicht wahr?«

»O ja!«, strahlte Tasker. »Ich würde auf jeden Fall nicht dagegen wetten.«

»Beinahe ohne jeden Zweifel«, sagte Shirley Castle. »Und darum geht es hier ja schließlich, nicht wahr? Dennoch, Dr. Tasker, es gibt ein oder zwei Punkte, die Sie mir vielleicht verdeutlichen können.«

Owen schwor, dass Tasker vor Freude fast rot wurde. »Selbstverständlich. Mit Vergnügen.«

Shirley Castle nahm das Kompliment mit einer leichten Neigung ihres Kopfes entgegen. »Wie viel Blut von Deborah Harrison haben Sie auf dem Anorak meines Mandanten gefunden?«

»Ein geringe Menge.«

»Würden Sie dem Gericht bitte ein Gefühl dafür geben, wie viel das sein könnte?«

Tasker lächelte. »Nun, wirklich nicht viel. Aber genug für eine polymerase Kettenreaktionsanalyse, die ich bereits beschrieben habe.«

»Ja, aber wie viel? Einen Fingerhut voll?«

»Oh, um Himmels willen, nein, so viel nicht!«

»Dann vielleicht so viel, wie aus einem kleinen Schnitt oder Kratzer tropfen kann?«

»Hmmm. Ungefähr, ja.«

»Ein Nadelstich?«

»Möglich.«

»Mit anderen Worten, ein Blutfleck ungefähr von der Größe eines Stecknadelkopfes. Ist das richtig?«

»Vielleicht ein bisschen größer als ...«

»Ungefähr von der Größe eines Stecknadelkopfes?«

»Ich nehme an. So ungefähr, ja. Aber, wie gesagt …«

»Das Gericht hat bereits Dr. Glendennings Aussage vernommen, dass Deborah Harrison neben ihrem linken Auge einen kleinen Kratzer hatte. Könnte das eine Wunde sein, die eine ähnliche Menge Blut produziert, wenn ein Stoff daran streift?«

Tasker rutschte auf seinem Stuhl umher. »Nun, ich habe den Kratzer nicht gesehen, deswegen kann ich es nicht mit Sicherheit sagen, aber es handelte sich um eine geringe Menge, die durchaus von solch einer kleinen Verwundung herrühren kann, die Sie gerade beschrieben haben.«

»Wo haben Sie das Blut gefunden?«

»Auf dem Anorak des Angeklagten.«

»Wo genau auf dem Anorak des Angeklagten?«

»Auf dem linken Ärmel. Nahe der Schulter.«

»Und wir haben bereits erfahren, dass Deborah Harrison einen Meter achtundsechzig groß war und Owen Pierce einen Meter sechsundachtzig groß ist. Würde sich dadurch Deborah Harrisons linkes Auge auf der Höhe seines Oberarmes befinden?«

Tasker zuckte mit den Achseln. »Ich nehme an. Genau kann ich es nicht sagen.«

»Mit Eurer Erlaubnis, Euer Ehren«, sagte Shirley Castle an Richter Simmonds gerichtet, »würde ich gerne die Gelegenheit wahrnehmen, dem Gericht zu demonstrieren, dass es sich tatsächlich so verhält.«

Owen konnte sehen, dass sie den Atem anhielt. Die meisten Richter, hatte sie ihm erzählt, hassten alles, was nach übertriebener Theatralik roch. Sie musste Simmonds jedoch davon überzeugt haben, dass sie gerade ein wichtiges Thema verfolgte, denn ohne lange zu zögern, gab er ihrem Antrag statt.

Die Demonstration war eine simple Angelegenheit. Ein Mann und eine junge Frau wurden hereingebracht; Owen hatte keine Ahnung, wo Shirley die beiden aufgetrieben hatte. Die Frau war deutlich kleiner als der Mann. Ihre jeweilige Größe wurde offiziell mit einem Meter achtundsechzig beziehungsweise einem Meter sechsundachtzig ermittelt, dann stellten sich die beiden nebeneinander. Die Augen der jungen Frau befanden sich auf der Höhe des Oberarms des Mannes.

Shirley Castle dankte den beiden und fuhr fort: »Handelte es sich bei diesem Fleck um das einzige Blut, das auf der Kleidung meines Mandanten gefunden worden ist?«

»Ja.«

Shirley Castle bat darum, den Geschworenen Owens Anorak zu zeigen. Sie wies auf die mit einem Reißverschluss versehene Tasche im oberen Bereich des Ärmels hin. »Haben Sie, Dr. Tasker, Blut des Mädchens auf oder in der Nähe dieses Reißverschlusses gefunden?«

»Ja. In der Nähe.«

»Könnten Sie genauer werden?«

»Es war genau am Ende des Reißverschlusses.«

»Würden Sie bitte auf die Stelle des Beweismaterials zeigen?«

Tasker kam ihrer Bitte nach.

»Die Kante der Metallzähne ist ziemlich scharf«, fuhr Shirley Castle fort. »Deutet das für Sie nicht darauf hin, dass sich das Mädchen an dem Reißverschluss die Wange aufgekratzt haben könnte, als sie rückwärts im Nebel mit Mr Pierce zusammengestoßen ist?«

»Es gibt viele Möglichkeiten, wie es dorthin gelangt sein könnte.«

»Aber eine Möglichkeit könnte die sein, die ich gerade beschrieben habe?

»Ja, aber ...«

»Und mehr Blut wurde nicht gefunden?«

»Das habe ich bereits gesagt. Ich ...«

»Das ist nicht sehr viel, oder?«

»Wie gesagt, genug für eine polymerase Kettenreaktionsanalyse.«

»Ja, genau, und für eine DNA-Analyse, den genetischen Fingerabdruck und so weiter. Zauberworte heutzutage. Und was beweist das, Dr. Tasker?«

»Dass das Blut auf dem Anorak des Angeklagten mit einer Wahrscheinlichkeit von ...«

»Ja, ja. Das haben wir schon alles durch, oder? Die Verteidigung hat nie geleugnet, dass es sich um Deborah Harrisons Blut handelt. Sie hat meinen Mandanten angerempelt und sich am Reißverschluss seines Anoraks gekratzt. Würden Sie zustimmen, dass die Menge und die Position des Blutes diese Erklärung bestätigt?«

»Ich nehme an.«

»Sie nehmen an. Haben Sie Blutspuren an den Ärmelmanschetten des Anoraks gefunden?«

»Nein.«

»Würden Sie nicht gerade dort Blut erwarten, wenn das Opfer aus der Nase geblutet hat, während der Angeklagte sie erwürgte?«

»Vielleicht.«

»Er hätte also Blut auf seine Unterarme bekommen, wenn er sie tatsächlich von hinten mit dem Riemen des Ranzens erwürgt hätte?«

»Nun, das ist möglich, aber ...«

»Und haben Sie im unteren Bereich der Ärmel Blut gefunden?«

»Nein, aber er könnte die Ärmel hoch...«

»Danke, Dr. Tasker. Sie haben meine Frage beantwortet.

Gut, wäre es nicht angesichts des Kampfes um Leben und Tod, der stattgefunden haben muss, schwierig gewesen, einen direkten Körperkontakt zu vermeiden?«

»Vermutlich.«

»Und Sie haben den Rest des Anoraks nach Blut untersucht?«

»Ja. Wir haben eine gründliche Untersuchung durchgeführt.«

»Aber außer dieser unendlich geringen Menge am Oberarm, am Rand des Metallzahnes des Reißverschlusses, haben Sie kein Blut gefunden?«

»Nein.«

Dr. Taskers Vernarrtheit schien nachzulassen, bemerkte Owen. Er wollte Shirley Castle nun nicht einmal mehr in die Augen schauen. Owen blickte kurz hinüber zu »Minerva«, die den Doktor mit ernster Miene betrachtete. Nie wieder würde sie einer »Wissenschaftliche-Tests-haben-bewiesen«-Werbung glauben, wenn sie es denn jemals getan hatte.

»Dr. Tasker, wissen Sie, wo Deborah Harrisons Haare – die, wie wir gerade erfahren haben, nur *möglicherweise* Deborah Harrisons Haare sind – auf Mr Pierce' Anorak gefunden worden sind?«

»Nein, das ist nicht mein ...«

»Dann will ich es Ihnen sagen. Sie wurden auf dem linken Oberarm gefunden, und zwar *nur* auf dem linken Oberarm. Es handelte sich um drei Haare und alle drei Haare sind in den Zähnen von Mr Pierce' Reißverschluss gefunden worden, neben dem stecknadelkopfgroßen Blutfleck. Was haben Sie dazu zu sagen?«

»Ich weiß es nicht. Das ist nicht mein Gebiet.«

»Nicht Ihr Gebiet? Aber würden Sie nicht sagen, dass es zu dem Szenario passt, welches ich Ihnen gerade geschildert habe? Zu einem unbedeutenden Zusammenstoß?«

»Ich habe bereits zugestimmt, dass es eine mögliche Erklärung ist.«

»Wie viel Blut und Haut haben Sie unter dem Fingernagel des Opfers gefunden?«

»Eine geringe Menge. Aber genug für …«

»Entsprechend der Menge, die sich durch einen leichten Kratzer ablagern könnte?«

»Ja.«

»Wenn Deborah Harrison um ihr Leben gekämpft hat, würden Sie dann nicht nach Ihrer professionellen Einschätzung erwarten, mehr zu finden?«

»Möglich. Aber noch einmal, das ist nicht mein …«

»Das verstehe ich, Dr. Tasker. Aber wir können es drehen und wenden, wie wir wollen, oder? Entweder hatte sie die Gelegenheit, sich durch Kratzen zu wehren, in welchem Fall sie wesentlich mehr Haut unter den Fingernägeln gehabt haben müsste, oder sie hatte keine Gelegenheit dazu. Wie ist es Ihrer Meinung nach gewesen?«

Owen sah, dass Lawrence kurz davor war, Einspruch zu erheben, aber er schien es sich anders zu überlegen und sank wieder auf seinen Platz.

»Es könnte ein Zufallstreffer gewesen sein«, räumte Tasker ein. »Ich weiß es nicht.«

»Sie wissen es nicht. Na schön. Würden Sie mir dann wenigstens zustimmen, dass diese geringe Menge von Mr Pierce' Haut bei einem unbedeutenden Zusammenstoß unter ihren Fingernagel geraten sein könnte, zum Beispiel, als sie eine Hand ausstreckte, um ihr Gleichgewicht wiederzuerlangen?«

»Ja.«

»Würden Sie weiterhin zustimmen, dass es möglich ist, dass der Mörder von Deborah Harrison jemand anderes sein könnte als mein Mandant?«

»Einspruch!«

»Abgewiesen, Mr Lawrence. – Wenn der Zeuge bitte die Frage beantworten würde.«

Tasker spielte mit seiner Krawatte. »Nun, theoretisch, ja.« Er kicherte nervös. »Theoretisch ist natürlich alles möglich. Ich war nicht dabei, ich kann Ihnen nicht sagen, was genau passiert ist. Die DNA-Analyse hat auf den Angeklagten verwiesen, deswegen kann er nicht ausgeschlossen werden.«

»Ich behaupte, dass die DNA-Analyse irrelevant ist. Lautet Ihre Antwort auf meine Frage ja?«

»Ich nehme an.«

»Ja oder nein?«

»Ja.«

Shirley Castle wandte sich an den Richter und warf ihre Hände in die Luft. »Euer Ehren«, sagte sie. »Ich finde es äußerst bedauerlich, dass die Anklage auf derartig wenigen und derartig fadenscheinigen Beweisen basiert. Keine weiteren Fragen.«

Zum ersten Mal erhob sich Jerome Lawrence, um seine Befragung wieder aufzunehmen. Es lag wohl daran, dass Dr. Tasker sein letzter Zeuge war, dachte Owen. Er wollte einen positiven Eindruck hinterlassen.

»Nur zwei Fragen, Dr. Tasker«, sagte er. »Sie sind sich des Verbrechens und der Verletzungen des Opfers vollständig bewusst. Würden Sie als Experte sagen, dass die vom Opfer stammende Blutmenge auf der Kleidung des Angeklagten *so gering* war, dass er als Täter ausgeschlossen werden muss?«

»Nein, das würde ich nicht sagen.«

»Und könnte der Austausch von Blut und Gewebe stattgefunden haben, während Deborah Harrison um ihr Leben gekämpft hat?«

»Das könnte der Fall gewesen sein.«

Jerome Lawrence verneigte sich ölig. »Vielen Dank, Dr. Tasker.«

ZWÖLF

I

Nichts hätte Owen auf den Schock vorbereiten können, Michelle im Zuschauerraum sitzen zu sehen, als er sich auf dem Weg in den Zeugenstand nervös im Gerichtssaal umschaute.

Sein Herz hämmerte gegen die Rippen. Er hatte das Gefühl, als hätte sich ein riesiger Vogel in seinem Körper eingenistet, der jetzt an seinem Brustkorb und seiner Kehle kratzte und pochte, mit seinen Flügeln schlug und versuchte, wieder herauszukommen. Sie war immer noch schön, und sie hatte immer noch die Macht, ein heftiges Verlangen in ihm auszulösen.

Michelle sah noch jünger aus als damals, als sie zusammen gewesen waren, fand Owen: wie eine Fünfzehn- oder Sechzehnjährige. Kein Make-up trübte ihre zarte Alabasterhaut und ähnlich der Schuluniform von St. Mary's trug sie einen kastanienbraunen Blazer und eine schlichte weiße Bluse.

Mit ihrem blonden schulterlangen Haar, das die gleiche Farbe und die gleiche Länge wie Deborah Harrisons Haar hatte, ähnelte sie der Deborah auf den Bildern in den Zeitungen. Ihre Lippen, die die Farbe des Fruchtfleisches einer Erdbeere hatten, waren zu einem kindlichen Schmollen geschlossen. Ihre ganze Haltung drückte Unschuld und

Unreife aus. Owen fragte sich, ob die Leute wussten, wer sie war. Sie saß neben einem Mann, den er vorher schon oft dort gesehen hatte. Ein Reporter, vermutete Owen.

Er versuchte, sie nicht anzuschauen. Warum war sie hier? Hatte die Staatsanwaltschaft sie eingeschleust, um ihn durcheinander zu bringen? Ihm war bereits bewusst geworden, dass er Teil eines Dramas, eines Theaterereignisses war, und in wenigen Tagen würden die Preise für die beste schauspielerische Leistung überreicht werden. Spielte auch Michelle eine Rolle in diesem Stück? Sie würde nicht in den Zeugenstand treten – dafür hatte Shirley Castle gesorgt –, was also hatte sie im Gerichtssaal verloren?

Ihre Anwesenheit lenkte ihn so sehr ab, dass er zuerst nicht gehört hatte, wie Shirley Castle ihn aufrief, um auszusagen. Dann bat ihn der Richter in den Zeugenstand.

Shirley Castle verbrachte mehr als einen Tag damit, die Ereignisse dieses verhängnisvollen Montagabends im November mit ihm durchzugehen, wobei sie genauso behutsam vorging wie damals im Verhörzimmer des Gefängnisses. Während sie sprach, war er ruhig und gefasst, und er hoffte, dass die Geschworenen das nicht als Gefühllosigkeit auslegten.

Soweit er es beurteilen konnte, hörte ihm »Minerva« mit einer vor Konzentration leicht gerunzelten Stirn sehr sachlich zu. Die meisten der anderen schienen ebenfalls aufmerksam zuzuhören, ein paar hatten allerdings einen ungläubigen Zug um den Mund, diesen »Erzähl-mir-nichts«-Ausdruck, den er in letzter Zeit sofort wahrzunehmen gelernt hatte. Gelegentlich schaute er verstohlen hinüber zu Michelle, die sich hin und wieder zur Seite wandte und hinter vorgehaltener Hand mit dem Reporter neben sich sprach.

Am nächsten Tag, nachdem Shirley Castle fertig damit

war, ihm, so kam es Owen vor, eine angemessene und glaubwürdige Darlegung der Ereignisse zu entlocken, stand Jerome Lawrence schwerfällig auf. »Eigentlich ist es völlig überflüssig«, gaben Lawrence' lustlose, leidgeprüfte Bewegungen zu verstehen, »uns mit dieser Sache abzugeben, denn Sie und ich, werte Damen und Herren Geschworenen, wissen genau, dass er schuldig ist, aber die Pflicht verlangt es von uns, der Form halber dieses Verfahren abzuhalten.« Owen schaute in den Zuschauerraum und sah, dass Michelle wieder im Gericht war.

Lawrence begann am Vormittag mit einer Reihe belangloser Fragen und kam nach der Mittagspause schließlich auf die Umstände des Verbrechens zu sprechen. »Mr Pierce«, sagte er, »Sie haben den Geschworenen erzählt, dass Sie zwischen sechs Uhr und halb sieben Uhr am 6. November des vergangenen Jahres im Nebel in der Umgebung von St. Mary's in Eastvale spazieren gegangen und eine gewisse Zeit auf der Brücke gestanden sind. Stimmt das?«

»Ja.«

»Waren Sie betrunken, Mr Pierce?«

»Nicht im Geringsten.«

»Sie haben – lassen Sie mich nachschauen – zwei Pints Bier und einen doppelten Scotch im Nag's Head getrunken, ist das richtig?«

Owen zuckte mit den Achseln. »Ich glaube.«

»Und Sie waren nicht betrunken?«

»Ich behaupte nicht, dass ich überhaupt keine Wirkung des Alkohols gespürt habe, aber ich hatte mich völlig unter Kontrolle. Außerdem war ich zu Fuß unterwegs, nicht mit dem Auto.«

»Später im Peking Moon haben Sie noch mehr getrunken, oder?«

»Ja. Zu einem üppigen Essen.«

»Richtig. Und können Sie dem Gericht erzählen, warum Sie so lange auf der Brücke vor dieser herrlichen Aussicht gestanden sind, die Sie bei dem dichten Nebel *unmöglich* sehen konnten?«

»Das kann ich nicht genau sagen. Es hatte keinen tieferen Grund. Mir gingen ein, zwei Probleme durch den Kopf, und ich finde, bei Nebel kann man gut nachdenken.«

»Um welche Probleme handelte es sich?«

Owen sah, wie Shirley Castle diskrete Warnsignale gab. Er schaute Michelle in die Augen. »Private Angelegenheiten. Ohne Bedeutung.«

»Verstehe. Und haben Sie wegen dieser *privaten Angelegenheiten* so viel getrunken?«

»Ich habe nicht viel getrunken. Ich habe Ihnen bereits gesagt, dass ich nicht betrunken war.«

»Und waren sie auch der Anlass, sich in der hintersten Ecke eines Restaurants zu verstecken und Selbstgespräche zu führen?«

Owen spürte, wie er vor Verlegenheit rot wurde. »Das ist nur so eine Angewohnheit, wenn ich grübele zum Beispiel. Das habe ich schon immer getan. Manchmal denke ich einfach laut und vergesse, dass ich nicht allein bin. Das macht mich noch lange nicht zu einem Wahnsinnigen. Oder zu einem Mörder.«

»Sind Sie sicher, dass Sie im Peking Moon nicht darüber nachgegrübelt haben, was Sie gerade getan hatten? Dass Sie Deborah Harrison ermordet hatten?«

»Natürlich nicht. Das ist völlig absurd. Ich habe lediglich Selbstgespräche geführt, um mich zu beruhigen.«

»*Beruhigen*?« Die Betonung dieser Wiederholung war nicht zu überhören. »Warum meinten Sie sich beruhigen zu müssen? Was hatte Sie denn vorher so aufgeregt?«

»Ich war nicht aufgeregt. Es ist ein Unterschied, ob man

ein bisschen melancholisch ist oder aufgeregt, finden Sie nicht? Ich meine …«

»Würden Sie bitte einfach meine Fragen beantworten?«, unterbrach ihn Lawrence. »Glauben Sie mir, wenn ich eine Englischstunde brauche, dann sage ich Bescheid.«

»Ich bin derjenige, der auf der Anklagebank sitzt, oder? Zählt meine Meinung überhaupt nichts? Sie haben doch auch alle anderen gefragt. Warum muss ich es durchgehen lassen, wenn Sie mir das Wort im Munde …«

»Mr Pierce«, brummte Richter Simmonds. »Bitte beantworten Sie Mr Lawrence' Fragen so direkt und deutlich, wie Sie können.«

»Entschuldigen Sie, Euer Ehren«, sagte Owen. Er wandte sich wieder an Lawrence. »Die Antwort lautet nein. Ich war nicht aufgeregt, ich war melancholisch.«

»Ist es nicht so gewesen, dass Sie bedrückt und niedergeschlagen wegen Ihrer Trennung von einer jungen Dame …«

»Einspruch!«

»Stattgegeben. – Mr Lawrence!«

»Ich bitte um Verzeihung, Euer Ehren.«

Was zum Teufel sollte dieser Vorstoß?, fragte sich Owen mit hämmerndem Herzen. Er schaute kurz hinüber zu Michelle. Lawrence wusste verdammt genau, dass ihre Aussage nicht als Beweismittel zugelassen worden war. Trotzdem versuchte dieser Mistkerl das Thema einzuschleusen. Er dankte seinem Schutzengel, dass Shirley Castle so schnell reagiert hatte. Dennoch war bei den Geschworenen etwas hängen geblieben, da konnte der Richter ihnen noch so sehr nahe legen, die Sache zu ignorieren. Er schaute zu »Minerva«. Sie schien verwirrt zu sein. Owens Atem ging ein wenig schneller.

»Dann lassen Sie uns nun zu den wissenschaftlichen

Beweisen übergehen«, fuhr Lawrence fort. »Sie bestreiten nicht, dass Deborah Harrisons Haar und Blut an Ihrer Kleidung gefunden wurde?«

»Ich muss das akzeptieren«, erwiderte Owen. »Ich bin kein Wissenschaftler. Wenn Ihre Experten zu diesem Schluss gekommen sind, dann ist das ihre Sache.«

»Und als Sie von Detective Chief Inspector Banks mit dieser Tatsache konfrontiert worden sind, haben Sie ihm die Geschichte aufgetischt, das Mädchen angerempelt zu haben. Ist das richtig?«

Es stand außer Zweifel, dass Lawrence eigentlich »Lügengeschichte« statt »Geschichte« sagen wollte.

»Nicht ich habe sie angerempelt«, sagte Owen. »Sie hat mich angerempelt, als ich mich von der Brückenmauer umgedreht habe.«

»Beantworten Sie die Frage.«

»Ich würde sie beantworten, wenn sie korrekt gestellt wäre.«

Lawrence seufzte und machte eine leidgeprüfte Geste zu den Geschworenen. »Na gut, Mr Pierce. Sie haben der Polizei erzählt, dass das Mädchen Sie angerempelt hat. Ist das korrekt?«

»Ich habe der Polizei genau das erzählt, was passiert ist.«

»Warum haben Sie es nicht gleich erzählt?«

»Es schien mir nicht wichtig zu sein.«

»Ich bitte Sie, Mr Pierce, als die Polizei Sie das zweite Mal verhörte, wurde Ihnen bereits gesagt, wie wichtig alles ist, was an diesem Tag passiert war. Sie wussten, dass Ihre Lage ernst war. Warum haben Sie es der Polizei nicht gleich erzählt?«

»Das habe ich Ihnen bereits gesagt. Ich habe der Polizei auch nicht erzählt, wann ich mich bücken musste, um meinen Schnürsenkel zuzubinden, oder dass ich beim

Zeitungshändler vorbeigegangen bin, um mir eine Abendzeitung zu kaufen, die es übrigens nicht gegeben hatte. Es erschien mir einfach *nicht wichtig.*«

»Dennoch haben Sie sich später sehr gut daran erinnert. Sobald Sie mit Beweisen konfrontiert worden waren, einen körperlichen Kontakt mit dem Opfer gehabt zu haben, hatten Sie plötzlich eine Erklärung parat.« Lawrence lachte und schlug mit seinen Armen wie eine Fledermaus. »Wie durch ein Wunder. Wirklich, Mr Pierce, erwarten Sie vom Gericht, Ihnen das zu glauben?«

»Einspruch.«

»Stattgegeben. Die Meinung des Zeugen zu solchen Fragen, was das Gericht glauben soll oder nicht glauben soll, ist, wie Sie genau wissen, nicht erforderlich.«

»Entschuldigen Sie, Euer Ehren. – Mr Pierce, ich behaupte, dass Sie gesehen haben, wie sich Deborah Harrison von ihrer Begleitung getrennt hat, dass Sie ihr auf den Friedhof gefolgt sind und dass Sie ...«

»Nein! Ich habe nichts dergleichen getan«, unterbrach Owen ihn.

»Und dass Sie Deborah Harrison mit dem Riemen ihres Ranzens erwürgt haben!«

Owen ballte seine Fäuste und verbarg sie vor den Blicken der anderen. »Das habe ich nicht«, sagte er ruhig und mit so viel Würde, wie er aufbringen konnte.

Lawrence musterte ihn mit seinen schwarzen Knopfaugen. »Keine weiteren Fragen«, verkündete er dann und nahm anscheinend mit sich zufrieden wieder Platz.

Es war Freitagnachmittag, deshalb vertagte Richter Simmonds die Verhandlung über das Wochenende und Owen wurde zurück in seine Zelle eskortiert.

II

Am Montag, wieder auf der Anklagebank, versuchte Owen, seine Blicke von Michelle zu lösen und sich auf Jerome Lawrence' an die Geschworenen gerichtetes Schlussplädoyer zu konzentrieren. Was er hörte, unterschied sich wenig von der Eingangsrede: Owen war ein kaum noch menschlich zu nennendes Ungeheuer, das brutal ein reines und unschuldiges junges Mädchen ermordet hatte. Die meiste Zeit musste er immer wieder zu Michelle schauen. Er spürte, dass sie wusste, dass er sie anstarrte, aber sie erwiderte seinen Blick nicht.

Lawrence brauchte den ganzen Tag, um Grausamkeit an Grausamkeit zu reihen, Gräueltat an Gräueltat, und erst am Dienstagmorgen kam Shirley Castle dazu, ihre Schlussrede zu halten. Wieder konnte Owen nicht anders, als die meiste Zeit Michelle zu beobachten, und ehe er sich 's versah, kam Shirley Castle zum Ende.

»Und denken Sie vor allem an den Grundsatz *ohne jeden Zweifel*«, sagte sie. »Er ist das Fundament, auf dem unser Rechtssystem aufgebaut ist. Die Beweislast liegt bei der Staatsanwaltschaft. Fragen Sie sich selbst: Hat die Staatsanwaltschaft ihre Anklage *ohne jeden Zweifel* bewiesen? Sind Sie sich sicher, ohne jeden Zweifel, dass dieser Mann vor Ihnen etwas anderes ist als ein unschuldiges Opfer? Hegen Sie nicht selbst Zweifel? Ich glaube, dass Sie sehr wohl Zweifel hegen und dass Sie, wenn Sie ehrlich mit sich sind, nicht anders können, als mir zuzustimmen und *nein* zu sagen, *nein*, die Staatsanwaltschaft hat ihre Anklage *nicht* bewiesen. Denn vor Ihnen steht ein Mann, der zur falschen Zeit am falschen Ort war, ein Mann, der durch die polizeiliche Ermittlung, deren Sinn man ihm nicht erklärt hatte, verwirrt, beunruhigt und verängstigt war. Aber vor allem sehen Sie einen unschuldigen Mann vor sich, der bereits mehr als genug für ein Verbrechen bestraft worden ist, das er nicht begangen hat. Schauen Sie in Ihre Herzen, meine Damen und Herren, und ich bin mir sicher, Sie werden die Gewissheit finden, dass mein Mandant aller gegen ihn erhobener Anklagen unschuldig ist. Ich danke Ihnen.«

Nach diesem gezielt leidenschaftlichen Finale erschien Owen Richter Simmonds' Resümee eher prosaisch. Aber wenigstens war er fair, musste Owen zugeben. In einem sachlichen Monolog wiederholte der Richter die Hauptpunkte des Falles, sorgsam darauf bedacht, nicht voreingenommen zu wirken. Während der alte Mann sprach, schaute Owen die ganze Zeit zwischen Michelle und »Minerva« hin und her.

»Minerva« hörte zu, aber Owen konnte sich des Eindruckes nicht erwehren, dass diese letzte Rede überflüssig für sie war und sie sich bereits eine Meinung gebildet hatte. Einmal merkte sie, dass er sie anschaute, und wandte sich schnell mit rotem Kopf ab. Er hätte jedoch schwören können, dass in ihrem Blick keine Anklage, keine Verurteilung lag. Als sich Michelle schließlich dazu durchrang, seinen Blick zu erwidern, lächelte sie, und er konnte das kalte, boshafte Funkeln in ihren Augen nicht übersehen, das ihn erschaudern ließ.

III

Während die Geschworenen sich zur Beratung zurückgezogen hatten, saß Owen mit Shirley Castle und seinen Wachen in einem tristen Raum unter dem Gerichtssaal und trank bitteren Kaffee, bis er Magenschmerzen bekam.

Er hatte Erfahrung mit bangem Warten – nach einem Bewerbungsgespräch zum Beispiel oder wenn er in den langen Nächten am Fenster gestanden und darauf gewartet hatte, dass Michelle nach Hause kam –, aber noch nie war es ihm so an die Substanz gegangen wie jetzt. Sein Magen zog sich zusammen und knurrte, er kaute an seinen Fingernägeln, er sprang bei jedem Geräusch auf. Er versuchte sich vorzustellen, wie es gewesen sein musste, als es noch die Todesstrafe gegeben hatte, aber es gelang ihm nicht. Shirley Castle versuchte, ein Gespräch mit ihm zu beginnen, gab es aber nach seinen knappen und wirren Antworten bald auf.

Stunden, so kam es ihm vor, verstrichen. Schließlich kam jemand und sagte, dass die Geschworenen noch kein Urteil gefällt hätten und dass Owen, da es schon spät war, die Nacht in seiner Zelle verbringen müsste. Er fragte Shirley Castle, was es zu bedeuten hatte, dass die Geschworenen so lange brauchten, und sie sagte, es wäre ein gutes Zeichen.

In dieser Nacht fand er so gut wie keinen Schlaf. Die Angst nagte an ihm, die Zellenmauern kamen immer näher. In dem Schattenreich zwischen Schlafen und Wachen, in dem sich Erinnerungen mit Träumen vermischen, sah er plötzlich, wie er Deborah Harrison auf dem nebeligen Friedhof erwürgte. Oder war es Michelle? Ihm war so oft eingeredet worden, er habe es getan, dass sein Unterbewusstsein tatsächlich dazu gebracht worden war, es zu glauben. Er meinte, geschrien zu haben, doch niemand eilte herbei, um zu schauen, ob etwas nicht stimmte. Als er aus dem Traum erwachte, bemerkte er, dass er eine Erektion hatte, und schämte sich dafür.

Dann kam der Morgen: aufstehen, der Gestank nach Urin und Kot, der das gesamte Gefängnis zu durchdringen schien, die Rasur unter Bewachung, Frühstück. Dann saß

Owen in seinem Anzug herum und wartete darauf, wieder ins Gericht gebracht zu werden und das Urteil zu hören. Immer noch nichts. Am Mittwochvormittag wusste er nicht mehr, wie lange er es noch aushalten konnte, ohne verrückt zu werden. Kurz vor der Mittagspause wurde seine Zellentür geöffnet und der Wärter sagte: »Komm, Junge. Sieht so als, als wären sie zurück.«

Im Gerichtssaal klammerte sich Owen an die Brüstung der Anklagebank, bis seine Knöchel weiß wurden. Der Zuschauerraum war voll: Michelle saß vorgebeugt da und kaute auf ihrem Daumennagel, wie sie es häufig getan hatte, wenn sie im Fernsehen Krimis anschaute oder sich intensiv auf etwas konzentrierte; die Harrisons; zwei der Polizisten, Stott und Banks; der Pfarrer, Daniel Charters, und seine attraktive Frau Rebecca; Reporter; sensationslüsterne Mitglieder der Gesellschaft. Alle waren sie da.

Die Geschworenen marschierten wieder herein. Owen schaute »Minerva« an. Sie blickte nicht in seine Richtung. Was er davon halten sollte, wusste er nicht.

Nach der Stille folgte das juristische Geschwafel über die Anklagepunkte, dann wurde die Frage gestellt, auf die jeder gewartet hatte: »Erklären Sie den Angeklagten Owen Pierce im Sinne der Anklage für schuldig oder nicht schuldig?«

Die kurze Pause zwischen Frage und Antwort kam Owen wie eine Ewigkeit vor. Seine Ohren klingelten und in seinem Kopf schien sich alles zu drehen. Dann sprach der Wortführer, ein langweilig aussehender Mann, den Owen für einen Banker gehalten hatte, das Urteil aus: »Wir erklären den Angeklagten für nicht schuldig, Euer Ehren.«

Danach folgten noch weitere Sätze, aber die meisten gingen in dem Tumult unter, der sich im Gerichtssaal wie eine Explosion ausbreitete. Reporter jagten zu den Telefonen. Owen klammerte sich taumelnd an die Anklagebank wie an das nackte Leben. Das Klingeln in seinen Ohren nahm kein Ende. Er hörte eine Frau rufen: »Das ist eine Farce!« Dann wurde alles weiß vor seinen Augen und er fiel in Ohnmacht.

In dem Raum unter dem Gerichtssaal kam Owen wieder zu sich, ein feuchter Lappen lag auf seiner Stirn. Shirley Castle und Gordon Wharton standen über ihm. Nachdem er sich wieder erholt hatte, überwand allmählich ein Freudentaumel wie ein erster, vorsichtiger Spross einer Frühlingspflanze die nagende Angst, die ihn vorher belastet hatte. Er war *frei*! Bestimmt würde er es bald realisieren. Shirley Castle sprach mit jemandem, und als sie sich umwandte und zu ihm kam, spürte er, wie die Muskeln in seinem Gesicht zum ersten Mal seit einer Ewigkeit wieder ein Lächeln formten.

Sie lächelte zurück, ballte ihre Faust und hob triumphierend den Daumen. »Wir haben es geschafft!«

»*Sie* haben es geschafft«, stellte Owen richtig. »Ich weiß nicht, wie ich Ihnen danken soll.«

»Dass wir gewonnen haben, ist Dank genug.« Sie streckte ihre Hand aus. »Ich gratuliere, Owen. Und viel Glück.«

Er schüttelte ihre Hand; es war das erste Mal seit Monaten, dass er eine Frau berührte, und er spürte die sanfte Wärme in ihrem festen Griff. Als sie ihre Hand vorsichtig wegzog, ließ er sie los und bemerkte verlegen, dass er sie zu lange gehalten hatte. Am liebsten hätte er sie geküsst. Und nicht nur, weil sie ihn freibekommen hatte. Stattdessen wandte er sich an Wharton.

»Und jetzt?«, fragte er.

»Was? Ach so.« Der Anwalt wandte seinen Blick von der sich entfernenden Verteidigerin. »Wunderbare Frau, oder? Ich habe dir ja gesagt: Wenn es jemand schafft, dann Shirley Castle. Es war übrigens ein Mehrheitsurteil. Zehn zu zwei.

Deswegen hat es so lange gedauert. Und jetzt? Tja, du bist frei, das war's dann.«

»Aber ... was mache ich jetzt? Meine Sachen und ...«

»Hör zu.« Wharton schaute auf seine Uhr. »Wenn du magst, fahre ich dich zum Gefängnis und du holst deine Sachen ab und dann nehme ich dich mit nach Eastvale.«

Owen nickte. »Danke. Wie ... äh, ich meine, gehen wir einfach so hier raus?«

Wharton lachte. »Ja«, sagte er. »Genau das werden wir tun. Nicht so leicht, sich wieder daran zu gewöhnen, oder? Aber vor dem Haupteingang könnte sich ein kleiner Mob versammelt haben, wir sollten lieber hinten raus.«

»Ein Mob?«

Wharton runzelte die Stirn. »Ja. Du hast ja die Zeitungen gesehen. Diese versteckten Andeutungen über ›das Beweismittel, das vor Gericht nicht präsentiert werden durfte‹. Das Urteil haben die Leute noch nicht ganz kapiert. Die Leute verlieren jede Verhältnismäßigkeit, wenn sie von Sprechchören und so weiter infiltriert werden. Na los, gehen wir!«

Benommen folgte Owen Wharton durch die Gänge zum Hinterausgang. In der engen Seitenstraße schien die Sonne, gegenüber war ein renovierter, viktorianischer Pub mit schwarz eingefassten Rauchglasfenstern. Die abgetretenen Pflastersteine unter seinen Füßen sahen im Mittagslicht golden aus. Freiheit!

Owen atmete tief ein; ein warmer, ruhiger Tag. In dem Moment wurde ihm bewusst, dass der Prozess fast zwei Monate gedauert hatte, und jetzt war Mai, der herrlichste Monat in den Dales. Die Wälder, Felder und Berghänge in der Umgebung von Eastvale würden ein blühendes Meer aus wild wachsenden Blumen sein: Hyazinthen, Bärlapp, Gänseblümchen, Veilchen und Primeln, und hier und dort würde es leuchtend gelbe Rapsfelder geben.

Als sie zu Whartons Wagen gingen, konnte Owen schwach die Menge vor dem Haupteingang des Gerichts hören, Sprechchöre, so glaubte er, vor allem weiblicher Stimmen: »Schuldig! Schuldig! Schuldig!«

IV

»*Scheiße!*«, sagte Barry Stott laut. Dann sagte er es erneut und schlug zur Unterstreichung mit der Faust auf die Lehne der Bank. »*Scheiße!*« Ein Paar, das neben der Pubtür stand, warf ihm einen bösen Blick zu. »Tut mir Leid«, sagte er zu Banks und wurde bis in die Ohrenspitzen rot. »Das musste einfach raus.«

Banks nickte mitfühlend. Es war das erste Mal, dass er Barry Stott fluchen gehört hatte, und er konnte es ihm nicht verübeln.

Sie saßen auf einer langen Bank vor dem Whitelock's in einer engen Gasse namens Turk's Head Yard, auf dem umgedrehten Fass vor ihnen, das als Tisch diente, standen Essen und Getränke. Zu einem Pint Younger's Bitter aß Banks Cornwall-Pastete mit Pommes frites, während Stott Schottisch-Ei mit scharfer Sauce und dazu ein kleines Radler bestellt hatte. Sie hatten nach Owens Urteilsverkündung gerade das Bezirksgericht von Leeds verlassen.

Es war ein herrlicher Maitag. Der Pub hatte Studenten aus ihren Seminaren gelockt und Büroangestellte dazu animiert, ihre Mittagspause zu überziehen. Wegen der hohen Mauern der Gebäude auf beiden Seiten drang nur wenig Licht in den Turk's Head Yard, aber die Luft war sommerlich warm. Männer saßen ohne Jacken und mit hochgekrempelten Hemdsärmeln da, während Frauen mit nackten Beinen ein, zwei zusätzliche Knöpfe ihrer Blusen öffneten.

Banks trank einen Schluck Bier, bevor er sich seine Pastete schmecken ließ. Er beobachtete, wie Stott an seinem hart gekochten Ei herumstocherte, kleine Stücke in die Sauce stippte, kaute und schluckte, aber viel zu zerstreut war, um das Essen zu genießen. Es war offensichtlich, dass er keinen Appetit hatte. Als er seinen Teller beiseite schob, hatte er erst die Hälfte gegessen. Banks aß schnell auf und zündete sich eine Zigarette an.

»Ich kann nicht glauben, dass er freigekommen ist«, sagte Stott. »Ich kann es einfach nicht glauben.«

»Ich bin genauso sauer wie Sie, Barry, aber so etwas kommt vor«, erwiderte Banks. »Man gewöhnt sich daran. Nehmen Sie es nicht persönlich.«

»Das tue ich aber. Ich bin es gewesen, der auf ihn gekommen ist, ich habe ihn aufgespürt. Wir haben eine solide Anklage aufgebaut und er spaziert einfach so aus dem Gericht.«

Banks machte sich nicht die Mühe, ihn daran zu erinnern, dass Teamwork und langwierige, mühselige Arbeit sie zu Owen Pierce geführt hatten. »Offensichtlich war die Anklage nicht solide genug«, bekannte er. »Vor allem Dr. Tasker war nicht besonders überzeugend. Und selbst Glendenning war nicht in seiner Bestform. Wer weiß? Vielleicht hatten sie Recht?«

»Wer?«

»Die Geschworenen.«

Stott schüttelte den Kopf. Seine Ohren schienen bei der Bewegung wie Flügel zu schlagen. »Nein. Ich kann das nicht hinnehmen. Er hat es getan. Ich weiß es. Ich spüre es in meinem tiefsten Inneren. Er hat das arme Mädchen ermordet und er ist ungeschoren davongekommen. Wenn die

Aussage von Michelle Chappel zugelassen worden wäre, dann hätten wir mit Sicherheit eine Verurteilung erreicht. Der Richter hat da einen Riesenfehler gemacht.«

»Vielleicht? Haben Sie sie übrigens gesehen?«

»Wo? Wen?«

»Michelle Chappel. Im Gericht. Ich weiß nicht, ob sie die ganze Zeit dabei gewesen ist, aber bei der Urteilsverkündung saß sie im Zuschauerraum. Seit letzten November hat sie auch wieder ihr Haar wachsen lassen. Jetzt ähnelt sie Deborah Harrison noch mehr. Sie hat sogar einen kastanienbraunen Blazer getragen. Und sie hat mit einem Reporter von *News of the World* gesprochen.«

»Verstehen Sie, was ich meine?«, sagte Stott. »Wenn wir die Verbindung hätten herstellen können, mit ihrer Aussage, was er ihr angetan hat, dann hätte jeder Geschworene im Land Pierce verurteilt.«

»Vielleicht, aber darum geht es nicht, Barry.«

Stott errötete. »Entschuldigen Sie, aber ich glaube, genau darum geht es. Ein schuldiger Mann ist gerade aus diesem Gericht spaziert, nachdem er einen der schrecklichsten Morde begangen hat, den ich jemals untersucht habe, und Sie erzählen mir, dass es darum nicht geht. Tut mir Leid, aber ...«

»Ich meine, darauf wollte ich gerade nicht hinaus.«

Stott runzelte die Stirn. »Da komme ich jetzt nicht mit.«

»Warum ist Michelle so erpicht darauf, Pierce ans Messer zu liefern?«

»Ach so, verstehe! Also, vielleicht weil er sie verprügelt hat. Oder vielleicht, weil er versucht hat, sie zu erwürgen? Oder weil es sie gekränkt hat, dass sie von ihm vergewaltigt worden ist, nachdem er sie bewusstlos geschlagen hat?«

Banks trank ein paar Schlucke Bier. »Regen Sie sich mal wieder ab, Barry. Ich weiß, was Sie meinen. Vielleicht haben

Sie ja Recht. Aber warum hat sie sich den Prozess angeschaut, nachdem ihre Aussage für unzulässig erklärt worden ist? Nur um ihn leiden zu sehen? Dafür hat sie sich extra freigenommen?«

Stott legte die Stirn in Falten. »Wie kommen Sie darauf, dass es da eine Verbindung gibt?«

»Weil es merkwürdig ist.« Banks drückte seine Zigarette aus und trank etwas Bier. »Als wir mit ihr gesprochen haben, war ihr Haar kurz.«

»Frauen und Frisuren«, sagte Stott achselzuckend. »Wer weiß schon, was in dem Kopf einer Frau vorgeht?«

Banks lächelte. »Gutes Argument. Noch ein Pint? Oder ein Kleines?«

»Dürfen wir?«

»Ja, verdammt, und wie wir dürfen! Jimmy Riddle wird uns sowieso einen Riesenanschiss verpassen. Das müssen wir uns ja nicht sofort antun.«

»Na gut. Ich nehme noch ein kleines Radler. Dann muss ich los.«

Banks zwängte sich durch die Menge an die Theke und betrachtete beim Warten sein Spiegelbild in dem antiken Spiegel. Nicht übel für Anfang vierzig, dachte er, trotz Bier und schlechter Ernährung immer noch rank und schlank, ein paar Falten um die Augen vielleicht und ein Anflug von Grau an den Schläfen, aber das war alles. Und die grauen Schläfen ließen ihn außerdem nur noch interessanter wirken, hatte Sandra gesagt.

Er hatte vor, sich nach dem nächsten Drink von Stott zu verabschieden und, wenn er schon einmal in Leeds war, eine alte Bekannte zu besuchen: Pamela Jeffreys, eine Bratschistin des English Northern Philharmonic Orchestra. Vor ungefähr einem Jahr war sie bei einem Überfall schwer verletzt worden, für den sich Banks noch immer die Schuld gab. Noch spielte sie nicht wieder im Orchester, aber sie arbeitete hart daran und war fast so weit, und an diesem Nachmittag gab sie ein Kammerkonzert im Musikseminar der Universität. Das könnte eine kleine Entschädigung sein für die Enttäuschung am Morgen im Gericht.

Und da er schon einmal in der Nähe war, könnte er auch dem Klassikplattenladen einen kurzen Besuch abstatten und schauen, ob die Liedersammlung von Samuel Barber eingetroffen war, auf die er schon eine Weile wartete. Er musste an die Lieder denken, als er auf dem Weg nach Leeds Dawn Upshaw »Knoxville: Summer of 1915« singen gehört hatte.

Andererseits hatte sich durch Owen Pierce' Freispruch einiges verändert. Während er noch in Leeds war, wollte er außerdem Detective Inspector Ken Blackstone anrufen und schauen, ob er sich mit einem von Ive Jelačićs Zockerkumpanen unterhalten konnte. Vielleicht würde er auch noch einmal mit Jelačić selbst sprechen.

Obwohl die Staatsanwaltschaft wahrscheinlich Berufung einlegen würde, musste Banks in der nächsten Zeit die Ermittlung wieder aufnehmen, eine Ermittlung, die er, wie ihm nun allmählich klar wurde, nie hätte aufgeben dürfen. Und ganz oben auf der Liste der offenen Fragen stand eindeutig Ive Jelačić.

»Dieser verfluchte Richter!«, sagte Stott, nachdem er Banks für das Radler gedankt hatte. »Allein der Gedanke daran macht mich rasend.«

»Ich bin nicht überzeugt davon, dass Michelle Chappels Aussage so sehr geholfen hätte, wie Sie glauben, Barry«, entgegnete Banks.

»Warum nicht? Immerhin beweist sie, dass er dazu neigt, gegen junge Frauen von Deborah Harrisons Typ gewalttätig zu werden.«

»In dieser Hinsicht beweist die Aussage gar nichts«, widersprach Banks. »Gut, ich muss zugeben, dass auch ich zuerst dachte, man könnte auf ihrer Grundlage ein zwingendes psychologisches Profil erstellen. Und ich war auch verdammt sauer, dass Simmonds die Aussage nicht zugelassen hat. Aber wenn ich Michelle jetzt im Gerichtssaal vor mir sitzen sehe, bin ich mir nicht mehr so sicher.«

Stott kratzte sich an seinem linken Ohr und runzelte die Stirn. »Weshalb?«

»Weil ich glaube, dass die Verteidigerin, Shirley Castle, Hackfleisch aus ihr gemacht hätte, deshalb. Letzten Endes hätte sie die Geschworenen dazu gebracht, Michelle Chappel für eine Lügnerin zu halten. Die Geschworenen hätten geglaubt, dass Michelle allein aus reiner Rachsucht gegen Pierce aussagt, weil sie ihm nicht verzeihen kann, wie er sie behandelt hat.«

»Nach dem, was er ihr angetan hat, hat sie ja auch allen Grund dazu.«

»Aber verstehen Sie denn nicht, wie unglaubwürdig ihre Aussage gewirkt hätte, Barry? Sie hätte wie ein verlogenes Miststück dagestanden. Besonders wenn sie von einer anderen Frau in die Mangel genommen und kritisiert worden wäre. Das hätte verdammt belastend sein können. Diese Miss Castle ist gut. Ich hatte schon einmal mit ihr zu tun. Shirley Castle hätte dafür gesorgt, dass Pierce die Geschworenen von *seiner* Version der Ereignisse jener Nacht überzeugt. Und wenn die geglaubt hätten, dass er sich lediglich gegen die rasende Attacke einer hysterischen Frau gewehrt hat, dann hätte er ihre Sympathien gehabt.«

Stott nahm seine Brille ab und polierte die Gläser mit einem tadellos sauberen Taschentuch. »Ich glaube trotzdem, dass wir mit ihrer Aussage eine Verurteilung erreicht hätten.«

»Tja, wir werden es nie erfahren, oder?«

»Wahrscheinlich nicht«, erwiderte Stott bedrückt. »Was machen wir jetzt?«

»Wir haben kaum eine Wahl.«

»Als die Ermittlung wieder aufzunehmen?«

Banks trank einen Schluck Bier. »Ja. Glauben Sie nicht, Barry? Schließlich läuft da draußen jemand herum, der Deborah Harrison getötet hat, und alle Anzeichen sprechen dafür, dass es jemand sein könnte, der so etwas wieder tut.«

DREIZEHN

I

Vjeko Batorac war nicht zu Hause, als Banks am Nachmittag bei ihm vorbeischaute. Ein Nachbar sagte, dass er normalerweise gegen halb sechs von den Arbeit komme. Ken Blackstone, der meinte, dass Batorac wahrscheinlich der glaubwürdigste von Jelačićs drei Kumpeln war, mit denen er Karten gespielt hatte, hatte Banks die Adresse gegeben.

Banks war dankbar für diese unverhoffte freie Stunde. Er ging in die Universität und lauschte eine wunderbare Stunde lang Vaughan Williams' *Streichquartett Nr. 2.*

Und er bereute es nicht. Während er zuschaute und zuhörte, schienen sich der ganze Stress und die Enttäuschung über den Freispruch, all seine Befürchtungen, von Anfang an den Falschen verfolgt zu haben, wenigstens für eine Weile in Luft aufzulösen.

Als er Pamela Jeffreys in dem hellen, von Lichtreflexen erfüllten Raum spielen sah, als er sah, wie ihr glänzendes rabenschwarzes Haar tanzte, ihre Haut wie poliertes Gold schimmerte und der Diamantknopf in ihrem rechten Nasenflügel in der Sonne funkelte, da dachte er nicht zum ersten Mal, dass eine schöne Frau, die musizierte, eine ungeheuer starke Erotik ausstrahlte.

Während er sie beobachtete, gewann er den Eindruck,

dass Pamela ihre Gedanken und Gefühle auf ihr Instrument übertrug, mit dem Bogen als Verlängerung ihres Armes, bis ihre Finger nicht mehr von den Saiten zu trennen waren und sie eins wurde mit der Musik, von ihr fortgetragen wurde und mit geschlossenen Augen in ihre Rhythmen und Melodien eintauchte, ohne ihre Umgebung mehr wahrzunehmen.

Auf jeden Fall kam es ihm so vor. Obwohl er ein paar zaghafte Versuche unternommen hatte, das Klavierspiel zu erlernen, beherrschte Banks im Grunde kein Instrument, und deshalb war sein Eindruck vielleicht nur eine romantische Einbildung. Vielleicht dachte sie beim Spielen daran, wie sie ihre Miete bezahlen sollte.

Abgesehen von seinen erotischen Fantasien war alles völlig harmlos. Nach dem Konzert plauderten sie bei einem Kaffee, dann machte sich Banks wieder auf den Weg zu Batoracs Haus.

Vjeko Batorac wohnte in einem kleinen Vorkriegsreihenhaus in Sheepscar, unweit der Kreuzung von Roseville Road und Roundhay Road, kaum einen Kilometer von Jelačićs Wohnung in Burmantofts entfernt. Das Haus hatte keinen Vorgarten; von der Eingangstür, die aussah, als wäre sie gerade frisch gestrichen worden, trat man direkt auf den Bürgersteig. Dieses Mal, kurz vor sechs Uhr, kam auf Banks' Klopfen hin ein schmächtiger junger Mann mit hohlen Wangen und blondem Haar an die Tür, der ölverschmierte Jeans und ein sauberes weißes T-Shirt trug.

»*Molim?*«, sagte Batorac stirnrunzelnd.

»Mr Batorac?«, fragte Banks und zeigte seinen Dienstausweis. »Könnten wir uns wohl kurz unterhalten? Sprechen Sie Englisch?«

Batorac nickte verwirrt. »Worum geht es?«

»Ive Jelačić.«

Batorac verdrehte die Augen und machte die Tür ganz auf. »Dann kommen Sie besser herein.«

Das Wohnzimmer war hell und sauber und in die Kohl- und Knoblauchgerüche aus der Küche mischte sich ein leichter Babygeruch. Was Banks am meisten überraschte, war das Bücherregal, das den größten Teil der einen Wand einnahm und mit englischen Klassikern und Büchern ausländischer Titel vollgestellt war, die er nicht lesen konnte. Serbokroatisch, vermutete er. Im Hintergrund liefen die 6-Uhr-Nachrichten auf Radio 4.

»Sie haben ja eine richtige Bibliothek hier.«

Batorac strahlte. »*Hvala lipo*. Vielen Dank. Ja, ich liebe Bücher. In meinem Heimatland war ich Lehrer. Ich habe Englisch unterrichtet, deswegen habe ich Ihre Sprache viele Jahre lang studiert. Außerdem schreibe ich Gedichte.«

»Und was machen Sie hier?«

Batorac lächelte ironisch. »Ich bin Automechaniker. Zum Glück musste man in Kroatien seinen Wagen selbst reparieren können.« Er zuckte mit den Achseln. »Es ist ein guter Job. Die Bezahlung ist nicht toll, aber mein Chef behandelt mich gut.«

Ein Baby begann zu schreien. Batorac entschuldigte sich für einen Augenblick und ging nach oben. Während er wartete, nahm Banks die Bücher genauer unter die Lupe: Dickens, Hardy, Keats, Austen, Balzac, Flaubert, Coleridge, Tolstoi, Dostojewski, Milton, Kafka ... Einige davon hatte er gelesen, bei vielen anderen handelte es sich jedoch um Bücher, die er schon immer lesen wollte, ohne es jemals geschafft zu haben. Das Baby hatte sich beruhigt und Batorac kam zurück.

»Entschuldigen Sie«, sagte er. »Eine Freundin von uns passt tagsüber auf die kleine Jelena auf, wenn wir arbeiten. Und wenn sie dann nach Hause gebracht wird ... wie sagt man ... vermisst sie ihren Vater und ihre Mutter?«

Banks lächelte. »Ja, das stimmt. Sie hat Sie vermisst.«

»*Hat* vermisst. Genau. Manchmal komme ich mit den Zeiten durcheinander. – Weshalb wollten Sie mit mir sprechen? Nehmen Sie doch Platz.«

Banks setzte sich hin. Dieses Haus sah weder so aus noch roch es so, als könnte man rauchen, besonders da ein Baby in der Nähe war; also fand er sich damit ab, es zu unterlassen. Schaden würde es ihm bestimmt nicht. »Erinnern Sie sich«, begann er, »dass Sie, als Sie vor ein paar Monaten von der hiesigen Polizei über einen bestimmten Abend befragt wurden, aussagten, mit Ive Jelačić Karten gespielt zu haben?«

Batorac nickte. »Ja. Es stimmte. Wir spielen jeden Montag Karten. Dragica, meine Frau, ist sehr nachgiebig. Aber nur montags.« Er lächelte. »Dienstags muss ich nicht zur Arbeit, deswegen reden und spielen wir manchmal bis spät in die Nacht.«

»Und trinken?«

»Ja. Ich trinke nicht viel, weil ich mit dem Wagen nach Hause fahre. Die Straßen sind nachts nicht sicher. Aber ein bisschen trinke ich auch. Wenig.«

»Und Sie sind sich absolut sicher, dass Sie an diesem Montag, den 6. November, mit Stipe Pavič und Ive Jelačić in Mile Paveličs Haus Karten gespielt haben?«

»Ja. Ich schwöre auf die Bibel! Ich lüge nicht, Inspector.«

»Ich unterstelle Ihnen nichts. Bitte haben Sie Verständnis dafür, dass wir bei solchen Dingen sehr gründlich sein müssen. War Jelačić die ganze Zeit dabei?«

»Ja.«

»Er hat gesagt, er wäre zu Fuß zu Mr Paveličs Haus und zurückgegangen. Macht er das immer so?«

»Ja. Er wohnt nur ungefähr fünfhundert Meter weit weg, hinter der Müllkippe.«

»Mich würde interessieren, Mr Batorac ...«

»Sagen Sie doch Vjeko, bitte.«

»Schön, Vjeko. Mich würde interessieren, wie Sie vier zusammengekommen sind. Nehmen Sie es mir nicht übel, aber Sie und Ive Jelačić scheinen mir zwei sehr unterschiedliche Menschen zu sein.«

Vjeko lächelte. »Hier in Leeds gibt es nicht viele Landsleute von mir«, sagte er. »Wir haben Klubs und Vereine, wo wir uns treffen, um Nachrichten aus der Heimat zu hören und über Politik zu reden. Ein sehr gutes Netzwerk, kann man wohl sagen. Ive kennt Mile aus der Heimat. Sie sind beide aus Split. Ich habe Stipe hier in Leeds kennen gelernt. Er ist aus Zagreb und ich bin aus Dubrovnik, das ist weit auseinander. Waren Sie mal in Dubrovnik, Chief Inspector?«

Banks schüttelte den Kopf.

»Eine sehr schöne Stadt. Sie hat eine lange Geschichte und viel antike Architektur. Vor dem Krieg sind viele englische Touristen gekommen. Sie haben etwas verpasst. Vielleicht für immer.«

»Wann sind Sie hierher gekommen?«

»1991, nach der Belagerung. Ich konnte es nicht ertragen, mit anzusehen, wie meine Heimat zerstört wurde.« Er klopfte auf seine Brust. »Ich bin Dichter, kein Soldat, Chief Inspector. Und meine Gesundheit ist nicht stabil. Ich habe nur einen Lungenflügel.« Vjeko zuckte mit den Achseln. »Als Ive aus Eastvale hierher gezogen ist, kam er in Kontakt mit uns. Er hat uns erzählt, dass seine Eltern bei den Kämpfen getötet worden sind. Viele von uns haben Freunde und Verwandte im Krieg verloren. Ich habe vor zwei Jahren meine Schwester verloren. Vergewaltigt und massakriert von serbischen Soldaten. Das verbindet uns. Eine Verbindung, die über – sagt man das so? – die über den Charakter hinausgeht. Danach begannen wir uns regelmäßig zum Reden und Kartenspielen zu treffen.« Er lächelte. »Aber nicht um Geld. Da wäre meine Dragica nicht mehr so nachgiebig.«

Wie aufs Stichwort ging die Eingangstür auf und eine hübsche, kleine junge Frau mit dunklem Haar und funkelnden Augen kam herein. »Wobei wäre deine Dragica nicht mehr so nachgiebig?«, fragte sie mit einem Lächeln, ging zu Vjeko und küsste ihn liebevoll, ehe sie sich umwandte, um Banks neugierig anzuschauen.

Vjeko erzählte ihr, wer Banks war und warum er da war. »Ich sagte, du wärst nicht so nachgiebig, wenn wir um Geld Karten spielen würden.«

Dragica boxte ihn neckisch gegen die Schulter und hockte sich auf die Sofalehne. »Manchmal frage ich mich«, sagte sie, »warum du die ganze Nacht mit diesen Leuten Karten spielen musst, anstatt deine Frau im Bett zu wärmen und aufzustehen, wenn die kleine Jelena schreit. Besonders Ive Jelačić ist nichts als ein nutzloser *pijanac.*«

»*Pijanac?*«, wiederholte Banks. »Was bedeutet das?«

»Säufer«, sagte Vjeko. »Ja, Ive ist ... er trinkt einfach zu viel. Er ist kein angenehmer Mensch, Inspector. Sie dürfen von Ive nicht auf meine Landsleute schließen. Und die Tragödie in seinem Leben zählt für mich nicht als Ausrede für sein Verhalten. Er lügt. Er ist ein Angeber. Aber vor allem ist er habgierig. Manchmal schlägt er vor, um Geld Karten zu spielen, aber ich weiß, dass er betrügt. Gegenüber Frauen benimmt er sich auch schlecht. Dragica kann ihn nicht ertragen.«

»Das stimmt«, erzählte Dragica Banks und musste sich bei dem Gedanken schütteln. »Er zieht Frauen mit den Augen aus.«

Banks erinnerte sich an Susan Gays Reaktion auf Jelačićs Gafferei und nickte.

»Bitte entschuldigen Sie mich«, sagte Dragica. »Ich muss mich um Jelena kümmern.« Dann ging sie nach oben.

»Außerdem ist er grob«, fuhr Vjeko fort. »Unhöflich. Und ich habe schon erlebt, wie er in Pubs gewalttätig geworden ist und Prügeleien angezettelt hat, wenn er betrunken war.« Er lachte. »Wenn ich das jetzt so sehe, frage ich mich, warum ich mich überhaupt mit ihm abgebe. Er ist mir ein Rätsel. Aber eines kann ich Ihnen mit Sicherheit sagen: Ive würde nicht auf diese Weise ein junges Mädchen töten. Niemals. Bei einer Prügelei in einem Pub könnte er vielleicht jemanden umbringen, aber nicht so, nicht jemanden, der schwächer ist als er. Wir machen uns immer darüber lustig, dass Ive jedes Mal auf Leute trifft, die größer sind als er, und normalerweise den Kürzeren zieht.«

»Wissen Sie, warum Mr Jelačić aus Eastvale weggezogen ist?«, fragte Banks.

»Er hat uns erzählt, dass ein *svećenik*, ein Mann Gottes, sich an ihn herangemacht hat.«

»Sie sagten, er wäre ein Lügner. Glauben Sie seine Geschichte?«

Vjeko schüttelte den Kopf. »Nein. Ich glaube, es stimmt nicht. Ich habe gehört, wie er darüber gesprochen hat, und ich glaube, er hat das aus Rache behauptet, weil er seinen Job verloren hat.«

»Wenn das stimmt«, sagte Banks, »dann hat er Daniel Charters unberechtigterweise eine Menge Kummer gemacht.«

Vjeko breitete seine Arme aus. »Was soll man machen? Ich kannte Ive in Eastvale nicht, damals, als das passierte, und Pfarrer Daniel Charters kenne ich auch nicht. Vielleicht ist er ein guter Mann, vielleicht nicht. Aber ich glaube, dass Ive nichts mehr an seiner Rache liegt. Er hat genug gehabt. Das Problem ist, dass er Anwälte und Menschenrechtler aus unseren Reihen in die Sache hineingezogen hat. Es ist nicht so leicht für ihn, ihnen zu sagen, dass alles eine Lüge war, ein Irrtum oder ein Scherz. Er würde sein Gesicht verlieren.«

»Und sein Gesicht zu wahren ist ihm wichtig?«

»Ja.«

Dragica kam mit der schlafenden Jelena im Arm zurück und sagte etwas auf Kroatisch. Vjeko nickte und sie ging in die Küche.

»Dragica hat gefragt, ob das Abendessen gleich so weit ist«, sagte er. »Ich habe ihr gesagt, dass es fertig ist.«

Banks stand auf. »Dann will ich Sie nicht länger aufhalten. Sie haben mir sehr geholfen.« Er streckte seine Hand aus.

»Warum bleiben Sie nicht zum Abendessen?«, fragte Vjeko. »Es gibt nichts Besonderes, nur *sarma*. Kohlrolladen. Aber wir würden uns freuen, wenn Sie mit uns essen.«

Banks blieb an der Tür stehen. Es war fast halb sieben und er hatte seit dem Mittagessen im Whitelock's nichts mehr zu sich genommen. Irgendwann würde er essen müssen. »In Ordnung«, sagte er. »Vielen Dank. Ja, ich bleibe gern.«

II

Anstatt die Roundhay Road Richtung Wetherby zur A1 zu fahren, drehte Banks auf der Roseville Road um und fuhr über die Regent Street nach Burmantofts. Er hatte mit den Batoracs gut zu Abend gegessen, wobei die Unterhaltung über Bücher und den Lehrerberuf bis zum Balkankrieg und Verbrechen kreiste. Als sie sich voneinander verabschiedeten, war es Viertel vor acht Uhr an einem herrlichen Maiabend, und als Banks in der Nähe von Jelačićs Wohnung parkte, begann es allmählich dunkel zu werden. In dem honigfarbenen Dämmerlicht sahen die schäbigen Betonhochhäuser so unheimlich wie eine Marslandschaft aus.

In den Grünzonen zwischen den Gebäuden waren eine Menge Leute unterwegs, vor allem Teenager, die hier und dort in kleinen Gruppen zusammenstanden; manche saßen auch auf Schaukeln oder Karussellen.

Abgesehen von einer gewissen Atemlosigkeit gelangte Banks ohne Zwischenfälle über das mit Graffiti verschmierte Treppenhaus in den sechsten Stock und klopfte an Jelačićs Tür.

Schon durch die dünnen Wände konnte er »Coronation Street« aus dem Fernseher plärren hören, und als beim ersten Mal niemand an die Tür kam, klopfte er noch lauter an. Schließlich öffnete Jelačić die Tür, ein schmuddeliges Hemd hing aus seiner Hose, und machte ein finsteres Gesicht, als er Banks erkannte.

»Sie«, sagte er. »*Supak*. Warum kommen her? Sie haben Mörder.«

»Die Dinge haben sich geändert, Ive«, erklärte Banks und schob sich behutsam durch die Tür. Die Wohnung war ganz wie in seiner Erinnerung: aufgeräumt, aber überlagert von einer Patina aus abgestandenem Alkohol und Zigarettenqualm. Hier konnte er sich ungestraft eine anzünden. Er drehte die Lautstärke des Fernsehers herunter und brachte damit eine von Jack und Vera Duckworth' lautstarken, öffentlichen Streitereien zum Verstummen.

Jelačić protestierte nicht dagegen. Er nahm ein Glas mit einer klaren Flüssigkeit vom Tisch – wahrscheinlich Wodka, vermutete Banks – und ließ sich aufs Sofa fallen. Es knarrte unter seinem Gewicht. Seitdem Banks ihn das letzte Mal gesehen hatte, hatte Jelačić einige Pfund zugelegt, vor allem in der Bauchgegend. Er sah aus wie im achten Monat schwanger.

»Es wird Sie freuen, zu hören«, sagte Banks, »dass Ihr Alibi anscheinend immer noch wasserdicht ist.«

Jelačić runzelte die Stirn. »Wasserdicht? Was bedeuten?«

»Das bedeutet, wir glauben Ihnen, dass Sie zur Zeit, als Deborah Harrison ermordet worden ist, im Haus von Mile Pavelič Karten gespielt haben.«

»Ich Ihnen schon sagen. Warum kommen also her?«

»Um Ihnen ein paar Fragen zu stellen.«

Jelačić knurrte.

»Zuerst einmal: Wann genau sind Sie von Eastvale hierher gezogen?«

»Letzte Jahr. September.«

»Dann waren die Mädchen von St. Mary's also schon wieder eine Weile in der Schule, bevor Sie gegangen sind?«

»Ja. Zwei Wochen.«

Banks beugte sich vor und schnippte seine Asche in den überquellenden Zinnaschenbecher, der aussah, als wäre er aus einem Pub gestohlen worden. »Als wir uns das letzte Mal unterhalten haben«, sagte er, »haben Sie blindlings geschworen, dass Sie Deborah Harrison nie gesehen haben, höchstens ein paar Mal im Vorbeigehen.«

»Stimmt.«

»Jetzt bitte ich Sie, noch einmal darüber nachzudenken. Ich gebe Ihnen noch eine Chance, um die Wahrheit zu sagen. Es geht jetzt nicht um Schuld. Sie sind kein Verdächtiger. Aber Sie könnten ein Zeuge sein.«

»Ich nichts gesehen.«

Banks deutete mit einer Kopfbewegung zum Fernseher. »Ich nehme nicht an, dass Sie Nachrichten sehen«, sagte er. »Aber zu Ihrer Information: Owen Pierce wurde für unschuldig befunden und heute Mittag freigelassen.«

»Er ist frei?« Jelačić starrte ihn mit offenem Mund an und begann dann zu lachen. »Dann Sie Fehler machen. Lassen schuldigen Mann frei. Passiert hier immer.« Er schüttelte den Kopf. »Verrücktes Land.«

»Na ja, wenigstens schießen wir hier nicht erst und fragen später nach. Aber darum geht es nicht. Vielleicht hat er das Verbrechen begangen, vielleicht auch nicht; offiziell hat er es jedenfalls nicht getan und wir nehmen unsere Ermittlungen wieder auf. Deshalb bin ich hier. Aber warum reagieren Sie so abweisend, wenn ich Sie um eine klitzekleine Hilfe bitte, Ive? Können Sie mir das erklären?«

Jelačić zuckte mit den Achseln. »Ich nichts wissen.«

»Interessiert es Sie nicht, was mit Deborah Harrison passiert ist?«

»Deborah Harrison. Deborah Harrison. Dummes, kleines, reiches, englisches Mädchen. Warum interessieren? Mehr Mädchen in meiner Heimat getötet. Wen interessieren diese Mädchen? Mein Vater und Mutter getötet. Meine Freundin getötet. Aber das Ihnen egal. Niemand interessieren.«

»›Jeder Tod eines Menschen erniedrigt mich.‹ Das hat John Donne geschrieben. Haben Sie mal von ihm gehört, Ive? Haben Sie jemals von der Idee gehört, dass wir alle zusammengehören, dass wir alle Teil einer Menschheit sind?«

Mit Unverständnis in der Miene schaute Jelačić Banks einfach nur an.

»Warum beantworten Sie meine Fragen nicht?«, fuhr Banks fort. »Sie haben das Mädchen gesehen, so viel haben Sie zugegeben. Sie müssen sie ziemlich oft gesehen haben, wenn Sie draußen gearbeitet haben.«

»Ich arbeiten drinnen und draußen. Kirche putzen, Gras mähen ...«

»Richtig. Sie haben sich gerne die Mädchen von St. Mary's angeschaut – wir wissen, dass Sie das getan haben – und Sie müssen Deborah bemerkt haben. Sie war auffallend schön, und sie hat sich darüber beschwert, dass Sie in ihrer Gegenwart unanständige Gesten gemacht haben.«

»Ich niemals …«

»Ive, ersparen Sie mir bitte den Schwachsinn. Ich habe schon so viel Schwachsinn gehört, dass es bis an mein Lebensende reicht. Niemand wird Sie wegen dieser Sache verhaften oder ausweisen. Verdammt und zugenäht, vielleicht kriegen Sie sogar einen Orden, wenn Sie uns irgendetwas erzählen, was uns zum Mörder führt!«

Jelačićs Augen leuchteten auf. »Orden? Sie meinen, gibt Belohnung?«

»Das war ein Witz, Ive«, sagte Banks. »Nein, es gibt keine Belohnung. Wir erwarten lediglich von Ihnen, dass Sie wie jeder anständige, sich an das Gesetz haltende Bürger Ihre Pflicht tun.«

»Ich nichts sehen.«

»Ist Ihnen mal jemand verdächtig Aussehender aufgefallen, der sich auf dem Friedhof herumgetrieben hat?«

»Nein.«

»Haben Sie mal beobachtet, dass sich Deborah Harrison mit jemandem auf dem Kirchengelände von St. Mary's getroffen hat?«

Er schüttelte den Kopf.

»Hat sie sich jemals dort aufgehalten, so als wollte sie sich mit jemandem treffen oder als hätte sie etwas vor?«

Er schüttelte erneut seinen Kopf, aber eine Sekunde davor sah Banks etwas hinter seinen Augen aufflackern, irgendeine Erinnerung, ein Anzeichen dafür, dass ihm etwas eingefallen war.

»Was ist?«, fragte Banks

»Was ist was? Ist nichts.«

»Haben Sie sich an etwas erinnert?«

Doch jetzt war das Flackern verschwunden. »Nein«, erwiderte Jelačić. »Wie ich sagen, ich sie nur sehen manchmal, wenn sie gehen nach Hause. Sie nie geblieben, nie getroffen andere. Das alles.«

Banks war sich sicher, dass er log. Aber er war sich ebenso sicher, dass Jelačić zu stur war, um in diesem Moment mit seiner Erinnerung herauszurücken. Banks würde mehr Druckmittel finden müssen. Manchmal wünschte er sich, er hätte die Freiheit und die Macht bestimmter anderer Polizeikräfte in bestimmten anderen Ländern. Zum Beispiel die Freiheit und die Macht, zu foltern und die Wahrheit aus Jelačić herauszuprügeln. Aber diesen Wunsch verspürte er nur manchmal.

Es hatte keinen Sinn, weiter mit ihm zu reden. Banks sagte Auf Wiedersehen, öffnete die Tür und ging. Ehe er auch nur ein paar Meter von der Wohnung entfernt war, hörte er, wie der Ton von Jelačićs Fernseher wieder auf volle Lautstärke gestellt wurde.

III

Als Owen an diesem Mittwoch endlich nach Hause kam, war es bereits später Abend. Nachdem er seine Sachen aus dem Gefängnis abgeholt hatte, wollte er nicht einmal ein oder zwei Stunden eines so herrlichen Tages – immerhin seine ersten Momente in Freiheit nach über sechs Monaten – eingepfercht mit Gordon Wharton in einem Auto verbringen. Also verabschiedete er sich, ging in die Stadt, spazierte einfach eine Weile ziellos umher und genoss seine

Unabhängigkeit. Am späten Nachmittag kehrte er in einem Pub in der Boar Lane ein und gönnte sich ein Pint Bitter und ein Roastbeefsandwich, an dem er nach dem monatelangen Gefängnisfraß fast erstickt wäre. Dann ging er zur Bushaltestelle und gelangte auf einer umständlichen Route, bei der er überraschend oft umsteigen musste, zurück nach Eastvale.

Als Owen schließlich seinen Schlüssel ins Schloss steckte, sprang die Tür von allein auf. Einen Augenblick lang blieb er auf der Türschwelle stehen, konnte aber nichts hören. Das kam ihm seltsam vor. Er wusste, dass er eigentlich einen vertrauten Ton wahrnehmen müsste, auch wenn er sich in dem Moment nicht daran erinnerte, wie er klang. In seinem Haus hatte es nie eine solche Totenstille gegeben. Nirgendwo ist es absolut still. Außerdem lag ein merkwürdiger Geruch in der Luft. Mit Staub hatte er nach so langer Abwesenheit gerechnet, vielleicht sogar mit Schimmel. Er konnte nicht erwarten, dass Ivor oder Siobhan von nebenan für ihn das Haus putzten. Aber es roch nach etwas anderem. Eine Weile blieb er noch lauschend stehen, dann ging er ins Wohnzimmer.

Hier sah es aus wie nach einem Flohmarkt. Jemand hatte die Bücher aus den Regalen genommen, dann die Seiten herausgerissen und auf dem ganzen Boden verteilt. Einige herausgerissene Seiten waren wellig, als wenn sie feucht gewesen und dann wieder getrocknet wären. Dazwischen lagen zerbrochene und zersplitterte CD-Hüllen. Die CDs selbst lagen vor allem auf der anderen Seite des Zimmers, wo Spuren in der Wand darauf hindeuteten, dass sie anscheinend als Frisbeescheiben benutzt worden waren. Der Bildschirm des Fernsehers war eingeschlagen. An der Wand neben der Tür standen in riesigen, krakeligen roten Buchstaben die Worte gekritzelt: »GEFÄNGNISSE SIND

VIEL ZU GUT FÜR WIDERLICHE SCHEISSPERVERSE WIE DICH!«

Owen sank die Wand hinab und ließ seinen Beutel auf den Boden fallen. Einen Augenblick lang sehnte er sich zurück in die kahle Einfachheit seiner Zelle, in die klare Ordnung des Gefängnislebens. Was er hier erlebte, war zu viel. Wie sollte er damit fertig werden?

Tief Luft holend stieg er über die Trümmer und ging in sein Arbeitszimmer. Seine Fotos und Negative lagen zerrissen und zerschnitten überall auf dem Teppich. Keines sah so aus, als wäre es noch zu retten, nicht einmal die harmlosen Landschaften. Seine Kameras lagen daneben, die Linsen der Objektive in Spinnenwebmustern gesprungen. Auch seine Kunstbände waren aus den Regalen genommen und die Reproduktionen gleich seitenweise herausgerissen worden: Gauguin, Cézanne, Renoir, Tizian, Van Gogh, Vermeer, Monet, Caravaggio, Rubens – alle. Das alles war schon schlimm genug – jede einzelne Zerstörung war schlimm genug –, aber was er bis zum Schluss kaum wagte anzuschauen, an was er unbewusst sofort gedacht hatte, als er in die Wohnung gekommen war, war am schlimmsten von allem.

Das Aquarium war dunkel und still; Lampen, Pumpen und Filter waren ausgeschaltet. Die Fische trieben auf der Wasseroberfläche: Danios, Guppys, Engelfische, Juwelenfische, Zebrafische, deren einst leuchtende Farben im Tode ausgebleicht waren. Es sah so aus, als hätte der Eindringling einfach ihr Lebenserhaltungssystem ausgeschaltet und sie sterben lassen. Für Owen war das der Gipfel. Törichte Rachegefühle gegen ihn selbst konnte er noch verstehen, aber eine derartige, auf harmlose, hilflose Fische gerichtete Grausamkeit ging über seine Vorstellungskraft hinaus.

Owen lehnte sich gegen das Aquarium und schluchzte,

bis er keine Luft mehr bekam, dann rannte er ins Bad und spritzte sich kaltes Wasser ins Gesicht. Lange stand er da, umklammerte die kühlen Ränder des Waschbeckens und wartete darauf, dass er aufhörte zu zittern. Im Schlafzimmer waren die meisten seiner Sachen zerrissen oder mit einer Schere zerschnitten und über das Bett verteilt worden.

In der Küche waren die Inhalte des Kühlschranks und der Schränke auf das Linoleum geworfen und in der Art eines Jackson-Pollock-Gemäldes verschmiert worden. Die klebrige Sauerei aus alter Marmelade, Eiern, gebackenen Bohnen, löslichem Kaffee, saurer Milch, Käsescheiben, Zucker, Teebeuteln, Butter, Reis, Sirup, Cornflakes und einem ganzen Kräuter-und-Gewürz-Ständer sah aus wie ein Spezialeffekt aus einem Horrorfilm und roch widerlicher als die Hefefabrik, in der er einmal als Student gearbeitet hatte. Das gekringelte, getrocknete Etwas oben drauf, genau in der Mitte, sah aus wie ein Scheißehaufen.

Er wusste, dass er die Polizei rufen sollte, allein schon wegen der Versicherungsansprüche, aber die letzten Menschen, mit denen er in diesem Moment zu tun haben wollte, waren diese verfluchten Polizisten.

Und alles sauber zu machen, brachte er jetzt auch nicht über sich.

Stattdessen beschloss er, seinen ersten Tag in Freiheit zu beenden. Es war zwar erst ungefähr neun Uhr und gerade dunkel geworden, doch Owen fegte die zerrissenen und zerschnittenen Sachen von seinem Bett, vergrub sich unter den Decken und zog sie über den Kopf.

VIERZEHN

1

Wie der Wikingerkönig Knud der Große, der die Flut zurückgehalten hatte, oder die Griechen, die die Trojaner abgewehrt hatten, konnte Banks das Unvermeidliche nur aufschieben, nicht aber völlig vermeiden. Und tatsächlich, als er am Donnerstagmorgen um acht Uhr mit einem Kaffee in der Hand und Barbers Bearbeitung von »Dover Beach« auf dem Walkman in sein Büro kam, wartete das Unvermeidliche in Form des herumstolzierenden, kummervollen Chief Constable Jeremiah Riddle auf ihn.

»Banks, nehmen Sie diese verfluchten Dinger von den Ohren! Und wo zum Teufel waren Sie eigentlich gestern?«

Banks erzählte ihm, dass er den Aufenthalt in Leeds für Gespräche mit Batorac und Jelačić genutzt hatte, ließ allerdings Pamelas Kammerkonzert und seinen kurzen Besuch im Klassikplattenladen unerwähnt.

Riddles Anwesenheit schrie nach einer Zigarette, dachte er. Eigentlich versuchte er, früh am Morgen nicht zu rauchen, aber unter diesen Umständen könnte eine Zigarette einen doppelten Zweck erfüllen und sowohl seine Nerven beruhigen als auch Riddle zu einem Herzstillstand treiben. Als er sich eine Zigarette anzündete, hustete Riddle und wedelte mit der Hand, wollte sich aber weder ablenken lassen noch sterben.

»Was haben Sie zu diesem Fiasko vor Gericht gestern zu sagen?«, wollte der Chief Constable wissen.

Banks zuckte mit den Achseln. »Da gibt es nicht viel zu sagen, Sir«, entgegnete er. »Die Geschworenen haben Pierce für nicht schuldig befunden.«

»Das weiß ich. Verfluchte Idioten!«

»Das mag so sein, Sir«, sagte Banks, »wir können aber trotzdem nichts dagegen tun. Ich war der Meinung, dass wir eine solide Anklage haben. Die Staatsanwaltschaft wird mit Sicherheit in Berufung gehen. Ich werde mit Stafford Oakes darüber reden, sobald ein bisschen Ruhe eingekehrt ist.«

»Hmph. Wir stehen bei dieser Sache wie die Vollidioten da, Banks. Als hätten wir nicht schon genug Probleme.« Riddle fuhr mit einer Hand über seinen roten glänzenden Schädel. »Wie auch immer, ich möchte, dass Sie wissen, dass ich Detective Superintendent Gristhorpe gebeten habe, sich die Akten des Falles anzuschauen. Vielleicht bringt er eine ungetrübte Sichtweise ein. Entweder Sie ermitteln mehr Beweise gegen Pierce, oder, wenn er es wirklich nicht getan hat, Sie finden endlich heraus, wer der Täter ist. Ich habe beschlossen, Ihnen noch eine Woche zu geben, um diese Sache aufzuklären, bevor wir den Fall einem Ermittlerteam von außen übergeben. Das tue ich nur ungern; ich weiß, wie schlecht das aussieht, ein Eingeständnis des Scheiterns, aber wenn wir schnell Resultate erzielen wollen, haben wir keine andere Wahl, verflucht nochmal! Ich muss Sie wohl nicht daran erinnern, welchen Einfluss negative Resultate auf Ihre zukünftige Karriere haben können, oder?«

»Nein, Sir.«

»Und halten Sie sich bei den Harrisons zurück. Die sind bestimmt aufgebracht darüber, dass Pierce freigelassen worden ist, nach allem, was sie durchgemacht haben. Gehen Sie vorsichtig vor. Verstanden?«

»Ich werde vorsichtig vorgehen, Sir.«

Dämlicher Idiot!, fluchte Banks, nachdem Riddle sein Büro verlassen hatte. Eine Woche. Und wie sollte er seine Arbeit mit gebundenen Händen machen?, fragte er sich. Gebunden aufgrund des Privilegs, der Schichtzugehörigkeit und des Reichtums der Hinterbliebenen – und nicht aufgrund des Mitgefühls mit ihnen. Erneut hatte er das Gefühl, sich tatsächlich bald auf dünnes Eis zu begeben, wenn er den Dingen auf den Grund gehen wollte.

Er ging hinüber zum Fenster, zog die Jalousien hoch und öffnete das Schiebefenster ein Stückchen. Für Touristen war es noch zu früh, aber auf dem Marktplatz waren viele Eastvaler unterwegs zur Arbeit; man hörte die Absätze von Bankkassierern, Zahnärzten und Immobilienmaklern über das Kopfsteinpflaster klappern, die dem Labyrinth der Büros um das Stadtzentrum zustrebten. Die Geschäfte machten auf und der Geruch von frisch gebackenem Brot strömte mit dem Sonnenlicht herein.

Zu seiner Rechten konnte Banks nach Süden die Market Street mit ihren Teestuben, Boutiquen und Spezialitätenläden entlangschauen und genau vor ihm lag der Platz selbst mit der NatWest Bank, einem Immobilienmakler, der El-Toro-Kaffeebar und dem Zeitungshändler Joplin auf der gegenüberliegenden Seite. Über den Geschäften befanden sich Anwaltskanzleien sowie Arztpraxen.

Seufzend ging Banks hinüber zu seinem Aktenschrank, wo er seine eigenen Berichte über die Hauptpunkte des Harrison-Falles aufbewahrte. Die Tonnen von Papierkram und elektromagnetischen Aufzeichnungen, die eine Mordermittlung mit sich brachte, konnten unmöglich im Büro eines einzelnen Beamten gelagert werden, aber die meisten Kriminalbeamten hatten ein eigenes System der Zusammenfassung entwickelt, um bei dem Fall, an dem sie arbeiteten, auf dem Laufenden zu bleiben. Banks war da keine Ausnahme.

Sein Aktenschrank enthielt seine eigenen Notizen zu allen wichtigen Fällen, mit denen er zu tun gehabt hatte, seit er nach Eastvale gekommen war, und zusätzlich ein paar, die er aus London mitgenommen hatte. Mit diesen Notizen konnten andere vielleicht nicht viel anfangen, aber mit Hilfe seines ausgezeichneten Gedächtnisses war Banks dazu in der Lage, alle Lücken auszufüllen, die seine Kurzschrift gelassen hatte. Seine Notizen enthielten außerdem Bemerkungen und Andeutungen zu vertrauensvollen Gesprächen, die keinen Eingang in die offiziellen Akten und Aussagen fanden.

Es war an der Zeit, dachte er, Owen Pierce erst einmal zu vergessen und sich wieder auf das Wesentliche zu konzentrieren. Und da blieben zwei Möglichkeiten: Entweder war Deborah Harrison von jemandem ermordet worden, den sie kannte, oder ein anderer Fremder als Owen Pierce hatte sie umgebracht. Die zweite Möglichkeit beiseite schiebend, widmete sich Banks den Namen und Fäden der ersten. Bevor Pierce ins Visier geraten war, hatte Banks geglaubt, dass Deborah vorgehabt haben könnte, auf ihrem Heimweg vom Schachklub jemanden zu treffen. Er würde den Morgen damit verbringen, seine Notizen zu lesen und nachzudenken, beschloss er, und dann nach dem Mittag dahin zurückgehen, wo alles begonnen hatte: auf den Friedhof von St. Mary's.

II

»Siobhan würde mich umbringen, wenn sie wüsste, dass ich jetzt hier mit dir zusammen bin«, sagte Ivor. »Du verstehst nicht, wie das ist, Kumpel. Sie ist immer noch überzeugt davon, dass du es getan hast.«

Die beiden standen am Donnerstag zur Mittagszeit an der Theke des Queen's Arms, nachdem Owen den ganzen Morgen damit zugebracht hatte, sein Haus zu putzen und aufzuräumen.

»Das ist doch lächerlich«, sagte Owen. »Mir ist klar, dass sie mich nie gemocht hat, aber ich hätte gedacht, sie hat mehr Verstand. Hast du deshalb den Einbruch nicht gemeldet?«

»Ich habe dir gesagt, dass es erst neulich passiert ist. Du hast keine Ahnung, wie es für uns gewesen ist.«

»Dann erzähl es mir.«

Ivor seufzte und trank einen großen Schluck seines Pints. »Du hättest zum Beispiel nur mal sehen sollen, was so alles in deinen Briefkasten geflattert ist.«

»Was denn?«

»Scheiße, Hassbriefe, benutzte Kondome, Todesdrohungen und etwas, das aussah wie ein Stück Niere oder Leber. Ich musste die ganze Sauerei sauber machen.«

»Tut mir Leid. Hast du das der Polizei gemeldet?«

»Natürlich. Sie haben einen Mann vorbeigeschickt, aber der hat nichts unternommen. Was erwartest du?«

»Die Polizei hat mich für schuldig gehalten. Sie hält mich immer noch für schuldig.« Wie der Rest der Welt, dachte er.

»Trotzdem«, sagte Ivor, »du hast nicht nebenan gewohnt. Du musstest nicht mit der ganzen Scheiße zurechtkommen.«

»Stimmt. Ich war sicher im Gefängnis eingesperrt, in meiner netten, komfortablen kleinen Zelle. Das war ein Scheißluxus, sage ich dir.«

»Du musst nicht sarkastisch werden, Owen. Ich versuche dir nur zu erklären, was draußen los war, damit du die Haltung der Leute verstehen kannst.«

»Siobhans Haltung zum Beispiel?«

»Genau.«

»Und deine?«

Ivor zuckte mit den Achseln.

»Wie stehst du eigentlich dazu?«, fragte Owen.

»Was spielt das für eine Rolle? Du bist wieder draußen.«

»Ich bin nicht nur draußen, Ivor, ich bin unschuldig. Erinnerst du dich?«

»Tja«, brummte er, »du weißt, was man sagt.«

»Nein, weiß ich nicht. Erzähl mir, was man sagt.«

»Du weißt schon: ›Ständig werden Schuldige freigelassen, weil das System zu ihren Gunsten eingestellt ist. Wir tun alles für die Kriminellen und pfeifen auf die Opfer‹«.

»Ich bin hier das Opfer, Ivor.« Owen stieß seinen Daumen gegen seine Brust. »Ich. Sogar ein Brief von der Schule hat auf mich gewartet. Dieses Arschloch Kemp hat mich gefeuert, und zwar *bevor* die Geschworenen ihr Urteil verkündet haben.«

Ivor schaute weg. »Ja gut. Ich sage nur, was die Leute im Allgemeinen denken, mehr nicht.«

»Und was denkst *du*, Ivor?«

»Hör zu, ich will mit dieser Sache echt nichts zu tun haben. Alles, was ich sage, Owen, ist, dass Scheiße haften bleibt.«

»Und das bedeutet?«

»Ach, hör auf! Du bist doch der Englischlehrer. Es bedeutet genau das, was ich sage. Die ganzen Gerüchte, die während des Prozesses kursiert sind, über das Zeug, das sie nicht als Beweismittel einbringen durften. Glaubst du, davon weiß keiner? Verdammt, ich habe es von einem Studenten in der Stadtbibliothek erfahren!«

Owen lief ein kalter Schauer über den Rücken. »Was erfahren?«

»Alles. Über dein Sexualleben, dein Fotohobby, deine Vorliebe für anstößige Bücher und Magazine, das Pornovideo und wie du deine Schülerinnen gefickt hast.«

Owen spielte mit einem feuchten Bierdeckel. »Dass Michelle eine meiner Schülerinnen war, wusstest du bereits. Ich glaube, selbst du würdest *Lady Chatterley* heutzutage nicht mehr als anstößiges Buch bezeichnen. Und, nicht dass du es vergisst, das Video haben wir teilweise zusammen gesehen. Ich bin nicht schlimmer als jeder andere.«

»Ach, kapier es endlich! Du bist vielleicht nicht schlimmer als alle anderen, aber von den anderen kennt auch nicht das ganze Land jedes Geheimnis, oder? Du weißt, wie Gerüchte hochgespült werden. Und für die Leute bist du jemand, der Frauen verprügelt, wenn sie sich nicht von dir ficken lassen wollen. Du bist einer, der tagsüber unschuldige, kleine Schulmädchen begafft und nachts davon träumt, Jungfrauen zu entjungfern und zu erwürgen, während du dir widerliche Videos reinziehst.«

Owen spürte, wie er rot wurde. »Das sind doch alles Heuchler.«

»Vielleicht, aber das hilft dir auch nicht, oder?«

»Und was würde mir helfen?«

»Keine Ahnung. Ich habe schon daran gedacht, dass du vielleicht weggehen solltest, irgendwohin ...«

»Abhauen? Großartiger Tipp! Vielen Dank auch, Kumpel!«

Owen bestellte noch eine Runde Pints. Wenigstens schien ihn die Bardame nicht zu erkennen. Sie lächelte tatsächlich, als sie die Biere hinstellte. Eine Frau mit einem Lächeln; das hatte er abgesehen bei Shirley Castle im Moment ihres Sieges seit einer Ewigkeit nicht mehr erlebt. Entweder sah sie nicht fern und las keine Zeitung oder das Gefängnis hatte sein Äußeres genug verändert, um einige Leute zu täuschen. Alle natürlich nicht, nur einige.

»Hör zu«, fuhr er fort, »wann geht das endlich in deinen dämlichen Schädel? Ich habe nichts getan. Ich habe nie jemanden verprügelt und mit Sicherheit habe ich nie jemanden vergewaltigt oder ermordet. Ich bin ein Opfer des Systems geworden. Sie schulden mir was. Ich bezweifle, dass sie zahlen werden, aber sie schulden mir was. In der Zwischenzeit habe ich ein paar Monate meines Lebens verloren und mein Ruf ist angeschlagen. Ich muss mein Leben wieder auf die Reihe kriegen, und ich werde bestimmt nicht damit beginnen, indem ich abhaue. Was glaubst du, wie das aussieht?«

Ivor überlegte und kratzte seinen Bart, ehe er antwortete. »Es ist aber keine schlechte Idee. Es ist ja nicht so, als würdest du abhauen. Nur ein neues Leben irgendwo. Ein Neubeginn. Du könntest sogar irgendwo auf den Kontinent gehen und Englisch unterrichten. In Frankreich zum Beispiel. Dein Französisch ist ziemlich gut, erinnere ich mich. Oder Japan.«

Owen rümpfte die Nase. »Ich kann nicht glauben, was ich da höre. Glaubst du, damit sind meine Probleme gelöst? Irgendwo zurückgezogen im Ausland leben? Eine Art selbst gewähltes Exil. Ich sage dir jetzt zum letzten Mal, Ivor: *Ich habe nichts getan.*«

»Es könnte für dich vielleicht schwieriger werden, als du denkst«, sagte Ivor nach einer Weile. »Dein Leben auf die Reihe zu kriegen, meine ich.«

»Was willst du damit sagen?«

»Nichts Bestimmtes. Ich weise nur darauf hin, dass Siobhans Haltung kein Einzelfall ist. Es gibt wahrscheinlich noch ein paar andere, die genauso empfinden. Einheimische. Solche Gefühle können ziemlich stark sein.«

»Willst du mir sagen, dass ich in Gefahr bin? Will man mich lynchen oder was?«

»Ich sage nur, dass die Menschen um sich schlagen können, wenn sie Angst kriegen.«

»Und was empfindest du, Ivor? Du hast mir meine Ausgangsfrage noch nicht beantwortet. Du bist mein Nachbar. Außerdem habe ich dich für meinen Freund gehalten. Hältst du mich für pervers?«

»Was soll ich sagen? Woher soll ich das wissen? Wie du sagst, ich habe mir einen Teil des Videos mit dir zusammen angeguckt. Und ich glaube nicht, dass ich dadurch pervers geworden bin. Allerdings kann ich auch nicht behaupten, dass es mir viel gebracht hat, aber ich habe es angeguckt. Ich fand es eher witzig, wenn ...«

»Verpiss dich, Ivor!«

»Was? Hör zu ...«

»Verpiss dich einfach und lass mich in Ruhe.«

Ivor knallte sein Glas auf die Theke; die Bardame schaute besorgt herüber. »In Ordnung; wie du willst, Kumpel. Aber dann erwarte auch keine Hilfe mehr von mir.«

Owen schnaubte. »Glaube mir, Ivor, ich bin dir unendlich dankbar für das, was du bereits für mich getan hast. Und jetzt verpiss dich einfach.«

Ivor stürmte mit roten Wangen hinaus. Die Bardame warf Owen einen komischen Blick zu, vielleicht zustimmend, vielleicht missbilligend. Cyril, der Wirt mit den Unterarmen wie Popeye, erschien von hinten.

»Was war denn das für ein Lärm?«, wollte er wissen. Er schien Owen zu erkennen und kam auf ihn zu.

»Du kannst dich auch verpissen!« Owen knallte sein Glas so heftig auf die Theke, dass es zerbrach und Bier über den Tresen kippte.

»Hier geblieben!«, brüllte Cyril und eilte zur Tresenklappe. Aber Owen schoss aus der Tür und die Straße hinab, wobei sein Daumen, in den sich eine Glasscherbe gebohrt hatte, pochte und blutete.

Mit gesenktem Kopf eilte er die North Market Street entlang, die Hände in den Taschen zu Fäusten geballt. Ivor. Dieser schleimige, opportunistische kleine Scheißkerl! Und Michelle? Was hatte sie mit ihm vor?

Aber was das Wegziehen betraf, hatte Ivor vielleicht Recht. Der Gedanke daran war ihm nicht mehr ganz so unangenehm wie noch vor einem Jahr oder früher. Irgendwie hatte ihm die Schweinerei, die er nach seiner Entlassung aus dem Gefängnis vorgefunden hatte, das Haus sowieso madig gemacht. Zudem erinnerte ihn im Haus noch immer zu viel an Michelle. Und ein Umzug wäre wenigstens ein Vorhaben, er hätte etwas zu tun und könnte beginnen, sich nach einem neuen Haus umzuschauen, vielleicht etwas Billigerem in einem anderen Teil des Landes. Nicht im Ausland, sondern in Devon vielleicht oder in Cornwall. Den Südwesten hatte er schon immer gemocht.

Während er mit gesenktem Kopf die Straße hinabging, fühlte sich Owen wie ein Ausgestoßener, so als würde der Rest der Menschheit glücklich zusammen in einem riesigen Aquarium schwimmen und er würde an das Glas klopfen, ohne einen Weg hineinzufinden. Ein paar Leute sahen ihn seltsam an, als er vorbeiging, und ihm wurde klar, dass er wieder Selbstgespräche geführt haben musste. Aber vielleicht hatten sie ihn auch erkannt. *Die Scheiße bleibt an einem haften*, hatte Ivor gesagt. Die Leute würden ihn so sehen, wie die Gerüchte ihn hingestellt hatten, und vielleicht zur Seite gehen und sich gegenseitig zuflüstern: »Da kommt der Würger von Eastvale. Der, der ungestraft davongekommen ist.«

Als er schließlich aufschaute, um zu sehen, wo er war,

bemerkte er, dass er sich in St. Mary's befand. Trotz all seiner Vorsätze war er instinktiv hierher gegangen.

Er stand an der Kirchenpforte, unsicher, was er tun sollte, und entschloss sich dann spontan, auf den Friedhof zu gehen. Es war ein herrlicher Tag und die wenigen, zwischen den Eiben verstreuten Weißdornsträucher trugen weiße, gelbe und rosafarbene Blüten. Im Gras um einige Beete sprossen wilde Blumen. Sie gedeihten auf den sich zersetzenden Überresten, bildete sich Owen ein, ehe er bemerkte, dass die meisten Gräber aus dem achtzehnten oder neunzehnten Jahrhundert stammten. Es gab ein paar neue Gräber, aber nicht viele.

Auf dem Friedhof war es friedlich, die gedämpften Verkehrsgeräusche von der North Market Street und der Kendal Road bildeten nur einen entfernten Hintergrund für den Gesang der Vögel.

Owen folgte dem geteerten Pfad, der um die Kirche herumführte und am Ausgang zur Kendal Road endete. Von dort ging er zur Brücke und schaute hinab auf das wirbelnde Wasser, das durch den Torf, den es auf seinem Weg durch das Tal mitschwemmte, die Farbe eines Pints Bitter hatte. Geradeaus, in Richtung Süden, konnte er die Gartenanlagen sehen, die Uferauen und hoch auf dem Berg das die Stadt dominierende Schloss. Es schien eine Ewigkeit her zu sein, dass er an diesem nebligen Novemberabend hier gestanden hatte. Nein, er wollte nicht wieder daran denken.

Er nahm den Pfad am Fluss entlang nach Hause, und als er am Pfarrhaus vorbeikam, sah er über die Gartenpforte hinweg eine Frau, die Wäsche auf eine Leine hängte, und blieb stehen, um ihr zuzuschauen.

Als sie sich streckte, um ein Laken mit Wäscheklammern an der Leine zu befestigen, spannte sich das schlichte weiße T-Shirt, das sie trug, straff gegen ihre schweren, runden

Brüste. Owen meinte zu sehen, wie die dunklen Brustwarzen bei der Liebkosung des Windes hart wurden.

Dann schaute sie in seine Richtung. Er erkannte sie, er hatte sie im Gerichtssaal gesehen. Sie war die Frau, die die Leiche gefunden hatte, die Frau, deren Ehemann wegen der Belästigung eines Mitarbeiters der Kirche angezeigt worden war.

Einen Augenblick schien es so, als wollte sie lächeln und Hallo sagen, doch dann runzelte sie die Stirn, ihre Kinnlade fiel herunter und sie ging eilig zurück ins Haus und verschloss die Tür hinter sich. Owen konnte hören, wie eine Kette eingehängt wurde. Sie hatte das Laken nicht ordentlich aufgehängt, beim ersten Windhauch würde es sich wie ein Segel aufblähen, dann von der Leine rutschen und wie ein Schleier ins Blumenbeet flattern.

III

Kurz nachdem er an der Tür des Pfarrhauses geklingelt hatte, sah Banks den Vorhang im Erkerfenster zittern und wenige Augenblicke später kam eine nervöse, aufgeschreckte Rebecca Charters und öffnete. Sie schien bei seinem Anblick erleichtert zu sein und führte ihn durch die Diele ins Wohnzimmer.

Ihm fiel sofort auf, dass das Zimmer wesentlich behaglicher war als bei seinen früheren Besuchen und dass es nun viel mehr die Atmosphäre eines Familienheimes hatte denn eines provisorischen Lagers. Das gesamte Zimmer war neu eingerichtet worden: neue Tapeten, cremefarben mit Rosenmustern, eine neue dreiteilige Sitzgarnitur mit einem zur Tapete passenden floralen Muster sowie drei Bodenvasen mit Blumen. Ezechiel, das Bündel aus braun-weißem Fell, lag an seinem Platz vor dem leeren Kamin.

»Wie wäre es mit einem Tee?«, fragte Rebecca. »Frisch gebrüht – na ja, vor zehn Minuten.«

»Gerne«, sagte Banks. »Ohne Milch und Zucker bitte.«

Rebecca ging in die Küche und kam Sekunden später mit zwei Bechern Tee zurück. Sie trug ihr Haar heute zurückgebunden, der Pferdeschwanz wurde von einer mit Leder bezogenen Spange und einer breiten Holznadel gehalten. Bei dieser Frisur schien sich ihr Gesicht mit dem olivenfarbenen Teint ein wenig nach vorn zu wölben, was die etwas zu große Nase, das schmale Kinn und die gebogene Stirn – wie bei einem Foto durch ein Weitwinkelobjektiv – betonte. Dennoch sah sie attraktiv aus, besonders die dunklen Augen und vollen Lippen.

»Ich habe Sie bei der Urteilsverkündung im Gerichtssaal gesehen«, begann Banks.

Rebecca umklammerte den Becher mit beiden Händen. »Ja«, sagte sie. »Ich kann es kaum glauben. Vorhin war er hier. Deswegen war ich auch ein bisschen nervös, als Sie klingelten.«

»Owen Pierce war hier? Warum?«

»Er war nicht wirklich *hier*, er ist nur am Flusspfad vorbeigegangen. Ich war im Garten und habe ihn gesehen.«

»Tja, wir leben in einem freien Land«, erklärte Banks. »Und er ist ein freier Mann.«

»Aber ist er nicht gefährlich? Ich meine, auch wenn er davongekommen ist, die Leute glauben immer noch, dass er es getan hat.«

»Es bleibt den Leuten überlassen, zu glauben, was sie wollen. Ich glaube allerdings nicht, dass Sie sich Sorgen machen müssen.«

»Sie haben gut reden.«

»Mag sein. Dann halten Sie die Türen und Fenster geschlossen, wenn Sie sich dadurch besser fühlen.«

»Entschuldigen Sie«, sagte Rebecca. »Ich wollte nicht schroff sein. Ich …«

»Schon in Ordnung«, erwiderte Banks. »Sie machen sich Sorgen. Sie glauben, da wurde ein Mörder freigelassen und er beobachtet sie. Je schneller wir herausfinden, ob er es getan hat oder nicht, desto schneller werden Sie sich wieder sicher fühlen.«

»Glauben Sie, dass er es getan hat?«

Banks kratzte die kleine Narbe neben seinem rechten Auge. »Im Moment weiß ich es nicht«, gab er zu. »Ich habe es einmal geglaubt, aber je mehr ich über ein paar Dinge nachdenke, die mir merkwürdig vorkamen, bevor wir auf Pierce gestoßen sind, desto unsicherer werde ich. Manchmal lassen die Gerichte nicht nur Unschuldige, sondern auch Schuldige frei, und wenn jemand die Wahrheit kennt, kann er sich glücklich schätzen.«

»Weshalb sind Sie hierher zurückgekommen?«

»Das weiß ich nicht recht; ich weiß nur, dass hier alles begonnen hat.«

»Ja«, sagte Rebecca. »Ich erinnere mich.« Sie erschauderte leicht und fasste an den Ausschnitt ihres Kleides. »Und ich möchte mich entschuldigen.«

»Wofür?«

»Für das letzte Mal, als wir uns trafen. Im Queen's Arms. Ich weiß noch, dass ich sehr unhöflich zu Ihnen war. Das scheint zu einer schlechten Angewohnheit von mir geworden zu sein.«

»Machen Sie sich keine Gedanken«, sagte Banks. »In meinem Beruf gewöhnt man sich daran.«

»Aber das müssen Sie nicht. Ich meine, ich hätte mich nicht so benehmen dürfen.« Sie stellte ihren Becher auf den

Tisch. »Ich bin normalerweise nicht so unhöflich. Ich ... Hören Sie, ich weiß eigentlich gar nicht, warum ich Ihnen das erzähle, aber Ihr Besuch wühlt alles wieder auf.«

»Wühlt was auf? Dass Sie die Leiche gefunden haben?«

»Ja, das auf jeden Fall. Aber es war insgesamt eine furchtbare Zeit für mich. Die Anzeige gegen Daniel und der ganze Trubel, der dadurch entstanden ist.« Sie holte tief Luft. »Sie wissen nämlich nicht einmal die Hälfte von dem, was passiert ist, Chief Inspector. Woher sollten Sie auch? Es war für Ihre Ermittlungen nicht wichtig, aber ungefähr drei Monate vor dieser Sache mit Jelačić habe ich ein Baby verloren, und der Arzt hat mir gesagt, es wäre gefährlich für mich, wenn ich noch einmal schwanger werden würde. Daniel und ich haben das ziemlich verdrängt und uns dadurch immer weiter voneinander entfernt. Wir hatten uns gerade vorsichtig über eine Adoption erkundigt, als Jelačić seine Anschuldigungen aufwarf. Da fiel natürlich alles ins Wasser. Es wurde noch schlimmer, als es schon war. Ich habe mich leider immer mehr zurückgezogen und Daniel die Schuld gegeben. Es hat sogar eine Zeit gegeben, wo ich glaubte, die Anschuldigungen wären gerechtfertigt. Nachdem ich das Baby verloren hatte, hatten wir nicht mehr viel ... nun, Sie wissen schon ... und ich dachte, er hätte das Interesse an mir verloren. Es war leichter, das damit zu erklären, dass er anscheinend tatsächlich Interesse an Männern hatte. Was soll ich sagen? Ich begann, zu viel zu trinken. Und dann kam Patrick.« Sie lachte nervös. »Ich weiß nicht, aus welchem Grund ich Ihnen das alles erzähle; außer dass Sie sozusagen Zeuge des Schlussaktes waren.«

Banks lächelte. »Sie wären überrascht, was uns die Leute alles erzählen, Mrs Charters. Jedenfalls hoffe ich, dass sich seitdem alles zum Guten gewendet hat.«

Sie strahlte. »Ja. Ja, das hat es. Die Beziehung zwischen

Daniel und mir ist stärker denn je. Es gibt immer noch ... nun, ein paar Probleme ... aber wenigstens halten wir jetzt zusammen.«

»Wie entwickelt sich die Sache mit Jelačić?«

»Sie zieht sich dahin. Wir haben jetzt seit über einem Monat nichts mehr gehört, aber ich glaube, er hat einen Anwalt für Menschenrechte eingeschaltet.«

»Und das Trinken?«

»Seit sechs Monaten habe ich keinen Tropfen getrunken.«

»Patrick Metcalfe?«

»Ich habe ihn nicht mehr gesehen, seit Sie hier waren und er dieses Theater veranstaltet hat.«

»Er hat Sie seitdem überhaupt nicht mehr belästigt?«

Sie lächelte. »Nein. Ich glaube, ihm ist ziemlich schnell klar geworden, dass er sich nur etwas vorgemacht hat. Und ich glaube, dass Ihr Interesse an ihm ihn auch auf Abstand gehalten hat. Ich sollte Ihnen dafür danken. Aber Sie verdächtigen ihn doch nicht mehr, oder?«

»Er ist noch nicht aus dem Schneider«, erwiderte Banks. »Aber deshalb bin ich nicht gekommen. Eigentlich hoffte ich, mir noch einmal die Gegend anschauen zu können, wo die Leiche gefunden wurde.«

»Aber dafür müssen Sie mich doch nicht um Erlaubnis bitten, oder?«

»Nein, aber es ist eine Frage der Höflichkeit. Und Sie kennen die Gegend besser als ich. Würden Sie mich begleiten?«

»Sicher.«

Um Deborahs Schritte zurückzuverfolgen, gingen sie zuerst vom Pfarrhaus über den Pfad am Fluss zur Kendal-Road-Brücke, von der ausgetretene Steinstufen auf den Gehweg führten. Es war erneut ein herrlicher Tag und auf der anderen Straßenseite im St.-Mary's-Park lagen Liebespaare umschlungen, saßen Studenten lesend im Schatten der Bäume und spielten Kinder mit Bällen und Frisbeescheiben.

»Hier wird sie den Friedhof betreten haben«, sagte Rebecca und hielt die Holzpforte für Banks auf. Es war eine Pforte mit einem schmalen Holzdach, an der in früheren Zeiten der Sarg auf die Ankunft des Geistlichen wartete. »Siebzehntes Jahrhundert«, sagte Rebecca. »Wunderschön, nicht wahr?«

Banks stimmte ihr zu.

»Jetzt befinden wir uns auf dem Hauptweg«, erklärte Rebecca.

Er war ungefähr anderthalb Meter breit und hatte eine grobkörnige Teerdecke. Der Weg wand sich leicht an der Kirche vorbei und war von den Eingangstüren nur durch einen Grasstreifen getrennt, über den ein schmaler Pfad aus Steinplatten führte.

»Der Hauptweg führt zur North Market Street«, fuhr Rebecca fort. »Er mündet auf die Straße nahe dem Zebrastreifen, den Deborah überqueren musste, um nach Hause zu gehen. Und über diesen Pfad«, verkündete sie, nahm Banks am Ellbogen und lenkte ihn nach rechts, wo der Eingang zu dem Pfad fast ganz von Sträuchern verdeckt war, »gelangt man zum Inchcliffe-Mausoleum.«

Es war der Kiesweg, an den sich Banks vom letzten November erinnerte. Nach ein paar Metern wurden die Sträucher von Eiben und mit Moos bedeckten Gräbern abgelöst. Das warme Sonnenlicht strahlte durch das Laub, und zwischen Löwenzahn und Vergissmeinnicht flogen summende Insekten umher.

Die meisten Gräber waren ebenerdig und hatten schwere Platten, in die blumige, religiöse Inschriften gemeißelt waren. Das bei weiten beeindruckendste und verschnörkeltste von allen Grabmälern war das Inchcliffe-Mausoleum auf der rechten Seite.

»Gut«, sagte Banks, »wir nehmen an, dass Deborah in dem Moment, als sie die Kreuzung zwischen dem Hauptweg und diesem Pfad erreicht hatte, entweder von jemandem gepackt und hierher geschleppt oder aber überredet worden ist, freiwillig mitzugehen.«

»Aber warum kann sie nicht von allein hier entlanggegangen sein?«, fragte Rebecca.

»Warum sollte sie? Das ist nicht ihr Weg.«

»Früher ist sie manchmal hier entlanggegangen. Ich habe sie ein paar Mal dabei beobachtet.«

Banks hob die Augenbrauen. »Das haben Sie nie erwähnt.«

Rebecca zuckte mit den Achseln. »Sie haben nicht danach gefragt. Und es schien mir nicht wichtig zu sein.«

»Aber kam Ihnen das nicht merkwürdig vor?«

»Nein. Tut mir Leid. Ich habe dem keine große Aufmerksamkeit geschenkt. Ich habe wohl einfach angenommen, dass sie Friedhöfe mag, genau wie ich. Und hier befinden sich die interessantesten alten Grabmale und natürlich das Inchcliffe-Mausoleum.« Sie errötete. »Vielleicht wollte sie so wie ich mit dem Engel sprechen.«

»Wann hat sie begonnen, diesen Pfad zu benutzen?«

»Keine Ahnung. Zum ersten Mal wirklich aufgefallen ist es mir erst im letzten September, als die Schule wieder anfing; aber das heißt ja noch lange nicht, dass sie vorher nicht hier entlanggegangen ist.«

»Haben Sie Deborah jemals in Begleitung gesehen? Oder jemanden, der vor oder nach ihr diesen Pfad entlanggegangen ist?«

»Nein. Das haben Sie mich damals schon gefragt, und ich hätte es Ihnen gesagt, wenn ich gesehen hätte, dass sie jemanden getroffen hat. So etwas wäre mir aufgefallen. Glauben Sie, es ist von Bedeutung, dass sie diesen Weg genommen hat?«

Banks überlegte. »Am Anfang«, erklärte er, »hatte ich die Theorie, dass Deborah – wenn ihr nicht Owen Pierce oder jemand anderes auf den Friedhof gefolgt ist, sie vom Hauptweg weggezogen und getötet hat – möglicherweise eine Verabredung mit der Person hatte, die es getan hat. Wenn Sie mir nun jedoch erzählen, Sie haben schon früher gesehen, dass Deborah diesen Pfad genommen hat, dann frage ich mich, ob sie sich genau hier verabredet hat. Beim Mausoleum. Ihre Freundin Megan Preece hat gesagt, dass Deborah eine morbide Ader hatte und Gruselgeschichten mochte. Ein Rendezvous mitten auf einem nebligen Friedhof neben einem alten Mausoleum könnte zu ihr gepasst haben.«

»Um jemanden zu treffen, den sie kannte?«

»Ja. Vielleicht einen Liebhaber. Oder jemand anderes. Wir wissen, dass Deborah ein Geheimnis hatte. Mir kam in den Sinn, dass sie sich vielleicht mit dem Menschen verabredet hat, der etwas mit ihrem Geheimnis zu tun hatte, um zu besprechen, was man tun sollte.«

»Aber was könnte sie gewusst haben, das so wichtig war?«

»Wenn wir das wüssten, dann würden wir wahrscheinlich auch wissen, wer der Mörder ist.«

»Und Sie glauben immer noch, dass sie verabredet war?«

»Ich halte das für sehr wahrscheinlich. Megan hat sie nichts erzählt, aber vielleicht wollte sie es wirklich geheim halten. Ive Jelačić hat behauptet, er hätte nie gesehen, dass sie jemanden getroffen hat, aber er ist ein notorischer Lügner. Andererseits haben auch Sie mir gerade erzählt, dass Sie nie jemanden in ihrer Nähe gesehen haben.«

»Das heißt aber nicht, dass nie jemand da gewesen ist«, wandte Rebecca ein. »Die Bäume stehen hier ziemlich dicht. Und es war eine neblige Nacht. Ich wünschte, ich könnte Ihnen mehr helfen.«

Banks schaute sich um. Rebecca hatte Recht. Nach Süden hin konnte man gerade so die Kirche durch die Bäume erkennen, nach Norden hin jedoch, zwischen dem Inchcliffe-Mausoleum und der Kendal Road, sah es anders aus. In dieser Richtung waren die Eiben dicker und das Unterholz dichter. Ein idealer Ort für ein geheimes Treffen. Und wenn er bei seiner Rückkehr an den Tatort eine neue Erkenntnis gewonnen hatte, dann war es die, dass Deborah den Kiesweg von sich aus genommen haben könnte und dass sie dies schon früher getan hatte.

Er schaute hoch zum Inchcliffe-Mausoleum. Es konnte an seinem Blickwinkel gelegen haben oder vielleicht an einem Lichtreflex, aber er hätte schwören können, dass der marmorne Engel mit den angeschlagenen Flügeln lächelte.

FÜNFZEHN

I

»Nehmen wir nur mal für einen Moment an, dass Pierce es nicht getan hat«, sagte Banks. »Das vereinfacht die Sache.«

Es war der erste Freitag im Juni, die Strahlen der späten Morgensonne durchfluteten den Marktplatz. Banks saß in Gristhorpes Büro, wo die beiden versuchten, ganz neu an den Mord an Deborah Harrison heranzugehen.

Gristhorpe, ein wuchtiger Mann mit einem pockennarbigen Gesicht und buschigen Augenbrauen, saß seitlich hinter seinem riesigen Teakholzschreibtisch, ein Bein ausgestreckt und auf eine Fußbank gebettet. Er behauptete, sein gebrochenes Bein wäre völlig geheilt, hin und wieder zwickte es ihn jedoch noch. Angesichts der Tatsache, dass es sich um dasselbe Bein handelte, in welches er vor nicht allzu langer Zeit einen Schuss abbekommen hatte, überraschte es Banks nicht.

Banks trank einen Schluck Kaffee. »Großzügig gesehen, würde ich sagen, wir haben vielleicht fünf oder sechs Verdächtige. Wenn Deborah keinen Liebhaber hatte, von dem wir nichts wissen – und ich glaube, das ist nicht der Fall –, dann könnte der Schlüssel zu allem in ihrem Geheimnis liegen. Und wenn Deborah etwas über jemanden wusste, könnte sie leicht die Wichtigkeit ihres Wissens falsch eingeschätzt und die Verzweiflung dieser Person unterschätzt haben. Erwachsene können einige ziemlich üble Geheimnisse haben. Der Prozess gegen Pierce hat all unsere Zeit und Energie darauf gelenkt, zu beweisen, dass der Mörder sie *nicht* kannte, dass sie ein zufälliges Opfer war oder zu einem Opfer geworden ist, weil sie das Pech hatte, Pierce' Exfreundin Michelle Chappel zu ähneln.«

»Was wird jetzt mit dem Prozess?«

»Vor ungefähr einer Stunde habe ich mit Stafford Oakes gesprochen«, antwortete Banks, »und er ist sich zu neunundneunzig Prozent sicher, dass die Staatsanwaltschaft gegen das Urteil Berufung einlegen wird, und zwar auf der Grundlage, dass das analoge Beweismaterial nicht zugelassen worden ist. Wenn sie einen Richter finden, der es zulässt, könnte ein neuer Prozess katastrophale Folgen für Pierce haben – ob er nun der Täter ist oder nicht.«

Gristhorpe kratzte sein Kinn. »Wie du weißt, Alan«, sagte er, »kann ich ganz unbefangen an die Sache herangehen, weil ich an der ursprünglichen Ermittlung nicht mitgewirkt habe. Ich möchte nur gleich einmal sagen, dass du in meinen Augen gute Arbeit geleistet hast. Du solltest dir wegen des Ausgangs der Sache keine Vorwürfe machen. Vielleicht stellt sich wieder heraus, dass Pierce es nicht gewesen ist. Aber ich finde auch, dass wir diesen Aspekt im Moment außer Acht lassen sollten. Nach allem, was ich bisher gelesen habe, hatte sich Barry Stott anscheinend besonders auf Pierce versteift. Irgendeine Ahnung, warum?«

»Es war *seine* Spur«, erklärte Banks. »Zumindest hat er das geglaubt. Im Grunde wäre er nie auf Pierce gekommen, wenn Jim Hatchley nicht unbedingt ins Nag's Head gewollt hätte, um ein Bier zu trinken. Aber Barry ist ehrgeizig. Und hartnäckig. Und wir dürfen nicht vergessen, dass sich auch Jimmy Riddle total auf Pierce festgelegt hatte.«

»Er ist ein Freund der Familie«, sagte Gristhorpe. »Ich kann mir vorstellen, dass er nur eine schnelle Lösung wollte, egal wer dafür herhalten musste.«

Banks nickte.

»Okay«, fuhr Gristhorpe fort, »wir müssen uns also zwei Fragen stellen: Welches mögliche Geheimnis könnte Deborah Harrison erfahren haben, das wichtig genug war, um sie dafür zu töten, und wer, die Gelegenheit vorausgesetzt, könnte sie wegen dieses Geheimnisses getötet haben?«

Banks erzählte ihm von seinem Besuch bei Rebecca Charters und was er über Deborahs gelegentliche Abstecher vom Hauptweg erfahren hatte.

»Du glaubst, dass sie mit ihrem Mörder verabredet war?«, fragte Gristhorpe.

»Rebecca hat nie gesehen, dass sie jemanden getroffen hat, aber es ist eine Möglichkeit.«

»Erpressung?«

»Vielleicht. Obwohl ich mir nach allem, was ich von Deborah weiß, nicht sicher bin, ob sie der Typ dafür war. Aber möglich ist es. Schließlich war ihr Ranzen geöffnet, als wir sie gefunden haben, und das hat mich von Anfang an gestört. Vielleicht hatte sie irgendeinen Beweisgegenstand bei sich, den der Mörder mitgenommen hat. Andererseits wollte sie vielleicht einfach nur, dass der Betreffende wusste, dass sie das Geheimnis kannte oder wie sie es herausgefunden hat. Vielleicht wollte sie mit ihrem Wissen auch nur ein bisschen prahlen. Ihre Freundinnen haben erzählt, dass sie eine kleine Angeberin sein konnte. Wie auch immer, sagen wir, sie hatte keine Ahnung von der Macht und dem Wert der Sache, mit der sie spielte.«

»Was uns wieder zu meinen beiden Fragen führt: Warum und wer?«

»Genau.« Banks zählte die Verdächtigen einzeln an seinen

Finger auf. »Zuerst einmal haben wir da John Spinks. Er war für eine gewisse Zeit im Sommer Deborahs Freund und er ist eine widerliche Type. Sie haben sich im Schlechten getrennt, und ich glaube, er ist einer, der nicht verzeiht. Er hat zwar ein Alibi, aber das ist keineswegs wasserdicht. Ive Jelačić hat durch Vjeko Batorac ein solides Alibi, würde ich sagen, aber ich bin mir nichtsdestotrotz sicher, dass er etwas weiß.«

»Irgendeine Ahnung, was?«

»Ich vermute, er hat gesehen, wie sich Deborah mit jemandem getroffen hat.«

»Und weshalb will er uns das nicht erzählen?«

»Das ist nicht sein Stil. Wenn du mich fragst, er versucht erst herauszukriegen, was für ihn drin sein könnte. Man soll es kaum glauben, aber er hat mich sogar gefragt, ob es eine Belohnung gibt.«

»Was sollen wir machen? Sollen wir es aus ihm herausprügeln?«

»Du wirst lachen, aber das kam mir auch schon in den Sinn. Nein. Wir werden es so oder so herausbekommen, keine Sorge. Ich bin noch nicht fertig mit Mr Jelačić.«

»Wen haben wir noch? Was ist mit diesem Lehrer?«

»Patrick Metcalfe? Auch eine Möglichkeit. Obwohl ich sehr bezweifle, dass er den Mumm dafür hätte, müssen wir ihn in Erwägung ziehen. Er war Deborahs Geschichtslehrer und er hatte eine Affäre mit Rebecca Charters, der Frau des Pfarrers. Man kann wohl annehmen, dass sich das für die Karriere eines Lehrers an einer anglikanischen Mädchenschule nicht besonders gut gemacht hätte. Wenn Deborah von der Affäre gewusst hat – und sie hätte leicht die Gelegenheit gehabt, Metcalfe beim Betreten oder Verlassen des Pfarrhauses zu sehen –, dann hätte das Metcalfe nicht nur seinen Job gekostet, sondern seine gesamte Lehrerkarriere.«

»Und so, wie ich mich an die Aussage erinnere«, sagte

Gristhorpe, »behauptet er, allein in seiner Wohnung gewesen zu sein, nachdem Daniel Charters gegangen ist.«

Banks nickte. »Und wir können seine Aussage weder bestätigen noch dementieren, solange ihn nicht jemand gesehen hat, was bisher niemand eingeräumt hat.«

»Was ist mit dem Pfarrer?«

»Über den habe ich auch schon nachgedacht«, sagte Banks. »Im Grunde stehe ich ihm wohlwollend gegenüber, aber wenn man die Sache objektiv betrachtet, könnte er unser Mann sein. Er hat auf jeden Fall kein Alibi und er ist sowohl groß als auch kräftig genug.«

»Motiv?«

»Wir wissen, dass Ive Jelačić ihn bezichtigt, in Ausnutzung seiner Position homosexuelle Annäherungsversuche unternommen zu haben. Angesichts Jelačićs Charakter ist das wahrscheinlich pure Fantasie – Vjeko Batorac glaubt auf jeden Fall kein Wort von seiner Geschichte –, aber nehmen wir mal an, dass es stimmt oder zumindest der Wahrheit nahe kommt. Und nehmen wir weiterhin an, Deborah hat etwas gesehen, was diese Sache bestätigt, eine Sache, die entweder mit Charters und Jelačić oder Charters und jemand anderem zu tun hatte. Wenn das herauskommt, würde er auch alles verlieren. Damit könnte er ein ziemlich schlüssiges Motiv haben.«

»Oder seine Frau?«, gab Gristhorpe zu bedenken.

»Ja. Es könnte auch eine Frau gewesen sein«, stimmte Banks zu. »Schließlich gab es keinen Beweis für eine Vergewaltigung, und die Leiche könnte so arrangiert worden sein, dass es nach einem Sexualverbrechen aussieht. Rebecca Charters ist wahrscheinlich groß und kräftig genug.«

»Und sie könnte sogar zwei Motive gehabt haben«, fügte Gristhorpe an. »Die Vertuschung ihrer Affäre mit Metcalfe oder die Abwendung einer möglichen Entlassung ihres

Mannes.« Er schüttelte den Kopf. »Das ist wirklich *Peyton Place*, was wir hier zusammenreimen, Alan. Kannst du dir vorstellen, dass so etwas in einer netten, kleinen Stadt in Yorkshire wie Eastvale passiert?«

Banks lächelte. »›Aufgrund meiner Erfahrung, Watson, bin ich davon überzeugt, dass in den schlimmsten und abscheulichsten Gassen Londons keine schrecklicheren Sünden geschehen als auf dem heiteren und herrlichen Land.‹«

Gristhorpe lächelte zurück. »Und was ist mit Jimmy Riddles Leuten?«, fragte er.

»Mit Sicherheit nicht über jeden Zweifel erhaben. Ich komme von dem Gedanken nicht los, dass Michael Clayton eine Affäre mit Sylvie Harrison gehabt haben könnte, so unwahrscheinlich das auch klingt. Sir Geoffrey und Michael Clayton sind seit der Universität enge Freunde. Wenn Clayton tatsächlich eine Affäre mit der Frau seines Freundes hatte und wenn Deborah davon wusste, hätte das verheerende Auswirkungen haben können. Denk nur daran, wie viel Geld und Prestige da auf dem Spiel stehen.«

»Soviel ich weiß, hat auch keiner von ihnen ein Alibi.«

»Richtig. Und sie wussten alle, dass Deborah montags zum Schlachklub geht, und sie wussten alle, um wie viel Uhr sie normalerweise nach Hause kommt. *Und* auf welchem Weg. Aber selbst wenn wir die schreckliche Möglichkeit in Betracht ziehen, dass sie zu einem solchen Verbrechen *imstande* wäre – Sylvie Harrison ist weder groß noch kräftig genug, um ihre Tochter umzubringen. Rebecca Charters ist die einzige Frau in diesem Fall, die es so gerade eben noch getan haben könnte.«

»Dann also Clayton?«

»Möglich. Auf jeden Fall halte ich ihn von den beiden für wahrscheinlicher. Allerdings war er der *Patenonkel* des Kindes.«

»Wir dürfen außerdem nicht vergessen«, fügte Gristhorpe hinzu, »dass HarClay Industries eine Menge Aufträge für das Verteidigungsministerium ausführt. Sie sind in einer Menge streng geheimer Sachen involviert. Wenn Deborah von irgendwelchen Mauscheleien Wind bekommen hat, von Verträgen mit ausländischen Regierungen und so weiter ...«

»Oder von etwas, das unsere Regierung nicht an die Öffentlichkeit dringen lassen will?«

»Das würde ich denen schon zutrauen«, pflichtete ihm Gristhorpe bei. »Laut deinen Berichten war Sir Geoffrey zur Zeit des Mordes an seiner Tochter bei einem vertraulichen Treffen mit einem Mann von der Regierung namens Oliver Jackson. Zufällig kenne ich diesen Oliver Jackson, und er ist eigentlich nicht von der Regierung, er ist vom Geheimdienst.«

»Verrennen wir uns jetzt nicht ein bisschen?«, meinte Banks. »Vielleicht war das nur jemand, der genauso heißt.«

Gristhorpe schüttelte den Kopf. »Ich habe es bei der Kriminalpolizei in York überprüft. Es war ganz genau derselbe Oliver Jackson. Sie wussten, dass er in der Stadt war, ihnen wurde jedoch nicht gesagt, warum. Das ist einfach ein weiterer Aspekt, den wir in Betracht ziehen müssen. Gibt es sonst noch Möglichkeiten?«

Banks seufzte. »Mir fallen keine mehr ein«, sagte er. »Es sei denn, Deborah ist über illegale Vorgänge in der Schule gestolpert. Irgendetwas mit Sex oder Drogen vielleicht. Aber wir konnten dort nichts finden.«

»Für den Moment haben wir ja trotzdem eine Menge.«

Banks stand auf, ging zur Tür und griff schon in seine Tasche nach seiner Schachtel Silk Cut.

»Übrigens«, meinte Gristhorpe, »wie macht sich Inspector Stott?«

Banks blieb an der Tür stehen. »Seit Pierce freigelassen worden ist, läuft er wie ein Trauerkloß herum. Ich mache mir langsam Sorgen um ihn.«

»Vielleicht fängt er sich nach einem freien Wochenende wieder.«

»Vielleicht.«

Als er zurück in sein Büro ging, hörte Banks unten im Gang laute Stimmen und sah nach, was dort los war. Am Fuße der Treppe standen John Spinks und Constable Susan Gay.

II

»Das Problem ist nicht Ihre fachliche Kompetenz, Owen. Die haben Sie uns über die Jahre recht deutlich bewiesen.«

»Dann verstehe ich es nicht«, sagte Owen. »Warum kann ich meine Stelle nicht zurückhaben?« Sie saßen in dem mit Büchern gesäumten Büro des Schulleiters. Peter Kemp saß mit hochgekrempelten Hemdsärmeln, seinen Sommersprossen und kupferrotem Haar, das wie Büschel aus einer Kokosnuss spross, hinter seinem unaufgeräumten Schreibtisch. »Kemp der Ungekämmte« wurde er im Kollegium genannt. Auf der einen Seite summte ein Computer, auf dessen leerem, blauem Bildschirm ungeduldig ein weißer Cursor aufblinkte.

Kemp lehnte sich in seinem Stuhl zurück und faltete die Hände hinter seinem Kopf. Unter beiden Achseln konnte Owen dunkle Schweißflecken sehen. »Genau genommen, Owen«, sagte Kemp, »können Sie keine Stellung zurückfordern, die Sie nie gehabt haben. Denken Sie daran, Sie hatten lediglich Semesterverträge, ohne Garantien. Und im nächsten Semester haben wir einfach keine Verwendung für Sie.«

Seine Augen unter dem Brillengestell aus Schildkrötenpanzer blickten auf Owen wie ein Insektenkundler, der einen besonders interessanten, aber hässlichen, neu entdeckten Käfer betrachtete. Das Büro roch nach Pfefferminzbonbons und Farbe. Owen sehnte sich nach frischer Luft, aber er wusste aus Erfahrung, dass sich keines der Fenster öffnen ließ.

»Ich habe mich auf Sie verlassen«, wandte Owen ein. »Bisher haben Sie meinen Vertrag immer verlängert.«

Kemp beugte sich vor und legte seine behaarten Unterarme auf den Schreibtisch. »Ja. Aber dieses Mal haben Sie uns ein gewisses Chaos hinterlassen, nicht wahr? Wir mussten eine neue Dozentin einstellen, um Ihre Kurse zu Ende zu führen. Sie hat gute Arbeit geleistet, sehr gute Arbeit unter diesen Umständen. Wir können sie jetzt nicht ohne weiteres einfach wieder rauswerfen, oder?«

»Warum nicht? Mit mir scheinen Sie es doch auch tun zu können und ich gehöre dem Kollegium schon viel länger an. Außerdem war es nicht meine Schuld, dass ich verhaftet worden bin.«

Kemp kicherte. »Nun, meine Schuld war es erst recht nicht. Aber das ist unwichtig. Bei Zeitverträgen spielt es keine Rolle, wie lange Sie schon dem Kollegium angehören, Owen. Das wissen Sie. Es tut mir Leid, aber mir sind die Hände gebunden.« Und als wollte er das beweisen, hielt er seine Hände zusammen und legte die Finger aneinander.

»Was ist mit nächstem Januar? Bis dahin komme ich gerade noch so durch.«

Kemp schürzte seine Lippen und schüttelte den Kopf. »Ich kann mir nicht vorstellen, dass dann eine Stelle frei wird. Der Etat ist knapp heutzutage. Sehr knapp.«

»Hören Sie mal zu«, sagte Owen und beugte sich vor. »Ich habe langsam die Nase voll. Seit ich in Ihrem Büro sitze – und ich musste übrigens ziemlich lange warten, bevor Sie überhaupt Zeit hatten –, habe ich nichts als Geschwafel gehört. Sie wissen verdammt gut, dass Sie Kurse für mich finden könnten, wenn Sie wollten, aber Sie wollen nicht. Wenn es nichts mit meinen fachlichen Kompetenzen zu tun hat, dann sollten Sie mir vielleicht besser sagen, was wirklich das Problem ist.« Owen wusste ganz genau, was er hören würde – schließlich hatte er den Brief gelesen –, aber er wollte Kemp in die Verlegenheit bringen, es aussprechen zu müssen.

»Ich haben Ihnen gesagt ...«

»Sie haben mir nur Schwachsinn gesagt. Geht es um den Prozess? Ist es das?«

»Nun, Sie werden sich vorstellen können, dass Sie so etwas bei der Schulbehörde nicht gerade beliebt macht, oder? Aber wir verstehen alle, dass Sie irrtümlicherweise angeklagt worden sind, und wir bedauern zutiefst, was Sie erlitten haben.«

Owen lachte. »Irrtümlicherweise angeklagt? Das gefällt mir. Das ist eine nette Art, es auszudrücken.«

Kemp schürzte seine Lippen. »Owen, wir wissen, wie schwer Sie es hatten, glauben Sie mir.«

»Tun Sie das?« Owen spürte, wie er rot vor Wut wurde. Er umklammerte die Lehne des Stuhls. »Glauben Sie auch an meine Unschuld?«

»Man muss Vertrauen in die Justiz haben, Owen, und sich an das Urteil der Geschworenen halten.«

»Und glauben *Sie*, dass die Geschworen Recht hatten?«

»Das Gericht hat Sie für unschuldig befunden.«

»Das ist nicht das Gleiche.«

»Worauf sollen unsere Einschätzungen sonst beruhen?«

»Worauf sonst? Auf Menschenkenntnis, auf Charakter. Auf Vertrauen, verdammt nochmal! Immerhin habe ich hier acht Jahre lang gearbeitet.«

Kemp zuckte mit den Achseln. »Aber ich kann kaum behaupten, dass ich Sie wirklich *kenne*, oder? Wir hatten immer nur eine fachliche Beziehung, eine Arbeitsbeziehung, wenn Sie so wollen.«

»Und meine Arbeit ist immer von höchster Qualität gewesen. Was ist also mit meinem Job? Wenn Sie glauben, dass ich nichts Unrechtes getan habe, und wenn Sie Vertrauen in meine Lehrtätigkeit haben, warum kriege ich dann meine Stelle nicht zurück?«

»Sie machen es mir sehr schwer, Owen.«

Owen schlug auf den Tisch. »Ach, tatsächlich? Das tut mir wirklich Leid. Vielleicht ist Ihnen einfach noch nicht aufgegangen, wie wahnsinnig schwierig das erst für *mich* ist.«

Kemp rollte auf seinem Bürostuhl ein Stückchen zurück. »Owen, mit einem solchen Benehmen helfen Sie sich überhaupt nicht.«

»Ersparen Sie mir das. Sie haben mir meine Position bereits klar gemacht. Ich möchte nur, dass Sie zugeben, warum. Und bitte erzählen Sie mir nicht, wie wahnsinnig schwierig es für Sie ist.«

Kemp wich nicht weiter zurück, sondern beugte sich nach vorn auf den Schreibtisch und legte seine Hände aneinander. »Na schön«, sagte er. »Sie wollen es anscheinend nicht anders: Die Schule hat ihren Unwillen geäußert, einen Dozenten zu beschäftigen, der im Ruf steht, mit seinen Schülerinnen ins Bett zu gehen und sie nackt zu fotografieren. Das ist schlecht für unser Image. Dadurch vertrauen die Eltern uns ihre Kinder nicht mehr an. Und da unsere Existenz von den Schülern abhängt und ein großer Prozentsatz von ihnen Schülerinnen in einem beeinflussbaren Alter sind, kam man zu dem Entschluss, dass Ihre Anwesenheit unserem Weiterbestehen abträglich ist. Und zudem hält unsere Schule nicht viel von Dozenten, die ihre Noten nach sexuellen Vorlieben statt nach akademischen Leistungen verteilen.« Er holte tief Luft. »Na, Owen, gefällt es Ihnen so besser?«

Owen grinste ihn an. »Ja, das ist okay. Es ist auf jeden Fall besser als der Schwachsinn, den Sie mir vorhin aufgetischt haben. Aber nichts von dem, was Sie sagen, ist bewiesen. Das sind alles Gerüchte.«

Kemp schaute auf den blinkenden Cursor. »Sie wissen, wie sich Gerüchte verbreiten und welchen Schaden sie anrichten können. Und man wusste hier von Ihrer ... äh ... Beziehung zu Miss Chappel. Schon damals.«

»Aber Sie haben nichts unternommen. Warum jetzt?«

»Die Umstände haben sich geändert.«

»Ich habe also meinen Job verloren, weil sich die Umstände geändert haben?«

»Kein Rauch ohne Feuer.«

»Sie selbstgefälliger Mistkerl!«

»Leben Sie wohl, Owen!« Kemp stand auf. Er streckte seine Hand nicht aus.

Schon wieder Michelle. Owen wollte am liebsten den Computermonitor nehmen, ihn durchs Fenster schleudern und dann Kemp auf die Nase hauen. Aber er beherrschte sich. Hier war seine Karriere als Lehrer beendet, vielleicht war sie nirgendwo mehr möglich. Man würde über ihn Bescheid wissen, egal wo er sich bewarb. Die akademische Gemeinde war klein, Gerüchte verbreiteten sich schnell.

Anstatt Kemp zu schlagen, gab sich Owen damit zufrieden, die Tür zuzuknallen. Als er den Flur hinabmarschierte, wäre er fast mit Chris Lorimer zusammengestoßen.

»Owen.« Chris hatte einen Stapel Aufsätze unter dem

Arm, den er anscheinend nur mit Mühe festhalten konnte. »Ich ... was ...«

»Kemp will mich nicht wieder einstellen.«

»Mmmmh ... tja. Ich nehme an, du kannst seine Situation verstehen.« Lorimer trat unruhig von einem Fuß auf den anderen, als müsste er unbedingt zur Toilette.

»Kannst *du* sie verstehen? Du, Chris, es ist Mittag, ich bin genervt und könnte was zu trinken vertragen. Bisher hatte ich einen miesen Tag. Wie sieht es aus mit einem Pint und was zu essen drüben im Pub? Ich lade dich ein.«

Lorimer verrenkte sich, um auf seine Uhr zu schauen. »Ich würde gerne, Owen, ich würde wirklich gerne, aber ich muss schnell los.« Und schon beim Sprechen eilte er davon und jagte den Flur hinab, als hätte Owen eine ansteckende Krankheit. »Vielleicht irgendwann anders?«, rief er über seine Schulter, bevor er um eine Ecke verschwand.

Sicher, dachte Owen, irgendwann anders. Du kannst mich auch mal, Chris Lorimer! Du und die ganze Bagage.

III

»Wen haben wir denn da«, sagte Banks. Er stand oben an der Treppe und schaute hinab in die Eingangshalle. »Wenn man vom Teufel spricht. Dich wollte ich gerade aufsuchen. Ich habe mir deine Akte angeschaut. Und rate mal, wer achtzehn geworden ist, seitdem wir uns das letzte Mal gesehen haben.«

Spinks sah in an. »Hä?«

»Kein Jugendgericht mehr.« Banks schaute Susan fragend an.

»Autodiebstahl, Sir«, sagte sie. »Nach Genuss von Rauschmitteln.«

»Was haben wir denn zu uns genommen?«, meinte Banks. »Und so früh am Tage.«

Spinks versuchte, sich loszumachen, aber Susan konnte ihn festhalten. »Ganz zu schweigen davon, dass er mit dem Wagen in das Schaufenster von Henry's Imbiss in der Elmet Street gekracht ist«, sagte sie mit zusammengebissenen Zähnen.

Banks lächelte und öffnete die Tür zum nächsten Verhörzimmer. »Bitte schön«, sagte er zu Spinks und wies durch die offene Tür. »Lass dich nieder.«

»Ich brauche einen Arzt«, jammerte Spinks. »Die Scheißlenkung war im Arsch. Ich habe mich am Kopf verletzt. Ich hätte tot sein können.«

»Halt die Klappe und setz dich hin!«, sagte Banks mit so viel Autorität, dass Spinks verstummte und gehorchte. »Dann wirst du wohl als Nächstes den Besitzer verklagen, oder wie?«

Spinks fuhr sich mit der Zunge über die Lippen. »Kann sein.«

Genau über seinem rechten Auge hatte er einen kleinen Schnitt. Es war nichts Ernstes, aber Banks wusste, dass sie die Bestimmungen verletzten, wenn sie ihm keine medizinische Versorgung zukommen ließen, und dass die Klage gegen Spinks ansonsten wahrscheinlich mit Erfolg abgewiesen würde.

»Susan, schauen Sie mal, ob Sie Dr. Burns auftreiben können, ja?«, bat Banks und gab ihr mit einer verstohlenen Geste zu verstehen, dass sie sich Zeit lassen sollte.

Susan nickte, glättete ihr Kleid und verschwand.

»Was nimmst du so?«, fragte Banks.

Spinks schaute weg. »Keine Ahnung, wovon Sie sprechen.«

Banks packte mit einer Hand Spinks Kinn, hielt seinen Kopf hoch und musterte die verengten Pupillen. »Crack? Oder schnüffelst du? Vielleicht Heroin?«

»Ich nehme keine Drogen.«

»Natürlich nicht. Du weißt, dass Autodiebstahl einen Haftgrund darstellt, John, oder?«

Spinks sagte nichts.

»Weißt du, was das bedeutet?«

Spinks grinste schief. In seinem Mundwinkel hatte sich etwas Speichel gesammelt. »Das bedeutet, dass Sie mich dafür verhaften können.« Er kicherte.

»Gut«, sagte Banks und klopfte ihm auf die Schulter. »Sehr gut, John. Du weißt es vielleicht nicht, aber um es einfach auszudrücken: Es bedeutet außerdem, dass wir dich bis zu vierundzwanzig Stunden hier behalten können, sogar noch länger, wenn der Superintendent es genehmigt. Und das wird er. Aber warte mal eine Sekunde. Weißt du, welcher Tag heute ist, John?«

»Was soll das? Natürlich weiß ich das. Freitag.«

»Stimmt.« Banks schaute auf seine Uhr. »Pech für dich, John. Denn an einem Tag wie diesem wird der Richter mittlerweile schon auf dem Golfplatz sein. Und am Wochenende kommt das Gericht nicht zusammen, du wirst also bis Montagmorgen hier bleiben müssen.«

»Na und?«

»Deine Verhaftung gibt uns außerdem die Befugnis zur Durchsuchung. Wir brauchen keinen Durchsuchungsbefehl. Das heißt, in der Wohnung von deiner Mama wird es bald vor Polizisten nur so wimmeln. Wenn sie nicht schon da sind. Die finden immer etwas. Deine Mama wird dich dafür lieben, meinst du nicht?«

»Das interessiert die einen Scheiß.«

Banks drehte den freien Stuhl herum, setzte sich verkehrt

herum darauf und legte seine Arme auf die Lehne. »Aber egal«, sagte er. »Solche Bagatellen wie Autodiebstahl und Drogenmissbrauch interessieren mich nicht. Oder glaubst du, dass sich ein Detective Chief Inspector persönlich mit solchem Kleinkram abgibt?«

Spinks rümpfte die Nase. »Mir egal.«

»Na klar. Hätte ich auch nicht anders erwartet. Also, ich mache das jetzt hier nicht strikt nach Vorschrift, John. Ich möchte, dass du das weißt. Wie gesagt, ich bin im Grunde nicht interessiert an irgendeinem dämlichen, Pillen schluckenden Schwachkopf, der ein Auto klaut und noch nicht einmal geradeaus fahren kann.«

Spinks wurde wütend. »Scheiße, ich kann fahren! Die Lenkung war im Arsch. Der saublöde Besitzer gehört eingesperrt.«

»Weißt du, was man über einen miesen Handwerker sagt, John? Er gibt immer seinem Werkzeug die Schuld.«

»Lecken Sie mich!«

»Hör mal zu, ich habe deinen extrem begrenzten Wortschatz langsam satt. Weißt du, was wir meiner Meinung nach mit Leuten wie dir machen sollten anstatt gemeinnütziger Arbeit oder Gefängnis? Ich glaube, wir sollten solche beschränkten Idioten wie dich, die sich die ganze Zeit mit Klebstoff zugedröhnt und außer ein paar Wochen im Jahr nie einen Fuß in die Schule gesetzt haben, in ein Trainingslager für Bildung stecken. Weißt du, was ich machen würde? Ich würde sie zuerst einmal das Wörterbuch lesen lassen. Wenigstens zehn Worte am Tag. Dazu Diktate. Jeden Morgen, gleich nach dem Aufstehen. Ein Dutzend Hiebe für jedes falsch geschriebene Wort. Und sie müssten lesen. Eine Menge Literatur. Austen, Hardy, Dickens, Trollope, George Eliot. Dicke Bücher. Und Gedichte. Wordsworth, Shelley, Dryden, Milton. Und Shakespeare, John. Tonnenweise

Shakespeare. Sie müssten Gedichte auswendig lernen und lange, hübsche Reden. Und die Metaphorik von *Macbeth* und *Othello* analysieren. Klingt gut, oder?«

»Dann gehe ich lieber in den Scheißknast.«

Banks seufzte. »Das wirst du auch, John. Das wirst du auch. Das ist nur eine Fantasie von mir. Jetzt möchte ich, dass du dein von Würmern zerfressenes Gehirn einschaltest und dich erinnerst. Ich möchte, dass du dich, wenn du durch dieses löcherige Stück Schweizer Käse finden kannst, das du ein Gedächtnis nennst, an den letzten Sommer erinnerst. Besonders an den letzten August. Kannst du das?«

Spinks runzelte die Stirn. »Geht es um diese Tussi, die abgekratzt ist?«

»Ja«, erwiderte Banks. »Es geht, wie du es wortgewandt ausgedrückt hast, ›um diese Tussi, die abgekratzt ist‹. Erinnerst du dich an ihren Namen, John? Deborah Harrison.«

»Stimmt. Genau, Debbie.«

»Gut. Es ist etwas passiert, nicht wahr? Etwas Unangenehmes?«

»Keine Ahnung, was Sie meinen.«

»Ihre Mutter und ihr Patenonkel haben dich gewarnt, oder?«

»Ach so, richtig. Hochnäsige Wichser. Aber was hat das hier mit ...«

»Wie gesagt, John. Ich lasse die Vorschriften mal beiseite. Das hier ist vertraulich, unter uns. Okay?«

Spinks nickte, ein misstrauischer Blick funkelte in seinen Augen.

»Eines Tages hast du dort vorbeigeschaut und von Lady Sylvie Harrison Geld verlangt, damit du ihre Tochter in Ruhe lässt. Richtig?«

»Na und? Dagegen gibt es kein Gesetz. Die haben haufenweise Kohle. Ich fand, dass mir eine Entschädigung zustand. Die Tussi war nämlich kein besonders toller Fick. Da hätte ich auch einen Sack Kartoffeln ficken können. Aber ...«

Banks umklammerte die Stuhllehne so fest, dass seine Knöchel weiß wurden. »Erspare mir deine erotischen Memoiren, John«, warnte er. »Sonst tue ich noch etwas, was ich hinterher bereue. Du merkst es vielleicht nicht, aber ich bringe ungeheure Beherrschung auf.«

Spinks lachte. Noch mehr Speichel tropfte auf sein Kinn. Banks war kurz davor, ihm eine reinzuhauen, und musste wegschauen. »Wer war an diesem Tag im Haus?«

»Was?«

»Du hast mich verstanden. Wer war da?«

»Ach so. Habe ich Ihnen das nicht schon gesagt? Ich meine mich zu erinnern ...«

»Tue mir den Gefallen. Sag es mir noch einmal.«

»Gut. Debbies Mutter war da, die blonde Schlampe. Und dieses hochnäsige Arschloch Clayton. Scheißsnobs!«

»Und Deborah war nicht da?«

»Das habe ich Ihnen schon gesagt. Nein.« Spinks' Kopf begann von einer Seite zur anderen zu kippen. Die Wirkung der Drogen ließ nach, was auch immer er genommen hatte. Oder er hatte sich bei dem Autounfall doch nicht nur äußerliche Verletzungen zugezogen. Nur gut, dass er nach Dr. Burns geschickt hatte.

»Als du dort warst und Michael Clayton angetroffen hast«, fragte Banks, »hattest du da den Eindruck, dass dort etwas lief?«

Spinks schloss die Augen. Sein Kopf blieb wieder ruhig. »Keine Ahnung, was Sie meinen.«

»Bist du irgendwo reingeplatzt?«

»Reingeplatzt?«

»Hör auf, dich wie ein Papagei zu benehmen. Hattest du

den Eindruck, dass zwischen den beiden etwas im Gange war?«

Spinks runzelte die Stirn und wischte sich mit dem Handrücken Speichel vom Mund. Seine Augen öffneten sich wieder und versuchten mühsam, scharf zu sehen. »Im Gange?«, wiederholte er. »Sie meinen, ob er sie gefickt hat? Sie wollen wissen, ob ich glaube, dass Clayton diese Hexe gefickt hat?« Er lachte laut los.

Banks wartete geduldig, bis er fertig war. »Ja«, sagte er. »Und?«

»Sie haben eine schmutzige Fantasie. Wissen Sie das?«

»Hast du etwas gesehen?«

Spinks zuckte mit den Achseln. »Was weiß ich, da könnte schon was gelaufen sein.«

»Aber dir ist nichts Besonderes an ihnen aufgefallen, an der Art, wie sie miteinander umgegangen sind oder so?«

»Nee.«

»Waren die beiden vollständig bekleidet?«

»Natürlich.«

»Sahen sie irgendwie derangiert aus?«

»Wie? Derang was?

»Verstehst du jetzt, was ich mit dem Trainingslager meine? Es bedeutet: in Unordnung, durcheinander, zerzaust.«

»Ach so. Nein, ich glaube nicht. Aber genau weiß ich es nicht mehr.«

»Hat Deborah mal über die beiden gesprochen?«

Er schüttelte den Kopf, hörte abrupt auf und öffnete seinen Mund, als wollte er etwas sagen, dann schüttelte er wieder den Kopf. »Nein.«

Banks lehnte sich nach vorn gegen die Stuhllehne. Die beiden Vorderbeine des Stuhles erhoben sich vom Boden. »Was wolltest du mir erzählen, John?«

»Nichts. Sie hat nie was gesagt.« Er hustete und ein Rinnsal von gelbem Erbrochenen tropfte sein Kinn hinab auf das T-Shirt. Es stank widerlich: Alkohol, Käse-Knoblauch-Chips und Tacos. Banks stand auf und wich einen Schritt zurück.

In diesem Moment klopfte es an der Tür und Susan Gay kam herein, gefolgt von Dr. Burns, dem Polizeiarzt, dessen Praxis sich genau auf der gegenüberliegenden Seite des Marktplatzes befand.

»Entschuldigen Sie, Sir«, sagte Susan, »aber der Arzt ist da.«

»In Ordnung«, erwiderte Banks und schüttelte Burns' Hand. »Er gehört Ihnen. Ich habe genug. Flicken Sie ihn wieder zusammen, Nick. Ich möchte vielleicht noch einmal mit ihm reden.«

Und als er zurück in sein eigenes Büro ging, hatte er nicht nur das seltsame Gefühl, dass Spinks etwas für sich behielt und etwas verheimlichte, sondern dass er selbst nicht die richtigen Fragen gestellt hatte. Irgendetwas war ihm entgangen, und er wusste aus Erfahrung, dass es ihn so lange verrückt machen würde, bis er darauf kam, was es war.

SECHZEHN

1

Am Samstagmorgen holte Banks vor Michael Claytons Haus tief Luft, stieg dann aus seinem Wagen und ging den Gartenweg hinauf. Wenn Chief Constable Riddle von diesem Besuch erfuhr, war Banks' Leben wahrscheinlich keinen Pfifferling mehr wert.

Claytons Haus war nicht ganz so groß wie das der Harrisons, aber es war beeindruckend genug, ein massives Einfamilienhaus aus rotem Ziegelstein und Sandstein, das von einem ungepflegten Garten umgeben war. Der Rasen schien in diesem Jahr noch nicht gemäht worden zu sein und die Blumenbeete waren mit Unkraut überwuchert.

Nachdem er das erste Mal geklingelt hatte, hörte Banks keinen Laut und begann zu vermuten, dass Clayton nicht zu Hause war. Ungefähr eine halbe Minute später, als er schon zurückgehen wollte, ging die Tür auf und Clayton steckte seinen Kopf hinaus.

»Ja, was gibt's?«, fragte er verärgert. »Ach, Sie sind es, Chief Inspector.« Er trat einen Schritt zur Seite und machte die Tür ganz auf. »Kommen Sie herein. Entschuldigen Sie die Unordnung.«

Banks folgte ihm durch den Flur in ein Zimmer, das komplett mit Computern und Zubehör voll gestellt war. Mindestens drei Computer standen auf den Schreibtischen, dem Anschein nach die allerneuesten Modelle. Auf den Monitoren von zwei Geräten waren ähnliche Grafiken zu sehen, die Banks rätselhaft erschienen und ihm wie eine Mischung aus Schaltplänen und den Molekularstrukturen vorkamen, an die er sich vom Chemieunterricht erinnerte. Alle Grafiken waren farbig und auf beiden Monitoren blinkten Verknüpfungen und Pfade in einem jeweils anderen Muster auf. Der dritte Monitor zeigte Spielkarten; Banks erkannte die Anordnung als Pyramide im Solitärspiel.

»Bei mir läuft immer ein Spiel, wenn ich arbeite«, erklärte Clayton lächelnd. »Dabei kann ich mich besser konzentrieren. Fragen Sie mich nicht, warum.«

Der Boden war mit Unmengen von Spiralkabeln übersät, und Banks setzte vorsichtig einen Fuß vor den anderen, um nicht darüber zu fallen. Er konnte beinahe spüren, wie das ganze Zimmer von elektrischer Strahlung vibrierte.

Clayton räumte einen Stapel Computermagazine von einem Stuhl. Banks hätte ihn gerne gefragt, was die Grafiken auf den Monitoren bedeuteten, aber er wusste, dass er es, selbst wenn Clayton es ihm erzählen würde, sowieso nicht verstehen würde. Am besten gab er sich gar nicht erst als Ignorant zu erkennen.

Aus einem Laserdrucker rutschten zischend ein paar Papiere. Einer der Computer begann einen lauten, pulsierenden Piepton von sich zu geben. Clayton entschuldigte sich, während er hinüberging und ein paar Tasten drückte.

»Diagnoseprogramme«, sagte er, als er zurückkam.

Na, dann ist ja alles klar, dachte Banks. Selbst er wusste, was Diagnoseprogramme waren. Was sie allerdings diagnostizieren sollten, war eine völlig andere Frage.

»Computer«, fuhr Clayton fort. »Sie haben die Welt verändert, Chief Inspector. Nichts ist mehr so wie in unserer Kindheit. Und sie verändern die Welt weiterhin. Glauben

Sie mir, in nicht allzu ferner Zukunft wird nichts mehr so sein wie jetzt. Aber ich nehme an, Sie sind nicht hergekommen, um über Technologie zu sprechen, oder? Wollten Sie sich entschuldigen?«

»Wofür?«

»Dafür, dass dieser Dreckskerl, der Deborah ermordet hat, durchs Netz geschlüpft ist. Ich war mit Geoff und Sylvie bei der Urteilsverkündung. Die beiden waren niedergeschmettert. Und ich konnte mich seitdem kaum auf meine Arbeit konzentrieren. Wie konnten Sie das zulassen?«

Banks zuckte mit den Achseln. »Ich habe das schon häufiger erlebt als Sie. Wir leben nicht in einer vollkommenen Welt.«

»Das können Sie laut sagen. Ich weiß nicht, wie das Verfahren jetzt weitergeht, aber wenn ich Ihnen irgendwie helfen kann ...« Clayton kratzte sein glatt rasiertes Kinn. »Ich habe da ein paar beunruhigende Gerüchte über diesen Pierce gehört. Er soll junge Mädchen verprügelt und vergewaltigt haben. Stimmt das?«

»Dazu kann ich nichts sagen«, meinte Banks.

»Aber es gibt doch Beweise, die vor Gericht nicht zugelassen worden sind, oder? Aussagen, durch die er verurteilt worden wäre, wenn sie im Prozess gehört worden wären?«

»Der Richter entscheidet nach dem Gesetz«, erwiderte Banks. »Diese Beweise könnten eine solide Grundlage für eine Berufung sein. Das ist wirklich alles, was ich Ihnen im Moment sagen kann.«

Clayton hielt inne und warf einen kurzen Blick auf die Computermonitore. »Tja, Chief Inspector, danke, dass Sie mich auf den neuesten Stand gebracht haben. Kann ich Ihnen irgendwie helfen?«

Banks beugte sich vor. »Sie können mir tatsächlich helfen. Eine der Auswirkungen der Gerichtsentscheidung ist, dass wir den Fall wieder aufnehmen müssen und deshalb ein paar der anderen Ermittlungsstränge erneut untersuchen.«

Clayton runzelte die Stirn. »Verstehe ich nicht. Haben Sie den Richtigen gefunden oder nicht?«

»Die Geschworenen waren der Ansicht, dass wir nicht den Richtigen gefunden haben.«

»Aber was ist mit *Ihnen*? Sie wissen mehr über ihn, als Sie den Geschworenen sagen durften. Was ist Ihre Ansicht?«

Banks hatte allmählich die Nase voll von dieser Frage. Jetzt wusste er, wie sich Strafverteidiger fühlten, wenn sie ständig gefragt wurden, wie sie nur jemanden verteidigen könnten, von dessen Schuld sie doch wissen müssten. »Ich habe nicht gesehen, dass er es getan hat«, sagte er, »es bleibt also genug Raum für Zweifel.«

Clayton schnaubte. »Nur weil das Justizsystem einmal mehr versagt hat, wollen Sie also herumlaufen und alte Wunden öffnen?«

»Ich habe gehofft, dass Sie es als Kooperation ansehen würden«, antwortete Banks.

»Kooperation wobei?«

»John Spinks, zum Beispiel.«

»Dieser Schwachkopf, der letzten Sommer den ganzen Ärger ausgelöst hat?«

»Genau der.«

»Hat Sylvie Ihnen von dem Kerl erzählt?«

»Ja. Und gestern habe ich wieder mit ihm gesprochen.«

»Sie denken doch nicht, dass *er* es getan hat?«

»Es ist möglich«, sagte Banks.

»Er hat weder den Mut noch die Intelligenz dazu.«

»Seit wann braucht man Intelligenz, um jemanden zu ermorden? Außer in Krimis natürlich.«

»Man braucht Intelligenz, um es zu tun und ungeschoren davonzukommen.«

»Intelligenz oder Glück.«

Clayton zuckte mit den Achseln. »Ich will mich nicht mit Ihnen streiten. Wenn man es so sieht, ist alles möglich. Er war auf jeden Fall wütend auf Deborah wegen der Dinge, die passiert sind. Ich kann mir vorstellen, dass Wut in seinem begrenzten Gefühlskosmos ganz weit vorne steht. Ja, er hätte Deborah auflauern und seine Beherrschung verlieren können.«

»Wusste er, dass sie dem Schachklub angehörte?«

»Woher soll ich das wissen?«

»Ich glaube, er wusste es nicht«, sagte Banks. »Es sei denn, er hat sie doch noch getroffen, *nachdem* das Schuljahr begann. Aber das spielt jetzt keine Rolle. Wie Sie sagen, er könnte den Weg, den sie genommen hat, gekannt und schon seit Schulschluss auf dem nebligen Friedhof auf der Lauer gelegen haben. Ich habe gehört, dass Spinks bei den Harrisons vorbeigekommen ist und von Lady Sylvie Harrison Geld verlangt hat, stimmt das?«

»Ja.«

»Und Sie haben ihn geschlagen.«

»Das war nur ein kleiner Klaps. Sie werden mich jetzt nicht wegen Körperverletzung verhaften wollen, oder?«

Banks lächelte. »Nein. Glauben Sie mir, Sir, ich war selbst schon mehr als einmal kurz davor.«

»Dann können Sie mich ja verstehen.«

»Völlig. Sie haben ihn geschlagen und ihm später Geld gegeben?«

»Ja. Das schien am einfachsten zu sein.«

»Wie viel haben Sie ihm gegeben?«

»Hundert Pfund.«

»Das war alles?«

»Ja.«

»Er kam nicht zurück und hat mehr verlangt?«

»Nein.«

»Warum?«

Clayton beugte sich vor und legte seine Hände auf die Knie. »Weil ich ihm klar gemacht habe, dass ich dann mit Sicherheit Sir Geoffrey informieren würde, der ihn allermindestens auspeitschen würde, egal welche verleumderischen Drohungen er von sich gibt.« Clayton runzelte die Stirn und lehnte sich zurück. »Sie sagen, Sie haben wieder mit Spinks gesprochen? Weshalb? Hatte es damit etwas zu tun, dass Sie die Ermittlungen neu aufnehmen?«

»Eigentlich nicht. Nein, es war Zufall. Er hatte einen Wagen gestohlen und ihn zu Schrott gefahren.«

»Schade, dass er sich nicht den Hals gebrochen hat. Das hätte das kleine Arschloch verdient.«

»Wahrscheinlich«, sagte Banks. Er hielt inne und spürte, wie sein Herz schneller schlug. »Was haben Sie bei den Harrisons gemacht, als Spinks kam?«

»Ich verstehe nicht recht.«

»Ich hatte den Eindruck, dass Sie sehr häufig dort sind. Besonders wenn Sir Geoffrey unterwegs ist und nur seine Frau da ist.«

Claytons Kinnlade fiel herunter und er begann, sehr langsam den Kopf zu schütteln. »Mein Gott, Sie haben ja nichts als Blödsinn im Kopf«, sagte er. »Ich kann es nicht glauben. Im Grunde unterstellen Sie mir ...« Er legte seine Fingerspitzen an die Schläfen. »Damit ich Sie richtig verstehe ... Ihre Theorie ist, dass Sylvie und ich eine heiße Affäre hatten und dass Deborah dahinter gekommen ist und gedroht hat, ihrem Vater davon zu erzählen. Weil ich das nicht zulassen wollte, habe ich Deborah, meinem Patenkind, eines Tages auf dem Friedhof aufgelauert und sie erwürgt. Ist das Ihre Theorie?«

»So weit habe ich gar nicht gedacht«, sagte Banks. »Ich

hatte nur versucht, die Sache richtig zu stellen, mehr nicht. Aber ich muss zugeben, dass Sie die Gabe haben, die Dinge auf das Wesentliche zu reduzieren. Danke, dass Sie es so kurz und bündig dargestellt haben.«

Clayton stand auf. Sein Gesicht war rot. »Das ist verrückt, Banks. Sie klammern sich an Strohhalme. Ich glaube, Sie gehen jetzt besser.«

»Ich wollte sowieso gerade los. Nur noch eine Frage.«

Clayton biss die Zähne zusammen. »Bitte.«

»Es geht um HarClay Industries. Einige der Aufträge sind streng geheim – für das Verteidigungsministerium, nicht wahr?«

»Ja. Und?«

»Besteht die Möglichkeit, dass Deborah über etwas gestolpert ist, was sie nicht wissen sollte, sagen wir, in den Papieren ihres Vaters?«

Clayton schüttelte den Kopf. »Zuerst bezichtigen Sie mich praktisch des Mordes und jetzt kommen Sie mit dieser James-Bond-Geschichte. Nein, Chief Inspector, Deborah könnte *keineswegs* über Regierungsgeheimnisse gestolpert sein, die zu ihrem Tod geführt haben. Ich bin der Auffassung, dass Sie den Mörder bereits hatten und ihn wieder laufen ließen. Und jetzt stellen Sie irgendwelche wilden Spekulationen an, um einen Sündenbock zu finden.«

Banks stand auf, um zu gehen. »Vielleicht«, räumte er ein.

»Und zu Ihrer Information«, fuhr Clayton fort, »ich kenne Geoff und Sylvie schon seit Jahren. Als die beiden sich kennen lernten, war ich dabei. Ich habe mit Geoff studiert. Ich hatte nie, noch habe ich irgendeine anders geartete Beziehung zu Sylvie Harrison als die eines guten Freundes. Habe ich mich klar ausgedrückt?«

Banks wandte sich um und erwiderte seinen Blick. »Absolut.«

»Und für dieses Mal will ich vergessen, dass dieses Treffen überhaupt stattgefunden hat. Sollten Sie es jedoch wagen, jemals wieder hierher zu kommen mit Ihren …«

Banks hob eine Hand. »Ich habe verstanden, Sir. Wenn ich weitere Fragen stelle, werden Sie den Chief Constable unterrichten. Das ist Ihr gutes Recht.«

Als Banks nach draußen zu seinem Wagen ging und sich die erste Zigarette des Tages anzündete, zitterten seine Hände.

2

Zuerst hatte Rebecca Charters nicht gewusst, was sie tun sollte, als Owen Pierce sie am Donnerstag im Garten überrascht hatte. Wie sie Chief Inspector Banks erzählte, hatte sie Angst bekommen und war instinktiv ins Haus gelaufen, hatte die Tür verriegelt und die Kette eingehängt. Obwohl er gewusst haben musste, dass sie allein im Hause war, hatte er nichts unternommen. Sie hatte aus dem Fenster geschaut und beobachtet, wie er noch eine Weile vor der Gartenpforte stehen geblieben war, bevor er weiterging. Ihr Herz hatte heftig gepocht.

Nachdem Banks gegangen war, sagte sie sich, dass ihre Angst unbegründet war. Pierce hatte schließlich nichts getan, er hatte nicht einmal etwas gesagt oder gar gedroht. Vielleicht hatte sie überreagiert. Pierce war möglicherweise unschuldig. Inspector Banks hatte jedenfalls Zweifel an seiner Schuld, und sein Gedanke, dass sich Deborah mit der Person, die letztlich zu ihrem Mörder wurde, verabredet hatte, klang plausibel.

Doch als Pierce am Samstagnachmittag vorbeikam und an ihre Tür klopfte, während Daniel gerade die unheilbar kranken Patienten im Allgemeinen Krankenhaus von Eastvale besuchte, war sie wieder völlig verängstigt.

Da es ein warmer Tag war und sie es mochte, wenn der Duft der Blumen in das Wohnzimmer strömte, hatte Rebecca das Erkerfenster geöffnet. Bevor sie es zumachte und verriegelte, rief sie: »Gehen Sie weg oder ich rufe die Polizei!«

»Bitte«, sagte er. »Bitte hören Sie mich an. Ich werde Ihnen nichts tun. Ich habe noch nie jemandem etwas getan. Ich möchte nur mit Ihnen reden.«

Sie ließ das Fenster offen, legte jedoch ihre Hände an den Rahmen, bereit, es jederzeit zuzuschlagen, sollte er eine verdächtige Bewegung machen. »Worüber?«, fragte sie.

»Ich will einfach reden. Bitte, ich muss mit jemandem reden.«

Etwas in seiner Stimme rührte Rebecca. Es reichte allerdings nicht, um ihn hereinzulassen.

»Warum mit mir?«, wollte sie wissen. »Sie kennen mich doch gar nicht.«

»Aber ich weiß von Ihnen. Ich weiß, was Sie durchgemacht haben. Sie sind die Frau des Pfarrers. Ich habe von den Anschuldigungen und allem gelesen. Ich habe nur gedacht ... Ich will nicht behaupten, dass ich besonders religiös wäre. Ich möchte Sie nicht belügen. Bitte, würden Sie mich hereinlassen, damit wir reden können? Kann mich denn nicht wenigstens einer wie ein menschliches Wesen behandeln? Bitte!«

Rebecca konnte Tränen in seinen Augen sehen. Aber ihr war immer noch nicht klar, warum er gekommen war. Sie konnte ihn nicht hereinlassen, brachte es aber auch nicht übers Herz, ihn abzuweisen. Schließlich war sie nicht nur Christin, sondern auch die Frau eines Geistlichen.

»Warten Sie«, sagte sie. »Ich komme heraus.« Draußen im Garten, an dem ständig Leute auf dem Flusspfad vorbeigingen, würde sie sich sicher fühlen.

Warum tat sie das?, fragte sie sich auf dem Weg nach draußen. Einen Teil der Antwort kannte sie. Vor nicht allzu langer Zeit hatte sie an Daniel, ihrem Ehemann, gezweifelt. Anstatt ihn uneingeschränkt zu unterstützen, hatte sie sich dem Alkohol und der Lust hingegeben, um ihren Verpflichtungen zu entfliehen. Und schlimmer noch: Sie war nicht nur vor ihren Verpflichtungen davongelaufen, sondern vor der schrecklichen Erkenntnis, dass sie an Daniel gezweifelt hatte und dass sie tatsächlich an seine Schuld geglaubt hatte. Und jetzt stand dieser Mitleid erregende Mann vor ihr, ein Mann, der von den Geschworenen für nicht schuldig befunden worden war, den aber der Rest der Welt für schuldig hielt. Ob es nun Barmherzigkeit war, Mitgefühl, christliche Nächstenliebe oder reine Dummheit – sie konnte ihn einfach nicht abweisen.

Daniel hatte ein paar Klappstühle im Garten aufgestellt. Bei schönem Wetter saß er gerne hier und betrachtete den Fluss, während er an seiner Predigt arbeitete. Von hier hatte man auch einen herrlichen Blick auf St. Mary's Hill und die hübschen alten Häuser über dem sanften, grünen und bewaldeten Hang. Da sitze ich nun an einem warmen Juninachmittag mit einem möglichen Mörder im Garten, dachte Rebecca.

»Ich verstehe immer noch nicht, warum Sie hier sind«, sagte sie.

»Ich möchte ... ich *brauche* einen Freund. Oder Freunde. Wo ich auch hinkomme, wenden sich die Leute von mir ab. Ich bin einsam und ich habe Angst. Irgendwo habe ich gehört, was Ihr Mann durchgemacht hat. Aber offensichtlich haben Sie zu ihm gehalten, so schwer es auch gewesen sein mag. Ich habe niemanden.«

Das klang so ironisch, dass Rebecca fast laut aufgelacht hätte. »Ja«, sagte sie stattdessen, »es ist schwer gewesen.

Aber das Gericht hat Sie für unschuldig befunden. Sie sind ein freier Mann.«

Owen rümpfte die Nase. »Nicht für unschuldig. Nur für *nicht schuldig* im Sinne der Anklage. Das ist etwas anderes. Egal, es spielt sowieso keine Rolle. Ich bin nicht wirklich frei. Jeder glaubt, ich wäre schuldig.«

»Und sind Sie es?«

»Werden Sie mir glauben, wenn ich verspreche, ehrlich zu antworten?«

Rebecca spürte, wie ihr Herz zu rasen begann. Es war eine solch einfache Frage, und dennoch hatte sie das Gefühl, dass alles von ihr abhing. Nicht nur, was im Augenblick Owen Pierce betraf, sondern ihre ganze moralische Wahrheit, ihr Verständnis von Vertrauen und sogar ihr Glaube an sich selbst. Sie spürte, dass Pierce sie anschaute, und ihr wurde klar, dass sie wahrscheinlich die Luft angehalten hatte. Schließlich atmete sie aus und wagte sich vor.

»Ja«, erwiderte sie. »Ich werde Ihnen glauben.«

Pierce schaute ihr in die Augen. »Nein«, sagte er. »Nein, ich habe es nicht getan.«

Irgendwie fiel Rebecca ein Stein vom Herzen. »Was können wir für Sie tun?«, fragte sie.

Beinahe so, als könne er sein Glück nicht glauben, blieb Pierce eine Weile sprachlos. Seine Augen füllten sich mit Tränen, und Rebecca war für einen Augenblick kurz davor, seine Hand zu nehmen. Aber sie tat es nicht.

»Ich brauche Hilfe«, brachte er schließlich mit brüchiger Stimme hervor. »Ich muss mein Leben wieder in Ordnung bringen und ich schaffe es nicht allein.« Während er sprach, fasste er sich wieder und wischte brüsk seine Tränen weg. »Vielleicht kommt es Ihnen kalt und berechnend vor«, fuhr er fort, »aber das ist es nicht. Als ich herausfand, wer Sie sind, erinnerte ich mich, dass Sie im Gericht waren, und da wollte ich mit Ihnen reden. Ich dachte, Sie würden verstehen, wie es ist, wenn man für schuldig gehalten wird, obwohl man unschuldig ist, und diese ganze Heuchelei über Recht und Wahrheit. Ich bin mir sicher, dass Ihr Mann das, was man ihm vorwirft, nicht getan hat. Genau wie ich.«

»Aber ich dachte, Sie wären wütend auf uns. Mein Mann hat gegen Sie ausgesagt.«

Owen schüttelte den Kopf. »Er hat nur die Wahrheit gesagt. Das hat an der Anklage nichts geändert. Ich war ja auch auf der Brücke. Das habe ich nie geleugnet. Und für Sie muss es furchtbar gewesen sein, als Sie die Leiche gefunden haben. Nein, ich habe überhaupt nichts gegen Sie oder Ihren Mann. Ich habe keine Freunde, Mrs Charters. Alle haben mich im Stich gelassen. Ich habe keine nahen Verwandten. Selbst Fremde behandeln mich wie ein Ungeheuer, wenn sie mich erkennen. Ich brauche Unterstützung, öffentliche Unterstützung. Ich brauche das Gefühl, dass anständige, intelligente Menschen mich nicht für ein Ungeheuer halten. Ich möchte, dass Sie auf meiner Seite stehen. Sie und Ihr Mann.«

»Vielleicht haben Sie sich an die Falschen gewandt«, sagte Rebecca. »Sie werden bestimmt nicht auf der Verliererseite stehen wollen. Denken Sie daran, mein Mann steht immer noch unter Verdacht.«

»Ja, aber er hat trotz allem weitergemacht. Und ich weiß, dass Sie ihm glauben. Sie haben zu ihm gehalten. Genau wie viele andere Mitglieder Ihrer Gemeinde, da bin ich mir sicher. Verstehen Sie denn nicht, Mrs Charters, dass wir beide Opfer sind, Ihr Mann und ich?«

Rebecca überlegte einen Augenblick und musste an die Heuchelei einiger Gemeindemitglieder denken. »Na gut«, sagte sie, »ich kann nichts versprechen, aber ich werde mit meinem Mann reden.«

»Ich danke Ihnen«, sagte Owen aufatmend.

»Aber würden Sie etwas für mich tun?«

»Selbstverständlich.«

»Würden Sie morgen in die Kirche kommen? Ich will Sie nicht bekehren oder so, aber es wäre gut, wenn man Sie dort *sehen* würde. Die Leute, die noch in die Kirche kommen, haben größtenteils zu Daniel gehalten und an seine Unschuld geglaubt, genau wie Sie sagen. Wenn wir Sie in die Gemeinde aufnehmen, dann könnten sie das Gleiche für Sie tun. Ich weiß, es klingt wahrscheinlich heuchlerisch, dass die Leute nur nach dem Äußeren urteilen, aber so ist es nun einmal und vielleicht ... Warum lachen Sie?«

»Entschuldigen Sie, Mrs Charters, es tut mir wirklich Leid. Ich kann nichts dagegen tun. Natürlich werde ich in die Kirche kommen. Glauben Sie mir, das scheint ein sehr geringer Preis zu sein.«

III

Es war erst zwei Uhr am Morgen, aber Banks wachte ständig aus beunruhigenden Träumen auf. Er und Sandra waren mit alten Freunden, Harriet Slade und ihrem Mann David, bei einem Folkkonzert im Dog and Gun in Helmthorpe gewesen. Der Star des Abends war Penny Cartwright, eine aus der Gegend stammende Sängerin, die ihre große Karriere aufgegeben hatte und vor ein paar Jahren wieder zurück nach Helmthorpe gezogen war. Banks hatte sie kennen gelernt, als er den Mord an Harold Steadman untersuchte, einem ortsansässigen Historiker, und er hatte sie seitdem ein paar Mal getroffen. Wenn sie sich gesehen hatten, war jedes Mal, obwohl sie sich nur ganz freundschaftlich unterhielten, eine Spannung zwischen ihnen entstanden, und Banks war immer froh gewesen, wenn das Geplänkel vorbei war.

An ihrem Gesang konnte man sich jedoch erfreuen. Ihre Altstimme war rauchig in den tiefen Tönen, aber rein und klar im höheren Register und vermittelte zudem die kontrollierten Emotionen einer Kämpferin, die schon einiges im Leben durchgemacht hatte. Sie sang eine Mischung aus traditionellem und zeitgenössischem Liedgut – von Anon bis Zimmerman – und ihre Version von Zimmermans »I Dreamed I Saw St. Augustine« hatte Banks einen Schauer über den Rücken gejagt und Tränen in die Augen getrieben.

Doch jetzt litt Banks darunter, später bei Harriet und David etwas zu viel Port und Stilton-Käse zu sich genommen zu haben. Er hatte schon häufig den Verdacht gehabt, dass die blauen Stellen im Stilton, der Schimmel, leicht halluzinogene Wirkungen hatten und zu ruhelosen Träumen führten. Es spielte keine Rolle, dass er noch keinen Wissenschaftler gefunden hatte, der ihn in dieser Meinung bestätigte, er war sich dessen sicher. Denn es passierte jedes Mal, wenn er Stilton aß.

Es waren keine erfüllten Träume von der Sorte, die man brauchte, um das Gefühl zu haben, gut schlafen zu können, sondern abrupte und verstörende Verformungen auf der Schwelle von Wachen und Schlafen: Computerspiele wurden zur Realität, Autos krachten durch Bildschirme und der Geist einer jungen Frau wanderte über einen nebligen Friedhof. In einem Traum war er unheilbar an Krebs erkrankt und konnte sich nicht mehr daran erinnern, wie seine Kinder aussahen. Immer wieder flüsterten Stimmen von dämonischen Liebenden, und Krähen pickten das Fleisch von den Knochen von Leichen.

Deshalb war Banks nicht besonders verärgert, als das

Telefon klingelte. Er war verwirrt, aber auch erleichtert, aus der Falle seiner Träume errettet worden zu sein. Gleichzeitig überkam ihn eine böse Ahnung, als er sich umdrehte und den Hörer abnahm. Neben ihm begann sich Sandra zu rühren, und er versuchte, leise zu sprechen.

»Sir?«

»Ja«, brummte Banks. Es war die Stimme einer Frau.

»Hier ist Constable Gay, Sir. Ich rufe vom Revier aus an.«

»Was machen Sie da? Was ist los?«

»Es tut mir Leid, Sie zu stören, Sir, aber es sieht so als, als wäre es wieder passiert.«

»Was?«

»Noch ein Mädchen ist verschwunden, Sir. Sie heißt Ellen Gilchrist. Sie war heute Nacht beim Schulball in der Eastvaler Gesamtschule und ist nicht nach Hause zurückgekehrt. Ihre Eltern sind halb verrückt vor Angst.«

Banks richtete sich auf und schwang seine Beine unter der Decke hervor. Sandra drehte sich um. »Wo sind die Eltern?«, fragte er.

»Die sind hier, auf dem Revier, Sir. Ich konnte sie nicht davon abhalten. Ich habe gesagt, dass wir alles tun, was wir können, aber ...«

»Haben Sie ihre Freundinnen und Freunde angerufen?«

»Ja, Sir. Das ist alles erledigt. Wir haben jeden angerufen, der ihren Eltern oder ihren Freundinnen vom Ball eingefallen ist. Wir haben schon die halbe Stadt geweckt. Soviel ich verstanden habe, hat sie den Ball kurz nach elf Uhr allein verlassen. Sie hatte Kopfschmerzen. Ihre Eltern wohnen in der Leaview-Siedlung, sie musste also kaum einen halben Kilometer die King Street hinuntergehen. Als sie um Mitternacht nicht wie abgemacht nach Hause kam, haben sie sich Sorgen gemacht. Um halb eins haben sie uns angerufen. – Sir?«

»Ja?«

»Sie sagten, normalerweise hätten sie bis ein Uhr gewartet, sie dann ermahnt und ins Bett geschickt. Aber sie haben von dem Mörder gehört, der davongekommen ist. Owen Pierce. Deswegen haben sie uns so schnell angerufen.«

Banks saß auf der Bettkante, rieb sich die Augen und versuchte, ein für alle Mal die Stilton-Träume loszuwerden. Er seufzte. Von einem Alptraum in den nächsten. »In Ordnung«, sagte er. »Lassen Sie jemanden eine Kanne starken Kaffee machen, ja, Susan? Ich bin gleich da.«

SIEBZEHN

1

Ein Wanderer aus Middlesborough war früh von seiner Pension in Skield aufgebrochen und hatte am Sonntagmorgen um acht Uhr in einer Senke auf dem Hexenberg oberhalb des Dorfes die Leiche des Mädchens gefunden. Eine Stunde später begannen die Kriminalbeamten aus Eastvale und die Beamten der Spurensicherung einzutrudeln, dicht gefolgt von Dr. Glendenning, der völlig außer Atem war, nachdem er oben angekommen war.

Banks stand an der Kante der Geländestufe, die seiner Vermutung nach ein kleines Feld war, ein altes Ackerland, das im Mittelalter terrassenförmig am Hang angelegt worden war. Solche terrassierten Berge haben eine Reihe von Stufen, von denen diese die erste war. Sie war ungefähr zehn Meter breit und senkte sich zur Mitte hin ein wenig.

In dieser zentralen Vertiefung lag, als wäre sie von den Blütenblättern einer Blume umhüllt, mit allen vieren von sich gestreckt die Leiche des Mädchens. Die kleine Wiese war voller Butterblumen und Gänseblümchen; Fliegen und andere Insekten mit noch zarteren Flügeln summten durch die Luft, manche ließen sich für einen Augenblick auf der blassen, starren Haut des Mädchens nieder.

Einige Butterblumen und Gänseblümchen waren in ihr langes blondes Haar geschlungen, das auf dem hellen grünen Gras um ihren Kopf herum aufgefächert war wie der Heiligenschein einer russischen Ikone. Ihre Bluse war aufgerissen, ihr Büstenhalter hochgezerrt, wodurch die kleinen blassen Brüste entblößt waren; ihr kurzer Rock war bis zu den Oberschenkeln hochgeschoben worden, der Slip lag neben ihr auf der Wiese. Als Banks näher kam, bemerkte er die Verfärbungen an ihrem Hals und die offene Umhängetasche neben ihrem Arm, aus der einige Gegenstände ins Gras gefallen waren: Lippenstift, ein Portemonnaie, Puderdose, Nagelfeile, Kaugummi, Parfüm, Schlüssel, Adressbuch, Ohrringe, Haarbürste.

Die Ähnlichkeiten mit dem Mord an Deborah Harrison lagen so auf der Hand, dass sie nicht ignoriert werden konnten. Und dabei war Banks gerade zu der Überzeugung gelangt, dass Deborah von jemandem ermordet worden war, den sie aus irgendeinem schlüssigen Grund kannte. Jetzt sah es so aus, als hätten sie es mit einem psychopathischen Sexualstraftäter zu tun, mit einem, der zwei junge Mädchen in der Gegend ermordet hatte.

Um Peter Darby nicht bei seinen Fotoaufnahmen zu stören, trat Banks einen Schritt zur Seite und beobachtete Dr. Glendenning bei der Untersuchung der Leiche. Mittlerweile war auch Superintendent Gristhorpe eingetroffen. Jimmy Riddle marschierte angeblich am Fuße des Berges auf und ab und überlegte wohl, ob er den kurzen Anstieg wagen oder lieber warten sollte, bis die anderen wieder herunterkamen.

Banks atmete die Luft ein. Es war wieder ein herrlicher Morgen. Ein paar Schafe glotzten die Natursteinmauer an, als wünschten sie, dass der ganze Spuk verschwinden möge. Tja, Banks wusste, dass dies nicht geschehen würde. Genauso wenig wie sich sein Magen, der sich wie eine geballte Faust anfühlte, vor morgen wieder entspannen würde.

»Und?«, fragte er, nachdem der Arzt seine Untersuchung beendet hatte.

»Da wir nicht vor Gericht sind, mein Lieber«, erwiderte Glendenning mit einem schiefen Grinsen, »kann ich Ihnen sagen, dass sie wahrscheinlich zwischen zehn Uhr gestern Abend und ein oder zwei Uhr am Morgen gestorben ist.«

»Glauben Sie, dass sie hier getötet wurde?«

»Aufgrund der Totenflecken auf ihrem Rücken und ihren Oberschenkeln sieht es danach aus.«

»Also hat er sie den ganzen Weg von Eastvale lebend hierher gebracht?«

Banks rechnete im Kopf nach. Das Mädchen, Ellen Gilchrist, war kurz nach elf Uhr gestern Abend auf ihrem Heimweg verschwunden. Mit dem Wagen waren es ungefähr fünfzig Kilometer von Eastvale nach Skield; ein Teil der Strecke führte jedoch über schlechte Straßen durch das Hochmoor, auf denen man gerade nachts nicht besonders schnell fahren konnte. Ein Grund dafür war, dass die Schafe die Angewohnheit hatten, umherzuwandern, und wie jeder, dem es schon einmal passiert war, zu berichten wusste, war ein Zusammenstoß mit einem Schaf auf einer dunklen Straße wirklich eine sehr hässliche Angelegenheit. Besonders für das Schaf.

Der Mörder hatte wahrscheinlich eine Stunde gebraucht, schätzte Banks, vor allem, wenn er nicht den direkten Weg genommen hatte, um nicht gesehen zu werden. Aber wozu der ganze Aufwand? Warum hatte er sie nicht irgendwo in Eastvale versteckt? War ihm der Ort wichtig, gehörte das zu seinem Profil? Hatte er gehofft, die Leiche würde hier oben länger unentdeckt bleiben? Da bestand wenig Hoffnung, dachte Banks. Skield und der Hexenberg waren beliebte Ausflugsziele bei Wanderern, besonders bei dem guten Wetter.

»Sie hat eine klaffende Wunde hinter ihrem linken Ohr«,

sagte Glendenning, »was darauf schließen lässt, dass sie wahrscheinlich bewusstlos war, als sie hierher gebracht und bevor sie erdrosselt worden ist. Die Wunde sieht so aus, als könnte sie mit einem Hammer oder einem anderen schweren Objekt herbeigeführt worden sein. Aber die Todesursache ist – inoffiziell natürlich – Strangulation, genau wie beim letzten Fall. Diesmal war es der Riemen der Umhängetasche anstatt des Ranzens.«

»Und die Tasche ist geöffnet, auch wie beim letzten Mal«, grübelte Banks laut.

»Genau«, sagte Glendenning. »Gut, Sie können die Leiche jetzt in die Leichenhalle bringen lassen.« Und dann marschierte er davon.

Banks versuchte, den Tathergang wie einen Film im Kopf ablaufen zu lassen: Das Mädchen verabschiedet sich von ihren Freundinnen am Ende der School Lane, biegt in die King Street, die am Tage von Touristen bevölkert, wo es aber nachts bis auf ein, zwei Pubs ruhig ist. Ein paar Straßenlaternen, aber keine besonders hell erleuchtete Gegend. Die meisten Jugendlichen sind noch auf dem Ball, doch Ellen geht nach Hause, obwohl sie länger wegbleiben dürfte. Sie hatte Kopfschmerzen, sagte ihre Freundin. Sie geht allein den Hügel hinab zur Leaview-Siedlung, ein Weg von nicht mehr als zehn Minuten, wenn es hoch kommt. Ein Wagen hält an. Oder hat er bereits mit ausgeschalteten Lichtern gewartet, weil der Fahrer wusste, dass ein Schulball stattfindet, und er die Hoffnung hatte, dass jemand so unvorsichtig ist, allein nach Hause zu gehen?

Er steht neben dem Wagen und macht einen ganz harmlosen Eindruck. Er kann sein Glück kaum fassen. Noch eine Blondine, genau wie Deborah Harrison, zudem in einem ähnlichen Alter. Oder wusste er, wen er wollte? Hatte er sie beobachtet? *Kannte* er sie?

Als sie vorbeigeht, packt er sie, und ehe sie begreift, was passiert, zieht er sie ins Auto. Vielleicht versucht sie zu schreien, doch er legt ihr eine Hand auf den Mund, um die Schreie zu ersticken. Er schlägt sie nieder. Dann sitzt sie auf dem Beifahrersitz, bewusstlos, und blutet hinter dem Ohr. Er legt ihr den Sicherheitsgurt an und fährt los. Vielleicht hat jemand den Wagen gesehen, jemand, der auch gerade den Ball verlassen hat? Er muss sie an eine abgelegene Stelle bringen, bevor er gesehen wird.

Auf dem ganzen Weg nach Skield kostet er schon aus, was er gleich mit ihr machen wird. Die Vorstellung ist beinahe genauso erregend wie die Tat selbst. Erst stellt er es sich vor und später erlebt er es wieder, spielt es immer wieder in seinem Kopf ab.

Er parkt abseits der Straße, außer Sichtweite, der Wagen ist hinter einer Baumgruppe versteckt, und schleppt sie den Berghang hinauf. Es ist nicht besonders weit oder steil bis zur ersten Geländestufe, aber er kommt bei der Anstrengung ins Schwitzen, und vielleicht kommt sie mittlerweile wieder zu sich, versucht sich zu wehren und merkt, dass ihr etwas Schreckliches passieren wird. Sie erreichen die Stufe, er legt sie ins Gras und tut ... was immer er getan hat.

»Alan?«

»Was? Oh, entschuldige. Ich war ganz in Gedanken.«

Superintendent Gristhorpe und Constable Susan Gay waren zu ihm gekommen, während uniformierte Beamte die Gegend absuchten.

»Wir gehen besser zurück aufs Revier und setzen alles in Bewegung«, sagte Gristhorpe. »Wir können damit anfangen, noch einmal alle Freundinnen zu befragen, die mit ihr auf dem Ball waren. Dann müssen wir alle Häuser an der King Street abklappern und die Pubs überprüfen. Ich werde auch veranlassen, dass jemand in Skield herumfragt. Man kann nie wissen. Vielleicht hat jemand an Schlaflosigkeit gelitten.«

»Sir?«

Banks und Gristhorpe drehten sich um und sahen Constable Weaver, einen der Beamten des Suchtrupps, der etwas auf einen Stift gehängt hatte. Als er näher kam, konnte Banks sehen, dass es einer dieser durchsichtigen Plastikbehälter war, in denen Kleinbildfilme verkauft wurden. Da er mit Sandra zusammenlebte, hatte er schon viele davon gesehen.

»Habe ich im Gras nahe der Leiche gefunden, Sir«, verkündete Weaver.

»In der Nähe der Umhängetasche?«, fragte Gristhorpe.

»Nein, Sir, deswegen kam es mir auch komisch vor. Auf der anderen Seite von ihr, ein paar Meter weit weg. Glauben Sie, das könnte dem Mörder gehören?«

»Das könnte jedem gehören, Junge«, erwiderte Gristhorpe. »Vielleicht einem Touristen. Aber wir lassen es besser, so schnell wir können, auf Fingerabdrücke untersuchen.« Er wandte sich an Banks. »Vielleicht haben wir es mit jemandem zu tun, der gerne seine Opfer fotografiert?«

»Möglich«, stimmte ihm Banks zu. »Und einen eifrigen Amateurfotografen kennen wir ja bereits, nicht wahr? Ich werde Vic Manson sofort darauf ansetzen. Er müsste bis zum Mittag die Abdrücke vergleichen können.«

Genau in diesem Moment tauchte über dem Rand der Wiese ein roter, vom Schwitzen glänzender Kahlkopf auf. »Was ist los?«, ächzte Chief Constable Riddle.

»Ach, wir sind hier oben gerade fertig, Sir«, sagte Banks und lächelte frech, als er an Riddle vorbeiging und sich auf den Weg nach unten machte.

11

In der Kirche war es heiß und es roch so, als würde Staub auf einem elektrischen Heizelement verbrennen. Owen erinnerte sich daran, einmal gehört zu haben, dass Hausstaub vor allem aus abgestorbener Haut bestand. Was im Endeffekt bedeutete, dass es in der Kirche nach toten Menschenteilen roch, die verbrannten. Die Hölle? Alles Sterbliche ist wie das Gras. Totes, vertrocknetes Gras, das auf großen Haufen in Schrebergärten verbrannt wurde, oder Stoppelfelder, die im Herbst abgebrannt wurden und sich wie gewaltige, rollende Teppiche in der Ferne ausbreiteten, über denen im stillen Dunst Rauchwolken dahinschwebten.

Owen zog sein Jackett aus und lockerte seine Krawatte. In Kirchen hatte er sich nie wohl gefühlt. Seine Eltern waren beide eingefleischte Atheisten gewesen, und wenn er in eine Kirche gegangen war, dann nur zu Hochzeiten oder Beerdigungen. Deshalb trug er in der Kirche auch immer Anzug und Krawatte.

Natürlich war es in Ordnung, wenn man sich als Tourist antike Taufsteine oder Mauergewölbe anschaute, aber es war etwas völlig anderes, wenn ein Pfarrer vor einem stand und von der Nächstenliebe palaverte. Übertrieben religiösen Typen hatte Owen schon immer misstraut, er hatte das Gefühl, dass die Kirche vielen Menschen eine öffentliche Aura der Anständigkeit verlieh, die im privaten Kreis ihren Perversionen nachgingen. Aber in diesem Fall war der Pfarrer Daniel Charters, der jetzt einer der wenigen Verbündeten war, die Owen auf der ganzen Welt hatte.

Heute wurde die abgedroschene alte Kamelle von den Zeitungen zum Besten gegeben, die nichts als schlechte Nachrichten verbreiteten, durch die man eine zynische Sichtweise auf die Welt bekommen konnte, obwohl doch in Wirklichkeit die ganze Zeit Zeichen und Wunder um einen herum passierten.

Mit dem ersten Teil der Predigt konnte sich Owen an diesem Morgen vollständig identifizieren, mit dem aufmunternden Ende allerdings keineswegs. Kurz bevor er sich auf den Weg in die Kirche gemacht hatte, hatte er die *News of the World* zu einem Ball zusammengeknüllt und durch das Zimmer geschleudert.

Den Blicken nach zu urteilen, die ihn empfangen hatten, als er nach St. Mary's gekommen war, und angesichts der Art, wie viele Mitglieder der Gemeinde die Köpfe zusammensteckten und hinter vorgehaltenen Händen flüsterten, hatte selbst die anspruchsvolle Klientel von St. Mary's bei Cappuccino und Croissant zumindest flüchtig in die *News of the World* geschaut.

In dicken schwarzen Buchstaben stand dort quer über die Titelseite: DIE GESCHICHTE, DIE SIE VOR GERICHT NICHT ERZÄHLEN DURFTEN. Offensichtlich hatte Michelles Journalistenfreund sie gründlich ausgequetscht. Es gab eine Anspielung auf Owens *Vorliebe, Fotoaufnahmen zu machen*, die so formuliert war, dass es ausgesprochen gemeingefährlich klang, sowie eine Erwähnung seiner Neigung zu *abartigen Stellungen*. Außerdem, so war zu lesen, mochte er den Sex in seiner harten Variante, wobei die Partnerinnen nicht jung genug sein konnten. Michelle kam in dem Text eher als Opfer denn als bereitwillige Liebhaberin weg. Was nach Owens Vermutung wohl die Absicht gewesen war.

Dazu war ein altes, leicht unscharfes Foto der beiden sowie der Teil eines Briefes abgedruckt worden, den Owen einmal an Michelle geschrieben hatte, als er bei einer Konferenz gewesen war. Der Brief war völlig harmlos, er hatte damals nur geschrieben, dass er es nicht abwarten könnte, sie wiederzusehen, aber in diesem Zusammenhang hatte er natürlich eine weitaus bedenklichere Wirkung.

Er erinnerte sich an den Tag, an dem das Foto aufgenommen worden war. Kurz nachdem Michelle bei ihm eingezogen war, hatten sie ein paar Tage Urlaub in Dorset gemacht und verschiedene Orte besucht, die mit Thomas Hardys Romanen verbunden waren. Auf dem kleinen Friedhof in Stinsford, wo Hardys Herz begraben war, hatten sie einen amerikanischen Touristen gebeten, sie mit Owens Kamera zu fotografieren. Das Foto war leicht unscharf geworden, weil der Tourist mit der manuellen Schärfeeinstellung nicht richtig umgehen konnte.

Das Foto und die Reproduktion seines handgeschriebenen Briefes in einer Sonntagsgazette zu sehen, ärgerte Owen irgendwie noch mehr als die versteckten Andeutungen in dem Artikel. Offensichtlich hatte Michelle dem Reporter beides gegeben. Das war eine Verletzung und ein noch größerer Verrat als das, was sie über ihn erzählt hatte. Allmählich begann er sich zu wünschen, er hätte Michelle tatsächlich umgebracht.

Der ganze Artikel schrie natürlich nach seiner Schuld und beklagte einen Justizirrtum, obwohl der Autor das nie so deutlich ausdrückte. Vor allem warf er einfach Fragen auf. Owen überlegte, ob er ihn wegen Verleumdung verklagen sollte. Aber diese Zeitungsredakteure waren raffiniert; bevor sie etwas in Druck gaben, sicherten sie sich nach allen Seiten ab. Eine Zeitung konnte sich ein ganzes Anwaltsteam leisten und hatte genug Geld, um langwierige Prozesse zu finanzieren. Trotzdem sollte er darüber nachdenken.

Die Kirchenbank vor Owen knarrte und holte ihn in die Gegenwart zurück. Er merkte, dass er schwitzte, *wirklich* schwitzte, zudem wurde ihm schwindelig und etwas übel. Eigentlich war es doch in Kirchen nicht derartig heiß. Er hoffte, dass es nicht mehr lange dauern würde, und er hoffte besonders, dass Daniel nicht über ihn sprechen würde.

Sie sangen ein Lied, das er einmal bei einer Trauung gehört hatte, dann wurden weitere Texte vorgelesen und Gebete gesprochen. Der Gottesdienst schien nicht enden zu wollen. Mittlerweile musste Owen auch auf die Toilette und rutschte unruhig auf seinem Platz umher.

Einer der Vorlesenden erwähnte, »sich im Spiegel nicht sehen zu können«, und Owen brauchte einige Augenblicke, bis ihm aufging, dass dies eine anscheinend gebilligte, moderne Version von »jetzt schauen wir in einen Spiegel und sehen nur rätselhafte Umrisse« war, was seiner Meinung nach ziemlich gut sein Leben beschrieb. Wie konnten sie, fragte sich der Lehrer in ihm, eine der klangvollsten Zeilen der Bibel zerstören, selbst wenn die Leute Probleme hatten, ihre Bedeutung zu verstehen? Seit wann war denn Religion eindeutig, logisch und wörtlich zu nehmen?

Schließlich war der Gottesdienst vorbei. Die Leute standen auf, unterhielten sich und schlenderten zu den Türen. Viele warfen ihm im Vorbeigehen einen kurzen Blick zu. Ein oder zwei brachten ein knappes, zuckendes Lächeln zustande. Manche wandten sich betont ab und andere tuschelten miteinander.

Owen wartete, bis die meisten Leute gegangen waren. Da nun die Türen offen waren und die Kirche fast leer war, war es etwas kühler geworden. Er musste immer noch zur Toilette, aber nicht mehr so dringend. Das konnte warten, bis er im Pfarrhaus war. Denn im Pfarrhaus war er zum Tee eingeladen. Er konnte es kaum glauben.

Als nur noch ein paar Nachzügler übrig geblieben waren, stand Owen auf und ging zur Tür. Dort unterhielten sich Daniel und Rebecca mit einer Frau aus der Gemeinde. Rebecca legte eine Hand auf seinen Arm, damit er nicht sofort hinausging, und lächelte. Daniel schüttelte seine Hand und stellte ihn der alten Dame vor. Sie schaute hinab auf ihre Sommerschuhe, murmelte einen Abschiedsgruß und trippelte davon. Offensichtlich würde es noch eine Weile dauern.

»Tja«, sagte Daniel, holte ein Taschentuch hervor und rieb sich über seine feuchte Stirn. »Wir müssen wohl dankbar sein, dass Sir Geoffrey und seine Frau nicht hier waren.«

Daran hatte Owen gar nicht gedacht. Wenn er auch nur die Möglichkeit in Betracht gezogen hätte, auf Deborah Harrisons Eltern zu treffen, hätte er einen weiten Bogen um die Kirche gemacht.

Daniel erahnte anscheinend Owens Gedanken, denn er legte eine Hand auf seine Schulter. »Entschuldigen Sie«, sagte er. »Das war unsensibel von mir. Aber sie haben sonst immer am Gottesdienst teilgenommen. Na, kommen Sie, gehen wir.«

Owen ging mit Daniel und Rebecca nach draußen, dankbar, wieder an der frischen Luft zu sein, und froh, zu wissen, dass er nicht völlig allein in der Welt war. Dann sah er von der Pforte an der North Market Street vier Polizisten den asphaltierten Weg heraneilen. Er wollte weglaufen, aber genau wie Daniel und Rebecca blieb er einfach wie angewurzelt stehen.

III

»So sieht man sich wieder«, sagte Banks später an diesem Sonntag in einem Verhörzimmer des Eastvaler Polizeireviers. »Nett von Ihnen, uns bei unseren Ermittlungen zu unterstützen.«

Pierce zuckte mit den Achseln. »Mir blieb wohl keine

andere Wahl. Nur um das klarzustellen: Ich bin auch dieses Mal unschuldig. Aber das scheint Sie nicht zu interessieren, oder? Sie glauben nur, was Sie hören wollen. Beim letzten Mal war es jedenfalls so.«

Durch das vergitterte, schmutzige Fenster schien nur sehr wenig Licht, und die nackte Birne, die an der Decke hing, hatte nur dreißig Watt. Sie waren zu dritt in dem Zimmer: Banks, Susan Gay und Owen Pierce.

Ein seiner gesellschaftlichen Pflichten bewusstes Mitglied der Gemeinde von St. Mary's hatte auf der Heimfahrt vom Gottesdienst in den Nachrichten vom Mord an Ellen Gilchrist gehört und unverzüglich über sein Autotelefon die Polizei darüber informiert, dass der Gesuchte an diesem Morgen in der Kirche gewesen war und immer noch dort sein könnte, wenn sie sich beeilten. Das hatten sie getan. Und er war noch dort gewesen.

In der Ferne konnte Banks die Menge hören, die vor dem Revier Sprechchöre und Parolen rief. Die Leute wollten Pierce' Blut. Das Gerücht war durchgesickert, dass er wegen des Mordes an Ellen Gilchrist zum Verhör abgeholt worden war, und die Öffentlichkeit war sehr schnell dabei, wenn es darum ging, eins und eins zusammenzuzählen. Und dabei kam sie immer auf das Ergebnis, das sie wollte.

Kurz nachdem die Beamten Pierce auf dem Revier abgeliefert hatten, waren die Leute angekommen, und seitdem war die Menge immer größer geworden. Und bedrohlicher. Banks fürchtete, dass sie auf Lynchjustiz aus waren und Pierce in Stücke reißen würden, wenn er einen Fuß vor die Tür setzte. Sie würden ihn dabehalten müssen, und wenn nur zu seiner eigenen Sicherheit.

Auf seinem weißen T-Shirt waren bereits ein paar Blutflecken verteilt, laut der zuständigen Beamten eine Folge davon, dass er »Widerstand gegen die Staatsgewalt«

geleistet habe. Über seinem rechten Auge begann sich zudem ein blauer Fleck auszubilden.

Banks schaltete den Kassettenrecorder ein, gab die Formalitäten an sowie die Details zur Verhörzeit und der Anwesenden.

»Sie haben mich geschlagen«, sagte Pierce, sobald das Band lief. »Die Polizisten, die mich hergebracht haben. Kaum waren sie im Wagen allein mit mir, haben sie mich geschlagen. Sie sehen ja das Blut auf meinem T-Shirt.«

»Möchten Sie Beschwerde einlegen?«

»Nein. Was würde das bringen? Ich möchte nur, dass Sie es wissen. Ich möchte, dass es im Bericht festgehalten wird.«

»Na schön. Gestern Abend, Owen, gegen elf Uhr, wo waren Sie da?«

»Ich habe zu Hause ferngesehen.«

»Was haben Sie gesehen?«

»Einen alten Film auf BBC.«

»Welchen Film?«

»*Educating Rita.*«

»Wann fing er an?«

»So um halb elf.«

»Bis?«

»Keine Ahnung. Ich war müde und bin eingeschlafen, bevor er zu Ende war.«

»Machen Sie das immer so? Eine Sendung nicht bis zum Ende anzuschauen?«

»Wenn ich müde bin. Ich bin auf dem Sofa eingeschlafen, direkt vor dem Fernseher. Als ich aufgewacht bin, war nur noch Schnee auf dem Bildschirm.«

»Auf die Uhr haben Sie nicht geschaut?«

»Nein. Warum auch? Ich hatte nichts vor. Aber es muss nach zwei gewesen sein. Das BBC-Programm endet normalerweise um zwei Uhr.«

Seine Stimme klang tonlos, bemerkte Banks; er antwortete automatisch, beinahe so, als würde ihn nicht interessieren, was passiert war. Aber tief in seinen Augen funkelte etwas. Unschuld? Oder Wahnsinn?

»Owen«, fuhr Banks ruhig fort, »gestern Nacht ist ein weiteres junges Mädchen ermordet worden. Ein siebzehn Jahre altes Schulmädchen von der Eastvaler Gesamtschule. Es ist so gut wie sicher, dass sie von derselben Person ermordet worden ist wie Deborah Harrison. Die gleiche Methode, die gleichen rituellen Elemente. Wir glauben, dass Sie diese Person sind.«

»Lächerlich. Ich habe ferngesehen.«

»Allein?«

»In letzter Zeit bin ich immer allein. Dafür haben Sie gesorgt.«

»Verstehen Sie unser Problem, Owen? Sie waren zu Hause, allein, und haben einen alten Film im Fernsehen angeschaut. Das kann jeder behaupten.«

»Aber ich bin nicht jeder, oder?«

»Was macht die Fotografiererei, Owen?«

»Wie?«

»Sie sind doch ein eifriger Fotograf, nicht wahr? Ich wollte nur wissen, wie es damit läuft.«

»Gar nicht. Während meines Prozesses ist in mein Haus eingebrochen worden und die Einbrecher haben meine Fische getötet und meine Kameras kaputtgemacht.«

Banks hielt inne. »Tut mir Leid, das zu hören.«

»Aber sicher.«

Banks holte den Filmbehälter hervor und hielt ihn hoch, damit Owen ihn sehen konnte. »Wissen Sie, was das ist?«

»Natürlich weiß ich das.«

»Gehört er Ihnen?«

»Woher soll ich das wissen? Davon gibt es Millionen.«

»Die Sache ist die, Owen, wir haben diesen Behälter in der Nähe der Leiche gefunden und wir haben Ihre Fingerabdrücke darauf gefunden.«

Owen schien steif zu werden, so als spannten sich alle seine Muskeln gleichzeitig an. Alles Blut wich aus seinem Gesicht. »Was?«

»Wir haben Ihre Fingerabdrücke auf diesem Filmbehälter gefunden, Owen. Können Sie uns erklären, wie sie dahin gekommen sind?«

»Ich ... ich ...« Er schüttelte langsam seinen Kopf von einer Seite zur anderen. »Es muss meiner sein.«

»Etwas lauter, Owen. Was haben Sie gesagt?«

»Es muss meiner sein.«

»Haben Sie eine Idee, wie er aufs Land in die Nähe von Skield gekommen ist?«

»Skield?«

»Ganz genau.«

Er schüttelte den Kopf. »Da war ich neulich spazieren.«

»Das ist uns bekannt«, sagte Susan Gay und schaltete sich zum ersten Mal ein. »Wir haben im Pub und im Dorf herumgefragt, und einige Leute haben uns gesagt, dass sie Sie am Freitag in der Gegend gesehen haben. Sie haben Sie erkannt.«

»Kein Wunder. Wussten Sie nicht, dass ich berüchtigt bin?«

»Was haben Sie dort getan?«, wollte Banks wissen. »Die Gegend ausgekundschaftet? Eine günstige Stelle gesucht? Planen Sie vorher alles sorgfältig? Gehört das zum Spaß?«

»Ich habe keine Ahnung, wovon Sie sprechen. Ich gebe zu, dass ich dort war. Ich bin spazieren gegangen. Aber das war das einzige Mal, dass ich dort war.«

»Wirklich, Owen? Ich versuche, Ihnen zu glauben, ehrlich. Ich möchte Ihnen glauben. Seitdem Sie freigelassen worden sind, sage ich den Leuten immer wieder, dass Sie es vielleicht tatsächlich nicht getan haben und dass die Geschworenen vielleicht Recht hatten. Aber das sieht jetzt schlecht aus. Sie haben mich enttäuscht.«

»Tja, entschuldigen Sie.«

Banks veränderte seine Sitzposition. Auf diesen harten Stühlen kriegte er Rückenschmerzen. »Was suchen Sie, wenn Sie in Handtaschen oder Schulranzen junger Mädchen herumstöbern?«

»Ich weiß nicht, was Sie meinen.«

»Nehmen Sie gern ein Souvenir mit?«

»Wovon?«

»Ein Andenken, auf das Sie sich konzentrieren können, das Ihnen hilft, nachzuspielen, was Sie getan haben?«

»Was habe ich getan?«

»Was Sie getan haben? Erzählen Sie mir, wie Sie Ihren Kitzel kriegen.«

Pierce sagte nichts. Er schien in seinem Stuhl zu versinken, sein Mund war zusammengepresst.

»Sie können es mir erzählen, Owen«, sagte Banks. »Ich möchte es wissen. Ich möchte es verstehen. Aber Sie müssen mir helfen. Masturbieren Sie später, wenn Sie noch einmal durchleben, was Sie getan haben? Oder können Sie nicht an sich halten? Kommen Sie in Ihre Hose, während Sie die Mädchen erwürgen? Helfen Sie mir, Owen. Ich möchte es wissen.«

Pierce blieb stumm. Banks rutschte wieder umher. Der Stuhl knarrte.

»Warum bin ich hier?«, fragte Pierce.

»Das wissen Sie.«

»Es liegt daran, dass Sie glauben, ich hätte es bereits einmal getan, nicht wahr?«

»Haben Sie es getan, Owen?«

»Ich wurde freigesprochen.«

»Ja, das wurden Sie.«

»Ich wäre also ein Idiot, wenn ich es zugeben würde, oder? Selbst wenn ich es tatsächlich getan hätte.«

»Haben Sie es getan? Haben Sie Deborah Harrison ermordet?«

»Nein.«

»Haben Sie Ellen Gilchrist ermordet?«

»Nein.

Banks seufzte. »Sie machen es uns nicht leicht, Owen.«

»Ich sage Ihnen die Wahrheit.«

»Das glaube ich nicht.«

»Es ist aber so.«

»Owen, Sie belügen uns. Sie haben gestern Abend in der King Street Ellen Gilchrist überfallen. Erst haben Sie sie bewusstlos geschlagen, dann nach Skield gefahren, wo Sie sie ein kleines Stück den Hexenberg hinaufgeschleppt und mit dem Riemen ihrer Handtasche erdrosselt haben. Warum wollen Sie mir nicht davon erzählen?«

Die Beschreibung des Verbrechens schien Pierce aufzuwühlen, bemerkte Banks. Schuldbewusstsein?

»Wie war es, Owen?«, machte er weiter. »Hat sie sich gewehrt oder hat sie sich einfach passiv ihrem Schicksal ergeben? Wissen Sie, was ich glaube? Ich glaube, Sie sind ein Feigling, Owen. Erst haben Sie sie von hinten erdrosselt, damit Sie ihr nicht in die Augen schauen mussten. Dann haben Sie sie ins Gras gelegt und sich an ihrer Kleidung zu schaffen gemacht. Sie haben sich vorgestellt, dass es Michelle Chappel ist, nicht wahr? Sie waren rasend und wollten sie bestrafen. Sie hatte keine Chance. Sie konnte sich nicht mehr wehren. Aber selbst dann konnten Sie keinen hochkriegen, stimmt's? Sie sind ein Feigling, Owen. Ein Feigling und ein Perverser.«

»Nein!« Die Plötzlichkeit, mit der Pierce nach vorne

schnellte und seine Faust auf den Tisch schlug, erschreckte Banks. Er sah, dass Susan Gay aufgesprungen war, um Hilfe zu holen, aber er winkte sie zurück.

»Erzählen Sie es mir, Owen«, sagte er. »Erzählen Sie mir, wie es passiert ist.«

Als hätte sein Ausbruch alle seine Kraftreserven erschöpft, ließ sich Pierce wieder auf seinen Stuhl fallen. »Ich will meinen Anwalt«, verlangte er müde. »Ich will Wharton. Ich werde kein Wort mehr sagen. Sie wollen mich zerstören. Holen Sie mir Wharton. Und entweder Sie verhaften mich oder ich werde jetzt sofort gehen.«

Banks wandte sich mit erhobenen Augenbrauen an Susan, dann seufzte er. »Na schön, Owen«, sagte er. »Wie Sie wollen.«

ACHTZEHN

1

Am späten Sonntagabend war klar, dass die Menge nicht die Bastille des Eastvaler Polizeireviers stürmen würde, und am frühen Montagmorgen waren nur noch ein paar Hartnäckige übrig geblieben.

Als er an den Reportern vor dem Eingang vorbeiging, drehte Banks seinen Walkman voll auf. Maria Callas übertönte alle ihre Fragen. Er grüßte Sergeant Rowe an der Anmeldung, holte sich einen Kaffee und ging nach oben. Als er die Büros der Kriminalpolizei erreichte, nahm er die Kopfhörer ab, ging auf Zehenspitzen weiter und lauschte nach dem Klang eines schnaubenden Bullen, das normalerweise auf die Anwesenheit von Chief Constable Riddle hindeutete.

Stille, nur Susan Gays Stimme am Telefon war zu hören, gedämpft hinter ihrer verschlossenen Tür.

In Banks' Fach warteten Dr. Glendennings Obduktionsbericht sowie ein vorläufiger Bericht der Kriminaltechniker, die sich bei diesem Fall beeilt hatten.

In seinem Büro schloss Banks die Tür und zog die Jalousien hoch. Es war wieder ein herrlicher Tag. Noch mehr solcher Tage und es würde langsam langweilig werden, dachte er. Doch im Süden sammelten sich bereits die ersten Wolken und der Wetterbericht hatte mit Regen gedroht, sogar mit einem möglichen Gewitter.

Er machte sein Fenster ein Stückchen auf und beobachtete die Ladenbesitzer, die ihre Türen öffneten und gegen die Sonne ihre Markisen hinabrollten. Dann streckte er sich, bis er einen angenehmen Knacks in seinem Rücken spürte, und setzte sich hin, um die Berichte zu studieren. In seinem Kofferradio, das er immer im Büro hatte, stellte er Radio 4 ein und hörte beim Lesen die Nachrichten.

Glendenning hatte die Todeszeit auf den Zeitraum von elf bis ein Uhr eingeengt, bestätigt, dass das Opfer an der Stelle getötet worden war, an der man sie gefunden hatte, und festgestellt, dass der Riemen ihrer Umhängetasche zu den Striemen an ihrem Hals passte.

Außerdem bestätigte er, dass die Wunde hinter ihrem Ohr rund und glatt war, ungefähr einen Durchmesser von drei Zentimetern hatte und höchstwahrscheinlich durch den Kopf eines Metallhammers herbeigeführt worden war.

Leider war dieses Mal kein Hautgewebe unter den Fingernägeln gefunden worden. Ihre Fingernägel waren so schlimm abgekaut, dass sie mit einer übel schmeckenden Chemikalie behandelt worden waren, um sie vom Kauen abzuhalten.

Laut Laborbericht war am Tatort zwar einzig und allein Blut der Verstorbenen gefunden worden, aber an ihrer Kleidung waren mehrere Haare, die nicht von der Leiche stammten. Angesichts der Tatsache, dass sie auf einem gut besuchten Ball gewesen war, keine Überraschung. Belastend war allerdings, dass vier dieser Haare mit denen übereinstimmten, die auf Deborah Harrisons Schulblazer gefunden worden waren. Sie waren bereits mit den Proben, die Owen Pierce vor fast acht Monaten abgegeben hatte, verglichen worden.

Wie der Prozess gegen Pierce gezeigt hatte, konnte man sich auf Haare als Beweismaterial nicht verlassen. Banks quälte sich durch weitere, im Fachjargon verfasste Texte über

Melanin und fragmentierte Medulla und führte sich dann die Neutronenanalyse zu Gemüte, auf dem die Konzentration verschiedener im Haar enthaltener Elemente wie Antimon, Bromin, Lanthan, Strontium und Zink dargelegt worden war.

Das Labor benötigte eine weitere Haarprobe des Verdächtigen, stand in dem Bericht, da das Verhältnis dieser Elemente sich seit der Entnahme der letzten Proben leicht verändert haben könnte, doch schon jetzt konnte man sagen, dass das Haar mit einer Wahrscheinlichkeit von viertausendfünfhundert zu eins von niemand anderem stammte als von Pierce.

Leider haftete an den Wurzeln der Haare kein follikulares Gewebe; genauer gesagt fehlte jedem gefundenen Haar die Wurzel, so dass es unmöglich war, die Blutgruppe zu ermitteln oder eine DNA-Analyse durchzuführen.

Wie bei dem Mord an Deborah Harrison hatten die Abstriche weder in Mund, Vagina oder Anus Samenspuren zu Tage gefördert und es gab auch keine anderen Hinweise auf eine sexuelle Betätigung.

Doch die Haare und die Fingerabdrücke, die Vic Manson auf dem Filmbehälter gefunden hatte, würden wahrscheinlich zu einer Verurteilung führen, vermutete Banks. Dieses Mal würde Pierce nicht durch die Maschen schlüpfen.

Auf gewisse Weise war Banks traurig. Er war beinahe zu der Überzeugung gelangt, dass Pierce ein unschuldiges Opfer des Systems gewesen und dass Deborahs Mörder in ihrem näheren Umfeld zu finden war. Jetzt sah es so aus, als hätte er sich schon wieder geirrt.

Er schaltete auf Radio 3 um, wo sich die Sendung »Komponist der Woche« Gerald Finzi widmete, und begann, sich Notizen für das Treffen zu machen, das er bald mit Stafford Oakes haben würde.

Um halb zwölf wurde es allmählich lauter im Revier.

Pierce war auf dem Weg ins Gericht, wo entschieden wurde, ob er in Untersuchungshaft oder auf Kautions freikam, ständig klingelte irgendwo ein Telefon und an jedes Fenster des Gebäudes presste ein Reporter seine Nase. Banks fand, dass es Zeit war, sich durch den Seitenausgang hinauszuschleichen und ein frühes Mittagessen einzunehmen.

Er öffnete die Tür und steckte seinen Kopf hinaus, um draußen auf dem Flur die Lage zu peilen. Eine Menge Betriebsamkeit, aber niemand schenkte ihm besondere Beachtung. Anstatt den üblichen Weg hinab zum Haupteingang zu nehmen, schlich er zum Notausgang, der auf eine enge Gasse, den Skinner's Yard, gegenüber dem Golden Grill führte.

Er war noch nicht ganz am Ende des Flures angelangt, als er hinter sich jemanden rufen hörte. Sein Herz blieb stehen.

»Chief Inspector?«

Gott sei Dank nicht Jimmy Riddle. Er drehte sich um. Es war Inspector Barry Stott und er sah bekümmert aus. »Barry. Was ist? Kann ich etwas für Sie tun?«

»Kann ich kurz mit Ihnen sprechen? Privat?«

Banks schaute sich um, ob sie jemand beobachtete. Nein. Die Luft war rein. »Selbstverständlich«, sagte er, legte eine Hand auf Stotts Schulter und führte ihn zur Feuertür. »Lassen wir diesen Trubel hinter uns und gehen was trinken, okay?«

2

Es war lange her, dass Rebecca hinausgegangen war, um mit dem Engel zu sprechen; an diesem Montag hatte sie jedoch wieder das Bedürfnis danach. Und dieses Mal war sie nicht betrunken.

Als sie von dem geteerten Hauptweg auf den Kiespfad

bog, fragte sie sich, wie sie sich derartig in Owen Pierce hatte täuschen können. Sie erinnerte sich, welche Angst sie gehabt hatte, als sie ihn das erste Mal nach seiner Freilassung gesehen hatte, und dass er dann einem kleinen Jungen ähnelte, der sich verlaufen hatte, als er vorbeikam, um mit ihr zu reden. Als sie ihm die entscheidende Frage gestellt hatte und er behauptet hatte, er würde sie ehrlich beantworten, hatte sie ihm geglaubt. Jetzt sah es so aus, als hätte er sie angelogen. Wie konnte sie sich jemals wieder einer Sache sicher sein? Oder eines Menschen? Selbst Daniel?

In der Umgebung des Inchcliffe-Mausoleums war es warm und ruhig, man hörte nur das Summen der Insekten und hin und wieder ein Auto, das auf der Kendal Road oder der North Market Street vorbeifuhr. Der Blick des Engels war noch immer gen Himmel gerichtet. Rebecca hätte gern gewusst, was er dort sehen konnte.

Da sie dieses Mal nüchtern war und sich ein wenig befangen fühlte, traute sie sich kaum, laut zu sprechen. Doch während sie dastand und sich dumm vorkam, nahmen ihre Gedanken langsam Gestalt an.

Die Polizei hatte behauptet, dass Owen Pierce ein *weiteres* Mädchen umgebracht hätte. Das bedeutete, sie glaubten, dass er auch Deborah Harrison ermordet hatte. Jetzt, wo die Öffentlichkeit vollständig gegen ihn aufgebracht war, dachte Rebecca, gab es kein Entkommen mehr für ihn.

Aber erst am Samstagnachmittag hatte er sie im Pfarrhaus besucht, seine Unschuld beteuert und von seinem Bedürfnis nach Unterstützung und Verständnis gesprochen. Sie kam nicht darüber hinweg, wie *überzeugt* sie gewesen war. Verhielt sich so ein Mensch, der später in der Nacht ein junges Mädchen überfallen und ermorden wollte? Rebecca konnte es nicht glauben. Aber was wusste sie schon? Wissenschaftler hatten Studien über solche Menschen gemacht, Serienmörder wurden sie genannt, auch wenn Rebecca nicht wusste, ob Owen mit dem Mord an zwei Menschen bereits in diese Kategorie fiel.

Allerdings hatte sie schon genug Fernsehsendungen über Psychopathen gesehen, um zu wissen, dass manche von ihnen absolut charmant *erscheinen* und jenseits ihrer Mordgelüste ein ganz normales Leben führen konnten. Ted Bundy zum Beispiel war ein gut aussehender und intelligenter Mann gewesen, der in Amerika Gott weiß wie viele junge Frauen umgebracht hatte. Vorsicht vor dem netten, freundlichen und höflichen Nachbarsjungen, schien die Botschaft zu lauten, nicht vor dem verwahrlosten Mann mit dem unwirschen Blick, der allein in seiner Ecke Selbstgespräche führt.

Eine Fliege ließ sich auf ihrem nackten Unterarm nieder, und einen Moment lang starrte sie auf ihren glänzenden blaugrünen Körper, bevor sie sie verscheuchte. Dann schaute sie wieder hinauf zum Engel. Wenn doch wenigstens er ihr Klarheit verschaffen könnte!

Vielleicht hatte die Polizei Owen Pierce aber auch nur deshalb verhaftet, weil sie immer noch glaubte, dass er Deborah Harrison ermordet hatte. Vielleicht hatten sie gar keine stichhaltigen Beweise dafür, dass er das andere Mädchen umgebracht hatte. Sie wusste nicht, warum sie sich so viele Gedanken darum machte. Schließlich war Owen im Grunde noch immer ein Fremder für sie – und eine lange Zeit hatte sie ihn ja auch für einen Mörder gehalten. Warum bedrückte es sie also derartig, wenn sich herausstellte, dass er tatsächlich einer war? Im tiefsten Inneren hatte sie das Gefühl, so dumm es auch war, dass er sie irgendwie enttäuscht hatte.

»Warum?«, fragte sie, ganz überrascht, dass sie im

Angesicht des Engels plötzlich doch laut sprach. »Kannst du mir sagen, warum ich mir solche Gedanken mache?«

Aber sie erhielt keine Antwort.

Einen Teil der Antwort kannte sie bereits. Mit Owen zu sprechen, ihn unter ihre Fittiche zu nehmen, war eine Prüfung für sie gewesen. In gewisser Weise hatte seine Anwesenheit ihren Glauben und ihre christlichen Gefühle herausgefordert. Wenn es um das Christentum ging, dann war Rebecca – im Gegensatz zu den kaltherzigen Theologen, die einige der Pfarrer waren, die sie kennen gelernt hatte – durch und durch Humanistin. Vielleicht erwartete uns im Himmel ein besseres Leben, aber für Rebecca war das Christentum bedeutungslos, wenn es die Menschen und das Hier und Jetzt vergaß. In ihren Augen hatte der Glaube keinen Sinn ohne Nächstenliebe und Mitgefühl. Religion war nichts, wenn sie sich vollständig auf das Leben nach dem Tode konzentrierte. Daniel war der gleichen Überzeugung. Deswegen hatten sie sich auch so gut verstanden. Bis zum letzten Jahr.

»Warum erzähle ich dir das?«, fragte sie den Engel. »Was weißt denn du vom Leben auf der Erde? Was will ich von dir? Kannst du mir das sagen?«

Der Blick des Engels war immer noch starr gen Himmel gerichtet. Sein Gesichtsausdruck kam Rebecca streng vor; sie erklärte sich das jedoch mit einem Lichtreflex.

»Werde ich jetzt zu einer Zynikerin?«, fragte sie. »Nachdem ich Owen so viel Vertrauen geschenkt habe und er sich am Ende doch als Mörder erweist?«

Wieder bekam sie keine Antwort, doch sie hörte ein Geräusch, das tief aus dem Gehölz kam. Das Gebiet hinter dem Inchcliffe-Mausoleum war der am dichtesten bewachsene Teil des ganzen Friedhofs, der Wald reichte bis zur Mauer an der Kendal Road. Dort standen die ältesten Eiben, und das Gebüsch war an manchen Stellen so dicht, dass man kaum hindurchgehen konnte. Wenn es dort Gräber gab, dann hatte sie seit langem niemand mehr besucht.

Es muss irgendein kleines Tier gewesen sein, dachte Rebecca. Doch dann fiel ihr ein, wie sie der Polizei und dem Gericht erzählt hatte, dass der Schrei, den sie an jenem Novemberabend gehört hatte, wahrscheinlich von einem Tier gestammt hatte. Wenn sie aber ehrlich war, dann wusste sie, dass es nicht stimmen konnte. Sie hatte einfach nicht eingestehen wollen – sei es sich selbst oder jemand anderem –, dass der Schrei, den sie gehört hatte, der letzte Hilferuf eines Mädchens gewesen war, das ermordet wurde. Auch dieses Geräusch war zu laut für einen Hund, eine Katze oder einen Vogel. Und Pferde oder Schafe gab es auf dem Friedhof nicht.

Sie ging einen Schritt um das Mausoleum herum, und während sie das tat, wurde ihr bewusst, dass sie genau an dieser Stelle die Leiche von Deborah Harrison gefunden hatte. »Ist da jemand?«, rief sie.

Keine Antwort.

Dann hörte sie ein weiteres Rascheln, dieses Mal war es näher an der Mauer der North Market Street.

Rebecca drehte sich um und ging in das Dickicht des Unterholzes, das ihr bis zu den Oberschenkeln reichte. Beim Gehen brannten Brennnesseln an ihren Beinen. »Ist da jemand?«, rief sie erneut.

Wieder keine Antwort.

Sie hielt inne und lauschte einen Augenblick. Sie konnte nur ihr Herz schlagen hören.

Durch die Bäume, links von ihr, sah sie plötzlich eine dunkle Gestalt loslaufen. Es sah aus wie ein in Braun und Grün gekleideter Mann, aber genau konnte sie es nicht erkennen, weil die Farben sich mit dem Hintergrund vermischten. Doch wer auch immer es war, er konnte nicht über die hohe Mauer gelangen, bevor sie ihn eingeholt hatte. Er hatte nur noch die Möglichkeit, an der Mauer entlang zur Pforte an der North Market Street zu laufen. Wenn sie sich beeilte, konnte sie vielleicht einen flüchtigen Blick auf ihn erhaschen, bevor er verschwand.

Sie drehte sich um und wollte am Inchcliffe-Mausoleum vorbei zurück auf den Kiespfad. Jetzt befand er sich rechts von ihr. Sie konnte ihn zur Pforte laufen hören.

Ehe sie das Gehölz verlassen konnte, blieb sie irgendwo mit ihrem Knöchel hängen, fiel hin und kratzte ihre Knie und Hände an Dornen auf. Es dauerte nur ein paar Sekunden, doch als sie wieder auf den Beinen war und über den Kiespfad vom Mausoleum weg auf den Hauptweg lief, sah sie nur noch, wie die Holzpforte zuschlug. Sie blieb stehen und verfluchte, wer auch immer es war. Als sie hinabschaute, sah sie das Blut auf ihren Händen.

III

Anstatt ins Queen's Arms zu gehen, bekanntermaßen das Stammlokal der Eastvaler Kriminalpolizei, dirigierte Banks Stott über den Skinner's Yard in eine der gewundenen Seitengassen der King Street ins Duck and Drake. In den gepflasterten Gassen reihten sich Antikläden, Buchantiquariate und Spezialitätengeschäfte aneinander, die alle Giebelfenster und knarrende Parkettböden hatten.

Das Duck and Drake war ein kleiner Pub, in dem Bier der Sam-Smith-Brauerei ausgeschenkt wurde; er hatte eine dunkle Fassade, verzierte Rauchglasfenster und ein paar schäbige Blumenkörbe über der Tür. Innen war der Eingang zur Kneipe so niedrig, dass Banks immer das Gefühl hatte, er müsste unter einem besonders weit hinabhängenden Felsvorsprung der Ingleborough-Höhle hindurchkrabbeln.

Auch die Kneipe war winzig; über die Decke verliefen dunkle Holzbalken und an den weiß getünchten Wänden hingen Jagdbilder und Messingornamente. Sie waren die einzigen Gäste. Als sich Banks mit seinem Pint Old Brewery Bitter und einem Schinken-Käse-Sandwich Stott gegenübersetzte, knarrte die Holzbank. Stott hatte nichts gewollt, nicht einmal ein Glas Wasser.

»Was ist los, Barry?«, fragte Banks und biss in sein Sandwich. »Keinen Appetit? Sie sehen furchtbar aus.«

»Danke.«

»Keine Ursache.«

Stott war blass, hatte dunkle Ringe unter den Augen und einen Dreitagebart. Seine Augen hinter der Brille waren trübe und hatten einen verschlossenen und gehetzten Blick. So hatte ihn Banks noch nie erlebt. Normalerweise konnte man sich darauf verlassen, dass Barry Stott einen wachen und konzentrierten Eindruck machte. Ganz zu schweigen davon, dass er immer äußerst gepflegt war. Aber heute war sein Anzug zerknittert, als hätte er darin geschlafen, seine Krawatte war nicht ordentlich gebunden und sein Haar ungekämmt. Er sah so jämmerlich aus, dass selbst seine Ohren herabzuhängen schienen.

»Sind Sie krank?«

»Um es genau zu sagen«, sagte Stott, »ich habe nicht gut geschlafen. Überhaupt nicht gut.«

»Haben Sie etwas auf dem Herzen?«

»Ja.«

Banks aß sein Sandwich auf, trank einen Schluck Bier und zündete sich eine Zigarette an. »Dann mal raus damit!«

Stott schürzte seine Lippen und runzelte nachdenklich die Stirn.

»Barry, sind Sie sicher, dass Sie mit mir darüber reden wollen?«

»Ich *muss*«, entgegnete Stott. »Im Grunde müsste ich zum Superintendent gehen oder sogar zum Chief Constable. Am Ende werden die beiden es sowieso erfahren, aber ich wollte erst mit Ihnen reden. Keine Ahnung, warum. Vielleicht aus Respekt. Aber es ist so schwierig. Ich habe die ganze Nacht damit gerungen und ich sehe keinen anderen Ausweg.«

Banks lehnte sich zurück. Außer an dem Tag, als Pierce freigesprochen worden war, hatte er Barry Stott noch nie so bedrückt gesehen, so mitgenommen. Stott hatte auch ein Privatleben, und Banks wusste nicht, wie er auf einer persönlichen Ebene, außerhalb der Arbeit, mit ihm umgehen sollte.

Handelte es sich möglicherweise um eine private, intime Angelegenheit? Wollte Stott ihm beichten, dass er homosexuell war? Als würde das eine Rolle spielen! Banks wusste mit Sicherheit, dass zwei der uniformierten Beamten in Eastvale schwul waren. Jeder wusste das. Ab und zu mussten sie sich ein paar Sticheleien von den Machos unter ihren Kollegen gefallen lassen, die sich ihrer eigenen Sexualität selbst nicht ganz sicher waren, oder eine selbstgerechte Moralpredigt von ein paar christlichen Fundamentalisten in Uniform über sich ergehen lassen. Aber Barry Stott? Banks fiel ein, dass er nicht einmal wusste, ob Stott verheiratet, geschieden oder allein stehend war.

»Ist es eine vertrauliche Sache, Barry?«, fragte Banks. »Etwas Persönliches?«

»Ja und nein.« Er schüttelte den Kopf. »Ich verstehe es selbst nicht. Ich war mir so sicher. So verdammt *sicher.*« Er schlug auf den Tisch. Banks' Bierglas wackelte. »Entschuldigen Sie.«

»Ich denke, Sie erzählen es mir lieber.«

Stott hielt inne. Er zog ein Taschentuch aus seiner Tasche und putzte die Gläser seiner Brille. Im Hintergrund konnte Banks im Radio Jim Reeves »Welcome to My World« singen hören.

Schließlich setzte Stott wieder seine Brille auf, nickte und holte tief Luft. »In Ordnung«, sagte er. »Das Wichtigste ist wohl, dass Owen Pierce unschuldig ist, auf jeden Fall am Mord an Ellen Gilchrist. Wir müssen ihn gehen lassen.«

Banks' Kinnlade fiel herunter. »Wovon reden Sie da, Barry?«

»Ich war *dort*«, antwortete Stott. »Ich *weiß* es.«

Himmel, was war das? Ein Mordgeständnis? Banks hob seine Hand. »Moment, Barry! Jetzt mal langsam. Immer der Reihe nach. Und passen Sie genau auf, was Sie sagen.« Es kam ihm fast so vor, als würde er Stott auf seine Rechte hinweisen. »Wo waren Sie? In der King Street? In Skield?«

Stott schüttelte den Kopf und fuhr sich mit der Zunge über die Lippen. »Nein. Weder noch. Ich war draußen vor Owen Pierce' Haus.«

»Und haben was getan?«

»Ihn beobachtet. Ich habe ihn beobachtet, seit er freigelassen wurde.«

»Deshalb sehen Sie also dermaßen mitgenommen aus?«

Stott rieb mit einer Hand über seine Stoppeln. »Ich habe seit einer Woche nicht geschlafen. Sobald mein Dienst zu Ende war, habe ich mir schnell ein Sandwich geholt und bin in seine Straße gefahren und habe geparkt. Wenn er weggegangen ist, bin ich ihm gefolgt.«

»Die ganze Nacht?«

»Fast. Auf jeden Fall so lange, bis es aussah, als würde

er schlafen gehen. Manchmal bis drei oder vier am Morgen. Er ist nicht oft weggegangen. Meistens hat er sich betrunken und ist vor dem Fernseher eingeschlafen.«

»Und er hat Sie nicht bemerkt?«

»Keine Ahnung. Ich habe keinen großen Aufwand betrieben, um mich zu verstecken, aber er hat nichts gesagt.«

»Aber *warum*, Barry?«

Stott strich sein Haar mit einer Hand glatt und zuckte dann mit den Achseln. »Ich weiß es nicht. Besessenheit wahrscheinlich. Ich konnte mich einfach nicht bremsen. Ich war mir so *sicher*, dass er schuldig war, so sicher, dass er das Gericht getäuscht hat ... Und ich wusste, dass er es wieder tun würde. So ein Verbrechen begeht man nicht nur einmal. Ich konnte es fühlen. Ich wollte dafür sorgen, dass er nicht noch ein Mädchen umbringt. Ich dachte, wenn ich ihn beobachte, ihn im Auge behalte, dann würde ich ihn entweder schnappen oder davon abhalten. Wenn er wüsste, was ich vorhabe, würde er es nicht noch einmal tun können und die Spannung würde unerträglich werden. Dann hätte er vielleicht gestanden. Ich habe nicht mehr klar gedacht.«

Banks drückte seine Zigarette aus. »Aber warum, Barry? Sie sind ein guter Polizist. Gescheit, fleißig, vernünftig. Sie haben alle Prüfungen bestanden. Sie haben sogar einen Universitätsabschluss. Sie wollen Karriere machen. Das hätten Sie nicht tun dürfen.«

Stott zuckte mit den Achseln. »Ich weiß, ich weiß. Ich kann es nicht erklären. Irgendetwas ... ist in mich gefahren. Wie gesagt, ich dachte, wenn ich ihn lange genug beobachte, würde ich ihn auf die eine oder andere Weise kriegen.«

Banks schüttelte den Kopf. »Okay. Gehen wir die Sache einmal genau durch. Sie haben am Samstagabend vor Owen Pierce' Haus geparkt?«

»Ja.«

»Wann?«

»Ab fünf Uhr ungefähr.«

»Bis?«

»Bis zirka halb drei am Morgen, als er das Licht ausgeschaltet hat. Er ist die ganze Zeit nicht weggegangen, außer gegen neun, um sich irgendwas zu trinken zu kaufen.«

»Sie sind sich absolut sicher?«

»Absolut. Die Vorhänge waren nicht ganz zugezogen. Immer wenn er aufgestanden ist, konnte ich ihn ganz deutlich sehen. Er hat im Wohnzimmer ferngesehen, aber ab und zu ist er aufgestanden, um zur Toilette zu gehen, sich einen Drink einzuschenken und so weiter.«

»Und Sie sind sich sicher, dass er die ganze Zeit zu Hause war? Er ist nicht hinten rausgeschlichen und wieder zurückgekommen?«

Stott schüttelte den Kopf. »Er war zu Hause, Sir. In dem entscheidenden Zeitraum. Definitiv. Zwischen halb elf und Mitternacht habe ich ihn zweimal aufstehen und durchs Zimmer gehen sehen.«

»Und Sie sind sich sicher, dass es nicht jemand anderes gewesen sein könnte?«

»Ganz sicher. Außerdem stand die ganze Zeit sein Wagen vor der Tür.«

Das hatte nicht viel zu bedeuten. Pierce hätte für das Verbrechen einen Wagen gestohlen und danach zurückgebracht haben können, anstatt das Risiko einzugehen, seinen eigenen Wagen zu benutzen, von dem jemand die Nummer hätte aufschreiben können. Während ihm dieser Gedanke durch den Kopf ging, hatte Banks erneut ein irritierendes Déjà-vu-Gefühl. Als er neulich die Akten des Falles gelesen hatte, war es ihm genauso gegangen. Es konnte eigentlich kein *Déjà-vu* sein, denn es war nichts, was er schon einmal erlebt hatte, aber es löste die gleiche Irritation aus.

»Was ist dann passiert?«, fragte er.

»Er muss vor dem Fernseher eingeschlafen sein, wie immer. Ich konnte das Licht des Bildschirms sehen. Um fünf vor zwei, bei Sendeschluss, hat der Bildschirm nur noch geflimmert, aber Pierce hat sich erst um halb drei wieder gerührt. Dann hat er die Vorhänge ganz zugezogen, das Licht ausgemacht und ist nach oben ins Bett gegangen. Das war alles.«

»Das war *alles*? Himmelherrgott, Barry, haben Sie eigentlich eine Ahnung, was Sie getan haben?«

»Selbstverständlich. Aber ich musste es sagen. Ich habe die ganze Nacht Gewissensbisse gehabt. Ich hätte es schon gestern sagen und Pierce eine weitere Nacht im Gefängnis ersparen sollen, aber ich habe es nicht getan. Ich habe es nicht gewagt. Damit muss ich leben. Ich muss zugeben, dass ich mir teilweise Sorgen um die Konsequenzen für meine Karriere gemacht habe, aber ich habe auch versucht, mich davon zu überzeugen, dass ich mich doch geirrt haben könnte, dass er es doch getan haben könnte. Aber das ist unmöglich. Er ist unschuldig, genau wie er es gesagt hat.«

Banks schüttelte den Kopf. »Ich sehe keine Möglichkeit, diese Sache zu vertuschen, Barry. Ich bin mir nicht sicher, was passieren wird.«

Stott setzte sich kerzengerade hin. »Ich möchte nicht, dass Sie es vertuschen. Wie gesagt, ich habe die ganze Nacht mit mir gerungen. Ich habe um eine Antwort gebetet, um einen Ausweg. Aber es gibt keinen. Ich werde für Pierce einstehen. Ich bin sein Alibi. Ich habe meine Stellung missbraucht.« Er fasste in seine Innentasche und zog einen weißen länglichen Umschlag hervor, den er vor Banks auf den Tisch legte. »Meine Kündigung, Sir.«

IV

Owen war verwirrt. Wie erwartet, hatte das Schiedsgericht seine Freilassung auf Kaution abgelehnt, aber anstatt dass er direkt ins Gefängnis nach Armley gebracht wurde, kam er zurück in seine Zelle im Eastvaler Revier. Und niemand wollte ihm etwas sagen. Gerade als sie nach der Verhandlung wieder zum Bus gegangen waren, hatte Wharton von einem der uniformierten Polizisten eine Nachricht erhalten, und seitdem lief er wie von der Tarantel gestochen herum. Irgendetwas war im Gange und in Owens Augen konnte es nur etwas Schlimmes sein.

Zum Mittag aß er eine fettige Portion Fish and Chips, die ironischerweise in die Sonntagsausgabe der *News of the World* eingewickelt war, spülte das Essen mit einem Becher starken, süßen Tee hinunter und marschierte in seiner Zelle auf und ab. Um kurz nach ein Uhr tauchte plötzlich Wharton in der Tür auf; die Weste spannte sich über seinem Bauch und er grinste wie ein Honigkuchenpferd.

»Du kannst gehen«, verkündete er, die Daumen in seine Westentaschen geklemmt.

Owen ließ sich aufs Bett fallen. »Mach keine Witze«, sagte er. »Was willst du?«

»Du hast richtig gehört.« Wharton war kurz davor, einen kleinen Tanz aufzuführen. »Du bist frei. Frei! Du kannst gehen.«

War er verrückt geworden? Hatte Owens erneute Verhaftung das Fass zum Überlaufen gebracht? Im Grunde müsste Owen verrückt werden, nicht sein Anwalt. Aber in der letzten Zeit konnte man sich auf nichts mehr verlassen. »Bitte«, sagte Owen und legte seine Fäuste an die Schläfen, um den ansteigenden Lärm in seinem Kopf zu unterdrücken. »Hör auf, mich zu quälen.«

»Er hat Recht, Owen«, sagte eine andere Stimme hinter Wharton.

Owen schaute auf und sah durch die Tränen in seinen Augen Detective Chief Inspector Banks mit gelöster Krawatte und den Händen in den Taschen am Türrahmen lehnen. Dann war es also doch kein Traum, doch keine Lüge? Owen wagte es kaum zu glauben. Es war ihm nicht ganz klar, wie er sich jetzt fühlte. Auf jeden Fall war er erschöpft, sein Kopf drehte sich und er hatte ein Rauschen in den Ohren. Vor allem war er immer noch verwirrt. Und er musste weinen. Er musste plötzlich furchtbar weinen. »Sie *glauben* mir?«, fragte er Banks.

Banks nickte. »Ja. Ich glaube Ihnen.«

»Gott sei Dank!« Owen legte den Kopf in seine Hände und gab sich seinen Tränen hin. Er weinte lange und laut, ohne sich zu schämen, und erst als die Tränen versiegten und er sich Nase und Augen mit einem Papiertaschentuch abwischte, bemerkte er, dass ihn die beiden Männer allein gelassen hatten, die Zellentür aber immer noch offen stand.

Zaghaft ging er zur Tür und steckte mit der Angst, dass sie zugeknallt werden würde, seinen Kopf hinaus. Aber nichts passierte. Er ging durch den gefliesten Gang zu der anderen verschlossenen Tür, die, wie er wusste, nach oben und dann hinaus in die Welt dahinter führte, und befürchtete, dass man sie nicht für ihn öffnen würde. Doch sie wurde geöffnet.

Draußen, in der Vollzugsabteilung, standen Banks und Wharton, und in Owen, der immer noch befürchtete, dass das Ganze eine Art Trick war, stieg nun die Angst auf, für etwas anderes verhaftet zu werden.

Als Banks auf ihn zukam, wich er ängstlich zurück.

»Nein«, sagte Banks und hielt seine Hände hoch. »Ich habe die Wahrheit gesagt, Owen. Keine Tricks. Es ist vorbei.

Sie sind ein freier Mann. Sie sind vollständig entlastet worden. Aber es wäre wirklich sehr nett von Ihnen, wenn Sie für ein Gespräch in mein Büro kommen würden. Vielleicht können Sie uns helfen herauszufinden, wer diese Morde wirklich begangen hat.«

»*Morde*? Sie glauben, ich bin in beiden Fällen unschuldig?«

»Die beiden Fälle sind sich zu ähnlich, Owen. Es muss dieselbe Person gewesen sein. Und Sie können es nicht gewesen sein. Bitte, kommen Sie mit mir, ja? Ich werde es Ihnen erklären.«

Als Owen Banks die Treppe hinauffolgte, kam er sich vor wie in einem Traum und hätte sich nicht gewundert, wenn seine Füße durch die Stufen verschwunden wären. In dem Großraumbüro im Erdgeschoss verstummten alle und beobachteten ihn, als er vorbeiging, und er hatte das Gefühl, schwerelos im Weltraum zu schweben. Er konnte nur noch verschwommen sehen und sein Kopf begann sich zu drehen, als hätte er zu viel getrunken; doch ehe er stolperte und hinfiel, spürte er Banks' starke Hand an seinem Ellbogen, die ihn zur Treppe lenkte.

»Alles in Ordnung, Owen«, sagte Banks. »Wir trinken jetzt einen starken Kaffee und unterhalten uns. Sie haben nichts mehr zu befürchten.«

Anstatt ihn in ein düsteres, stinkendes Verhörzimmer zu bringen, wie Owen fast erwartet hatte, führte ihn Banks in ein Büro, das sein eigenes sein musste. Es war zwar nicht feudal, aber es hatte einen Schreibtisch aus Metall, einige dazu passende Aktenschränke und zwei komfortable Stühle.

An der Wand hing ein *Dalesman*-Kalender, auf dem Juniblatt war ein Foto von einigen Wanderern mit schweren Rucksäcken zu sehen, die sich Gordale Scar nahe Malham näherten. Komischerweise kam Owen sofort in den Sinn, dass er mehr aus dem Foto gemacht hätte. Die Jalousien waren hochgezogen, und bevor er sich hinsetzte, warf Owen einen kurzen Blick auf den gepflasterten Marktplatz, der mit Autos voll geparkt war. Freiheit! Er setzte sich hin. Gott, war er müde!

»Was ist passiert?«, fragte er.

»Sie sind überwacht worden«, sagte Banks.

»Was? Dann war also … Ich meine, haben *Sie* mich überwacht?

»Nicht ich, aber Sie wurden überwacht. Haben Sie etwas bemerkt?«

»Manchmal hatte ich so ein komisches Gefühl. Aber dass ich es bemerkt habe, kann ich wirklich nicht behaupten.« Owen begann zu lachen.

»Was ist?«, fragte Banks.

Owen wischte sich mit einem Arm über die Augen. »Ach, nichts. Aber ist das nicht eine Ironie des Schicksals? Ich wurde überwacht, weil Sie glaubten, ich hätte ein Verbrechen begangen, und dann stellt sich heraus, dass mir die Überwachung ein Alibi liefert. Finden Sie das nicht komisch?«

Banks lächelte. »Ja, das ist eine Ironie. Aber ein junges Mädchen ist getötet worden. Auf schreckliche Weise. Genau wie Deborah Harrison.«

»Ich weiß. Darüber habe ich auch nicht gelacht. Und ich habe nichts damit zu tun. Ich weiß nicht, wie ich Ihnen helfen kann.«

»Ich glaube, Sie können mir helfen. Ich nehme an, dass Sie in den letzten paar Tagen schon oft über das Problem nachgedacht haben.«

»Über welches Problem?«

Banks beugte sich vor und legte seine Hände auf die Schreibtischunterlage. »Wollen Sie, dass ich es ausspreche?

Gut. Wir haben Sie einerseits deshalb verhaftet, Owen, weil Sie vorher wegen eines sehr ähnlichen Verbrechens angeklagt worden sind, und andererseits, weil wir am Tatort stichhaltige Beweise gegen Sie gefunden haben. Alles deutet darauf hin, dass wir es in beiden Fällen mit ein und demselben Mörder zu tun haben, und beide Male haben wir Beweise gegen Sie gefunden.«

»Die Fingerabdrücke und die Haare? Ja. Sie haben Recht: Ich habe tatsächlich darüber nachgedacht, wie es dazu kommen konnte.«

»Haben Sie eine Ahnung?«

Owen schüttelte den Kopf. »Ich war ja in Skield und wahrscheinlich bin ich an der Stelle vorbeigekommen, wo ... Sie wissen schon. Es könnte natürlich sein, dass ich dort so einen Filmbehälter verloren habe, aber ich glaube nicht, dass ich einen dabeihatte. Ich habe Ihnen ja erzählt, was mit meinen Kameras passiert ist. Ich hatte keine dabei. Und was die Haare angeht, die kann ich natürlich auch beim Wandern verloren haben, aber ich kann mir nicht erklären, wie sie auf die Kleidung des Opfers gelangt sind. Außer ...«

»Ja?«

Der Kaffee wurde gebracht. Banks schenkte ein. Owen blies erst in seine Tasse, bevor er einen Schluck trank. »Der ist gut. Danke. – Ich weiß«, fuhr er fort, »dass es verrückt klingt, sogar paranoid, aber ich kann mir nicht vorstellen, wie es sonst passiert ist. Außer jemand, der wahre Mörder, wollte sich meinen schlechten Ruf zu Nutze machen und mir die Schuld in die Schuhe schieben, denn er wusste, dass jeder mich für den Schuldigen halten würde. Ich kann mir nur vorstellen, dass jemand mir den Mord an Ellen Gilchrist anhängen wollte.«

Banks begann mit seinem Stift auf die Schreibtischunterlage zu klopfen. »Fahren Sie fort«, bat er.

»Gut, wenn man diese Prämisse akzeptiert, dann muss der mutmaßliche Täter in mein Haus eingebrochen sein, während ich im Gefängnis war, und alles verwüstet haben, um seine wahren Absichten zu vertuschen. Er kann aber auch mühelos *nach* dem Einbruch in mein Haus gegangen sein. Denn als ich zurückkam, war die Eingangstür nicht verschlossen. Das Schloss war kaputt. Dieser Mensch muss gedacht haben, dass ich möglicherweise freikomme, und für den Fall, dass das passierte und der Verdacht auf ihn fallen könnte, wollte er eine Art Versicherung. Er muss den leeren Filmbehälter im Papierkorb gefunden haben und davon ausgegangen sein, dass meine Fingerabdrücke darauf sind. Ich meine, wenn der Behälter leer war und ich ihn geöffnet habe ... Dann muss er ein paar Haare vom Kissen im Schlafzimmer genommen haben. Das dürfte alles kein Problem gewesen sein.«

Banks nickte. »Warum hat er nicht etwas Eindeutigeres ausgewählt, um Sie mit dem Verbrechen in Verbindung zu bringen?«

»Nun, da er mir schwerlich Blut abnehmen konnte, kann ich mir nichts Eindeutigeres als Fingerabdrücke und Haare vorstellen, oder?«

Banks lächelte. »Ich meinte irgendeinen Gegenstand, auf dem zum Beispiel Ihr Name steht. Damit jeder Irrtum ausgeschlossen ist. Die Abdrücke auf dem Filmbehälter hätten schließlich verwischt sein können. Er konnte sich nicht sicher sein, dass uns die Abdrücke zu Ihnen führen würden.«

»Aber wenn Sie ehrlich sind«, entgegnete Owen und sah Banks direkt in die Augen, »dann musste er nicht viel tun, oder? Sie haben alle geglaubt, ich hätte Deborah Harrison ermordet; deshalb waren Sie leicht davon zu überzeugen, dass ich auch Ellen Gilchrist umgebracht habe. Es gab keinen Grund, etwas Eindeutigeres wie etwas mit meinem Namen oder meinem Foto zu nehmen, denn das hätte Sie nur misstrauisch gemacht. Nein, er brauchte nur meine Fingerabdrücke und Haare. Er wusste, dass mein Ruf den Rest erledigen würde. Selbst ohne Fingerabdrücke hätte er sich ziemlich sicher sein können, dass Sie auf mich kommen würden. Ich wette, dass Sie in dem Augenblick, als Sie den Filmbehälter gesehen haben, an mich gedacht haben, weil Sie wussten, dass ich Amateurfotograf bin.«

»Dann bleibt immer noch eine wichtige Frage offen«, sagte Banks. »Wer? Natürlich besteht die Möglichkeit, dass der Mörder Sie einfach als nahe liegenden Sündenbock benutzt hat, dass es nichts Persönliches war, aber es könnte auch jemand gewesen sein, der wirklich wollte, dass Sie leiden. Haben Sie irgendeine Ahnung, wer Ihnen das wünschen würde?«

»Ich habe mir schon den Kopf darüber zerbrochen. Aber mir fällt niemand ein. Der einzige Mensch, der mich so sehr hasst, ist Michelle. Könnte es eine Frau gewesen sein?«

»Ich glaube, Michelle ist nicht groß genug«, meinte Banks. »Aber es könnte auch eine Frau gewesen sein.«

Owen schüttelte den Kopf. »Tut mir Leid. Ich wünschte, ich könnte helfen. Wie Sie schon gesagt haben, wahrscheinlich war es nichts Persönliches. Der Täter wollte die Sache wohl einfach irgendjemand anderem anhängen. Ganz egal wem.«

»Sie haben wahrscheinlich Recht. Aber wenn Ihnen jemand einfällt …«

»Natürlich. Einer der Nachbarn könnte jemanden gesehen haben. Die haben vorher nichts gesagt, weil sie alle dachten, dass ich schuldig wäre und die Verwüstung in meinem Haus verdient hätte, aber jetzt …? Keine Ahnung. Es schadet bestimmt nicht, sie zu fragen. Sie könnten mit diesem Arschloch Ivor und seiner Frau Siobhan nebenan beginnen.«

»Das werden wir machen«, versprach Banks und stand auf, um anzudeuten, dass das Gespräch beendet war.

Owen trank seinen Kaffee aus, stand unbeholfen auf und ging zur Tür. Er konnte kaum glauben, dass die Freiheit nur ein paar Schritte vor ihm lag.

»Und jetzt?«, fragte Banks ihn.

Er zuckte mit den Achseln. »Keine Ahnung. Ich muss über eine Menge Dinge nachdenken. Vielleicht gehe ich eine Weile weg, verschwinde einfach, wie es mir jeder gleich zu Anfang geraten hat.«

Banks schüttelte den Kopf. »Es gibt keinen Grund, wegzulaufen«, wandte er ein. »Wir wissen jetzt, dass Sie es nicht getan haben. Die Medien werden sich die größte Mühe geben, Ihre Sache zu unterstützen, und uns werden sie dafür in der Luft zerreißen, den Falschen gefasst zu haben – Unfähigkeit der Polizei.«

Owen rang sich ein Lächeln ab. »Vielleicht. Endlich. Und ich kann nicht behaupten, dass es mir Leid tut. Sie haben es verdient. Ich kann nicht vergessen, was ich durch Sie durchgemacht habe. Oder diese schrecklichen Sachen, die Sie mir erst gestern vorgeworfen haben. Feigheit. Ganz zu schweigen von Mord. Können Sie sich vorstellen, dass ich jemals meinen Job oder meine Freunde zurückkriege? Und ich glaube, in dieser Gegend gibt es eine Menge Leute, die nur sehr langsam ihre Meinung ändern, ganz egal wie. Die Scheiße bleibt an einem haften, Chief Inspector. Das habe ich aus dieser Sache gelernt.«

Banks nickte. »Vielleicht. Für eine Weile.«

Owen blieb an der Tür stehen. »Hören Sie«, sagte er, »ich erwarte keine Entschuldigung oder so, aber könnten Sie mir noch einmal sagen, dass Sie glauben, dass ich unschuldig bin? Nicht einfach nur nicht schuldig, sondern *unschuldig*. Würden Sie es laut aussprechen? Ich möchte es hören.«

»Sie sind unschuldig, Owen. Das ist die Wahrheit. Sie können gehen.«

»Danke.« Owen drehte sich um und zog die Tür hinter sich zu.

»Owen?«, rief Banks hinter ihm her.

Ein leichter Angstschauer überkam Owen. Er wandte sich um. »Ja?«

»Es tut mir wirklich Leid. Ich wünsche Ihnen alles Gute.«

Owen nickte, schloss die Tür und verließ das Gebäude, so schnell er konnte.

NEUNZEHN

I

Erst am späten Dienstagnachmittag ging Banks eine Reihe von Dingen auf, und was er seit Tagen nicht greifen konnte, ihm aber die ganze Zeit Kopfzerbrechen bereitet hatte, wurde plötzlich klar.

Bisher hatte es noch keine Spuren im Mordfall Ellen Gilchrist gegeben. Einige Autos waren in der Tatnacht in der King Street gesehen worden – große, kleine, helle, dunkle, japanische, französische –, aber niemand hatte ein Kennzeichen notiert oder konnte eine genaue Beschreibung abgeben. Wenn der Mörder seinen eigenen Wagen benutzt hatte, dachte Banks, dann hätte er auch außer Sichtweite gleich um die Ecke in einer der Seitenstraßen parken können.

Ein paar Touristen, die auf den harten Matratzen der Pension in Gratly nicht schlafen konnten, sagten aus, sie hätten kurz nach halb zwölf Uhr einen Wagen vorbeifahren hören, also ungefähr zur richtigen Zeit, aber sie hatten nichts gesehen. In Skield war niemand durch die Ereignisse von Samstagnacht gestört worden, was Banks nicht überraschte. Wenn der Mörder schlau war, und das war er anscheinend, dann hatte er wohl abseits der Straße und außerhalb des Dorfes geparkt.

Auf Gristhorpes Geheiß waren Susan Gay und Jim

Hatchley immer noch unterwegs, um Freunde und Bekannte des Opfers zu überprüfen und um herauszufinden, ob sie von jemandem getötet worden sein könnte, den sie kannte, oder ob jemand mehr wusste, als er oder sie sagte. Je länger Banks allerdings darüber nachdachte, desto mehr war er davon überzeugt, dass die Lösung zu dem Mord an Ellen Gilchrist in dem an Deborah Harrison lag.

Als Banks am Dienstagmorgen ins Revier kam, fand er außerdem die Nachricht in seinem Fach, dass Rebecca Charters am vergangenen Nachmittag versucht hatte, ihn zu erreichen, und um einen Rückruf bat. Als er Rebecca anrief, erzählte sie ihm, dass sie gestern Nachmittag auf dem St.-Mary's-Friedhof jemanden überrascht hatte. Nein, sie hatte nicht gesehen, wer es gewesen war, und sie konnte die Person auch nicht beschreiben. Sie lachte nun über ihre Angst, entschuldigte sich, ihn zu stören, und sagte, dass sie in letzter Zeit ein bisschen schreckhaft gewesen wäre. Gestern hatte sie sofort angerufen, aber jetzt hatte sie Zeit gehabt, darüber nachzudenken. Wahrscheinlich sei es nur ein Kind gewesen, meinte sie. Banks war sich nicht sicher, aber für den Moment schob er die Sache erst einmal beiseite.

Seit Stotts Enthüllung, nach dem unvermeidlichen Anschiss von Jimmy Riddle und seiner Erinnerung, dass die Frist von einer Woche, die er ihm gesetzt hatte, sich dem Ende näherte, waren Banks und Superintendent Gristhorpe außerdem mit Schadensbegrenzung beschäftigt gewesen.

Bisher hatten sie es geschafft, dass die Presse von Stotts illegaler Überwachung nichts erfahren hatte. Und Owen Pierce war bestimmt nicht daran interessiert, die Sache herauszuposaunen. Soweit es die Medien betraf, hatte Pierce ein unanfechtbares Alibi. Es war nicht mehr und nicht weniger passiert, als dass aufgrund der Inkompetenz der Polizei einmal mehr ein unschuldiger Mensch eine

Nacht in der Zelle verbringen musste. Das war nichts Neues. Die Beamten der Eastvaler Kriminalpolizei wurden lediglich als Vollidioten hingestellt und nicht als eine Mischung aus Gestapo und KGB.

Barry Stott hatte nicht gekündigt, er hatte aber einige Tage Urlaub genommen. Gott wusste, wo er war! Er rang wohl irgendwo mit seinem Gewissen, vermutete Banks. In Banks' Augen reagierte Stott allerdings über. Er hatte sich ein bisschen besessen auf Pierce' Schuld versteift. Na und? Solche Dinge kamen vor und sie zogen selten Konsequenzen nach sich. Schließlich hatte Stott Pierce nur *beobachtet*, er hatte ihn weder verprügelt noch erschossen.

Trotz der Arbeitsstunden, die eine Mordermittlung verschlang, ging die alltägliche Routine im Eastvaler Revier weiter und das eine oder andere Rundschreiben fand seinen Weg auf Banks' Schreibtisch. An diesem Dienstagnachmittag, als er durch seine Gedanken an Ellen Gilchrist, Deborah Harrison, Barry Stott und Owen Pierce abgelenkt war, gelangte ein Schreiben auf seinen Schreibtisch, das aufgrund eines Berichts über die Zunahme von Autodiebstählen in North Yorkshire anregte, jeden Streifenwagen mit Computern auszurüsten.

Da Banks nicht weiter darüber nachdachte und die Worte eher in den chaotischen, intuitiven und kreativen Teil seines Gehirns strömten, anstatt seine Vernunft und Logik anzusprechen, überkam ihn das seltene Gefühl, Weihnachten und Ostern würden auf einen Tag fallen, ein Gefühl, das sich einstellte, wenn ein fehlendes Teil seinen Platz im Puzzle gefunden hatte. Es war so, als würde die gleichzeitige Vermischung und Erweiterung einer Kette unzusammenhängender Worte zu einem zwingenden Schluss führen. Jedes einzelne Element purzelte wie die Bälle mit den Lottozahlen präzis an seine Stelle: Auto. Computer. Diebstahl. *Spinks.*

Im Grunde war es natürlich keine Intuition, sondern ein völlig logischer Vorgang, in welchem eine Reihe von Fakten in einen sinnvollen Zusammenhang gestellt wurden. Es erschien lediglich wie eine plötzliche Eingebung.

Am Freitag, als Banks John Spinks nach Michael Clayton und Sylvie Harrison gefragt hatte, hatte es vor seiner Nase gelegen. Aber er hatte es nicht gesehen. Am Samstag, nach seinem Gespräch mit Clayton, hatte er gespürt, dass er einer Sache sehr nahe kam. Aber er hatte nicht gewusst, was es war. Jetzt wusste er es. Er musste noch ein paar Daten überprüfen; aber als er das Rundschreiben beiseite schob, war er sich sicher, dass John Spinks im August des vergangenen Jahres Michael Claytons Auto und Computer gestohlen hatte. Ob das allerdings etwas zu bedeuten hatte, blieb abzuwarten.

Aufgewühlt durch diese Theorie, überprüfte Banks die Daten und stürzte in Gristhorpes Büro, wo er den Superintendent vertieft in die Aussage von Ellen Gilchrists bester Freundin vorfand. Als Banks eintrat, streckte sich Gristhorpe und rieb mit den Fingerspitzen seine buschigen Augenbrauen. Danach sahen sie aus wie Vogelnester.

»Alan. Was kann ich für dich tun?«

Banks erklärte ihm seine Argumentationskette. Gristhorpe nickte ab und zu, und als Banks geendet hatte, legte er seinen Zeigefinger an die Lippen und zog die Stirn in Falten.

»Lady Sylvie Harrison und Michael Clayton haben also am 17. August Spinks und Deborah beim Weintrinken im Garten erwischt, richtig?«, sagte er.

Banks nickte.

»Und Clayton hat seinen Wagen am 20. August als gestohlen gemeldet. Ich erinnere mich daran, denn als er vorbeikam, um sich nach unseren Ermittlungen zu erkundigen, hat er sich aufgeführt, als wäre er so wichtig, dass der ranghöchste Beamte an den Fall gesetzt werden müsste. Bei einem simplen Autodiebstahl. Ich bitte dich!«

»Ich bin überrascht, dass er nicht direkt zu Jimmy Riddle gegangen ist.«

»Das hat er gemacht, was glaubst du denn! Gleich als Erstes. Aber Riddle sitzt in Northallerton, und da jeden Tag hinzufahren, war Clayton zu weit. Deshalb hat Riddle ihm gesagt, er soll sich an mich wenden. Ich habe Barry und Susan an die Sache gesetzt. Clayton war völlig aus dem Häuschen. Aber nicht wegen des Wagens.«

»Sondern wegen des Computers?«

»Ganz genau.«

»Ja. Das hat Susan auch gesagt«, grübelte Banks. »Als Clayton sie damals erkannt hat, als wir mit den Harrisons sprechen wollten. Ich hätte damals schon darauf kommen müssen.«

Gristhorpe lächelte nachsichtig. »Ich glaube, das kann man dir verzeihen, Alan«, sagte er. »Seid ihr nicht zur gleichen Zeit auf die Spur von Pierce gekommen?«

»Ja, aber ...«

»Wie auch immer, nehmen wir einmal an, dass Spinks am 20. August Claytons Wagen gestohlen hat«, fuhr Gristhorpe fort. »Er hat den Wagen etwas demoliert, aber nicht besonders schlimm. Richtig nervös geworden ist Clayton, weil sein Notebook im Wagen war. Wir wissen, dass es ein sehr teurer Computer war, mit allem Schnickschnack, aber Clayton ist ein reicher Mann. Er hätte sich leicht einen neuen leisten können. Sorgen hat er sich darum gemacht, was *in* seinem Computer war. Wenn ich mich richtig erinnere, tauchte er ein paar Wochen später auf dem Markt auf, ohne einen Kratzer.«

»Nach meiner Einschätzung«, sagte Banks, »hat Spinks von Computern ungefähr so viel Ahnung wie ein Orang-

Utan. Aber zu der Zeit hat er sich immer noch mit Deborah getroffen. Möglich, dass sie wusste, was er getan hatte. Sie war gerade mitten in einer rebellischen, aufmüpfigen Phase und hat wohl weder Clayton noch ihren Eltern von dem Diebstahl erzählt. Und Deborah war intelligent, sie kannte sich mit Technik aus. Diesen Computer zu bedienen, war bestimmt ein Kinderspiel für sie.«

»Was wäre also, wenn sie in dem Computer etwas gefunden hat?«, mutmaßte Gristhorpe. »Etwas Wichtiges.«

»Vielleicht ging es gar nicht darum, dass Clayton eine Affäre mit Lady Harrison hatte«, sagte Banks. »Daran habe ich vorher geglaubt. Aber vielleicht waren sie in eine Intrige verwickelt. Vielleicht hatte Clayton Sir Geoffrey betrogen.«

»So weit muss man gar nicht gehen«, meinte Gristhorpe. »Denk daran, HarClay Industries steckt tief im Rüstungsgeschäft. So tief, dass sich Sir Geoffrey privat mit Oliver Jackson vom Sicherheitsdienst traf, und zwar an dem Tag, an dem seine Tochter ermordet wurde.«

»Und du glaubst, es gibt da eine Verbindung?«

»Ich sage nur, dass es eine geben könnte. Mikroelektronik, Computer, Mikrochips, Waffensysteme. Mit solchen Dingen macht man nicht nur großes Geld, sie haben auch eine eminent politische Dimension. Wenn Deborah auf etwas gestoßen ist, was sie nicht hätte wissen sollen ... Wenn Clayton für jemanden gearbeitet hat, für den er nicht hätte arbeiten dürfen ... Wenn er zum Beispiel Waffensysteme an feindliche Regierungen verkauft hat ...«

»Falls Deborah gedroht hat, die Sache auffliegen zu lassen, hätten entweder Clayton oder seine Auftraggeber sie umbringen lassen können.«

»Genau.«

»Und Ellen Gilchrist war einfach ein zufälliges Opfer, um Pierce erneut in Verdacht zu bringen?«

Gristhorpe zuckte mit den Achseln. »Nichts einfacher als das. Auf jeden Fall für solche Leute.«

»Aber sie haben nicht mit Barry Stotts Ego gerechnet.«

»Kein Plan ist perfekt.«

»Aber warum haben sie so lange gewartet?«, meinte Banks. »Das verstehe ich nicht. Deborah hat den Computer so um den 20. August herum geknackt – vorausgesetzt, so ist es gewesen –, sie wurde aber erst am 6. November getötet. Das sind fast drei Monate.«

Gristhorpe kratzte sein stoppeliges Kinn. »Gute Frage«, sagte er. »Aber auch dafür könnte es eine Erklärung geben. Vielleicht hat es so lange gedauert, bis sie begriffen hat, was sie da entdeckt hat. Oder es hat so lange gedauert, bis Clayton gemerkt hat, dass jemand an seinem Notebook herumgefummelt hat. Du weißt, wie schnell sich eine Situation verändern kann, Alan. Vielleicht ist drei Monate später eine Situation eingetreten, in der die Information, die sie entdeckt hatte, überhaupt erst eine Bedeutung gewann.«

Banks nickte. »Möglich. Aber ich bin mir nicht sicher, ob selbst Deborah intelligent genug war, um Claytons Grafiken und Dateien zu verstehen. Ich habe sie nicht verstanden. Neulich habe ich welche bei ihm gesehen und sie kamen mir wie Chinesisch vor.«

»Tja, du weißt ja, dass ich erst recht keinen Schimmer von Computern habe«, sagte Gristhorpe. »Aber für Deborah könnte es eindeutig gewesen sein. Sie muss ja nicht alles verstanden haben, vielleicht hat sie nur einen Namen erkannt oder so. Vielleicht war jemand, den sie kannte, auch in die Sache verwickelt?«

»Gut«, sagte Banks. »Aber ich glaube, unsere Fantasie geht ein bisschen mit uns durch. Würde Clayton eine so wichtige Information überhaupt in seinem Notebook speichern? Wie auch immer, ich habe einen einfachen

Vorschlag: Warum holen wir nicht Spinks her? Mal sehen, ob wir die Wahrheit aus ihm herauskriegen können.«

»Gute Idee«, meinte Gristhorpe.

»Und dieses Mal«, fügte Banks hinzu, »haben wir vielleicht sogar einen Köder für ihn.«

II

Wo war er? Ach ja, Swiss Cottage. In London. Die Registrierkasse klingelte und die Woge der Gespräche und des Gelächters schwoll an und ab. Er meinte, von draußen ein entferntes Donnergrollen zu hören, die Spannung vor einem Gewitter zu spüren; in der Luft lag dieser heiße Geruch, wie der Staub, der in der Kirche verbrannte.

Nachdem die Polizei ihn freigelassen hatte, war er nach Hause gegangen, hatte sich durch die Scharen der Reporter gedrängelt, war dann in seinen Wagen gestiegen und, alles hinter sich lassend, einfach losgefahren. Er hatte keine Ahnung gehabt, wohin er fuhr, auf jeden Fall nicht bewusst. Er war immer noch ganz benommen wegen des Verlaufs der Ereignisse, und zwar nicht nur wegen seiner Freilassung, sondern wegen der Tatsache, dass es jemand vorsätzlich darauf abgesehen haben musste, ihm die Morde anzuhangen.

Und wie er der Polizei gesagt hatte, war der einzige Mensch, der ihn so sehr hasste, Michelle.

Die Polizei schien sie nicht zu verdächtigen, die Beamten waren sich sicher, dass es ein Mann gewesen war. Doch Owen kannte sie besser. Er würde es ihr zutrauen. Wenn sie es nicht selbst getan hatte, dann hatte sie vielleicht jemanden dafür gewonnen, hatte ihren Sex eingesetzt, um irgendeinen armen, perversen Kerl zu manipulieren. Denn das konnte sie verdammt gut.

Mit diesen halb ausgegorenen Gedanken, die ihm in einem Moment völlig aus der Luft gegriffen und absurd und im nächsten Moment so einleuchtend erschienen, dass sie richtig sein mussten, hatte er sich auf dem Weg nach London befunden, und jetzt trank er sich in Swiss Cottage Mut an, um Michelle persönlich zur Rede zu stellen.

Er war gespannt, was sie sagen würde, wenn er vor ihrer Tür auftauchte. Selbst wenn sie die Morde nicht eingefädelt hatte, um ihn in Misskredit zu bringen, dann hatte sie ihn bei den Zeitungen verleumdet. Das wusste er mit Sicherheit. O ja! Er freute sich schon darauf, zu hören, wie sie sich rechtfertigen wollte.

»Alles in Ordnung, Kumpel?«

»Wie bitte?« Es war der Mann neben ihm. Er hatte seinen Kopf in Owens Richtung gedreht.

»Ich habe gefragt, ob alles in Ordnung ist.«

»Ja, ja ... bestens.« Owen wurde klar, dass er Selbstgespräche geführt haben musste. Der Mann sah ihn misstrauisch an und wandte sich wieder ab.

Zeit, zu gehen. Es war neun Uhr. Welcher Wochentag war heute? Dienstag? Mittwoch? Spielte das wirklich eine Rolle? Sie war bestimmt zu Hause. Menschen, die einer regelmäßigen Arbeit nachgingen, blieben in der Woche abends für gewöhnlich zu Hause; jedenfalls gingen sie nicht lange aus.

Er fand das Telefon, daneben hing ein Telefonbuch mit abgegriffenen Seiten. Einige Seiten waren herausgerissen oder mit Filzstiften verunstaltet worden, aber nicht diejenige, auf die es ankam. Er fuhr mit seinem Finger die Spalte hinab, bis er zu ihrem Namen kam: Chappel. Kein Vorname, nur die Initialen: M. E. – Michelle Elizabeth. Da stand ihre Nummer.

Als er in seiner Tasche nach Münzen suchte, zog sich sein Brustkorb zusammen. Ihm wurde schwindelig und er musste sich einen Moment an die Wand lehnen, bevor er die Nummer wählte. Zwei Männer gingen auf dem Weg nach draußen an ihm vorbei und sahen ihn komisch an. Als sie weg waren, holte er ein paar Mal tief Luft, um sich zu beruhigen, nahm den Hörer ab, warf eine Münze ein und wählte. Es klingelte einmal, zweimal, dreimal, viermal, und beim fünften Klingeln meldete sich eine ziemlich gereizte Frauenstimme: »Ja, wer ist da?«

Es war *ihre* Stimme. Kein Zweifel. Owen würde diesen schrillen Ton mit dem leichten, mädchenhaften Lispeln unter Tausenden erkennen.

Er hielt den Hörer weg und hörte sie die Frage etwas lauter wiederholen: »Wer ist da?«

Nachdem er immer noch nichts erwiderte, sagte sie: »Perverses Arschloch!«, und legte dann auf.

Einen Moment lang schaute Owen den Hörer an, lächelte dann und ging hinaus in das aufziehende Gewitter.

III

John Spinks schien nicht besonders überrascht zu sein, sich an diesem Abend kurz nach Einsetzen der Dunkelheit erneut im Eastvaler Polizeirevier wiederzufinden. Wie vorhergesehen war er im Swainsdale-Center gerade dabei gewesen, vor seinen Kumpels damit zu prahlen, das Wochenende im Gefängnis verbracht und vor dem Schiedsgericht den großen Mann markiert zu haben. Das Erscheinen zweier kräftiger, uniformierter Beamter machte seine Geschichten nur noch glaubwürdiger, und er hatte die Lacher auf seiner

Seite, erzählten die Beamten Banks, als er seine Hände in Erwartung von Handschellen ausstreckte, genau so, wie er es im Fernsehen gesehen hatte.

Er schien jedoch überrascht zu sein, dass er in Banks' Büro statt in ein muffiges Verhörzimmer geführt wurde. Und er sah noch überraschter aus, als Banks ihm Kaffee, Zigaretten und Kekse in unbegrenzter Menge anbot.

Gristhorpe und Banks hatten beschlossen, es mit der Guter-Bulle-schlechter-Bulle-Methode zu versuchen, um ihn in die Zange zu nehmen. Banks war Spinks bereits bekannt, mit dem Superintendenten aber hatte er noch nie zu tun gehabt, und obwohl seine babyblauen Augen vielen Gangstern schon mehr Angst eingeflößt hatten als ein Paar Daumenschrauben, konnte Gristhorpe auch wie ein Muster an Gutmütigkeit wirken. Außerdem war er Banks' Vorgesetzter, was ein weiterer Trumpf sein konnte. Für den Fall, dass sie mit ihrem Plan Erfolg hatten, wartete schon Stafford Oakes in Gristhorpes Büro.

»Also, John«, sagte Banks. »Ich will nicht um den heißen Brei herumreden. Du steckst in Schwierigkeiten, in großen Schwierigkeiten.«

Spinks rümpfte lässig die Nase, als wäre er Schwierigkeiten gewohnt. »Und?«

»Wir haben dich nicht nur wegen Autodiebstahls«, fuhr Banks fort, »unsere Männer haben bei der Durchsuchung deiner Wohnung auch ausreichende Mengen Kokain, Ecstasy und LSD gefunden, um dich wegen Drogenhandels anzuklagen.«

»Das Zeug gehört nicht mir.«

»Wem denn sonst?«

»Ich weiß nicht, wie sie heißt. Irgendeine Schlampe, die mal eine Nacht bei mir gepennt hat. Sie muss es vergessen haben.«

»Ich soll glauben, dass irgendjemand ein Vermögen an Drogen liegen lässt? In *deinem* Zimmer? Nein, John, das Zeug gehört dir, bis irgendjemand anderes es für sich beansprucht, und bevor das passiert, schmorst du schon längst in der Hölle.«

Spinks biss sich auf die Unterlippe. Allmählich sah er weniger wie ein Jungstar aus Hollywood aus, sondern eher wie ein verängstigter Teenager. Eine Haarlocke rutschte über sein Auge, und er begann, an den Fingernägeln zu kauen. Mit seiner gespielten Tapferkeit war es nicht weit her, dachte Banks, wusste aber auch, dass es ein Fehler wäre, so zu tun, als hätten sie leichtes Spiel. Dummheit vereint mit Sturheit können wertvolle Mittel sein, wenn man unter Beschuss steht. Und Spinks war achtzehn Jahre lang gut damit gefahren.

»Hast du mir was zu sagen?«, fragte Banks.

Spinks zuckte mit den Achseln. »Wie gesagt. Das Zeug gehört nicht mir. Sie können nichts beweisen.«

»Wir können beweisen, was immer wir wollen«, entgegnete Banks. »Ein Richter oder ein Geschworener muss dich nur ein Mal ansehen, um dich für immer hinter Gitter zu bringen.«

»Meine Anwältin sagt ...«

»Diese Pflichtverteidiger sind ungefähr so nützlich wie ein Kropf, John. Das müsstest du eigentlich wissen. Überarbeitet und unterbezahlt.«

»Ja, gut, aber meine Anwältin hat gesagt, dass Sie mir das nicht anhängen können. Die Drogen.«

Banks hob seine Augenbrauen. »Ach, hat sie das? Das sind wirklich schlechte Neuigkeiten, John«, sagte er und schüttelte den Kopf. »Ich dachte mir schon, dass unser Land den Bach runtergeht, aber mir war noch nicht klar, dass Anwälte heutzutage schon praktizieren, bevor sie ihr Studium abgeschlossen haben.«

»Hahaha.«

Der andere Stuhl knarrte, als Gristhorpe sich vorbeugte. »Der Chief Inspector ist vielleicht ein bisschen streng zu Ihnen, mein Junge«, sagte er. »Aber das ist etwas Persönliches bei ihm, verstehen Sie? Er hat einen Sohn durch Drogen verloren.«

Spinks schaute Banks mit zusammengekniffenen Augen an. »Davon hat Tracy nie was erzählt.«

»Sie redet nicht gern darüber«, sagte Banks schnell. Sie hatten abgemacht, abhängig von Spinks' Antworten und der Situation zu improvisieren, aber damit hätte ihn Gristhorpe fast aus dem Konzept gebracht. Er musste innerlich lächeln. Warum nicht? Ein neuer Spielzug. Soweit er wusste, war Brian gesund und munter und studierte immer noch Architektur in Portsmouth. Das konnte Spinks ja nicht wissen.

»Wie jeder in seinem Alter«, fuhr Banks fort, »hielt er sich für unsterblich und unverwundbar. Er dachte, ihm könnte das nicht passieren. Jedem anderen, klar, aber ihm nicht.« Er beugte sich vor und faltete seine Hände. »Mich interessiert es einen feuchten Dreck, ob du so viel Crack rauchst, bis sich dein Gehirn in Luft auflöst; was mich aber sehr interessiert, ist, dass du das Zeug an andere verkaufst, besonders an eine Clique, zu der auch einmal meine Tochter gehört hat. Verstehen wir uns?«

Spinks rutschte auf seinem Stuhl umher. »Was soll das alles? Was wollen Sie? Ein Geständnis? Ich sage überhaupt nichts. Meine Anwältin ...«

»Scheiß auf deine Anwältin!«, donnerte Banks und schlug auf den wackeligen Metalltisch. »Und scheiß auf dich! Hast du mich verstanden?«

Spinks sah durcheinander aus. Gristhorpe schaltete sich wieder ein: »Ich glaube wirklich nicht, dass es angebracht ist, so mit Mr Spinks zu reden, Chief Inspector«, sagte er zu Banks. »Ich bin mir sicher, er versteht Sie sehr gut.«

»Tut mir Leid, Sir«, sagte Banks und rieb mit dem Handrücken über seine Stirn. »Ich habe mich ein wenig gehen lassen.« Er suchte nach einer Zigarette und zündete sie an.

»Sind Sie sein Boss?«, fragte Spinks und drehte sich mit großen Augen zu Gristhorpe. »Er hat ›Sir‹ zu Ihnen gesagt.«

»Ich dachte, das hätte ich bereits klargestellt«, erwiderte Gristhorpe; dann zwinkerte er. »Keine Sorge, Junge. Ich lasse ihn nicht von der Leine.«

Er schaute wieder Banks an, der sein Jackett ausgezogen hatte und seine Krawatte lockerte. »Der gehört eingesperrt«, sagte Spinks ermutigt. »Und sein Kumpel. Der Fette. Der hat mich mal geschlagen, Tatsache. Hat meine Nase auf einen Tisch geknallt.«

»Tja, manchmal können sich die Leute nicht bremsen«, sagte Gristhorpe. »Der Stress im Job. Die Sache ist allerdings die: Auf eine Art hat er Recht. Sie stecken tatsächlich in großen Schwierigkeiten. Im Moment sind wir die einzigen Freunde, die Sie haben.«

»Freunde?«

»Ja«, sagte Banks und zog die Aufmerksamkeit wieder auf sich. »Ob du es glaubst oder nicht, John. Ich möchte dir den größten Gefallen tun, der dir jemals im Leben erwiesen wurde.«

Spinks verengte seine Augen. »Ach ja? Warum sollte ich Ihnen glauben?«

»Glaube mir. Später wirst du mir vielleicht sogar einmal dankbar dafür sein. Du bist jetzt achtzehn, John, daran gibt es nichts zu Rütteln. Bei den Anklagen, die dir bevorstehen, wirst du ins Gefängnis kommen, ohne Zweifel. Eine harte Zeit. Gut, ich weiß, dass du ein großer Junge bist, ein harter

Kerl und so weiter, aber denk mal darüber nach. *Denk nach*! Es geht nicht nur darum, morgens, mittags und abends höllische Qualen zu erdulden, mit einem Messer an der Kehle einem anderen Gefangenen einen blasen zu müssen und sich vielleicht Aids einzufangen. Das Leben im Knast ist eine einzige Entbehrung, John: Das Essen ist beschissen, die Toiletten stinken und es gibt niemanden, bei dem man sich ausheulen kann. Und wenn du herauskommst – wenn du überhaupt herauskommst –, egal wie viele Jahre später, dann hast du einen großen Teil deiner Jugend verloren. Du kennst nichts anderes als das Gefängnisleben. Und weißt du was, John? Du wirst in null Komma nichts wieder im Knast landen. Man nennt das ›rückfällig werden‹. Du wirst es erleben, John. Nenne es eine Art Todessehnsucht, aber jemand wie du wandert von Gefängnis zu Gefängnis und kommt draußen nicht mehr zurecht. Du wirst das Gefängnis brauchen. Und was das Blasen und die Qualen angeht …« Banks zuckte mit den Achseln. »Nun, ich bin mir sicher, das wird dir nach einer Weile sogar gefallen.«

Banks' Monolog zeigte keine erkennbare Wirkung auf Spinks, aber das hatte er auch gar nicht erwartet. Die Ausführungen waren nur dazu gedacht, ihn so weit weich zu klopfen, dass er auf den Handel einging. Banks wusste, dass Spinks bereits zu der Existenz verdammt war, die er ihm gerade dargestellt hatte, aber dass er diese Tatsache weder erkennen konnte noch wollte und nicht dazu fähig war, seinem Leben noch eine andere Richtung zu geben.

Nein – was sie ihm anbieten wollten, war einfach ein zeitweiliger Aufschub, die Möglichkeit für Spinks, für den Moment als freier Mensch davonzukommen und genau da weiterzumachen, wo er aufgehört hatte, bis man ihn das nächste Mal schnappte, wenn er sich vorher nicht umbrachte oder umgebracht wurde. Er war ein kleiner Fisch, mit dem sie einen großen Fisch fangen wollten. Traurig, aber wahr.

»Was für einen großen Gefallen wollen Sie mir denn nun tun?«

»Zuerst«, sagte Banks, »wirst du uns die Wahrheit darüber erzählen, was letzten August passiert ist. Du wirst uns erzählen, wie du Michael Claytons Auto und seinen Computer gestohlen hast und was *genau* danach passiert ist.«

Spinks erblasste ein wenig, blieb aber hartnäckig. »Warum sollte ich das tun?«

»Um nicht ins Gefängnis zu müssen.«

»Sie meinen, ein Verbrechen gestehen und für das andere davonkommen?«

»So in der Art.«

»Himmel, Sie sind schlimmer als Kriminelle – der ganze Haufen hier!« Er wandte sich an Gristhorpe. »Darf er das?«, fragte er. »Ist er dazu befugt?«

»Ich bin befugt«, sagte Gristhorpe sanft. »Ich bin Superintendent, erinnern Sie sich?«

»Brauchen wir dafür nicht einen Anwalt oder so?«

»Was ist los, John?«, meinte Banks. »Traust du uns nicht?«

»*Ihnen* traue ich nicht. Egal, warum machen wir nicht Nägel mit Köpfen?«

Banks lächelte. Es funktionierte. Und bisher hatte Spinks nicht geleugnet, Claytons Wagen gestohlen zu haben.

»Es ist gerade ein Staatsanwalt im Haus«, sagte Gristhorpe, »der kann die Einzelheiten der Anklagen und mögliche Strafen aushandeln, wenn Sie mit ihm sprechen wollen.«

Spinks sah ihn schief an. »Vielleicht werde ich das machen. Wie soll das Ganze ablaufen?«

»Sie erzählen uns, was wir wissen wollen«, erläuterte

Gristhorpe, »und wir kümmern uns darum, dass Sie nicht ins Gefängnis kommen. Aus Drogenhandel wird einfacher Drogenbesitz.«

»Das reicht nicht. Ich möchte, dass alle Anklagen fallen gelassen werden.«

Gristhorpe schüttelte den Kopf. »Tut mir Leid, Junge. Das können wir nicht machen. Die Anklageschriften sind schon unterwegs.«

»Sie können sie verlieren.«

»Vielleicht ein oder zwei Blätter«, sagte Gristhorpe. »Aber nicht alles. Der Anwalt wird Ihnen das erklären.«

Spinks saß schweigend da, die Stirn nachdenklich in Falten gelegt.

Banks stand auf. »Mir reicht es jetzt«, sagte er zu Gristhorpe. »Ich habe doch gesagt, dass es sinnlos ist. Sein Gehirn ist so zerfressen, dass er sein Glück selbst dann nicht erkennt, wenn er darüber stolpert. Außerdem muss ich kotzen, wenn ich in einem Raum mit so einem drogenhandelnden Schwachkopf wie ihm sitze. Soll er doch ins Gefängnis gehen. Da gehört er hin. Soll er sich Aids einfangen. Ist mir doch egal.« Er ging in Richtung Tür.

»Warten Sie, nur einen Augenblick!«, sagte Spinks mit erhobener Hand. »Immer mit der Ruhe. Ich habe noch nichts gesagt.«

»Und das ist genau das Problem«, sagte Gristhorpe. »Sie entscheiden sich jetzt besser schnell, Freundchen. Eine solche Chance bekommt man nicht jeden Tag. Wir können uns wahrscheinlich auf Bewährung einigen, vielleicht ein bisschen gemeinnützige Arbeit, aber ganz davonkommen werden Sie nicht.«

Spinks starrte Banks an, der finster dreinschauend mit einer Hand auf dem Türgriff dastand, dann schaute er wieder zu Gristhorpe, der die Güte und Versöhnlichkeit in

Person war. Schließlich legte er seine Füße auf Banks' Schreibtisch. »Okay«, sagte er. »Okay. Abgemacht. Holen Sie den Anwalt rein.«

IV

Dicke Regentropfen fielen auf den Bürgersteig, als Owen den Pub verließ. Im Norden blitzte es und der Donner grummelte wie Gottes leerer Magen. Die Gäste, die draußen in der schwülen Luft saßen, liefen hinein, bevor der Wolkenbruch begann.

Owen hatte so viel getrunken, dass er etwas benebelt war und nicht mehr klar denken konnte. Der Alkohol hatte ihn nur mutig und kühn genug gemacht, um Michelle gegenüberzutreten.

Er ging auf der Hauptstraße an Pubs und noch geöffneten Läden vorbei, den Kopf gesenkt und den Jackenkragen in dem sinnlosen Versuch, trocken zu bleiben, aufgerichtet. Die Lichter der Läden und der Straßenlaternen schillerten auf dem Gehweg und dem Rinnstein. Owens Haar, das vorher feucht vom Schweiß gewesen war, klebte jetzt klatschnass vom Regen an seinem Kopf.

Er hatte völlig vergessen, wo er seinen Wagen geparkt hatte, aber das spielte jetzt keine Rolle. Michelle konnte nicht weit weg wohnen.

Er hielt ein junges Paar an, das aus einem Pub kam, und fragte die beiden, wo Michelles Straße war. Während sie versuchten, ihren Regenschirm aufzuspannen, erklärten sie ihm den Weg. Wie er vermutet hatte, musste er nur ein paar hundert Meter die Straße entlanggehen, dann nach links, gleich wieder nach rechts und noch einmal nach links. Er dankte ihnen und spürte im Weitergehen, dass sie ihm hinterherschauten.

Jetzt, wo er kurz davor war, Michelle zu sehen, gingen ihm tausend Dinge durch den Kopf. Nach allem, was sie versucht hatte, ihm anzutun, und nach allem, was sie über ihn gesagt hatte, würde sie ihn natürlich nicht hereinlassen wollen.

Würde er es wagen, einzubrechen? Vielleicht. Er wusste es nicht. Der Adresse nach zu urteilen, befand sich ihre Wohnung wahrscheinlich in einem dieser für London typischen drei- oder viergeschossigen Häuser. Wenn er draußen warten würde, bis sie herauskam, und sie dann auf der Straße ansprach ... Vielleicht musste sie noch etwas einkaufen oder wollte sich mit jemandem treffen. Aber dafür war es schon ein bisschen spät. Am besten wartete er einfach, bis ein anderer Mieter hineinging, dann könnte er die Tür erreichen, bevor sie ins Schloss fiel, und so wenigstens ins Haus gelangen.

Als er bei Rot eine Seitenstraße überquerte, hupte ein weißer Sportwagen. Er zeigte dem Fahrer das Victory-Zeichen, blieb mit einem Fuß am Bordstein hängen und stieß beim Stolpern mit einem älteren Mann zusammen, der im Regen seinen Hund ausführte. Der Mann sah ihn böse an, rückte seine Brille zurecht und ging weiter.

Wie es ihm das Paar gesagt hatte, bog er nach links ab und war plötzlich der einzige Fußgänger in einer ruhigen Seitenstraße. Die Häuser waren alle ungefähr drei Stockwerke hoch, in einzelne Wohnungen aufgeteilt und hatten eine Gegensprechanlage an der Eingangstür. Es würde nicht einfach werden.

Viele Räume waren erleuchtet, manche hatten keine Vorhänge, und im Weitergehen schaute er durch die Fenster und sah Ausschnitte einer blauen Wand, die obere Ecke eines Bücherregals, einen gerahmten Druck von Dali, einen verzierten Kronleuchter, flimmernde Fernsehbilder, zwei sich unterhaltende Leute, eine auf dem Fensterbrett sitzende Katze, die den Regen beobachtete – ein Panorama des Lebens.

Beim Gehen hatte sich Owen etwas beruhigt, doch er wollte Michelle immer noch von Angesicht zu Angesicht gegenüberstehen, und sei es nur deshalb, um zu sehen, wie sie sich wand, während er sie ihrer Verbrechen beschuldigte.

Er stieg die Stufen hoch und sah sich die Klingelschilder neben der Tür an. M.E. Chappel, Apartment 4. War das in der ersten oder in der zweiten Etage? Er hatte keine Ahnung. Er ging auf die andere Straßenseite und schaute hinauf. Die beiden Fenster in der zweiten Etage waren dunkel, genauso die im Erdgeschoss. In einem Fenster in der ersten Etage schimmerte bläuliches Licht durch die Vorhänge, in dem anderen waren die Vorhänge geöffnet und man sah eine Tapete im William-Morris-Design. Das konnte nicht Michelle sein. Das blaue Zimmer passte schon eher zu ihr.

Er stand im Dunkeln und fragte sich, was er tun sollte. Regen trommelte herab und legte einen öligen Glanz auf die Straße. Er war nicht mehr ganz so mutig wie in dem Moment, als er den Pub verlassen hatte. Die Wirkung des Alkohols ließ nach und er hatte Kopfschmerzen. Er brauchte noch einen Drink, aber es war schon kurz vor elf, die Pubs machten gleich zu. Außerdem würde Michelle wahrscheinlich bald ins Bett gehen. Da er jetzt hier war, konnte er nicht bis morgen warten.

Ein Mann und eine Frau näherten sich eng umschlungen unter einem Regenschirm dem Haus, bogen auf den Pfad und stiegen die Stufen hoch. So wie sie gingen, vermutete Owen, dass sie ein wenig beschwipst waren. Wahrscheinlich waren sie arbeitslos und mussten am Morgen nicht aus dem

Haus. Er wich zurück in die Dunkelheit. Der Mann sagte etwas und die Frau lachte. Sie schüttelte ihren Regenschirm über den Stufen aus. Es war nicht Michelle.

Nachdem sie sich wieder zur Tür umgedreht hatten, lief Owen über die Straße. Es war verdammt riskant, aber es könnte funktionieren. Sie hatten ihm den Rücken zugekehrt, die Straße war nicht hell erleuchtet und sie konnten ihn wegen des Regens und des Donnerns nicht hören. Adrenalin schoss durch seine Adern und schien seinen Mut wieder zu entfachen. Jetzt hatte er es fast geschafft. Alles hing davon ab, wie langsam die Tür hinter ihnen ins Schloss fiel.

Sobald die beiden drinnen waren und der Mann die Tür losließ, stürmte Owen auf Zehenspitzen die Stufen hoch und streckte seine Hand aus. Er stoppte die Tür gerade noch rechtzeitig, bevor sie vollständig zurückgeschwungen war und verriegelte.

Er schaute sich um zu den Häusern auf der anderen Straßenseite. Soweit er erkennen konnte, beobachtete ihn niemand. Er hörte, wie eine andere Tür im Haus geöffnet und wieder geschlossen wurde, dann ging in einer der Wohnungen im Erdgeschoss das Licht an.

Sachte schob Owen die Tür auf und schlüpfte hinein.

V

Stafford Oakes sicherte Spinks schnell zu, dass die Anklagen gegen ihn auf ein erträgliches Maß reduziert werden konnten, besonders was die Drogendelikte anging. Rechnete man hinzu, dass er keine Vorstrafen hatte und dass er wegen einer verpassten Jobgelegenheit und einer Reihe anderer mildernder Umstände, die in belastet hatten, durcheinander gewesen war, würde er wahrscheinlich ein paar Monate gemeinnütziger Arbeit bekommen. Glückliche Gemeinde.

»Also«, begann Banks, nachdem Oakes gegangen war. »Warum erzählst du uns nicht alles? Dann können wir die Staatsanwaltschaft dazu veranlassen, für die geringfügigeren Delikte die Anklageschriften aufzusetzen. – Noch einen Kaffee? Zigarette?«

Spinks zuckte mit den Achseln. »Warum nicht?«

Banks schenkte aus der Kanne ein, die er hatte kommen lassen. »Im Vertrauen«, fragte er, »hast du letztes Jahr am 20. August Michael Claytons Wagen gestohlen?«

Spinks knipste den Filter von der Zigarette ab und zündete sie an. »An das genaue Datum kann ich mich nicht erinnern, aber es war ungefähr zu der Zeit. Und ich habe ihn nicht *gestohlen*. Nur ausgeliehen für eine kurze Spritztour.«

»Weshalb?«

»Weshalb? Weil er mich wie ein Stück Dreck behandelt hat, deshalb. Blöder Snob! Als wäre ich nicht gut genug für sein heiß geliebtes Patenkind.«

»Das war kurz nachdem er und Lady Harrison dich und Deborah beim Weintrinken im Garten überrascht haben?«

»Ja. Was haben wir schon gemacht? Ein bisschen gegrillt und etwas alten Vino gesüffelt. Er hat so getan, als wäre er zu gut für Leute wie mich. Es war nur eine Flasche Wein. Er hatte keinen Grund, so ausfallend zu werden und mich eine faule Sau und einen Schwachkopf und so weiter zu nennen. Was kann ich denn dafür, dass ich keinen Job kriege?«

»Und dann hast du den Wagen aus Rache ein bisschen demoliert?«

»Nein. Das war ein Unfall. Ich habe damals ja noch

Fahren gelernt. Die Karre hatte ein ziemlich empfindliches Gaspedal.«

Nach allem, was Banks bisher über Spinks' Fahrkünste erfahren hatte, wäre es wohl am besten, wenn das Gericht ihn daran hinderte, jemals einen Führerschein zu erhalten. Allerdings schien ihn das bisher auch nicht vom Fahren abgehalten zu haben.

»Hast du außerdem ein Notebook aus dem Wagen mitgenommen?«

»Das lag auf dem Rücksitz unter einem Mantel.«

»Hast du es mitgenommen?«

Spinks schaute Gristhorpe an. »Alles in Ordnung, mein Freund«, versicherte der Superintendent, »Sie können jede Frage von Chief Inspector Banks völlig ungestraft beantworten.«

»Hä?«

»Wir wollen Ihnen nichts anhängen. Das ist alles vertraulich. Keine Ihrer Antworten wird aufgezeichnet und aufgeschrieben. Denken Sie daran, was der Staatsanwalt Ihnen gesagt hat. Entspannen Sie sich. Reden Sie frei von der Leber weg.«

Spinks trank einen Schluck Kaffee. »Ja, ich habe das Ding mitgenommen«, gestand er. »Ich dachte, es könnte was wert sein.«

»Und war es das?«

Er zuckte mit den Achseln. »Ach was! Ein Kerl auf dem Markt hat mir fünfundsiebzig lausige Piepen dafür geboten.«

Und der Käufer hatte ihn für hundertundfünfzig weiterverkauft, erinnerte sich Banks. Hundertundfünfzig für einen 6000-Pfund-Computer. »Also hast du ihm das Notebook verkauft?«

»Stimmt.«

»Hast du ihn benutzt, bevor du ihn verkauft hast?«

»Ich? Nee. Ich habe keine Ahnung von den Dingern.«

»Was ist mit Deborah?«

»Was soll mit ihr sein?«

»Sie war ein intelligentes Mädchen. Sie hatte Computerkurse in der Schule. Sie hätte gewusst, wie man damit umgeht.«

»Ja, gut …«

»Du hast Deborah zu der Zeit doch noch getroffen, oder?«

»Ja.«

»Hat sie dich mal zu Hause besucht?«

»Ja. Ein-, zweimal. Aber sie war etepete. Sie meinte, es stinkt und wäre dreckig.« Er lachte. »Wollte die Toilette nicht benutzen, egal wie sehr sie musste.«

»Okay«, sagte Banks. »Was ich gerne wissen würde, John, ist, ob sich Deborah an dem Computer versucht hat.«

»Ja, das hat sie.« Er wandte sich an Gristhorpe, als wollte er sich bestätigen lassen, dass er straffrei weiterreden konnte. Gristhorpe nickte wie ein Priester. »Ja«, fuhr Spinks fort, »Deborah war dabei, als ich … Sie wissen schon … die Spritztour gemacht habe.«

»Deborah war dabei, als du Michael Claytons Wagen gestohlen hast?«

»Ja, sage ich doch. Aber benutzen Sie doch nicht ständig das Wort ›gestohlen‹. Das gefällt mir nicht. Verstehen Sie, da Deborah dabei war, blieb es doch irgendwie in der Familie, oder? Wir haben uns eigentlich nur mal die Familienkutsche ausgeliehen.«

»Hast du Michael Clayton erzählt, dass ihr beiden euch seinen Wagen ›ausgeliehen‹ habt?«

»Natürlich nicht. Halten Sie mich für bescheuert oder was?«

»Erzähl weiter.«

»Erst fand sie die Idee nicht gut. Deb hatte keinen Mumm. Aber kaum hatte ich sie rausgelotst, ganz leise und so, und bin mit dieser schwedischen Karre losgetuckert, da war sie sofort Feuer und Flamme. Deb hat den Computer entdeckt. Sie sagte, es würde sie überraschen, dass er ihn einfach so im Wagen liegen lässt, denn er wäre ein Typ, der sogar einen Zahnarzttermin im Computer einträgt. Ich habe gesagt, sie soll das Teil lieber da liegen lassen. Aber sie wollte unbedingt damit herumspielen.«

»Und was habt ihr dann gemacht?«

»Nach der Spritztour sind wir zu mir gegangen. Meine Mutter war nicht da, wie immer, und ich war nach der Fahrt ein bisschen geil geworden. Ich habe eine Weile an ihr rumgemacht, aber sie ist total komisch geworden, ich kannte das schon, und nach ein paar Minuten hatte ich auch keine Lust mehr. Das hatte sie echt gut drauf. Sie konnte wahnsinnig abweisend sein, total kalt.«

»Der Computer, John?«

»Ja, also sobald Deb ihn zum Laufen gebracht hatte, konnte ich sie nicht mehr davon wegkriegen.«

»Was war mit dem Passwort?«

»Keine Ahnung; wenn es eins gab, dann hat sie nicht lange gebraucht, um es herauszufinden. Ich würde sogar sagen, dass sie ein bisschen überrascht war, wie einfach es war.«

»Das Passwort?«

»Was immer man brauchte, um das verfluchte Teil zum Laufen zu kriegen.«

»Was hat sie gesagt?«

»›Also, leck mich doch!‹ Nicht genau diese Worte, aber so in der Art. Deb hat ja nicht gern geflucht. Sie hat eher gesagt: ›Mannomann‹ oder so.«

»Und dann?«

Spinks zuckte mit den Achseln. »Dann hat sie eine Weile damit herumgespielt. Mir wurde langweilig und ich habe mich eine Runde aufs Ohr gehauen.«

»Hat sie noch damit herumgespielt, nachdem du wieder aufgestanden bist?«

»Sie war gerade fertig. Es sah so aus, als würde sie etwas aus dem Computer ziehen. So ein flaches, quadratisches Teil – wie nennt man die Dinger?«

»Eine Diskette?«

»Genau.«

»Woher hatte sie die?«

»Keine Ahnung. Der Computer steckte in einer Tasche und da drinnen war ein ganzer Haufen davon, in so kleinen Fächern. Ich nehme an, sie hat eine davon genommen.«

»Was hat sie mit der Diskette gemacht?«

»Eingesteckt.«

»Hast du eine Ahnung, was auf der Diskette war?«

»Nee. Ich habe sie gefragt, was sie vorhätte, aber sie hat gesagt, ich soll mich um meine eigenen Angelegenheiten kümmern.«

»Hat sie danach noch etwas mit dem Computer gemacht?«

»Ja. Sie hat ein paar Tasten gedrückt, eine Weile auf den Bildschirm gestarrt, irgendwie komisch gelächelt und ihn dann ausgestellt.«

»Und dann?«

»Sie meinte, ich könnte ihn verkaufen, wenn ich wollte, und die Kohle behalten.« Er schaute zu Gristhorpe. »Ich meine, sie hat ihn mir praktisch geschenkt, oder? Und das Ding kam ja aus der Familie. Er war ihr Patenonkel. Das muss man doch berücksichtigen.«

»Schon in Ordnung«, versicherte ihm Gristhorpe. »Sie machen das gut. Beantworten Sie einfach weiterhin die Fragen so vollständig und gewissenhaft, wie Sie können.«

Spinks nickte.

»Hat sie dir jemals erzählt, was sie in dem Computer gefunden hat?«

»Nein. Ich habe sie auch nicht damit genervt. Ich habe gemerkt, dass sie mir nichts sagen wollte. Wenn Sie mich fragen, dann hat sie herausgefunden, dass er die Bücher frisiert oder so etwas.«

»Wie kommst du darauf?«

»Ist doch logisch, oder?«

»Hat sie später noch einmal von der Sache gesprochen?«

»Nee. Tja, nur eine Woche später oder so hat ihre Mutter uns im Bett erwischt. Da war Feierabend für mich. Endgültig.«

»Weißt du, ob Michael Clayton herausgefunden hat, dass du den Computer mitgenommen hast oder dass Deborah ihn benutzt hat?«

»Ich habe es ihm bestimmt nicht auf die Nase gebunden. Vielleicht hat Deb es erzählt, aber mich hat keiner darauf angesprochen.«

»Und du hast deine fünfundsiebzig Pfund gekriegt?«

»Stimmt.«

»Gibt es sonst noch etwas?«

»Nein, das ist alles. Ich habe Ihnen alles erzählt.« Er schaute Gristhorpe an. »Kann ich jetzt gehen?«

»Alan?«

Banks nickte.

»Okay, mein Junge«, sagte Gristhorpe. »Dann mal los!«

»Sie denken an unsere Abmachung, oder?«

Gristhorpe nickte. Spinks grinste Banks triumphierend an und verschwand.

»O Gott!«, sagte Banks. »Ich brauche einen Drink, um diesen Scheißgeschmack aus meinem Mund zu spülen.«

Gristhorpe lächelte. »Aber es hat sich doch gelohnt, oder?

Na los, ich gebe einen aus! Wir müssen ein bisschen nachdenken, bevor wir entscheiden, wie wir weiter vorgehen.«

Aber sie kamen nur bis zur Treppe, als Banks sein Telefon klingeln hörte. Er schaute auf seine Uhr. Fast halb elf.

»Ich gehe lieber dran«, sagte er. »Geh doch schon mal vor. Wir sehen uns dann drüben.«

»Ich warte«, sagte Gristhorpe. »Vielleicht ist es wichtig.« Sie eilten zurück ins Büro und Banks nahm den Hörer ab.

»Chief Inspector Banks?«

»Ja.«

»Hier ist Vjeko. Vjeko Batorac.« Die Stimme klang ein wenig schwach und heiser.

»Vjeko. Was ist? Stimmt was nicht?«

»Ich dachte, ich sollte Ihnen erzählen, dass Ive Jelačić gerade hier war. Wir haben miteinander gekämpft. Er hat mich geschlagen.«

»Was ist passiert, Vjeko? Fangen Sie von vorne an.«

Vjeko holte tief Luft. »Ive kam vor ungefähr einer halben Stunde her und hatte irgendein Buch dabei. Ein Notizbuch, dachte ich. Es war ein Tagebuch, in Leder gebunden und in Englisch verfasst. Er war der Meinung, es könnte ihn reich machen. Er kann Englisch nicht lesen, deshalb sollte ich ihm sagen, was in dem Buch steht. Er wollte mir Geld dafür geben.« Vjeko hielt inne. »Dieses Mädchen, das ermordet worden ist, das hieß doch Deborah Harrison, oder?«

»Ja.« Banks merkte, wie er den Hörer fester umklammerte. »Erzählen Sie weiter, Vjeko.«

»Es war *ihr* Tagebuch. Ich fragte ihn, woher er es hatte, aber er wollte es mir nicht sagen. Er wollte, dass ich es ihm übersetze.«

»Haben Sie das getan?«

»Ich habe es mir angeschaut. Dann habe ich ihm gesagt,

dass der Text nicht wichtig und nichts wert ist und er das Buch mir überlassen sollte. Ich würde es wegwerfen.«

»Und dann?«

»Er wurde misstrauisch. Er dachte, ich hätte etwas herausgefunden und wollte ihn um sein Geld betrügen. Ich glaube, er will jemanden finden, den er erpressen kann. Er sagte, er würde damit zu Mile gehen. Mile kann auch etwas Englisch lesen. Ich sagte, das wäre unnötig, weil es wertlos sei. Er versuchte, es mir aus der Hand zu reißen. Ich habe es festgehalten und dann haben wir gekämpft. Er ist stärker als ich, Chief Inspector. Er hat mich geschlagen. Dragica hat geschrien und die kleine Jelena hat angefangen zu weinen. Es war furchtbar.«

»Was ist dann passiert?«

»Ive ist mit dem Tagebuch weggelaufen.«

»Sie haben gesagt, Sie hätten es gelesen?«

»Einen Teil.«

»Was stand in dem Buch?«

»Wenn ich mich nicht täusche, Chief Inspector, dann steckte das Mädchen in furchtbaren Schwierigkeiten. Ich glaube, Sie sollten jemanden schicken, um es schnell zu holen, bevor Ive irgendetwas Verrücktes damit macht.«

»Danke, Vjeko«, sagte Banks und streckte schon seine Hand aus, um auf die Gabel zu drücken. »Bleiben Sie, wo Sie sind. Ich rufe sofort die Kriminalpolizei in West Yorkshire an. Jelačić war auf dem Weg zu Mile Pavelič, sagten Sie?«

VI

Owen ging im Dunkeln die mit Teppich ausgelegten Stufen hinauf in die erste Etage. Dort entdeckte er einen Lichtschalter an der Wand und drückte ihn. Er klopfte an die Tür von Apartment 4, bemerkte, dass sie keinen Spion hatte, und hielt den Atem an. Wenn sie Freunde im Haus hatte, Nachbarn, die die Angewohnheit hatten, kurz vorbeizuschauen, um sich eine Packung Milch zu leihen oder zu plaudern, dann standen die Chancen gut, dass sie öffnete. Schließlich hatte niemand unten an der Haustür geklingelt und von der Straße kam man nicht so einfach herein.

Hinter der Tür hörte er den Boden knarren, dann sah er, wie sich der Türknauf zu drehen begann. Und wenn sie eine Kette vorgelegt hatte? Oder wenn sie mit jemandem zusammenwohnte? Sein Herz raste. Langsam öffnete sich die Tür.

»Ja?«, sagte Michelle.

Keine Kette.

Owen schob die Tür auf. Michelle wich zurück und die Tür sprang ganz auf. Er schloss sie hinter sich und lehnte sich dagegen. Michelle war auf ihr Sofa gestolpert. Sie trug einen dunkelblauen Morgenrock aus Seide, der sich vorne geöffnet hatte. Schnell zog sie den Revers zusammen und sah ihn an.

»Du?! Was zum Teufel willst du?« In ihrer Stimme lag eher Wut als Angst.

»Das ist wirklich eine gute Frage, nach allem, was du getan hast.«

»Du hast getrunken. Du bist betrunken.«

»Na und?«

»Ich rufe die Polizei.«

Michelle stürzte zum Telefon, doch Owen kam ihr zuvor

und stieß es von seinem Ständer. Die Sache entwickelte sich in eine Richtung, die er nicht gewollt hatte. Er hatte einfach mit ihr reden wollen, hatte herausfinden wollen, was sie gegen ihn hatte, aber sie machte es schwierig.

Ein paar Augenblicke standen sie sich gegenüber wie Jäger und Wild, stumm, schwer atmend, angespannt, dann lief sie zur Tür. Owen kam ihr zuvor und schubste sie weg. Dieses Mal kippte sie nach hinten gegen die Lehne des Sofas. Owen ging auf sie zu. Ihr Morgenrock war über ihre Oberschenkel gerutscht, an ihren Lenden aufgegangen und entblößte das Dreieck aus lockigem blondem Haar. Owen blieb stehen. Michelle sah ihn kalt und verächtlich an, bedeckte sich und setzte sich hin.

»Na schön«, sagte sie und schob ihr Haar hinter die Ohren. »Du bist also hier. Ich muss zugeben, dass ich ein bisschen überrascht bin, aber vielleicht sollte ich das nicht.« Sie nahm eine Zigarette, zündete sie mit einem schweren Tischfeuerzeug an und blies den Rauch durch die Nase. Er erinnerte sich, wie sich im Bett nach dem Liebesakt in ihrem Atem immer der Tabakgeruch mit dem Zahnpastageschmack vermischt hatte. »Warum setzt du dich nicht?«, meinte sie.

»Hast du keine Angst?«

Michelle lachte und steckte ihre kleine rosafarbene Zunge zwischen die Zähne. »Sollte ich?«

Ihre blauen Augen schauten kalt und beherrscht. Ihr langer, weicher Hals erhob sich elegant und anmutig aus dem Morgenrock. Auch mit vierundzwanzig sah sie noch wie ein Teenager aus. Zum Teil lag es an ihrer makellosen Marmorhaut, an der fein geschnittenen Nase und dem Mund, auf dessen zarten Linien jeder Bildhauer stolz gewesen wäre.

Aber vor allem lag es an ihrem Charakter, erkannte Owen, nicht an ihrem Aussehen. Sie war der grausame Teenager, ein kleines Mädchen, das sich in Obszönitäten erging, die

Anführerin, die sich fortwährend neue Grausamkeiten einfallen ließ, immer neue Reize, und die nicht einen Pfifferling auf die Gefühle derjenigen gab, die sie schikanierte und verhöhnte.

»Wenn du wirklich glaubst, dass ich diese Frauen ermordet habe, dann müsstest du eigentlich Angst haben«, sagte er. »Sie sahen so aus wie du.«

»Du hast mich durch eine Stellvertreterin getötet. Ist es das, was du mir sagen willst?«

»Kannst du mir einen guten Grund nennen, warum ich es nicht hätte tun sollen? Aber nein – du hast keine Angst, weil du weißt, dass ich es nicht getan habe. Habe ich Recht?«

»Tja«, sagte Michelle, »ich muss zugeben, dass es mir schwer fiel, zu glauben, dass du den Mut dazu gehabt hast. Aber da war ich in der irrigen Annahme, man bräuchte Mut, um eine Frau zu erwürgen.«

»Und du hast festgestellt, dass man keinen Mut braucht?«

Sie runzelte die Stirn. »Was meinst du damit?«

»Du hast es getan, nicht wahr, Michelle? Bei der Ersten, bei Deborah Harrison, bin ich mir nicht sicher, aber die Zweite hast du umgebracht, stimmt's? Du hast sie getötet, um mir den Mord anzuhängen. Oder du hast jemanden dazu gebracht, es für dich zu tun.«

Michelle lachte und schaute wieder zur Tür. »Du bist verrückt«, sagte sie. »Paranoid. Wenn du glaubst, ich würde so etwas tun und mich in solche Schwierigkeiten bringen, dann bist du völlig verrückt.« Sie stand auf und ging zum Cocktailschrank. Der Morgenmantel schlug raschelnd gegen ihre Beine. Owen blieb dicht bei ihr. »Ich würde dir etwas zu trinken anbieten«, sagte sie, »aber ich glaube, du hast schon genug gehabt.«

»Warum hast du es getan, Michelle? Warum, um Himmels willen?«

Sie hob ihre Augenbrauen. »Warum habe ich was getan?«

»Du weißt genau, was ich meine. Du hast das Mädchen getötet, um mich in Schwierigkeiten zu bringen. Du bist in mein Haus eingebrochen, hast den Filmbehälter mit meinen Fingerabdrücken gestohlen und Haare von meinem Kissen genommen. Dann hast du alles verwüstet, damit es wie eine Vergeltungstat aussieht.«

Michelle schüttelte den Kopf. »Du bist verrückt.« Sie goss reichlich Scotch in ein Kristallglas. Owen sah, dass ihre Hand dabei zitterte.

»Und was du der Polizei über uns erzählt hast«, machte er weiter. »Das Zeug in den Zeitungen. Warum hast du diese Lügen über mich verbreitet?«

»Sie haben gut gezahlt.« Sie lachte. »Nicht die Polizei – die Zeitungen. Und ich habe niemanden getötet. Sei kein Idiot, Owen. So etwas könnte ich niemals tun. Außerdem habe ich keine Lügen verbreitet.«

»Du weißt genau, dass es nicht so gewesen ist.«

»Das ist alles eine Frage der Sichtweise, Owen. Für mich ist es so gewesen. Ich gebe gerne zu, dass deine Sichtweise vielleicht eine andere ist. Tut mir Leid. Ich weiß, dass ich nicht so undankbar sein sollte. Du hast mir im College geholfen. Du hast mich finanziell unterstützt, ich konnte bei dir wohnen und mit Sicherheit hast du mir bei meinen Noten geholfen. Eine Zeit lang hat es Spaß gemacht ... Aber du hattest kein Recht, mir nachzuspionieren und mir überallhin zu folgen, wo ich hingegangen bin. Ich war nicht dein Besitz. Und du hattest kein Recht, mich einfach so auf die Straße zu setzen. So hat mich noch nie jemand behandelt.« Ihre Augen funkelten wie Eis.

»Spaß ... eine Zeit lang? Michelle, ich habe dich geliebt. Wir haben ... Ich kann nicht glauben, was du da sagst. Als hätte es nichts bedeutet. Warum hasst du mich so sehr?«

Sie zuckte mit den Achseln. »Ich hasse dich nicht. Du interessierst mich einfach einen feuchten Dreck.«

»Du Miststück!«

Owen machte einen Schritt auf sie zu. Sie blieb neben dem Schrank stehen und nippte an ihrem Drink. Dann warf sie mit einer ruckartigen Kopfbewegung ihre Haare wieder über die Schulter. Eine Geste, an die er sich erinnerte. Sie sah ihn mit einem verächtlichen Zug um den Mund von oben herab an.

»Ach, komm schon, Owen«, sagte sie und wickelte den Gürtel ihres Morgenmantels um einen Finger. »Das kannst du doch besser. Oder nicht? Musst du mittlerweile schon kleine Schulmädchen ermorden, um einen hochzukriegen?« Ihr Lächeln regte ihn auf – ein bisschen schief, mit eisigen Augen und durch und durch böse. »Ich bin ja froh, dass du endlich etwas gefunden hast, was dich anmacht. Was willst du jetzt tun, Owen? Willst du mich auch umbringen? Weißt du was? Ich glaube nicht, dass du es kannst. Deswegen musstest du diese Mädchen umbringen und dir vorstellen, sie wären ich. Stimmt doch, Owen, oder?«

Owen riss ihr das Glas aus der Hand und stürzte den Scotch in einem Zug hinunter.

»Musst du dir noch mehr Mut antrinken? Trotzdem glaube ich nicht ...«

Er hätte nicht sagen können, wie es passierte. In einem Moment betrachtete er noch sein Spiegelbild in ihren Pupillen, im nächsten hatte er schon seine Hände um ihren Hals gelegt. Er stieß sie gegen den Schrank und schmiss dabei Flaschen und Gläser um. Sie wollte in seine Augen krallen, aber ihre Arme waren nicht lang genug. Sie kratzte und zerrte an seinen Handgelenken und gab röchelnde Laute von sich. Ihre Füße berührten den Boden nicht mehr, nach hinten über den Schrank gebogen trat sie nach ihm.

Er würgte sie für alles, was sie ihm jemals angetan hatte: dafür, eine untreue Nutte zu sein, die für jeden die Beine breit machte, der sie in ein teures Restaurant einlud; dafür, dass sie dem ganzen Land erzählt hatte, er wäre ein kranker Perverser, der ins Gefängnis gehörte, wenn das Rechtssystem wirklich mit aller Härte durchgreifen würde; dafür, ihm die Morde angehängt zu haben.

Und er würgte sie auch für alles andere: für die Demütigung und Erniedrigung im Gefängnis, für den Verlust seiner Freunde und seiner Stellung. Das ganze Gebäude, das einmal sein Leben gewesen war, hatte sich in Luft aufgelöst, und zurückgeblieben war nur noch Wut, die durch seine Adern strömte. Für all das würgte er sie und dafür, ihn wie einen Trottel zu behandeln, wie jemanden, den sie nach Belieben um den kleinen Finger wickeln und herumkommandieren konnte. Jemanden, dem sie nicht einmal so viel Mut zutraute, sie umzubringen.

Er drückte seine Finger tief in ihre Kehle. Einer ihrer wilden Tritte traf ihn zwischen die Beine. Er zuckte vor Schmerzen zusammen, drückte aber weiter zu und stieß sie heftig gegen die Wand. Sie saß auf dem Schrank zwischen Glasscherben und verschüttetem Alkohol, ihre Beine wie in einer Parodie des Geschlechtsaktes um ihn geschlungen. Er roch Gin und Whisky. Unter ihren Schenkeln war der Morgenrock durchnässt mit Blut und Alkohol, als hätte sie sich in die Hose gemacht.

Michelle schlug unablässig wild um sich, kippte noch mehr Flaschen um und gab krächzende Laute von sich. Einmal holte sie so weit aus, dass sie seine Wange zerkratzte und nur knapp seine Augen verfehlte.

Aber genauso plötzlich, wie es begonnen hatte, war es

auch vorbei. Owen nahm seine Hände von ihrem Hals, und sie rutschte auf den Boden und blieb gegen den Schrank gelehnt sitzen, ohne sich zu rühren.

Jemand hämmerte gegen die Tür und schrie: »Michelle! Alles in Ordnung?«

Für einen Augenblick stand Owen da und versuchte, wieder zu Atem zu kommen und das Ausmaß dessen zu begreifen, was er getan hatte. Dann öffnete er die Tür und stürzte an dem verwirrten Nachbarn vorbei zurück auf die Straße.

VI

»Ich nehme an, Deborah Harrison hat ihre Mutter angelogen, als sie ihr erzählte, sie hätte ihr Tagebuch verloren«, sagte Banks zu Gristhorpe, als sie auf Ken Blackstones Rückruf warteten. Es war schon weit nach Schankschluss. Jetzt gab es keine Chance mehr auf ein Pint. »Ich nehme an, sie hatte es versteckt.«

»Kann gut sein«, stimmte ihm Gristhorpe zu. »Die Frage ist nur, wie es in Jelačićs Hände gelangt ist. Wir wissen, dass er an dem Abend, als sie ermordet worden ist, nicht in Eastvale gewesen sein kann. Falls das Tagebuch in ihrem Ranzen gewesen ist, kann es Jelačić nicht an sich genommen haben.«

»Ich glaube, ich kenne die Antwort darauf«, sagte Banks. »Rebecca Charters hat gestern jemanden auf dem Friedhof überrascht, in dem bewaldeten Gebiet hinter dem Inchcliffe-Mausoleum. Sie konnte nicht erkennen, wer es war, und ich habe mir zuerst nichts dabei gedacht, aber jetzt scheint es doch ein merkwürdiger Zufall zu sein, oder? Jede Wette, es war Jelačić.«

»Du meinst, das Tagebuch war dort versteckt?«

Banks nickte. »Und er wusste, wo. Er hatte gesehen, wie sie es versteckt hat. Als Pierce letzte Woche freigelassen wurde und ich Jelačić noch einmal befragt habe, muss er sich daran erinnert haben und dachte wahrscheinlich, er könnte aus dem Buch Profit schlagen. Es ist wirklich verrückt. Der offene Ranzen hat mich immer gestört. Als ich ihn zum ersten Mal sah, dachte ich, dass der Mörder etwas Belastendes herausgenommen hatte und es höchstwahrscheinlich loswerden wollte. Aber Lady Harrison hat mir erzählt, dass Deborah ihr Tagebuch verloren hatte. Und ich sah keinen Grund, weshalb eine der beiden lügen sollte.«

»Es sei denn, in dem Tagebuch standen Geheimnisse, die Deborah auf keinen Fall preisgeben wollte.«

»Oder Lady Harrison. Wenn man es sich recht überlegt, könnten beide gelogen haben. Sir Geoffrey hatte mir bereits gesagt, dass Deborah tatsächlich ein Tagebuch führte. Also konnte seine Frau kaum leugnen, dass sie eines hatte.«

»Aber sie *könnte* sagen, dass Deborah ihr erzählt hat, sie hätte es verloren, und wir hätten keine Möglichkeit, es zu überprüfen.«

»Genau. Wir würden wahrscheinlich nicht einmal danach suchen. Und genau so ist es gewesen.«

»Aber die Spurensicherung hat doch am Tag nach dem Mord an Deborah den Friedhof abgesucht, oder?«

»Sie haben den Boden abgesucht. Wir haben ja nicht nach einer Mordwaffe gesucht, sondern nur nach Deborahs Unterhose und irgendwelchen Dingen, die der Mörder verloren haben könnte. Alles, was wir gefunden haben, waren ein paar leere Zigarettenschachteln und einige Zigarettenstummel. Die meisten stammten von Jelačić, und wir wussten ja bereits, dass er auf dem Friedhof gearbeitet hatte. Den Rest haben wir Schülerinnen von St. Mary's zugeschrieben, die dort heimlich geraucht haben. Außerdem kommt es nur in Büchern vor, dass Mörder rauchend im Nebel herumstehen, während sie auf ihre Opfer warten. Besonders, wo heute jeder weiß, dass man durch Speichelreste auf die DNA kommen kann.«

»Was ist mit dem Inchliffe-Mausoleum? Deborah könnte sich Zutritt verschafft haben, oder?«

»Ja. Aber das haben wir auch durchsucht, nachdem wir die leeren Flaschen gefunden haben. Zumindest ...«

Das Telefon klingelte. Banks schnappte sich den Hörer.

»Alan, hier ist Ken Blackstone. Tut mir Leid, dass es so lange gedauert hat.«

»Habt ihr etwas erreicht?«

»Wir haben ihn.«

»Großartig. Hat er Probleme gemacht?«

»Er hat sich ein paar blaue Flecken eingehandelt. Als unsere Jungs ankamen, war er gerade von Pavelič weggegangen. Sie folgten ihm über die Müllkippe. Er sah sie kommen und machte sich aus dem Staub, direkt über die York Road und nach Richmond Hill. Als sie ihn schließlich schnappten, hatte er das Tagebuch nicht bei sich.«

Banks' Elan schwand. »Er hatte es nicht bei sich? Aber Ken ...«

»Immer mit der Ruhe, Kumpel. Er hat es anscheinend weggeworfen, als ihm klar wurde, dass man ihn verfolgte. Wollte wohl nicht mit belastendem Beweismaterial aufgegriffen werden. Auf jeden Fall sind unsere Leute den Weg zurückgegangen, den er genommen hat, und haben das Buch in einem Mülleimer in der York Road gefunden.«

Banks seufzte erleichtert auf.

»Was sollen wir mit ihm machen?«, fragte Blackstone. »Jetzt ist Mitternacht. Vor zwei Uhr morgens wird er nicht in Eastvale sein können.«

»Behaltet ihn über Nacht da«, sagte Banks. »Es gibt bei diesem Fall keinen Grund mehr zur Eile. Lass ihn morgen früh herbringen. Aber, Ken …«

»Ja, es ist Deborah Harrisons Tagebuch.«

»Hast du es gelesen?«

»Genug.«

»Und?«

»Wenn es das bedeutet, was ich glaube, dann ist es Dynamit, Alan.«

»Erzähl.«

Und Blackstone erzählte es ihm.

ZWANZIG

1

Um zehn Uhr am nächsten Morgen, während Jelačić in einer Zelle im Keller schmorte, setzte sich Banks mit einem Kaffee an seinen Schreibtisch, zündete sich eine Zigarette an und schlug Deborah Harrisons Tagebuch auf. Am vergangenen Abend hatte ihm Ken Blackstone über das Telefon zwar das Wesentliche erzählt – und er hatte danach nicht gut geschlafen –, aber er wollte es selbst lesen, bevor er den nächsten Schritt unternahm.

Genau wie auf der Innenseite der Ranzenklappe hatte sie übermäßig ausführlich ihren Namen und ihre Adresse eingetragen: von »Deborah Catherine Harrison« bis zum »Universum«.

Zuerst überprüfte er den Adressenteil, fand aber außer den Namen, Adressen und Telefonnummern von Verwandten und Schulfreundinnen nichts Ungewöhnliches. Dann begann er durch die Seiten zu blättern.

Er bemerkte schnell, dass die meisten ihrer Einträge sachlich waren und sie sich kaum in einer Analyse oder in poetischen Wendungen versucht hatte. Manche Tage hatte sie völlig leer gelassen. Und erst im Sommer, als sie das Tagebuch angeblich »verloren« hatte, wurde es wirklich interessant:

5. August

Gähn. Das muss der langweiligste Sommer sein, den ich jemals erlebt habe. Heute bin ich im Swainsdale-Center einkaufen gegangen, nur um etwas zu tun. Was für ein trostloser Ort! Es gibt überhaupt keine vernünftigen Schuhe, und überall laufen Bauerntölpel umher und furchtbar verlotterte Frauen, die ihre noch furchtbareren, dreckigen Kinder hinter sich herziehen. Ich muss unbedingt Mami davon überzeugen, mich bald wieder nach Paris zum Einkaufen mitzunehmen, sonst schwöre ich, dass ich noch an der Langeweile dieser schrecklichen Provinzstadt sterbe. Im Einkaufszentrum traf ich diese gewöhnliche kleine Tussi Tiffy Huxtable vom Dressurreiten. Sie war mit ein paar Freunden dort und fragte mich, ob ich nicht etwas mit ihnen unternehmen will. Besonders interessant kamen sie mir nicht gerade vor. Sie saßen alle dumm und verwahrlost aussehend um den Springbrunnen herum, aber es war auch ein Junge dabei, der sich sehen lassen konnte, deshalb habe ich gesagt, ich komme vielleicht irgendwann einmal vorbei. Das Leben ist so (gähn) langweilig, dass ich es vielleicht wirklich tue. Ach, ich brauche unbedingt ein Abenteuer!

Für die nächsten Tage gab es keine Einträge, dann folgte dies:

9. August

Tiffys Clique ist ein Haufen dummer, gewöhnlicher Langweiler, genau wie ich gedacht hatte. Sie können nur über Fernsehen und Fußball und Sex und Popmusik reden. Ich meine, wen interessiert das? Ich bin mir sicher, dass keiner von ihnen in letzter Zeit ein Buch gelesen hat. Ganz ehrlich, da bleibe ich doch lieber zu Hause und schaue mir Videos an. Tracy Banks scheint ganz intelligent zu sein, aber dann erfuhr ich, dass sie die Tochter eines Polizisten *ist. Auch das noch! Ein Junge sieht ein bisschen so aus wie dieser echt coole Schauspieler aus »Neighbours« und trägt eine tolle Lederjacke. Und er hat wirklich sehr schöne Augen mit langen Wimpern.*

Danach begann sich alles schnell zu entwickeln:

12. August

John (Ach, welche Enttäuschung! Was für ein schrecklich gewöhnlicher, langweiliger und ordinärer Name. Genau wie »Tracy«!) hat heute Abend ein Auto gestohlen *und mit mir eine Spritztour gemacht.* Mit mir! *Dem kleinen Fräulein Sittsam. Es war bombastisch! Wenn Daddy davon wüsste, würde er einen Herzinfarkt kriegen. Es war kein besonderer Wagen, nur ein popeliger, kleiner Astra, aber er ist wie ein Wilder nach Helmthorpe gerast und hat auf einer Wiese angehalten. Es war total aufregend, obwohl ich etwas Angst hatte, dass wir von der Polizei erwischt werden. Nachdem er angehalten hatte, war er wie eine Krake. Ich habe ihm gesagt, dass ich nicht so eine bin, die es gleich beim ersten Mal macht, selbst wenn er einen Wagen für mich stiehlt. Jungens! Also wirklich. Er fragte mich, was er beim ersten Mal tun dürfte, und ich sagte ihm, dass wir uns einfach küssen könnten. Es hat mir wirklich nichts ausgemacht, als er seine Zunge in meinen Mund gesteckt hat, aber meine Brüste ließ ich ihn nicht anfassen. Ich habe ihm nicht erzählt, dass ich es noch nie getan habe. Obwohl ich letztes Jahr in Montclair mit Pierre kurz davor war, und wenn er nicht so hastig gewesen wäre und gleich diesen kleinen Unfall gehabt hätte, dann hätten wir es vielleicht getan.*

Dann, drei Tage später, schrieb sie:

15. August

Heute Abend, in einem anderen »geliehenen« Wagen, wie John so was nennt, haben wir es tatsächlich zum ersten Mal getan! Ich habe ihn dazu gebracht, dieses Mal einen Kombi zu nehmen, weil es in einem kleinen Astra zu eng ist, und wir haben uns nach hinten verzogen. Zuerst wollte ich gar nicht so weit gehen, aber irgendwie ist die Sache außer Kontrolle geraten. Es hat nicht wehgetan, wie immer alle sagen. Keine Ahnung, ob es mir gefällt oder nicht. Ich war aufgeregt und fühlte mich sündig und schlecht, aber ich glaube nicht, dass ich einen Orgasmus hatte. Eigentlich weiß ich es gar nicht, denn ich habe keine Ahnung, wie es sich anfühlt, aber die Erde hat nicht gebebt oder so und ich habe keine Glocken läuten gehört. Es war nur ein komisches Gefühl zwischen den Beinen und danach habe ich mich ein bisschen wund angefühlt. Ob ich wohl jemals multiple Orgasmen haben werde? Charlene Gregory von der Schule hat mir erzählt, dass sie im Bus schon von den Vibrationen des Motors einen Orgasmus kriegt, aber das glaube ich ihr nicht. Und Kirsty McCracken meint, sie kriegt welche, wenn sie beim Fahrradfahren gegen ihren Sattel reibt. Das könnte schon eher stimmen. Ich habe manchmal so ein komisches Gefühl beim Reiten. Wie auch immer, als er fertig war, fand ich es echt widerlich, wie er einfach einen Knoten in das Kondom gemacht hat und es dann aus dem Fenster auf die Wiese geworfen hat. Und auf dem Rückweg wollte er nicht einmal mit mir reden. Ob das wohl immer so ist, wenn man den Jungens nachgibt und sie tun lässt, was sie haben wollen? Das würde Mami sagen, obwohl sie Französin ist und die sind ja angeblich furchtbar sexy und so weiter.

17. August

Heute kam John zu uns nach Hause. Mami war unterwegs, und er wollte, dass wir nach oben gehen und es tun, aber ich hatte zu viel Angst, wir könnten erwischt werden. Stattdessen haben wir im Garten ein paar Würstchen gegrillt und Hot Dogs gemacht. Ich habe aus dem Keller eine Flasche von Vaters gutem Wein geholt und den haben wir getrunken. Natürlich kam Mutter nach Hause! Sie hat eigentlich keinen großen Aufstand gemacht, aber ich habe gemerkt, dass sie John nicht mochte. Onkel Michael war auch da und er hat John sofort gehasst. *John meinte, niemand würde ihm eine Chance geben.*

20. August

Heute sind alle nach Leeds gefahren – Mami und Daddy und Onkel Michael – zu irgendeiner langweiligen Cocktailparty. Ich habe John gesagt, er könnte wieder zu uns kommen. Weil ich dieses Mal wusste, dass sie lange weg sein würden, haben wir es in meinem Bett *getan! Was für eine Sünde! Was für eine böse, herrliche Sünde! Ich weiß nicht, ob ich einen Orgasmus hatte, auf jeden Fall hat es ein bisschen gekribbelt und ich habe mich danach überhaupt nicht wund angefühlt. John wollte, dass wir es ohne Kondom machen, aber ich habe ihm gesagt, er soll aufhören zu spinnen. Ich will gar nicht daran denken. Ich möchte nicht schwanger von ihm werden oder irgendeine Geschlechtskrankheit kriegen. Das hat ihn verletzt, dass ich dachte, er könnte mich mit einer Geschlechtskrankheit anstecken. Manchmal kann er so kindisch sein. Kindisch und langweilig.*

Aber erst in einem späteren Eintrag entdeckte Banks, was Ken Blackstone meinte, als er sagte, das Tagebuch könnte »Dynamit« sein.

21. August

Ich kann es kaum glauben: Onkel Michael ist verliebt in mich! Er behauptet, er würde mich lieben, seit ich zwölf bin. In Montclair hat er mir sogar einmal heimlich beim Ausziehen zugesehen. Er meint, ich sehe aus wie Botticellis Venus! Das ist ein bisschen übertrieben, finde ich. Ich weiß noch, dass ich das Bild in den Uffizien gesehen habe, als Mami und ich letztes Jahr in Florenz waren, und ich sehe kein bisschen wie sie aus. Vor allem ist mein Haar kürzer und hat eine andere Farbe. Ich wusste überhaupt nicht, dass sich Onkel Michael mit Literatur und Kunst auskennt. Manches, was er geschrieben hat, klingt sehr poetisch. Und es dreht sich alles um mich*! Ich weiß nicht, was ich tun soll. Im Moment bleibt es mein kleines Geheimnis. Er ist ja eigentlich gar nicht mein richtiger Onkel, sondern nur der Freund meines Dads, deshalb ist es wohl in Ordnung, wenn er in mich verliebt ist; es ist kein Inzest. Aber es ist komisch, denn ich kenne ihn ja schon* immer*. Oje, ich habe ganz vergessen zu sagen, woher ich das weiß! Gestern Abend haben John und ich Onkel Michaels Wagen gestohlen, weil er letzte Woche, als wir gegrillt haben, so scheußlich zu ihm war (jetzt weiß ich, warum: Onkel Michael muss eifersüchtig gewesen sein!!). Tja, und Onkel Michael hatte seinen Computer auf dem Rücksitz liegen gelassen. Wir haben ihn mit zu John genommen (und Gott sei Dank war seine übel riechende Mutter nicht da – bei der kriege ich echt eine Gänsehaut). Diese ganzen technischen Dateien habe ich nicht öffnen können, aber um das Passwort für sein Textverarbeitungsprogramm herauszufinden, habe ich nur ungefähr eine Viertelstunde gebraucht. Es war natürlich MONTCLAIR. Danach war es leicht. Onkel Michael trägt alles in seinen Computer ein, sogar seine Einkaufslisten! Nachdem ich fertig war, habe* *ich seine Festplatte neu formatiert. Daran wird er es merken!*

Banks legte das Tagebuch zur Seite und ging zum Fenster. Vormittag an einem heißen und feuchten Junitag. Der gepflasterte Marktplatz war bereits voller Autos und Busse. Er fragte sich, ob dieser Sommer so heiß wie der letzte werden würde. Er hoffte nicht. Natürlich gab es im Eastvaler Polizeirevier keine Klimaanlage; soweit er wusste, gab es in ganz Eastvale keine. Man musste sich mit offenen Fenstern und Ventilatoren begnügen – kein großer Nutzen, wenn kein Windhauch wehte und die Luft heiß war.

Selbstverständlich war das Tagebuch kein Beweismittel. Deborah Harrison hatte ein paar von Michael Claytons privaten Dateien gelesen und herausgefunden, dass er sexuell von ihr besessen war. Das musste nicht heißen, dass er sie getötet hatte. Doch als sich Banks wieder hinsetzte und weiterlas, wurde ihm allmählich klar, dass es kaum einen Zweifel an Claytons Schuld geben konnte.

Das Telefon klingelte. Banks nahm ab, und Sergeant Rowe teilte ihm mit, dass ein Detective Sergeant Leaside aus Swiss Cottage mit ihm sprechen wollte.

Banks runzelte die Stirn, der Name sagte ihm nichts. »Stellen Sie ihn durch.«

Leaside meldete sich. »Es geht um eine Frau namens Michelle Chappel«, sagte er. »Ich habe im Polizeicomputer erfahren, dass sie in einen Fall verwickelt war, den Sie kürzlich bearbeitet haben, stimmt das?«

Banks spannte sich an. »Ja. Warum? Was ist passiert?«

»Sie ist überfallen worden, Sir. Ziemlich schlimme Körperverletzung. Fleischwunden und Prellungen, versuchte Erdrosselung.«

»Vergewaltigung?«

»Nein, Sir. Ich dachte nur ... Ihr Nachbar hat uns eine Beschreibung des Verdächtigen gegeben ...« Er las die Beschreibung vor.

»Ja«, sagte Banks, nachdem er geendet hatte. »Verflucht und zugenäht! Das klingt nach Owen Pierce. In Ordnung; danke, Sergeant. Wir werden nach ihm Ausschau halten.«

II

Nach seiner Nacht in der Zelle war Ive Jelačić schlecht gelaunt. Banks hatte ihn nach oben in ein Verhörzimmer gebracht und dort fast eine Stunde allein gelassen, bevor er und Gristhorpe mit der Befragung begannen. Den Kassettenrecorder schalteten sie nicht ein.

»Tja, Ive«, sagte Banks, »Sie stecken jetzt in großen Schwierigkeiten, ist Ihnen das klar?«

»Schwierigkeiten? Ich nichts getan.«

»Woher haben Sie das Tagebuch?«

»Welches Tagebuch? Ich nie gesehen. Sie wollen mir anhängen.«

Banks seufzte und rieb seine Stirn. Er merkte, dass es wieder einer dieser Tage werden würde. »Ive«, sagte er geduldig, »sowohl Mile Pavelič als auch Vjeko Batorac haben Sie mit dem Tagebuch gesehen. Sie haben die beiden gebeten, es Ihnen vorzulesen. Als Vjeko es behalten wollte, haben Sie ihn sogar geschlagen.«

»Kann nicht erinnern. Ich nichts getan. Vjeko und ich hatten Streit. Nicht schlimm.«

»Kommen Sie schon«, warf Gristhorpe ein, »helfen Sie uns weiter.«

»Ich nichts wissen.«

Gristhorpe bedeutete Banks, ihm nach draußen zu folgen. Er begleitete ihn hinaus, und die beiden blieben ein paar Minuten schweigend im Flur stehen, bevor sie wieder hineingingen. Es schien zu funktionieren: Jelačić war jetzt sichtlich nervöser als vorher.

»Wo waren?«, wollte er wissen. »Was Sie tun?«

»Hören Sie mir gut zu, Ive«, sagte Banks. »Ich sage Ihnen das nur einmal, und ich werde es langsam sagen, damit Sie jedes Wort verstehen. Wegen Ihnen musste ein unschuldiger Mann mehr als ein halbes Jahr im Gefängnis verbringen, die Demütigung eines Gerichtsverfahrens über sich ergehen lassen und die Wut der breiten Öffentlichkeit erleiden. Mit anderen Worten, Sie haben Owen Pierce durch die Hölle gehen lassen, und obwohl er jetzt frei ist, glauben eine Menge Leute immer noch, dass er die Mädchen umgebracht hat.«

Jelačić zuckte mit den Achseln. »Vielleicht er hat getan. Vielleicht Gericht machen Fehler.«

»Aber noch wichtiger als Owen Pierce' Leiden ist Ellen Gilchchrists Leben. Wenn Sie nicht gewesen wären, Ive Jelačić, hätte das Mädchen vielleicht nicht sterben müssen.«

»Ich Ihnen sagen. In meinem Land viele Menschen sterben. Niemand inte...«

Banks schlug mit der Faust auf den wackeligen Tisch. »Halten Sie den Mund! Ich kann Ihre jämmerlichen Rechtfertigungen und Ihr Selbstmitleid nicht mehr hören, Sie weinerliches, kleines Stück Dreck! Haben Sie mich verstanden?«

Jelačićs Augen waren jetzt weit aufgerissen. Er nickte und schaute hinüber zu Gristhorpe, um sich zu vergewissern, dass er mit diesem Verrückten nicht allein gelassen werden würde. Gristhorpe verzog keine Miene.

»Wegen Ihnen ist ein unschuldiges Mädchen brutal ermordet worden. Ich werde Sie wahrscheinlich nicht wegen Mordes anklagen können, wie ich es gerne wollte, aber ich werde mit Sicherheit etwas gegen Sie finden, wofür Sie eine lange, lange Zeit eingesperrt werden. Verstehen Sie mich?«

»Ich will Anwalt.«

»Halten Sie die Klappe! Sie werden einen Anwalt bekommen, wenn wir mit Ihnen fertig sind. Jetzt hören Sie mir zu. Ich glaube, Daniel und Rebecca Charters werden sofort bezeugen, dass Sie versucht haben, Geld von ihnen zu erpressen, und dann werden die von Ihnen erhobenen Anschuldigungen gegen Daniel Charters in einem anderen Licht stehen. Da haben wir schon einmal Erpressung. Sie haben außerdem Beweismaterial an sich genommen, die Zeit der Polizei vergeudet und wir werden noch zahllose andere Anklagepunkte gegen Sie finden. Und wissen Sie, was dann passieren wird, Ive? Wir werden Sie zurück nach Kroatien schicken, das wird passieren.«

»Nein! Sie können nicht tun. Ich britischer Bürger.«

Banks schaute Gristhorpe an und die beiden lachten. »Tja, vielleicht stimmt das sogar«, sagte Banks. »Aber Sie wissen, wer Deborah Harrisons Vater ist, oder? Sir Geoffrey Harrison. Ein sehr mächtiger und einflussreicher Mann in Regierungsangelegenheiten. Selbst Sie werden sich ein bisschen damit auskennen, wie dieses Land regiert wird, Ive. Wie sehen Sie Ihre Chancen jetzt?«

Jelačić wurde blass und begann an seinem Daumennagel zu kauen.

»Werden Sie jetzt kooperieren?«

»Ich nichts wissen.«

Banks beugte sich vor und setzte seine Ellbogen auf den Tisch. »Ive. Ich sage das jetzt noch ein letztes Mal und dann ist Schluss. Wenn Sie uns nicht erzählen, was Sie wissen und wo Sie das Tagebuch gefunden haben, dann werde ich persönlich dafür sorgen, dass Sie mit dem Fallschirm in der Mitte des Kriegsgebietes abgesetzt werden. Kapiert?«

Jelačić schmollte einen Moment, dann nickte er.

»Schön. Freut mich, dass wir uns verstehen. Und weil Sie sich wie ein Vollidiot benommen haben, gibt es noch eine Bedingung.«

Jelačić kniff seine Augen zusammen.

»Sie lassen alle Anklagen gegen Daniel Charters fallen und entschuldigen sich öffentlich.«

Erst sträubte sich Jelačić dagegen, aber nachdem er eine Weile eingeschnappt war, räumte er ein, dass er die Geste des Pfarrers tatsächlich falsch ausgelegt hatte.

Banks stand auf und nahm Jelačić am Arm. »In Ordnung, gehen wir.«

Sie fuhren ihn nach St. Mary's und er führte sie über den asphaltierten Weg auf den Kiespfad und in den dichten Wald hinter dem Inchcliffe-Mausoleum. Als sie ein gutes Stück in den Wald gegangen waren, hielt er vor einem Baum an und sagte: »Hier.«

Banks betrachtete den Baum, konnte aber nichts Ungewöhnliches sehen und kein offensichtliches Versteck entdecken. Dann hob Jelačić seine Hand und schien sie direkt in den massiven Holzstamm zu stecken. In dem Moment bemerkte Banks etwas sehr Seltsames an den Eiben. Sie waren nicht sehr hoch, viele der harten, kräftigen und alten Bäume hatten aber einen ziemlich großen Umfang. Manche der älteren Stämme hatten einen Umfang von fast zehn Metern und so viele aneinander gereihte Streben, dass sie wie geriffelte Säulen aussahen. Der Baum, vor dem sie standen, stammte wahrscheinlich aus dem siebzehnten Jahrhundert. Bei den Streben handelte es sich um Triebe, die aus dem unteren Teil des Stammes sprossen, gerade nach oben wuchsen und sich scheinbar mit dem älteren Holz vereinigten, so dass der Baum aussah, als würde er aus mehreren zusammengepflanzten Stämmen bestehen. Dadurch waren unzählige Spalten und Löcher entstanden, die als Versteck dienen konnten. Was sich Deborah als Versteck ausgesucht hatte und was Jelačić sie hatte benutzen sehen, war ein Astloch in der alten Eibe, das derart schräg in den Stamm führte, dass man es nicht sehen konnte, wenn man direkt darauf schaute.

Banks schob Jelačić zur Seite und fasste mit einer Hand in den Baum. Er fühlte nur ein Bett aus Blättern und einige Rindenstücke, die über die Jahre hineingeweht worden waren. Aber als er seine Hand tiefer in das Loch grub und die Blätter und die Rinde zur Seite fegte, spürte er, wie seine Finger über etwas Glattes und Hartes strichen. Schnell fasste er noch tiefer hinein und dachte, dass Deborah mit ihren langen Armen problemlos das Gleiche getan haben konnte. Schließlich bekam er das Paket zu fassen und zog es heraus. Gristhorpe und Jelačić standen neben ihm und schauten zu.

»Sieht so aus, als wäre Ihnen der Jackpot entgangen, Ive«, sagte Banks.

Es war ein kleines, quadratisches Objekt, das gut geschützt in einem schwarzen Müllsack eingewickelt war. Als Banks es auspackte, enthüllte er, auf was er gehofft hatte: eine Computerdiskette.

III

Zurück im Revier, gab Banks die Diskette Susan Gay und bat sie, den gesamten Inhalt auszudrucken. Er hoffte, dass die Diskette den Winter in dem Astloch der Eibe unbeschadet überstanden hatte. Da sie in Plastik eingewickelt und unter altem Laub, Holzspänen und Rindenstücken vergraben gewesen war, dürfte sie eigentlich keinen Schaden genommen haben. Zudem war der Winter nicht besonders kalt gewesen.

Zehn Minuten später klopfte Susan heftig an Banks' Bürotür und marschierte mit einem Bündel Blätter wedelnd herein. Ihre Hand zitterte und sie sah blass aus. »Ich glaube, Sie sollten sich das besser einmal anschauen, Sir.«

»Tauschen wir.« Banks schob ihr das Tagebuch hin und nahm den Computerausdruck.

De-bo-rah. De-bo-rah. *Die Silben deines Namens gehen wie ein Gedicht über meine Lippen. Wann war mir zum ersten Mal bewusst, dass ich dich liebe? Ich frage mich, ob ich genau festlegen kann, wann und wo diese magische Verwandlung stattgefunden hat und ich nicht länger ein junges Mädchen anschaute, sondern eine strahlende Kindfrau, die ich begehre.*

Ach, Deborah, meine geliebte Peinigerin, warum, warum nur musste ich erleben, wie du die Schwelle von der Kindheit in die Blüte der Weiblichkeit übertreten hast? Wenn du ein Kind geblieben wärst, hätte ich dich niemals auf diese Weise lieben können. Ich hätte niemals solche Gedanken über deinen unschuldigen und unbehaarten Kinderkörper gehegt, wie ich es jetzt über deinen Frauenkörper tue.

Ich suche deine Nähe und dennoch flüchte ich vor dir. Nach außen hin erscheint alles normal, doch wenn die Menschen in dem Moment in mich hineinschauen könnten, in dem du einen Raum betrittst oder neben mir sitzt, dann würden sie sehen, wie mein Herz zerreißt und ich vor Erregung fiebere. Damals, du hattest eben die Dressur gewonnen und bist in deiner Reitausrüstung zu mir gekommen, ein feuchter Schweißfilm glitzerte auf deiner zauberhaft geschwungenen Unterlippe ... und du hast mich auf die Wange geküsst und mich umarmt ... Ich habe gespürt, wie deine kleinen Brüste sich sanft gegen mich pressten, und ich konnte kaum stehen bleiben, geschweige denn dich in angemessener und förmlicher Weise loben ... gut gemacht ... gut gemacht ... wunderbar ... gut gemacht, meine Liebe, meine Deborah.

Als ich dich das erste Mal nackt als Frau sah, hast du in der alten Badewanne in Montclair gestanden und wie Botticellis Geburt der Venus ausgesehen. Du weißt doch, meine Liebe, die Türen in Montclair haben keine Schlösser. Man wusste einfach, wenn die Badezimmer besetzt waren und nicht betreten werden konnten. Natürlich hat man sich manchmal getäuscht, aber nie mit bösen Absichten. Man war ja auch unter sich. Die Franzosen, Sylvies Familie, sind nicht prüde in solchen Dingen. Ich hatte nur gehofft, einen kurzen Blick auf deine Nacktheit zu erhaschen. Ich wusste, dass ich nicht länger bleiben durfte, dass ich mich, noch ehe du überhaupt bemerktest, dass ich dich gesehen hatte, entschuldigen und hinausstürzen musste, als wäre ich aus Versehen hereingekommen. Ein so kurzer, ein so flüchtiger Blick. Und noch heute frage ich mich, was passiert wäre, hätte ich dich damals nicht in deiner ganzen Schönheit erlebt.

Du hast dagestanden und nach einem Handtuch gegriffen, als wäre deine Schönheit nur für mich bestimmt gewesen. Dampf hing in der Luft, und das Sonnenlicht, das durch die hohen Fenster fiel, umhüllte dich mit Regenbogen.

Deine gerötete Haut war mit Wassertropfen benetzt, dein nasses Haar hing an deinem Hals herab und lag auf deiner Schulter, lange Strähnen hafteten auf der Wölbung deiner jungen Brüste, und die Brustwarzen, rosarot wie aufgehende Rosenknospen, waren aufgerichtet. Deine Taille, wundervoll schlank, ging über in die schmalen Hüften. Zwischen deinen Beinen lag ein winziges Dreieck aus goldenem Haar auf dem Venushügel, dem Paradies, das ich erträume. In dem zarten, gelockten Haar hatten sich Wassertropfen verfangen und kleine Prismen im Sonnenlicht gebildet, manche schienen in dem klaren Licht zu glitzern wie Diamanten …

Auch andere Bilder lassen mich nicht mehr los: der schmale schwarze Träger des Büstenhalters auf deiner nackten Schulter, die Innenseiten deiner Oberschenkel, wenn du deine Beine übereinander schlägst …

Und in dieser Form ging es weiter. Auch das war kein stichhaltiger Beweis, aber es war alles, was sie hatten. Banks hatte keine andere Wahl, als davon auszugehen.

IV

Owen schaute aus dem Zugfenster in die Dunkelheit. Der Regen lief über die schmutzige Scheibe, er konnte nur die Spiegelungen der Lichter hinter ihm im Abteil sehen. Er hätte gern noch etwas getrunken, aber er saß in einem Regionalzug, nicht in einem Intercity, und es gab kein Bordrestaurant.

Als der Zug im letzten Abschnitt seiner Reise durch einen

geschlossenen Dorfbahnhof ratterte, musste Owen wieder daran denken, wie er nach dem Mord an Michelle die ganze Nacht im Regen durch die Straßen Londons gelaufen war, während ein Teil in ihm hoffte, die Polizei möge ihn aufgreifen und der Sache ein Ende machen, und ein anderer sich davor fürchtete, wieder ins Gefängnis zu gehen, dieses Mal für immer.

Er hatte die gesamte Stadt durchwandert, auf jeden Fall kam es ihm so vor. Er war im Westend gewesen, wo sich die grellen Neonlichter in den Pfützen spiegelten, die Nachtklubs geöffnet waren und hin und wieder Betrunkene oder Prostituierte laut aufschrien oder lachten; er war an abgerissenen Häusern vorbei durch matschiges Brachland gegangen, wo er sich über die mit Unkraut überwucherten Steinhaufen vorsichtig seinen Weg bahnen musste; er hatte Hochhäuser passiert, die von ausgebrannten Autos und Spielplätzen mit kaputten Schaukeln umgeben waren; er war breite, mit Bäumen gesäumte Alleen entlanggewandert, vorbei an großen, abseits der Straße liegenden Häusern. Er war durch Gegenden gegangen, in deren Nähe er sich nicht gewagt hätte, wenn es ihn interessiert hätte, was mit ihm passierte. Und wenn er überfallen oder zusammengeschlagen worden wäre, dann aus Mangel an Achtsamkeit.

Aber es war nichts geschehen. Er hatte eine Menge gefährlich aussehender Menschen gesehen, manche versteckten sich verstohlen in Ladeneingängen oder lungerten, in Gruppen Crack rauchend, in der Dunkelheit von Treppenaufgängen der Mietskasernen herum, aber niemand kam auf ihn zu. Als er die Finchley Road oder die Whitechapel High Street entlangging, waren Streifenwagen an ihm vorbeigefahren, aber keiner hatte angehalten, um ihn zu fragen, wer er war. Wenn er es nicht besser gewusst hätte, dann hätte er gesagt, er hatte einen Schutzengel.

Einmal, kurz vor Morgengrauen, hatte er auf einer Brücke gestanden und zugeschaut, wie der Regen auf die Oberfläche des Flusses tropfte. Er hatte das Leben der Stadt um ihn herum gespürt, die zwar friedlich war, aber nie ganz schlief, ständig hörte man dieses vitale Summen, so unaufhörlich wie der Fluss, der unter der Brücke hindurchströmte. Obwohl er glaubte, dass es nicht die Westminster Bridge war, kamen ihm Wordsworth' Zeilen in den Sinn, die er im Gefängnis gelesen und auswendig gelernt hatte:

Wie ein Kleidungsstück trägt nun die Stadt
die Schönheit des Morgens; still und nackt
liegen Schiffe, Türme, Kuppeln, die ganze Welt
ausgebreitet unter dem weiten Himmelszelt,
ganz hell und glitzernd und im Duft
einer heitren, ungetrübten Luft.

Na gut, völlig »ungetrübt« war die Luft vielleicht nicht, dachte Owen, aber manchmal musste man Zugeständnisse machen.

Owen war müde und fühlte sich leer. Ganz müde und leer.

Der Eastvaler Bahnhof lag im Nordwesten der Stadt in der Kendal Road, ein paar Kilometer östlich der North Market Street. Bis ins Stadtzentrum war es nur eine kurze Fahrt mit dem Taxi. Doch Owen wollte nicht ins Zentrum und trotz seiner Müdigkeit auch nicht nach Hause.

Er war überrascht, dass die Polizei ihn nicht am Bahnhof empfing, aber wahrscheinlich warteten sie vor seinem Haus. Er wollte ihnen nicht direkt in die Arme laufen. So leer er sich auch fühlte, so gestundet jeder Augenblick seiner Freiheit auch erschien, noch wollte er nicht einfach so aufgeben. Vielleicht glich er einem Krebspatienten, dachte er, der wusste, dass es keine Chance mehr gab, sich aber bei allen Schmerzen trotzdem ans Leben klammerte und auf ein Wunder hoffte; hoffte, dass die Krankheit einfach verschwinden würde, dass alles nur ein böser Traum war. Außerdem wollte Owen noch etwas trinken.

Was auch immer seine Gründe waren, wie von allein ging er die Kendal Road entlang. Am Tage war es so heiß und feucht gewesen, dass es am kühlen Abend diesig wurde, als wäre Nebel aufgezogen. Auf der Brücke schaute er die mit Bäumen gesäumten Ufer hinab in Richtung Stadt und sah auf dem Wasser die Spiegelungen des hoch stehenden Dreiviertelmondes und des beleuchteten Schlosses auf dem Hügel, die im Dunst des Sommernebels ganz verschwommen waren.

Als er weiterging und an die Kreuzung kam, sah er das Nag's Head. Tja, dachte er mit einem Lächeln, warum sollte er nicht dort etwas trinken. Der Kreis schloss sich.

V

Als Banks und Gristhorpe von Chief Constable Riddle die Erlaubnis bekamen, Michael Clayton zum Verhör aufs Revier zu laden, was nicht einfach gewesen war, hatte bereits die Dunkelheit eingesetzt. Eine der Bedingungen war, dass Riddle bei dem Verhör anwesend sein wollte.

Mit Genugtuung sah Banks, dass Clayton von dem kargen und tristen Verhörzimmer mit den Wänden im verblichenen Anstaltsgrün, dem verschmutzten Fenster, den am Boden befestigten Stühlen und Tisch und dem Geruch nach Urin und abgestandenen Zigarettenrauch wie erwartet wenigstens etwas eingeschüchtert war.

Und selbstverständlich regte sich Clayton darüber auf, dass man ihn wie einen gemeinen Verbrecher von zu Hause abgeholt und aufs Revier gebracht hatte; sein Selbstvertrauen wirkte allerdings nicht mehr völlig unerschütterlich. Er trug graue Hosen mit akkuraten Bügelfalten und ein weißes kurzärmeliges Hemd, seine Brille hing an einer Kette um seinen Hals.

»Stehe ich unter Anklage?«, fragte Clayton, verschränkte seine Arme und schlug seine Beine übereinander.

»Nein«, sagte Gristhorpe. »Auf jeden Fall *noch nicht*. Chief Inspector Banks möchte Ihnen ein paar Fragen stellen, das ist alles.«

Jimmy Riddle saß hinter Clayton in der Ecke neben dem Fenster, der Verdächtige konnte ihn also nicht ständig nach Trost oder Unterstützung suchend anschauen. Auch Riddle hatte die Arme verschränkt und die Beine übereinander geschlagen, als wollte er sich in sich verkriechen. Er hatte versprochen, sich nicht einzumischen, aber Banks glaubte ihm kein Wort.

»Worüber?«, wollte Clayton wissen.

»Über den Mord an Ihrem Patenkind Deborah Harrison.«

»Ich dachte, das hätten Sie abgeschlossen.«

»Nicht ganz.«

Er schaute auf seine Uhr. »Na gut, dann sagen Sie ihm bitte, er soll sich beeilen. Ich habe wichtige Dinge zu erledigen.«

Banks schaltete die Kassettenrecorder an, gab die Zeit und die Namen der Anwesenden an und verlas dann Clayton seine Rechte, genauso wie er es acht Monate zuvor bei Owen Pierce getan hatte. Nachdem die Formalitäten erledigt waren, raffte er ein paar Papiere auf dem Schreibtisch zusammen und begann das Verhör. »Erinnern Sie sich, Mr Clayton, dass ich Sie, als wir das letzte Mal miteinander sprachen, fragte, ob Sie eine Affäre mit Sylvie Harrison hatten?«

Clayton schaute von Gristhorpe zu Banks. »Ja«, sagte er zu Letzterem. »Ich habe Ihnen damals gesagt, dass es absurd ist, und es ist immer noch absurd.«

»Ich weiß.«

Clayton schluckte. »Was?«

»Ich sagte, ich weiß, dass es absurd ist.«

Er schüttelte den Kopf. »Dann wollen Sie mir das also nicht mehr vorwerfen? Warum ...?«

»Und erinnern Sie sich, dass ich die Vermutung anstellte, Deborah könnte Zugang zu vertraulichen Geschäftsakten oder Regierungsgeheimnissen gehabt haben?«

»Ja. Auch das ist lächerlich.«

»Sie haben völlig Recht. Sie hatten keine Affäre mit Sylvie Harrison«, sagte Banks langsam, »und Deborah hatte keinen Zugang zu wichtigen Regierungsgeheimnissen. Das wissen wir jetzt. Ich habe alles falsch interpretiert. Sie waren in Ihr Patenkind verliebt, in Deborah. Deshalb haben Sie sie umgebracht.«

Clayton wurde bleich. »Das ... das ist grotesk.« Er drehte sich zu Riddle um. »Also, Jerry, ich habe keine Ahnung, worüber die beiden sprechen. Du bist ihr Vorgesetzter. Kannst du nicht etwas unternehmen?«

Riddle, der sowohl das Tagebuch als auch die Computereinträge gelesen hatte, schüttelte langsam den Kopf. »Beantworte einfach ehrlich die Fragen. Das ist am besten für uns alle.«

Während Clayton Riddle ob seines Verrats mit offenem Mund anstarrte, ließ Superintendent Gristhorpe den Computerausdruck vor ihm auf den Tisch fallen. Clayton warf erst einen kurzen Blick darauf, setzte dann seine Brille auf, nahm die Blätter und las ein paar Absätze. Schließlich legte er sie zur Seite. »Was zum Teufel soll das sein?«, fragte er Banks.

»Das Produkt eines kranken Geistes, würde ich sagen«, antwortete Banks.

»Ich hoffe, Sie wollen nicht unterstellen, dass es etwas mit mir zu tun hat.«

Banks beugte sich plötzlich nach vorn, schnappte sich die Blätter und knallte sie auf den Tisch. »Hören Sie auf, uns auf den Arm zu nehmen! Diese Texte stammen aus *Ihrem* Computer. Aus dem Laptop, den John Spinks damals gestohlen hat, als er mit Ihrem Wagen weggefahren ist. Er hat uns bereits alles erzählt, er hat gesehen, wie Deborah die Dateien auf eine Diskette kopiert hat. Das wussten Sie nicht, oder?«

»Ich ... wo ...?«

»Sie hatte die Diskette gut versteckt. Diese Texte haben Sie geschrieben. Leugnen Sie es nicht.«

Selbst unter Schock brachte Clayton ein dünnes Lächeln zustande und ging auf Abwehrhaltung. »Leugnen? Aber ganz sicher leugne ich das. Und ich befürchte, es wird Ihnen große Mühe machen, solche wilden Anschuldigungen zu beweisen. Ihre Unterstellungen sind haarsträubend.« Er schaute wieder zu Riddle. »Und Jerry weiß das auch. Es gibt absolut keine Grundlage, mich mit diesem Text in Verbindung zu bringen. Jeder hätte das schreiben können.«

»Das glaube ich nicht«, widersprach Banks. »Deborah hat zwar Ihre Festplatte neu formatiert, aber mir ist natürlich klar, dass Sie Ihre Dateien wahrscheinlich leicht wiederherstellen konnten. Sie müssen zugeben, dass der Inhalt der Texte und die Umstände auf Sie weisen. Das belastet Sie alles sehr.«

»Das ist frei erfunden«, erklärte Clayton. »Pure Fantasie. Da hat sich irgendein liebestoller Idiot etwas ausgedacht.

Das ist nicht illegal. Gegen Fantasien gibt es kein Gesetz, auf jeden Fall noch nicht.«

»Vielleicht«, sagte Banks. »Aber wir haben nie Deborahs Kleidung nach *Ihren* Haaren untersucht.«

»Und?«

»Vielleicht finden wir kein Blut oder Gewebe, aber ich möchte wetten, dass wir bei erneuten Tests Haare von Ihnen finden werden. Das wäre dann keine Fantasie mehr, oder?«

Clayton zuckte mit den Achseln. »Na und? Es würde mich nicht überraschen. Schließlich war Deborah mein Patenkind. Wir haben eine Menge Zeit miteinander verbracht – als Familie. Außerdem war ich im Gericht, als Ihr so genannter Experte ausgesagt hat. Haare sind kaum ein wissenschaftlicher Beweis.«

»Was ist mit Ellen Gilchrist?«

»Nie gehört – Moment mal, ist das nicht das andere Mädchen, das ermordet worden ist?«

»Genau. Was ist, wenn wir Ihre Haare auch auf Ellen Gilchrists Kleidung finden und Ellen Gilchrists auf Ihrer?«

Clayton fuhr sich mit der Zunge über seine Lippen. »Ich habe sie nie im Leben gesehen. Hören Sie, ich weiß nicht, auf welcher Grundlage Sie zu dieser Annahme kommen, aber ...«

Banks ließ eine Kopie von Deborahs Tagebuch vor ihm auf den Tisch fallen. »Lesen Sie das«, sagte er.

Clayton las.

Als er das Tagebuch weglegte, zitterten seine Hände. »Fantasie«, sagte er, darum bemüht, gelassen zu klingen. »Was sagt das schon? Es könnte von jedem handeln.«

»Ich bitte Sie, Michael«, sagte Banks. »Es ist vorbei. Geben Sie es zu. Sie wissen, was passiert ist. Sie haben gerade ihre Darstellung gelesen. Deborah hat Ihre Texte gelesen und herausgefunden, dass Sie sie heimlich begehrt haben, seit sie zwölf war. Diese Vorstellung hat sie gleichzeitig schockiert und erregt. Aber nur die Vorstellung. Sie fühlte sich geschmeichelt, aber sie war noch viel zu sehr Kind, um zu verstehen, wie ernst es Ihnen war. Und sie hatte sowieso ein bisschen für Sie geschwärmt. Also hat sie Sie provoziert, ein bisschen so getan, als wäre sie verliebt, ein bisschen geflirtet. Genau so, wie es junge Mädchen manchmal tun, wenn sie wissen, dass ein Junge sie mag, und sie mit ihm spielen. War es so, Michael?«

»Das ist absurd. Sie beleidigen nicht nur mich, Sie beschmutzen auch das Andenken meines Patenkindes.« Er schaute sich wieder nach Riddle um. »Sir Geoff...«

Doch Banks schnitt ihm das Wort ab. »Beschmutzen? Das ist ein schönes Wort, Michael. Gefällt mir. *Beschmutzen*. Klingt unanständig. Und nach Privatschule. Dann lassen Sie uns über *beschmutzen* reden. Als schließlich klar geworden war, dass Sie Deborah nicht in Ruhe lassen würden, hat sie gedroht, es ihrem Vater zu erzählen. Sie wussten, dass Sir Geoffrey Sie wahrscheinlich umbringen würde, wenn er es herausfindet. Allermindestens hätte es das Ende Ihrer geschäftlichen Beziehungen bedeutet. Und die bedeuteten Ihnen eine Menge, nicht wahr, Michael? Die beiden Kumpels aus Oxford, nach all den Jahren immer noch unzertrennlich. Sir Geoffreys Freundschaft bedeutete Ihnen ebenfalls eine Menge, aber sie konnte Sie nicht davon abhalten, seine zwölfjährige Tochter zu begehren, ein Mädchen, das noch nicht einmal geboren war, als Sie beide sich kennen gelernt hatten.«

Clayton starrte ihn zornig an, alle Farbe wich aus seinem Gesicht. »Das werden Sie bereuen«, sagte er und warf dann einen Blick zu Gristhorpe und Riddle. »Wenn Sie nicht sofort damit aufhören, werden Sie alle das bereuen.« Banks konnte fast hören, wie Claytons Zähne knirschten.

Gristhorpe sagte nichts. Riddle polierte seine Knöpfe mit einem jungfräulichen weißen Taschentuch.

»Sie haben auf dem Friedhof von St. Mary's auf Deborah gewartet«, fuhr Banks ruhig fort. »Sie haben an diesem nebligen Montagabend im Gebüsch gewartet, denn Sie wussten, dass sie vom Schachklub allein nach Hause gehen würde. Sie wollten sie packen und in die Büsche ziehen, doch als Sie sahen, dass sie den Kiesweg nahm, folgten Sie ihr zum Inchcliffe-Mausoleum, entrissen ihr den Ranzen und erwürgten sie mit dem Riemen. Vielleicht wusste Deborah, dass Sie es waren, vielleicht auch nicht. Vielleicht haben Sie vorher mit ihr gesprochen und versucht, sie zu überreden, nichts zu sagen, vielleicht auch nicht. Aber so ist es passiert, nicht wahr, Michael?«

»Ich sage nichts mehr.«

»Sie haben nicht gewusst, dass Deborah ihr Tagebuch holen wollte, das sie seit dem Sommer dort versteckt hatte, nicht wahr? Ach, Michael, wenn Sie nur geduldig gewesen wären, ihr ein paar Augenblicke Zeit gelassen hätten, dann hätte Deborah Sie geradewegs zu ihrem Versteck geführt und Sie würden wahrscheinlich jetzt nicht hier sitzen. Ist es so gewesen?«

»Ich werde Ihre Anschuldigungen nicht noch mit einer Antwort würdigen.«

»Als Deborah Ihnen erzählte, dass sie Ihre Texte im Computer gelesen hatte, hat sie Ihnen nicht erzählt, dass sie die Datei auf eine Diskette kopiert hat, oder? Aber Sie wussten, dass sie einmal ein Tagebuch hatte. Sie haben es ihr selbst geschenkt. Das ist auch so eine Ironie, nicht wahr, Michael? Sie wussten, dass Deborah Sylvie erzählt hatte, sie hätte das Tagebuch verloren, aber es würde mich überhaupt nicht wundern, wenn Sie Deborahs Zimmer gründlich durchsucht haben, nachdem Sie sie umgebracht hatten. Sie hatten ja schließlich einen Schlüssel für Sir Geoffreys Haus und er und Lady Harrison waren unterwegs. Selbst wenn sie zurückgekommen wären und Sie dort angetroffen hätten, hätte es die beiden nicht überrascht. Außerdem haben Sie Deborahs Schulranzen geöffnet, um nachzusehen, ob sie dort etwas Belastendes aufbewahrt hatte. Nur um sicherzugehen. Der einzige Ort, an dem Sie nicht nachschauen konnten, war ihre Schulbank, aber Sie dachten sich wahrscheinlich, dass Deborah dort kaum etwas Wichtiges oder Persönliches aufbewahren würde.«

Clayton hielt sich die Ohren zu. »Das ist lächerlich«, sagte er. »Ich muss mir das nicht anhören. Sie werden nie etwas beweisen können. Ich will ...«

»Jetzt muss ich raten«, fuhr Banks fort. »Unterbrechen Sie mich bitte, wenn ich mich irre. Ich glaube nämlich außerdem, dass Sie, als Sie Deborah ermordeten, Gefallen daran gefunden haben. Es hat Sie stimuliert. Vielleicht hatten Sie sogar einen Orgasmus, als Sie den Riemen um ihren Hals zuzogen. Natürlich waren Sie viel zu clever, um sie zu vergewaltigen, denn eine DNA-Analyse ist Ihnen bekannt, nicht wahr? Aber nachdem Sie Deborah getötet hatten, haben Sie sich ein bisschen an ihrer Kleidung zu schaffen gemacht. Teilweise aus reiner Freude, nehme ich an, und teilweise, um es nach einem echten Sexualverbrechen aussehen zu lassen.

Mit Ellen Gilchrist war es genauso, nicht wahr? Die ganze Woche war es Ihnen schon im Kopf herumgegangen; Sie planten, wie Sie wieder morden würden, und haben sich die Intimität der Tat vorgestellt. Und als Sie es taten, als Sie den Riemen um ihren Hals legten und das Mädchen dabei von hinten an sich zogen und ihre weiche Haut spürten, da waren Sie erregt, habe ich Recht?«

»Wirklich, Banks«, schaltete sich Chief Constable Riddle von hinten ein. »Glauben Sie nicht, das geht jetzt ein bisschen zu weit?«

Clayton wandte sich um und sah Riddle mit einem grausamen Lächeln auf seinen schmalen Lippen an. »Danke, Jerry. Danke für deine tatkräftige Unterstützung. Du hast völlig Recht. Er redet natürlich Unsinn. Ich kannte das Mädchen überhaupt nicht.«

»Das spielt keine Rolle«, fuhr Banks fort, während er im Geiste Riddle einen Tritt versetzte und versuchte, seine Unterbrechung zu ignorieren. »Anders als Deborah war Ellen Gilchrist ein zufälliges Opfer. Sie war zur falschen Zeit am falschen Ort. Sie hatten Glück, als Owen Pierce für den Mord an Deborah Harrison verhaftet worden war, richtig? Sie dachten, er würde verurteilt werden und ins Gefängnis kommen und damit wäre die Sache erledigt. Doch als der Prozess sich seinem Ende näherte, begannen Sie sich zu sorgen, dass er davonkommen könnte. Die Verteidigung war gut, die Staatsanwaltschaft hatte nur Indizienbeweise, und Sie hatten Gerüchte über Beweismittel gehört, durch die Pierce mit Sicherheit verurteilt worden wäre, die aber nicht zum Verfahren zugelassen worden waren. Sie spürten, dass Ihnen alles entglitt und Sie vielleicht wieder ins Blickfeld geraten könnten. Während die Geschworenen sich berieten, sind Sie deshalb zu Owen Pierce' Haus gegangen, wo Sie entweder die Tür von einem früheren Einbruch offen vorfanden oder selbst eingebrochen sind und es nach mutwilliger Beschädigung aussehen ließen. Wie es wirklich war, spielt eigentlich keine Rolle. Sie haben von Owens Kissen ein paar Haare mitgenommen und einen leeren Filmbehälter gestohlen in der Annahme, dass seine Fingerabdrücke darauf waren. Sie hatten ganz bewusst vor, Owen Pierce den Mord an Ellen Gilchrist anzuhängen, denn Ihnen war klar, dass wir ihn auch für den Mörder von Deborah hielten. Somit wären beide Fälle abgeschlossen gewesen. Aber wissen Sie was? Ich glaube, dass Sie auch diesen Mord *genossen* haben. Sie haben es genauso gemacht wie bei Deborah. Und ich glaube, es hätte mehr Opfer gegeben, wenn wir Sie nicht gefasst hätten. Sie sind auf den Geschmack gekommen.«

»Das ist verrückt«, sagte Clayton. »Und Sie können nichts beweisen.«

»Doch, ich glaube, das können wir«, entgegnete Banks. »Schauen Sie, welche Beweise wir gegen Owen Pierce hatten, und er war völlig unschuldig.«

Clayton lächelte. »Ja, aber er kam frei, oder?«

Banks hielt inne. »Ja. Ja, das stimmt. Aber vielleicht sollten Sie sich einmal mit ihm darüber unterhalten. Ich bin mir sicher, er hätte großes Interesse daran, Sie kennen zu lernen. In manchen Fällen ist es gar nicht so großartig, wenn man freikommt. Vielleicht haben Sie ja Recht, Michael. Vielleicht werden wir die Geschworenen nicht davon überzeugen können, dass ein rechtschaffener Bürger wie Sie zwei junge Mädchen ermordet hat. Vielleicht können wir es Ihnen nicht einmal mit Ihren Texten und dem Tagebuch und den Haaren, die wir auf Deborahs Kleidung finden werden, beweisen. Aber Ihnen ist klar, wer uns glauben *wird*, nicht wahr, Michael? Ihnen ist klar, wer ganz genau weiß, wer ›Onkel Michael‹ ist, wer weiß, was Montclair ist und dass es dort keine Schlösser an den Badezimmertüren gibt. Ihnen ist völlig klar, wer wissen wird, wer der Schreiber ist und um was es hier geht. Sir Geoffrey wird es wissen. Und Sie werden gar nichts erreicht haben. Wenn ich es recht bedenke, würde ich mich an Ihrer Stelle eher den Geschworenen stellen oder gar ins Gefängnis gehen, als mich dem Zorn von Sir Geoffrey auszusetzen, dessen einzige

Tochter von dem Mann ermordet worden ist, dem er seit mehr als zwanzig Jahren vertraut hat. Was meinen Sie?«

Einen Moment schwieg Clayton. »Ich will meinen Anwalt«, krächzte er dann. »Jetzt. Holen Sie sofort meinen Anwalt! Ich sage kein Wort mehr.«

Verdammt und zugenäht, dachte Banks, da wären wir also wieder! Er rief den Constable von draußen ins Verhörzimmer. »Bringen Sie ihn bitte in die Vollzugsabteilung, Wigmore. Und sorgen Sie dafür, dass er seinen Anwalt anrufen kann.«

VI

Owen saß bei seinem zweiten Pint und einem Scotch im Nag's Head und versuchte all seinen Mut zusammenzunehmen, um über die Straße zu Rebecca und Daniel zu gehen. Das Problem war, dass er sich schämte, ihnen gegenüberzutreten. Sie hatten an seine Unschuld geglaubt und er hatte sie bitter enttäuscht. Wenn diese Angelegenheit überhaupt noch irgendwie gerettet werden konnte, dann würde er ihnen die ganze Wahrheit erzählen müssen, auch das, was er mit Michelle gemacht hatte. Und er wusste nicht, ob er jetzt dazu in der Lage war. Er konnte sich selbst kaum eingestehen, dass er genau das geworden war, für was ihn jeder hielt: ein Mörder.

Er schaute sich in dem einfallslos eingerichteten Pub um und fragte sich, was zum Teufel er eigentlich hier tat. Als er von der Brücke aus das Schild des Pubs gesehen hatte, kam es ihm wie ein Wink des Schicksals vor: Der Kreis schloss sich. Doch jetzt schien es keine so gute Idee mehr zu sein.

Im Nag's Head herrschte ausgelassene Stimmung. An der Theke unterhielt der Wirt ein paar Freunde mit schmutzigen Witzen, an den Tischen saßen lachende Paare und Gruppen minderjähriger Teenager, die schon ein bisschen zu viel getrunken hatten.

Er hatte keine Ahnung, was er machen sollte, wenn er ausgetrunken hatte. Entweder nach Hause gehen und auf die Polizei treffen oder noch etwas trinken und Rebecca und Daniel gegenübertreten. Aber noch mehr Alkohol würde es ihm auch nicht leichter machen, dachte er. Betrunken könnte er sich den beiden nicht mehr anvertrauen. Am besten trank er aus, stellte sich der Polizei und kehrte dann in die Arrestzelle zurück, in der er sich mittlerweile schon fast zu Hause fühlte.

»Was haben Sie gesagt?«

Als er die Stimme hörte, schaute Owen auf. Die Gespräche und das Gelächter waren verstummt. Der Wirt sammelte leere Gläser ein. Er stand vor Owens Tisch. »Tut mir Leid«, sagte er. »Ich dachte, Sie hätten was gesagt.«

Owen schüttelte den Kopf. Wahrscheinlich hatte er Selbstgespräche geführt. Er wich dem musternden Blick des Wirtes aus. Trotzdem spürte er noch, dass der Mann ihn anschaute und langsam erkannte. Er hatte sich seit ein paar Tagen nicht rasiert, durch Bewegungsmangel ein paar Pfund an den Hüften zugelegt und war im Gefängnis blass geworden, aber ansonsten sah er kaum anders aus als die Person, die in einer nebligen Nacht im letzten November allein in ebendiesem Pub gesessen hatte.

Am besten trank er aus und verschwand, beschloss er, leerte den Scotch in einem Zug und spülte ihn mit Bier hinunter.

Plötzlich sagte der Wirt: »Verdammt, er ist das! Ich glaube es nicht. Der hat ja Nerven!«

Die Gäste an der Bar drehten sich wie ein Mann nach Owen um.

»Er ist das«, wiederholte der Wirt. »Der Kerl, der in dieser Nacht hier war. Der diese beiden Mädchen ermordet hat.«

Owen wischte sich den Mund mit dem Handrücken ab, stand auf und bewegte sich auf die Tür zu.

»Nee, sie haben ihn freigelassen«, sagte jemand.

»Ja, aber nur, weil sie nicht genug Beweise hatten«, entgegnete ein anderer. »Liest du keine Zeitungen?«

»Das wurde etwas vertuscht.«

»Eine Schande war das. Die armen, kleinen Mädchen.«

»Die Gerechtigkeit wurde mit Füßen getreten.«

Als Owen die Tür erreichte, eine Strecke, die ihm wie hundert Kilometer vorkam, kratzten die Barhocker über den Steinboden, und er sah sich einer Menge gegenüber, die auf ihn zukam.

Jetzt war es zu spät, um sich heimlich davonzuschleichen. Er stürzte durch die Tür und lief über die Kendal Road. Zum Glück meinte es die Ampel gut mit ihm. Als er die andere Straßenseite erreichte, sah er fünf oder sechs Leute vor der Pubtür stehen. Einen Augenblick glaubte er, sie wollten hinter ihm herjagen, doch dann rief jemand etwas, das er nicht verstehen konnte, und sie gingen wieder hinein.

Aber Owen rannte weiter, als würde er gejagt werden. Jetzt gab es nur noch einen Ort, zu dem er gehen konnte. Er lief über die North Market Street zur St.-Mary's-Kirche. Als er durch die Pforte war und den asphaltierten Weg hinablief, konnte er selbst im Nebel sehen, dass das Küchenlicht im Pfarrhaus brannte.

VII

Als Banks schließlich wieder allein in seinem Büro war, ging er zum Fenster, um die Jalousien hinabzulassen, und schaute einen Moment auf den ruhigen Marktplatz und die einladenden Lichter des Queen's Arms. Vielleicht würde er noch schnell ein Bier trinken, bevor er nach Hause ging. Bis zum Schankschluss war es noch eine Weile hin. Dann ließ er die Jalousien hinab, schaltete die Schreibtischlampe an und zündete sich eine Zigarette an. Er blätterte durch seine Kassetten und entschied sich für Brittens drittes Streichquartett.

Lange saß er einfach rauchend da, starrte die Wand an und ließ sich von Brittens meditativer Musik berieseln. Er dachte an das Verhör mit Clayton und besonders an die neue Kälte, mit der Chief Constable Riddle seinen alten Intimus behandelt hatte. Vielleicht war Riddle doch kein so schlechter Kerl. Immerhin war er offen genug, seine Meinung zu ändern, wenn die Fakten gegen sie sprachen.

Als er aufgeraucht hatte, widmete sich Banks wieder Deborahs Tagebuch und bemühte sich einmal mehr, zu verstehen, was zwischen ihr und Clayton während der zwei Monate passiert war, die zu ihrem Tod geführt hatten.

24. August

Katastrophe! Mami hat mich heute Nachmittag mit John im Bett erwischt. Sie sollte eigentlich auf einer Wohltätigkeitsveranstaltung sein, aber sie hatte sich nicht gut gefühlt und war früher nach Hause gekommen. Es war furchtbar, mit anzusehen, wie sich Mami und John angeschrien haben. Ich konnte Johns Verhalten überhaupt nicht ertragen. Ich dachte schon, er würde Mami sogar schlagen, aber dann hat er eine Vase an die Wand geschmissen und eine Scherbe hat Mami im Gesicht geschnitten. Als er weg war, hat Mami gesagt, dass ich ihn auf keinen Fall wiedersehen dürfte, sonst würde sie es Daddy erzählen. Dann hat sie geweint und mich in den Arm genommen und da tat sie mir Leid. Die schlimmen Sachen, die John gesagt hat, und die üblen Schimpfworte und Drohungen, die er ihr an den Kopf geworfen hat, möchte ich nicht einmal in meinen Tagebuch wiederholen. Mir ist es egal, wenn ich ihn niemals wiedersehe. Ich hasse ihn. Er ist grob. Er hat sogar Sachen aus unserem Haus gestohlen. Er ist nichts weiter als ein gewöhnlicher Dieb. Ein Dieb und ein Dummkopf. Was habe ich nur jemals an ihm gefunden?

27. August

Heute kam Michael vorbei, als Mami und Daddy gerade weg waren. Er war fuchsteufelswild wegen der Sache mit John neulich. Ich wusste nicht, dass Mami ihm davon erzählt hatte. Er hat mich beschimpft, und einmal dachte ich, er würde mich gleich schlagen. Da habe ich ihm alles erzählt. Ich konnte nicht anders. Ich habe ihm erzählt, dass ich seine Computerdateien über mich gelesen habe, und ihm gesagt, dass er ein geiler Bock ist. Er ist so weiß geworden, dass ich dachte, er fällt gleich in Ohnmacht. Dann hat er mich gefragt, was ich jetzt tun würde. Ich sagte, dass ich es nicht wüsste. Ich würde einfach abwarten. Warten worauf, hat er mich gefragt. Was passiert, sagte ich.

28. August

Michael sieht eigentlich ziemlich gut aus. Und er ist wesentlich intelligenter und gebildeter als John. Mary Taylor aus meiner Klasse hat mir im letzten Schuljahr erzählt, dass sie eine Affäre mit einem verheirateten Mann hatte, einem Freund ihres Vaters, der 38 Jahre alt war! Und sie hat gesagt, dass er beim Sex wunderbar und rücksichtsvoll war und ihr Geschenke gemacht hat und so weiter. Ich glaube, Onkel Michael ist sogar noch älter als 38, aber er ist nicht dick und hässlich oder so wie die meisten älteren Leute.

1. September

Heute Abend kam Michael zum Essen. Natürlich waren Mami und Daddy auch da. Ich trug einen engen schwarzen Pullover und einen Minirock. Aus dem Augenwinkel konnte ich sehen, wie er auf meine Schenkel und Brüste starrte, wenn er sich unbeobachtet fühlte. Es ist wirklich erstaunlich, dass er ganz normal erscheinen kann, wenn wir alle zusammen sind, aber wenn wir beide allein sind, ist er völlig leidenschaftlich und hat sich kaum noch unter Kontrolle.

3. September

Als ich heute allein zu Hause war, kam Michael wieder vorbei. Er sagte mir, er würde mich so sehr begehren, dass er nicht wüsste, ob er sich noch beherrschen könnte. Genau das Wort hat er benutzt: begehren. *Ich glaube nicht, dass mich schon einmal jemand* begehrt *hat. Das ist ziemlich aufregend. Natürlich wollte er mit mir schlafen, und als ich nein sagte, geriet er ganz außer sich und fragte, warum ich nicht mit ihm schlafen würde, wo ich es doch mit einem nichtsnutzigen Rüpel wie John Spinks tun würde. Ich muss zugeben, dass ich darauf auch keine Antwort weiß. Außer dass er Onkel Michael ist und ich ihn schon mein ganzes Leben lang kenne.*

6. September

Die Sache wird richtig abenteuerlich! Heute habe ich Michael wieder gesehen und mich wieder von ihm küssen lassen. Für eine Weile hat es ihn glücklich gemacht, dann wollte er meine Brüste küssen. Das habe ich nicht zugelassen, aber er durfte sie über meinem Pullover berühren. Während er das tat, nahm er meine Hand und hielt sie an seine Hose, damit ich fühlen konnte, dass er einen Steifen hatte. Ich bekam ein bisschen Angst, denn er hielt mein Hand so fest, und dann merkte ich, wie er ganz feucht wurde und keuchte, als hätte ihn jemand geschlagen, genauso wie es John immer gemacht hat. Unglaublich! Ich kann nicht erklären, warum, aber ich bekam ein bisschen Panik, denn ich habe eigentlich nur gespielt und er ist ONKEL MICHAEL. Selbst wenn er nicht mein richtiger Onkel ist, kenne ich ihn doch schon, seit ich ein Baby war. Ich darf so etwas nicht mit ihm tun. Es ist nicht richtig. Nachdem er fertig war, wurde er ganz still, deshalb bin ich gegangen.

8. September

Die Schule hat wieder angefangen. Traurig, traurig, traurig. Im Gang sah ich Mucky Metcalfe. Ob er weiß, dass ich weiß, dass er es mit der Frau des Pfarrers treibt?

Bis Oktober gab es keine Einträge mehr, und Banks nahm an, dass Deborah in der Zwischenzeit mit der Schule beschäftigt gewesen war. Aber selbst Ende Oktober hatte Michael Clayton es immer noch nicht kapiert.

24. Oktober

Kann Onkel Michael nicht verstehen, dass jetzt vorbei ist, was auch immer zwischen uns gewesen ist? Ich habe ihm gesagt, dass ich ihn nicht liebe, aber es hat nichts gebracht. Er kommt weiterhin zu uns, wenn er weiß, dass ich allein bin. Jetzt sagt er, er will mich nur nackt sehen und würde mich nicht anrühren, wenn ich mich nur vor ihm ausziehen und so hinstellen würde wie damals im Bad in Montclair.

Irgendwie ist es bestimmt schmeichelhaft, wenn ein gebildeter, älterer Mann in einen verliebt ist; aber um ehrlich zu sein, kommt er mir nicht mehr besonders gebildet vor, wenn er immerzu will, dass ich seinen Ständer in seiner Hose berühre. Ich will nicht mehr spielen. Wahrscheinlich lebt er immer noch in der Hoffnung; aber versteht er nicht, dass der Sommer vorbei ist und ich wieder in der Schule bin?

Offensichtlich hatte er es nicht verstanden, dachte Banks. Für Michael Clayton war es mehr als eine Sommerromanze gewesen, für ihn war es zu einer dunklen, starken Obsession geworden. Und unter all dem äußeren Schein aus Bildung und Erfahrung war Deborah einfach ein naiver Teenager gewesen, der die Tiefe der Leidenschaft eines älteren Mannes falsch verstanden hatte. Sie war einfach ein Mädchen, das dachte, es wäre eine Frau.

Doch selbst als sich Deborah angesichts Claytons Hartnäckigkeit immer mehr Sorgen machte, behielt sie ihr Geheimnis für sich und lebte die ganze Zeit in der Hoffnung, dass er einfach aufgeben und aufhören würde, sie zu belästigen. Ihr war völlig klar, welche schreckliche Folgen es gehabt hätte, wenn sie ihren Eltern davon erzählt hätte, und das wollte sie mit allen Mitteln vermeiden. Aber Clayton gab nicht auf. Er konnte nicht, er war schon viel zu weit gegangen. Ihr letzter Eintrag datierte vom Tag, bevor sie starb.

5. November (Bonfirenacht)

Gestern hat mich Onkel Michael gepackt und meinen Arm festgehalten, bis es wehtat, und gesagt, ich hätte seine Seele gestohlen und noch allen möglichen anderen Quatsch. Ich weiß, dass es grausam von mir war, ihn zu reizen und mich von ihm küssen zu lassen und so weiter, aber am Anfang war es nur ein Spiel und er hat es mich nicht stoppen lassen. Ich will, dass er jetzt damit aufhört, denn es macht mir Angst, wie er mich anschaut. Wenn man ihn mit anderen Leuten sieht, würde man es immer noch nicht glauben, aber wenn wir allein sind, ist er wie ausgewechselt. Als hätte er eine gespaltene Persönlichkeit oder so. Ich habe ihm gesagt, dass er mir versprechen muss, mich in Ruhe zu lassen, sonst erzähle ich es morgen Daddy, wenn ich von der Schule komme. Keine Ahnung, ob ich das wirklich mache, denn ich weiß ja, wie er werden kann und was dann hier los ist. Der totale Ärger. Na ja, mal sehen, was morgen passiert.

Banks legte das Tagebuch zur Seite und zündete sich eine Zigarette an. Durch die Ritzen der Jalousien schimmerte das Licht der Gaslaternen, die den Marktplatz säumten. Das Quartett näherte sich dem Ende des letzten Satzes, eine bewegende, introspektive Passacaglia, die Britten im Angesicht des Todes geschrieben hatte.

Warum sehen wir uns dazu gezwungen, unsere Gedanken und Gefühle in Tagebüchern und auf Tonbändern festzuhalten, fragte sich Banks, und unsere Taten auf Videofilmen und Fotografien? Vielleicht müssen wir über uns lesen oder uns betrachten, dachte er, um die Gewissheit zu haben, wirklich am Leben zu sein. Obwohl sie sich damit immer wieder in Schwierigkeiten bringen, führen Politiker Tagebücher, die zu tickenden Zeitbomben werden, und halten Triebtäter ihre Taten visuell fest. Und Gott sei Dank tun sie das! Ohne solche Beweismittel würden viele Fälle nicht einmal vor Gericht kommen.

Nachdem die Musik zu Ende war, saß Banks eine Weile still da und drückte dann seine Zigarette aus. Gerade als er losgehen wollte, um vor der Sperrstunde noch ein Bier zu trinken, klingelte das Telefon. Er fluchte und spielte mit dem Gedanken, es einfach klingeln zu lassen, doch sein Pflichtgefühl als Polizist und seine noch tiefer sitzende Neugier ließen ihn zum Hörer greifen.

»Banks.«

»Sergeant Rowe, Sir. Uns wurde gerade gemeldet, dass sich Owen Pierce im Pfarrhaus von St. Mary's befindet.«

»Wer hat angerufen?«

»Rebecca Charters, Sir. Die Frau des Pfarrers. Sie sagte, Pierce wäre bereit, sich für den Mord an Michelle Chappel zu stellen.«

»Aber die ist gar nicht tot.«

»Das weiß er wohl nicht.«

»In Ordnung«, sagte Banks. »Ich bin gleich dort.«

Er seufzte, nahm seine Jacke und eilte hinaus in die diesige Dunkelheit.